莱尔斯日记

上

睡懒觉的喵 著

江苏文艺出版社
JIANGSU LITERATURE AND ART
PUBLISHING HOUSE

图书在版编目（CIP）数据

莱尔斯日记 /睡懒觉的喵著. —南京：江苏文艺出版社，2014

ISBN 978-7-5399-7411-8

Ⅰ.①莱… Ⅱ.①睡… Ⅲ. ①长篇小说－中国－当代 Ⅳ.①I247.5

中国版本图书馆CIP数据核字（2014）第095072号

书　　名	**莱尔斯日记**
作　　者	睡懒觉的喵
出版统筹	黄小初　侯　开
选题策划	李金旺
责任编辑	姚　丽
文字编辑	李金旺
责任监制	刘　巍　江伟明
出版发行	凤凰出版传媒股份有限公司
	江苏文艺出版社
出版社地址	南京市中央路165号，邮编：210009
出版社网址	http://www.jswenyi.com
经　　销	凤凰出版传媒股份有限公司
印　　刷	三河市南阳印刷有限公司
开　　本	700×980毫米　1/16
字　　数	350千字
印　　张	30
版　　次	2014年6月第1版　2014年6月第1次印刷
标准书号	ISBN 978-7-5399-7411-8
定　　价	49.80元（全二册）

影视版权抢订热线　　13522096132

莱尔斯日记

目录
CONTENTS

楔　　子 \001

Chapter 1 神秘邀请函 \003

Chapter 2 蔷薇湖事件 \026

Chapter 3 磨合期你好 \041

Chapter 4 夜袭 \058

Chapter 5 不死族 \070

Chapter 6 敛财奴 \083

Chapter 7 不服来战 \092

Chapter 8 山村老尸 \106

Chapter 9 他的秘密 \126

Chapter 10 水落石出 \143

Chapter 11 第四条腿 \157

Chapter 12 告白进行时 \173

Chapter 13 芭比花园 \187

Chapter 14 我在追你 \206

Chapter 15 好人卡 \220

Chapter 16 解雇 \233

莱尔斯日记

目录

CONTENTS

Chapter 17　归于平静 \253

Chapter 18　霉神 \268

Chapter 19　逃 \288

Chapter 20　再见，傲娇大神 \303

逐辰番外　玉溪逐辰光 \313

Chapter 21　劫 \319

Chapter 22　人偶师 \333

Chapter 23　现身 \346

Chapter 24　半蛇人 \360

Chapter 25　重生 \373

Chapter 26　无题 \387

Chapter 27　抉择 \397

Chapter 28　你好，女朋友 \411

Chapter 29　组队打BOSS \432

Chapter 30　决战 \447

甜蜜番外集 \461

有爱采访篇 \468

楔子

☆招聘启事☆

莱尔斯幼稚园创建于中世纪英国，于一百多年前来到A国，立足东方市场，放眼全球未来，得到了广大家长的一致信赖。现因业务需求，特聘人类教师一名，要求如下：

1.纯种人类，女性，年龄20……26岁；

2.会武术、柔道或跆拳道；

3.抗压能力强，能接受各种挑战；

4.熟悉妖魔知识，了解它们的生活习性。

注：此次招聘只针对纯种人类，请各位混合血种退散。

联系人：凯西（小姐）

地址：锦都市林荫路兰斯大道8号

Chapter 01

神秘邀请函

烈日炎炎。

太阳蒸得地面几乎冒烟儿，知了在梧桐树上叫个没完没了。慕慕躲在树荫里，一面用手上的邀请函当扇子扇风，一面吐舌头。慕慕又抬腕看了眼手表，见分针已经走到了“10”的位置，她叹了口气，终于仰天长啸：

“这哪儿来的幼稚园啊——”

慕慕，姓慕名慕，女，22岁，一个月前刚从大学毕业，直接光荣地从学生升级成无业游民。尽管家里太后①的脸色一天比一天难看，慕慕就是打定主意要等天气凉快了再出去找工作。她每天死皮赖脸地宅在家里，除了吃就是睡，过着猪一般幸福的生活。

但就在前天晚上，“慕慕猪”的幸福生活被一封突如其来的邀请函打破。

彼时，慕慕正在游戏里奋勇厮杀，一见太后递过来的红灿灿卡片，不禁愣了，“这是什么？”慕慕停下游戏，展开卡片，一行大字赫然跃入眼帘：

---

①对自己妈妈的昵称，以戏谑的口吻表示家里老妈的地位最高。

慕慕女士：

展信颜悦！

首先，感谢您对莱尔斯幼稚园的支持和关注。通过初步审核，您的简历已通过，请您于7月12日14：00准时到我校参加面试。

P.S.面试时请务必带上邀请函。

莱尔斯幼稚园

信末除了地址和电话外，还盖着个奇怪的印章，上尖下扁，有点像UFO的形状。慕慕拿着邀请函左看右看，确定上面是自己的名字无误后嘴角抽搐，“我没给什么幼稚园寄过简历。”

“当然。”太后点点头，下一句话直接秒杀慕慕，“是我寄的。”

不顾女儿喷血，太后得意扬扬地叉腰，“哎呀呀，本来以为没戏了，没想到还搞得这么正式，面个试而已嘛，还寄邀请函，外企就是不一样。”

慕慕再次喷血三千尺，已无力呻吟。

妈，咱不带这么崇洋媚外的。而且就算您老人家要亲力亲为帮我投简历，文员、秘书、司机、打杂工，甚至搬运工——三百六十行，行行出状元，什么不能投，偏偏你要投幼稚园！自己最烦小孩子啊，一想到小屁孩们哇哇大哭的魔音都头疼欲裂，更别说对着一群流鼻涕的小魔头了。

对此，太后大人做出了完美的诠释。她根据在网上搜索到的莱尔斯幼稚园招聘信息，一一比对道：“你看，人类，女性，20……26岁，会打架，喜欢各种挑战，四条要求里你就达到了三条，这说明你应聘成功率高达75%，就凭这个你也要去！女儿，加油！老妈永远支持你！”

慕慕无语应对之时，游戏里的人物也刚好被怪虐死，惨叫一声，倒地而亡。

她有种预感，这次面试会发生很不好、很不好的事情……果然，出师未捷身先死。

现在，一个艰难而现实的问题就摆在慕慕面前——她找不到莱尔斯幼稚园。

而此刻，手表分针已不疾不徐地指向了“11”，离面试时间还差五分钟。

其实，中午吃完饭才刚过十二点半，慕慕就被太后大人赶出了家门，提前了将近一个小时赶到邀请函上所说的林荫路。原本以为问问周围居民就能找到幼稚园，谁知在附近转了一大圈儿，也没半个人知道什么莱尔斯、莱特斯的。

偏偏幼稚园的电话又一直打不通，难道这就是天意吗？再看了眼邀请函上的地址，慕慕忍不住龇牙咧嘴，自言自语道：“莱特斯幼儿园到底在哪儿啊？”

“是莱尔斯。”慕慕本来蹲在树下唉声叹气，一阵清灵的女声传来，她赶紧抬头，只见一个穿黑色及膝蓬蓬裙的女孩子站在自己面前，正笑嘻嘻地眨眼。女孩束着高高的马尾，脸蛋精致，一双乌亮的眼眸正盯着慕慕，见对方注意到自己，她郑重其事地又说了一遍：“莱——尔——斯——而且不是‘幼儿园’，是‘幼稚园’。莱尔斯建成的时候，还没有‘幼儿园’这个叫法。”

“你也是去那里面试的吗？”慕慕连忙站起来，心想总算遇到个靠谱的了。

女孩点点头，马尾随着她的动作微微摆动，“我叫露露安，你呢？”

咦，还是外国人？慕慕歪头想了想，老实答曰：“慕慕。”

露露安眼眸微转，“一看你就是菜鸟，遇上我算你运气好。走吧，我带你去兰斯大道，再晚可就进不去了。”

邀请函上说，莱尔斯幼稚园就在林荫路的兰斯大道8号，可慕慕在接近一个钟头的寻找中，既没找到什么兰斯大道，更没看到幼稚园。露露安却非常笃定地带着慕慕往前走，过了街口，一个拐弯就钻进了旁边的巷子。

慕慕跟在后面，正想提醒露露安这条巷子之前自己来过了，是条死路，可她跟着走进去还没来得及开口，便被眼前的景象震住了——

明明不久前还破旧不堪的巷子焕然一新，青石板铺就的小路两旁全是暖色调的欧式小屋，每家每户阳台前都种着色彩艳丽的紫罗兰，雪白的波斯猫蜷在遮阳棚上懒洋洋地晒太阳，支出的摊子前摆放着琳琅满目的物品：食物、首饰、玩偶、衣服、文具……应有尽有。

目之所及让慕慕目瞪口呆，“怎么会这样……我刚才来时，这还是条死胡同！”

“兰斯大道平时是不对外开放的，这次因为招聘破例开放了十分钟，你刚才来得太早自然看不见。而且……”露露安顿了顿，似乎斟酌了一番才接着道：“没有邀请函，也是进不来的。”

慕慕自动过滤掉这段话，直勾勾地盯着前面。前边的地势沿着商铺一路走高，隐隐可见高处聚集着十来个人，每个人的服饰都很……诡异：有穿得一片清凉、只用块“抹布”遮住关键部位的性感女郎，也有戴着礼帽、手持羽毛扇、身着欧式公主裙的少女，还有站在角落裹得严严实实的那个女孩——妹子，你大热天穿和服真的不怕捂出痱子吗?

慕慕的脑袋已成糨糊，正纳闷儿怎么回事，身边的露露安已风似的冲了出去。

“喂，等下……”慕慕话还没说完，前方就已爆发出极具杀伤力的吼声。

“伊森你这个浑蛋！你竟然偷了我的邀请函！”

“哼，不错嘛，这样也进来了？”

慕慕赶到众人面前时，只见露露安正冲着人群里唯一一个男孩发火。男孩十五六岁，比露露安稍高一个头，黑发黑瞳，浑身上下都散发着冰冷的气息。更让慕慕诧异的是，男孩除了头发短些，完全就是露露安的翻版。

“露露安，这是你的双胞胎弟弟？”或者哥哥?

“呸，我才没有小偷弟弟！”露露安横眉竖眼，一张小脸扭曲而狰狞，“伊森，快把邀请函还给我！”

伊森只冷冷哼了声，浅黑色的眸子渐渐移到了慕慕脸上，语调依旧没有半点起伏，“哦? 怪不得没有邀请函也能进来，原来是跟着别的面试者混进来的呀。”

露露安明显噎了噎，才继续跳脚道：“无赖，你以为你偷了我的邀请函到这里就能通过面试吗? 你别忘了，本次招聘只针对女性！”

“露露安，你也别忘了你是怎么得到邀请函的。”伊森面不改色，语调渐渐低沉下去，“把我的学历和经历全写成自己的，然后再投出去，感觉很爽吧？”

露露安闻言，脸红得像颗苹果，除了僵在原地，已经说不出任何还击的话了。其他人见状，也只是一副淡然模样，没有半点劝架的意思，倒是慕慕夹在姐弟俩中间，进退两难。

正僵持不下，慕慕便听身后传来一阵咳嗽声。

“现在可不是吵架的时候。”慕慕扭头，见说话的瘦高个男人穿着宽大轻薄的功夫衫，及肩长发随意地披在脑后，面容清俊，一双黑瞳在阳光下闪闪发亮。

慕慕叹息，默默腹诽：得，各式服装也凑齐了，今天就当参加漫展欣赏cosplay好了。

男人晃晃悠悠地踱到人群中间，刚才还漫不经心的众人目光也随他而去，须臾才听他清嗓子道：“我叫任之行，是专门负责照顾各位的接待员，大家可以叫我任先生。既然现在人齐了，各位姑娘请吧，我带你们去见面试官。”

“这儿还有一个不是‘姑娘’！”露露安高声抗议。任之行闻言，只微微侧了侧头，瞟了眼伊森的方向，便一言不发地往前走了。伊森哧地冷笑了声，也跟着大部队前进了，只剩下露露安气得在原地哇哇乱叫。

慕慕安慰道：“别这样，你也不一定会输给你弟弟。”

露露安听了这话，用湿漉漉的眼睛盯着慕慕，满脸愧疚，“刚才，对不起，我的确是因为看见你手上的邀请函才过去和你说话的……利用了你，很可耻……”

慕慕摆手道：“没事没事，遇不到你我也找不到这鬼地方。所以待会儿我们都要好好面试！”

“嗯。”

两人正说着话，前方已走远的大部队却忽然发出阵阵惊呼，慕慕蹙眉看过去，“什么声……”一句话还没说齐整，眼前已落下大片黑影。

兰斯大道上，慕慕利用小巧的身形，借着陡坡的地势轻快跑跳。不远处，伴随着时不时的尖叫声、狗吠声，隐隐有幽蓝的火光闪现。慕慕一个漂亮的转身，甩开追击自己的怪物，俯身往高处冲去。

太后曾赞誉女儿遗传了她老爹的暴力基因，特别会打架。其实不然，慕慕的本领不在攻击，而在逃跑！因为个子娇小，比起近身战，她反而更擅长在短时间内爆发速度，转移位置和角度，然后趁对方不备偷袭取胜。

所以从14岁开始，慕慕就已经是打遍锦华区五大校区、战无不胜攻无不克的“女流氓”了，且，没有之一。

可面对眼前的境况，曾让无数小混混闻风丧胆的“慕大流氓”也感觉有些棘手了。凭借逃跑的本事，她暂时能避开对方的攻击，可是，随着自己体力的流失，她的速度已渐渐减慢，而对方连口粗气都没喘过！

站在稍高的地方，慕慕与那怪物对视，心里满是疑惑，居然连害怕都忘记了。这到底是什么东西呢？外形像野狗，却有狼那么大，爪子和牙齿都呈奇怪的血红色，四蹄上不知燃烧着什么奇怪的幽蓝火光，奔跑起来几乎脚不沾地。

这到底是哪个白痴专家研发出来的新品种，难道他不知道这玩意儿会咬人吗？！

慕慕分神之际，怪物已张着血盆大口冲了上来。慕慕运气，朝它肚子就是一脚，再一闪身躲到了任之行身旁。只见对方优哉游哉地抄着手，一副好整以暇的模样，没有半点动手帮忙的意思。

不仅如此，兰斯大道两旁的商贩们也一副看热闹的神情，围在一块儿，叽叽喳喳地朝这边指指点点，另一边甚至有好事者掀开桌布开始投钱下注。说来也怪，这些怪物只袭击他们这群面试者，对其他人却视而不见。

“你们——”话未毕，另一头怪物已从慕慕身后袭来，还好露露安看见，大喊一声“小心”将慕慕推开。慕慕在地上滚了几圈，安然无恙地爬起来，只是这边露露安的手臂上已划出一道老长的口子，深可见骨。

此时，一直如石雕般站定的任之行终于开口说话了，“帮忙是会被罚出局的，念你初犯，警告一次。”

“你们到底在搞什么？！”听了这话，慕慕也大致明白他们的处境了。看

①传说中的妖怪。

来，招聘启事上要求应征者“会功夫”可不是说说就算了——面试的第一关就是搏斗！可他们到底有没有想过这样做的后果？

“浑蛋，快让它们停下！你们这样会有人受伤的！”

任之行面无表情，语气像谈论天气般云淡风轻，“放心，噬魂犬[①]对你们不感兴趣，绝对点到为止。”说罢，他便意有所指地瞟向一边，慕慕和露露安循目光看去，果然见一头怪物扑倒应征者后就立即停止了攻击，悲催的是，穿着清凉的性感女郎现在几乎呈全裸状躺在地上了。

“唔，”任之行托腮打量，目光清澈见底，不含半点杂念，“补充一点，它们特别喜欢撕咬女孩子的衣服——这可不是我的错。”

慕慕因为他的话怒火中烧，沉默半秒后猛地跃起，拳头直直砸向他的胸口。

“呵，不错，看来这才是你的真实水平。不过打面试官也是会被罚出局的。”任之行一面抱胸闪躲一面怡然自得道。从头到尾，他连眉毛都没皱过，就好像陪小孩子过家家似的轻松躲避，这使慕慕越发恼火，最后干脆手脚并用地乱踢乱砸，招式上早没了章法。

露露安见状，紧张地从地上爬起来，一面应付着再次扑上来的噬魂犬，一面喊道：“傻妞快停下，你这样会被取消面试资格的！”

“这种暴力幼稚园，”慕慕一边逼近任之行出拳，一边磨牙道：“老子才不稀罕！”

砰！

与此同时，天空忽然绽放出绚丽的烟花，虽是白天，那五彩的光芒跃上天空依旧耀眼夺目。

砰砰砰砰！

又是四声，被称作噬魂犬的怪物们全都停止了攻击，埋头夹尾如流水般无声潜入了两旁的巷道中，彻底消失了踪影。慕慕愣了，呆呆地看着这一切，就连继续追打任之行都忘了。现场一片狼藉，只剩下六名应征者还站着：慕慕、伊森、露露安、穿着日本和服的少女、一个金发碧眼的欧洲女孩，以及一个手持镰刀的银发女人。

任之行双脚并拢一跃，跳到离慕慕稍远的地方后才轻轻拍手道：“恭喜五位入围，其他人可以回去了。”

“五位？”露露安瞪大眼睛惊呼，又环视一圈后确认道：“明明还有六个人站着，难道……真的把慕慕踢出局吗？”

慕慕喊了一声，“我已经说过了，才不稀罕这家神经病幼稚园，走就走——”

“咳，”任之行咳嗽着打断她，摇头道：“我说的不是你出局，是她。”

随着任之行食指的指向，不仅和服少女惊呆了，在场其他人也都面露惊异。不过和服少女还算镇定，依旧板着一张脸，轻轻道：“能告诉我原因吗？”

任之行挑眉，指指头顶道：“虽然现在还有六个人站着，可刚才烟花只放了五枚，所以只有五位入选者。至于原因嘛——”

任之行一边说，一边随意地一划右手，食指和中指间已多了道咒符，“刚才奈亚川小姐就是用这个击退噬魂犬的吧？我想大概是您没看清楚招聘要求。我们要求应征者会柔道、跆拳道或者武术，可显然，巫女大人您对于这三样都不怎么擅长，反而用了巫术还击。”

“所以，出局。”任之行看向剩下的五位应征者道，“好了，剩下的人，我们继续吧。”

“喂，”任之行转身的瞬间，慕慕的声音响起，“这样就算了吗？”

任之行回头，只见小妮子正站在一群倒地者中央，叉腰满脸挑衅地看着他，“你知不知道你们这样是违法的！突然袭击、饲养异种恶犬，我要回去找媒体曝光你们幼稚园！”

露露安拽着慕慕，想要制止她，这边任之行倒是哧的一声冷笑开了，“说得对，怎么能放着伤者不管呢？那么现在，就让在下来为大家疗伤——”

慕慕怔了怔，还在琢磨这话什么意思，旁边已传来凄厉的惨叫声，蓦地回头，她便见露露安也正皱眉凝视着自己手臂上的伤口。此时此刻，已皮开肉绽的伤口里爬出了密密麻麻的五彩小虫，它们吐出黏稠的液体，覆满在伤口周围，鲜红的肉伴随着源源不断涌出的虫子，真是说不出的恶心。

“怎么会这样？”慕慕瞠目结舌，再回身看别的受伤者，他们的伤口中也爬出了一样的虫子。银发女人见有人整个脸部都爬满了小虫，忍不住扶墙吐了起来。

"蠢货。"一直沉默不语的金发少女低低咒骂了句。

任之行见状微眯眼眸，顿了顿方道："很抱歉，作为失败者，你也离开吧。"

"什么？"银发女人双眼圆睁，半直起身子盯住任之行。

金发少女摇晃着手中的羽扇鄙夷道："你难道没看出这是第二关考验吗？"

任之行点头，波澜不惊道："小朋友喜欢养一些湿漉漉、黏答答、奇奇怪怪的宠物，你连最普通的虫子都接受不了，怎么受得了别的挑战？还是回家吧。"

"不，我只是有些密集恐惧……"

"对不起，你已经出局了。"任之行打断银发女人，冷冷道。

这边慕慕已再次进入冥想状态，眼睛直勾勾地瞪着露露安已愈合的伤口。

"刚才是怎么回事？魔术吗？"虫子怎么说不见就不见了？还有伤口，居然以肉眼能见的速度自己愈合了！

露露安摇头，"应该是幻术。"她想了想，凑近慕慕耳边，神秘兮兮地说道："能同时进行幻术和治愈术，看来这位任先生不简单。"

慕慕一脸茫然，还来不及发问，任之行已朗声道："好了，各位，我们该走了，不然要迟到了。"

听了这话，金发少女、露露安、伊森都跟上任之行往前走去，唯独慕慕依旧站在原地，显然还有些犹豫。

"慕慕小姐，"任之行背着手，并未回头，却准确无误地叫出了她的名字，"知道你刚才为什么打不中我吗？"

话毕，他才缓缓转过身来，清隽的面容上毫无表情，只沉静地盯着慕慕。慕慕不卑不亢地叉腰回视，原以为他会说出什么高深的话来，谁料他板着那张一本正经的脸，开口却道："因为你实在是太弱了！"

好不容易从地上爬起来的众伤员再次倒地。

慕慕深呼口气，攥紧拳头，虽然知道这是激将法，但还是一咬牙，三两步赶到了露露安的身边。任之行也不再言语，只带着剩下的四人前行。

露露安笑眯眯地问：“决定继续了？”

“嗯，我决定面试结束后，打爆他的头！”

一群人跟着任之行走了十来分钟，便抵达了莱尔斯幼稚园。有了刚才的经历，面对眼前如梦如幻的童话般的景象，慕慕一点也不觉得惊奇了——不过，这真是幼稚园？简直就是迪士尼乐园嘛……

一望无际的草坪上，混合罗曼和哥特式风格的建筑呈弧形一字排开，像冰淇淋似的浑圆可爱的圆锥形尖矮塔随处可见，城墙上雕刻着奇怪而精致的画。淡蓝色的天空上，飘浮着两只硕大的热气球，它们就像忠诚侍卫般立于幼稚园大门两旁。

幼稚园前的草地上，有一条铺满粉红花瓣的小径直通大门，几人进入一栋“冰淇淋”后就直接被带进了靠左的屋子。进屋之前，任之行既没有敲门也没有出声，就像回自己家一样直截了当地转动门把，朗声道：“兰斯，人我给你带来了。”

被称为兰斯的男人正坐在桌前专注地看着一本书，闻声缓缓抬起头，声音清冽如泉水流过：“欢迎。”

此时，正打量着墙角摆钟的慕慕听见旁边露露安和金发少女妮蒂惊异的吸气声。

“兰斯！这就是传说中的兰斯大人，今天居然见到活的了！”

“喊，无知的颜控花痴女。”

“闭嘴，伊森！你不也看得很欢吗？”

伴着露露安姐弟俩的吵架声，慕慕抬头，与男人淡褐色的眸子相视的瞬间，亦微微失神。

男人穿着款式简单的白色衬衫，微敞的领口前露出坠着块宝蓝色钻石的项链，与眼眸同色的褐色碎发在折射进屋的阳光下泛着淡淡的光泽，显得一张脸越发立体而完美。俊美而精致的脸庞上，好似雕刻出来的鼻梁线条让慕慕忍不住片刻失神——这、这开了外挂的长相简直就是在引人犯罪嘛！

兰斯被在场的三位女士直勾勾地盯着，居然没有半点儿不适应感，甚至还歪了歪头，眨眼朝这边笑了笑。

“天呐……”一路上都摆着冷冰冰扑克脸的妮蒂此时就差捧脸单脚转圈了。

任之行抚额，给了兰斯一个“无可救药”的眼神后吐槽道：“干脆把幼稚园直接改成你的后宫得了。”

他一面引导着四人在旁边坐下，一面说：“好了，考验你们的时候来了。你们每人桌上都有一份试卷，现在你们需要做的，就是一边欣赏兰斯美男一边答题，限时30分钟。”

慕慕心道，面试终于进入正常环节了，她翻开试卷正准备拿出当年高考的劲头来，看到题的瞬间，却当场傻眼，“有没有搞错？！”

半小时后，四人交卷，在审阅官对面一字排开坐下。

兰斯翻了翻几人的试卷，弯眼如沐春风地笑开了，“很好。现在请各位用一句话谈一谈对这次笔试的感受。”

妮蒂抢先答道：“这些题是兰斯大人您出的吗？虽然没信心拿满分，但是我绝对比其他人高出20分以上。”

伊森第二个发言，“试题全面，也有一定深度，其他没了。”

相较弟弟，露露安显得底气弱了许多，“西方的内容还好，东方……我们在这里的时间还不太长，东方的历史又久，好多传说和物种连听都没听过，所以答得不是很好。”

最后，众人齐齐看向慕慕。慕慕愣了愣，才回神咳嗽了声，微微坐直身子，清清嗓子道：“其实，我觉得……咳，你看现在咱们国家不是都提倡科学合理、重实践、重发展的教学方式吗，我觉得小孩子知道太多这样的东西不好。作为一名幼稚园老师，根本没必要了解这方面的知识嘛。”

说罢，慕慕呼出口气，暗自腹诽，自己没直接说出“扯淡”两个字已经相当给兰斯面子了。是的，这所谓的试题除了扯淡还是扯淡，绝对是慕慕活了二十多年从未见过的最为诡异最为彪悍的题。例如——

分析论述题：

1.请简述东方龙和西方dragons的区别。

2.请阐述莉莉丝和吸血鬼的具体联系及历史。

……

题目之离奇之诡谲，绝非人类可以想象。所以，慕慕非常不理解其他三人泰然处之的态度，显然，他们也颇为不理解自己。

听了慕慕的回答后，其他三人都傻眼了。任之行还算镇静，愣了愣便捂着嘴哧哧笑了起来，唯独兰斯稳如泰山，扬了扬手中的试卷，这才道："所以为了表示抗议，慕慕小姐交了白卷？"

"怎么能算白卷？！"至少写了姓名嘛。

"很好。"兰斯似乎已放弃了和她争辩，重靠回真皮摇椅，双手交叉置于胸前，又恢复了先前优雅的笑容。他敲了敲桌沿，轻轻道："那么，慕慕小姐被录取了。"

"什么？！"

"纳尼！"

"哦买噶！"

一时间，几国语言同时响起，众人用他们的高分贝和肢体语言共同表示了发自内心的讶然，这其中也包括慕慕本人。她实在没想到……这样也能被录取，难道这家幼稚园除了面试项目异于常人外，连录取方式也别出心裁？从最低分开始录取？

"为什么？"慕慕呆若木鸡，"我不仅交了白卷，来的路上还打过那家伙！"慕慕指向站在兰斯旁边的任之行，此时他正抱着胸，露出一副看好戏的嘴脸。

"也不算彻底的白卷，"兰斯挑眉，将那张干净到不能再干净的卷子捏在手上，"你看，慕慕小姐至少写了名字。"

慕慕一噎，说不出话了。

"至于这家伙嘛，"兰斯仰头瞅了瞅任之行，踌躇一番才凑到慕慕面前悄声道："其实我想揍他也很久了。"

"喂，我听见了。"任之行揉了揉太阳穴，这才拍手道："好了，既然已定胜负，另外三位，请吧。我送你们出去。"话毕，任之行鞠了鞠躬，绅士感十足。

妮蒂从凳子上一跃而起，拍得红木桌啪啪直响，“我不服！凭什么选她？不论实力还是智力，我们四个人中怎么也轮不到她！”

露露安也缓缓从座位上站起来，眼神复杂地盯住慕慕。慕慕叹息，很想摊手吐槽：我是无辜的好不好……

“妮蒂小姐说得没错，”兰斯还是一副亲和有礼的模样，“综合评定，你们三人中任何一个都比她强，可是——”兰斯若有所思地闭上眼睛，再睁开时，淡褐色的眸子已染上了一层薄薄的冰霜。

“可是妮蒂小姐，”兰斯凝视着对方幽幽地问，“你敢拍着胸脯说自己是真正的人类吗？”

话毕，妮蒂脸色煞白，下意识地往后退了一步，开始变得语无伦次，“怎么会……我明明伪装得这么好，我……但是兰斯大人，我们的祖先也是人类啊！我们吸血鬼——”

“至于露露安和伊森，”兰斯不容置疑地打断妮蒂，星眸转向双胞胎姐弟，浑身散发出的低气压让人不寒而栗，“你们俩的真实年龄，不用我公布了吧？”

露露安闻言，似乎受了什么触动，上前一步还想说什么，却被弟弟伊森一把拉住。伊森微微俯首，道：“抱歉，打扰了，我们现在就离开。”

其他三人恋恋不舍地离开后，屋内只剩下了慕慕和兰斯。兰斯再次恢复和煦笑容道：“好了，如果没别的问题，慕慕小姐请准备签合约吧。”

望着兰斯那张谦和的英俊脸庞，慕慕莫名其妙地起了一身鸡皮疙瘩——谁说只有女人翻脸比翻书快？

种满各色花朵的法式花园里，慕慕和凯西坐在梧桐树下一边乘凉一边喝红茶。面试结束后，兰斯就叫来凯西和慕慕谈签合同的相关细节。二十来岁的凯西穿着中规中矩的一步裙，金黄色的头发盘在脑后，眼眶上架着一副厚厚的黑框眼镜。传言她是园长助理，负责莱尔斯幼稚园大大小小的事务。

可慕慕怎么看都觉得不像。

此时此刻，凯西正撑着脑袋一啄一啄地打瞌睡，全然忘记了旁边还有个人。慕慕见状皱了皱眉，还是非常不忍心地戳了戳她。凯西大概正做着什么美梦，经这一戳差点跌下去，勉强坐起来后，抬了抬眼镜恍然大悟道：“啊，慕慕小姐，合同看完了吗？我这就盖章，印章在……咦？幼稚园的印章呢？！”

发现印章不见，凯西慌张起来，慕慕眼见她就要打翻桌上的点心，赶紧制止道：“刚才我看见你放在左边衣兜里了。”

凯西眨眨眼，将信将疑地摸了摸衣兜，瞬间又喜悦起来，“呀！还真是……”

慕慕不禁汗颜，这是多呆的助理啊……也算奇葩一朵了，兰斯居然放心将印章交给她。

凯西没察觉到慕慕的异常，哈着气在一式两份的合同上盖了章后，将文件推到她面前，“慕慕小姐，请签字吧。”

慕慕握着笔，还有些犹豫不决。其实，早在凯西打盹儿时，她就已经看过N遍合同了：不需要保证金，不会扣留身份证，朝九晚五，一周双休。工资福利也和招聘启事上说的一模一样。按理来说，这么好的工作能被她这个刚毕业的大学生找到，实在是走了狗屎运，可想到这个幼稚园奇怪的招聘条件、不按常理出牌的面试项目以及令人讨厌的面试官，慕慕就有种不太好的预感。

这个幼稚园，不会从事着什么非法活动吧，比如，暗地里其实是个拐骗儿童的贩卖中心？

“慕慕小姐？”凯西的呼唤声将慕慕的神思拉了回来，她再瞅了眼傻傻的助理小姐，一咬牙，在合同上签下了自己的大名，管他呢！实在不行再辞职呗，说不定，这幼稚园用人标准一直就这么诡异，看，眼前这位凯西小姐不就是个例子吗。

签完合同，慕慕吁出口气，正准备收好自己的那份合同，就觉桌子下面传来一阵骚动，埋头一看，居然有个三四岁的小男孩正蹲在桌子下面扯草玩。

“卡卡夫？”凯西也发现了小男孩，推着镜框抽气道：“哦，你现在不是应该在音乐教室吗？”

卡卡夫听见有人呼唤自己，抬头眨巴眨巴水汪汪的眼睛看看凯西，又转头盯住慕慕，红嘟嘟的小嘴上居然还叼着一根青草。

“扑——”就算再怎么不喜欢小孩子，看见这么白嫩嫩的小正太，慕慕的心也融化了。想到未来的工作职责，她决定事先演练一遍，于是二话不说就把小正太从桌子下边抱了出来。她捏了捏他粉扑扑的小脸，轻声龇牙道：“小子不错啊，这么小就学会逃课了。”

“哈——”卡卡夫忽然被人擒住，还没怎么反应过来，只得用胖乎乎的小手挠了挠脑袋，打了个哈欠。于是，慕慕见到了她有生以来最难以忘怀的情景——

小正太撒娇地揉了揉眼睛，之后，脑袋上方居然蹦出了两只小小的、黑白相间的、毛茸茸的尖耳朵。四眼相对，小家伙眨了眨清澈的眸子，说了一个字：

“汪！”

清风拂过，带来裹着红茶味儿的浓郁花香，可此时此刻，抱着小正太的慕慕却如石像般僵化于原地，迎风掉了一地鸡皮疙瘩。

这到底……是哪里出了问题?

“解除合约？”园长办公室里，兰斯一面低头喂着乌鸦，一面轻轻问，语气淡定从容，好似说着再轻松不过的话题。慕慕甚至看见他的嘴角微微往上扬了扬。

“是……”慕慕气若游丝，不过相隔短短半小时，再见兰斯时，她的心境已大为不同。历经种种，慕慕觉得，现在就是彗星撞地球、世界立马毁灭她也不觉得惊奇了。

因为，她正身处更惊悚、更荒诞的事情中。

红木桌前，兰斯端着糖果盒，依旧默默地喂着乌鸦。乌鸦吃彩虹糖不稀奇，奇就奇在这只通体漆黑的乌鸦吃下什么颜色的糖果，羽毛就会变成什么颜色，不过一小会儿工夫，它已将赤橙黄绿青蓝紫统统演绎了个遍。

望着这一幕，慕慕只能深呼吸，她几乎有狠狠掐自己一把，让梦赶紧醒来的冲动。

“能告诉我为什么吗？”

“嗯？”慕慕回神，见兰斯正挑眼斜视自己，只觉呼吸一滞——这开了外挂的长相还真是怎么看怎么碍事啊。兰斯嘴角噙笑，看不出一丝怒意，“慕慕小姐刚签完合约就立马要解除，这不是太令人匪夷所思了吗？”

慕慕语噎，想了一路的台词连个标点符号都回忆不起来了。她吞了吞唾沫，只得闷闷地说：“我皮毛过敏。”

“……”还能有比这更烂的理由吗？

“我说的是真的！”

这的确不是借口，认识慕慕的人都知道，这妞儿讨厌一切毛茸茸茸茸的东西，特别是活的能动弹的！能不讨厌吗？一岁被埋在毛绒玩具里差点憋死，三岁被猫挠花了脸，五岁被狗咬伤了屁股，七岁好不容易鼓起勇气去了一次动物园，却因为给梅花鹿喂食被对方吐了一身的口水……

是以，在别的妹子渐渐发展成绒毛控的成长之路上，慕慕变得越来越讨厌一切带毛的东西，发展到最后，甚至只要碰到带毛制品就会浑身起鸡皮疙瘩。想到刚才的情景，慕慕忍不住又微微瑟缩，好似那两只毛茸茸的小耳朵还在自己眼前晃悠。

是的，发现这家幼稚园可能存在奇怪物种不是慕慕想要解除合约的关键原因，至关重要的是，如果她真留在这里，以后可能每天都会面对一群毛茸茸茸茸的小家伙！每一个都跟逃课的小正太一样，指不定什么时候就忽然冒出条狼尾巴，又或者突然伸出爪子挠她一下。

……光是想想那画面，慕慕就生不如死了。所以她绝对、绝对不容许这样的事情发生！无论眼前这个兰斯是人是妖，她都抵死不从！念及此，慕慕握紧拳头，瞪大眼睛盯住兰斯，做好了随时战斗的准备。

相较之下，兰斯美男仍旧一副懒洋洋的模样，手撑着脑袋想了想，才淡淡地问道：“就这个理由？”

慕慕毫不松懈，咬紧牙关点了点头。

“好。”

慕慕眨了眨眼，再眨了眨眼，良久确定自己没听错后，才发出呆滞的一声，“啊？”就这么简简单单地答应了？他到底有没有听明白自己的意思？

兰斯转了转摇椅，又拾起糖果盒，随后耷着眼睑开始逗弄乌鸦，“慕慕小姐没听清吗？我说你可以走了。”说到这儿，他顿了顿，食指撑住下巴望天想了想又幽幽地道：“虽然很遗憾，但我从不喜欢强人所难。”话毕，嘴角勾出道漂亮的弧线。

出了莱尔斯幼稚园，慕慕仍然心有余悸，再回头看了眼身后的“冰淇淋城堡”，犹在梦中。她实在不敢相信兰斯居然这么好商量，说放人就放人——或许，他根本就不在乎吧？不是有那么多应征者吗？也对，现在什么人不多，找工作的人最多……

想到这儿，慕慕挠了挠头，正准备转身离开，却下意识地皱了皱眉头，往脸上一摸，湿湿的。与此同时，哗啦啦的声音也窜入耳中——下雨了？慕慕猛地回头，只见身后的城堡依旧晴空万里，可自己所站的地方已被巨大的阴影笼罩。

有些……不太对劲……

慕慕缓缓地抬起了头。

莱尔斯幼稚园上空，蓝天白云，午后的阳光斜斜地照耀着“冰淇淋城堡”，闪烁出璀璨的光芒。小魔头们还在午睡，老师们或坐在一块儿喝下午茶，或躲在角落看书，一切都美好如往常，唯独……大门口出了点小意外。

此时，原本飘浮在“冰淇淋”两侧的大热气球只剩下孤零零一只，另一只则以缓慢的速度，或停或走地飘荡在幼稚园前的草坪上。从稍高处可见，热气球上隐隐浮现着人类的五官——瞋目裂眦、咬牙切齿，从它的表情来看，它现在很、不、开、心。

而热气球的下面，一个小小的人影正奋力地反抗着，她试图逃离热气球的阴影，却一次次以失败告终。

草坪上，慕慕正抚着胸口喘气，浑身上下已被气球上滴下来的雨水淋透。

“浑蛋！”慕慕忍不住叫骂出声，这到底是什么破玩意儿，不论自己跑得有多快，就是没办法逃脱它的魔爪，难道要一直这样被淋回家吗？万一它跟着自己进屋把家淹了，她要怎么跟太后大人交代？

一定要想个办法把这破气球弄下来！

霎时，慕慕脑中灵光一闪，眼眸陡亮。慕慕轻笑两声，抹了把脸上的雨水，慢吞吞地跑到幼稚园的墙角，轻手轻脚地从包里掏出样东西来。与此同时，热气球也尾随着她朝幼稚园的方向缓慢移动，就在刹那间，慕慕猛地跃起，借着墙的助力往上猛冲，蹬腿、提速、“暗器”出击——在对方反应过来之前，尖锐的水果刀已刺中敌人的嘴角。顿时，只听气球上传来“噗噗”的漏气声和气球怪愤怒的咆哮声。

慕慕站定，仰头看了看战果，满意地点了点头。既然是球，管你是足球皮球还是热气球，都怕漏气的吧？只要能漏气，这雨就一定能停下来。

“慕慕小姐很厉害啊。”不知何时，身后忽然响起掌声，慕慕回头看去，顿时眼中蹿起了熊熊火焰。

“王八蛋，你还敢来？这就是你所谓的‘不强人所难’吗？”

兰斯优雅地抱胸站在热气球的阴影外，好似没听见慕慕在说什么。因为之前他一直坐着，现在慕慕才发现，这男人竟然比自己想象中还要高——没有一米九，也有一米八八吧，难道这就是传说中的九头身？

正发着呆，头顶的热气球怪又发出一声怒吼，雨势比刚才更大了。一时间，慕慕连扇自己耳光的心情都有了，白痴！都什么时候了还在犯花痴，记住你们是敌人！敌人！

兰斯勾唇诡辩，“慕慕小姐记错了，我说的是‘从不喜欢强人所难’，可没说‘不强人所难’。”

“无耻！”慕慕咬牙道，“你怎么可以言而无信？你答应了我解约的！”

兰斯挑眉，“请问，是谁先言而无信的？”

慕慕哽咽，说不出话了。兰斯仰头瞅了瞅热气球，继续说：“在莱尔斯幼稚园，只要签订了契约，即使纸质合同被销毁，克摩尔①也会认定你是幼稚园的人。凡在工作时间擅离职守者，都会受到相应的惩罚。”

慕慕吐了口嘴里的雨水，啐道：“我管你什么克摩尔、摩尔克，反正气球已经被我戳破了，只要再过一会儿它掉下来，我就能离开了！”

闻言，兰斯嘴角咧得更开了，他用漂亮的褐色眼眸看了看慕慕，才轻轻问：“你确定？”

“呃？”

①热气球怪。气球上有人的五官，是莱尔斯幼稚园的侍卫。所有老师和学生都逃不过它的眼睛。一旦有人在上课时间离开幼稚园，将受到它的追击和惩罚。

顺着兰斯手指的方向看去，只见滴落在地上的雨水渐渐凝聚起来，如有生命般扭扭曲曲地站了起来，慢慢形成了一个个人形！头顶，克摩尔再次咆哮，雨势愈来愈猛烈了。

“恭喜你，慕慕小姐，”兰斯再次鼓起掌来，语气波澜不惊，“你是第一个真正惹火克摩尔的人。”

慕慕被“水人”们围在中间，动弹不得。

随着雨势的增大，这些由水凝聚而成的怪物就如雨后春笋般一个接一个地冒了出来，将她堵了个水泄不通。慕慕挺直背脊，连呼吸都变得小心翼翼，唯恐自己任何一个小动作都能触发对方的机关，引来它们的群起攻击。

要怎样才能打倒这些“水人”，它们又会有怎样的攻击方式？一时间，慕慕满脑子都是问号，两腿也微微发软。淋了大半个小时的雨，她的体温和体力都开始随着雨水慢慢流失，更可怕的是，现在的慕慕完全无法掌控对方的攻势和实力，自己最大的优势——速度也没办法展现。不论她窜得有多快，看似笨拙的克摩尔都能立马赶到她头顶上，随之而来的，就是这些水人……

即便是再难的副本，也该给我看看BOSS的血条啊！现在这样逃不掉又不敢主动出击的状态，到底该如何是好？难道真的只剩下了那个办法——

慕慕一面想，一面缓缓侧头看向旁边，兰斯依旧保持着抱胸观战的姿势，一动不动地凝视着她，漂亮的眸子里满是笑意。

“看我干什么？”兰斯冷冷开口道，“你总不会想，让我帮你吧？”

慕慕摇了摇头，露出如小鹿般无辜的眼神，“园长……”

兰斯见状，唇角忽然绽放出笑意，歪头眨了眨清澈的眸子，瞬间秒杀慕慕。可就在慕慕出神之际，清冷的话语已准确无误地传进她耳中，“慕慕，卖萌装可怜这招对我没用。”

慕慕心底默默爆了个粗口，这才悔悟地想起刚才兰斯对着露露安和妮蒂甩飞眼的情景，装纯扮无辜他可是个中高手，自己这个卖萌能力负五的渣渣又怎么可能骗得过他？念及此，慕慕咳嗽了声，直截了当道：“好吧，我是说我还有悔过自新的机会吗？”

兰斯挑眉，眼角的笑意更深了，“只要重新进入莱尔斯幼稚园，克摩尔就会停止攻击。”

话音刚落，一个小小的人影已从兰斯面前消失。克摩尔见“旷工者”终于回到工作岗位，也停止了继续下雨，只是，它并没如往常般心满意足地回归到大门旁继续站岗，而是可怜巴巴地盯住兰斯，发出奇怪的低鸣。

“啊，辛苦了。”兰斯仰头对克摩尔笑了笑，忽又抚额叹气道：“从没见过这么野蛮的女人。来，我帮你补一下伤口，不然你真的会漏气掉下来的。”

已成落汤鸡的慕慕被凯西带到了教师职工楼。

这是一栋背对着“冰淇淋城堡”的小四合院，红墙尖檐，院内铺着青石板路，大门口的匾上龙飞凤舞地写着“花不语”三个字，修得倒有模有样。院内除了一架秋千，还堆满了各式各样慕慕叫不出名的绿色植物，房前有一片茂密的小树林，看环境还算不错。

慕慕被安排住在西厢，电视、笔记本、空调、浴室一应俱全，因为慕慕空手而来，浑身又被淋得湿透，凯西变戏法似的找来两套衣服和床单被褥。不得不说，比起签合同，凯西做起这些事情来更得心应手，简直就跟变了个人似的。

毛巾、牙刷、沐浴露、睡衣，甚至还有新的内衣内裤以及女性用品……所有能想到的，凯西全都给慕慕送了过来，让慕慕不得不怀疑她做园长助理前是当宾馆服务员的。

看着凯西欢快地哼着歌，一会儿铺床单，一会儿擦窗子，慕慕实在插不上话，只得先去洗澡。可等她洗完澡出来，凯西却不见了，床头坐着另一个人——

首先映入眼帘的便是一双笔直的长腿，黑色短靴、白色长裤外加一件天蓝色的衣衫——不过一小会儿工夫，兰斯已经换了套衣服。而浴室前，慕慕只随意地裹着件浴袍，发尖还滴着晶莹的水珠。

两人对视三秒，慕慕慌乱地叫起来，下意识地用手抓住胸口怒吼，“你进来之前怎么不敲门？！”

兰斯眨了眨清澈的眸子，说得虔诚无比，“我敲了，不过你洗澡没听见。”

慕慕嘴角抽搐，放弃和他争辩，又扯了件外套裹上，拉好拉链确认不会走光后才警惕地说道：“你来干什么？凯西说我明天才开始正式上班。”

兰斯看了眼全身上下只剩下小腿还裸露在外、全神戒备的慕慕，摇头道：“你放心，我对人类不感兴趣。更何况是娇小的70B……”

“我问你来干什么！！”慕慕打断兰斯，突然变身河东狮吼，脸上却泛起了可疑的红晕。这浑蛋……是怎么看出来的，难不成是他先目测估量了尺寸，然后凯西才送来了同尺码的内衣？

这头慕慕心里奔腾过千万声咆哮的咒骂，那边兰斯却岔开了话题，举着手上的东西朝慕慕晃了晃。见自己的手机落入他人之手，慕慕猛地冲过去一把夺过来，怒吼道：“你居然翻我手机，你还能再不要脸点……咦？”

话未毕，查看手机的慕慕就愣在了原地。原本的手机主题、壁纸都变回了出厂设置，不仅如此，短信、通讯录都空空如也——是兰斯删了还是因为刚才下雨，手机被淋坏了？

“就这破手机，你还指望它淋了大半小时雨后还能用？旧的在这里。”兰斯一边说，一边掏出一只一模一样的手机，果然，被水浸泡过久的原手机已经无法开机了。

“那这是……”

“幼稚园补偿给你的。”

慕慕愣怔之际，兰斯已将桌上的杯子缓缓推到她面前，慕慕这才发现，杯子里冒着热气腾腾的白烟，闻这味儿好像……抗病毒冲剂？

兰斯笑得人畜无害，“比起手机，人类更加脆弱，我可不想你明天第一天上班就发烧。喝吧，喝完再给家里打个电话报平安。”

慕慕傻眼，面对此情此景完全不知该作何反应。她深呼口气，瞅了瞅冲剂，再看看帅气温柔的兰斯，终于抱胸道：“扇个耳光再给颗甜枣，是这个意思吗？”

听了这话，兰斯叹了口气，摇摇头便往外走。临到门口，又忽然停下道：“慕慕，你知道莱尔斯家族为什么要建立幼稚园吗？”

慕慕眨眼不语，这话题转移得……是不是太快了点？

“因为人类，”兰斯没有回头，只握着门把娓娓道来，“因为你们的大肆繁殖和破坏，大部分妖魔已经失去了家园，不得不变幻成人类模样，混迹在人类世界中生存。所以妖魔们从小就要学习如何在人类世界中生存，如何适应你们的环境和生活方式，如何与人相处，这就是莱尔斯幼稚园存在的原因，这就是我们需要人类教师的原因。”

兰斯缓缓转过头，淡褐色的眸子一动不动，“慕慕，只有你，才能教会他们人类的生存方式。”

慕慕望进他那双充满哀伤的星眸，一时不知该如何应答。

“说我卑鄙也好，无耻也罢，只要你能留下来，我就已经很开心了。”

……

门外，凯西直立的猫耳朵抖了抖，小声呜咽道：“兰斯大人说得好感人好悲情，我都快要哭出来了……呜呜……”

任之行闻言微眯右眼，不屑地晃了晃脑袋，“凯西小姐没看过《百变狸猫》吗？”

“啊，那是什么？”

任之行哧笑，“你家兰斯大人盗用了别人的故事和创意，唔……用人类的话说就是：实在是太不要脸了。”

凯西眨了眨眼，反驳道：“可是我们请慕慕小姐来，的确是为了让她教导孩子们人类的生活方式啊。”

“得了吧，”任之行伸了个懒腰，慢慢往外走去，“就好像凯西小姐，学会了烹饪蛋糕，难道就一定要做蛋糕师吗？让孩子们学习如何在人类世界中生存，并不代表他们以后只能在人类中过活。更何况，兰斯根本就没有自己说得那么伟大，你见过他收留半个流落人界的小妖崽吗？莱尔斯幼稚园真正的宗旨，根本就不是拯救妖魔世界。”

“那是什么？”

“钱。”任之行懒懒地应道，“办幼稚园不过是为了牟取暴利。招聘人类教师也是为了让幼稚园看起来课程更丰富，教师团队更完善，吸引更多的有钱父母把孩子送来罢了。凯西，你竟然忘记你家兰斯大人最大的嗜好就是敛财了吗？”

闻言，凯西抖了抖耳朵，忽然担忧起来，“如果是这样，那你说兰斯大人能说服慕慕小姐吗？”

任之行道：“知道为什么这次招聘只针对人类女性吗？”

“为什么？”

“因为在女人的字典里是没有理智可言的。所以放心吧，你家大人的故事那么感人，她一定会被说服的。”

凯西想了想，似懂非懂地总结道：“唔，兰斯大人真可怕。”

Chapter 02

蔷薇湖事件

翌日，慕慕照例起了个大早。

因为警察老爸的缘故，她从小就有晨跑的习惯，虽然现在人在幼稚园，她还是不愿意坏掉老头子定下的规矩，所以刚过七点就出门锻炼了。

小四合院外有片面积不大的小树林，环绕着蔷薇湖。慕慕因为不熟悉地形，不敢走得太远，只沿着树林小径慢跑。清风和煦，雨露晶莹，时不时一阵风经过，就能闻到空气中丝丝的甜味。

蔷薇湖，原名狐尾湖，昨天凯西送自己来四合院时途经这里曾提到，因为蔷薇湖的湖水泛甜，湖面上又生长着一种极似人类世界蔷薇的水生花，所以久而久之，幼稚园的人干脆就管这里叫“蔷薇湖”了。

慕慕一面透过树林的缝隙欣赏着蔷薇湖的景色，一面慢慢往前跑，拐角处却忽然蹿出一道身影让她停住了脚步。

粉T恤，淡蓝色短裤，外加两只毛茸茸茸茸的尖耳朵，慕慕一眼就认出这家伙是昨天逃课的小正太，好像……叫卡卡夫来着？此时，卡卡夫似乎并没有发现慕慕的存在，正睁着水汪汪的眸子贼兮兮地东张西望。

慕慕皱眉，这小家伙这么早跑这儿来干什么？愣怔间，卡卡夫已欢腾地往左边的岔路口蹦去，慕慕犹豫片刻，也蹑手蹑脚地跟了上去。

卡卡夫东嗅嗅西闻闻，不一会儿便到了小树林的边缘地带。此时的他已没有了完整的人类形态，除了脑袋上的狗耳朵，一条毛茸茸的长尾巴也从裤子里钻了出来，在身后晃来晃去。

运动鞋早已不翼而飞，小家伙干脆变回肉乎乎的爪子呈四肢着地状行走，行至一处角落，卡卡夫好像发现了目的地，停了下来，将脑袋伸进茂密的树丛中，只剩下半边身体留在外边，撅着屁股嘚瑟地甩尾巴。

到底什么东西这么有吸引力，让卡卡夫一大早就冒险逃过老师们的重重视线，“越狱”到这儿来？慕慕想了想，实在禁不住诱惑，也学着卡卡夫的样子蹲下来将头探进灌木林里。

此时，卡卡夫发现了入侵者，但居然处变不惊，甚至不慌不忙地挪出小片位置，似乎想让慕慕看清对面的境况。

慕慕咧嘴，还没来得及开口，便被眼前的景象震住了——

薄雾下，开满粉色蔷薇的碧蓝水面上，悬空站着两个人：一个是穿着火红纱裙的黑发少女，隐隐可见她的宽袍上绣着羽翅的纹路；一个是披着白色披风、骑士打扮的金发男子，可惜隔得太远，看不清两人的样貌。

霎时，慕慕热血沸腾，大脑自动衍生出各种诡异的词语：轻功、上善若水、决战紫禁城之巅！妈呀，没想到一来幼稚园就遇到这么劲爆的好戏，还是超豪华阵容大型魔幻类动作剧！相较之下，《魔境仙踪》《画皮》什么的都弱爆了！

波光粼粼的湖面上，红衣女子显然还在盛怒中，黑发无风而起，伴随着水袖飞扬，颇有几分凌厉之势。

“滚！我和你没什么好说的！”

“干吗这么凶？”男子嬉皮笑脸地应道，“毕竟我们曾经——”

嘭嘭嘭！

话未毕，女子已长袖起舞，蔷薇湖上骤时波涛汹涌，一浪高过一浪的水波直指苍穹，刚才还吊儿郎当的金发男子随着他的话直接消失在了水浪中。慕慕看得瞠目结舌，正在为男子担心，却忽听岸边传来气急败坏的声音，“瑶薇，你一定要这样吗？要一辈子都这样吗？！”

慕慕目不转睛，下巴已砸地上了，对方什么时候跳到岸边的？难道这就是传说中的瞬移术？

“只要你消失，”女子幽幽道，黑发如灵蛇般翩然而起，声音诡异而阴冷，“只要你别再出现，我就心满意足了！”

说罢，女子直接展开袖袍，上面的羽纹好像活过来般，忽然飞出无数只火鸟，鸟儿们低声鸣叫，如箭一般朝金发男子直直飞去。

轰——

这次，男子没有躲开，闷哼一声直挺挺地躺了下去。原本凌于水面之上的黑发女子见状微愣，而后直朝岸边冲去。

慕慕眨眼间，女人已半扶起金发男子，声音颤抖，“为什么不躲？！”

闻言，慕慕微微迟疑，怎么……这话语、这剧情都好熟悉，好像在哪儿见过……在脑子里搜索了一圈后，方才想起前几天太后看的爱情伦理武侠剧好像也是这么演的——唔，看来这不仅是动作片，还是虐恋情深片。

按照一般剧情发展，现在这种时候，男主都会深情地拉住女主的手，哽咽道：“只要你开心，我死又如何？”

可是，慕慕听到的却是咬牙切齿的声音，“他大爷的，嘶……速度那么快，我怎么躲得过去？哎哟，骨头好像断了！”

“别动！我看看——”

金发男子趁着女人俯身的空隙，顺势在她脸颊上蜻蜓点水地亲了亲，虽然看不清具体的表情，但慕慕还是能够想象男子脸上狡黠的笑容。在对方发怒之前，男子用双手将女子钳在自己怀里，喃喃道：“薇薇，任务是真的，我对你的感情也是真的。”说罢，唇便狠狠压了下去。

顿时，慕慕嘴角抽搐，彻底僵住了。

她想象中的动作片不是这个动作片啊……这种事，偷窥多了会长针眼啊……更何况，她身边还有个未成年人。念及此，慕慕讷讷地转过头，霎时面皮抖动得愈发厉害了。

卡卡夫目不转睛地盯着男女主，面露向往，居然还在……流、口、水！

慕慕抚额，这小屁孩才多大，看到亲亲居然都能露出这样的表情来！慕慕攥紧拳头，忍无可忍，一巴掌拍在他脑袋上，道："不许看！"

"谁？"话音刚落，蔷薇湖那边就传来惊喝。慕慕背脊僵硬，这才想起自己还在偷窥，惨了……

"谁在那儿？！"

蔷薇湖畔阴风凛冽，慕慕和卡卡夫对视一眼，在一秒之内达成共识：面对此情此景，不逃更待何时！

"跑！"随着一声令下，卡卡夫嗖的一下就没了影子，慕慕挣扎一番却没能如愿地离开半步，屋漏偏逢连阴雨，她在关键时刻卡——住——了——

那头，黑发女子阴恻恻的声音再次响起，"再不出来休怪我不客气。"

慕慕挣扎一番，依旧无法从灌木丛中拔出身体，终于泪流满面：早知今日，我就不吃那么多肉，早点减肥了。

太后大人，吾命休矣。

蔷薇湖畔，阴风恻恻，刚才还挂在天边的初阳不知何时已没入云翳，清澄的湖水也随着老天的变脸渐渐阴郁下来。漆黑的云雾大团大团地聚在蔷薇湖上，好似随时都要砸下来。

慕慕呈一种奇怪的姿势卡在灌木丛中，无语凝咽。俗话说，偷窥长针眼，其实这话是不对的——偷窥极有可能造成性命之忧才是真的好不好？！要是早知道这句话，今天就是杀了她，她也不会把脑袋伸进来……

此时此刻，慕慕进退不得，只听那头的脚步声离自己越来越近，一下、一下又一下，步步踩在慕慕的心坎上，胆战心惊。

"我说最后一次，出——来——"

"薇薇……"

"闭嘴！"女子怒喝道，显然已失去最后的耐心，"倒数三声，我放火莺[①]烧林子了。"

慕慕闻言又着急又窘迫，只能迎风流泪，姐姐，不是我不想出来啊，是……我娇小的身躯包裹不住那颗热情似火的八卦之心，而它，被深深地卡住了。情况危急，慕慕也顾不得那么多了，正硬着头皮准备开口，就听身后传来

①火鸟中的一种。形似黄莺，浑身燃烧着火焰，飞翔速度极快。

嘤嘤的孩童啜泣声。

下一秒，头顶便爆发出异口同声的惊呼，“兰斯？！”

被唤作瑶薇的女人诧异道：“刚才是你？”

“是卡卡夫，”兰斯淡淡地应道，“小家伙一大早就没了影，喏，这不是刚找到嘛。”话毕，卡卡夫如小狗般嘤嘤的呻吟声也越发响亮了。

气氛略显尴尬，三人冷场片刻才听金发男子哈哈笑道：“那没什么事我们先走了。”

“好。”

听着两人渐远的脚步声，慕慕刚准备松口气却听瑶薇冷冷道：“兰斯，你是什么时候来的？”

兰斯不愧是干大事的，想都没想就脱口而出道：“我什么都没看见。”

这不是此地无银三百两吗？

金发男子不自在地咳嗽了声，打圆场道：“我们先走了。”

慕慕竖起耳朵听周围的动静，这次，两人是真的离开了。过了许久，确定一定以及肯定他们不会再折返后，慕慕才终于长长地舒出口气，与此同时，兰斯如雷的声音也准确无误地传进她耳朵里，“你要一直保持这个姿势到天黑吗？还不起来！”

慕慕唯有泪千行，轻声道：“园长……我被卡住了……”

慕慕不敢使唤兰斯帮忙，费了九牛二虎之力，才从灌木丛中爬出来。首先映入眼帘的，便是卡卡夫一双泪汪汪的星眸——兰斯如拎小鸡仔儿般拎着卡卡夫的后颈，小家伙四爪无力地悬在半空，尖耳朵耷拉着。见慕慕出来，卡卡夫又呜咽了两声，求救似的朝她摇了摇尾巴。

慕慕心情复杂地瞅了卡卡夫一眼，不敢吱声——她现在是泥菩萨过河自身难保，哪还敢帮别人求情。

“我问你，”兰斯将卡卡夫拎到慕慕面前，脸色和声音都阴沉得骇人，“这是什么？”

慕慕愣了愣，咂舌道：“啊？”兰斯这是气糊涂了，怎么问得这么诡异？

“这是卡卡夫啊。”

兰斯脸色发黑，一副要吃人的表情。果然，这浑蛋之前的亲和、温柔、萌态都是装出来的！

“呃……不对不对，”慕慕摆手，皱着一张小脸望天道：“你到底想问我什么？这是……小孩子？小妖魔？小狗？”

兰斯青筋暴露，头顶的黑线都能下挂面了。他磨了磨牙，终于怒吼出声，“这是学生！幼稚园的学生！你的学生！身为老师，看见学生逃课，你不制止就算了，居然还和他一起胡闹，你到底有没有身为老师的责任感？”

慕慕被一通吼，耳朵嗡嗡直响，一时间只觉眼前星星乱闪，兰斯大人，你昨天的优雅都到哪儿去了？被狗吃了吗？

慕慕一面捂着耳朵一面抱怨，“我也没想到会这样……最开始，我就是想看他们打架来着，我怎么知道他们会……那啥，又不是我的错……再说了，你怎么不骂他们俩行为不端？就知道捏软柿子……咦，说起来，他们也是幼稚园的员工吧？”

一席话毕，慕慕才觉身旁冷风嗖嗖，回头便见兰斯大人骤然化身阿修罗，浑身低气压环绕，绝非“面目狰狞”“狠毒阴冷”等普通词语能够形容。

“好好好，”慕慕举手投降，“我不说了还不成吗？都是我的错，我不该大清早跑来偷窥……”

兰斯微眯着眼，依旧怒气未消，“现在就给我滚回去！以后不许对任何人提起今天的事，听见没有？”

慕慕翻白眼，用鼻孔哼哼声算是回答了，凶啥啊，多大点儿事！看刚才两人的互动，也不知在幼稚园演过多少次这样的戏码了，说不定周围的人早偷窥腻了。可终归对方是幼稚园老大，慕慕不敢不从，只得俯首称臣道：“那我先回去了。”说罢转身要走，却听兰斯又道：“站住。”

“还怎——”慕慕甫一回头，胸前就已多了团毛茸茸的小东西。卡卡夫终于无罪释放，顿时高兴得在慕慕怀里又蹭又摇尾巴，在这一瞬间，毛皮敏感患者慕慕同学——悲剧了。

一阵凉风刮过，吹起慕慕身上鸡皮疙瘩无数。她硬着脖子，惊恐万分地盯住兰斯。兰斯倒是心情甚好地扬了扬眉，凉凉地道：“卡卡夫暂时借给你。”

“不——用——”

“慕慕，”兰斯不耐烦地打断她，抱胸莞尔道：“从刚才开始我就想告诉你，你胸口的衣服被灌木林剐破了。”

慕慕愣怔间缓缓低头，果然见胸口清凉一片，原本的圆领T恤已变成了V领衫，此刻若不是卡卡夫替她挡着，自己就暴露无遗了！

霎时，慕慕只听胸口有什么声音响起——心，彻底碎了，如玻璃碎成渣，透过慕慕的眼光，直接刺向兰斯。这个王八蛋在欣赏够了之后才告诉她！

“你——”慕慕攥紧拳头，还没来得及挥出去，兰斯已离开。慕慕僵在原地，只听远处传来轻飘飘一句自语，“没什么料居然还能被灌木丛卡住，唉……”

慕慕吐血身亡。兰斯，我不会放过你！

慕慕抱着卡卡夫灰溜溜地回到小四合院，左脚还未踏进门便被点穴，定在原地，动弹不得。

幽静祥和的院子里，阳光斜斜地打在绿色盆栽上，蝴蝶在爬满藤条的秋千架上飞来舞去。一切都如此美好安宁，除了……横在门口的某团白毛。感觉到有人靠近，刚才还趴在地上眯眼假寐的“白毛”也警惕地坐立起来，脚边幽蓝的火光明明灭灭。

慕慕瞪大眼睛，有些难以置信地盯着那团东西。如果她没记错，这玩意儿叫噬魂犬，要咬人的！谁来告诉她这到底是怎么回事啊？！为什么她的宿舍门口会出现这种讨厌的东西？

“呵呵，白白。”卡卡夫见了噬魂犬，居然伸出胖乎乎的小手想去抱抱，慕慕下意识地跳开，正踌躇着怎么办，四合院正厅的门开了。

“傲雪，回来。”

噬魂犬听见主人的呼唤，嗷呜叫嚷一声，撒腿跑到主人跟前。慕慕顺着它看过去，下意识皱眉，“任之行？你怎么在这儿？”

任之行没答话，俯身摸了摸傲雪的脑袋，道：“傲雪，这就是我给你说的新邻居，以后要和睦相处，不许打架。”

闻言，慕慕一时怔住，过了良久才震惊道：“等等，你这话的意思是……你也住‘花不语’？”

“花不语”里，除了自己，还住着位老师，对方不仅和慕慕同为人类，更同为A国人。

这件事，昨天慕慕入住“花不语”时，凯西就告诉了她，可慕慕怎么也没想到对方会是任之行。舍友是个男人没关系，可是个毒舌男就不太好办了。关于这一点，此刻，慕慕深有体会——

换好衣服出来时，卡卡夫已经趴在秋千上睡着了，任之行坐在石凳上，正跷着二郎腿优哉游哉地喝着茶。他身上还是昨天那件白色长衫，黑发则随意地扎在脑后。

见慕慕出来，他扭过头，兀自晃了晃手中的青瓷杯，道：“你是怎么做到的？”

“嗯？”

任之行眉眼上挑，“新来的人类老师刚签完契约就罢工逃课，还英勇地在克摩尔身上戳了个窟窿。你难道不知道自己已经在幼稚园出名了吗？”

慕慕闻言反倒不好意思起来，噎了噎，挠头道：“其实也没什么啦，就是用水果刀在克摩尔身上轻轻划了那么一小下……”

“我是说，”任之行打断慕慕，品了口杯子里的茶，道：“你是怎么做到那么蠢，居然相信兰斯会同意解除合约的？”

慕慕嘴角抽搐，一忍再忍才没把拳头挥出去，果然，没办法不讨厌这个姓任的，以及他那只宠物犬！

见慕慕龇牙咧嘴，任之行倒是满脸不在意地起身，道：“好了，咱们走吧。”

“去哪儿？”慕慕咂舌，这话题也转得太快了吧？

任之行轻蹙眉头，一脸怀疑地道：“凯西小姐难道没有告诉你，我是你的引导师吗？”

“纳尼？！”慕慕的尖叫声划破苍穹，惊起小树林一片翠雀。这绝对不是一个好开始，绝对！

引导师，又名引导者，是师父一般的存在。凯西解释说，因为莱尔斯幼稚园历史悠久，地广人稀，所以每位老师刚进幼稚园时，教务处都会为其配备一名引导师，带领其熟悉环境及了解工作职责。

慕慕昨晚就在猜，自己的引导师会不会是同为人类的舍友，果不其然……

慕慕带上卡卡夫，跟着任毒舌开始熟悉工作环境，第一个任务就是——吃饭！任之行一面走一面道："新员工入职，与老板共享第一顿早饭是幼稚园的惯例，意在同甘共苦，以后就是一家人之类的。这么做除了表达兰斯的虚情假意之外，还有个重要原因。"

慕慕跟在后面，听了这话差点一脚踩到任之行的脚跟。他还真是毒舌啊，居然连吐槽老板都这么正大光明，呃……那种突然从心底冒出来的星星点点崇拜之情是怎么回事？

"因为选班，"任毒舌继续道，"莱尔斯幼稚园分A、B、C三类班，每类班又根据孩子的年龄分高、中、低三个年级。每个新进幼稚园的老师都可以自主选择去哪个班。今天这顿早餐就是为了让你见见三个班的负责人，通过接触了解，一周后，你可以根据自己的喜好选择班级。"

"还能这样？"慕慕摸着下巴止步，肩膀上的卡卡夫因为惯性差点被甩出去，小家伙揉着眼睛抬头瞅了瞅，调整了姿势又埋头接着睡。见状，慕慕眼眸骤亮，道："那有没有哪个班的学生是不带毛的？"

"有啊，我们班的宝宝一根毛都没有。"话音刚落，两人身后就传来一阵欢快的笑声。慕慕回头，见一英气逼人的男子朝他们缓缓走来：金发，蓝眼，身着白色的骑士装和高筒靴。一时间，慕慕只觉这打扮甚是眼熟，却又死活想不起来在哪儿见过。

任之行背手笑了笑，介绍道："夏洛尔，A班负责人。"

夏洛尔眨了眨清澈的碧蓝眼眸，笑道："你就是打伤克摩尔的慕慕？"

慕慕噎住，喂喂，这定语是怎么回事？她正想开口，夏洛尔已握拳激动地道："实在是干得太漂亮了！我早就想揍那破气球了！浑蛋，上次我不过迟到了三个钟头，它居然追着我劈了一下午的雷！"

慕慕僵笑得脸皮泛酸。看来任毒舌所言不虚，她还真是在幼稚园出名了。不过，她现在更关心另外一个问题，"你们班的孩子真的没有毛？"如果真能避免和卡卡夫这样的小家伙接触，那实在是不幸中的万幸。

"当然。"夏洛尔叉腰点头，"鳞片什么的，倒是很多，至于皮毛，真的没有。”

慕慕眼睛还没来得及瞪圆，任毒舌已板着扑克脸道：“你要选A班倒也不错，不过小心瑶薇吃醋。”

话毕，尖利的鸟啼赫然响起，电闪雷鸣间，任之行已警觉地侧身躲开，一声巨响后，只见前方樟树已被烈火吞噬。

夏洛尔惊叫，“瑶薇，你疯了吗？”

瑶薇？慕慕抱胸踌躇，怎么这个名字这么耳熟？难道在哪本小说里见过？慕慕正思忖，那边冷冷的话已如寒气般袭来，“任之行，下次再胡说，小心你的舌头。”

音落，一袭火红迤逦而来。年龄介于女人和女孩之间的绝色女子披散着长及腰际的黑色直发，如壁画一般的漂亮五官没有任何表情，看起来高贵而冷艳。任毒舌差点被对方烧成一块黑炭，居然也没开口反驳半句，咳嗽一声，认真向慕慕介绍道：“这是C班负责人，瑶薇。”

闻言，慕慕失了声，只呆立原地张大嘴巴傻傻地盯住瑶薇，心里却早已火山爆发，汹涌澎湃。

瑶薇、夏洛尔……她终于想起来了，这不就是刚才蔷薇湖畔的那对……看了眼已被烧焦的樟树树干，慕慕下意识捂住了嘴。还好刚才兰斯及时出现，要不然现在被烧成炭的就是她了！

瑶薇自始至终都没看夏洛尔一眼，幽幽地从三人中间穿过，行至不远处才又停下，侧头道：“慕慕。”

“在！”慕慕下意识地立正，心里忍不住一阵阵颤抖，为什么叫我？难道她发现了……

“你可以随意选班，不必介怀。”说完这句话，瑶薇又轻飘飘地看了眼慕慕，这才离开了。慕慕咬了咬牙，只觉四周都沉浸在一股淡淡的酸味中。

几人到达目的地时，兰斯、瑶薇、凯西都已入座了。早餐设在兰斯别墅的花园内，青翠的草坪上，铺着洁白餐布的长桌上摆着各式各样的食物，琳琅满目：蛋卷吐司、培根薄卷、牛肉汉堡饼、土豆泥、草莓奶昔、南瓜肉松糕，似乎考虑到慕慕的口味，甚至还准备了玉米粥和绿豆糕。

刚才一直睡得昏天黑地的卡卡夫闻着香味也醒了过来，抖着尖耳朵跳下慕慕肩头，摇尾巴叫道："肉肉！"

坐于主位的兰斯淡淡瞥了眼卡卡夫，明知故问，"卡卡夫怎么在你这儿？"

慕慕嘴角抽搐，僵着脖子答曰："……我在门口捡到的。"

"这么巧，"兰斯搁下手上的高脚杯，从怀里拎出个毛茸茸的东西道："我也捡了只。"

慕慕定眼一看，只见兰斯手里拎着只和卡卡夫一模一样的小正太，对方见到围着桌子打转的卡卡夫，嗷呜嚎了声。兰斯放下小正太，拍着他的脑袋训斥道："卡卡夫，夫卡卡，你们俩要是再逃课，我就把你们关进黑屋子！"

夫卡卡丝毫没有畏惧的意思，三步并作两步地跑到孪生兄弟面前，哧笑道："被抓住了，真笨！"

"嗷呜，你还不是一样！"

……

趁着众人关注两个小家伙的空当，慕慕拽住任毒舌的衣袖，以只有两人能听见的声音道："夏洛尔和瑶薇……是怎么回事？"

任之行扬了扬眉毛，意味深长地凝住慕慕。慕慕有些结巴，"我就是感觉……他们好像关系不太好。"

"果然女人最大的天赋就是八卦吗？"任毒舌摸了摸下巴，似乎斟酌着用词，"告诉你也没关系。他们不是关系不太好，是……太复杂了。"

"什么意思？"

"大概是一百多年前吧，瑶薇带领的火凤[①]族和幼稚园起了点冲突，兰斯就想了个伤害性最小、最有效率的方式收复火凤族和瑶薇——"说到这儿，任之行顿了顿，才看向慕慕启齿道："美人计。"

慕慕瞪大眼眸，茫然地盯住任之行，"美人计？难道是——"

任之行颔首，"夏洛尔虽然比不上兰斯，可也算莱尔斯幼稚园数一数二的美男了，刚巧又是瑶薇喜欢的那款。所以最终兰斯敲定，由夏洛尔扮作凤族接近瑶薇，结果嘛……呵，就是现在这样，瑶薇虽然最终归顺了兰斯，但知道夏洛尔接近自己的目的和他的真身后，与他反目成仇了。"

"他的真身？"慕慕眨眼，"夏洛尔到底是什么变的？"

①火凤凰，相传它们的故乡在埃及。代表凤凰的古老原词是"fenice"，意为不死火鸟。相传这种鸟每五百年自焚为烬，再从灰烬中重生，循环不已，获得永生。

任之行摊手，“他带领的A班全是鳞甲类，你说呢？”

闻言，慕慕瞳孔渐渐放大，鳞甲类啊，难不成夏洛尔是鱼类？鱼和鸟……这、这、这不是天生的死对头吗？高傲的火凤族知道自己竟然被食用鱼调戏了，后果完全可以想象。那要是……让瑶薇知道自己今早再次撞见她被食用鱼调戏，会不会——

杀人灭口！

这四个字蹦进脑海的同时，那头卡卡夫和夫卡卡两个小家伙的声音也正好传进慕慕耳朵里：

“你在园长别墅里找到好玩的东西了吗？”

“没有，你呢？找到好玩的了吗？”

“找到了，我和新来的人类老师看见夏洛尔和……呜呜！”卡卡夫话未毕，慕慕已如风般扑了过去，死死捂住小正太的嘴。瑶薇和夏洛尔齐齐看向这边，慕慕咬牙，稳住快要跳出来的小心脏，对兰斯喊道：“园长，我决定了，去B班！”

“好！”话音刚落，慕慕身后就爆出气吞山河的男声。慕慕顺势回头，就见一身材魁梧的大叔激动地走了过来，眼睛放光道：“你就是慕慕吧？”

任之行介绍道：“这是B班负责人，白淮。”

卡卡夫、夫卡卡兄弟俩见了来者，也欢腾地扑了过来，一人抱一条大腿，撒娇蹭脸。白淮见状哈哈大笑，一手拎一个小家伙，将两人扔在自己肩上坐好，这才道：“你们两个小混球，怎么趁我不注意又溜了？快跟我说说，又去哪儿探险了？”

慕慕闻言，唯恐卡卡夫说出刚才的事情，忙插嘴道：“白、白老师你好！我叫慕慕，姓慕名慕，以后请多多指教。”

作为社会新人，其实慕慕对如何向同事介绍自己毫无经验，所以这番话说来又生涩又别扭。谁料白淮大大咧咧，狂笑两声，直接伸手拍慕慕肩道：“叫我白淮就成，以后有什么要帮忙的直接来找大叔。还有，你能选B班，大叔我实在太高兴了！”说罢，又拍了拍慕慕的肩。

奇怪的是，慕慕没有半点回应，只怔怔地站在原地，一脸菜色。

白淮疑惑道：“怎么不说话了，慕慕？”他一面说，一面又要伸手去拍慕慕。这次慕慕眼疾腿快，一下就闪到边上，挤出一丝比哭还难看的笑来，“哈哈，我是太感动了，感动！”

慕慕咬牙，暗中揉了揉已经全麻的左肩，望着满脸无辜的白淮，恨不能立马就上去踹他两脚。果然这个幼稚园就没有一个正常人，不论选A班B班C班，结果都一样！这怪力大叔只是轻轻拍拍她的肩，就能让她享受到半边瘫的感觉，要是什么时候不小心惹火了他……

慕慕情不自禁地瑟缩了一下，完全不敢想象那恐怖血腥的画面。

“好了。”兰斯发话道，“虽然慕慕已经选了B班，但这早饭还是要吃的，你们都坐下吧。”

众人闻言，纷纷坐下。慕慕挨着任之行坐下，正准备开动，砰的一声，自己面前已多了一只饭盒。

这是……什么？

慕慕抬头，只见对面白淮大叔一脸少女一般的羞涩表情，扭捏道：“这是人家专门为你准备的啦，嗯哼……”

话毕，慕慕的鸡皮疙瘩顿时掉了一地。但除了自己，似乎其他人对浑身冒粉红泡泡的白淮都没什么反应，该啃面包的啃面包，该切牛排的切牛排，这空当，夏洛尔还偷瞟了眼情人瑶薇。

任之行耷拉着眼，一面切着面前的煎蛋一面道：“老白最大的爱好就是烹饪，每次有新人加入幼稚园，他都会做些吃的给对方。所以，不用自作多情。”

白淮闻言猛点头，末了又叹气苦恼道：“现在像我这么善解人意、温柔善良、多才多艺的居家好男人去哪儿找啊，怎么叔就是没情缘呢？”

兰斯绕开白淮的话题，“慕慕，还不打开看看？”

慕慕打开饭盒一看，是饺子拼盘。五颜六色的饺子被摆成了花的形状，而每个饺子面上，又用海苔做了饺子的眼睛和嘴巴，使得每位饺子君的表情都不一样：或笑或恼，各种卖萌。

看得出来，做便当的人非常用心，即便慕慕这样的粗线条，见到这一幕后也动容了。

“好可爱！我还从来没见过这么可爱的饺子！”

白淮大叔被称赞，刚消失的粉红泡泡又冒了出来，捧脸摇尾道：“是吧是吧，你快尝尝看，大叔我可是一大早就起来准备了！”

虽然不太习惯一提及烹饪就变娘娘腔的白淮，但慕慕还是很给面子地夹了一只荞面做的黑皮饺子。与此同时，众人的目光也齐刷刷地投射了过来，就连一直抢着面包的卡卡夫、夫卡卡两兄弟也转头看了过来。

慕慕一愣，呃，这是什么情况？大家是在嫉妒吧，嫉妒只有她一个人能吃到这么精致的爱心料理？对，一定是嫉妒！

慕慕一面这么想着，一面咬了口饺子，霎时僵在原地，血槽空了一大半。

白淮满脸期待地问：“怎么样怎么样？”

慕慕艰难地咽了口唾液，咬牙道：“我怎么觉得有股墨汁味儿？”

“对啊！”白淮拍掌，弯眼道：“这饺子就是用黑墨汁染的皮儿！”

什么？！

慕慕瞪大眼睛，仅剩下的血条瞬间被抽空。这头慕慕双眼发直，那边白淮却还在如数家珍。

“这个蓝色的饺子是用硫酸铜做的，那个红色的是用猪血做的。还有，我听说人类吃饺子时都喜欢蘸醋，可带醋碟太麻烦了，所以我就用保鲜袋装了点醋，包在每个饺子里，你只要咬破醋袋就能尝到味儿啦，哈哈哈哈！”

听到这话，慕慕嘴里也蔓延开了奇葩到无法用言语形容的味道。现在，她总算明白为什么大家会向她行注目礼了，总算明白为什么“贤惠温柔”的白淮大叔情缘值为负了。他大爷的，哪个妹子吃了这么恐怖的爱心便当还不被吓跑？！

慕慕强忍着恶心，弯下身就要吐，心底却响起一个声音道：“慕慕。”

是兰斯。

慕慕眨眼，惊异地看向兰斯，园长大人端坐于主位，正举止优雅地切着牛排，根本没往自己这边看上半眼。

是幻觉吗？因为吃了太过极品的饺子，所以产生幻觉了？慕慕正思忖着，兰斯的声音再次在脑海里响起：不用怀疑，是我。我只是友情提示你，就算再难吃，你也最好咽下去。

慕慕：嗯？为什么？这味道到底有多恶心你知道吗？而且这里面还有保鲜袋，换成你，你会咽下去吗？你们早就知道，故意不告诉我的是不是……

兰斯打断慕慕的吐槽，一针见血道：如果你想让白淮发狂，也可以试试吐出来。嗯……很久没见到白淮咆哮的样子，似乎也不错。

慕慕一噎，墨汁饺子下肚了。

白淮见慕慕吞下饺子，忙紧张地问："你觉得好吃吗？"

慕慕哽咽，从牙缝里艰难地吐出句话，"这是我吃过的最特别的饺子。"

"真的吗？"

"真的。"

"那再吃一个。"

"……"

慕慕背脊僵硬，只觉头顶雷声轰轰，劈得她头皮发麻。

慕慕颤抖着唇苦笑，"不、不用了，我已经饱了，谢谢。"

白淮满脸遗憾地盯着慕慕，"吃这么少？"

慕慕艰难地笑道："我最近胃口不太好。"

"这样啊，"白淮若有所思，忽又叉腰笑开，"没关系，叔回去就帮你熬开胃汤，反正以后你和我都在B班，有的是机会。"

慕慕闻言手一颤，筷子直接掉在了地上。任之行帮她捡起来，这才道："拿好。"

慕慕如拽救命稻草般拽住任之行的衣袖，拉着他附耳道："那个……我要是现在说反悔，不去B班了，可不可以？"

任之行用只有两人才听得到的音量道："可以，怎么不可以。"

"真的？"

"真的。"任之行点了点头，嘴角勾出诡异无比的弧度。慕慕一见这笑容心里便咯噔一声响，果然，当即就听任之行道："只要你斗得过发疯的白淮，有什么不可以？"

慕慕吐血三千尺，直接阵亡。

太后，我真的好想回家。

Chapter 03

磨合期你好

纵有千百个不愿意，吃过早饭后，慕慕还是随任之行、白淮去了B班。

一路上慕慕都忐忑不安，脑海里不断预演待会儿见到小屁孩们该怎么自我介绍，该如何应对他们稀奇古怪的问题，以及……如何抵御他们毛茸茸的卖萌攻势。

可是，等真到目的地时，慕慕才顿悟，在这个妖魔幼稚园，根本就不能以正常人的思维去思考。再看了眼面前的景象，慕慕抚额，已无力吐槽：谁能告诉我，这是什么情况？

众人面前没有课桌课椅，没有黑板讲台，更没有慕慕想象中的教室和学生，有的只是一望无际的密林。

见到小丛林，白淮肩上的卡卡夫、夫卡卡就跟猴子见了苞谷——早按捺不住，吵嚷着要下来。白淮拍拍俩小家伙的屁股，放他们下来后爽朗大笑，“小子们，今天也要加油，听到没有？”

兄弟俩异口同声地汪了声，便蹦蹦跳跳地跑远了。慕慕杏眼圆瞪，盯着俩小家伙彻底消失在丛林里，这才回过神来。

“就这么放他们走了？他们不用上课？”

“他们现在就是在上课。”任之行道。

啊？慕慕咂舌，这头白淮却如捣蒜般点头道：“既然孩子们已经安顿好了，那我也就先回去了。慕慕，等着叔给你熬开胃汤哦！”

“等、等——”慕慕差点喷血，一句话还没说齐整，白淮大叔已如一阵风般消失了。慕慕迎风呆立，僵在半空的手放下也不是，不放下也不是，只能转头求助引导师任之行。

任之行抱胸解释，“这里叫百果林，学生们的采集课和种植课都在这里进行。”

采集课？种植课？那是什么？一般幼儿园不就教孩子们唱唱歌、跳跳舞，最多再学个ABC吗？

好像知道慕慕心里想什么似的，任之行道：“你如果以为小妖魔们来幼稚园只是混个时间那就大错特错了。莱尔斯的课程主要分为三大类，除了必修的战斗课程和生活课程，他们还要选修三门艺术课程。”

说罢，任之行就从怀里掏出张课程表。慕慕定睛一看，顿时明白为什么卡卡夫两兄弟那么喜欢逃课了。课程表上，从周一到周五，密密麻麻排满了课程，又根据课程类别的不同用了不同的底色标注。

课程表最下面，还用小楷字龙飞凤舞地备注了课程的分类，分别是——

战斗系：防御、战斗、幻化

生活系：烹饪、缝纫、医术、阅读、农业（种植）、科学、采集

艺术系：写作、美术、音乐、表演、IT

看着手上的课程表，慕慕瞠目结舌，转念一想，又忍不住怔了怔，这课程表该不会是……任之行早就替自己准备好的吧？

慕慕下意识地偷瞟了面无表情的任之行一眼，心里微微回暖：唔，这家伙虽然毒舌加面瘫，但其实心眼儿蛮好，做引导师也很负责细心。

想到这儿，慕慕咬住下唇，“谢”字还没出口，那头任之行已凉凉地道：“不用道谢，我只是觉得你这么蠢的人，就算我告诉了你你也记不住，肯定还会再来烦我，所以手抄了一份给你。”

慕慕头顶着三根黑线，拳头已微微攥紧，果然，对于任毒舌就不能心存半

点好感，这家伙生下来就是让人讨厌的！

慕慕深呼口气，转移话题道："那他们的采集课老师是谁啊？难道就这么任由他们自己在林子里瞎转？"

"他们今天的课程任务是采集两样可食用果实和一样不可食用果实，根本不是瞎转，还有，"任之行抬眸盯住慕慕，"不同于人类的教育方式，幼稚园的课程一般都是这样的开放式，相对于理论，妖魔们更注重实践教育。"

慕慕似懂非懂地点点头，才忽然想起件更重要的事情，"那……我教什么？"好像……这课程表上的课程她都不太会……

顿时，慕慕自卑得几乎抬不起头。

"这个倒不用着急，你现在最主要的任务就是和孩子们熟悉起来，要知道，想当莱尔斯幼稚园的老师也不是那么简单的。"

慕慕抬头，蹙眉疑惑地盯住任之行，总觉得他话里有话。一见他微微勾起的嘴角，就更预感不妙了。

"你刚才说的不简单是指——"

"好了，"不等慕慕说完，任之行就打断她，"引导师的工作我已经做完了，接下来就靠你自己了。"说罢，也转身离开了。

百果林内，微风清和。虽然正处盛夏，但因为枝叶茂盛，林子内照不进一丝阳光，倒也清爽凉快。

慕慕坐在小溪边，一边无聊地用柳枝拍打溪水，一边纠结叹气。任之行临走前让她和孩子们多相处相处，早日熟悉起来，可是，谁能告诉她，要怎样才能和小屁孩们熟悉起来呢？

慕慕又叹了口气，而后托腮，悄悄侧眼看了看斜下方。斜下方的大树后，几个小脑袋正怯怯地朝这边打量，还自以为没被发现，悄声议论着。

"看见没，那个就是新的人类老师。"

"她好凶。"

"喵呜，你怎么知道她很凶？"

"我听说今早是她把卡卡夫他们抓回来的！"

"呜呜，好可怕，不要她当老师嘛。"

……

慕慕尴尬万分，这是谁以讹传讹，明明是自己和卡卡夫一块儿被兰斯抓住了好不好！这下可好了，还没和小屁孩们接触，形象就先被毁了，再想和他们混熟可就难了。

慕慕正纠结着，左边灌木丛中就传来窸窸窣窣一阵响声，大树后的议论声骤停，慕慕转头去看，顿时就见灌木林里蹿出个小胖子来。小胖子长得贼头贼脑，眯成线的小眼睛周围一圈全是黑色。慕慕正奇怪，一看小胖子身后黑色环纹的长尾巴，霎时明白过来，这不是干脆面君——小浣熊嘛。

干脆面君见了慕慕倒也不逃，只呆头呆脑地盯住慕慕。两人大眼瞪小眼一番，慕慕决定主动出击，招手道："过来，你叫什么名字？"

干脆面君挠了挠头，站在原地没动。

慕慕有些尴尬，试着又道："不要怕，我叫慕慕，是你们的人类老师。"

干脆面君闻言仍旧没动弹，望天想了想，这才从兜里掏出几个果子来，慢慢捧到慕慕面前。慕慕受宠若惊，指着自己问："给我的？"

干脆面君憨憨地转了转眼珠，睁大眼睛又将果子往前凑了凑，"吃，你吃。"

慕慕低头，只见他手里捧着红彤彤的樱桃。盛情难却，慕慕道了声谢谢，拣了颗樱桃丢进嘴里。

见状，干脆面君瞪大眼睛，目不转睛地盯住慕慕。

慕慕道："怎么啦？这个樱桃——"话说到一半，慕慕就自动噤了声，表情痛苦地摸了摸脖子，这才哑着声继续道："这个樱桃为什么有点辣……"

"啊，嘴巴！"干脆面君不等慕慕说完，就忽然跳了起来，爪子一扬，樱桃撒了一地，"嘴巴乌了乌了！"

对方哇哇乱叫之时，慕慕嗓子已疼得说不出话来了，脑袋也晕乎乎的。她甩了甩发涨的头，见地上的果子已变成墨绿色，硬硬的果皮上长着奇怪的尖角——根本就不是什么樱桃！

这是——

慕慕纳闷儿间，灌木丛里忽然又蹿出几个小鬼，为首的小萝莉叉腰哈哈大笑，"怎么样，我就说这是毒果，你们还不信！哼！"

旁边的短发小男孩闻言哧声一笑，转过头道："你指使小漓把新来的人类老师毒死了，看你怎么办！"

听了这话，慕慕惊恐地抱住喉咙，可惜为时已晚，果子早吞下去了，哪儿还吐得出来？那一瞬间，任之行的话赫然回响在耳边——

"想当莱尔斯幼稚园的老师也不是那么简单的。"

"他们今天的课程任务是采集两样可食用果实和一样不可食用果实。"

原来，原来！

这群小浑蛋是把她当小白鼠，故意把没见过的果子变成樱桃的样子骗她吃下去！慕慕怒火中烧，正欲伸手逮住小胖子，呼吸却一窒，情不自禁地弯下腰来。肚子……好痛！四肢也变得软绵绵的，这到底是怎么回事？

慕慕倒地时，一群小鬼还吵得不可开交。

"我还不是为了交功课才拿她做实验品的，谁知道人类这么脆弱？！"

"你不用狡辩了，反正她死了你一定会被开除学籍。"

"嗷，你这个浑蛋，看我不咬死你！"

"啊啊啊，你们快看，人类老师全身发紫了！"

"嗷呜，怎么办？"

"快，快把她埋起来，埋在土里就能解毒了。"

小屁孩们七手八脚地把慕慕扔进坑里，慕慕终于挣扎着用最后一口气说了一个字："救……"后面那个字，被一抔土彻底掩埋在了地底。

小妖魔们忙着"拯救"人类老师之际，躲在不远处的白淮和任之行也正默默地关注着这边。见慕慕大半个身子都被埋在坑里，白淮迈腿就想出去阻拦，却被任之行一把拽住了。

白淮皱眉道："再这样下去她会死的。"

任之行摇头正想说什么，身后传来一男声道："不会。"

两人齐齐回头，只见兰斯朝两人缓缓走来，待站到两人中间，他又朝慕慕的方向望了望，这才微微眯眼道："百果林内的毒果都是我亲自挑选种下的，皆属慢性毒物，一时半会儿不会有事。"

白淮有些着急，"可是她被活埋一样会死！兰斯你好像忘了，她是人类！"

"正因为是人类才不会死。"任之行接过白淮的话茬儿，"要知道，人类的生命力可是很顽强的，说是宇宙升级版的'不死小强'也不为过。"

听任之行这么调侃自己的种族，兰斯亦莞尔，颔首道："这既不是小说也不是电视剧，不可能每次遇到危险都有人来救她。如果她连这种小状况都搞不定，只能说明她不适合莱尔斯幼稚园，而且……"

说到这儿，兰斯顿了顿，而后转眼看向躺在坑里半死不活的慕慕，喃喃道："我总觉得那丫头不会这么容易倒下。"

与此同时，迷迷糊糊的慕慕半睁开了眼。

嗓子还是痛得一塌糊涂，四肢也已经麻木，慕慕甚至连自己的手脚现在是怎么摆放的都不知道。脑袋倒是不再晕了，她甚至能够清晰地看到自己的身体飘浮在空中，而一群小屁孩正围着她忙得热火朝天——

扎双尾辫的小萝莉指挥着大家干活，而刚才还和小萝莉斗嘴的栗发男孩则任劳任怨地填着土，不知道是卡卡夫还是夫卡卡的家伙正欢快地围着土坑转圈圈，骗自己吃下毒果的小胖子把毒果一个接一个扔进坑里，另外一头，一个小男孩正安慰着怀里的小姑娘。

"不要怕啦，没事的。"

"可、可是她万一真死了怎么办？白老师会不会打我们屁屁？"

"才不会，这样好了，万一真要打屁屁，我把你那份也挨了好不好？"

喂，臭小子你够了……利用我勾搭妹子算怎么回事……还有，你们都给我停下来，再这样下去我真的会……

慕慕徒劳地张了张嘴，却仍旧发不出半点声音，嗓子里似有一团火，愈烧愈烈，愈来愈疼。

栗发男孩抹了把额头的汗，踌躇道："喂，卿卿，这样真的可以解毒吗？"

被唤作卿卿的双辫小萝莉叉腰道："当然！我小时候不小心吃错了山里的草药都是这么解毒的。"

"可你是狐狸，她是人。"男孩顿了顿，又道："而且，她好像已经没气了。"

听了这话，一群小屁孩齐齐僵住。一阵清风刮过，刚才担心被打屁屁的小姑娘率先哇的一下哭出声。小胖子挠了挠头，从怀里掏出半块曲奇饼干来，扔进坑里。

卿卿愣了愣，噘嘴辩解道："才不是！这叫假死！白老师说过，大地之母是法力无边的，它能解任何毒！这一定是假死！"虽然表面上还是一副振振有词的样子，但她颤抖的声音已经彻底出卖了她。

男孩叹气，"算了，区区一个人类，死了就算了，我们把她埋在这儿，没人知道的。"

卿卿闻言，眼眸发亮，猛点头道："对，她是自己失踪的，和我们无关！"

听了这话，慕慕只觉惊雷劈中天灵盖，嗖嗖两声，自己的魂魄已回到身体里，眼前晃来晃去只剩下反反复复的四个字：

毁尸灭迹毁尸灭迹毁尸灭迹毁尸灭迹毁尸灭迹毁尸灭迹毁尸灭迹……

这群小浑蛋害自己中毒不说，现在竟然还想活埋她！谁说可爱的外表下绝对有一颗赤子之心？这群小浑蛋简直比大人还要可恶一千倍一万倍！

想到这儿，慕慕眼底已蹿起熊熊火苗，胸口热乎乎的，像有什么东西要喷薄而出。

"你们……"

听见坑底传来响动，刚才还叽叽喳喳的小屁孩们忽然噤了声。一阵沉默之后，卡卡夫呆呆地歪起头，"嗷汪，老师诈尸了？"

话音刚落，慕慕便从坑底跳了起来，对着小屁孩们一阵怒吼，"你们这群毛绒怪都给我等着！"

小妖魔们见状吓得哇哇乱叫，不过眨眼工夫，百果林内已不见半个小孩踪影。慕慕见这群小浑蛋逃得比风还快，又气又惊，深呼口气正想再说些什么，却觉喉咙一甜，噗地吐出一口鲜血，瞬间已直挺挺倒地——不省人事了。

远处，三名观众见到这一幕亦是一怔。任毒舌沉默片刻，开口冷笑道："真是的，本来还以为马上就要上演热血情节，人类少女群挑小妖魔之类的，结果，不过是回光返照啊。"

"啊，"兰斯尴尬地应道，"看来我还是高估她了。"

慕慕再醒来时，首先映入眼帘的，是一张精致到不能再精致的脸庞。慕慕愣怔一番，打了个哈欠翻身又继续睡。眼睛刚闭上，她就听到身后传来凉凉的声音，“慕慕，你这样的反应我很受伤。”

慕慕睁眼，吸气，再呼气，慢吞吞翻过身来又看了一眼，终于确定——这不是在做梦。

兰斯手抵在下巴上，笑得倾国倾城，“慕慕小姐清醒了没？”

慕慕闻言，一个鲤鱼打挺，第一个动作就是下意识地捂住胸口。兰斯见状叹了口气，“我不是跟你说过我对你不感兴趣吗。”

随即，慕慕好似刚发现兰斯的存在，满脸警惕地瞪着他，“你怎么在这儿？”还有，是谁允许这浑蛋随随便便坐在她床边的！

兰斯挑眉，“你就是用这种态度对待救命恩人的？”

“救命恩人？”慕慕咬唇，这才想起之前的事情。对，刚才，她被干脆面君骗着吃下毒果，然后毒发没身亡反被小屁孩们埋了……

慕慕眨眼，“是你发现我的？”

兰斯颔首，一脸纯良，“你太重，应该减肥了。”

慕慕恨得咬牙切齿，伸爪正要暴怒，兰斯的手却忽然探上她的额头，顿时，慕慕背脊一僵，手还悬在半空——断电了。

“嗯，额头不烫了，今晚再吃一次解药，毒就彻底清了。”话毕，兰斯回头，看清眼前的景象后又情不自禁地挑了挑眉，眼底满是笑意。额头的烧是退了，可小妮子的脸上却泛起了可疑的红晕。看来，这也不过是只纸老虎，表面上凶悍罢了。

慕慕唯恐兰斯看出端倪，甩开他的手，又往床里边躲了躲，这才转移话题道：“呃……你怎么会去百果林？”

“我有饭后散步的习惯。”兰斯撒起谎来脸不红气不喘，话锋一转，又道：“怎么样，第一天上班就差点被学生活埋，慕慕小姐打退堂鼓了吗？”

“怎么可能？”慕慕瞪大眼睛，“我看起来是那么脆弱的人吗？”

她可是纯爷们儿，比24K纯金还纯的爷们儿！所谓纯爷们儿就是有仇必报，欠钱必还。这群小浑蛋居然敢活埋她，这笔账还没好好讨回来，她怎么可能打退堂鼓？不把这群孩子打得满地找牙、哭爹喊娘，匍匐在地上喊女王饶命她就不姓慕！

暗自下定决心后，慕慕女王眼底又重新蹿起了熊熊火焰，一想到小屁孩们流着鼻涕跪地求饶的样子，慕慕就忍不住咯咯笑出了声。

“慕慕，你在傻笑什么？”

听到兰斯的声音，慕慕才猛地回神，抓了抓头，心虚道：“呃，没什么。我不会离开幼稚园的，我会好好教孩子们的。”

“不必心急，”兰斯和颜悦色道，“现在先把身体养好才最重要，怎么样，还觉得头疼吗？”

慕慕摇头。

“四肢还无力吗？”

慕慕继续摇头。

“那还有哪里不舒服？”

慕慕想了想，依旧摇头，“没有了，谢谢。”

“很好。”见状，兰斯眼眸微弯，笑道：“那就起来继续上班吧。”

什、什么？

慕慕下巴直接砸地上，刚才是她幻听了吧，兰斯居然说……

“不用怀疑，”兰斯无耻地眨眼道，“慕慕小姐没有听错，既然你没有任何地方不舒服，自然不能拿着工资偷懒。现在，就起来去上班。”

“万恶的资本家都是吸血不眨眼的”这句话真是说得一点都没错！

慕慕跟着“万恶的资本家”重新回到百果林时，小妖魔们的采集课也已接近尾声，正排队交着功课。慕慕眼尖，一眼就看到千脆面君拎着个竹篮子站在白淮跟前，白淮并没有看见两人过来，正一脸专注地检查着千脆面君的作业。

“嗯，东西倒是收集得不错，”白淮摩挲着有些胡碴儿的下巴，“不过小漓，你是怎么知道这些果子能吃的？”

千脆面君傻乎乎地点头，“我、我知道，这几个我都吃过。那个红的最、最甜，好吃！”

白淮哈哈大笑，拍了拍千脆面君的脑袋道：“你个吃货小胖子，那这个毒果呢？你怎么知道它有毒，难道你也吃过？”

“没有，”干脆面君猛摇头，“不过人类老师……呜呜！”不等干脆面君说完，卿卿和栗发男孩就一左一右地跳了出来，一个踩干脆面君的尾巴，一个捂住他的嘴，倒是配合得天衣无缝。

“夜吾，卿卿，你们在干什么？”

被唤作夜吾的男孩清了清嗓子，正色道：“白老师，我们是根据色泽和气味判断这些果子有毒的。”

“真是这样吗？”兰斯的声音恰到好处地响起，小妖魔们齐刷刷回头，见到兰斯身后的慕慕都瞪圆了眼睛。慕慕将拳头抵在嘴边，不自在地咳嗽了声。喂喂，这群小浑蛋的眼神是怎么回事？明明她才是受害者好不好，怎么现在一个比一个装得无辜？

兰斯不疾不徐道：“这是新来的人类老师慕慕，大家有没有什么想跟慕老师说的？”

慕慕窃笑，拿出当年小太妹的架势——痞痞叉腰，伸出右腿抖啊抖，她倒要看看，这群小屁孩在活埋她之后，还、能、跟、她、说、什、么！

夜吾沉默片刻，率先踏出一步道：“对不起。”

“嗯？”慕慕头顶三个巨大的问号，一脸茫然无措。

夜吾眨了眨眼睛，柔柔地说道：“慕老师，对不起，今天是我不好，是我让小漓拿果子给你吃的，本来只是想让您尝尝味儿，没想到人类这么脆弱……我们看你中毒晕了，一着急才把你给埋了，想替你解毒……”

慕慕咂舌，一时半会儿连脸上该摆什么表情都不知道了。这就……全招了？这算什么，坦白得也太快了吧？如此一来，本来还盼望着用暴力镇压子民的慕慕女王反倒不好发威了。还有，什么叫“没想到人类这么脆弱”，你这到底是在道歉还是人身攻击？

慕慕踌躇间，一晃眼却见夜吾的嘴角微微扬了扬，再定眼一看，小鬼已恢复了人畜无害的模样，一脸楚楚可怜的模样。

慕慕脑中灵光一闪，顿时醍醐灌顶：原来这小鬼刚才都是装的！他知道东窗事发，怎么也逃不过兰斯、白准的法眼，干脆以退为进、将计就计——坦白从宽让自己不好对他下手。小样儿！以为这样就能逃过去？

慕慕用鼻孔哼了声，手呈爪状正欲发作，一个毛茸茸的东西却突然闯进了她的视线。慕慕下意识地往后退了两步，这才看清原来面前是一只玩具泰迪熊。此刻，小狐狸精卿卿正双手举着泰迪熊，杏眼泛光道：“老师，我们错了，你不要生气，这个送你。”

不、不用了吧？

慕慕正想拒绝，兰斯在其身后重重咳嗽了声。迫于无奈，慕慕用食指和大拇指捻起泰迪熊的耳朵，咧嘴道：“谢谢。”

卿卿摇头，声音清甜，“不用谢。慕老师以后都要好好照顾熊先生哦！”

慕慕撇嘴，放心吧，我一定会好好照顾的，回头我就让它压箱底去。

白淮见夜吾、卿卿主动承认错误，弯下身子用胡碴儿戳了戳两个小家伙的下巴，哈哈大笑道：“知错能改善莫大焉，你们能改正错误我很高兴，以后都要和慕老师好好相处，知道了吗？”

“是！”

“以后收集毒果，再也不许用慕慕老师当实验品了，知道了吗？”

“是！”

“既然这样，就先下课吧。”

小妖魔们一听这话，立马作鸟兽散，白淮大叔朝慕慕眨眨眼，也大步流星地走远了。见状，慕慕怔了怔，这才木然地看向兰斯，只见兰斯一脸淡然地抱胸眺望远方，金色的阳光斜斜地打在他的侧脸上，泛起点点温暖的光泽。虽然很不想承认，不过，这画面……呃……还蛮好看的。

不过，这不是问题的关键，关键在于——

“我怎么觉得你叫我来，就是想让小鬼们给我道歉啊？”

兰斯扬眉，“现在才看出来？”

慕慕一噎，顿时不知该如何应答。

兰斯目光柔下三分，摸了摸慕慕手里的泰迪熊道：“其实小孩子是最感性的，只要试着去了解，你就会发现，他们并没有你想象中那么恶劣、顽皮，甚至比其他任何事物都可爱。”

慕慕抓头，“我……不太明白。”本来她就从没想过要当老师，小孩子对她而言简直就是外星生物，而身为妖魔的小孩子，更是外星生物中的异种。

慕慕噘嘴，一面摆弄着手里的泰迪熊一面道：“被骗吃毒果和活埋什么的，我都可以不计较，只是应付小孩子，我真的不在行……”

“没关系，慢慢来，”兰斯朝慕慕微笑，“时间长了，你自然就会了解孩子们的性情了。”

慕慕拧眉，真的是这样吗？

晚上，结束了一天工作的慕慕回到“花不语”，向太后报喜不报忧地汇报了第一天的工作情况，而后，慕慕就去浴室泡澡。正洗得欢快，门外忽然传来窸窸窣窣的响声。

慕慕愣怔半秒，朝天花板抛了抛水，继续哼着小调搓澡。应该是电视啦，慕慕安慰自己。进屋后，因为害怕任毒舌的噬魂犬跑进来，她还专门检查了一遍门窗。

咚——咚——咚——

正想着，门外却突然传来有节奏的敲击声。慕慕僵在浴缸里，只觉后背一阵阵发凉，再细听，那似脚步又似敲击的声音好像就在门外……

“不、不会吧？”慕慕咂舌，这剧情……也太悬疑惊悚了吧？

慕慕下意识地瑟缩，扯过浴巾裹住身体，再侧耳倾听，门外又什么声音都没有了。慕慕皱眉，难道真是听错了？还是——

慕慕蓦地瞪大眼睛，呼吸窒住的瞬间，脑中划过某个画面：兰斯满脸无辜地坐在床边，朝她微微歪头，“我敲了，不过你洗澡没听见。”

对！那浑蛋上次就趁自己洗澡时潜进这里。还有，今天上午她晕倒时，兰斯也是畅通无阻地把她抱了回来，说不定……那浑蛋根本就有这房间的钥匙！！

想到这儿，慕慕咬紧牙关，又掖了掖身上的浴巾，这才蹑手蹑脚地开了门。浴室外，不知何时已漆黑一片，微弱的月光透过窗户照了进来，洒在单人床上，单人床好似披了层薄薄的银霜。

慕慕扒着房门，做贼似的四处打量，外面别说人了，连只苍蝇都没有。房间里整整齐齐，窗户仍旧关得死死的，屋内没有任何被翻动过的迹象。见到此情此景，慕慕忍不住咦了声，难道真是自己太累了，再加上浴室隔音效果不好，所以她幻听了？

可是，她洗澡前明明没有关房间的灯啊。慕慕百思不得其解，抓头想了想，烦躁地说道："哎呀管他呢，先换了衣服再说。"

慕慕一面自言自语，一面朝床边走去，谁料刚迈出一只脚，整个人就僵在原地动弹不得。

兜转间，硕大的汗水已顺着额头滑了下来。

不对，真的不对。

洗澡前，她将换洗的睡衣搁在了床上，可现在，床上空荡荡的——什、么、都、没、有！

一时间，慕慕脑子里衍生出无数奇奇怪怪的词：偷窥狂、内衣收藏怪、采花大盗……到底是谁悄悄潜进了房间，拿了她的贴身衣物……

与此同时，慕慕身后再次响起奇怪的咚咚声，那声音又沉又闷，让人捉摸不透。慕慕吞了口唾沫，猛地转身，看清眼前景象后只觉呼吸一窒，之前好不容易积蓄起来的勇气在瞬间便烟消云散。

太后，快告诉我这一切都是幻觉，幻觉……

害怕的时候就告诉自己一切都是幻觉。

错愕间，慕慕竟想到这么句没头没脑的话。脑子已死机，脚也冻在原地无法移动。经历过最初的惊恐后，慕慕连尖叫和逃跑都不会了，只剩下瞪大眼睛看着前方。

一双绿油油的眼睛正在黑暗中兀自闪着光，嘴里还发出奇怪的呜呜声。因为没有开灯，慕慕看不清对方的样貌，只能凭借稀薄的月光大致推断出对方是个虎背熊腰的家伙，而从它的眼神可以看出——它现在心情不好，很不好。

伴随着咚咚的闷响，地板也开始跟着慕慕的小心脏一起颤抖，那双眼离自己越来越近、越来越近，可慕慕越是着急越是迈不动腿，正纠结不已，咔哒一声，客厅的灯亮了。

面对突如其来的强光，慕慕下意识地伸手挡了挡，抬眼看清眼前的景象后又忍不住一愣，头顶默默地、默默地，滴下了一滴汗。

这是……什么情况？

玄关口站着只硕大无比的泰迪熊，此时，它的爪子还傻不啦叽地按在走廊的开关键上。如果慕慕猜得没错，这货刚才张牙舞爪扑向自己时，不小心按到了顶灯的开关，于是，就这么华丽丽地将自己暴露在了敌人面前。

一时间，一人一熊大眼瞪小眼，皆不知所措。

慕慕顶着囧字脸腹诽：这不就是之前卿卿送她的玩具熊吗？难道它还有“月圆之夜，化身熊人”的隐藏属性？好吧，就算有这种奇怪的隐藏属性，那它偷自己的内衣内裤是怎么回事？！偷了内衣内裤不说，还套在自己身上又是怎么一回事？！

想到这儿，慕慕眼眸骤冷。泰迪熊套着自己的内衣内裤一脸卖萌地站在原地，这种时候还能摆出那种可爱表情的家伙不是猥琐大叔是什么？见状，慕慕抓狂模式开启，一边怒吼一边冲了上去，“你这个猥琐熊把衣服还我！”

待慕慕冲到自己跟前，猥琐熊才缓缓抬爪，砰的一下，轻轻松松搞定了战斗力只有五的渣渣。

月明星稀。蔷薇湖畔波光粼粼，水蔷薇在月光的笼罩下散发着幽蓝色的光，从远处眺望，就好似一朵朵花状的河灯漂浮在湖中，说不出的幽静。只可惜，如此美景，慕慕却没工夫欣赏。

她一面往前跑，一面咬牙咒骂。被猥琐熊打趴后，她原本以为只要装死就没事了，谁料那家伙比想象中更猥琐，见慕慕躺着不动，干脆又来扒她身上的浴巾。慕慕抵死不从，趁它不注意跳窗逃了出去，猥琐熊见状紧追不舍，一人一熊就这么从“花不语”一直跑到了蔷薇湖附近。

慕慕慌张地看了看身后，猥琐熊距离她已经不过百来米远了。虽然这家伙看起来笨拙不堪，但仗着腿长的优势一直没有跟丢，而且更重要的是，它好像完全不知疲惫，一边追赶还一边咆哮，但这头，围着湖畔转圈圈的慕慕却已经开始喘粗气了。

如果换作平时，慕慕还可以速战速决，寻找有利于自己的地理优势和这怪物拼一拼，可现在的慕慕同学身裹白浴巾一件，脚穿拖鞋一只，简直比刚入新手村的菜鸟装备还要差，这样子到底要怎么打？

老爸曾教过慕慕，束手束脚是战斗时的大忌，如果想要全身心地投入战斗，就必须扫清一切影响自己注意力的东西。现在唯一的取胜办法就是脱掉碍事的浴巾，这样既不用再担心迈不开腿，也不用再顾虑浴巾随时会掉下来。可显然，慕慕做不到。

必须想个办法，在自己倒下之前制伏这头猥琐熊。可这家伙身强体壮，圆滚滚的肚子里塞满了棉花，既没有痛感又不会累，到底要怎样才能取胜？它的致命点在哪儿？

正一筹莫展时，某个念头忽然窜进慕慕脑子里。慕慕灵光一闪，猛地停下脚步，看了看缀满星光的蔷薇湖，又瞅瞅身后的猥琐熊，眼眸骤亮，“棉花！”

与此同时，猥琐熊已冲到慕慕跟前挥舞熊掌，上来就是一爪。可出人意料的是，下一秒慕慕已消失在刚才的位置，猥琐熊扑了个空，傻眼间，却觉屁股上痒酥酥的，回头一看，慕慕正奋力地踹着自己。

这头慕慕亦窘迫不已，她原本计划出其不意把猥琐熊一脚踹进湖里：它肚子里的棉花吸了水，即使不沉底也能暂时延缓行动。可她怎么也没料到，这胖子会这么沉……

慕慕头顶三根黑线，光着脚丫一踹没用，再踹还是没用，等到第三踹时，直接扑了个空。

猥琐熊见慕慕在身后猛踹自己，极为不满地咆哮了一声，直立转身，一掌就拍到慕慕身上。顿时，慕慕只觉胸口闷疼，来不及有任何动作，人已随着厉风飞了出去，继而砰的一声，栽进了湖里。

慕慕在水里扑腾两下，脑袋刚浮出水面又听砰的一声巨响，猥琐熊也掉进了湖里。原来，这家伙打飞了慕慕，仍旧记挂着她身上的浴巾，也跟着傻乎乎地跳进了湖里。殊不知，这么一落水，就犹如千斤重物压身，没一会儿就沉到了水底。

阴差阳错，总算解决了猥琐熊。慕慕呼出口气，慢慢游到岸边爬了起来。这么一折腾，她刚洗干净的头发又黏到了一块儿，湿漉漉的浴巾上还裹着不明条状植物，而最让她尴尬的是，因为吸了水，重量加剧使得浴巾直往下坠……

慕慕郁闷地拉高浴巾，又找到刚才的拖鞋，拍胸安慰自己道：“没事没事，小case，这叫拥抱大自然！没什么的，反正又没人看见。”

话音刚落，另一边就传来干咳声。慕慕惊悚回头，只见任之行手持鱼竿一脸闲适地坐在岸边，脚边则卧着噬魂犬傲雪。今天任之行一袭白衣，长发随意拢起，薄薄的月光披在他身上，倒像从水墨画里走出来的清贵公子。

慕慕一时看呆。这头任之行将鱼竿收回来，放饵，又重新投回湖面，这才目不斜视地说道："实在不好意思，我看见了。"

闻言，慕慕只觉头顶轰轰作响，惊雷直劈天灵盖，三魂七魄直去了一大半。

见慕慕不搭腔，任之行慢慢回过头来，盯着她又道："虽说蔷薇湖是公有财产，但是慕慕——"

"什、什么？"

任之行想了想，方道："我觉得，你最好还是不要在这儿洗澡。"

慕慕喉咙腥甜，几乎要吐出血来。什么叫"狗嘴里吐不出象牙"，今天算是见识了。

慕慕回"花不语"换了衣服，就气势汹汹地去找任之行，谁料一开门，他人已回来，正坐在石凳上喝茶。任之行越是一脸无所谓，慕慕就越是生气，径直走到他面前，把桌子拍得砰砰响。

"你早就看见我了是不是？故意躲在角落看我落水是不是？"就算是陌生人，也不该见死不救吧。

任之行淡淡嗯了声，惋惜道："你们实在是太吵了，害我今晚只钓到三条鱼。"

"你——"慕慕牙齿磨得嘎吱作响，偏偏关键时候词穷了。她默了默，泄气地坐下来，"算了，我懒得和你生气，反正你也不是第一次袖手旁观了。不过有一点，今晚的事情不许说出去！"

要是让人知道她大半夜裹着浴巾被一只玩具熊追得四处乱窜……光是想想，慕慕就想找个地缝钻进去了。

任之行耷拉着眼，又替自己斟了杯茶，道："害羞熊。"

"啊？什么？"这是哪儿跟哪儿？

任之行挑眉，"刚才和你打架那位仁兄叫害羞熊，顾名思义，特长就是特别害羞，如果它身上穿着衣服呢，就是普通的玩具熊，而一旦它被人扒光……呵，后果你已经看到了。”

慕慕哑然，怪不得那猥琐熊偷了自己的内衣内裤还想扒她身上的浴巾，原来是因为这个。不过，平白无故的，玩具熊身上的衣服怎么会消失呢？

想到这儿，慕慕脑海里忽然闪过卿卿一脸人畜无害送自己玩具熊的样子，当时她好像说过——

“慕老师以后都要好好照顾熊先生哦！”

原来如此。

应该是卿卿在害羞熊身上做了什么手脚，所以到了晚上，害羞熊的衣服才会消失吧？

慕慕郁闷地叹了口气，托腮腹诽，谁说小孩子最纯真可爱的？瞧瞧，这就是活生生的例子！为了不破坏自己在兰斯、白淮面前的纯良形象，小狐狸卿卿可是用尽心机，直到三更半夜才对自己动手。虽然那个玩具熊不会伤人性命，可大晚上被这玩意儿吓一吓也够呛了。

任之行见慕慕沉思，大致也猜出了三分，悠悠道：“嗯，看来是被学生讨厌了。”

慕慕忍住掀桌的冲动，“我实在想不通，我刚来，到底有什么地方让小屁孩们这么讨厌我，又是活埋又是夜袭的……”

“知己知彼百战百胜。”

慕慕咂舌，“啥？”

任之行搁下手上的杯子，道：“我说，我现在就有办法让你知道小孩子们为什么会那么讨厌你。”

Chapter 04

夜袭

凌晨，夜沉如水。黑幕已经彻底降了下来。蓝黑色的天空，星星坠在天际闪闪发亮，知了在远处时不时地鸣上一声，园间花树则沾满露水。如此美好的夜，慕慕却陪着任毒舌在花园里……烤鱼。

望着升上天空的滚滚白烟，慕慕彻底晕了，“你说的办法就是吃烤鱼？”

“嗯。”

“吃了烤鱼就能知道小屁孩们为什么讨厌我，就能解决问题？”

“嗯。”

“你除了‘嗯’能不能说点别的？”

“嗯。”

慕慕嘴角抽搐，她一定是刚才脑子进水了才会相信任毒舌是真的想帮自己，这浑蛋自始至终都在耍她！想到这儿，慕慕深呼口气，转身拔腿就要走，回头却见门口不知何时已立着个小小的身影。

“干脆面君？”看清门口的人后慕慕傻眼，“这么晚了你跑这儿来干什么？”

干脆面君好像没听见慕慕说什么似的，只管流着口水往里蹭，此时此刻，小家伙已经维持不了人形——除了脸上的黑眼圈、屁股后面的环纹尾巴，头顶也长出了毛茸茸的耳朵，鼻子也变得越来越长。

“你到底……”慕慕话还没说完，干脆面君已四肢着地地朝里边蹿去。待依偎到任之行身旁，才乖乖蹲坐下来——继续流口水。

见状，慕慕顿悟，原来任之行说的办法就是这个啊……

干脆面君皱着鼻子嗅了嗅烤鱼的香味，伸出爪子正想去挠，任之行却故意将烤鱼的木棍往上抬了抬。干脆面君见状忙踮起脚尖，奈何水涨船高，那木棍顺势也往上升了一截，如此循环往复，烤鱼依旧“近在嘴边远在眼前”——只能看不能吃。

望着那被烤得外焦里嫩的河鱼，干脆面君急得抓耳挠腮，又试了几次发现仍旧够不着木棍后，终于结结巴巴地开口道：“老、老大……”

得，为了一点吃的，连“老师”都不会喊了，直接改叫“老大”了！

任老大道：“告诉我今天是怎么回事，这条烤鱼就归你了。”

干脆面君转了转漆黑的眼珠子，猛地一下跃了起来，兜转间已扑向烤鱼。这头任之行早有准备，往天空一抛，木棍连带着烤鱼直飞向天空，与此同时，任之行也微微侧了侧身，轻松避开对方后站定，烤鱼也恰到好处地再回到他手上。

“嗯，不错。”任之行晃了晃手上的木棍，面上仍旧毫无表情，“居然知道使诈了，比以前有进步。”

慕慕面皮抖动，“你这是在表扬他还是在损他？”

任之行不理慕慕，盯着干脆面君又道：“我再说一次，告诉我今天怎么回事，这条鱼就归你。”

干脆面君满脸犹豫，“可、可是不能……”

“最后一次，”任之行打断对方的话，斩钉截铁道：“你要是再不说，我就把这鱼喂猫了。”

听了这话，干脆面君眼眸闪闪发亮，提着两条前腿往前蹭上两步，道：“喵——”

慕慕抚额，已无言以对。就一条鱼，干脆面君你真的至于吗？你的节操到底何在！

“这招没用。”任之行耷拉着眼皮道，“快一点，不然我要改变主意了。”

“是卿卿。”关键时候，干脆面君为了烤鱼，还是果断出卖了盟友，“是卿卿让我把果子给人类老师的。她说人类老师来了，以后我们的人类课程肯定就是她教了，但大家都不想换老师，所以卿卿才故意拿她当小白鼠的！”话毕，干脆面君又是一个急跳，终于如愿以偿地抢到了烤鱼，衔着木棍蹦蹦跳跳地走远了。

这头，慕慕却陷入了沉思。原来说来说去，是小屁孩们不想换老师，而教这门课的一定是非常了解人类的人，整个莱尔斯最熟悉人类生活习性的除了自己就只剩下……

慕慕不由自主地看向任之行。

任之行耸肩，“不要看我，我是莱尔斯第一大闲人，不上课的。”

“那是谁？”

任之行用树枝慢慢刨了刨火堆，这才道：“兰斯。”

“兰斯？”慕慕怪叫出声，他还亲自给孩子们上课吗？

“嗯，他有过在人类社会中生活的经验，作为人类课的老师是最合适不过的。但你知道，一般老板、园长什么的都很懒，干一段时间就会找人接手自己的活，所以才招你进来，不然你以为呢？”

慕慕头顶滴下汗，一般这种情况，官方说辞都是“园长工作太多太忙，分身乏术所以才招新人接替自己”才对吧？任毒舌吐槽起自家老板来也太直白了。不过这不是问题关键，关键在于对方居然是兰斯。

想到兰斯那张完美无瑕的脸，慕慕就忍不住哀叹出声。如果自己是小孩子，也舍不得这么好看的老师吧？所以她才说，兰斯这货绝对是开了外挂的，长得好看也就算了，偏偏这浑蛋没有半点距离感，身上总有一种想让人亲近的诡异气场——看昨天他和小孩子们的互动就一目了然了。

见慕慕眉头紧蹙，任之行挑眉，“怎么，怕了？”

慕慕死鸭子嘴硬，“怎么可能！我只是不知道该怎么和小屁孩们相处他们才肯接受我……”

任之行不言语，有一下没一下地抚着傲雪的毛，傲雪在他的抚摸下舒服地趴了下来，微眯着眼睛享受，时不时伸出粉红小舌舔舔主人的手，温顺乖巧得犹如普通宠物犬，真是怎么看怎么不像那天袭击他们的怪物。

慕慕正感叹，脑子里的某个念头一闪而过，顿时心如明镜。

“有了！”慕慕激动地拽住任之行的胳膊乱晃，嚷嚷道：“有了有了！”

任之行低头，看了眼还被慕慕拽住的胳膊，情不自禁地拧起眉毛。

“什么？”

慕慕道：“你用你的噬魂犬吓一次小屁孩们，然后我再去救他们不就行了？别人不都说小孩最崇拜英雄，只要我救了他们——”

“我拒绝。”慕慕话还没说完，任之行就抽回手冷冷地打断道。

慕慕的手尴尬地僵在半空，怔了怔才道：“为什么？”她真是完全搞不懂任之行在想什么，既然他肯主动帮自己套干脆面君的话，也就是说，他是愿意帮自己的吧？可现在他又在傲娇个什么劲儿啊！

“任之行，你有没有听过一句话叫‘送佛送到西’？”

“那你有没有听过另一句话叫‘说曹操曹操就到’？”

慕慕头顶三个问号茫然无措，这都是什么跟什么啊。

“你自己没有眼睛吗？”任之行指了指慕慕身后道，“要想当英雄，现在就是机会，去吧，慕乌鸦。”

慕慕扭头看了看身后的景象，恨不能当场给自己一巴掌……任毒舌说得没错，她果然是个乌鸦嘴。

慕慕和任毒舌所处的花园左邻蔷薇湖，右靠教学楼，而背面就是小孩子们的宿舍楼。此刻，沉沉黑雾下，正有什么东西源源不断地拥向宿舍楼。借着微弱的火光，慕慕看见那东西竟是从地底爬出来的——不，与其说是从地底爬出来的，不如说是由地面上的泥土捏造形成的更贴切。这些怪物拥有健硕的四肢，倒钩状的尾巴，还有如蝙蝠一般的羽翼。

慕慕一面缓缓靠近怪物，一面思忖：怎么越看这些怪物越面熟？我在哪儿见过？

“是石像鬼。”任之行道。

“石像鬼？”慕慕喃喃，“那不是游戏里的怪物吗？怎么会跑到这儿来？”

任之行向慕慕投去一个鄙视的眼神，摇头道：“慕小姐，你的简历上明明写着你是建筑专业毕业，既然如此，你应该学过《西方建筑史》吧？再怎么蠢也应该知道石像鬼是中世纪哥特式建筑屋顶上的雕像吧？”

慕慕被任毒舌说得面红耳赤，正想反驳两句，就听前方传来小孩子的尖叫声。慕慕暗叫不好，拔腿就往宿舍楼跑去，但为时已晚——等她飞奔到宿舍楼时，已有为数不少的石像鬼窜了进来，被“恶鬼”惊醒的小屁孩们乱作一团，有被吓得哇哇大哭的，也有英勇地跳出来跃跃欲试想要一战的。

排头的就是夜吾，另一边，夫卡卡、卡卡夫兄弟俩也挡在低年级孩子跟前，嘴里发出呜呜的警告声。小狐狸卿卿则站在楼道口，向最近的那只石像鬼不断进行狐火攻击，但那石像鬼不但没被打退，反倒越靠越近。卿卿心下着急，猛一跺脚，干脆放出比刚才强上三倍的狐火，石像鬼被这一下击得连退几步，一时间竟定在原地不动弹了。

卿卿见状哈哈大笑，叉腰道：“不堪一击，本小姐——”

“小心！”话未毕，那头夜吾的叫声已响起。眨眼间，面目狰狞的石像鬼已朝她扑了过去，顿时，卿卿大脑一片空白，正发呆，眼前又是一花，身体已被什么东西带着躲到了一边。

慕慕抱着卿卿滚到一边，借着弹力又立马跳起来，抽出怀里的水果刀转身就朝石像鬼的头砍去。对方应声而倒，慕慕正想松口气，已人首分离的石像鬼却缓缓蠕动起来。慕慕拉着卿卿往后退了几步，只见石像鬼慢慢融进了地底，不多会儿，一只崭新的石像鬼又从地里生了出来。

慕慕惊得杏眼圆瞪，“怎么会这样！”

任之行优哉游哉地走过来，抱胸倚在门边道：“石像鬼乃土系生物，所谓五行相生相克，水生木，木生火，火生土，土生金，金生水。卿卿，你的狐火不仅伤害不了它，反倒能助长它的威力。唔，同理，如果石像鬼一直紧挨大地就能源源不断地吸收土元素，当然是砍不死的。”

慕慕闻言，立马将石像鬼往楼上引，见石像鬼离开地面，卿卿也连忙跟上来，伸手就是一爪，电闪雷鸣间，石像鬼已四分五裂。慕慕和卿卿刚舒口气，已经成块状的尸体又如刚才般蠕动起来，纷纷往楼下爬去。

“这是……”慕慕惊呼，一时间应接不暇，拦住这边的肉块，那边的又趁势溜了下去。

任之行摇头，“忘了说，石像鬼对物理攻击几乎免疫，所以，即使你把它引到高处切成肉丁，被斩断的身体也会在几秒内苏醒过来，根据本能寻找土元素，然后——复活。”

“你能不能一次性把话说完！我们现在到底该怎么做？”慕慕踩住石像鬼的脑袋，眼里的小火苗已经蹿上眉梢了。为什么每次遇到危险，任之行都能摆出副悠闲淡定的模样？如果说上次他袖手旁观是因为面试，那现在呢？保护幼稚园的孩子不是每个工作人员的职责吗？还有，这群该死的石像鬼怎么都对他视、而、不、见？

任之行好似看不见慕慕眼中的怒火，依旧不紧不慢地掰着指头道：“所谓五行相克，乃火克金，金克木……”

“说！重！点！”

任之行咳嗽声，道：“重点就是，先将石像鬼引到高处，然后再用木系法术攻击石像鬼。”

卿卿眼睛一亮，“小漓会木系法术。”

慕慕问：“他人呢？”话毕，又对着下面一众小屁孩大喊：“干脆面，快给我出来！”

“我在这儿……”微弱的声音从头顶传来，慕慕抬头，只见干脆面君居然缩成一团躲在窗户边。干脆面君眨了眨水汪汪的眸子，道：“我、我不行的……我打不赢它们……”

慕慕咬牙，“谁要你和它们面对面打的？你就在这儿等着！”说罢，慕慕又下楼，惹了一串石像鬼在屁股后面跟着。夜吾趁势将低年级的孩子带到安全的角落，卡卡夫、夫卡卡则负责断后。

石像鬼跟着慕慕上楼后，空间骤然狭小了许多。慕慕没办法再利用速度上的优势与石像鬼拉开距离，不一会儿工夫就已经添了好几处伤。偏偏这边干脆面君火力又弱，要花上半分钟才能打死一只石像鬼。

慕慕又被某只石像鬼袭击后，吃痛地半跪下，眼前已有些模糊，恍惚间，只见越来越多的怪物朝她这边奔来，渐渐将她围在了中间。下边，任之行仍旧面无表情地靠在门边，半点过来帮忙的意思都没有。

慕慕清楚，现在这种状况，唯一的办法就是逃下楼，可如此一来，刚才的努力就前功尽弃了。正左右为难，她忽听耳边传来汪汪的叫声，视线赫然开阔，原来是小狐狸卿卿带着卡卡夫两兄弟杀出条血路。虽然物理攻击对石像鬼影响不大，但如此一来，慕慕身边的危险总算解除了一些。

卿卿一面护着慕慕，一面对窗户边的干脆面君吼道："小漓你给我速度快点！快对那些尸块施法，不许它们逃下楼去，听到没有！"

干脆面君傻乎乎地点头，忙又放出个魔法球。这么一来二往，约莫有半个小时，石像鬼总算被清理干净了。确定真的再没石像鬼后，慕慕松了口气，直接平躺在地上喘粗气，被石像鬼抓破的伤口还在隐隐作痛，好像……还有些痒。更诡异的是，伤口并没有流出血来，反倒冒着像肥皂水一般的白色泡泡。

慕慕抬手臂看了看恶心的伤口，情不自禁蹙眉，正思忖着，就听卿卿道："这是中毒了。不过没关系，擦点绿树叶汁就能好，我房间有，待会儿拿给你。"

慕慕沉默一会儿，回头满脸疑惑地盯住卿卿：这小萝莉又想玩儿什么花样？给树叶汁里再加点毒药？

小狐狸被慕慕看得小脸绯红，傲娇地哼了声，这才别头道："不要得意忘形，我只是……不想欠你人情，给你解毒算是还你刚才救我的恩情……不过，我还是不会承认你是我们的老师！"说罢，就叮叮咚咚地跑远了。

这边，夜吾想了想，也道："刚才谢谢你。"说完，也追着卿卿走了。其他小孩见状作鸟兽散，只剩慕慕愣在原地。

任之行拍掌道："恭喜你。"

"哎？"恭喜什么？恭喜她中毒了吗？

任之行道："卿卿是孩子王，只要攻克了她，其他人就好办了。恭喜你，和学生们的关系终于有所改观了。"

慕慕白了任之行一眼，"见死不救的人有资格说这话吗？"

任之行挑眉，"你哪只眼睛看见我见死不救的？"

"我两只眼睛都看见了！"

任之行摇头，微微勾唇道：“别人可根本没想置你于死地，反倒处处留情，不然凭你那三脚猫的功夫还不早翘辫子了。你说是不是？”

“嗯？”慕慕咂舌四顾，挠头道：“你在和谁说话？”

任之行闻言，眼底的笑意更深了，“当然是和石像鬼的主人。石像鬼虽然可攻可守，但其实智力不高，性情也比较温和，一般来说，如果它们主动进行攻击，都是受人操控……”

话刚说到一半，角落就忽然闪出个黑影往门外冲，慕慕惊得一身冷汗，任之行却不慌不忙道：“怎么刚来就想走？”话音落下，人已从慕慕身旁移到黑影处，霎时间，一黑一白两身影交缠在一块儿，慕慕再一眨眼，任之行已经拎着那人回到她身边了。

整个过程不超过十秒钟！

慕慕目不转睛地盯着任之行，脑子已当机：不是说……任之行是人类吗……为什么人类会有这速度，这简直太有违常理了……

任之行道：“这位小姐，是你自己摘面罩还是我帮你摘？”

听了这话，慕慕才注意到被任之行扭着胳膊的黑衣人脸上还罩着黑布——怕人认出来？难道是学校里的老师？

黑衣人轻轻叹了口气，自行摘掉了面罩。借着窗外的月光，慕慕微眯眼睛瞅了瞅，再瞅了瞅，确定自己没有眼花后终于大叫出声，“露露安？！”

露露安脸色惨白，苦笑道：“慕慕，我们又见面了。”

翌日清晨，慕慕顶着两只硕大的熊猫眼去食堂。大概是对昨晚的事有所耳闻，大家看慕慕的眼神都有些怪怪的。慕慕挺直腰板，迎着“没想到人类居然能做到这个份儿上”“这就是刚来的暴力人类女孩啊”的诡异眼神穿过大厅，在窗口买了早餐后就又回了“花不语”。

昨晚捉到露露安后，任之行并没有立即处理，只是将露露安带到了“花不语”，之后就安心去睡觉了。起初，慕慕还怀疑任之行是有心想放露露安走，谁知道后来才明白他另有用意——

进了四合院，慕慕老远就见一团白毛趴在关露露安的房前。房门紧闭，里边没有半点声响，也不知露露安在里面情况如何。慕慕抿了抿唇，径直往门口走去，谁料左脚刚踏上台阶，本来闭眼养神的傲雪就睁开了眼。

慕慕怔了怔，稳住神情往左挪了挪，傲雪见状，也往左挪了挪爪子；慕慕往右，傲雪又跟着往右移了移。

慕慕深呼口气，叉腰道："喂喂，你这只笨狗，想干什么？"

傲雪一张脸形似面瘫，只沉默不语地盯着对方。

慕慕嫌弃道："什么人养什么狗，面瘫毒舌货带出来的狗都是这副冷冰冰的德性，快让开！听到没有？任毒舌只说让你守着露露安不让她跑了，但没说过不让人进去吧？"

傲雪仍旧端坐原地，坚守阵地，不动分毫。

"蠢狗，不要逼我——"慕慕拿出小太妹的架势，故意将拳头捏得嘎嘎响，傲雪见状，立即进入警戒状态。正预防着慕慕袭击，却忽然从她手上飞出样东西，傲雪几乎是下意识地飞扑出去，待再落到地上才反应过来：大事不好，居然中计了！

慕慕哈哈大笑，"这就叫肉包子打狗——有去无回。好好享用姐姐给你准备的早饭吧，不用谢！"说罢，一溜烟就钻进房间没了人影。

锁好房门，确定傲雪追不进来后，慕慕才转过身。屋内黑黢黢的，没有开灯，只有透过窗户照进来的一线白光映在露露安身上。此时此刻，少女正蜷曲着身体躺在床上，面色苍白，柳眉紧蹙，看得出来……她很痛苦。

慕慕静默半秒，诧然道："露露安，你怎么了？"难道，昨晚任之行和她打斗时，她受了伤？想到这儿，慕慕转身就想出去找人，露露安却呻吟出声，"包里……有药……"

听了这话，慕慕连忙将露露安身上翻了个遍，总算在裤兜里找到了小药瓶，就着她买来的豆浆喂露露安吃下药，稍后，对方总算停止了呻吟。

两人总算放松了一些，这时，慕慕才看向手中的药瓶，只见标签上赫然写着："二氢……埃托……啡[①]……"慕慕结结巴巴地念完，头顶已生出三个大问号，这是什么药啊？取这么拗口的名字。

慕慕晃了晃药瓶，正想看看这药是干什么用的，就听露露安道："这是止痛药。"

"止痛药？"慕慕咂舌，表情有些惊诧，嘴巴微张。是药三分毒，大多数

①常见麻醉性止痛药，据说止痛效果较好，但会使人产生药物依赖性。

止痛药更是会使人产生依赖性，露露安年纪这么轻，到底得了什么病需要吃这种药啊？

露露安慢慢从床上坐起来，朝傻眼的慕慕摇了摇头，这才道："没事的，不用管我。"

慕慕看露露安不想继续说下去，只能转移话题道："啊，对了，我给你带了早点来，折腾了一个晚上，你早饿了吧？"

将鸡蛋和油条摆出来后，露露安的眼神反倒暗下去三分。气氛微微凝结，慕慕挠头，有些尴尬，"呃……对不起，我忘了你是外国人，可能不太喜欢这种早餐……"

露露安低头，"慕慕，我昨天才袭击了幼稚园的孩子，你为什么还要来看我？"

"因为……"慕慕不好意思地摸了摸鼻子，踌躇一番才气鼓鼓道："因为控制别人人身自由是犯法的！就算你有罪，也该报警！"

露露安见慕慕握紧拳头一副义愤填膺的样子，顿了顿，扑哧一下笑出声来。

慕慕汗颜，"这有什么好笑的啊……现在是法治社会，就算是妖魔也不能剥夺别人的人身自由。"

不过说起来，如果真报警了也没人理会吧？要怎么说呢？难道说，露露安操控了传说中的石像鬼，用它们袭击了幼稚园的孩子们，然后，自己带着一只小浣熊用木系法术击退了对方？

想想还真是……扯淡啊。说不定到最后警察没来，精神病院的医生反倒来了……

慕慕又抓了抓头，"不过话说回来，你干吗袭击幼稚园啊？"

露露安愣怔一番，低头道："因为……因为我没有考上幼稚园，所以对兰斯怀恨在心。"

"只是这样？"慕慕奇怪地看向露露安，"那你为什么不去袭击兰斯，反而袭击小孩子啊？"

"因为她在骗你。"慕慕话音刚落，门外就响起了任毒舌冷冰冰的声音。门随之被打开，任毒舌和夏洛尔并肩走了进来。夏洛尔一见慕慕就弯了眼，笑眯眯地说道："慕慕，你昨天的事情我都听说了，身为人类，你真的很棒。唔……你真的不再考虑考虑来我们A班？"

慕慕抬头望向夏洛尔，只见其背后自动生出瑶薇阴恻恻的脸来。慕慕打了个寒战，摇头道："不用了。"话毕，这才看向任毒舌道："你刚才的话什么意思？"

任之行道："字面上的意思。"

眼见慕慕即将发火，夏洛尔拍手当和事佬道："我来解释好了，露露安小姐利用石像鬼扰乱学生宿舍，但又手下留情不让它们真正伤到人，想必是想用这个当烟雾弹吧？"

露露安垂着眼，低声道："我不知道你在说什么。"

夏洛尔勾唇，接着道："你故意制造混乱，以此转移大家的注意力，其实，真正的目标在别处吧？"

露露安的睫毛闪了闪，不再言语。

慕慕张了张嘴，没发出半点声音，又默默闭上了。不知道为什么，她总觉得露露安不像坏人，可是她现在的态度又着实让人起疑。

"还不承认吗？"任之行道，"看来你真是不见棺材不掉泪啊。"

听了这话，原本一直缄默的露露安缓缓抬起头来，一双黑眸清澈透亮。任之行递给夏洛尔一个眼神，夏洛尔莞尔道："露露安小姐，是这样的，虽然你的计划非常完美，不过呢，实在不好意思，昨晚没能如你所愿——并不是所有人都关注着学生宿舍，比如我。发生暴乱时，我在办公区那边发现了些有趣的小东西，不知是不是您落下的。"

露露安闻言瞪大眼睛，嘴唇微颤，随后憋出几个字，"我……我不明白你说的什么……"

夏洛尔好似没看见露露安的反应，笑吟吟道："喏，您看看，是不是您落下的呢？"话音刚落，夏洛尔就变戏法似的扔出样东西来，慕慕定眼一看，竟是只石像鬼。

石像鬼趴在地上，连挣扎的力气都没有了，只艰难地喘息着。显而易见，它已经被夏洛尔折磨得只剩半条命了，身上的翅膀也被折断了半只，前爪更是血肉模糊，只剩下了一小截。

夏洛尔仍旧摆着一副人畜无害的模样，摸了摸下巴轻声道：“唔，对不起，可能东西稍微有些不完整了，因为捕捉过程中它不是特别配合，所以我只能小小地惩罚了一下它。你不会生气吧？”

慕慕见状，除了内心千万道黑线呼啸而过已经不知道该说什么了，再看了眼夏洛尔阳光帅气的侧脸，慕慕背上的冷汗禁不住一阵又一阵：这个腹黑美人鱼男和瑶薇还真是天生一对，长得纯良无比，身体里却装着个变态虐待狂！

这边，露露安看到石像鬼竟变成这样，脸色也阵阵发白，但尽管如此，她仍旧紧咬下唇，不肯吐露半字。

任之行道：“露露安小姐真是条女汉子，如斯状况也能临危不乱。不过，有一点大概你想错了，我们并没有打算用石像鬼恐吓你，更不会对你动刑。但是，如果你一直这样，或许某人就要遭殃了。”

露露安闻言，忽地站了起来，惊呼道：“难道你们——”

夏洛尔猛点头道：“猜对了，我们手上可不只这只石像鬼哦。”

露露安喃喃，“不、不可能的……”

“不可能吗？”任之行顿了顿，从门边一拉，拽出个人道：“你好好看看，这是谁？”

慕慕顺着任之行的方向探头看去，只见一张和露露安一模一样的脸正对着她咬牙切齿。

夏洛尔道：“这个是今早才捉到的，所以还没来得及进行小惩罚，露露安小姐，这也是你落下的吧？”

Chapter 05

不死族

空气陷入了胶着。房间里没人说话，只有外面间或传来一声狗吠。露露安咬着唇，目不转睛地盯着自己的弟弟伊森，过了半晌，她忽然暴走，跳到伊森面前挥手就是一掌。

伴随着清脆的掌声，慕慕的下巴也砸在了地上，脑子自动关机再重启，重启再关机——呃，这是演哪出，这算什么？难道是露露安害怕任毒舌用弟弟当人质，所以故意在表演两人早就反目成仇？

众人惊呆之际，伊森也跳脚怒吼起来，“浑蛋你干什么！”

“这句话该我问你！”露露安目露凶光，拽着伊森的衣领道：“浑蛋你在这儿干什么？你也走了，万一叔叔忽然发病该怎么办？！”

听见这话，伊森冷笑一声，甩开露露安的手，下巴微扬，“露露安，别以为我不知道你的心思。你想得可真好，自己牺牲，让叔叔感激你一辈子吗？装什么圣母！我告诉你，就算要做，也是我做！”

“凭什么？”

“凭我是男人！”

“喂喂，”高两人一个头的夏洛尔将姐弟俩分开，“话说……你们在吵架前，能不能先跟我们说清楚你们到底想干什么？”

闻言，露露安和伊森同时怔了怔。伊森瞪露露安一眼，便别过头去，露露安则低下头，又恢复了刚才的缄默状态。

慕慕抓头，“是有什么难言之隐吧？”

露露安默了默，终道：“慕慕，我……我们，我们是不死族。”

“什么？”不死族？那不就是游戏里经常看到的亡灵族？想到这儿，慕慕下意识地看向露露安和伊森的腿，两人都脚踏实地，阳光投在两人身上，在地上留下了长长的影子。

任之行道：“不死族不是你想象的那个样子，解释起来，应该比较接近电影中的丧尸。”

“丧尸……”

“是的。”任之行点头，拉开椅子坐下，倒了杯茶润了润嗓子，接着道：“传说，不死族起源于中世纪的西欧，因某人渴望永生而与魔鬼签下了契约，从而使得他整个家族的人都变成了‘不死人’。后来，就有了不死族。不死族的人不会变老，也不会再生长，他们的年龄永远定格在与恶魔签下契约的那一年。所以，当初露露安小姐没有通过幼稚园的面试。你还记得当时兰斯说的话吗？”

慕慕皱眉，抬头默默回忆，当时兰斯好像说过，露露安和伊森的真实年龄并不符合招聘条件，而幼稚园招聘老师对年龄的要求是20到26岁。她摸了摸鼻子，看向姐弟俩，露露安一头黑发披散在脑后，一张娃娃脸上双眸清澈见底，怎么看也不会超过20岁。而伊森比姐姐保养得还好，皮肤白皙娇嫩，好像戳一下都能戳出水来。这样的两个人……难道会是老妖魔？

露露安望向慕慕，“慕慕，对不起，我骗了你，我其实……已经四百多岁了。伊森也是。”

“啊？”慕慕怪叫，眼珠直接掉在地上，心中顿时生出思绪万千，这、这、这也太爽了吧？吸血鬼还怕光怕大蒜啥的，这不死族不仅青春永葆，还没什么禁忌，这完全就是要全世界的美容院都倒闭嘛！

好像知道慕慕心里想什么似的，一直沉默的伊森忽然出声道：“世上没有白吃的午餐，不死族并非如你们想象中的那么美好。”

夏洛尔摩挲下巴，“嗯，你们家族和恶魔进行了交易才得到这样的不死之躯，应该也付出了一些代价吧？”

伊森咬牙，“那根本就不叫交易，叫诈骗！”

此话一出，就连一直神游千里之外的任毒舌都微微回头。露露安叹了口气，闭眼道：“是的，我们都被恶魔欺骗了。”

“其实当年之事并非如传言那般，并不是整个家族都与恶魔签订了契约，真正与恶魔交易的，是我们的祖父——艾伦·伽利雷。他年轻时是个出色的商人，周游世界存下了大笔财富，可美中不足的是，祖父一直都没找到合适的继承人。我们的父亲早亡，二叔体弱多病，小叔又是镇上出了名的败家子，所以，从很早开始，祖父就一直担忧着家族未来的命运。”

慕慕转动眼珠猜测，“然后，他找到了恶魔，为了永生，和他进行了交易？”

露露安点头，“祖父用将近三分之二的财产与恶魔进行了交易，得到了永生。可事情远没有结束，过了十年我们才发现异样——不仅祖父，整个伽利雷家族都好像受到诅咒一样，没有新生命再诞生，也没有人再长大，我和伊森的身体永远停留在了17岁。”

夏洛尔微眯双眼，“诅咒……”

“是的，是诅咒。”露露安说到这儿，肩膀情不自禁地颤抖起来，“我们和恶魔交换的根本不是财产，而是灵魂，整个家族，所有人的灵魂……更可怕的是，虽然我们得到了永生，可是肉体依旧会随着时间腐烂、衰竭。我们得到的根本不是青春，而是腐朽。腐朽的身体，破烂的行尸走肉，我们一样会生病、会痛苦，可是却永远无法得到普通人的安宁。自杀对于我们而言，都是一种奢侈……”

“够了！”不等露露安说完，伊森就忽然喝止，随后闷闷道：“够了，别再说了。”

一时间，众人皆沉默不语。

慕慕诧异地盯着露露安，想要安慰她却怎么也想不出好词，脑子里转来转去怎么也摆脱不了露露安早上吃止痛药的画面。原来，是这么回事……也许比起活着，她更想像正常人一样死去吧？所谓永生，未必就是活着，而像这样被时间抛弃，才真叫生不如死。连死亡都无法自行选择，又算什么不死族呢？

慕慕正胡思乱想，那边任之行却冷不丁道：“所以，你们来莱尔斯幼稚园是为了偷复原药？”

夏洛尔听了这话以拳击掌，“对啊，我怎么没想到！”

慕慕茫然无措，“复原药？那是什么？”

伊森眨了眨睫毛，爽快承认道：“没错，我来面试也好，故意用石像鬼引开你们注意也罢，都是为了偷复原药。”

慕慕轻声提问，“复原药是啥？”

露露安见状突然激动起来，拍案而起大叫道：“不要听他胡说，想要进幼稚园和用石像鬼吓唬小孩子都是我的主意，他只是看我昨晚没回去所以才担心……”

露露安话还没说完，伊森就冷哼一声打断道：“露露安你别自作多情好吗？我来这里只是为了给叔叔拿复原药，谁说过想救你？”

“伊森，你给我闭嘴！”

“复原药是什么啊……”

“该闭嘴的是你，蠢货！”

“复原药是什么啊……”

龙凤胎吵得热火朝天之际，慕慕默默叹了口气，最后一次抚额吐槽道：“那个，不要当我透明好吗？谁来解释下复原药是怎么回事啊？”

任之行搁下茶杯，轻声道：“你们俩都不要想了，兰斯是不可能给你们复原药的。”话音落下，刚才还吵得不可开交的两人都停了下来，齐齐望向任之行这边。

夏洛尔露出整齐的白牙，赞同道：“虽说复原药是兰斯发明的，配制起来也不算麻烦，但是因为现在材料越来越难找，所以就算是兰斯，手上也只剩下几颗了。这么珍贵的东西，怎么会随随便便让你们偷到？”

“可是，如果没有复原药，叔叔就……”

任之行一挥手，打断露露安的话，“念你们没有造成什么恶劣后果，昨晚的偷袭就算了。你们走吧。”

夏洛尔闻言，踢了踢地上的石像鬼，和蔼可亲地说道：“别忘了把宠物也带走！”

慕慕见那团血肉模糊的肉块被一下踢到露露安面前，忍不住掉了一地鸡皮疙瘩，浑蛋，这样的“宠物”你要别人怎么接受？果然，露露安还是一副欲言又止的样子，伊森也凝视着任之行没动弹。

任之行抱胸道：“怎么，想等我改变主意吗？”

伊森垂下眼睑，末了，终拉着姐姐别扭地说道：“蠢货，还不快跟我回去！”

“可是——”

“走！”伊森粗鲁地将露露安往外拉，待两人快到门口时，他才轻飘飘加了句，“总会……有别的办法的。”

露露安怔了怔，瞪着弟弟陷入沉默，泪水已不自觉地迷住双眼。她咬住下唇半晌，终向屋内的三人行了个礼，转身离去。待姐弟俩走远，任之行才收回目光，喟叹道：“复原药可以使受损伤的器官恢复正常，可是，对于不死族，这药也不过是暂时性的罢了。”

慕慕眨了眨眼，老半天才反应过来任之行是在回答她刚才的问题，她抓了抓头，问：“那个复原药，真的不能给他们吗？”

任之行白了慕慕一眼，“如果有办法的话，你认为他们会来偷吗？”

慕慕一噎，终没再言语。

关了五天禁闭，终于迎来了备受期待的周末。星期六一大早，慕慕就收拾包袱出了幼稚园。回到正常世界，望着街上飞驰而过的汽车和拎着鸟笼优哉游哉的老人，慕慕激动得差点飙出泪来。

不过，慕慕并没有回家，反倒七拐八拐到了“小北苑”。“小北苑”是最近几年才新开发出来的片区，因为地段好、房价高，被老百姓戏称为“富人区”。街道两旁耸立着一栋栋欧式小洋房，洋房外面则用栅栏圈着独立的小花园，环境幽雅别致，确实和慕慕他们家住的那种人来人往的大杂院不同。

她在一栋三层高的红色小楼外驻足，仍旧有些难以置信，踌躇一番，才下定决心按了门铃。很快，屋内就有人出来了。两人隔着花架栅栏门四目相对，表情都有些复杂。

对方微怔，很快便恢复了往日的表情，皱眉道："你来干什么？找露露安？"

慕慕望着伊森那张写满警戒的俊脸，有气无力地叹息一声，用手指了指自已脚下，道："我是来还你们东西的。"

伊森瞥了眼慕慕脚下的石像鬼，释然。

慕慕道："你们那天走得太急，忘了带它走，呃……我本来以为它被夏洛尔折磨成那样，肯定活不了啦，谁知道没几天它就又能蹦能跳了。我不方便一直养着它，刚好它又认识回家的路，所以就把它送回来了。"幸好普通人看不见石像鬼，不然要是让早起晨练的大爷大妈们看见这怪物，估计连魂都吓没了。

伊森默然，替慕慕开了门，侧身道："进来吧。"

屋内仍旧采用了欧式风格，色调则以白色为主，倒没有慕慕想象中那般阴森骇人。伊森将慕慕带到客厅坐下后，就带着石像鬼上了楼，再回来时，手里已多了只托盘。

他将茶杯递到慕慕面前，"露露安不在，你稍坐片刻就自行离开吧。"

慕慕好像完全感受不到伊森的冷漠，端着茶杯兀自呷了口，这才道："你费尽心机叫我来，不是应该有很多话要跟我说吗？这么快就叫我走？"

伊森愣了。慕慕搁下茶杯，掰着手指头道："故意将石像鬼留在幼稚园，故意让它给我引路，刚好到了这里露露安又不在——这么多巧合，想不让人怀疑也很难啊。还是，你在怀疑我的智商？"

伊森紧抿双唇，静静凝视着慕慕。

慕慕道："虽然不知道你叫我来到底想干什么，不过有件事我还是想当面告诉你。"

"什么？"

"你姐姐……露露安，一直在服用止痛药，这事你知道吗？"

听了这话，伊森墨黑色的瞳孔骤然紧缩，慕慕见状抚额，"果然是瞒着你的。算我多管闲事好了，虽然你们可以永生，但她吃的那款止痛药有很大副作用，我查过了，除了会导致强烈的依赖性，严重的话还可能造成呼吸减慢、排尿困难、精神错乱……”

慕慕话还没说完，伊森就冷笑着打断道：“那个蠢货……难怪最近老是见她喘不过气来。”

“所以如果可以，还是劝她别吃了。”慕慕看得出来，露露安和伊森这对龙凤胎虽然总是吵吵闹闹，但还是关心着彼此，否则当露露安被抓起来，伊森又怎会来救她？

“因为这药依赖性太大，现在基本都停产了，也不知道露露安是从哪儿搞到的。”

伊森闻言又是一声冷笑，稍后才叹息道：“所以才说她是蠢货，止痛药什么的，最多也就是最初的两三年有效罢了。而且那种烈性药，以我们这样几百年的老身体怎么吃得消？”

慕慕点头，正想再说什么就听伊森又道：“要是她早听我的，吸些海洛因之类的玩意儿不就没这些事了。”

慕慕一噎，直接摔倒在地。伊森啊，你的逻辑完全错误了好吗？！烈性药你们这种几百年的老身体吃不消，难道海洛因你们就吃得消？这么大言不惭的话你是怎么说、出、口、的！而且吸毒是犯法的好吧，你这么轻松自然地说出口，难道是——

见慕慕张大嘴巴，伊森回过头来，勾唇自讽，“你觉得，我还有选择的余地吗？”

这……这是……默认自己在吸毒了吗？

气氛正尴尬，楼上突然传来撕心裂肺的喊声，慕慕骇得唰地站了起来，伊森也收回冷笑，缓缓望向楼上。不过他并没有动弹，只是站在原地，眼神悲凉而孤寂。

“过不了多久，我也会像他一样吧——一边被病痛折磨，一边被毒瘾纠缠。”

“他？”慕慕眨眼，想起露露安曾说过偷复原药是为了给叔叔……难道楼上的那个“他”就是……

“是我们的二叔，维英·伽利雷。”伊森垂下眼睑，缓缓道：“他身体本来就不好，再加上这几百年的消耗，心脏已经完全没办法工作了。呵，可笑的是，即使这样，每到犯毒瘾时，他还有力气发出这样的声音，不过不用担心，一会儿就消停了。”

果然，好像为了印证伊森的话似的，没过片刻，楼上就恢复了宁静。而与此同时，慕慕的背上已布满冷汗。窗外阳光明媚，漂亮的粉蝶围绕着爬满墙壁的绿藤翩翩起舞，清脆的鸟鸣交织一片。明明是这样美好的上午，明明是这么精致时尚的小洋房，慕慕的心里却抑制不住涌起一股又一股想要逃跑的冲动。

伊森笑道：“光是这样就受不了了吗？”

慕慕深呼口气，揉了揉发疼的太阳穴，“难道，就真的没有办法让你们解脱吗？除了你们三个，我记得，露露安说过你还有个小叔吧？还有你们外公呢？”

伊森诡笑道：“他们啊，消失了。”

慕慕闻言，心里咯噔一声响，直觉告诉她——不好，很不好。

“任之行不是说过吗，我们不死族，是丧尸一般的存在。心脏停止跳动后，所有器官也就开始罢工，没有了循环系统供给足够的氧气和原料，身体便一点点开始腐烂。可怕的是，不死族人直到彻底腐烂、变成尘埃之前，都有意识和痛觉。而这一消亡的过程又太缓慢，所以我小叔也好，外公也罢，在确定身体已经死亡后，都选择了别的方式离开。”

“什么？”

“自焚。”

慕慕的心又被揪紧。伊森倒依旧满脸轻松，笑盈盈道：“不过……比起普通人的自焚，对于我们而言，这种自杀方式无异于酷刑。”

那是，必然的。

慕慕咬着牙，只是想象那种痛苦已让她微感窒息。对于不死族而言，在身体彻底化为灰烬之前，他们都是有意识的，都能清楚地感受到烈火的吞噬。这哪里是酷刑，简直比下十八层地狱还惨！这么说来，慕慕也有点理解露露安偷复原药的行为了。听伊森的语气，他叔叔的身体也快不行了吧，要是再不采取措施，就只能眼睁睁看着他腐烂，或者帮他焚化，这两个选项不论怎么选都让人接受不了。

慕慕摇了摇头，道："你叫我来，就是为了告诉我这些？"

"不止。"伊森望向窗外道，"这么多年来，二叔一直都在研究如何解除不死诅咒，眼看着才有了些眉目，他的心脏又出了问题……"

说到这儿，伊森情不自禁攥紧了拳头，顿了顿，这才又道："所以，不论是为了他自己，还是为整个伽利雷家族，他都必须活下去。这个复原药，就是我们整个家族的希望，所以我一定要拿到！所以你一定要帮我！"

"哈？"慕慕咂舌，望进伊森燃烧着熊熊火焰的双眸，挥手道："喂喂，我是不是幻听了？凭什么我一定要帮你？这事和我有什么关系？"

伊森眼神坚定，"不凭什么，我的直觉告诉我你一定会帮我！"

慕慕怪叫，"为什么？"

"因为你本来就是个多管闲事的人！"

慕慕嘴角抽搐，喂，你这到底是夸我还是损我？

是夜，慕慕悄悄潜进园长办公室，按照露露安之前打探的消息，复原药应该就在这里。虽然心里比谁都明白不该多管闲事，更不该像现在这样做贼，但不知不觉，慕慕已经站在了办公室门前。

慕慕深呼口气，试探地扭了扭门把，原本以为要费上一番工夫才能打开，谁料，只听咔哒一声轻响，门开了——

兰斯离开时，没有锁门。

慕慕没有多想，蹑手蹑脚地进了屋，顿时便犹如掉进了巨大的黑色旋涡。因为拉着窗帘，屋内漆黑一片。这种状况别说找东西了，慕慕就连最基本的方向感都丧失了。

慕慕凭着记忆朝兰斯办公桌的方向走去。因为做贼心虚，她不敢开顶灯，不过如果她记得没错的话，办公桌上有盏小台灯。她正小心翼翼地往前挪步，就觉撞到了什么东西，她警觉地想要往后退，但为时已晚——转瞬间，对方就已钳住慕慕的双手，慕慕一个踉跄，直接撞进那人硬邦邦的怀里。

手被禁锢，慕慕一咬牙，只能脚下发力。谁料对方先发制人，在慕慕动脚之前已先一步伸腿，将她直接绊倒。如斯状况，慕慕不由自主地往下倒去，眼见着就要与亲爱的大地母亲来个亲密接触，那人眼疾手快，往慕慕腰间一揽，又将其轻轻松松地捞了回来。

霎时，在伸手不见五指的黑暗中，慕慕红了脸。所谓“男怕摸头女怕摸腰”，恋爱次数为零的慕慕还是头一遭被人这么抱住。

顿时，羞愧、愤怒，还有她不曾体会过的陌生感觉直冲脑门，所有感觉汇集到一处之时，慕慕也“嚯”的一下喊出声，握手成拳砸在对方身上。原本以为可以借此机会逃脱，谁知对方不仅没有松手，圈在慕慕腰间的手臂反倒又紧上三分。

一时间，慕慕结舌。正不知所措，对方却“呵”地笑出了声。那人微微俯身，将头抵靠在慕慕耳边，语调暧昧而诱惑，“今天怎么这么有兴致？”

听了这话，慕慕只觉脑袋嗡的一声，瞬间空白。

这声音是……兰斯！

“兰斯”两个字浮现在慕慕眼前的刹那，慕慕只觉两股战战。她最近一定是不小心惹怒了幸运女神，所以才这么背吧？找工作被兰斯哄骗签下奇怪的契约，上课被毛绒怪们活埋，做贼更是“恰到好处”遇到主人在家……这到底，是撞哪门子邪了！

还有，兰斯这暧昧的口气、诡异的态度，到底是把她当成谁了？难道，高傲自恋的园长大人是在这里会情人？

黑暗中，慕慕顶着满头冷汗原地入定，不敢再往下细想。这头，兰斯却变本加厉地在慕慕耳边吹了口热气，声音温柔似水，“你今天不仅来得晚，还蓄意偷袭我，我一定要好好惩罚你。”

话毕，慕慕便觉一阵天昏地暗，待再反应过来时，人已在沙发上躺平，身上，则沉甸甸、热乎乎的，像是……压着个人。

慕慕眨了眨眼，猛地一扭头，便觉灼热而陌生的男性气息扑向自己。他大爷的！这哪里是像压着个人，根本就是真的压着个人好不好！兰斯浑蛋到底想干什么？

想到这儿，慕慕超长的反射弧终于明白过来了，手脚并用地想要爬起来，但因为彼此的姿势太尴尬，结果不仅逃不掉，反倒更像是在欲擒故纵。

兰斯擒住慕慕的下巴，笑道：“小馋猫，你说，我该怎么罚你？”

慕慕使劲摇头，偏偏又不敢发出半点声音来。被认出来是死，不被认出来则比死还让人无法接受，眼下这种状况，到底该怎么办才好？电光石火间，慕慕心生一计，咬了咬牙，终于狠下心，蹬腿，闭眼，直往兰斯的关键部位踢去——

寂静，寂静，还是寂静。

正值盛夏，夜间虽偶有夜风，但知了还是不眠不休地嚷嚷着。园长办公室内却静得连呼吸声都消失了，良久，屋内才忽然爆出一声惨绝人寰的嚎叫。剧烈疼痛下，慕慕再也顾不得什么识破不识破了，嗷嗷乱号着，“松手，快松手，我的腿要断了！”

啪的一下，屋内的灯骤亮。

兰斯松开手，托腮面无表情地盯着慕慕。慕慕半坐起来，揉了揉还隐隐作痛的膝盖，闪着泪花道：“园长，是我。”

“嗯，我自己有眼睛。不过慕慕，”兰斯顿了顿，歪头露出他标准式的亲和笑容，“你不觉得该好好解释一下吗？”

慕慕无言以对，只得尴尬地摸了摸膝盖，终道：“园长，你偷错人了，你的小馋猫今天没来。”

一时间，兰斯的脸色已黑到可以直接上台扮包公了，“慕慕，装疯卖傻是没用的。”

慕慕摸摸鼻子，“好吧，我……我晚上睡不着，就随便出来逛逛，看见这里门没锁就进来了，结果……就那样了。”

兰斯闻言勾了勾唇，笑得倾国倾城，“慕慕，你觉得我会信吗？”

“你信也好，不信也好，反正我是信了。现在也不早了，我先回去了，不打扰园长您继续偷情了。”说罢，慕慕就欲溜之大吉，谁料屁股还没来得及抬起，兰斯的手就又攀在她的腰际，将其一把揽进怀里，噙笑道：“这么容易就放弃了？不偷复原药了？”

“色狼，放开！”慕慕被兰斯抱住，只觉怒火攻心，一面挣扎一面吼道。待吼完，这才觉出味来，咦了声，结舌道：“你都知道了？”

兰斯挑眉，“我是莱尔斯幼稚园的园长，在这里，怎么可能会有我不知道的事情？唔，我好像还记得有人曾经说过，就算是妖魔也要遵守法律法规，结果一转眼这人自己也做了贼，我说得没错吧？”

望着兰斯笑眯眯的样子，慕慕面红耳赤，握拳辩解道："那还不是怪你，露露安他们真的太可怜了，你又不肯给他们药，我才帮他们的。"

兰斯闻言，眨了眨清澈见底的眸子，对慕慕露出人畜无害的笑容。慕慕见状，心里咯噔一声，每次见到兰斯扮清纯卖萌就会有不好的事情发生，这次是——

兰斯道："这么说，你承认刚才是来偷复原药了？"

"我错了，园长……"

"没关系，我原谅你了。"

"啊？真的？"慕慕以为自己听错，抬起头来，就这么轻松过关了？

"真的。"兰斯郑重地点头，下一句直接秒杀慕慕，"这个月工资扣一半。"

慕慕吐血三千尺，偏偏又没办法反驳，想了想，只得又道："那复原药……"

"兰斯，人捉到了。"这头慕慕话还没说完，外边就传来白淮大叔爽朗的笑声。伴随着脚步声，白淮和夏洛尔有说有笑地走进来，嚷嚷道："那小子在外面把风，被我们——"

白淮大叔看清眼前景象的瞬间，话也戛然而止，四人八目相视，顿时都没了声响。

空气微微凝结，白淮和夏洛尔如石雕般站在原地，头上顶着大大的"定"字。过了许久，白淮大叔才嘴角抽搐道："你、你们……"

慕慕下意识回头，只见自己还半偎在兰斯怀里，兰斯的"咸猪手"则搁在自己腰上，两人这模样真是要有多亲密就有多亲密。

见状慕慕顿悟，忙挥手道："不是不是，你们不要误会，不是你们想的那个样子。"慕慕一面说，一面想站起身，谁料一时发力过猛，被兰斯砸伤的右腿承受不住全身的重量，慕慕疼得站不稳，又跌坐下来，不过，这次直接坐在了兰斯腿上。

沉默两秒，夏洛尔递给慕慕和兰斯一个了然的眼神，道："对不起，我们走错房间了。"说罢，就拖着几近崩溃的白淮往外走。

白淮被拖拽着往外走，一面还魔音咆哮，"啊啊啊啊，为什么连兰斯这种挑剔的浑蛋都恋爱了，叔还是单身？叔这么温柔贤良的男人为什么就是没人要啊啊啊啊！兰斯那种小白脸有什么好？除了长得帅有点钱嘴巴会骗人，他哪里比叔好啊啊啊啊！”

随着门被关上，世界又重新恢复了宁静。慕慕的手仍旧悬在半空，一脸茫然无措。等等，他们怎么就走了？自己还没来得及解释啊，兰斯的小馋猫不是我，你们倒是听我说啊……

兰斯干咳一声打破寂静，慕慕机械地扭头问：“他们是不是误会什么了？”

“嗯，咳。”

“你刚才为什么不叫他们站住，现在要怎么跟他们解释？！”

“咳咳。”

“咳什么咳，现在该怎么办，你倒是说啊！”

兰斯头挂黑线，又咳嗽了声，终道：“慕慕，我们在说其他事情之前，能否请你先从我的腿上下来？”

慕慕怔了怔，再怔了怔，终捂脸泪奔而去。太后，我已经……没脸见人了！

Chapter 06

敛财奴

偷鸡不成蚀把米。

复原药没偷着，慕慕反倒把自己搭了进去。一想到要扣掉大半个月工资，慕慕就肉痛不已，而且听夏洛尔的口气，伊森应该也被他们逮着了。更让慕慕心烦的是，白淮大叔已经彻彻底底认定了她和兰斯的奸情，现在一见她就捶胸顿足，一副恨不能全天下情侣都去死的样子。

照这样下去，即使白淮和夏洛尔不对外八卦，其他人也迟早要怀疑。必须给他们解释清楚！

第二天晌午，慕慕趁着吃饭时间，将事情原委一五一十地告诉了两人。夏洛尔听罢，将面前的盘子一推，长长舒了口气，“你是说，兰斯的情人另有其人，你睡不着瞎逛一不小心被误认了？”

慕慕猛点头，“就是这样！”

闻言，夏洛尔和白淮对视一眼，齐齐爆笑出声。

慕慕莫名其妙，“你们笑什么啊？”

夏洛尔抱胸道：“慕慕，你这是在挑战我们的智商吗？”

“嗯？”这是哪儿跟哪儿？

恨嫁男白淮大叔悲愤地扭头，“叔没有情缘，但叔有的是智商！慕慕你实在太过分了！就算要编谎话安慰叔，拜托也编个像样点的好不好！”

慕慕咂舌，“我没有撒谎啊。”唔，当然，去办公室的目的除外。

夏洛尔掰着指头，一一数道：“第一，你住的‘花不语’离园长办公室有一公里之遥，你就算睡不着出来散步，怎么也散不到这么远的地方来吧；第二，我们认识兰斯都不少于百年时间，从来没见过他身边有什么情人，当然你除外；第三，也是最重要的一点，慕慕同学你好像忘了，我们是妖魔——即使是在光线不明的黑暗里，也不存在看不见人更别说认错人的情况。”

慕慕听到前面两点时，还在绞尽脑汁地想该如何辩解，可听到最后却是一愣，僵在座位上半晌，终道：“你说什么？”

夏洛尔以为自己拆穿慕慕，她面子上过不去，拍了拍她的肩，安慰道：“放心好啦，我和老白会帮你们保守秘密，绝对不会对第三个人透露半个字。”

慕慕置若罔闻，眨了眨眼，一字一句道：“你刚才说，兰斯有夜视眼，根本就不可能因为太暗认错人？”

“对啊。”

午饭时间已过，食堂内早已没了先前的热闹景象，慕慕却依旧端坐原位，目光深邃地眺望窗外。夏洛尔察觉到慕慕不太对劲，意识到自己可能说错话后，早拽着白淮溜之大吉，只剩下慕慕一人一遍又一遍地回味他刚才的话。

夏洛尔说，兰斯是有夜视眼的，所以，不论白天还是黑夜，开灯还是关灯，他都能将周围景象看得清清楚楚。也就是说，昨天晚上从一开始，兰斯就知道进房间的人是她……

想到这儿，慕慕的拳头已捏得嘎嘎作响，牙齿也咬得老紧。怪不得昨晚兰斯发现是自己后没有半点惊讶；怪不得她要踹他要害时，他能有那么快的反应和还击……原来根本就没有什么小馋猫，没有什么偷吃，一切的一切，都是兰斯浑蛋在耍自己！

“实在是、实在是太过分了！”慕慕拍案而起，转身出门就往园长办公室冲去。所谓是可忍孰（叔）不可忍，孰（叔）可忍嫂子也不能忍了！那浑蛋不仅要了自己揩了油，临了还倒扣了她半个月工资，这笔账无论如何都要讨回来！

慕慕气冲冲地赶到办公楼前时，凑巧撞见任之行也带着个人往里走。三人面面相觑，慕慕怔了怔，怪叫道："露露安？"

自上次露露安离开莱尔斯幼稚园后，慕慕就再没见过她，之后答应伊森偷复原药也一直是背着露露安进行的，所以再次见面，慕慕第一个反应就是露露安察觉了弟弟的计划，见他一夜未归于是猜到他被抓，所以前来营救，结果也被……

"不是。"好像明白慕慕的心思，不等她开口，露露安就摇头道。她又瞥了眼身后的任之行，垂下眼睑，"是兰斯大人请我来的。"

任之行用鼻腔哼了声，拉开门道："快进去吧，别让他等久了。"

慕慕随两人进入里屋，果然见兰斯正坐在沙发上百无聊赖地喂着他的乌鸦，沙发另一头，还坐着另一个人——伊森。慕慕见状微窘，得，这下人凑齐都能打桌麻将了，看他搞什么鬼。

见慕慕这个不速之客也来了，兰斯倒没什么反应，反倒是伊森见到露露安，立时就从沙发上跳了起来。

"兰斯，我已经说了，那晚是我逼着慕慕帮我偷复原药，有什么你冲着我来，又找露露安干什么？"

"伊森……"

"你闭嘴，从哪儿来的快滚回哪儿去！"

兰斯闻言抬起眼来，将手里的盒子慢慢推到伊森面前，道："这里面有十颗复原药，应该够你们叔侄三人撑上一段时间了吧。"

话毕，屋内空气骤然凝结。

刚才还斗嘴的龙凤胎瞪大眼睛难以置信地盯着兰斯，这边，慕慕也早将来的目的忘了个一干二净，几人中唯独任之行还算保持镇静，伫立一角勾唇看戏。

兰斯露出招牌式的笑容，对伊森柔声道："不要紧张，我本来就对你们姐弟没有恶意。这几日一直没让你回去是因为我也需要时间配置复原药——唔，说来人类破坏力实在太厉害，短时间凑齐那么多材料真的费了很大力气。”

露露安正欲开口却被弟弟拉住，伊森瞅了眼桌上的盒子，却没动，只沉声道：“给我们复原药……你有什么条件？”

“有，”兰斯笑意盎然，“当然有。复原药这么珍贵的东西怎么能白给你们？”

听了这话，两姐弟反倒舒出一口气。露露安问：“是什么？”

兰斯双眸璀璨，眉宇间的笑意更深了，“我听说，你们已经查到了解除不死诅咒的方法？”

露露安踌躇，“也不全是，我们……其实准确点说是查到了那个恶魔的下落。”

兰斯了然，“再强的诅咒，只要下咒者死亡，诅咒就会不攻自破。如果找到他并打败他的话，的确可以解开不死诅咒……”话说到一半，兰斯沉吟一番，这才回眸看向姐弟俩，“不过，你们有把握打败他吗？”

伊森冷笑，“这样生不如死，倒不如放手一搏，总好过行尸走肉般地活着。”

“说得好！”兰斯鼓掌，“所以，我给你们复原药的条件就是，你们必须接受我的帮助。”

露露安和伊森面面相觑，“什么？”

兰斯起身，铿锵有力地说道：“我会协助你们打败恶魔，解开身上的不死诅咒。”

……

送走姐弟俩后，慕慕和任之行沿着小径往回走。一路沉默，临到终点慕慕实在忍不住，吐槽道：“你说……园长今天会不会吃错药了啊？”

唯利是图的莱尔斯幼稚园园长，在员工因公中毒后都不忘叫她起床工作；为防止老师偷懒，还在大门口安了克摩尔这么个怪物……这么抠门自私的人会白送露露安十颗复原药不说，还哭着嚷着要帮忙，除了看上露露安的可能性之外，慕慕实在想不出别的理由了——不对，或许看上伊森了也说不定。

任之行皮笑肉不笑道："你总算聪明了一回。"

慕慕听他话里有话，惊觉道："难道那个复原药是假的？"

"这倒不至于。"任之行一边走一边道，"只是兰斯怎么可能做亏本买卖？你有没有想过，露露安他们叔侄三人这么多年又是吸毒又是用止痛药，这些高昂的费用都是从哪儿来的？"

慕慕眨眼，"抢？"他们都有不死肉身，不论如何都不会伤及生命，如果真要抢劫恐怕谁也拦不住吧。

任之行摇头，"如果真是这样，他们早被警察盯上了，还能隐藏到现在？你还记不记得，露露安跟我们提起过，她的祖父曾周游世界，在那之后才变成了富可敌国的大富豪。而且，即使将三分之二的财产都送给了恶魔，伽利雷家族依旧很富裕。时至今日，不仅能够消费昂贵的药品，还住着价值不菲的别墅。"

听了这话，答案已在慕慕心底呼之欲出。她微微眯眼道："你是说……"

"嗯，"任之行颔首，"当年艾伦·伽利雷周游世界时，一定发现了什么了不得的宝物才一夜暴富。也正因如此，恶魔才盯上了他，诱惑他和自己进行了交易。所谓的'三分之二的财产'，应该就是那个宝物。露露安对我们，还是隐瞒了一些东西。"

慕慕顿悟，这么说，兰斯那么积极要帮伽利雷家族打败恶魔，根本就不是为了惩恶除奸，而是——

"钱。"任之行优哉游哉回答道，"兰斯这么老奸巨猾的敛财奴，一旦提到钱就会彻彻底底变成另一个人。而且，你真的不觉得奇怪吗？兰斯大道平时都不对外开放，即使你已经成为幼稚园的老师，没有工作证也进不来。可露露安他们只来过一次，怎么就这么容易地找到了漏洞，能够随进随出？"

慕慕停下了脚步，顿悟，"这是兰斯设的一个局……"

没错！从一开始，兰斯奸商就是计划好了的。他明明在面试时就已经察觉到了露露安姐弟的身份，狡诈如他，不可能猜不到他们想偷复原药，可他不仅没有阻拦，还故意露出纰漏，这根本就是挖好坑让露露安他们往下跳嘛！连带着，自己也被踹进了深坑……

思及此，慕慕拳头松了又紧，紧了又松，一时半会儿除了暗暗咒骂兰斯，也不知该说什么了。

而一语点醒梦中人的任毒舌却还是一副优哉游哉的模样，望了望远处开得正好的荷花，他才摇头惋惜道：“唉，别说宝物了，我真怕到时候就连伽利雷家仅剩的三分之一财产也要被兰斯骗出来。啧啧，这十颗复原药真不是一般的贵啊。”

慕慕猛点头，对兰斯生出的那么一星半点好感火花也瞬间熄灭了。太后说得果然没错——资本家没一个好东西！

不死族之事暂告一个段落，慕慕也慢慢适应了幼稚园的工作环境。虽然小毛团们还是不怎么服慕慕管教，但好在类似害羞熊的偷袭事件再没发生过。

时光荏苒，眨眼已至八月，到了夏季最为炎热的时节。不论白天还是晚上，天都闷得像没揭盖的蒸笼，让慕慕随时都有一种快要热化了的错觉。唯一庆幸的是：盼望着，盼望着，暑假的脚步近了。

不同于人类学校，因为有部分学生冬天需要冬眠，所以，莱尔斯幼稚园的寒假显得满满都是爱——从初秋的十一月一直要放到来年的二月，但相对的，暑假就缩水再缩水，变成了短短的二十天。

即使如此，慕慕还是满心期待着暑假快些到来，甚至开始计划和太后大人旅游一趟。但不知道为什么，慕慕心里总觉得不踏实，女人的直觉告诉她这个暑假不会如她所愿，果然，放假前最后一天应验了她的预感。

此时此刻，慕慕正坐在园长办公室，满脸黑线地看着手上的宣传单。对面，兰斯则用手托腮、一脸惬意地凝视着她。今天有散学典礼，所以兰斯穿了正式的西服。白衬衫，黑外套，温莎结的领带，配上他褐色的短发、无懈可击的俊颜，整个人都显得彬彬有礼、帅气逼人。即使慕慕怒气再大，抬头看到这副模样的园长大人也平息了。

兰斯笑盈盈道：“你觉得怎么样？”

“不怎么样。”慕慕翻了个白眼，晃着手上的宣传单又道：“园长，我是不是看错了，这上面说……幼稚园要办夏令营？”

吐槽点不只夏令营，或者应该换句话说，这宣传单上面的信息量实在太大，一时半会儿慕慕已不知该从何处吐槽。

宣传单上赫然写着——

莱尔斯夏季考察队开始招生啦!

1.活动组织

主办单位：莱尔斯幼稚园

承办单位：盾山子虚道观、伽利雷家族

2.活动介绍

莱尔斯夏季考察队由莱尔斯幼稚园优秀教师带队，组织学生开展多种形式的考察活动。活动旨在让学生们深入人类生活环境，在探究、学习人类生活方式的同时，加深对人类社会的了解，培养其探究精神、团队合作精神和创新精神。

3.活动地点

盾山

4.活动时间

8月12日—8月26日

5.招生对象

莱尔斯幼稚园中、高年级学员

6.报名费

18000元/人

7.联系方式

地址：锦都市林荫路兰斯大道8号

联系电话：001-888888

联系人：凯西（小姐）

又瞥了眼宣传单上的内容，慕慕摇头啧啧称奇。

坑人，实在是太坑人了！除了这两个字，慕慕已经找不到其他词来形容自己的心情了。这个盾山，如果她没记错的话，就是专产“盾山道士”的盾山吧？你们一群妖魔鬼怪这么明目张胆地去别人道教领地晃悠，是不是太过分了点？

而且，那个承办单位是怎么回事？那个什么子虚道观又是怎么回事？难道在不为人知的境况下，道教早和妖魔们握手言和，签下了双方友好协议？

好吧，就算这些都是自己大惊小怪，但这个报名费——

慕慕皱着眉，又仔仔细细数了一遍“0”的个数，终于忍不住掀桌咆哮：不是一千八，是一万八啊一万八，去趟盾山居然要一万八，出趟国都够了好吗？！

慕慕忍着将这些话说出口的冲动，眉毛颤抖，道：“园长，你这是想钱想疯了吗？还有，这个伽利雷……好像是露露安她家吧？”

兰斯自动忽略掉慕慕的第一个问题，点头道：“嗯，这次活动，露露安、伊森和他们的叔叔都要去。”

“为什么？他们不是还要去找给他们下咒的恶……”话说到一半，慕慕就自动噤了声，额头已滴下硕大的汗滴。

对啊，露露安他们明明那么着急想要解除身上的不死诅咒，怎么可能有闲情逸致去参加夏令营，除非……

想到这儿，慕慕抬眸默默盯住兰斯淡褐色的眸子，心里一遍遍默念：千万不要是我想的那个样子，千万不要是我想的那个样子……

兰斯对着慕慕灿烂一笑，斩钉截铁道：“对，那个恶魔就在盾山。”

砰的一声，慕慕头磕桌子，瞬间倒地。

果……然……资本家都是吃人不吐骨头的！

兰斯你敢再无耻一点吗？要学生们组队帮你去PK恶魔，你白捡装备也就算了，居然还寻了个由头收费！还收那么高的费，简直就是天理不容！想到这点，慕慕瞬间暴怒，正想要斥责，就见兰斯笑眯眯地又道：“这个活动你也要参加。”

啊？慕慕傻眼，她刚才是不是听错了？兰斯居然说——

“我也要参加？什么意思？”

兰斯微微皱眉，但尽管如此，眼底还是藏不住笑意，“这不是已经说得很清楚了吗？这个活动你也是带队老师之一，之所以今天叫你来，就是通知你一声，记得12号来幼稚园集合。”

慕慕下巴当场砸在了地上，舌头也已经捋不直了，“兰斯，不不，园长，园长你开玩笑的吧？这个夏令营要直到26号才会结束，那回来岂不是都要开学了？”她所谓的暑假呢？所谓的休息和旅游呢？难道就全泡在这上面了？

兰斯慷慨道："放心，9月2日才开学，你回来还能休息一周。"

慕慕怒视兰斯，决定抗争到底，"我拒绝！"本来到幼稚园来上班，让她天天面对毛团+小屁孩的综合体就已经很痛苦了，眼看着好不容易有几天清净，她为什么要去盾山啊！

想到这儿，慕慕咬牙切齿又重复了一遍，"我——拒——绝——"

听了这话，兰斯摩挲着下巴，兀自笑开了。他凝视着慕慕，眼眸深邃，"慕慕，我这是在通知你，不是在和你商量。"

慕慕感受着兰斯周围渐渐聚集起来的低气压，她吞了口唾液，叉腰给自己壮胆道："这根本就不属于我的工作范围，也不在我的工作时间，我有权拒绝。我、我要求休假！"

见慕慕敬酒不吃吃罚酒，兰斯揉了揉眉心，终于丢出重磅炸弹，"慕慕，你回去好好看看合同，上面哪一条写着你有暑假来着？"

此时此刻，慕慕终于明白：兰斯大人，原来你不是不要脸，而是根本就没有脸！

Chapter 07

不服来战

8月12日，大部队整装待发。

尽管慕慕在心里将兰斯诅咒了千万遍，但看在工资的分儿上，12号一大早还是准时到幼稚园报了到。颠簸了九个多小时后，大巴车终于到达了目的地。一下车，慕慕就见群山环抱，绿意盎然。

由竹林辟出的一条蜿蜒小道直上云霄，遥遥可见尽头有座道观。道观不大，准确点说，就是个三进三出的四合院，如果不是门口挂着一块上世纪的门匾，上书“子虚道观”四个大字，慕慕都快以为这就是家普通的农家乐了。

进了道观，立马就有个道士打扮的中年男子迎了上来，甩了甩手上的拂尘，抑扬顿挫道：“无量天尊！各位施主远道而来，贫道因杂事缠身，有失远迎，还望师叔祖及众位施主见谅。”

慕慕随着他摇来晃去的脑袋转了一大圈，眼底直冒星星，正盘算着该怎么回答，只听任之行凉凉道：“带路。”

B班被安排住在道观的东边，加上A班住的北房、C班住的南房和兰斯住的西房，莱尔斯幼稚园的人刚好将整座子虚道观包下来。

慕慕整理好毛团们的行李后，这才回自己房间休息。刚坐下来，元篪就端着茶进来了。他一面往里走一面笑道："无量天尊，女施主一路辛苦，喝喝我们盾山特产的青茶，解解乏。"

"谢谢。"慕慕看他倒茶，有一搭没一搭地问："你们这个道观有多少道士呀？"

元篪道："说来惭愧，只贫道和顽徒二人。今日我派小徒下山采买食材，是以女施主才没见着。"

慕慕应了声，又转了转眼珠，道："对了，我刚才听你叫任之行师叔祖，他也是道士吗？"

"这是自然。"元篪笑道，"子虚道观地处偏僻，周边又没什么风景，游人少之又少，这些年来我与顽徒日子过得甚为艰难，全靠师叔祖他老人家帮衬才得以度日。"

慕慕听他一口一个"师叔祖""老人家"，忍不住皱眉，这师叔祖……就是师父的师叔吧？看这元篪也差不多四十岁了，那任毒舌到底多少岁？

见慕慕掰着指头算得认真，元篪轻笑，"女施主莫算莫算，师叔祖他是……年少辈高。对！辈分高，辈分高而已。"

慕慕闻言抬起头来，越想越觉得不对劲，正想开口，卡卡夫汪汪乱叫着从外面跑进来了。因为道观里没有外人，卡卡夫的耳朵、尾巴也大大方方地露在了外面，元篪见了并未觉得惊讶，反倒满脸堆笑地看着卡卡夫乱窜，显然是早就知情的。

看来，道教是真的和妖魔握手言和——友好合作了。

慕慕暗自叹了口气，而后拽住卡卡夫道："怎么啦？"

"嗷汪，打起来了。慕老师快去看——"

慕慕赶到后院时，现场已乱作一团。才一小会儿工夫，B班和C班的学生已闹得不可开交，夜吾、卿卿两人领头，正与C班大动干戈。

卿卿不愧是孩子王，从小就颇有女王架势，叉腰挡在众人跟前，怒道："你们凭什么说我们班小漓？道歉！今天不道歉我就要你们好看！"

黑发小萝莉素琅打开羽扇遮住脸颊，冷哼道："呵，一个降级生，有什么资格让我给他道歉？"

旁边长着鸭嘴的小男生闻言傻呆呆地点头，"嘎"地叫了声表示赞同。

卿卿跺脚道："小漓就算再蠢、再笨，也不是你们可以骂的！"

"我们骂错了吗？"素琅翻了个白眼，"他就是白痴、小偷！要不是他偷了永笙的花生，谁想和你们B班这群蠢货说话啊！"

"嘎！"永笙又点了点头，继续表示赞同。

干脆面君听了这话猛摇头道："我没有，我没有偷。这花生是慕老师给我的。"

"那个人类老师？"素琅闻言弯了眼，咯咯笑道："什么学生配什么老师，我一想到那个吃地沟油长大的人类就恶心！"

永笙："嘎嘎。"

"你闭嘴！"话音刚落，卿卿就大吼出声，旁边夫卡卡等人也露出森森白牙发出呜呜警告。

战况胶着，躲在角落的慕慕却流下了欣慰的宽面条泪。皇天不负有心人，小毛团们还算有良心，至少对外时还是维护自己的，真是——

慕慕还没感慨完，夜吾就已经接着卿卿的话道："臭鸟你给我闭嘴，那个蠢女人才不是我们的老师！"

慕慕嘴角抽搐，抹干流了一半的"欣慰的眼泪"，郁闷地出去缓和战局。

"喂，你们在干什么？快回自己房间去。"

素琅闻声回头，一见是慕慕，对卿卿抬下巴又道："喏，快看，你们的蠢货老师来了。"

"喂，"这次，不等卿卿开口，慕慕就率先横眉竖眼地开口，"小秃鸟，你不要欺人太甚！你刚才骂了我那么多我都忍了，现在给你最后一次机会，立、马、给、我、回、房、间、去！"

素琅瞥了慕慕一眼，转过头对身后C班的人道："听见没有，这个白痴人类叫我们——"

啪的一声，素琅话还没说完，慕慕就直接干脆地狠拍了下她的脑袋。顿时，周遭一片寂静，连风都停止了。

稍过片刻，卿卿才带头吆喝道：“打得好！”

素琅愣了愣，诧异万分地瞪着慕慕。她乃四大神兽朱雀后裔，从小娇生惯养，受人敬仰，别说被人打了，就连C班负责人瑶薇也从没对她说过半句重话，可没承想，现在当着那么多同学的面，她却被一个卑微的人类打了。

一时间，素琅气得面红耳赤，连气都喘不匀了。

“你、你竟敢——”

啪啪！

又是两下，慕慕朝素琅的脑门又拍了两下，直打得素琅发型全乱、形象全毁这才罢手。慕慕皱了皱鼻子冷哼道：“一看你就是爹妈没教好的，谁给你的权力鄙视同学？谁给你的权力辱骂老师？小秃鸟，别说我没给你机会，这都是你自找的。今天，慕老师就给你免费上一课。”

素琅闻言，黑色的眸子骤然变红，转瞬间，她全身已如烈火焚身般燃烧起来，再一眨眼，人已化作原形飞上天空。霎时，天空传来阵阵愤怒的鸟鸣。

像是受到了她的召唤，在场会飞的学生纷纷现出鸟身，B班毛团们见状也唯恐天下不乱地嗷嗷乱叫，严重好动患者卡卡夫同学更是激动得满地乱转。

这头，望着苍穹浑身赤红的小朱雀，慕慕并没有半点害怕，反倒寻回了当年打群架的热血沸腾，捏着拳头跃跃欲试道：“啊，这是要打架是吧？别以为你们会飞我就怕你们了，我告诉你们，我从小就是打鸟高手！”

说罢，慕慕朝身后一挥手，颇为豪迈地喊道：“这可是你逼我的，小的们，给我上！”

“冲啊！”

“杀啊！”

“嗷呜……”

随着慕慕一声令下，莱尔斯幼稚园的第一场群架，终于正式拉开帷幕。

碧空如洗。

子虚道观内凉风习习。因元篪爱竹，道观内栽种了不少凤尾竹，所以虽值八月，被竹林包围的道观内仍清爽宜人，风一过，还带着三分凉意。但此时此刻，慕慕却觉汗流浃背，酷热无比。

慕慕一面闪躲素琅的攻击，一面又趁机看了看四周。C班占据高空，利用高位的地理优势时不时向他们发起袭击，可一旦发现敌方靠近，又伸展羽翼飞向更高处。如此这般，毛团们的近战术再厉害，就是挨不到对方半根羽毛，只能被动地挨打。

拖延战！

慕慕微微眯眼：素琅这是想用拖延术将他们一点点击垮，就算毛团们有再强的防御，时间长了身体也会感到疲惫，到时候一旦松懈，素琅他们就会发动全面进攻。

事实上，眼下的战况已经很不妙了——

卿卿用狐火攻击着小鸭子永笙，永笙这货看似没什么用，速度却是一流，狐火一直追在他身后，却永远都差那么一小截，气得小狐狸直跳脚。另一头，夜吾被两三只雄鹰围攻，能自保不受伤就已经很不错了。卡卡夫和夫卡卡两个小子则满院子乱窜，半点忙也帮不上。战斗力排第一的千乘却没有参加战斗，只躲在角落安慰着几个吓哭的小女生顺便揩揩油。干脆面君则……

慕慕看了眼干脆面，脸色骤黑，头顶霎时滴下硕大的冷汗。

这货居然变回原形，四肢摊平躺在院中央装死！慕慕怒发冲冠，冲过去一把拎起他就骂道："你给我起来！再装死我就立马让你真的去死！"她转过头来，又指着半拥着小女生的千乘怒吼，"还有你这个小色鬼，快点给我滚过来，不然立马削了你！！"

毛团们还是第一次见慕慕发飙爆粗口，都有些傻眼了。这种境况，慕慕也顾不了那么多了，将干脆面往地上一摔，豪迈地叉腰叉道："我告诉你们，你们这样像散沙似的，根本不可能赢得战局。要想胜，就必须听我的！"

"那听你的之前，拜托能不能先救救我——"夜吾被群攻，实在招架不住了。

慕慕见状立马指挥道："千乘，你去支援夜吾。卡卡夫和夫卡卡从右边牵制永笙，卿卿你和干脆面绕到素琅后面去！"

卿卿听了这话还有异议，正想张嘴说些什么，慕慕已断然道："我在前面稳住素琅，你们绕到后面……"随后，慕慕向卿卿耳语几句。

卿卿本来还不耐烦，俯耳听罢，眼眸陡亮，对干脆面道："小漓，我们走！"

一切准备就绪，慕慕捡起地上的鹅卵石就往素琅身上砸。素琅扇着翅膀闪躲，只以为慕慕想引诱她下来，根本没注意到身后多出了两团小小的黑影。

对峙之际，东面忽然传来永笙嘎嘎的惨叫声。卡卡夫两兄弟不愧是捕猎高手，不过一小会儿工夫，就已将小鸭子擒住。西边夜吾和千乘联手，也渐渐占据优势，空中不断传来雄鹰的悲鸣。素琅分神去看，说时迟那时快，团团狐火突然窜上空中，直扑素琅。

素琅心提到嗓子眼，扑扇着翅膀在碧空几个转身才勉强躲过此劫，还没来得及喘口气，哗的一声，一根藤条蜿蜒而上，又直直朝素琅袭来。素琅咬牙，默念口诀正想要烧毁藤条，却听下边传来一声厉喝，“上！”

刹那间，藤条上燃起淡蓝色的狐火，随着猛烈的火势，藤条也愈发灵活地追击而来。眼见着藤条犹如张开血盆大口的毒蛇欺向自己，素琅心里咯噔一声响，只道：完了。

地面上，慕慕也正聚精会神地注视着天空，微微握紧拳头，咬紧牙关默念：一定要击中一定要击中一定要击中……

这一刻，时间好像被无限期延长了，众人皆屏住呼吸望着藤条，看着它一点点地靠近素琅。但就在咫尺间，藤条却忽然停了下来，僵在半空一动不动。

看着石化一般的藤条，慕慕眨了眨眼，确定自己没有眼花后，道：“搞什么啊？”

话音刚落，藤条就突然化作点点尘埃，跌落地面。慕慕瞠目结舌，看向卿卿那边，正想着怎么回事，就听卡卡夫咋呼道：“嗷汪，不好，园长来了！”

“快跑！”千乘闻言，率先开溜，其他小屁孩见状也当即作鸟兽散。慕慕见众人四散开来，心里也微微发慌，可刚迈出腿就觉脚下一拐，砰的一下摔倒在地。原来慕慕太过紧张，竟然被旁边的石头绊倒了。慕慕来不及喊痛，抬头正准备继续逃窜，却见眼前多了双擦得锃亮的皮鞋，不用看也知道是谁了。

慕慕嘴角抽搐，默了默，还是硬着头皮抬头，傻笑道：“园长，好巧啊。呵呵呵。”

阴风阵阵。

兰斯站在慕慕面前一动不动，半张脸都浸在看不透的黑雾中。慕慕摸了摸鼻子，虽然很不想承认，但是她现在的确找回了当年逃学被教导主任抓住的感觉。她龇了龇牙，喃喃道："园长……"

兰斯凝视着慕慕，声音冰冷冻人，"慕慕，你最好给我个合理的解释。"

"唔，解释什么？"慕慕决定装傻到底，摸着下巴道："哦，园长你是说刚才吧？哎呀，真是可惜了，园长你要是早一点来就能看到我们B班和C班打友谊赛……"慕慕一边说一边抬头，望进兰斯眼睛的瞬间噤了声。

吞了吞口水，慕慕腹诽，这就是所谓的气场吧，怎么他都没发火，自己就觉得腿软了呢？

兰斯不怒反笑，勾唇道："说啊，怎么不继续说下去了？不是打友谊赛吗？"

慕慕正欲开口狡辩，就见兰斯浅褐色的眼瞳以肉眼可见的速度变成了殷红色，当即一噎，什么话都说不出口了。好、好可怕，眼睛都变红了，这就代表真的生气了吧？

兰斯道："作为幼稚园的老师，你看见学生们吵嘴不制止也就算了，居然煽动他们打群架，而且还动手打学生，慕慕你到底几岁了，还这么幼稚？"

慕慕闻言，不服气地噘嘴，嘀咕道："是那个素琅欺人太甚，这种熊孩子，不对，是鸟孩子就该多调教调教。我家太后常说，黄金条子出好人。"

话音落下，两人身后就突然爆发出噗的一声轻笑。慕慕循声望去，看清来者后当即瞪圆了眼，只见凤尾竹下站着个瘦瘦高高的男子，白衬衫，黑西裤，略显苍白的脸上挂着柔柔的笑，一头金发在细碎的阳光下闪着微光。

见慕慕眼神"咬"着自己不放，男子又微微抬头朝这边笑了笑。只可惜笑到一半，又兀自捂住胸口咳嗽起来。

见状，慕慕双眼变成心状，就差当场流口水了。

这这这这……这身段、这模样、这姿态，不就是传说中的病美男嘛！眼见着病美男越咳越厉害，人比黄花瘦，慕慕只觉热血噌噌往头顶冲，这么多年，终于，还是让她在现实中找到男神了啊。

是了。身为口味奇葩的慕慕，既不喜欢兰斯这样英俊完美的腹黑男，也不喜欢任之行那样冷酷毒舌的面瘫货，唯独对风一吹就要倒的病美男情有独钟。曾有段时间，慕慕一直幻想着找一个病美男做男朋友，这样，就可以呵护他一辈子了——想想就期待。

奈何现实生活里，就是再好看的人一旦病了也会越长越难看，但眼前这个男人，憔悴中还带着三分病态美，慕慕还是第一次看见。是以仅此一眼，慕慕已惊为天人。

这边兰斯见了男子，瞬间变脸，噙笑道：“维英来了啊，见笑了。”

慕慕望天，维英，怎么这个名字这么耳熟？在哪儿听过？

维英缓缓走到两人跟前，道：“听说你们到了，我就出来看看，结果不知不觉就走到这儿了。”话说到这儿，维英刻意顿了顿，又瞥了眼慕慕，这才接着说：“刚才那场友谊赛……很精彩，慕慕小姐懂得利用每位队员的长处去攻击对方的短处，指挥得很棒。”

慕慕不好意思地挠挠头，“没什么，游戏打得多了，熟能生巧而已。”

话毕，慕慕又抬眼看了看维英，脸上居然浮现出了可疑的红晕。她拉了拉兰斯的衣袖，悄声道：“呃，园长，这位是——”

维英轻咳一声，主动伸手道：“您好，慕慕小姐，我是维英·伽利雷。我们见过面的，还记得吗？”

听了这话，慕慕犹如被雷当场击中，只听脑中轰轰两声，彻底风中凌乱了。这、这是露露安的叔叔？！也就是说，这个外表看起来不过二十出头的男人其实已经四百来岁了——

“慕慕小姐？”

听见维英的呼唤，慕慕回神，连忙回握住维英的手道：“你好你好。”

兰斯在旁默默瞅着慕慕越来越红的耳垂，又细看了眼维英那张苍白的脸，情不自禁地眯了眼：这小妮子的审美标准还真奇特。

晚饭后，所有老师被召集到厅堂开会。

任之行宣布游戏规则：“A班、B班、C班分为三个队，夏洛尔、白淮、瑶薇分别为各队队长。规则很简单，经商议，每队可根据自己的计划在盾山范围内自由行动，谁先找到恶魔并将其打败，谁就是优胜者。不过有一点，不论进展如何，每天晚上八点前，每队都必须赶回子虚道观。就这样，大家还有什么不清楚的吗？”

慕慕第一个举手，“要是打不过大BOSS，遇到危险怎么办？”

话毕，其他人纷纷朝慕慕行注目礼——不愧是懦弱的人类，这游戏还没开始呢，就先长BOSS志气灭队友威风。

慕慕翻白眼回礼——你们这群有勇无谋的妖魔懂什么！要是小屁孩们出了事谁负得起责？家长们来闹怎么办？

兰斯嗡笑，“不用担心。来之前，幼稚园已经和家长们签署了协议，此次活动出现任何意外都后果自负。”

慕慕闻言，心里默默骂道：奸商！果然是不折不扣的大奸商！

这头任之行亦道：“另外，露露安、伊森和维英也会每人跟一个队，他们熟知恶魔的所有属性，对战斗会有一定帮助。不过——”话说到一半，任之行蹙了蹙眉，瞥向维英，“在这之前，三位是不是应该把没讲完的故事补齐，这样也好帮助大家寻找恶魔的踪迹？”

维英一愣，咳嗽一下，说道：“我不太明白任先生的意思。”

任之行挑眉，毒舌模式开启，“伽利雷先生，何必呢？纸包不住火，你们家那点破事儿就算不说也迟早会暴露的。更何况，你认为狡诈谨慎如兰斯，会没提前调查过就来这儿吗？现在让你们来告诉大家，就是给你们个台阶下，不要给脸不要脸。”

话落，周遭静默一片。

慕慕忍了又忍，才克制住没站起来热烈鼓掌，对任毒舌的敬仰简直犹如滔滔江水，连绵不绝。解气！实在是太解气了！能这么直白地吐槽老板，简直是慕慕的毕生梦想。

兰斯尴尬地咳嗽了一声，也别过头去不言语，唯独伊森激动得要站起来骂娘。维英拉住侄子，深呼一口气，道：“我们……的确隐瞒了一些事。不过，当初没有说出来并不是因为不信任大家，而是有些难言之隐。既然现在大家已经知道了，还请……咳，咳咳，还请各位帮忙保守。”

维英一面说一面又咳嗽起来，慕慕看他咳得面红耳赤、眸中含露，忍不住心生疑惑，问道：“你们到底在打什么哑谜啊？”

露露安面露难色，“慕慕，其实，当年我们祖父和恶魔交易的，并不是财产，而是三足蟾……”

三足蟾？慕慕傻眼，那是什么玩意儿？

白淮摸了摸下巴，道：“东方有三大招财瑞兽：貔貅、麒麟、三足金蟾。传言，三足金蟾有聚宝变财的能力，它所居之地，地下也多有宝藏。当年令尊出海一夜致富，应该就是找到了三足金蟾吧？”

维英颔首，“当年父亲出海谋生遭遇风暴，误打误撞在阿特卡岛上寻到了大量珠宝。不仅如此，在藏珠宝的岩洞里，他还发现了三足蟾。因为父亲听说过三足蟾的传说，所以，当时就将它带了回来。”

兰斯闻言眼眸闪烁，勾唇道：“然后，借由这只金蟾，伽利雷家族富甲一方。金钱、权力、女人，什么都不缺了，但这时候，人类的劣根性渐渐显露，令尊已经收不回手，他开始变得越来越贪婪，想要得更多……”

“你——”

伊森忍不住，咬牙又要站起来，维英摆手阻拦道：“是。父亲当时的确变了很多，他想要永生，而恰在此时，那个恶魔找到了他。他告诉父亲，只要交出三足金蟾就能够保我们家族永生，可是，我们就是靠金蟾才发家的，父亲又怎么舍得？所以……”

话说到这儿，维英忽然停了下来，像是难以启齿地咬紧牙关。旁边，露露安和伊森也垂着眼不肯接话。慕慕惊奇，正想开口，脑子里却闪过露露安和任毒舌说过的话——

“祖父用将近三分之二的财产与恶魔进行了交易，得到了永生。”

“你有没有想过，为什么时至今日，伽利雷家族依旧那么富裕，不仅能够消费昂贵的药品，还住着价值不菲的别墅。”

难道？！

慕慕杏眼圆睁，不可置信地盯住三人，不可能吧……

“所以，”任之行接着维英的话道，“为了达到互惠互利的目的，令尊和恶魔最终达成协议，将金蟾交给他，但是，伽利雷家族要留下金蟾一条腿。恶魔得到的，是一只只剩两足的金蟾。”

话毕，一直缄默不语的瑶薇冷不丁道：“你们有没有想过，金蟾不是东西，也是活生生的生命？”

维英的睫毛颤了颤，头埋得更低了，“实在抱歉，这些也是后来我们发现受到诅咒时才得知的。我们甚至连恶魔长什么样、叫什么都不知道。”

慕慕疑惑道："那你们怎么知道那个恶魔来了盾山？"

"因为这个。"伊森从兜里掏出只红木漆的盒子，打开盒子后，慕慕看见一条已腐烂的蟾蜍腿正直直地指着东边。

维英道："当年祖父留下这条蟾蜍腿，一来是保证伽利雷家族能永盛不衰，财源广进；二来，便是它可以指引我们找到三足金蟾。"

任之行突然仰天大笑，"可惜啊可惜。"

慕慕咂舌，"可惜什么？"

"可惜伽利雷老先生死了啊，不然以他这样贪婪爱财的性子，一定和我们园长很谈得来，你说是不是，兰斯？"

兰斯听了这话倒也不恼，负手起身道："好了，各位，故事听完了也就准备行动吧。目标是一个携带两足金蟾的富人。"顿了顿，兰斯眸光似水，又添了句，"如果遇到只有两只手或两只脚的残疾人也务必小心。"

会议结束后，慕慕故意落在最后，待所有人都走光了，才磨磨蹭蹭地凑到维英身边，干咳一声，"你别理那群妖魔，他们是这样的：每天不是说人类懦弱啊、暴力啊，就是贪婪无耻什么的，我都习惯了。"

维英本垂目走着，听她这么一说不禁怔住，微微抬头看向她。慕慕被他这么一瞅，面颊绯红，偏偏视线就是没法从对方脸上移开。此时已是深夜，月亮高悬空中，洒下银白色的轻霜，维英的面颊浸在月色中，愈发显出三分苍白的病态美来。

慕慕只觉小心脏乱跳，刚才想好要安慰病美男的话半句也说不出了。

维英朝她笑笑，"没什么的。确实是我们隐瞒了大家，他们有些成见也是正常的。另外，还没来得及跟慕慕小姐说声谢谢。"

"嗯？"慕慕眨眼，"谢我什么？"

维英垂下眼帘，"如果没有慕慕小姐帮忙的话，或许我已经被火化了。"

慕慕恍然大悟，明白维英是说自己帮伊森偷药那件事，忙摆手道："不用不用，其实也没帮上什么忙。"准确点说，是被兰斯狠狠地耍了一次才对。

念及此，慕慕叹了口气，却听维英道："说起来，这已经是慕慕小姐第二次救我了。"

“第二次？”

维英唇角带笑，“开会前我说过，我们见过面的，慕慕小姐不记得了？”

慕慕挠头，她还以为维英说的“见过面”是在小洋房那次，难道不是？那他们什么时候见过面？

维英只笑不语，过了许久才凑到慕慕跟前，幽幽地说道：“三年前，我在A大门口遇到了些麻烦，要不是慕慕小姐出手相救，只怕当时连家都回不了了。”

慕慕闻言歪头，皱眉想了想，终于恍然大悟。

彼时，慕慕正在A大念书，某天刚从学校逃课出来，就见有两个人在学校门口拉拉扯扯：一个五十来岁的大妈拽着个金发墨镜的男子不撒手，又是哭又是嚎，嚷嚷着对方打碎了她家祖传的宝贝。年轻男子估摸也没搞清楚状况，用生硬的本国语言夹杂着英文乱说一气，场面要多混乱就有多混乱。

两人周围围了个里三层外三层，可就是没一个人上前帮忙。

大妈一手拽着男子衣领一手抹鼻涕道：“大家评评理，评评理，我拿着我家的青花瓷碗好好地走在街上，他上来就把我撞倒了，居然还想逃！可怜我那去世的爷爷的爷爷啊，我没保管好您传给我的东西……呜呜呜……”

大妈哭上一阵，又目露凶光，瞪住男子咄咄逼人道：“我告诉你，今天不赔东西就别想走！老娘我可告诉你，我才不管你是外国人还是外星人，没个说法的话，我后半辈子就在你家过了！”

慕慕见状，慢慢踱步到两人跟前，捡起地上的碎片仔细察看，啧啧道：“大妈，你爷爷的爷爷喜欢玩穿越？”

“什么？什么穿越？”

慕慕怒其不争地摇头道：“拜托您下次出来碰瓷专业点。您老看清楚，这碗上还印着‘毛主席万岁’，你爷爷的爷爷是改革开放后才出生的吗？您老今年贵庚啊？”

话毕，周围顿时爆出阵阵哄笑。大妈脸红了又白，白了又青，挥手道：“去去，哪儿来的死丫头，多管闲事！我可告诉你，管闲事可是要倒大霉的！”

慕慕闻言，佯装惊恐地捂住胸口，“这是在威胁我吗？我好怕怕，算了，还是叫我爸来救我好了。”说罢，当真摸出手机来给慕老爹打电话。

大妈翻白眼道：“你以为你爸是谁啊，你以为老太婆我——”

“大妈，我是你的话，我现在就赶紧开跑。”话还没说完，人群中就有人插嘴道：“她爸可是警察。”

话音落下，碰瓷大妈立马消失得无影无踪……

收回思绪，慕慕不好意思地抓了抓头，三年前，维英还算健康，面色红润，身材也比现在胖点儿，完全不符合病美男的标准。是以过了这一页，慕慕就彻底把这人忘了。

维英依旧笑得温文尔雅，“记起来了？”

慕慕点头，“对不起，刚才完全没认出来。”

“没关系，能再见到慕慕小姐，就说明我们有缘分。所以，这次一定不能再让你跑了，一定要好好感谢你才行。慕慕小姐请说，我该怎么报答你？”

慕慕见他半开玩笑半认真地朝自己眨眼，只觉脸上又烫了三分，开口正想说不用客气，就听丛林后面传来戏谑的男声，“呵，报答吗？以身相许怎么样？”

闻言，慕慕脸皮颤动，愤然转头，瞪着来人噌噌磨牙——

任、毒、舌，你不知道偷听别人说话会遭天谴吗？

原本晴朗的夜空没一小会儿就阴了脸。层层云雾遮住圆月，下起淅淅沥沥的小雨来。

慕慕躲在低檐下，一面愤愤地拔草，一面斜视旁边的任毒舌：都是因为这浑蛋，病美男都被吓跑了……

呷了口茶，任毒舌挑眉道：“怎么，怪我当灯泡打扰你调情了？”

慕慕翻了个白眼：这么明摆的事还用问吗？还有，什么叫“调情”啊，拜托任先生你注意一下用词好不好！这明明就是……呃……互相勾搭。（众旁白：这两个词真的有区别吗？）

捋了捋额前刘海，慕慕没好气地问：“你找我到底有什么事啊？”

任之行不言语，只从怀里掏出个锦囊来，洁白如雪的绸缎上绣着清新淡雅的绿竹，显得布袋既精巧又别致。

慕慕一看乐了，一边伸手去接一边笑道：“谢谢。”

谁料话还没说完，任之行手一扬，锦囊又收回去了，“你知道里边是什么东西吗？就伸手来拿。”

慕慕被耍，气得跳起来，“有什么了不起，不就是喜糖嘛！你给我我还不想要了呢！”

任之行难得变了脸，嘴角抽搐道：“谁跟你说这里面是喜糖？”

“咦，不是吗？”见任之行隐隐动怒，慕慕摩挲着下巴嘀咕道：“也对，像任之行这种面瘫又毒舌的渣男，怎么可能有人嫁给他？”

任之行敲了敲慕慕的脑袋，这才将锦囊丢给她，“如果在山里遇到危险，就打开这个。”

慕慕拿着锦囊，丈二和尚摸不着头脑，呃，这是什么意思？锦囊妙计？

愣怔半秒，慕慕立马去解锦囊上的绳子，谁知绳子却越解越紧，眼看着打成了死结。慕慕窘迫不已，旁边任之行倒是不慌不忙，“等真正遇到危险时，绳子就能解开了。”

望着任之行的扑克脸，慕慕还想说什么，脑中却闪过一个奇怪的念头——刚才开会就她一个人对安全问题提出了质疑，结果一散会，任之行就巴巴送来“锦囊妙计”，唔，她可不可以变相理解为：这傲娇货其实在关心自己？

在幼稚园的一个多月时间里，虽然任之行没事就噎她一两句，但带领自己熟悉工作环境的是他，帮忙缓解自己和学生们关系的是他，现在送锦囊妙计的还是他……

慕慕摸了摸鼻子，憋着口气正想说句“谢谢”，那头任之行已抢先道：“我劝你最好离那个维英远点。”

“为什么？”慕慕抬头，只见夜色中，任之行的黑眸如水，清澈透亮。

“为什么。”任之行扯动面皮冷笑，“你想想，自己一没财二没色，脑子还那么笨，他却对你这么热情，图什么？”

慕慕一时无言。

“非奸即盗，小心别人把你卖了你还帮着别人数钱。没智商也就算了，要是你还没情商，就真的没救了。”说罢，任之行便气定神闲地离开，留下慕慕一个人在原地抓狂。

任毒舌，我果然不该对你抱半点希望！

Chapter 08

山村老尸

翌日，各队整装出发。

慕慕和白淮大叔、毛团们商量，决定从东边的竹林穿过去看看。确定好装备后，众人正准备走，就出了小状况：原本跟队的伊森摇身一变换成了维英，慕慕见他一副登山打扮的模样也微微怔住。

维英见慕慕瞪着自己眼珠一眨不眨，忍不住笑道：“C班决定顺河而下，我有严重的风湿，怕走水路犯旧疾，所以和伊森换了下。”

慕慕哦了声，忙不迭点头。

一路无话，临到竹林尽头，白淮大叔才将慕慕拉到队伍最后面，神秘兮兮道：“小慕慕，快跟叔说说，你和那个维英是怎么回事？”

慕慕咂舌，“什么怎么回事？问得奇奇怪怪的。”话虽这么说，慕慕却心虚地不敢抬头看白淮。

白淮大声嘁道：“别欺负叔是单身。叔虽然没情缘，但有的是智商。你一和他说话脸就红，你真当叔瞎了看不见吗？”

慕慕闻言，紧张地看向前方，确定维英没听见后才回头瞪着白淮道：“你别胡说，我只是……”

该怎么说呢？慕慕从小到大都被人当成“女汉子”看待，从没有哪个男孩子对她这么温柔地说话、轻笑，再加上又是自己喜欢的类型，她有点小心跳、小脸红不犯法吧？

可是，这话慕慕怎么都说不出口，只在原地急得抓耳挠腮。

“只是什么？”白淮叹了口气，拿出老大哥的架势语重心长地说道：“慕慕，不是叔说你，这见一个爱一个的习惯要不得，更何况，拣了芝麻丢了西瓜，值得吗？所谓苦海无边回头是岸，现在悔悟还来得及，叔就当什么都没看见。俗话说得好哇，满目山河空念远，落花风雨更伤春，不如怜取眼前人……”

慕慕越听越不对劲儿，果断阻拦道：“等会儿等会儿，我怎么有点听不懂你在说什么。”怎么说着说着就到“怜取眼前人”这儿来了？眼前人是谁？

白淮大叔拍了拍慕慕的肩，“你知不知道今天是几月几号？”

“八月十三啊。”

白淮瞪大双眼，“我问的是农历！”

“农历？”

不等慕慕说完，白淮就痛心疾首道：“今天是七月七日乞巧节啊妹子。这么重要的日子，你居然都没和兰斯打个招呼就走了，还以权谋私，在外面和小白脸卿卿我我。你想想，要是兰斯知道了，该有多伤心。”

话毕，白淮大叔又轻叹口气，仰面流下两行清泪，“朱门酒肉臭，路有冻死骨，他姥姥的姥姥，怎么别人就能吃着碗里还望着锅里，叔就连口热汤也喝不上呢！叔这么英俊潇洒帅气体贴，怎么就是没有情缘呢？”

慕慕头挂三根黑线，顶着囧字脸气若游丝，“大叔，我到底要说多少次你才肯相信我和兰斯是清白的啊？都说那天晚上不是你们想象的那样了。”

话音刚落，小狐狸卿卿就满脸怒气地冲过来，叉腰道：“喂，你们俩到底要嘀嘀咕咕到什么时候啊？前面没路了。”

前面不是没路，而是多出了几条路。

竹林尽头，一条山路蜿蜒而下，弯弯曲曲分出三条岔道。这座山本就偏僻，慕慕他们又不熟悉地势，谁都不知道该走哪条道。

维英为难道："蟾蜍腿在伊森那儿，要不然也能帮我们指指路，现在该怎么办？"

白淮拍掌道："这还不简单，放卡卡夫、夫卡卡。"

卡卡夫、夫卡卡听见叫自己的名字，蹦蹦跳跳地站出来，齐齐挺胸汪了声。

"上。"

话毕，两兄弟立马撅起小屁股趴在地上东嗅西嗅，少时便达成意见，往最左边那条道上跑去。慕慕等人跟上，于是十分钟后，众人就到了目的地——

青山环抱，绿水长流，一栋三层楼高的小洋房耸立山间，房前又用栅栏圈出一大片地来摆放桌椅，靠近角落的篝火架子上则正烤着半熟的肉羊，而门外的匾额上赫然刻着四个大字：陈氏烧烤。

见状，慕慕嘴角抽搐，对着直流口水的卡卡夫兄弟俩咆哮出声，"这就是你们俩带的路！"

卡卡夫和夫卡卡扒着栅栏，目不转睛地盯着里边的烤全羊，哪儿还管得了慕慕说什么。其他毛团闻到香味，也渐渐聚到烧烤店前。

慕慕抓狂，"你们这群小吃货，到底是来打BOSS还是吃烧烤的啊？"

卿卿闻言淡淡哼了声，抱胸道："既然来都来了，那就吃了再打呗。"说罢，抬腿就要进去。慕慕阻拦道："不行，现在都下午三点了，等你们吃饱喝足就差不多该往回走了。"

白淮表示赞同，"叔也没带钱啊。"

听了这话，众毛团顿时哭嚎一片，死活都不肯挪步。夜吾露出小獠牙，果断地说道："实在不行我们就抢吧！"

不等众人表示赞同，干脆面君已经跳进别人院子，抱起桌上的玉米就往外跑。慕慕见状，气得风中凌乱，呵斥道："小漓，你怎么又偷东西！"

维英干咳一声，笑道："要不然，我请大家吃吧，我身上带了钱。"

白淮大叔本着"兰斯的情敌就是我的情敌"的原则，微微斜眼看了看维英，别头哼道："不用，我们——"

“咦，有客人啊。”白淮话还没说完，屋里就传来清脆的笑声，随后便见一个二十来岁的年轻姑娘从屋里探出头来，弯眼甜笑道：“欢迎光临。各位请先就座，我马上就上茶。”

白淮一噎，刚才的话全吞回了肚子，他拍拍维英的肩，爽朗大笑道：“好，就这么决定了。”

慕慕见白淮真要带毛团们进去，拽着他不撒手，“大叔，你疯了？今天还找不找恶魔了？”

白淮只管两眼放光地盯着烧烤店的小姑娘，顿了顿，这才轻声对慕慕道：“恶魔哪天找都可以，妹子……过了这村儿就没这店儿了啊！帮叔一把，我保证不把你在外面泡小白脸的事告诉兰斯。”

慕慕顿时无语。

叔，你的节操已碎成渣了。

众人坐定后，烧烤店的妹子就开始陆陆续续上菜。这家店是自助式烧烤，按理是不需要店家帮忙烹饪的，但因为现在店里没有别的客人，妹子干脆也坐到了桌旁，帮小毛团们烤肉。

白淮见美人在侧，心花怒放，哪儿还顾得上吃，一个劲儿套近乎道：“妹子你叫什么？哪儿的人？今年多大了？有男朋友没？微博叫什么名字？我加你！”

慕慕汗颜，“你问这么多，要别人怎么回答啊？”

妹子娇俏一笑，倒不在意，“我叫陈晓佳，今年24岁，单身，微博名叫sherry佳，容市人。还有什么要问的吗？”话虽然是对着白淮说的，但陈晓佳的视线却一直定在维英身上。

慕慕见状暗叫不好，偏偏这头白淮大叔还丝毫没有察觉，满心欢喜地掏出手机来，道：“我这就加上！”

“嗯，你搜索sherry应该就能找到了。”陈晓佳一面拼写英文名字，一面又看向维英，眨眼道：“帅哥你呢？微博叫什么？也一块儿加上。”

维英本埋头专心吃菜，闻言一愣，错愕道：“我没玩儿微博……”

陈晓佳锲而不舍，“微信呢？”

“也没有……”

“那陌陌？”

维英望天，“陌陌是什么？”

一阵凉风刮过，惹得慕慕起了一身鸡皮疙瘩，对面，白淮大叔已化作石雕，原地入定。

卿卿也斜了陈晓佳一眼，凑到夜吾跟前小声嘀咕道：“这女的脑子是不是有毛病啊？分明是白老师说要加她微博，她怎么反过来一直要维英的？”

情场高手千乘童鞋叹了口气，以过来人的语气道：“卿卿，你有没有听说过一个词，叫备胎？”

咔哒一声，慕慕好像听见，白淮大叔胸口里有什么东西碎了。

卿卿皱眉，“备胎？什么意思？”

千乘指了指白淮，“白老师现在这样，就叫备胎。那个女的表面上说是加白老师微博，其实真正目的是勾搭维英啊。”

夜吾嘁了声，抬头道：“千乘亏你还自称泡妞高手，这根本就不叫备胎好不好？最多也就是个千斤顶。”

更为清脆的哐当一声响，已成石雕像的白淮大叔直接碎成了渣，掉落一地怎么捡也捡不起来。

慕慕抓狂了，小浑蛋，你们都干了些什么！白淮大叔被你们打击得彻底崩溃了！

为防止白淮暴走，慕慕强势插入陈晓佳和维英的对话，皮笑肉不笑道：“说起来，这里这么偏僻，也没什么游人，你在这儿建个烧烤摊不会亏吗？”

陈晓佳道：“当然不会。你们看那边，那边有个攀岩基地，很多攀岩爱好者都喜欢来这儿运动锻炼，所以我这生意还算过得去。”

慕慕顺着陈晓佳手指的方向看去，果然见不远处的峭壁上有铁锁和绳套的痕迹。陈晓佳接着道：“其实我也想过去大城市，可是爷爷还在这里，怎么能抛下他不管呢？”

“你还有个爷爷？”慕慕话音刚落，屋子里就走出个老人来。

老人拄着拐杖，看起来行动已有些不便，每走一步，浑身上下都要跟着颤上一颤。他脸上则布满了沟壑重重的皱纹，瘪着嘴，牙齿应该也已经掉光了。

陈晓佳见状忙跑过去，扶着老人在院子一隅坐下，这才回头对慕慕露齿一笑，“这就是我爷爷，他每天下午午觉后都会出来晒晒太阳。”

老人看了眼慕慕，对着孙女道：“你同学来家里玩儿啊？”声音竟出奇的大。

白淮见到老人，迅速回魂，凑到对方跟前谄笑道：“爷爷好，我叫白淮。”

夜吾、千乘等小屁孩见此情景肃然起敬。千乘道：“要想抓住一个男人就先抓住他的胃，要想拿下一个女人就先拿下她的家人。白老师还是有点道行啊！”

夜吾歪歪嘴角，“只怕是垂死挣扎。”

这头，老人见身边忽然多了个年轻人，也敛眉细细看了看对方，良久才应道：“你多大啦？”

“二十八。”

慕慕闻言默默吐槽：叔，你有点觉悟好不好……就算不暴露你的真实年龄，光凭你这个皮相，也不像二十八啊！

老人望天顿了顿，又道：“叫什么名字啊？”

白淮一噎，“刚才说了，鄙人白淮，白色的白，淮南的淮。”

“哦，多大啦？”

“呃，难道老人家您是在怀疑我谎报年龄？好……好吧，其实今年刚满三十。”

“叫什么名字啊？”

“白、白淮。”

“多大啦？”

“三十，真的三十！我用我的人格保证，我绝没有骗您！”

“哦，叫什么名字啊？”

……

如此死循环十次后，白淮大叔的年龄已经从二十八长到三十六了。慕慕叹气，望着抓狂的白淮又摇了摇头，叔，虽然你有的是智商，但情商欠费已久啊！再白痴也该看出来这老人家有病吧，你这么执着到底为哪般？

陈晓佳见状也颇为尴尬，为难道：“不好意思，爷爷上了年纪后就这样了。”

慕慕递给陈晓佳一个理解的眼神，“有没有想过带老人去城里的大医院看看呢？”

“看过啦，没用。”陈晓佳笑道，“本来我还打算带他在城里定居，可爷爷在这里待了一辈子，死活都不肯走。”

一直没言语的维英闻言冷不丁道：“这么说，你是在这儿长大的？”

“是啊。”陈晓佳点头。

“那你有没有听说过什么奇怪的传说？”

话音一落，原本埋头苦干的小吃货们也纷纷竖起耳朵，终于想起此行的目的。

陈晓佳眼眸闪亮，“多了去了。这里是盾山，关于盾山道士的传说一抓一大把。”

“不是那种。”慕慕打断她道，“是关于妖啊魔啊的传说，或者，诡异的现象，有没有？”

陈晓佳听了这话怔了怔，往烧烤炉里又加了两块炭，这才阴恻恻道：“诡异的事……倒还真有一件。”

慕慕见她那模样，没由来地汗毛倒竖，“说来听听。”

陈晓佳黑着脸，声音也忽然变得飘忽不定，“你们应该发现了，这附近只有我们一家人，既没有村落也没有别的人家。其实，十多年前，这附近是有一个小村庄的，村民们日出而作，日落而息，生活一直都很平静，直到有人挖出了一口井。

“这口井的井水清冽香甜，还带着股淡淡的桃花香，大家都觉得稀奇，纷纷跑去打水喝。唯独我爷爷不许家人去碰，因为井打出来的那天晚上，爷爷亲眼看到，那水变成了黏稠的血红色。爷爷觉得这口井诡异，想劝大家不要喝这里的水，但大家都不听。结果……果然不出爷爷的预料，没过多久就出了事。”

慕慕听到这儿，牙齿已经有点打颤了，旁边的卡卡夫也不再吃东西，只抱着慕慕的大腿瑟瑟发抖。

维英眯眼问：“出什么事了？”

陈晓佳道："村里的人一个接一个死掉，而且每个人的死法都一样。他们横躺在井边，七窍流血，面目惊恐，就好像死前看到了什么恐怖的东西。而死去的，正是喝过那口井水的人。我们家的人因为爷爷的禁令都没有喝井水，所以平安无事。但我实在好奇，为什么大家白天都还好好的，第二天就离奇地死在了井边呢？唉，我那会儿也小，不懂事也不觉得害怕。有一晚，我趁着爷爷睡下了，偷偷溜出了屋，躲到井边想看个究竟——"

说到这儿，陈晓佳停了下来，眼神复杂地盯着众人。

千乘脸色苍白地抱住夜吾，"别、别说了，好吓人。"

夜吾被他勒得面红筋涨，怒道："拜托你记住，自己是条龙，是龙！一条龙居然怕鬼，说出去也不怕别人笑掉大牙！"

"就是！"卿卿下意识地躲在夜吾身后，但嘴上依旧不饶人，"有、有什么可怕的？要是换我，我也会这么做！"

陈晓佳呷了口茶，接着幽幽地说道："我记得那天就和现在一样，天阴阴的，总有雾挡在面前散不开。我躲在井边的竹林旁，一不小心就睡着了，等再醒来时天已经全黑了。周围伸手不见五指，我当时就害怕，想要回家，可就在这时，我忽然看见远处传来微弱的亮光，那亮光由远及近，飘忽不定，走到跟前我才发现，原来是有一群人排着队、打着灯笼往井这边走来了——"

慕慕闻言忍不住一愣，怎么这故事越听越耳熟了？

这边，陈晓佳还在绘声绘色地讲着，"我当时吓得浑身都软了，连惊叫都忘了。那群打着灯笼的人，全是村里已经死掉的人，而排在最后的一个人……"

"排在最后的一个人就是你自己。"不等陈晓佳说完，慕慕就接着对方的话道。踹开脚上的卡卡夫和夫卡卡，慕慕满脸黑线，"然后，在你惊恐之时，井里突然跳出个女人来。她的名字叫楚人美，是十多年前被丈夫害死在这儿的。因为你们挖到了井，触到了她的尸体，所以她的怨气扩散到了井水里，凡是喝过这水的人都会被楚人美制造的幻境杀死。"

维英奇怪道："慕慕你怎么知道？难道你当时也在场？"

慕慕掀桌，"这是鬼片《山村老尸》的剧情好不好？！"

陈晓佳被戳穿，扑哧一声笑开，俏皮地吐舌道："好啦好啦，我逗你们玩儿的。这个世界上哪儿来那么多鬼鬼怪怪，就算有，盾山人杰地灵，又是道家的领地，哪个妖魔敢来？”

慕慕嘴角抽搐：姑娘，你面前就有一大群妖魔鬼怪啊……

“可是——”

“别可是了，这里真没有什么诡异传说。”

话音刚落，角落的老人就忽然道：“谁说没有？有的！有的！”

老人家这么一吼，众人皆是一怔，齐齐向他看去。

陈晓佳眼神闪烁，讪笑道：“我爷爷又犯病了，你们别理他。”

维英不搭理陈晓佳，缓缓走到老人身边蹲下，“老人家，你说有什么？”

老人没有理睬他，目光无神地直视前方，嘴里喃喃，“有的，有的……”

陈晓佳像是松了口气，莞尔道：“好了，不打扰你们吃东西了，我先扶爷爷进去。”说罢就弯腰去扶老人家，谁料手刚伸出来，老人就激动地拽住孙女，原本浑浊的双眼也变得熠熠有神。

“晓佳，不要去井边啊，会死的。”

“爷爷！”陈晓佳跺脚欲制止，但为时已晚，众人已经听得一清二楚。

静默半秒，白淮率先道：“难道真有山村老尸？”

“怎么可能？”陈晓佳瞪大杏眼，又将老人安置回座位上这才噘嘴道：“我爷爷有老年痴呆症，他说的话你们也信？”

白淮见状双手捧脸，原地转圈圈道：“啊啊啊，她瞪我了瞪我了，终于有妹子瞪我了。”

慕慕自动无视白淮，拍掌道：“对，怎么能随随便便相信别人的话呢？耳听为虚眼见为实，来来，大家都别吃了，我们这就出发，去找找附近哪儿有井——”

“别去！”慕慕话还没说完，陈晓佳就不自觉地喊出声。见慕慕朝自己狡黠奸笑，陈晓佳叹了口气，举手认输，“好吧，这附近的确有口井传过一些奇奇怪怪的说法，不过一听就知道是假的。我叫你们别去，是因为那附近经常滑坡，你们带着孩子去不安全。”

听了这话，慕慕忙拉着陈晓佳坐下，“快跟我们讲讲。”

陈晓佳似还有些犹豫，轻蹙柳眉道：“先说好，告诉你们可以，但你们绝对不能出去乱说，不然这儿以后就真没生意了。”

“知道啦知道啦。”

陈晓佳颤了颤长长的睫毛，终娓娓道来，“这事儿我也是听爷爷讲的。说是几十年前半山腰打出口井来，可奇怪的是，谁也没办法走到井边。凡是靠近井的，不是摔倒就是晕厥，有村民称，听过井里传出笑声来；还有人说，见过小孩子被凭空拽进井里。后来这事越闹越大，市上就派了专家来考察，结果专家们来的当天就又回去了，什么说法也没给，关于井的资料也全都销毁了。村民们见到这种状况，反而更害怕了，就请来道士作法，又在附近立了个警示牌，警戒小孩子们不要过去。唉，不过这都是好多年前的老故事了，哪个村落没点玄乎的怪谈？”

慕慕闻言，看了眼对面的维英，相视一笑。

吃完烧烤，一群人按照陈晓佳说的方向上山，没一小会儿就到了目的地。

芳草萋萋，竹影重重。杳无人烟的竹林深处果然有口废井，离废井百来米远的地方立了块木牌，用红色油漆刷着触目惊心的两个大字：危险。

因为听了陈晓佳之前的话，众人走到木牌前就止了步。扫视四周一圈，白淮道：“小子们，剩下的就看你们的了。”

众毛团异口同声地应下，以夜吾为首，围成一团叽叽咕咕商量起来。

慕慕咂舌，“大叔这话的意思是……不准备插手？”

白淮点头，“这次出来不就是为了锻炼他们嘛，要是什么都亲力亲为，这群小浑蛋永远都长不大。没事，大叔我已经勘探过了，危险系数不高。待会儿你也不许动手啊，看着就成。”

说话之际，干脆面君已发动法术，只见其口中念念有词，不多时，脚下便生出无数藤条来。那绿藤如有生命般慢慢延伸开，蜿蜒曲折直向井口而去。藤条到达井口时，果然如陈晓佳所言——像触到什么东西般无法再前进。

夜吾道：“小漓，稳住了！”

干脆面君咬牙，再发力，藤条顺着那阻挡之物又往上爬。分枝生分枝，纵横交错，片刻，藤条便密密麻麻编织成一张网，好似凌空搭建了一座天桥。

“成功了！”千乘话音刚落，井边就赫然响起一声低吼，伴着这声低吼，藤网瞬间断裂成无数段。干脆面君破功，低低哀号一声，往后连退三步。

慕慕见状欲伸手去扶，却被白准一把拉住。他朝慕慕摇了摇头，示意她静观其变。

见干脆面君败下阵来，卿卿又上前发动狐火，依旧不奏效。正一筹莫展，身后却有个声音悠然响起，“临、兵、斗、者、皆、阵、列、前、行。”

慕慕回头，只见夜吾身体周围着一圈符咒，随着他一声令下，那些符咒便纷纷飞向井边。兜转间，井边已生起浓浓白雾，待那雾散开，慕慕下意识地倒吸了口冷气——

废井外边，竟盘着条腰身如树干般粗壮的银色大蟒！因被逼现身，大蟒颇为不爽，一边昂头凝视众人，一边吐着猩红蛇信。怪不得会有小孩子被拖进井里，怪不得大家都没办法靠近井边，原来这儿有条“白素贞”啊。

慕慕还是头一次见到这么大的蟒蛇，忍不住有些腿软，但尽管如此，她还是挡在维英面前，逞能道：“你不要怕，我会保护你的！”说罢，她面颊绯红，眼睛也有些湿润了——平生想要保护一次病美男的夙愿终于可以实现了。

维英干笑一声，咳嗽道：“我没事的，你不用管我。”

听了这话，慕慕才赫然想起维英是不死族，就算大蟒把他吞下去也没办法消化，这么说起来，他反倒是所有人里最安全的一个。

说话间，毛团们已将蟒蛇团团围住。千乘、夜吾打头阵，主攻蛇头；卡卡夫、夫卡卡两兄弟则死死咬住蛇尾不松口，干脆面君用藤条束住蛇身，卿卿则用狐火进行远攻。

白准叉腰看着学生们，满意地点头，“蛇打七寸，卿卿放大招，争取一击即中。”

慕慕皱眉瞅着，心里却没来由地打鼓。游戏里，BOSS一般都有两层血，打完第一层，眼见着BOSS快要倒下时对方原地复活不说，还会放大招群攻。不知道现实里会不会——

慕慕还没想完，被打到七寸的银蟒就忽然咆哮起来，蛇尾一摆，缚在其身上的藤条已尽数折断。它鳞片倒立，像是难以忍受疼痛般挣扎悲嚎。卿卿见状惊呆了，“我只用了三分力，它的反应不应该这么强烈啊。”

“你们快看——”

顺着干脆面君手指的方向，慕慕只见银蟒以肉眼可见的速度又生出另一个蛇头来！两个蛇头张着血盆大口，正直直朝身下的夜吾、千乘袭去。慕慕见状手攥成拳，心已提到嗓子眼儿：那两个小浑蛋在干什么！为什么还不逃！

说时迟那时快，腿快于脑子已一步迈了出去，慕慕迅速移到两人跟前，一手抱住一个想要逃离现场，这才发现关键所在：夜吾和千乘脚下被奇怪的绿色液体黏住，根本动不了。

夜吾见慕慕自投罗网，也瞪眼道："蠢货你来干什么，快……"

不等夜吾说完，三人头顶已投下巨大阴影。背对着银蟒，慕慕甚至能够清晰地闻到它口中浓重的腥臭味。最后一秒，慕慕下意识地抱住夜吾，闭眼前蹦入脑海的最后一个念头竟然是——这个月的工资还没领到，就这么死了好不甘心啊，呜呜。可是，想象中的痛楚迟迟没有到来，恍惚间，慕慕只听一声虎啸，再睁眼时，两个蛇头已双双落地，蛇身垂死挣扎一番，亦没了动静。

夜吾推开慕慕，不知是害羞还是懊恼，小脸涨得通红。

"神经病你到底在干什么？你知不知道很危险？"

慕慕眨了眨眼，还有些回不过神。看了眼不远处的白淮，慕慕道："大叔，我——"白淮黑着脸将三人拎出来，这才道："慕慕，虽然我明白你救人心切，可是你有没有想过，你根本就不是对方的对手。"

慕慕一愣，僵在原地没有说话。

"在明知道保护不了学生的情况下，又让自己涉身险地，你这样只会帮倒忙。"

慕慕埋头，"对不起，刚才情况太紧急，我一时半会儿也想不了那么多……"

白淮闻言舒出口气，拍了拍慕慕的肩，软下语气道："算了。"

另一边，毛团们也已恢复如常，围着银蟒叽叽喳喳。

"白老师，这个怎么办呢？"

白淮大步流星地走到井边，道："谁都别动，它应该还没死。只要再有人攻击它的七寸，它就能长出新的蛇头来。"

卿卿吐舌道："那总不能任由它放在这儿吧？"

白淮沉吟片刻，"把它的心脏挖出来带回去，给兰斯看看。"

众人说干就干，掏刀的，拿布袋的，各司其职。慕慕远远望着毛团们热火朝天地解剖着银蟒，忍不住叹了口气，挫败感一阵接一阵袭上心头。大叔说得对，自己就是个半吊子，对付两个小混混还可以，对付妖魔鬼怪就……

慕慕撇了撇嘴，自嘲道："你还想当英雄，还想保护病美男，呸！连条蛇都收拾不了。"

话毕，慕慕怔了怔，猛地抬起头来：对啊，维英呢？

夜幕沉沉。天一黑，山里就显得格外阴森寒冷。不甚明朗的月光照在林子里，影影绰绰，风一吹，只听竹叶沙沙作响，那黑影也跟着晃动起来，让人心慌难安。

慕慕抹了把额头的细汗，朝身后正以龟速前进的众毛团望了望，忍不住叹了口气。他们已经在山上找了两个多小时了，还是完全找不到维英的踪影。慕慕实在想不明白维英是怎么消失的，彼时众毛团与银蟒作战，前一秒维英还和自己说话来着，可不过眨眼工夫，他就彻彻底底消失了。

如果说维英是被什么东西捉走的，就算当时被捂住了嘴不能呼救，周围也应该有他挣扎的痕迹才对，可是没有，完全没有。竹林、溪边，甚至井底，大家都仔仔细细地翻找过了，别说维英的人了，就连半点蛛丝马迹都寻不到。而更诡异的是，众人的手机集体自动关了机，怎么都打不开。

想到这儿，慕慕皱眉对身旁的白淮道："太晚了，必须得回去了，不然再莫名其妙折上一两只毛团就麻烦了。"

白淮没搭腔，自顾自地往前走，慕慕也没怎么在意，接着道："还有大叔，你觉不觉得这事有点蹊跷？"

白淮停下脚步，阴阳怪气地"哦"了声。

"不觉得吗？你看啊，陈晓佳说那口井是村民挖出来的，又说它曾经吞噬过附近的小孩，可是我们把整座山都翻遍了，根本就没有看到什么人家。还有那个陈晓佳……现在越想越怪，就好像她是故意指引我们来这儿的。这么巧，我们斗银蟒时维英就不见了。"

白淮闻言，背对着慕慕抖动肩膀，怪笑一番才阴恻恻道："她是不是故意指引你们来这儿的我不知道，可是这个陈晓佳有一点没说错，那口井的确是村民挖出来的，可是后来那口井老是闹怪事，加上这附近又爱闹泥石流，他们就都搬走啦。”

话毕，一阵凉风恰好刮过，慕慕的鸡皮疙瘩霎时窜上背脊。

望着背对自己的白淮，慕慕疑惑道：“你怎么知道？”还有，为什么大叔的声音变得又尖又细，像……另外一个人。

白淮仍旧没有转身，只如雕像般定定地站在原地，不言语亦不动弹。面对此情此景，慕慕默默吞了口唾沫，两股已战战。怎么这情景这画面……这么眼熟，好、好像各大惊悚片里都用过……

慕慕悄悄往后退了一步，这才颤着声道：“别介，大叔，你别吓我……我胆儿小……”

正说着话，后面的毛团们也跟上来了，见两人都站在原地不动，纷纷席地而坐。千乘打滚道：“我们什么时候回去啊？我都饿了。”

“你个猪，”夜吾啐道，“下午在烧烤店时你吃得比谁都多，现在饿得比谁都快。”他一面说，一面就往白淮的方向走去，谁料还没走出几步，就忽听慕慕在后面大喊：“别过去！”人还没反应过来，就已被她拽着衣领拖了回来。

“你干——”夜吾不满地扭动，话刚出口就又噎了下去，他感觉到慕慕在发抖，拽着自己衣领的手心也满是冷汗。

慕慕死死盯住白淮，颤着牙道：“你……你到底是谁？”

听了这话，小妖魔们也纷纷愣住，目不转睛地盯着白淮。半晌，白淮才仰天长笑，回头叉腰道：“哈哈，吓吓你们，瞧你们那胆儿。”

慕慕闻言刚想舒口气，抬眸一看，心顿时又提到了嗓子眼。旁边，小毛团们也张大了嘴巴，从O字形到U字形应有尽有。

白淮见众人表情诡异，挑眉道：“怎么啦？”

慕慕结舌，“大大大大……”

“大什么？”白淮一脚踏到慕慕跟前，人还没站稳，慕慕已一拳砸在他脸上，大喊道：“打死你！”

与此同时，卡卡夫和夫卡卡的狗吠声也此起彼伏地响起。

“汪汪汪，白老师肩膀上趴了个没有脚的白衣姐姐！”

“汪汪汪，大笨蛋，那是鬼！”

慕慕一手拎起一只，一面往山下跑一面嚎道："快跑啊，鬼来了！！！"

带领着学生们一路狂奔到山脚，慕慕才气喘吁吁地停下来。数了数身边的小脑袋，确定一只也不少才稍稍安心。

放下卡卡夫两兄弟，慕慕拍着胸脯，"先歇会儿，它应该追不上来了。"

千乘此刻也顾不得安慰吓哭的小女生了，只抱住夜吾瑟瑟发抖，"可它是鬼，我娘说过，鬼魅之物速度灵敏，说不定我们根本就没甩掉它，它一直都跟在我们身后。"

话毕，又惹得几个低年级的小女生哇哇尖叫。

慕慕虽然心里也直敲鼓，但在毛团们面前还死命稳住。她深呼口气，敲敲千乘的脑袋，皱眉道："那你娘有没有告诉过你，鬼魅是没有实体的，只能靠幻境迷惑人。就好比你家楚人美姐姐，只能将怨气像尿一样地撒在井水里，只有喝了井水的人才会被害死。"

千乘闻言，又想起《山村老尸》的故事，脸色煞白地咆哮，"你家才有楚人美！"

两人斗嘴之际，卿卿已经将众毛团转移到了较为安全的角落。慕慕见状道："反正你们记住，一切恐怖的事情都是幻觉，只要知道这一点，它就害不了你们了。"

夜吾听出话外之音，皱眉道："你什么意思？"

慕慕紧抿唇瓣，瞅了眼来路，拍着夜吾和千乘的肩道："你们俩是高年级的学生，帮忙照顾一下中年级的。这里已经到山脚，应该没有危险了，你们认识回子虚道观的路吧？"

千乘和夜吾对视一眼，脸色苍白地说道："你该不会是想说……让我们自己回去吧？"

慕慕点头，"卡卡夫他们就拜托你们俩了。"说罢转身要走，谁料刚迈出脚，千乘就已扑上来抱住其大腿道："姐姐，别丢下我们，我害怕。"

慕慕嫌弃地甩腿，"喂喂，谁是你姐，你都跟我叔一样大了。"

千乘抹了一把鼻涕，又道："侄女，别走，叔求你了……"

"好了，别贫了。"夜吾帮忙拉开千乘，盯住慕慕问："你准备回去找白老师？”

慕慕默了默，颔首道：“如果现在回去，说不定还有胜算救回白淮大叔，可如果不去……”如果不去，等回到子虚道观再找兰斯他们来帮忙的话，估计白淮大叔已经和维英一样，销声匿迹了吧。

最后半句话慕慕没说出口，但彼此都已了然于心。刚才逃跑是身体本能，可回过神来，虽然依旧畏惧鬼魅，但抛弃同伴这么可耻的事，慕慕做不到。

“我真的走了，你们回去后就赶紧找兰斯和任之行来帮忙。”话毕，慕慕转身离开。可没走两步，她又犹豫地停了下来，回头欲言又止地盯住夜吾。

“如果……我是说如果，如果我那啥了，有句话你们一定要帮我带给兰斯。”

夜吾在幼稚园隐隐约约听过慕慕和兰斯的绯闻，此刻见她这副期期艾艾的模样，自然以为她要留什么情话给兰斯，不禁柔下三分语气道：“你说。”

慕慕咬了咬牙，握住夜吾的手终泪流满面，“如果我真那啥了，你记得告诉兰斯，一定要赔——我——抚——恤——金——”

夜吾千乘双双晕倒。

离开毛团们后，慕慕就沿原路返回，没一小会儿就在井边找到了被附身的白淮。原来这货并没有追赶众人，反倒回了自己的老窝，鬼鬼祟祟的，也不知在干些什么。她躲在竹林里观察许久，仍旧没有勇气出去，正踌躇该怎么将信息传递给兰斯，脑中突然灵光一闪，嘿嘿一笑，掏出任毒舌给她的锦囊来。

之前怎么就没想到呢，任毒舌不是说，遇到危险就可以打开锦囊吗？现在维英失踪，白淮大叔被鬼附身，这算很严重的危险了吧？可不论慕慕如何鼓捣，锦囊上的结就是打得死死的，没有半点要解开的意思。

“我就不信了！”慕慕忍住爆粗口的冲动，干脆摸出随身携带的水果刀，将死结一划——锦囊终于打开了。

深呼口气，慕慕虔诚地倒出锦囊里的东西来，兜转间，脑子里已闪过无数不靠谱的念头：能一刀砍死大BOSS的顶级装备、能无限加血的复活石，又或者是指引下一步该怎么做的攻略。可从锦囊里掉出来的，只是一个轻飘飘的小纸人。

慕慕咂舌，奇怪地拾起纸人，只见纸人正面画着张歪歪斜斜的笑脸，背面则画着张哭脸。愣怔两秒，慕慕狠狠将纸人摔在了地上，恨不能现在就飞回去掐死任毒舌。浑蛋任毒舌，又耍自己！这人怎么就这么喜欢捉弄她！

正气得跳脚，慕慕就觉脖子后面凉飕飕的，这才赫然想起井边还有个阿飘。慕慕背脊僵硬，只觉身后阴风恻恻。该、该不会是自己刚才动静太大，所以“白淮大叔”发现了她的行踪，飘到了她身后吧？

“呵呵呵，不会的，绝对不会的。”慕慕看了眼地上的纸人，无语凝噎：今天，只怕真要领抚恤金了。

夜风凛冽。明明还身处盛夏八月，慕慕却犹如掉入冰窟般瑟瑟发抖。周遭静寂一片，只有风低低呜咽着。慕慕身后寒气十足，比开了冰箱还给力，她觉得，要再这么下去，不出半小时，她就能冻成冰块儿。

慕慕咬了咬牙，还是鼓起勇气地回头——借着不甚明朗的月光，只见白淮抱胸凝视着自己，嘴角微微上扬，眼底全是戏谑的笑意。明明还是那张槽点满满的大叔脸，却因为这神情平添三分妩媚七分诡异，看得慕慕直掉鸡皮疙瘩。

“呵，”白淮开口低笑，语调轻佻，“还算有几分胆识，居然这样都没逃跑。”

慕慕跳开一步，拉开两人的距离，这才握拳道：“把大叔还给我！附身找别人去！”

白淮乜斜慕慕，“但我很喜欢这个身体，这可如何是好？”

慕慕跺脚，“你怎么这么重口！大叔常年不洗澡，心肝脾肺上全是病……”话说到一半，慕慕忽然跃起，啪的一下就将黄色符咒贴到对方脑门上。

见对方定在原地没反应，慕慕自以为奏效，忙按照元篪之前教自己的咒语疾念起来，“咒金金自销，咒木木自折，咒水水自竭，咒火……咒火什么来着，哎呀不管了，咒鬼鬼自杀，急急如律令①！太上老君您老快显灵啊啊啊啊！”

“你以为这样就能对付我？”白淮怒极，一把扯掉头上的符咒，瞥了眼符咒上的字，愣怔两秒忽然又捧腹大笑起来。

本来见符咒没效被吓得屁滚尿流的慕慕见状也愣了，呃……气极而笑？这

①选自《太上正一咒鬼经》。原句为“咒金金自销，咒木木自折，咒水水自竭，咒火火自灭，咒山山自崩，咒石石自裂，咒神神自缚，咒鬼鬼自杀，咒祷祷自断，咒痈痈自决，咒毒毒自散，咒诅诅自灭，天师神咒至，不得相违戾，急去千里，急急如律令。”

是啥情况？

白淮笑罢，将那符咒递到慕慕跟前，鄙夷道：“小妮子，你就准备用这个降服我？”

慕慕看了眼符咒上的字，当即变囧字脸，只觉乌鸦带着一连串省略号从头顶飞过——尴尬不已。黄色符咒上，用毛笔龙飞凤舞地写着：“随便吃不长胖符”，旁边一行小字又道：“请吃东西时一同吞食此符，心诚则灵”。

伴随着白淮夸张的笑声，慕慕的脸也从白转为紫红。原来，在子虚道观时，元篚趁着搭讪之际向慕慕兜售各种符咒：从驱鬼符、辟邪符到各种奇奇怪怪的减肥符、桃花符、回心转意符，可谓应有尽有。虽然觉得不太靠谱，但秉着“这个世界上既然连妖魔幼稚园都能存在，说不定这些符咒也管用”的想法，慕慕讨价还价，以三十元十张外带一盘炒花生的价钱买下了符咒。

原本刚才她是想要用驱鬼符将阿飘从白淮身上赶下来，谁料一时太过紧张，结果拿成了“随便吃不长胖符”……

白淮几乎笑不可抑，“这是哪个道士画的符？随便吃不长胖？真是闻所未闻，你居然也信，哈哈！”

“不许笑！”慕慕咬牙切齿，从包里重新摸出驱鬼符，这次再三确定后才道：“不好意思，重来一次。”说罢，就垫起脚尖又往白淮脑门上凑。白淮眼疾手快地擒住她，抬下巴道：“小丫头片子，你以为，我上你一次当，还能上第二次？”

“呵呵，”慕慕抖动肩膀冷笑，“谁说没可能？”

对方望着她微微发光的眼眸一愣，还没来得及反应，胯下已传来一阵剧痛。

……

月已明，雾骤散。少时，晴朗的星空下传来一阵响彻天际的哀号，真是……要有多惨绝人寰就有多惨绝人寰。

紫竹下，慕慕望着白淮捂着裆部在地上滚来滚去地惨叫，忍不住流下了心酸的眼泪。能这么不顾及形象地乱叫，绝对是白淮大叔回来了！原来老人们讲的都是真的，在剧痛下，人沉睡的灵魂就会苏醒，这种情况下鬼神必能散退。

慕慕蹲下身来，戳戳白淮道：“大叔大叔，是你吗？”

“啊啊啊，小慕慕你、你，我、我……”

慕慕闻言喜极而泣，“大叔真的是你，你终于回来了！”白淮气若游丝，已经没办法回应了。如果知道会被踢，宁愿被附身好吗？

挣扎着最后一口气，白淮举起手来，颤巍巍地指着慕慕，还想要说什么。慕慕心领神会地握住他的手，郑重其事道：“大叔你放心，我从小就练这个，主要在于防身不在害人，所以绝对没有伤及根本——你的那啥，还在。”

听见最后一句话，白淮最后一口气噎在喉咙里吐不出咽不下，翻了个白眼彻底不省人事了。

白淮大叔这么一晕，慕慕倒是始料未及。好在他没有再被附身的迹象，可现在的问题是，她要怎么把这大块头扛回去？慕慕虽然会两下三脚猫功夫，但体小力弱，要想把将近190厘米的白淮从山上扛回去简直就是天方夜谭。可如果一直留在这儿的话，说不定阿飘还会回来……

正一筹莫展，身后传来男声道：“此地不宜久留，速速随吾离去。”

慕慕被这声音骇得一跳，下意识回头，又霎时如被点穴般定住——

月光下，任之行一袭水袖白袍，长身玉立，如瀑布般的黑发用玉簪仔仔细细束起，浑身上下无一样配饰，再搭上那张过分干净的脸庞和晶亮的星眸，如若神祇。

慕慕一时看呆，愣怔片刻才跳了起来，“任毒舌你终于来接……”慕慕一面说一面就往任之行的方向跑去，可对方却直接绕过她走到白淮身边。他蹲下摸了摸白淮的脉搏，随即将白淮背在背上，踏出几步这才微微侧头道：“跟上吾。”

这到底哪儿跟哪儿啊，怎么文言文都出来了。

一路无话。今晚的任毒舌比平时更冷淡，一路都健步如飞地走在前面，好像很害怕和慕慕交谈，反倒是小短腿慕慕跟在后面跑得气喘吁吁。

看任之行虽然背着大块头但依旧潇洒俊逸，长袖随风摇曳，慕慕就气不打一处来，在后边一边跑一边磨牙嘀咕，“有什么了不起，不就是会cosplay吗，姐要穿上古装，一定比你帅N倍！”

话毕，慕慕下意识地停住脚步，赫然想起元篼管任之行叫师叔祖的事情，如果……任之行不是辈分高，而是真的岁数大，那这身古人打扮……

“不可能不可能，”慕慕摇头自语，“这一定又是他耍我。”

这头慕慕念念有词，前面任之行见慕慕停下，也回过头来，“何以止步？”

慕慕缓缓走到任之行跟前，叉腰道：“你最近古装剧看多了是不是，装什么神经病，你在锦囊里装个小纸人糊弄我的事我还没找你算账呢！”

任之行闻言认真地将眉头皱成一个川字，“非纸人，乃式神。”

“式……什么？”慕慕鼓腮，满脸不解地盯着任毒舌。虽说整个莱尔斯幼稚园都找不到一个正常人，任之行平时也是毒舌加面瘫，可像今天这样奇怪还真没有过。

在幼稚园里，也有老师按照自己的喜好胡乱穿越穿衣，一会儿现代装一会儿欧洲中世纪骑士装；一会儿日本浴衣一会儿燕尾服，但任之行一直都是唐装，虽然不伦不类，但看的时间久了，慕慕也就习惯了。但乍一看面若冠玉、长袍水袖的任之行，慕慕总觉得别扭，就更别说拽文言文的任毒舌了。

此刻，任毒舌一板一眼地解释着，“式，侍也。是以式神亦称侍神矣，乃主人精气而成，以纸为载体，乃……”

“等等等等，”慕慕抱头抓狂，“任毒舌，你今天到底怎么了？会说人话吗？电视剧里也没这么多之乎者也啊。”

任之行听了这话还想再说什么，两人身后传来细碎而急促的脚步声。慕慕回头，看清眼前景象后顿时瞪大杏眼，下巴直接砸在了地上。看了看来人，又再瞅瞅旁边的任之行，刚才退去没多久的寒意再次爬上慕慕的背脊。

她的面前，站着两个任毒舌——

太后，救我……

就在慕慕吓得魂飞魄散之际，刚赶来的任之行已瞬移到她身边，一把将其揽进怀里。被迫扑进任之行胸口的刹那，慕慕只听嗡的一声，脑袋瞬间空白。感觉到任之行不平稳的呼吸，慕慕这才慢慢找回魂来。

这、这到底是怎么回事？为什么一个任毒舌也好，两个任毒舌也好，都这么不正常？

与此同时，慕慕听古装打扮的任之行道：“主人。”

主人？慕慕有种翻着白眼晕过去的冲动，完了，一定是踢了大叔被传染了，她的智商也开始欠费停机了！

Chapter 09

他的秘密

这是慕慕第一次被老爸以外的成年男人拥抱。

因为从小就有暴力倾向，同龄男孩大多把慕慕当汉子看待，没有谁喜欢过她，慕慕粗神经，也没暗恋过哪个男生。所以，任之行这个突如其来的拥抱简直让她惊慌失措，连手脚该怎么摆放都不会了。

幸好听见式神呼唤，任之行就放开了慕慕。他瞥了眼白淮，问道："苻灵，他情况如何？"

"并无大碍。"

"维英呢？"

苻灵紧抿唇瓣摇头。

任之行沉吟一番，颔首道："好，我都知道了。你放下他，归位吧。"

苻灵依言将白淮搁在地上，只听砰的一声，便又化为小纸人飘回任之行手上。任之行瞅了眼小纸人，微微一顿，抬眸，脸色阴沉地瞪住慕慕。

"干——""什么"两个字还没说出口，慕慕看清小纸人身上清晰的脚印就自动噤了声。刚从锦囊里翻出小纸人时，慕慕以为任之行又耍自己，所以在纸上狠狠踩了两脚，就这么……留下了罪证。

铁证如山，慕慕不得不低头，悄声辩解道：“我不是故意的。”

“锦囊呢？”难得任之行没毒舌，慕慕忙翻出包包里的锦囊，谄媚地递到任之行跟前。任之行将小纸人重放回布袋里，将慕慕弄断的细绳重新打结，细细系好，之后，又将东西递了回来。

“嗳？”慕慕傻眼，不明白任之行的意思。

任毒舌垂着眼道：“苻灵暂时放你那儿。”

暂、时、放、她、这、儿？

慕慕咬住下唇，忍不住想入非非。难道……任毒舌这个傲娇货是想将小纸人送给自己，但又不好意思开口，所以才用了这么别扭的方式表达？是这样吗？真的是这样吗？对，一定是这样，电视剧里都这么演，所以之前那个拥抱意味着任毒舌对她——

慕慕抬头，望着任毒舌正脸红，任毒舌抬眸，一句话打碎了她所有的粉红泡泡，“把上面的脚印给我擦干净。”

慕慕一把夺过锦囊，喊了一声道：“知道了，啰嗦！”

任毒舌不再言语，又将白淮大叔背在身上，走出一小截路又忽然回了头，“苻灵的事，暂时不要告诉任何人，知道吗？”

慕慕愣了愣，默默点头。

两人到子虚道观时，只见道观灯火明亮，就连山前的一排石灯也点着蜡烛，似乎故意为两人指引道路。

找到慕慕后，任之行就立马给其他人打了电话，是以，此刻出去寻找慕慕和白淮的人都回来了。众人齐聚厅堂，见任之行背着白淮，夏洛尔、瑶薇立马上前帮忙。

兰斯对着慕慕左看右看，从上到下打量一番，直到慕慕起了一身鸡皮疙瘩这才温和地笑道：“我就知道你不会有事，抚恤金可以免了。”

慕慕呕到内伤，“你这算什么态度，一般这种情况，老板不都应该好好安抚员工吗？我要去社会保障局告你！”

“哦？”兰斯眯眼笑开，晴朗星空下，那双璀璨的眼眸倒不输半分光彩，

“那我问你，是谁没有按照规定八点钟之前回来，所以才出事的？”

慕慕一噎，“可是维英失踪了啊！难道就放着他不管？”

兰斯眼眸陡闪，厉光尽现，“是这样吗？如果换一个人，是老白失踪了，你是会继续找呢，还是准时回来报到？”

慕慕又是一噎，脸涨得通红，“你胡说什么，不管谁我都……”

“感情用事，迟早会出乱子。”不等慕慕说完，兰斯就打断她道。深呼口气，兰斯才又说：“还有慕慕，你的口味很奇葩。”说罢，兰斯又托腮歪头，一副难以理解的模样。

这次，慕慕被彻底戳到痛处，气急败坏道：“我的事不要你管，我喜欢什么样的人是我自己的事。”

兰斯叹了口气，伸出食指只笑不语。

慕慕眨眼，“什么意思？”

“十分之一。”兰斯又将食指往慕慕的方向凑了凑，满脸人畜无害地接着道：“兹有B班教师白淮、慕慕违反莱尔斯幼稚园夏令营营规，扣当月工资十分之一，以儆效尤，钦此。”

慕慕拼命忍了忍，又忍了忍，终于掀桌咆哮。原来兰斯奸商之前说那么多都是屁话，真正的目的就是扣工资。这到底还有没有王法了？休假期间被迫工作不发钱就算了，居然还要倒扣！

兰斯抱胸，一本正经道：“朕就是王法。”

“我和你拼了！”慕慕龇牙咧嘴地扑向兰斯就要咬人，另一边，夏洛尔、任之行也刚好过来。见状，慕慕忙和兰斯拉开距离，又理了理刘海，确定妆容无误后才看向夏洛尔那边，“呃……瑶薇呢？她不是和你们一起？”

夏洛尔道：“她在后面，马上就过来。”

兰斯瞥了眼俏脸微红的慕慕，又看向夏洛尔道：“老白怎么样？”

“说到这个就奇怪了，”夏洛尔挠了挠头，道：“我已经用治疗术给老白治疗过了，他人也已经醒了，按理说是不该有什么问题了，可他一直都表情痛苦，问他哪儿不舒服他又不说。”

慕慕脚尖划地，暗自腹诽：废话！瑶薇也在场，要大叔怎么说啊。

兰斯沉吟一番，道：“慕慕，这是怎么回事？”

慕慕抬头、握拳，“一定是被阿飘附身后心理受到了创伤，嗯，一定是这样！”

因为B班出现意外，第一天的总结会拖到翌日凌晨才召开。略过踢蛋事件和苻灵，慕慕将事情经过给大家讲了个大概。听罢，夏洛尔皱眉道：“不可能，活动开启之前我踩过点，这附近没有妖魔栖息，就更别说鬼魅灵物了。”

瑶薇亦道：“你们说的那家烧烤店也很可疑，店主是男是女？”

“女孩子，二十来岁。她还有个爷爷，有点老年痴呆。”

瑶薇闻言一愣，正想开口，元篪忽然急匆匆地从外面闯了进来。因为他来得突然，撞得木门砰的一声巨响，惹得厅堂内众人都朝他这边看来。元篪微微鞠躬道：“深夜打扰各位施主还望见谅。师叔祖，请借一步说话。”

任之行捏着下巴眺望前方，好似根本就没听见元篪的话。

元篪抹了把额头的汗，一副欲言又止的样子，“师、师叔祖……”

任之行打断他，“你是来问重首的事情吧？先坐下，慢慢说。”

兰斯看了看任之行，又睨了眼门口的元篪，莞尔道：“重首……”

任之行颔首，“你应该听说过这种异兽，重首乃上古凶兽九婴[①]后裔，虽然它没有遗传到它爸的九个脑袋，但是却有九条命。若是有人重击它的心脏，它就会生出第二个头、第三个头，即使没了身躯也能复活。”

慕慕拍桌道：“对，就是这样！我们最开始不知道它的底细，差点被它生出来的第二个蛇头咬死！”

元篪听了这话也急了，忙拉着慕慕道：“敢问慕施主，你们杀了重首后，可曾、可曾看见那井里飞出什么东西来？”

“飞？”慕慕蹙眉，“没有啊。不过，那井里有鬼，白淮大叔都被附身了！”

元篪闻言满脸惊恐，拽着慕慕不放，“那他和你说什么没？做了些什么？”

慕慕摇头，“没说什么。”

元篪又是跺脚又是捶胸，刚才抹干净的额头又堆满了汗珠。他在原地踱步，絮絮叨叨道：“定是他了定是他了，这、这……师叔祖……”

①《山海经》《淮南子》均有记载的凶兽。传言这种凶兽人头蛇身，有九个脑袋，既能喷火又能喷水，后被后羿射杀。但这里所说的九婴后裔重首是作者杜撰的新物种。

任之行拍了拍元篪的肩膀，将其按在座位上坐下，“放心。他这人的性子我还是知道一些的，他不会来找你的。再说了，又不是你封印的他，你害怕什么？”

元篪还想争辩，“可、可不是说维英施主已经失踪了吗？”

兰斯道：“维英失踪和这事没关系。”说罢话锋又一转，“之行，听你们刚才的意思，那井里封印了个人？”

慕慕闻言大惊，封印都出来了，事情还敢再复杂一点不？

任之行淡淡嗯了声，道：“那井里关着本派一个弟子，最初为了不让闲杂人等靠近，我们直接将井埋了，可二十年前，又被无心的山民挖了出来，元篪担心封印被解开，我就把重首派去看守井口，又故意制造了点小谣言让附近人害怕。后来也算天时地利，这几年那附近频发泥石流，周围的山民觉得不吉利，能搬的都搬走了。”

“我就说嘛，我怎么可能侦查错，”夏洛尔拍掌笑道，“这根本就不是鬼魅作祟。”

兰斯若有所思地点点头，“慕慕和老白他们是被烧烤店店主故意引导去那儿的。就是不知道这个人是想借慕慕他们的手救出此人还是想干别的什么——”

慕慕之前还连连点头听着，末了却忽然一怔，像是反应过来什么似的，背脊冒出一阵接一阵的冷汗。

刚才任毒舌说……重首……那条大蛇是他派去看守井口的，这么说……

慕慕机械地转头，嘴角抽搐道：“重首该不会是你的宠物吧？”

任之行没说话，垂着眼呷了口茶，这才痛心疾首道：“那孩子是我亲手喂大的，就这么折了条命，唉。”

慕慕吞了口唾沫，已不敢抬头看任毒舌的眼睛，总觉得任毒舌这句话可以直接翻译成：还我宠物命来。

“还好还好，它不是还剩八条命嘛，呵呵呵呵。”

“装傻也没用，杀人犯。”

“喂，什么杀人犯，我怎么知道它是你的蛇！”

……

坐在首位的兰斯默默地瞅着慕慕和任之行互动，美眸闪烁，嘴角不明意味地勾起一个弧度。

开完会后，慕慕去找露露安才知道她和伊森去找维英了，还没回来，心里越发内疚。想到维英那张略微苍白的俊颜，慕慕忍不住对月叹息，如果当时她一直守在维英身边，说不定他就不会失踪了。也不知道他现在情况如何，身为不死族，应该没那么容易翘辫子吧？

正思索间，就听身后传来咳嗽声，慕慕回头一看，元篪站在石阶旁，一副犹豫的模样。

慕慕眨眼，“这么晚了，你怎么还不去睡？”

元篪甩了甩手上的拂尘，踌躇道：“贫道……贫道还是有些放不下心，敢问慕施主，彼时你与逐辰交手，他可曾说过会回子虚道观复仇之类的话？”

“逐辰？”

元篪颔首，“就是那被关押在井底的人。”说到这儿，元篪也学着慕慕的样子仰天叹了口气，这才道：“说来他也不算个人，他本是式神。”

“他也是式神？”慕慕一听这话来兴趣了，忙拽着元篪道：“你快跟我说说，到底什么叫式神啊？”

元篪呵呵笑道：“式神又叫灵符，是修道之人用自身精血辅以咒法制出的灵物。多以动物的形态存在，也有个别式神是人形。”

慕慕若有所思地点头，“那式神都和自己的主人长得一模一样吗？”

“呃，这个嘛……”元篪摸着下巴踌躇一番，这才赫然想起什么似的咦了声，“分明是贫道向慕施主请教，怎的变成你问我了？还有，慕施主刚才说‘也’，难道你还见过别的式神？”

慕慕手呈拳抵在嘴边，干笑两声转移话题道：“那个逐辰没跟我说要回子虚道观，我看他嘻嘻哈哈的，不太像记仇的人，呃，式神。你放心吧！”

元篪一听这话耷拉下脸来，苦笑道：“慕施主有所不知，这逐辰本事大着呢，别说吾等小辈，就是师叔祖也未必是他的对手，若他当真回来，只怕贫道与小徒的命就此不保。”

在幼稚园时，慕慕见任毒舌出过一次手，彼时别说看清他的招式了，啧啧，慕慕就连眼皮都还没来得及眨一下，露露安就已被他擒住。任毒舌都这么牛了，居然还不是逐辰的对手，这个式神到底什么来头？

慕慕八卦之心熊熊燃烧，闪着眸子道：“你快跟我说说，他到底什么底细这么厉害？”

“他——”元篪张了张嘴，却又忽然顾忌起来，换了只手拿拂尘，装腔作势道：“无量天尊，此事涉及本派机密，不便为外人道也，还望慕施主见……唉哟！”

元篪话还没说完，慕慕就照着他的脑门狠狠拍了下，见对方捂着头瞠目结舌，这才瞪眼道：“你给我说人话！”

元篪委屈道：“这事不好对外讲，有碍道观声誉。”

慕慕翻了个白眼，现在子虚道观从里到外也就只剩他和小徒弟两个人了，别说游客了，平时就连蚊子都不往他们这儿飞，有啥碍啊！

慕慕斜睨了一眼元篪，见他谄笑就已猜得七七八八。慕慕从花阶上站起来，拍掌道：“不说算了，姑奶奶还不想听了呢。”

“别，别，”元篪见状，急忙拉住慕慕道：“慕施主你看这样可好，本道观正推出一套祈福法事，可保家宅平安，升官发财，现在给您老打七折，只需九百九十八。”

慕慕啐了口，瞪大杏眼道：“你还敢找我推销？你不说我倒忘了，你给我的什么什么符咒差点害死我，你知不知道？”

“息怒息怒，这是因为施主心有杂念所致，这……念咒之时心中哪怕有一丝杂念，符咒就不灵了。不过这法事就不同啦，做了立马见效。这样，五折——五折如何？”

慕慕抛开元篪的手，“二十块钱外加一碗汤圆，爱讲不讲。”

元篪闻言满脸愁云道：“太低了，您老再加点。”

“三十，谢绝再还价。”

“成交。”元篪清了清嗓子，终娓娓道来，“听我师父讲，这逐辰啊，是太师祖的式神。原本主人离世后，式神也会自动消散，可也不知这逐辰是不是自行修炼成精了，太师祖老人家离世后，他一直都在，精气足的时候呢，他便以人形现世，精气不足时便附在人身上。

“虽他性子顽劣，但当时太师祖新亡，道观一落千丈，他帮衬了不少，又是太师祖的心尖，是以，大家都由着他闹。直到后来……后来他实在闹得太厉害，有损门风，众弟子才齐心协力将他擒住，封印在山腰的井底。”

慕慕眨了眨眼，怪叫道：“喂，你这也太虎头蛇尾了吧？怎么到高潮部分就直接略过了？”还有元篪的太师祖应该就是任毒舌的师父吧，照这么说，封印逐辰的事情任毒舌也参加了？

“哪儿啊，”元篪听了慕慕的质疑，头摇得如拨浪鼓一般，“封印逐辰时，师叔祖已经睡下了，是师祖带着几个师兄弟封印了逐辰。”

“睡下了？什么意思？”慕慕咂舌，莫名其妙地看向元篪。元篪自知说漏嘴，拍了拍嘴忙往后退了两步，作势要走，“哎呀，这更深露重，贫道这就去为施主准备浮元子①，相信施主吃过后必定容颜焕发，早获恩宠。贫道告退贫道告退——”

“你给我回来，这故事烂尾算怎么回事！”

元篪没有答话，一溜烟跑得没了影。

八卦没挖着，反倒多了一肚子疑问，慕慕气闷，在道观里转来转去，不知怎么的，就转到了兰斯住的西房。

房里开了壁灯，照得一室暖光。门半掩着，兰斯就坐在圈椅上，低头优哉游哉地看着一本书。虽然已到休息时间，他依旧穿着深蓝衬衫，领口微开，露出里边漂亮的锁骨，匀称的长腿交叠着，一头褐色碎发在壁灯的照耀下泛起淡淡的光。

慕慕不是第一次看见这样的兰斯，但今天却不知怎么发起呆来，竟看得一时移不开眼。

长得好看就是没天理：明明观内所有房间都是古色古香的，但兰斯这么一个老外坐在中间却毫无违和感，他到底是怎么做到的……

“要进来就进来，要走就快走，鬼鬼祟祟趴在门口流什么口水！”慕慕正念想，兰斯忽然道。

慕慕一怔，一面往屋里走一面道：“园长，还没睡啊？”

无人回答，气氛尴尬。

①汤圆最早的名称叫“浮元子”。

慕慕抓了抓头，也觉得自己这个问题傻不拉几的，正踌躇着怎么打破静寂，就听兰斯又道："找我什么事？"自始至终，兰斯说话时都没抬头看慕慕一眼，慕慕见状，自动把这句话当作了逐客令，忙打哈哈道："没事没事，我是路过的。这就走了，你早点睡。"

说罢，慕慕转身离开，待到了门口又停了下来。她回过头，挠了挠头，"园长，你刚才说，维英失踪和白淮大叔失踪的事没关系，你怎么知道啊？"

兰斯闻言，终于合上书抬起头来，与慕慕对视，嘴角微微上扬，"想不到慕慕小姐还是个多情种子。"

"啊？"慕慕莫名其妙，这是哪儿跟哪儿？

"一会儿维英一会儿任之行，你就不怕脚踏两只船迟早要翻船吗？"

话毕，一室清风。

静默半晌，慕慕哇唔一声咋呼开，"你胡说什么！谁、谁脚踏两只船了？"

兰斯托腮眨了眨眼，莞尔道："跟我说说，和任之行什么时候开始暧昧的？"

暧……昧……

慕慕一听这两个字，立马面红耳赤，好像又重新回到任之行突然抱住自己的那一瞬，无法呼吸了。

慕慕龇牙，"我都不知道你在说什么，你别想转移话题，快说，你是不是知道维英去哪儿了？"

"又想保护病美男维英，又舍不下任之行的关心，慕慕小姐很忙啊！"兰斯嗆笑，卖萌地嗯了声，"不过也对，维英温柔体贴，任之行傲娇多情，是挺难选的。要不然……两个都收了？"

"都叫你不要胡说了！我两个都不收，我喜欢的人是你啊！"

话音落下，慕慕顿时成了壮士脸。啊，她刚才说什么了？对着兰斯到底说了什么？脑袋一点点回放，慕慕就见慢镜头里自己趴在桌上对着兰斯咆哮——

我喜欢的人是你啊……

是你啊……

你啊……

啊啊啊！

慕慕在原地足足愣了三秒钟，还是没反应过来发生了什么。呃，这、这，脑袋短路了，还是声带年久失修了？

相对于慕慕的呆若木鸡，兰斯倒是镇定自若，微微眯了眯眼，饶有兴趣地哦了声。微微俯身，兰斯凝视着慕慕，玩味地笑开，“你刚才说什么？再说一遍。”

“我——”慕慕话还没来得及出口，身体已不受控制地扑向了兰斯。她半跪在兰斯跟前，只听自己一字一句道：“园长，求合体。”

一阵清风刮过，还裹挟着院子里的花香。兰斯不置可否地笑了笑，用手轻勾起慕慕的下巴，声音低哑诱惑，“嗯？你说什么？再说一遍……”

声音裹挟着夜风飘进慕慕耳朵里，慕慕心跳顿时慢上一拍，虽然从很早以前就知道兰斯是个祸害，总能吸引无数小姑娘关注，但没想到他的声音也能这么妖孽。慕慕受蛊惑般地抬眸看向兰斯，昏暗的灯光下，兰斯双眸水光潋滟，薄唇微微勾起，美艳不可方物，可是……

慕慕看了看兰斯的手，撇嘴：喂喂，这猪爪子是怎么回事？还有，这暧昧轻佻的姿势是干吗？就算她没吃过猪肉也见过猪跑好吧……呃，不对，是没谈过恋爱也看过别人谈恋爱吧？这姿势分明就是调戏啊！浑蛋兰斯，虽然你长得是很好看，可不是我喜欢的那款啊，快把手拿开，不然本姑娘要发火了！

心里虽然这么想，慕慕开口却说：“园长，其实我从第一次见到你就爱上你了，可是……你这么优秀，又有那么多女生喜欢你，所以，我一直都不敢告诉你。”

话毕，慕慕风中凌乱。这这这……我不是这个意思啊，为什么会这么奇怪，说出来的话和脑子里想的完全是两回事！难道自己在做梦？

“哦？”兰斯扬眉，语调饶有趣味，“那今天怎么向我表白了？”

表你个头啊，我怎么可能喜欢你这种腹黑又吝啬的奸商！

“因为……我实在忍不住心里的仰慕之情，兰斯大人，我真的好喜欢你腹黑又精打细算的奸商样子。”

天哪，声带你这是要罢工的节奏吗？你到底有没有好好翻译我想说的话？

或者，还是自己的耳朵出问题了？

兰斯顿了顿，俯下身，声音又低下三分，“慕慕，我从没想过原来你这么喜欢我——”

听到兰斯魅惑人心的低语，慕慕有一秒的愣怔，这才反应过来彼此的距离已离得太近。因为一直跪抱着兰斯的大腿，慕慕和他说话时一直仰着头，现在兰斯这么一低头，彼此几乎鼻尖擦到鼻尖，实在是……太容易让人联想到不健康的东西了！

慕慕下意识地想要往后退，身体却不听使唤地反往前迎。她咬了咬牙，吸取刚才的教训，干脆开始在脑子里说反话：是啊，我一直都喜欢死你了，你就从了我吧，兰斯大大。

“是啊，我一直都喜欢死你了，你就从了我吧，兰斯大大。”脑子里刚构思完句子，话已不经意地从嘴里说出来。慕慕愣了愣，瞬间有爆自己头的冲动——你敢耍我！不是刚才还一直和我对着干吗？现在又算什么？！

兰斯闻言明显也愣了愣，但不待两人反应，“慕慕”已主动凑上前，手臂半挂在兰斯颈间，让其再埋得低些。

“兰斯，我不求天长地久，只求你圆我一个梦……”话毕，已主动献上双唇。另一边，慕慕已在心里捶胸顿足：我的妈呀这真的不是我的风格啊，这是要毁我到什么程度？还有，奸商园长你到底是怎么了，你不是聪敏过人吗，不是心思细密吗，怎么都这样了还察觉不到异常？还有，最重要的是，你千万别被诱惑啊，这……这是我的初吻啊啊啊啊！

兰斯眼眸变得愈来愈深邃，“你真的这么——”

“想”字还没有出口，慕慕就仰头用行动彻彻底底地回答了兰斯。感觉自己贴上柔软的双唇，慕慕顿时心都快跳出胸口了。

扑通、扑通、扑、通……

节拍渐渐慢下来，慕慕的血槽也一点点清空，什么初吻、什么附体都丢到了爪哇国去，身周剩下的，就只有这个吻，没有想象中的无助和彷徨。兰斯的唇凉凉的、软软的，好似还带着他身上特有的味道，这味道让慕慕的心尖痒痒的，一点点，再一点点，像是有蚂蚁在轻轻地咬啮。

他们就这么互贴着唇，没有再进一步的动作，可尽管如此，慕慕还是觉得已深埋N年的少女心被点燃了。放开对方，慕慕跪坐在兰斯跟前，傻傻地盯着他。

真的很好看，这张像是被电脑合成的脸完全符合大众情人的标准，略带忧郁的眼神又平添了几分贵气和神秘，所以……才会被蛊惑吧？所以……现在脑子才会这么乱，不断地刷屏，满满的全是“吃掉他吃掉他吃掉他”吧？

天啊，这哪里是什么少女心，明明就是色女心好不好！被自己这么一吐槽，慕慕也终于回过神来，抓头道：“园长，刚才我——”

几乎是抬头的瞬间，唇就已被对方轻覆。兰斯用手稳稳托住慕慕的后脑勺，温柔而细腻地吸吮，慕慕感觉到他喷在自己脸上的热气，一颗心不断地往下坠，只道完了完了完了，可到底什么完了，她自己也不清楚。

以兰斯奸商的本质，就算是反击也不会“以牙还牙”这么简单吧。

果然，慕慕刚思忖完，兰斯的舌就悄悄探了过来……

慕慕无法抗拒地瞪大眼睛，正手足无措却觉颈间一阵刺痛，啪的一声，一道蓝影已被兰斯置于地上。慕慕眨了眨眼，看了眼摔在地上的蓝袍男子，一阵莫名其妙，随后，就听兰斯清冷的声音传来，“慕慕，清醒过来没有？”

慕慕抬头看兰斯面容冷峻，咂舌道：“什么？”

“呵，”蓝衣男子笑嗔，“好哇，原来是美人计，我倒低估你了。”

慕慕瞅蓝衣男子穿着打扮和苻灵一般无二——皆是广袖长衫、白簪束发，已猜出三分，但将所有事情连贯到一起又顿觉脑袋里一团糨糊了。

“你是式神逐辰？”

兰斯将慕慕拉了起来，“你刚才不是问我为什么那么肯定维英和白淮附身的事情没关系吗？喏，别人一直跟着你，哪儿有空抓维英？”

慕慕茫然无措地看向逐辰，这么说，兰斯其实从他们一回来就发现自己被附身了？所以才故意大半夜开着门，引诱她（他）进来……

逐辰见慕慕盯着自己，冷冷哼了声，别过头去。他虽然坐在地上，但丝毫不减半点风流神采，只见其跷起右腿，右手随意地搭在膝盖上。模样虽不及苻灵清俊，但一双凤眼眼波流转，自有七分神韵，活脱脱就是个古代风流公子哥。

慕慕抓头，“不对啊，附在大叔身上的是个女鬼，我和卡卡夫都看见了，怎么变成男的了？”

兰斯抚额，“别人故意装女鬼吓你，懂？”

慕慕似懂非懂地点点头，脑中灵光一闪又想起另外一个重要问题，“那就更不对了！你是男的，逐辰也是男的，这这……”这算哪门子美人计，身为雄性，逐辰你怎么会对同为雄性的兰斯感兴趣？难道还是……其实兰斯一直深藏不露，TA的真实性别是……

慕慕转头直勾勾地盯住兰斯平坦的“飞机场”，居然把超级厚脸皮的兰斯也看得不好意思了。兰斯咳嗽一声，瞪眼道：“往哪儿看！”

慕慕哦了声，视线慢慢往下移……

兰斯咬牙，捧住慕慕的脑袋不让她乱看，“我没想过用什么美人计，故意引你过来也是想试试逐辰的底，谁知道你会自动投怀送抱！”

慕慕抱头抓狂，“你说清楚，不是我投怀送抱，是他！他！！”

逐辰抖了抖脚，喊道：“装什么装，小丫头你刚才不是挺享受的吗？心里还想着……”

“你闭嘴！”慕慕跳脚，现在终于有点明白当年子虚道观众人合力封印逐辰的心情了，他这么随便上人身，又偷听别人心事的行为简直令人发指！

逐辰挑眉哼哼，“你让本座闭嘴本座就闭嘴？你以为自己是谁？要不是因为想逗逗这个洋鬼子，你以为你们发现得了我？”

听了这话，慕慕又想起之前元篪顾左右而言他的说辞，再加上道观应该大多是男弟子，这么说来——

“你是‘弯’的？”

逐辰迷惑不解，“什么弯的直的？”话毕，逐辰摸了摸下巴，弯眼又道：“好了，既然已经被拆穿了，本座也不陪你们玩了，再会。”

他一面说，脚下就慢慢生起淡蓝色的荧光。慕慕知道他要跑，抬腿正要去追，就听逐辰闷哼一声，捂着胸口半跪下去。

瞅了眼兰斯，逐辰咬牙，“你什么时候……呜！”

对面，兰斯一边把玩着手上的纸人一边冷笑，“你真以为我刚才只顾着调情吗？”说罢，他一步步走到逐辰跟前，蹲下身来，一字一句又道：“只要你不怕我把你的本体捏得粉碎，尽可以逃——”

确定被擒的事实后，逐辰反倒坦然了。他跷腿坐在木椅上，一会儿摸摸桌子，一会儿把玩手中的茶杯，瞅什么都新鲜。“啧啧，不过几百年光阴，人界就已翻天覆地，唔，那是什么？”

慕慕在魔爪伸过来之前剜了眼逐辰，揣好手机，这才侧头对兰斯道：“露露安回复我短信了，说还是没找到维英，他们打算先回来。”

兰斯托腮沉吟一番，只低低说了个“好”字。

慕慕抓头，下意识地又看向逐辰。她总觉得……事情越来越复杂了，明明只是简单的捕捉恶魔行动，可却莫名其妙地牵扯出重首、逐辰，现在维英也生死未卜……

逐辰嗤笑，“别看本座。刚才你们园长大人不是已经说了吗，这事和本座没关系。”

“可是维英是我们和重首打斗时失踪的，你应该就是那个时候趁乱附到大叔身上的吧？难道就没看到什么？”

逐辰换了一条腿跷起来，“拜托，你也说我是趁乱附在那大块头身上了，那种时候谁还顾得了别的？”

慕慕一噎，说不出话来。

逐辰替自己斟了杯茶，娓娓又道：“再则，本座藏那个维英有什么好处？我附在大块头身上，本就是想借着那具身体出去玩玩，再带一个累赘好叫你们发现吗？”

慕慕摸摸下巴，“那你吓跑我们后，又回井边做什么？”

“废话！”逐辰啐道，“你出远门前不回家整理行装吗？本座怎料你会杀个回马枪——”

慕慕眨了眨眼，没有言语。按照元篪的说法，式神失去主人后都会自动消散。逐辰虽然不知用了什么法子“活”了下来，但也难以长时间维持人形，是以才经常附在人身上搞怪。想来，彼时自己把他从白淮大叔身上踹飞，他去无可去，又暂时没办法恢复人形自由行动，这才将计就计附在了自己身上。

兰斯道：“你不清楚维英的事情，那陈晓佳呢？”

逐辰闻言转了转眼珠，勾唇哼笑一声，没有说话。

兰斯眼眸深邃，“陈晓佳故意引慕慕他们去井边，不可能对你一无所知吧？”

慕慕点头表示赞同。逐辰呷了口茶，这才悠悠道：“那个小姑娘啊……她还真不知道我。不过，她是灵异体质。”

“灵异体质？”慕慕瞠目结舌。这个词她在惊悚小说里看到过，传言，妖魔鬼怪不是你想看就能看到的，只有拥有了特殊体质的人才能看到故意隐藏起来的妖魔，这类人就被称为灵异体质。

这么说来……他们去烧烤店时，说不定陈晓佳早发现毛团们的异常了，真是辛苦那群小吃货了，一边要吃东西一边还要分神控制不露出毛耳朵和尾巴。

逐辰点头，“那小丫头胆子特别大，发现只有自己能看见重首后，她不仅不害怕，反倒经常偷溜来玩。有一次，还偷了家里的鸡来喂重首，不过——”话至此，逐辰微微蹙眉，道：“后来她成了孤儿，渐渐就来得少了。”

“孤儿？”慕慕奇怪道，“不对啊，她还有个爷爷。”

“不可能，”逐辰摇头，“她妈死后，她来找重首哭诉过几次，说一个人在家孤零零的，连吃饭都成问题，没听她提起过什么爷爷。”

慕慕撇嘴，怎么这么奇怪？而且，照逐辰这么说，陈晓佳根本不知道井里还有他这号人，不可能故意引他们过去解开逐辰的封印才对。那她这么做是为了——

慕慕正想开口说话，逐辰站了起来，“好了。”

慕慕头顶三个问号，什么好了？

逐辰直视兰斯，学着慕慕的口吻道：“我知道的都说了，园长大人可以放我走了吧？”

兰斯笑，“你觉得可能吗？”

“怎么不可能？”逐辰挑眉，“要不是本座，你能占便宜抢到慕慕的初吻？”

慕慕呆了呆，暴跳如雷，“浑蛋你给我闭嘴！”这么赤裸裸地揭别人的隐私很好玩吗？封印，必须想办法再把这货封印起来！不能封印身体也必须封了他的嘴巴！

这头兰斯倒是半点不觉得尴尬，一本正经道：“谁吃亏还不知道呢，我也是初吻。”话毕，又下意识地瞟了眼慕慕，眼神似乎在说：你捡了个大便宜……

慕慕嘴角抽搐，满身已挂满黑线，拜托你们不要这么认真地讨论这个问题好吧？

逐辰长舒一口气，“这么说，园长大人就是不肯放本座走了？”

兰斯不答，逐辰见状眼眸陡冷，面罩寒光道：“园长大人，只怕由不得你——”氛围骤降，慕慕的心提到了嗓子眼，唯恐逐辰忽然发作，谁料过了半晌，对方却展眉一笑，压低声道：“园长大人，看看你的手。”

慕慕顺着逐辰手指的方向看去，霎时也忍不住叫出声，“园长！”

昏暗的台灯下，兰斯的右手呈现出诡异的墨绿色，肿胀的手指上以肉眼可见的速度长出一个又一个脓疮，而他食指与中指间夹着的小纸人也散发着阵阵荧光。

“小纸人上面有毒！”慕慕奔到兰斯跟前，想要帮忙又帮不上，只急得在旁边抓耳挠腮。

逐辰勾唇，“老家伙死了这么多年，要是本座没点手段，岂不是人人都能用本体要挟本座？”

听了这话，兰斯仍旧岿然不动，一双星眸古井无波，只定定地望着对方。逐辰在原地来回踱步，“怎么样？你现在把本体还给本座，本座就饶你不死。唉……谁让我对长得好看的人就是心软呢，呵呵呵。”

慕慕被他笑得毛骨悚然，正想开口就听兰斯冷冷道：“慕慕。”

“嗯？”

“你不是有把随身携带的水果刀吗？拿出来。”

这话题跳跃度会不会太大了点？虽然丈二和尚摸不着头脑，但慕慕还是老实摸出包里的水果刀递到兰斯跟前。

“打开。”

“哦。”慕慕低头打开折叠水果刀，还没来得及反应，就觉眼前厉光一现，顿时只听逐辰喝道：“你干什么！”

经他这么一吼，慕慕才发现两人跟前绿光陡盛，耀耀生辉。万丈光芒中，兰斯右手死死压在小纸人身上，只见纸上羸弱的荧光变成一条条张牙舞爪的蛇影，将兰斯手臂紧紧缠住。不消片刻，兰斯的整条右臂就全部变成了墨绿色，皮肉溃烂，有些溃烂处甚至可见其骨。

即便是看惯了重口味的慕慕见了此情此景也心中骇然，一边逐辰亦不解道："园长大人魔障了？难道你以为把纸上的毒全部吸到手上就能……"

话说到一半，逐辰、慕慕就齐齐倒抽了一口冷气——电光石火间，慕慕手里的水果刀已经瞬移到兰斯手上。慕慕眼前一花，大拇指已经被割破，血流汩汩了。

两人愣怔之际，兰斯从容不迫地将水果刀上的血迹抹到小纸人身上，这才将纸人递到慕慕手上，"送给你。"

慕慕呆若木鸡地拿着沾有自己血迹的小纸人，脸上连该摆什么表情都不知道了。

呃……这到底是什么情况，谁来跟她解释一下？把血擦在逐辰本体上是怎么回事？以他暴躁乖戾的性格会不会掐死自己啊……

念及此，慕慕悄悄瞥了眼逐辰，果然见其面色煞白，嘴巴微张，眼珠……眼珠差不多已经要瞪出来了。再这么被他瞪下去，身上迟早要瞪出窟窿来。慕慕欲哭无泪，难得这种时候还记挂着兰斯的伤口，道："园长你没事吧？"该不会是……中毒毒坏脑子了吧？

兰斯还没回答，逐辰率先发狂，"兰斯算你狠！是本座疏忽了。不过你别以为这样本座就会听命于这个丫头，我不会替你解毒，绝——不——"

兰斯笑得和蔼可亲，"不劳逐辰大人费心，我已经好了。"

"好了？"闻言，慕慕侧头去看兰斯，果然见他的手臂已恢复如初，白嫩光滑，就和没受过伤一样！

逐辰一口银牙咬碎，"怎么可能！那毒……不可能出错的！"

兰斯道："毒是没有错，不过，不管什么毒在我身上都起不了作用。"

逐辰惊诧，"为什么？"

兰斯不搭理逐辰，转过头将水果刀递给慕慕道："以后，逐辰就是你的人，记得好好调教。"

慕慕惊了：什么？？

Chapter 10

水落石出

回房后，慕慕仔细端详一番小纸人，仍旧不得要领。彼时，逐辰大吵大闹一阵就回归了本体不肯再出来，兰斯也没多讲便把她赶了出来，弄得慕慕现在满脑袋各种莫名其妙。

正百思不得其解，慕慕就见其中一个小纸人散发出银白的亮光，眨眼工夫，苻灵已站在了她跟前。

慕慕望着那张清隽的脸庞顿了顿，确定自己没有眼花后这才道：“你脸红什么？”

苻灵满脸不安，搓手指扭捏一阵道：“吾……吾有一请。”

“什么？”

苻灵脸已红得快要烧起来，但还是咬牙道：“不要将吾和逐辰大人的本体放在一个锦囊里。”

听了这话，慕慕嘴巴张了又合，合了又张，最终默默地闭了嘴，心中了然。大概……锦囊这玩意儿就和人类住的屋子差不多，有一定私密性。本来两个大男人住一间房、睡一个锦囊也没什么，但偏偏那位大人的嗜好是……

念及此，慕慕的八卦之心又重燃，看了眼悄无声息的逐辰，低声道：“他以前就一直这样吗？你有没有被他……”

苻灵闻言先是摇头，后又点头，稍顿一会儿，大概是意识到自己回答的顺序反了，又把脑袋摇成了拨浪鼓。慕慕看得头大如斗，犯嘀咕道：“算啦算啦，就当我什么都没问。怎么你这么容易害羞，和任毒舌性格差太多！”

慕慕想象了一下如果换成任毒舌回答这个问题可能出现的答案，忍不住打了个寒战，忙转移话题道：“把你们分开放可以，不过作为交换条件，你告诉我，刚才那样……算什么？为什么逐辰那么暴躁呀？”还有什么从此逐辰就是她的人之类的……

苻灵蹙眉道：“逐辰大人在主人死去后强行留在世间本就是逆天而行，所以按照规矩，只要是人类的血滴在他的本体上就算重新签下了血契，从此，血的主人就是逐辰大人的新主人。

“他生性高傲，自然不肯再认新主，是以才在本体上抹了毒汁。谁知那兰斯体质特异，不仅不畏逐辰大人的毒，反倒还吸了全部的毒液让你的血得以与符纸融和。”

慕慕听得懵懵懂懂，但大致算是明白了。这么说，逐辰成了自己的绑定式神——非销毁不得解除关系？

慕慕彻底无语了……

怪不得逐辰会发那么大的火，园长，你真是送了我一份好大的礼。

一夜无话。

待慕慕第二天醒来出去觅食，就见兰斯等人已齐聚前厅开会，就连身负重伤的白淮大叔和经常玩神隐的任毒舌也在。慕慕本想问问他们有没有吃早饭，可见他们神情一个比一个凝重，只得讪讪道：“对不起，昨晚太累，起来晚了……”

没等她说完，兰斯直截了当道：“慕慕，露露安和伊森失踪了。”

闻言，慕慕犹如被雷击中，本来正弯腰想要在白淮身边坐下，却僵在了半空。

“失踪了？怎么会——”

夏洛尔将一部手机推到慕慕跟前，“这是今早在竹林巡逻时发现的。”

慕慕看了眼手机的外壳和吊坠，皱眉道：“是露露安的。”

这么说，他们已经到子虚道观门口了，然后……慕慕甩了甩头，不肯再往下想，“也许是他们又发现别的什么线索，离开之前不小心把手机掉在那儿了呢？露露安这妹子蛮马虎的，你们都不知道，我刚认识她时，她就把来莱尔斯幼稚园的邀请函搞丢了……”

“如果手机是露露安不小心搞丢的，那这个呢？”任之行说罢，又将一个盒子摆在了桌上。慕慕一见盒子，心里咯噔一下：那盒子，是伊森用来装金蟾腿的盒子，平时都不离身的……

任之行道：“露露安有可能迷糊地搞丢手机，但你认为伊森会吗？”

慕慕默然，“这么说，里面的蟾蜍腿也……”

一直缄默的兰斯闻言突然插嘴道：“伊森手上的蟾蜍腿是假的。”

话音落下，众人纷纷向园长大人行注目礼。

兰斯晃了晃身后的摇椅，一脸淡然道：“哦，是这样的，昨晚龙凤胎执意要出去寻维英，我就跟伊森提议让他暂时将蟾蜍腿交由我保管，万一有什么事情还可以根据这个找他们，伊森答应后我就掉了包。没想到还真派上用场了。”

慕慕嘴角抽搐，恨不能立马冲上去抓住兰斯的衣领咆哮，拜托你别一副“今天中午我们吃大白菜”的语气好吗。还有，你这个浑蛋到底对伊森做了什么，他怎么会就这么心甘情愿地把家传之宝给了你？还有还有，兰斯奸商你真的当大家都是瞎子弱智吗？白痴也知道你根本就没想过再把金蟾腿还给别人啊！

白淮大叔叹息道：“兰斯你到底给不给人活路了，男女通吃啊。”

夏洛尔道：“反正不管怎么说，现在根据金蟾腿就有可能找到恶魔的下落，维英他们估计也在他手上，倒一举两得了。兰斯，你就下命令吧。”

“等等，”瑶薇清冷的声音传来，璀璨的双眸看向慕慕道：“慕慕，我有个问题。”

“是，您说。”慕慕立正道。

“昨天你说，陈氏烧烤是一对爷孙开的，他们长什么样？”

“呃，”慕慕抓头，“女老板长头发，瓜子脸，大概一米六左右。爷爷嘛，有点佝偻，行动不是特别方便。”

瑶薇听了这话凤眼微眯，看向主位道：“兰斯，我们C班昨天打探到有一对爷孙到处找道士驱魔，盾山上的道观几乎都被他们找过，我怀疑就是慕慕他们昨天遇到的那两个人。”

“驱魔？”夏洛尔皱眉，“这么说，他们很可能知道恶魔的下落，昨天故意引慕慕他们去井边这事儿也极有可能和这个有关？”

瑶薇摇头，一字一句道：“不，我怀疑他们是妖。”

白淮道：“不可能，我和他们接触过，晓佳妹子身上没有妖气，那老头子也是个普普通通的人类。可能是妹子曾经见过井边的大蛇感到害怕，这才到处去找道士驱魔。”

瑶薇还想再说什么，兰斯却忽然笑了起来，“到底怎么回事，找到他们不就自见分晓了。”

根据兰斯派遣，瑶薇带领C班去山上寻找陈晓佳爷孙，夏洛尔带领A班走水路搜寻，B班则根据金蟾腿指引的方向寻找露露安等人。

瑶薇不愧是行动派，只半天工夫，就将陈晓佳和她爷爷带了回来。陈晓佳倒是聪明，明白最危险的地方就是最安全的地方——竟然躲在烧烤店的地窖里，如果不是瑶薇放火莺烧房子，他们是绝对不会出来的。

见爷孙俩狼狈不堪，整个过程也毫无还击之力，瑶薇倒开始有点动摇之前的猜测，道：“兰斯，他们好像真的只是普通的人类。”

兰斯抿了口咖啡，笑而不语。

旁边的任毒舌开口道：“这位陈小姐的确是普通的人类，不过他嘛——”任之行歪头看了看陈晓佳搀扶着的痴呆老头，道：“陈小姐，还是你自己说吧。”

陈晓佳咬牙切齿道：“你们果然是不死族派来的！”

兰斯不置可否地挑眉，陈晓佳见状暴跳如雷，“你们到底想怎么样？我们已经这样了，难道还不肯放过我们吗？”

任毒舌冷笑，“陈小姐怎么把自己说得跟受害人似的，你有瞬间失忆症？

就在不久前，你为了躲避视线，还故意把慕慕他们引到井边，想靠重首的力量除掉他们，不是吗？”

“恶魔大人，你就不想说点什么？”兰斯一面说，一面将目光轻轻移到了老人身上。对方仍旧拄着拐杖瘪着嘴，一副不知世事的模样，良久，他才对着陈晓佳大声嚷嚷，“晓佳，他们是你同学？”

任毒舌扑哧笑出声，“我说，恶魔大人您不去进军演艺界实在太可惜了。都到这种时候了，还有必要继续装下去吗？即使我们不联手，以兰斯的凶残程度，也能把你打得比现在这模样还惨，何必呢？”

兰斯拳头抵在嘴边咳了咳，眨眼，“任之行，我觉得慕慕说得对，有时候还真想拿抹布把你的嘴堵上。”

这头，瑶薇凤眼微眯，还有些回不过神，“兰斯，你们的意思是，他就是维英找的那个恶魔？”

兰斯点头，“老白和慕慕都是第一次来盾山，没理由和人结仇，而对方见过他们后立马就将他们引去了井边想置其于死地，这么看来就只剩下一种可能了，他们真正想要除掉的是——维英。见到维英，能认出他是不死族，想要害死他的，只有一个人。”

任之行优哉游哉道：“恶魔大人，我劝你束手就擒，早点交出三脚金蟾。我们这位园长大人视财如命，其实维英露露安的死活他根本不关心，只要你现在就奉上三足金蟾，或许他还能给你留个全尸。”

兰斯彻底无语。或许不该用抹布堵嘴，用针缝起来更好？

这边，痴呆老头对于众人的话依旧置若罔闻，看了看陈晓佳，又重复道：“晓佳，这是你同学啊？”

陈晓佳脸色阴霾，扶老人坐好，终低声道：“你们不用再说了，他是真的……痴呆了。”

“他是真的痴呆了。”话音落下，四周一片寂静。

对于众人的反应，陈晓佳倒是一脸淡然，理了理额前的碎发，平静地说道：“先是慢慢变老，记忆衰退，接着抵抗力也越来越差，后来……就这样了。”说到这儿，她又勾了勾唇，自嘲道：“现在你们看到的还算好的了，至少他还记得我的名字。”

兰斯眸色疏淡，看向陈晓佳，声音清寒，“你和他什么关系？”

“我们——”陈晓佳思忖半晌也没找到合适的词汇，顿了顿，干脆换了个说法，“十来年前我家里遭遇变故，要不是在山里遇到他，我已经饿死了。”

任毒舌瞥了眼目光呆滞的老人，捏着下巴笑开了，“这么说来还是养成类恋爱故事啊。恶魔大人一时兴起，救了人类小萝莉，两人从此相依为命，日久生情。小萝莉对恶魔大人不离不弃，心里暗暗发誓等自己长大后就做他的新娘，谁料事与愿违，等她长成如花似玉的大姑娘时，对方却已垂垂老矣……”

陈晓佳闻言面露赧色，倒是瑶薇替她解了围，“按照维英的说法，当年他父亲与对方做交易时，恶魔还是年轻男子的模样，可这么短时间他竟老成这样……”瑶薇一面说，一面下意识地瞥了眼皮肤松弛的老人，“而且，我从未听说过妖魔也像人类一样变老后有可能患痴呆症。”

陈晓佳摇头，“这些都不重要了，我只想陪着他安安静静走完最后一程，所以才会和他伪装成爷孙住在山上。其他的，我一概不知。”

“是这样吗？”兰斯冷笑。他浑身上下都散发着冷冽的气息，他语气明明又轻又柔，却让人忍不住背脊一阵阵发凉。陈晓佳有些心虚地垂下眼，兰斯却一步步走到她跟前，“陈小姐，我们的人倒是查到些有趣的东西。听说你们一直都在找道士——恶魔找人驱魔，不觉得讽刺吗？”

陈晓佳下意识地往后退了一步，“我不是说过了吗，他得了老年痴呆症，人类医生看不好，我只能寻求专业……”

“既然如此，”不等陈晓佳说完，对方已咄咄逼人道：“陈小姐又为什么一见慕慕他们就要置他们于死地？”

“你哪只眼睛看见我置他们于死地了？我只是……只是不想不死族的人再来打扰我们，我只是想暂时支开他们，然后带着埃兰躲起来！”

兰斯挑了挑眉，声音愈加悦耳，“陈小姐，你刚才还说，除了埃兰离奇变老这件事外，其他一概不知。”

陈晓佳无言以对。

见陈晓佳错愕呆滞，任之行倒是扑哧笑出了声，拍掌道：“好了，推理时间结束。咱们别浪费时间了好不好，陈小姐，这位埃兰大人在痴呆前，除了跟你交代不死族的事情，应该告诉过你三足金蟾放在哪儿吧？”

听了这话，陈晓佳唇抖动得厉害。她默了默，终闭眼说道：“没用的，就算你们找到三足金蟾也没用了。”

瑶薇皱眉，“什么意思？”

兰斯扫视一眼不远处的埃兰，脑中闪过某个念头，顿时瞳孔紧缩。

“难道是——”这头，任之行亦微微眯眼。陈晓佳扫视一圈，阴恻恻诡笑，“对，你们应该已经猜到了。不死族也好，埃兰突然变老也罢，这些……都是三足金蟾干的。”

瑶薇的冰山脸上难得出现错愕表情，怔了怔方道：“你说什么？”

话音刚落，门外就传来夏洛尔咋呼的声音，“兰斯，我找到露露安姐弟了！”话毕，人已站在了门口。见屋内气氛诡异，夏洛尔偷瞟一眼瑶薇，“怎么了？咦，这是——”

抢在夏洛尔之前，任毒舌率先道：“你先说，在哪儿找到露露安和伊森的？维英呢？”

“说到这个就奇怪了。”夏洛尔望天，“我们是在一辆旅行大巴上发现他们的，两人都中了迷术，只记得一件事——就是离开盾山。至于维英，还是没有下……”最后一个字还没出口，任毒舌已如箭般射了出去。

夏洛尔咂舌，“这是——”

“疯子，他果然是个疯子！”陈晓佳蹲在埃兰跟前，像是在跟对方说话，又像自言自语，“埃兰，你的占卜是对的，你会死在盾山，我们都会死在盾山。不过，不用怕，我会一直陪着你，就像当初你陪着我一样……”

瑶薇面色阴沉，良久才抿唇看向兰斯。像是感受到对方的视线，兰斯眸色深沉，低声道：“我们都被维英耍了。”

与此同时，慕慕和白淮等人根据金蟾腿指引的方向，已进入深山之中。山中白雾重重，越往里走雾气越浓，没半个小时，众人就彻底迷失了方向。充当指南针的金蟾腿也好像失了灵，直指南边不肯再动弹。

更糟糕的是，这种境况下，慕慕和大部队失去了联系。彼时见山中雾气浓烈，白淮觉出有异，与慕慕一前一后护着毛团们前进。可眨眼工夫，慕慕就再也看不清前面的人，白茫茫一片中，只隐约看到一棵又一棵粗壮如碗口的树木。

深呼口气，慕慕在心底又提醒自己一次，冷静，冷静。老爸讲过，越是这种时候越不能心慌，一旦慌神，大脑就没办法思考了。唯有保持理智和体力才可能找到出路。可是，要怎么样才能联系到白淮大叔他们？

手机没有信号，又看不清周围景象，而且最奇怪的是，听不见任何声音。慕慕微微闭眼，不，不只声音，还有山里应有的泥土气息和花香也闻不到。听不到看不到闻不到感受不到，这里不像山里，反倒更像传说中的……幻境。

这两个字出现在脑海的瞬间，慕慕倏然睁开了双眼，眼前依旧雾蒙蒙一片，没有任何改变。慕慕踌躇，如果……这不是单纯的迷路和掉队，她是不是和维英一样，也失踪了？

被某人用奇怪的法术带进幻境之中，小说电视剧里不经常这样演吗？可现实里遇到这种事，到底该怎么做才好？这茫茫大雾后到底有什么？野兽？妖魔？还是别的什么？

想着想着，慕慕心里开始发毛，正冥思苦想该怎么办时，身后突然响起了脚步声——

哒、哒、哒。

脚步的主人似乎并不着急，脚步声既轻又缓，带着三分从容。可尽管如此，慕慕浑身的毛孔还是惊恐地张开了，为什么又有了进入惊悚小说的感觉？不过，既然这脚步声是哒哒哒，不是咚咚咚，那就说明对方至少是两脚兽吧？同类的话，应该还可以沟通……那她到底是该匍匐在地大喊“大王饶命”比较好呢，还是“女王开恩”比较好呢？

短短几秒时间，慕慕脑子里已将有的没的通通过了个遍，正觉汗流浃背，身后的脚步声停了。

慕慕默默吞了口唾沫，觉得呼吸有些不畅。转身还是不转身，这是个问题。正选择困难中，慕慕就听身后传来熟悉的声音道，“慕慕。”

慕慕一惊，赫然回头，只见维英表情古怪地凝视着她。白雾中，维英的脸色越发白皙，他还穿着失踪前的衬衫西裤，但浑身一尘不染，不像受过伤。见状，慕慕长长松了口气，这才满心欢喜地拉着他道：“维英，太好了！我终于找到你了！你知不知道，你失踪大家急死了，我们——”

话说到一半，慕慕突然愣住：在这里见到维英，也就说明，自己也失踪了。情况不仅没有好转，反倒更糟了。慕慕沉下脸，贼兮兮地看了看四周，道：“你见过露露安和伊森吗？”

维英摇头，仍旧目不转睛地看着她。

“这样更好，”慕慕蹙眉，一面说一面护在维英跟前，“说不定他们没被抓住，只是去了别的地方。你不用太担心，我一定会想办法救你出去！”

闻言，维英默默注视慕慕一番，莫名其妙说了句，“慕慕，我没想到是你。”

慕慕眨了眨眼，什么意思？没想到自己也会失踪吗？

“我也不想的，一不留神就到这儿了，不过我被抓总比毛团们被抓好，唔，虽然身为老师连自己都保护不了这件事有些丢脸。哈哈……”

维英道：“你能到这儿，是因为你身上有金蟾腿。”

“原来如此。”

见慕慕傻乎乎点头，维英忍不住抚额叹息，“慕慕，你就没想过为什么我在这里吗？”

“嗯？”不是因为他也被恶魔抓了吗？

“或者换句话说，你就没想过，或许我才是罪魁祸首吗？”

慕慕盯着维英那张阴霾的俊颜没有言语，半晌才反应过来，歪了歪头，眨眼道：“什么？”

维英轻轻捧起慕慕的脸，动作又轻又柔，像是捧着世间最珍贵的奇宝，唯恐将其打碎了，“你一遍又一遍地说要保护我，叫我不要担心，其实，我很早就想告诉你，我最讨厌别人说这句话。”

哗啦啦——

话毕，周围赫然传来奇怪的声响，慕慕转头看去，只见四周大雾已尽散，原来他们身处一道瀑布下方。天空湛蓝，瀑布哗啦啦地响着，在底端岩石上绽开无数水花，打湿了一旁昏迷不醒的众毛团。而他们身下，就是一处山崖，如果，有谁醒来迷迷糊糊地翻个身……

慕慕见状目瞪口呆，诧然道：“你！”

此时此刻，维英仍旧捧着慕慕的头，彼此几乎脸贴着脸，“你是不是想问我白淮去哪儿了？呵，他现在正在另一个幻境里忙着救你和毛团们呢。只可惜，来的人是你……浪费了我专门为兰斯准备的战斗场。”

慕慕推开维英，难以置信地说道：“维英，你到底在说什么？”

“我说，”维英嗤笑，目光坚定，“慕慕，在你想保护别人之前，至少让自己变得更强。”

风清花香。

虽是八月，但山间已有了几分秋高气爽的意思。兰斯穿着笔挺的西装站在道观前，仰望蔚蓝的天空，神色冷冽。夏洛尔眺望一眼在空中盘旋的C班学生，再瞅瞅兰斯挺拔的身影，呆呆地问道：“喂喂，倒是来个人告诉我是怎么回事啊。”

兰斯言简意赅道：“我们被维英算计了。这次的事，从头到尾都是他策划的，连露露安和伊森都不知情。从他装病、骗露露安和伊森来莱尔斯偷复原药并和我们接触开始，每一步，都在他的算计之中。”

“哈？”

兰斯眼眸微眯，神色锐利，“他甚至预测到我一定会将金蟾腿骗到手，为此，还专门为我准备了一份大礼——不，应该说，我是他送给三足金蟾的大礼。”

夏洛尔闻言面色大变，正欲开口，就听空中传来一声清鸣，一抬头，只见一只火凤已飞至二人跟前，落到地面，火凤化为瑶薇的模样，道：“兰斯，西边忽然起了大雾，应该就是那里没错。”

兰斯道：“走！”

与此同时，山崖边，慕慕正奋力劝说着维英。

“维英，虽然我不知道你到底出了什么事，但你听我说，毛团们是无辜的，整个幼稚园的孩子和老师都是无辜的，我们的目标是解除你们身上的不死诅咒，是找到恶魔打败它，不对吗？”

维英好像听了个天大的笑话，弯眼说道：“打败恶魔？不，不，不需要，他就快死了，根本就不需要我动手。你不也亲眼看到了吗？”

慕慕惊愕，“什么？”

维英勾唇，“见到他等死的痛苦模样啊。他大概怎么也想不到死亡会来得这么快……哦，我倒是忘了，你大概还不知道，那个烧烤店的老头子就是恶魔埃兰。”

慕慕瞪大眼睛，一时半会儿竟说不出话来，那个烧烤店的痴呆老人就是他们要找的恶魔？可他为什么……

维英笑得阴恻恻，“这都是他自食恶果。他的迅速苍老，我们一族的不死之身，都是自食恶果。”

慕慕讶然，“你是说，你们的不死之咒不是恶魔造成的，是三足金蟾……”它不仅诅咒了伽利雷家族，还让恶魔也像人类一样患上了老年痴呆症。对！为什么之前她从来没有想过，比起恶魔，三足金蟾才是最有理由诅咒伽利雷家族的人。贪婪而狡诈的人类，除了财宝之外还意图拥有不死之身，为了这个，他竟然活活撕下了自己的一条腿，不论换作谁遭遇这样的厄运也会心生怨念吧。所以，它诅咒了伽利雷家族，诅咒了恶魔！

维英将双手插在裤兜里，笑得温文尔雅，“慕慕，你还不算太蠢。”

慕慕盯着维英继续猜测，“所以，要想解除不死之咒，只能将第三条腿还给三足金蟾？”

“聪明。”维英一边鼓掌一边缓缓走向慕慕，“所以，把金蟾腿交出来吧，你救过我，我不想害你……”维英声音渐渐低沉下去。听了这话，慕慕像是受了蛊惑般伸手去取包里的金蟾腿，维英见状眨了眨眼，嘴角勾起好看的弧度，慢慢伸出手来……

在将金蟾腿递到维英手上的那一瞬间，慕慕倏地抽回了手，涣散的瞳孔也慢慢恢复了神采。

慕慕紧抿唇瓣，下意识地往后退了一步。没那么简单，如果，只是单纯地把第三条腿还给三足金蟾就能解开诅咒的话，维英没必要绕那么大个圈子——又是装失踪又是故意造幻境迷晕众人。如果真是像他说的这样，他为什么要和莱尔斯幼稚园的人反目成仇？

“哦，被你发现了。”奸计被识破，维英倒依旧一副不慌不忙的样子，

“不过慕慕，我说的是真心话，我不想伤害你，交出金蟾腿，不要逼我和你动手。”话毕，他的表情已变得狰狞扭曲，唇瓣也微微抿紧。

慕慕咬牙，身体不由自主地有些发抖。她很清楚，维英说得没错。按照他的计划，金蟾腿原本是应该落在兰斯手上的，他连对付兰斯都胜券在握，更何况她？如果……

正纠结间，慕慕却忽地睁大了眼睛，鸡皮疙瘩瞬间爬满全身。她微微侧目，寻找让自己难受的根源。这时，脚下的卡卡夫用毛茸茸的爪子抱住了自己的大腿。大概是小家伙感觉到了有东西靠近，顺势伸爪子抱了过来，感觉到对方微微怔了怔，卡卡夫又眯眼用毛脑袋蹭了蹭。这感觉对于皮毛过敏患者慕慕而言真是说不出的郁闷难受，可也正是因为这分难受，慕慕才幡然醒悟。

没有如果！一旦前进就不能回头！

慕慕抬起头来，目光清澈，“单挑，我未必输给你。”

维英愣住，大概没想到慕慕会这么说，一时竟也没再前进。

慕慕深呼口气，拿出女汉子的气势又重复道：“你除了不死之身，其实和我没什么区别，我不一定会输。”

维英默然，脸上现出阴郁之色，半晌才冷不丁道：“那如果一定会输呢？”

“什么？”

“我说，如果一定会输呢？”维英抬头，目光灼灼，“如果一定会输，你还要留下来保护他们吗？”

慕慕循着维英的视线扫视了一圈地上大大小小的毛团，咬牙道：“你说得对，我还不够强，所以才让小浑蛋们误入了你的陷阱。可是，如果我现在逃走的话，我会一辈子都不安。与其这样，我宁愿留下来，誓死保护他们！”

这话像是触到了维英什么痛处，他忽然暴跳如雷，额头根根青筋暴起，“我最讨厌你这样的人！明明没有能力保护，为什么还要装出一副大义凛然的样子？明明知道前面是悬崖，为什么还要往下跳？你让我恶心，恶心！”

说罢，人已发疯般地冲向慕慕。他就像癫狂野兽般，只一味冲撞着，却毫无章法，毫无计谋，但眼前，早已不是慕慕闪躲避让的画面，脑中哗啦啦闪过的，全是记忆最深处的画面。

四百年前，他因为肺痨气息奄奄地躺在床上，本已做好与众人诀别的准备，父亲却握着他的手不肯松开。他立在自己床前，一遍又一遍道：“不要怕，孩子，不要怕，我一定会救回你，救回你的命。从此，你将不再遭受苦难；从此，你将永世安康。”

之后，是全家发现不死诅咒的秘密，父亲又像当年那样握住他的手，目光坚定，“维英，不用担忧，我会保护你，永远保护你。”

父亲惨死，全家惊恐悲痛。弟弟抱着自己一边发抖一边安慰道：“总会有办法的，总会……有的，我会一直陪着你，保护你。”

再后来，家里只剩下他和一双侄儿侄女。

“二叔你不用担心，我和伊森一定能找到解除不死诅咒的办法。”

“小叔离开时，特别交代我们要好好照顾你。二叔，我和露露安会一直保护你的。”

保护你保护你保护你保护你保护你保护你保护你……

这三个字，才是真正的魔咒，它们让自己窒息，让自己痛不欲生，让自己堕入深渊。为什么要把他当弱者保护起来？为什么永远都要用自己的身躯挡在他面前？为什么不能让他像男人一样堂堂正正地活一次？

慕慕逃到角落，望着气喘吁吁的维英，也终于明白过来了什么，踌躇道：“你……”话到嘴边，却无论如何也张不了口。怪不得他会那么清晰地记得两人的邂逅，怪不得他会那么厌恶慕慕说的“保护”，对他而言，那次经历就是一种耻辱吧？就连普普通通的人类小姑娘都想要保护自己这个“孱弱的人”。

因为要保护他，父亲才会和埃兰签下契约，也正因此，全家才会遭遇巨大劫难。这么多年，他一直都活在愧疚和痛苦中，所以，不论付出多大代价都要解开不死诅咒，无论如何都要寻求解脱。

慕慕蹙眉，心里莫名地划过一丝不安。

她正想开口说什么，地面却忽然剧烈震动起来，轰隆隆的声响由远及近，响彻云霄。地震？慕慕脑子一片空白，身体也快要站不住。这头，维英抚额呵呵诡笑，声音惊悚骇人，“看来，他已经等不及了。”

他？

来不及多想，眼前的一幕又骤然将慕慕的心提到了嗓子眼：因为剧烈震动，躺在崖边的干脆面已经被抖得半个身体都挂在了悬崖外！慕慕急急冲过去时，还是晚了一步，在她抵达崖边之前，又是一阵巨震，干脆面君直直地摔了出去。

“不！！！！！”

慕慕一个踉跄，摔倒在地。再抬头看去，心陡然紧缩，崖边空荡荡一片，再没有那团毛茸茸的小家伙。她攥紧拳头，指甲几乎掐进肉里，慕慕第一次感觉到那么无力、痛苦、失落、难受……

“不，不会的。”

维英轻叹口气，语气温柔似水，“别哭，反正待会儿都要死的。”

“你闭嘴！”虽然声音洪亮，但已带着哭腔。想到干脆面掉下悬崖后生还的可能性，慕慕就阵阵抽气，只觉身体像被黑暗团团包裹住，不断地往下陷落。

维英不怒反笑，“慕慕，亲眼看着自己想要保护的东西消失，感觉如何？”

慕慕闭眼咬唇，悬崖下面却忽然响起戏谑的声音，“唉，说教起来比谁都头头是道，原来出事还是只会哭啊。”

慕慕闻声顿了顿，回头就见逐辰缓缓从崖底飘了上来，怀里，还抱着睡得流哈喇子的干脆面。

“逐辰！”慕慕眼睛放光，对这家伙的好感度蹭蹭往上涨。虽说这货是色了点儿，傲娇了点儿，讨人厌了点儿，但没想到关键时候还是靠得住的！

逐辰挑眉，给慕慕个“别高兴得太早”的表情，又指了指其身后道：“别误会，本座只是来看热闹的。”

慕慕一怔，下意识回头，终于明白刚才的震动是怎么回事了。身后，一只一人高的金蟾蜍正虎视眈眈地凝视着她，阳光下，金色的皮肤散发着耀眼光辉。慕慕眨了眨眼，默默数了数：一、二、三，眼前的金蟾……有三条腿！

Chapter 11

第四条腿

三……条……腿……

慕慕目不转睛地盯着金蟾，确定自己没数错后有些发懵。不是说，三足金蟾总共只有三条腿吗？现在她身上还揣着一条金蟾腿，那为什么……

逐辰的声音在身后幽幽响起，“小妮子，你有没有听说过三足金蟾的传说？”

慕慕点头，虽然对妖啊神的故事不感冒，但为了此次出行顺利，她专门上网查过三足金蟾的相关资料。网络上说，三足金蟾来源于“刘海戏金蟾，步步钓金钱”的传说，讲的是吕洞宾的弟子刘海周游四海时，降服了一只蛤蟆精，因其能口钓金银财宝，是以，刘海一直将其带在身边，并常将它找来的钱财施舍给贫苦的老百姓。后来，三足金蟾能招财进宝的事情就慢慢传开了。

逐辰摇头，“只知其一不知其二。你怎么就没想过为什么它是‘三足’金蟾？”

听逐辰故意咬重“三足”两个字，慕慕一点就通，眼眸陡亮，“难道是——”

“你还不算彻底没救。”逐辰点头，“当年刘海为了降服蛤蟆精，折了它一条腿，又强行在它身上打下封印，不然你以为它为什么这么听话温顺地跟着刘海，还帮他救济穷人？这条腿其实是刘海用来挟制金蟾的，不过……”逐辰话锋一转，忽然冷笑起来，“不过眼下看来，有人已经帮金蟾找回了这条遗失的腿。”

慕慕面色微变，诧异万分地盯住维英。

只见他阴鸷勾唇，一双蓝眸亮得骇人。

“金蟾，我已经把第四条腿带来了，是你兑现承诺的时候了。”

听了这话，三足金蟾低叫一声，浑身散发出奇异的银光，那光束由近及远，慢慢笼罩在维英身上。稍时，慕慕就见维英兴奋难当地摸摸脸、看看手，哈哈大笑，“解开了！诅咒终于解——”

砰！

伴着巨响和震动，维英刹那间消音。变故来得太快，慕慕老半天才听自己喊道：“维英！”

可金蟾身下静悄悄的，没有半点响动。慕慕惊恐万分地看着这一幕，还是回不过神来：就在刚才，维英被解开不死诅咒的瞬间，三足金蟾踩死了他。原来，它根本就没原谅伽利雷家族，即使维英替它带来了第四条腿，它也从没想过放过他。那么接下来，它要做的是……

慕慕缓缓抬头，只见三足金蟾仰头高叫，那声音又尖又细，直窜入慕慕耳朵，霎时慕慕只听嗡的一声，脑子瞬间如烟花般绚丽炸开——满屏乱码，她懵然站在原地，连自己在干什么都忘记了。

“慕慕，你就这么不中用！”

与此同时，一个清冽的声音如泉水般灌入耳中，转眼间，慕慕见一双深如黑潭的星眸直视自己，纷杂的乱码顺着那双清澈的眼一点点散开，接着露出饱满的额头，紧抿的薄唇，清隽的脸庞。只是，看他微皱的英眉，大概能够推断出他现在不是很开心。

盯着那张俊秀的脸怔了怔，慕慕才赫然反应过来，叫道：“任……”不等她话说完，任之行就出掌重重击在其肩上，慕慕连退好几步，甩了甩脑袋这才看清眼前的景象——

三足金蟾被红色的绳索束缚着，脚下还有一个圆形的红色法阵。三足金蟾在法阵中挣扎嘶叫，看样子已恼羞成怒。

任之行沉着脸道：“小心。”想了想，又加了句，“你带着孩子先走。”

“哦哦，好棒哦！”逐辰飘到两人中间，托腮一副看好戏的样子，“小吱吱，没想到我们这么久没见面，一见面就让本座看到你英雄救美的样子。”

慕慕见逐辰一个劲儿朝自己挤眉弄眼，忍不住红了脸。另一头，任之行倒像是没听到逐辰说什么似的，依旧紧绷俊颜，直视三足金蟾的动向。

任之行将手中的剑挽了个花，又在空中结了个奇怪的光阵，这才侧头道：“逐辰，慕慕和孩子就拜托你了。”

逐辰轻叹口气，戏谑之味更甚，“瞧瞧，瞧瞧，这话和临终托孤有什么区别？哎呀，实在是太感人肺腑了，本座激动得都快热泪盈眶了，小丫头你见过谁求人帮忙还直呼别人名讳，还一副命令的口吻？唔，不过要是老头子听见这话一定很开心，他可是一直担心小吱吱面冷嘴毒会孤独终老呢。唉，小吱吱，你长大了，也会说甜言蜜语骗小姑娘了。”说罢，居然还拿出绢帕来装模作样地擦眼泪。

慕慕因为他的话，脸涨得像个红苹果，任之行也终于受不了，转头看向半空，略微无奈道：“逐辰……大人……”

逐辰抄着手，摆出一副“算你小子识相”的表情道：“小吱吱，真不是本座故意当着小妮子的面拆你的台。俗话说得好，关心则乱，本座问你，你到底托的是哪门子孤？他们有什么好逃的？你难道看不出三足金蟾对这些小鲜肉不感兴趣吗？它想要的，只有自己的腿。”

逐辰沉吟之际，任之行的脸又黑下三分，扯过慕慕道：“金蟾腿在哪儿？给我。”

慕慕已猜到他想干什么，正想开口说话就听逐辰忽然道：“小心！”说时迟那时快，只见一条长长的红影朝自己扑来，临近才看清那又滑又湿的东西竟是三足金蟾的舌头。原来三足金蟾虽仍被困在法阵中，竟伸出舌头来攻击。

慕慕心底吃惊，身体顺势一歪，往左边滚地一躲，谁料那舌头比她速度更甚，一个拐弯又到近前。慕慕被逼得左右无路，正欲绝望闭眼，视线忽然一黑——一堵肉墙挡在了自己身前，慕慕只听刺的一声，随后就听肉墙传来痛苦的闷哼。

闻到对方身上淡淡的青草味，慕慕才反应过来，咂舌道：“任之行……”

“不中用啊不中用。”逐辰凉凉的声音在两人跟前响起，遂拔剑斩断舌头，只听那三足金蟾发出阵阵撕心裂肺的悲号。

逐辰道：“小吱吱，几年不见，你这修为倒是精进不少啊，区区一根舌头都能伤了你。”

任之行捂着肩上的伤不说话，逐辰拂袖道：“还不快带她走？本座先在这里抵挡着！”

任之行倒也不扭捏，闻言朝逐辰点了点头，就牵着慕慕往丛林深处跑去。

跑了一会儿，两人到了山顶。慕慕正犹豫前路，就见任之行兀自走到岩石前，拉开蜿蜒的藤蔓树枝，此处竟露出个石洞来。

“进去。”

“嗯？”

任之行不再多言，径直进了山洞。见状，慕慕也跟着走了进去，原本以为洞里会很黑，谁料却异常明亮，一抬头，才知原来是从顶上洞穴漏进的光。更令慕慕惊奇的是，洞内木床火把一应俱全，角落还用石头做了张桌子，石桌上赫然摆着黑白棋。

这、这简直就是武侠小说里的场景嘛：男主机缘巧合被困在山洞中，意外发现岩壁上竟画着奇怪的招式，不知不觉跟着练了起来。后来才得知这是绝世武功的秘籍，原来这山洞是江湖第一高手曾经隐世的地方……

任之行道：“这里是子虚道观弟子闭关修炼的地方。”

果然！

慕慕一副了然模样地哦了声，正想开口说什么就听身后轰的一声，光线骤然黑下三分，再回头，刚才进来的地方莫名其妙多了堵石门——把出口挡住了。

慕慕嘴角抽搐：不！是！吧！

任之行咳嗽一声，“除了闭关修炼，这里偶尔也做闭门思过的地方使用。”

慕慕眨眼，“意思是？”

“机关在外面，只要有人进来，石门就会自动落锁，如果外面没人打开，里面的人就出不去。”

慕慕脸顿时一黑：那你知道还带我进来！！

任之行垂眼不看慕慕的脸色，解释道：“三足金蟾已修成仙身，所以才有能力诅咒埃兰和维英他们。一旦让它得逞，得到第四条腿……后果不堪设想。别说你我，只怕整个盾山都要成为它的祭品。”

所以，任毒舌带他来这里关着，即使逐辰没能挡住三足金蟾，它一时半会儿也找不到第四条腿，是这个意思吗？

慕慕转了转眼珠，回想到维英临死前的惨状，抱膝静默不语。

任之行道：“兰斯他们应该很快就会过来，以他和逐辰之合力应该可以制伏三足金蟾，到时候逐辰会带他们过来找我们，你不用太担心。”

慕慕摇头，“我不是担心这个，只是想不通维英为什么——”他替三足金蟾找第四条腿时应该就知道，一旦它拿到第四条腿就会发疯，就会祸及无辜，可为什么他还故意引诱他们过来？

任之行深呼了口气，幽幽道：“维英之所以没直接把第四条腿给三足金蟾，而是耍计谋让兰斯拿着，是想拖延时间。”

慕慕顿了顿，抬眸望向任之行。

任之行凝视着那双清亮的眸子，莞尔道：“你还不知道吧，找到露露安和伊森了，在回城的大巴上。”

“大巴？”

任之行颔首，盘腿席地而坐，“考虑到某人的智商，我从头说吧。维英应该是在调查不死诅咒时发现了其中的秘密——不死诅咒是三足金蟾制造的。恐怕那个时候，他就已经背着露露安和伊森来过一次盾山了。他原本想要借助自己一个人的力量解开不死诅咒，可是他发现，三足金蟾早已脱离恶魔埃兰的掌控，躲进了盾山深处，而曾经不可一世的恶魔大人也变成了半死不活的老头，竟然病急乱投医到处找道士驱魔。

“他寻找到三足金蟾，并和它达成协议，帮它找到第四条腿，它就解开伽利雷家族的诅咒。但维英深知，一旦三足金蟾拿到第四条腿，千年封印解除，绝对不会放过复仇的机会。到时候，伽利雷家族剩下的人和埃兰，甚至整个盾山的生灵都会成为金蟾报复的对象。

“所以，维英挑中了莱尔斯幼稚园。从假装生病骗露露安姐弟俩来偷复原药，再到他们被擒、我们组团来盾山……他把我们牵扯进来，又设下陷阱将最后一条金蟾腿交到兰斯手上，就是想借刀杀人。如果，我们能够干掉三足金蟾当然是最好的，但如果我们失败，三足金蟾拿到自己的最后一条腿也没关系，因为那个时候，露露安和伊森已经离开盾山去避难了。”

慕慕眨了眨眼，这才道：“露露安和伊森失踪……是维英干的？”

任之行点头，“他用幻术催眠了姐弟俩，命令他们离开盾山。他真的很聪明，其实，即使露露安和伊森不来盾山，只要三足金蟾施法，在他们身上的不死诅咒也一样能解开。但为避免我们起疑，他竟险中求胜。”

说到这儿，任之行停了停，这才看向慕慕，一字一句道：“他终其一生，终于用自己的方式保护了一次心爱的人。虽然扭曲又变态，但……还不算彻彻底底的坏人，对吗？”

望进那双深邃的黑眸，慕慕的心猛地一颤，遽然明白过来。原来……任毒舌噼里啪啦跟自己解释那么多，只是想告诉自己维英也有善良的一面。归其根本，是因为自己曾对这个病美男动过心，他又死在自己面前，别扭又傲娇的任毒舌怕她伤心，所以，在用他独特的方式安慰自己……吧？

念及此，慕慕心又是一颤，丝丝涩痛中，竟还流淌着奇怪的暖流。慕慕眼底微微发热，害怕对方看出异样，遂闭了眼，心里却甜丝丝的。

没想到任毒舌还有这么温柔的一面。

在山洞里等了约莫半小时，慕慕就开始焦躁起来。

一来是担心外面的情况，二来是反射弧超长的慕慕终于发现，现在她和任毒舌被单独关在一个封闭的空间——咳咳，用四个字形容就是“孤男寡女”。这四个字浮现在脑海的同时，慕慕忍不住又想起不久前的拥抱。

刹那间，好像任毒舌身上那股淡淡的青草味又扑鼻袭来，随之而来的，还有他强有力的心跳。如果说，第二次拥抱是为了帮她挡住三足金蟾的袭击，那第一次呢？慕慕咬指，她还记得当时自己和苻灵背着白淮下山见到山脚的任毒舌，还来不及开口他就扑了上来……

“啊啊啊！一定是逐辰附身了，一定是！”揉乱一头黑发自言自语，慕慕才想起任之行还在身边。一回头，果然见任毒舌正目光灼灼地凝视着自己，霎时，慕慕的脸更红了。

任之行微眯凤眸，“你说逐辰附身？”

“没、没什么。”慕慕摆手。

任之行哦了声，又道：“没什么就把头转过去。”

什么意思？这是嫌弃自己聒噪吗？

想到这儿，慕慕略觉委屈，正想开口辩解却见任毒舌抚额无奈道：“我要处理肩膀上的伤口。”

慕慕恍悟，抬头果然看到他左肩衣服上还沾着血迹，刚才因为一直关注外面的动静，居然忘记他被三足金蟾伤到的事了，真该死！

“你一个人怎么处理伤口？我帮你吧。”慕慕一面说一面就挽高袖口。任毒舌却摇了摇头，道：“苻灵出列。”

话音刚落，慕慕包里就骤然闪出阵阵银光，少时便见苻灵已立在两人跟前。苻灵埋下头应道：“主人。”

任之行低应了声，这才看向慕慕，“还不转身？我要脱衣服了。”

慕慕愣了愣，还没来得及回应，就见任之行抬下巴勾唇，神情倨傲清冷，显然又恢复了往日的毒舌模样，“哦？难道你一直就很想看男人的……”

“谁想看你啊！”慕慕涨红了脸，慌忙转过身去表达内心的纯洁。可是，山洞就那么大，苻灵的动作又那么重，慕慕看不见后反而听觉更敏捷了。窸窸窣窣的脱衣声后，苻灵像是在审视任毒舌的伤口，片刻才踌躇道：“主人……”

“没事，我已经封住周围的经脉，不会再大面积出血。”

“可是……”

“废话那么多干什么，动手！”

动手？慕慕转了转黑白分明的眼珠，有些茫然。不是说包扎伤口吗？怎么改动手了？动什么手？怎么他们俩的对话这么诡异？

慕慕脑袋顶了一连串的问号，偏偏又不能回头看，正心里痒痒就听身后传来一声闷哼。那声音又短又快，却透着隐忍和难耐，慕慕一听顿觉头皮发麻，心剧烈抽痛起来。

苻灵急道："苻灵无能，主人你——"

任之行喘着粗气，声音却坚定有力，"继续！"

慕慕闻言，心扑通扑通直跳，比自己受伤还难受。继续什么？到底是怎么回事？普通包扎不可能让苻灵这么为难吧？正惴惴不安，一个几不可闻的声音钻进慕慕耳朵里——

呼哧呼哧，呼哧呼哧。

慕慕皱眉，这声响……像是有人畅快淋漓吃面的声音。难道山洞里有其他生物？念及此，慕慕终忍不住微微侧头，瞥见身后光景的一瞬猛然一震，浑身难以抑制地发起抖来。

任毒舌的左肩已紫青一大块，伤口处，殷红色的血凝在周边。而让慕慕感到惊悚的是，任毒舌的伤口处竟还嵌着三足金蟾的那半截舌头。原本她以为这舌头早在逐辰拔剑斩断时就已脱落了，可她怎么也没料到，它竟还在任之行的身体里，而且……正以诡异的方式一点点啃噬着猎物的肉体。

啃噬，是的——伤口处正以肉眼可见的速度慢慢扩张着，外沿血肉模糊，筋骨暴露，而那根恶心的舌头却像享受盛宴般舔舐着，蠕动着。

那一瞬，慕慕只觉胃里阵阵翻滚，想要干呕的欲望滚滚袭上心头。她咬着牙，直视任毒舌那张苍白的俊颜，什么叫极品傲娇，这就是了！原来他不许自己转头根本不是害羞有人看他赤身裸体，而是担心她看到这一幕不舒服……

任毒舌本咬紧牙关，无意间抬头，就见一双湿漉漉的黑眸正紧紧盯着自己，一动不动。他微微慌神，面上却不露半分，只道："果然是色女，叫你别回头没听见吗？"

这时候，慕慕哪儿还顾得了他的毒话，三两步冲到他面前，道："这破舌头怎么还没死？你这么酸的肉它也下得了口！"

苻灵本神经紧绷，听了这话扑哧笑出声，"主人，慕小姐耳濡目染，竟也学着你奚落人了。"

任之行顶着满额冷汗，目光冷冷，"还真不愧是女汉子，面对这么重口的画面也面不改色心不跳。"

慕慕抓狂跳脚，“我问你到底要怎么样才能把这玩意儿取出来！”

任之行闭眼道：“一看你就是小学不好好念书的，自然老师没教过你？诸如壁虎之类的动物就算断尾，因为尾巴里边的神经还没死掉，所以还能动弹一段时间。三足金蟾已修成神身，舌头即使脱离本体也不会死亡，反而会啃噬宿主意图求生。”

慕慕闻言，心被狠狠揪起来，如果，当时任毒舌没有冲过来保护自己，现在的毒舌宿主就是自己。她哑着声，“是不是……很痛？”

任之行一愣，尚来不及言语，那边苻灵已插嘴道：“慕小姐不用担心，吾已找到其死穴，正在为主人取下毒舌。只是毒舌已连体，主人……会受一些皮肉之苦。”

听了这话，慕慕眼眶一热，差点当即掉下泪来。

任之行见状笑了，“不要跟我说你要哭了，这实在太不符合女汉子的形象了，刚才是谁跟我斗嘴来着？”

慕慕咬牙，闷声道：“对不起。”如果不是她，任之行就不会受伤了。

任之行摇了摇头，合眼握住她的手，声音犹如清泉汩汩，“别哭。”

慕慕心又是一颤，泪水终于砸了下来。这边，苻灵已用小刀剥开伤口边缘，深呼一口气，一刀刺中毒舌中心。那半截舌头吃痛，开始剧烈摆动起来，任之行又哼了声，拽着慕慕的手紧上三分。

慕慕还是第一次有这样的经历，骤时只觉浑身紧绷，想要开口说点什么转移任之行的注意力，才发现脑子空白一片，当机又重启，重启又当机，就是想不出半句安慰的话来。

倒是任之行先开了口，“回去之后一定要把你那点三脚猫功夫好好练练。”

慕慕以为他是抱怨自己功夫不好才连累他受伤，覆着他的手猛点头，“好、好……”

那边，苻灵已将舌头抽出一半，毒舌垂死挣扎几下，扎在其体内的小刀竟险些被挣脱，苻灵眼疾手快，用手扯住毒舌才没让它重钻回肩头。

慕慕看得阵阵抽气，还要分神陪任之行说话，“我其实没有学过专业的格斗，小时候顽皮爱打架，为了防身就跟我老爹比画了两招，但是都不成气候。

维英说得对……既然想保护学生，就要先把自己变得更强……啊啊！”

话还没说完，慕慕忽然大叫起来，原来，金蟾毒舌终脱离任之行的肩头，虽然任之行已经封住了周围经脉，但伴随着毒舌离体，伤口处还是喷出一股股血。慕慕二话不说，用手堵住伤口，另一边，苻灵则用脚踩住依旧在地上挣扎不休的毒舌。

片刻，金蟾毒舌才彻底没了声息。慕慕松了口气，回头看向任之行，才发现他已经歪靠在自己肩头——晕过去了。

花开两朵，各表一枝。

慕慕帮任之行处理伤口之时，兰斯也正带着白淮、瑶薇等人漫山遍野地搜寻两人。又一处寻觅落空后，兰斯脸色阴霾难测，凌厉地凝视身旁的逐辰道：“你不是说他们就在这儿？”

逐辰咦了声，“我说了吗？”见兰斯沉下脸，这才别头道：“哦，可能猜错了。”

“猜错了？”兰斯阴笑，“你和慕慕已签下血契，怎么可能感觉不到她的气息？”话毕，又觉胸口一抽，顿时剧痛又袭来。

白淮扶着他道：“兰斯你受了伤，还是先回道观，这里有我们。”

兰斯微微眯眼，紧抿唇瓣没有言语。稍稳定情绪，才看向逐辰，柔和地说道：“你再好好感觉一下他们在哪儿。”

“哦。”逐辰望天，依旧一副吊儿郎当的样子，半晌才重新直视兰斯，笑而不语。

白淮急道：“怎么样？”

逐辰摊手，“还是感觉不到呀。”话毕，又朝兰斯眨眨眼，笑嘻嘻道：“或许，园长大人亲我一口我能感觉到？”

兰斯喉咙一甜，吐出口黑血来。

逐辰笑逐颜开，“哦哦，居然气得吐血了，用不用这么着急啊。”

瑶薇冷着一张脸，向前一步道：“兰斯，你应该比我们更清楚自己的身体状况，经过三足金蟾一役，你现在需要休息。还有——”瑶薇顿了顿，清澄的眸子对上兰斯，又道：“你以前从来不会这样。”

话一出口，众人俱是一怔。兰斯亦愣在原地，过了许久他才颔首道："好，我现在就回去，请各位务必……找到慕慕和任之行。"

……

望着兰斯下山的身影，逐辰慢慢弯了眼。呵呵，本座是你们这些妖魔想使唤就使唤得动的吗？离天亮还早着呢，慢慢找吧。

思及此，他闭眼深呼一口气，感觉到西边慕慕的气息平稳，又忍不住咧嘴轻笑。那小子……是把别人姑娘带到山洞里去了吧？其实早该想到的，任之行心思缜密，那里又隐蔽，确实是隐蔽的最佳场所。只是……孤男寡女共处一室什么的，哎哟，真是想想就激动，怎么能这么快就让人去打扰呢？

这边，瑶薇道："逐辰，我们接下来该往哪儿走？"

逐辰摸了摸下巴，随意往东边一指，倨傲道："喏。"

唉，小吱吱啊小吱吱，本座也只能帮你到这儿啦！

半夜，任之行迷迷糊糊中发起烧来。

慕慕还是第一次看到这么憔悴娇弱的任毒舌，心里既愧疚又担忧。山洞外仍旧没有动静，洞内又阴又潮，慕慕找了老半天也没找到可以生火取暖的材料，只得将自己的外套脱下来，披在任毒舌身上。

尽管如此，任之行还是一个劲儿喊冷，紧闭双眼，嘴里念念有词，显然是烧糊涂了。受伤后又发高烧，这是极度危险的一个预兆，慕慕深知，如果再这么下去，任毒舌可能会有生命危险。她深呼一口气，下定决心朝洞口走去。

苻灵本抱膝坐着，见慕慕对着石门敲敲打打，疑惑道："你干什么？"

慕慕一面察看石门一面道："想办法出去，再这么下去我怕他熬不住。"

苻灵怔了怔才反应过来慕慕说的"他"是任之行，忙摇头道："无须担忧，主人乃半仙之躯，这点伤不至死。"

"半仙？"慕慕眨了眨睫毛，眼前骤然浮现出一个手持幡竿的江湖混混，凑到自己跟前，谄笑道："姑娘，算一卦？"

慕慕抓头，呃……苻灵说的半仙是指这种？

苻灵道："主人自幼修仙，又得无嗔真人指点，布符念咒、祈福降妖自不在话下，不然何以比普通人更长寿？只可惜当年一役，无嗔真人牺牲，主人也被迫沉睡，不然说不定主人早已位列仙班。”

慕慕闻言，心里咯噔一声响，在子虚道观时，元簏也曾说过什么“任毒舌睡下”，彼时慕慕就觉奇怪，没想到是这么回事。这么说来，说不定任毒舌的年龄比露露安他们还要大……

念及此，慕慕下意识地看向床上的任之行。月光下，任毒舌眉眼如画，沉睡后的他没了往日的刻薄冰冷，干净的五官反倒透着股隽秀——何止隽秀，简直就像水墨画里走出来的翩翩公子——清俊逼人。

因为发烧，任毒舌白皙的脸庞上浮着两团异样的红晕，瀑布般的黑发安安静静地搭在肩头，不显一丝杂乱。慕慕顺着头发往下看，没一小会儿就觉心跳如鼓。因为缠着绷带，任之行的衣衫是敞开的，而慕慕的外套又太小，覆盖不了任之行的整个上身，所以，就这么春光乍泄了。

望着任毒舌精壮的身体，慕慕默默地想，平时看着挺瘦，没想到还挺壮实。慕慕伸手拉了拉外套，本想用衣服盖住其肩头，却不小心触到了他的肌肤，霎时，慕慕只觉指间一烫，迅速抽回手来。

苻灵傻呆呆地问：“怎么了？”

“没、没事……”慕慕吞了吞唾沫，赶紧离任毒舌远些。还好洞内光线暗淡，苻灵没有发现慕慕的脸已经涨红，可这到底是怎么了？刚才的热度还停留在指尖上，慕慕咬牙想，自己一定是被任毒舌传染了。哈、哈哈，没想到发烧也能传染。

拍了拍脸，慕慕转移话题道：“就算任毒舌没有大碍，我们也得想办法出去，也不知道外面怎么样了。”

苻灵歪头想了想，“你现在觉得怎么样？”

“啊，我？什么怎么样？”慕慕莫名其妙。

“有没有觉得心烦意乱，抑或情绪低落？”

慕慕摇头，盯着任毒舌看久了心里怦怦跳倒是有的。

“那便无碍。”苻灵噙笑，“虽然逐辰大人还未曾认慕姑娘做主人，但你二人已签下血契，生死相伴。若逐辰大人有事，你应有所感应才是。”

慕慕似懂非懂地点点头，托腮道：“照你这么说……逐辰没事，又已经过了这么久，他们应该已经打败了三足金蟾，怎么一直没人来找我们？他们会不会找不到这里？”

苻灵摇头，“式神能够感受到主人气息，怎可能找不到？再则，主人小时候，逐辰大人就常带他来这里玩耍，不可能找不到的。”

慕慕闻言惊诧，“你说任毒舌小时候逐辰就经常带他到这儿来玩？”

“对啊，”苻灵颔首，“无嗔真人事务繁忙，主人刚到子虚道观时才四岁，所以那时常是逐辰大人带着主人。唔，说逐辰大人是主人半个师父也不为过。”

慕慕默了默，再默了默，终于忍不住扑哧一下笑出声。怪不得第一次遇见逐辰时她就有一种莫名的熟悉感，总觉得他像谁，现在想来倒是反了，是任毒舌像逐辰才对——一样的尖酸刻薄加毒舌！

苻灵挠头，呆呆地说道：“慕姑娘笑什么？”

慕慕望着那张和任毒舌一模一样的俊颜心情大好，摇头道：“任毒舌小时候有没有什么好玩的事情，讲出来听听。”话毕，慕慕自已先是一愣，什么时候开始，她居然对任毒舌以前的事情这么感兴趣了？想到这儿，慕慕又觉指尖微烫，不好意思地蜷起双腿，将脸埋了小半进去。

还好苻灵没有察觉，当真兴致勃勃，“我听逐辰大人讲，主人刚到道观时总爱啼哭，无嗔真人为了哄他……”

月光清莹，慕慕与苻灵席地而坐，就这么听他一点点讲起昔日趣事。只是，心飘飘荡荡，忽上忽下，眼睛总不听使唤地瞟向床上的任之行。看他睡颜安定，慕慕浅浅笑开，想：原来喜欢一个人，是这么回事。

直到天际发白，慕慕才睡下。刚模模糊糊睡着，就觉肩上一热——什么东西搭在了她身上。她不满地哼了声，正想踢腿，一只手又覆上了她的额头，她被额头上的温度骇了一跳，猛地睁眼就对上任之行那双清冷的黑眸。

“你……”

“谁让你昨晚把外套给我的？”

听他语气略带严厉，昨晚才确定心意的慕慕居然有些心慌，一把推开他，佯装不爽道：“喊，你以为我想给你啊，你昨晚发高烧，我怕你死翘翘才给你的！”

任毒舌盯着她，紧抿唇瓣，目光灼灼。

慕慕见状，越发手足无措，直到穿好外套才道："不用感谢我，哈哈，就当、就当感谢你救了我。"

"以后别这样了。"任之行垂下眼，过了许久才又道："如果你因为我发烧，我会难过的。"

电光石火间，慕慕只听脑子叮的一声脆响，周围场景渐渐模糊开来，黑色背景下只剩下一句话——

我会难过的……

我会难过的……

我会难过的……

慕慕盯着任毒舌清隽的脸颊，浑身都几乎烧起来。这这这、这话真是他说的？还是脑子烧糊涂了？任毒舌居然说他会难过，所以是不是，他也和自己一样……有一点点喜欢对方了？

那种喜欢，和对维英的好感不一样，或者说，和以前所有的感觉都不一样。喜欢维英，是因为他符合自己梦想中的男神标准，对于他的死，自己也很难过。但这种喜欢和难过都是淡淡的，只浮于表面。可任毒舌不同，慕慕想要知道他更多的事情，了解他更多的东西，想要靠近却又害怕靠近，心里总有一种被抛上云端，可随时又要跌下来的感觉。

慕慕没有恋爱经验，忽然听任毒舌说这么一句，瞬间就有了挑明的冲动，可刚张开口，外面就传来轰轰的声音，心思迥异的两人齐齐回头，就见石门打开了。

"小慕慕，之行，你们真的在这里！"白淮率先走了进来，后面跟着瑶薇和笑吟吟的逐辰。

"大叔……"慕慕环顾四周，这才发现苻灵不知何时已回归本体。

瑶薇瞥了眼任之行，淡淡道："受伤了？"

"嗯，不碍事。"任之行面色如常，"外面怎么样？三足金蟾呢？"

白淮拍了拍任之行，哈哈笑开，"你们没事就好。放心吧，三足金蟾已经被兰斯收服了。"说罢，才又看向慕慕，咳嗽道："咳，小慕慕，这次不好意思，是叔疏忽大意入了维英那家伙的幻境才害你这样。"

慕慕摇头，想到维英，眼神又不由自主地暗淡下来，“维英的事，露露安他们姐弟俩——”

“已经知道了。”白淮郑重其事地点了下头，“既然你们没事，我们就快回去吧，兰斯他们还在道观里等着。”

“好。”

众人话毕，正欲走，瑶薇却忽然看向慕慕，“第四只金蟾腿呢？”

慕慕启齿，话还没来得及说出口，任之行已淡淡道：“哦，我怕你们战败，昨晚已销毁了。”

慕慕闻言，奇怪地盯住任毒舌，小小咦了声，销毁了？金蟾腿不是一直都在自己身上吗？念及此，她忙打开包袱翻找，果然已没了金蟾腿踪影。怎么会……难道是今早睡着时任毒舌拿来烧掉了？

“这样……”这头，瑶薇眸光闪烁，看了看慕慕，又再瞅了瞅任之行，终道：“那就走吧。”

出了山洞，白淮拽着任之行走在前面，大声谈论昨天众人是如何制伏三足金蟾的。瑶薇一言不发，紧随其后。只有慕慕和逐辰落在最后。

自找到两人后，逐辰一直笑眯眯的不言语，全然没了往日的傲慢鄙夷。他笼着长袖，悄声道：“小丫头，你们昨晚在山洞里有没有……”

听了这话，慕慕脸一红，结舌道：“有没有什么？你想有什么？”

“噢噢，”逐辰窃笑，“那刚才我怎么好像看见你脸红了，小吱吱的耳朵也一个色儿。”

慕慕耳朵竖起，脚下一顿，“他耳朵红了？真的？”

逐辰怪笑，叹息一声，道：“好话不说二遍。唉，本座陪着那群蠢货找了你们一晚上，现在累了，回锦囊打盹儿去。”话毕，当真就要变回小纸人。

慕慕见状忙拉住他的袖子，扭捏着有些不好意思。

“做什么？”逐辰抬下巴，乜斜着眼睛，“本座说了，好话不说二遍，听不见吗？”

“不是。”慕慕摇头，脸又慢慢烧起来，“我是想问你一件事……那天，就是你上白淮大叔身那天，后来你不是和我们一起回了道观吗？呃……在路上时，任毒舌来接我……然后、然后……”

慕慕说不到一半就再也说不下去，只用脚尖在地上一圈圈地画着。逐辰见她这副小女儿模样，哪有不明白的？那天他附在慕慕身上，可是看得一清二楚。小妮子是想问，当时自己有没有上任毒舌的身吧？

念及此，逐辰弯了弯眼，凑到慕慕耳边道：“本座可是‘弯’的，对抱女人这种事不感兴趣。”

慕慕抬头，眼睛清澈透亮，这么说……当时就是任毒舌自己抱的她吧？这念头刚冒出脑海，她还来不及露出笑容就又患得患失起来，拽着逐辰道：“那那天你到底是抱，还是没抱？”

逐辰拍了拍慕慕脑袋，哈哈大笑，“自己慢慢去想吧。”话毕，终变回小纸人，回归本体。

慕慕急得抓耳挠腮，偏偏就是拿他没办法。着急难耐之余，心底又生出丝丝的甜，看了眼不远处的白色身影，慕慕悄悄握拳：嗯，不管是不是他自己抱的都没关系，既然确定了真的喜欢这只傲娇货，就努力去追好了！

任毒舌，你给我等着！

Chapter 12

告白进行时

金秋如画。

九月开学后，莱尔斯幼稚园俨然已是一幅盛秋景象。蔷薇湖畔的红叶艳丽无比，与百果林的一片金灿灿交相辉映，倒是令人赏心悦目。虽然从盾山回来后也没好好休息，但天刚蒙蒙亮，慕慕就起床了。

三足金蟾事件暂告一个段落，露露安和伊森也带着维英的骨灰回英国安葬，而陈晓佳则陪着恶魔埃兰仍旧住在盾山山脚，了度残生。生活回归平静，慕慕也开始了新一学期的工作。

洗漱完毕，换好运动服后，慕慕就准备出门了。前几天回家，得知女儿在盾山时居然停止了晨练，慕老爸狠批了一顿慕慕。业精于勤荒于嬉，慕慕也觉得理亏，所以一回幼稚园，就赶紧锻炼起来。

此时天际微微发白，太阳也才刚冒了个头，慕慕原以为自己是幼稚园起得最早的，谁料一开门就见任之行已坐在一众花草间，默默品着茶。他今天穿了件天蓝色的薄衫，长发编了辫子细细梳在脑后，只剩少数碎发留在额前，黑眸亮晶晶的，坐在姹紫嫣红的万花丛中，倒愈发显得清秀隽丽。

从察觉自己的心意后，慕慕每次看见他都有些不好意思，这大清早就大饱眼福更是微微羞赧。正纠结该怎么打招呼，任之行已发现她，放下茶杯看了过来。

慕慕将拳抵在嘴边咳了声，故作轻松，“早啊。”

任之行用手敲了敲桌面，说出来的话却让慕慕丈二和尚摸不着头脑，“昨晚……我听说了一些事情。”

“唔，什么？”

“逐辰说，你有事要问我。”

“我有什么事问——”慕慕话说到一半就自动噤了声，额头缓缓渗出层层冷汗来，任毒舌说的事情该不会是……

慕慕仰头望天，心底苦不堪言。因为逐辰一直不肯正面回答当初到底有没有附在任毒舌身上，患得患失之中，慕慕逮机会就问逐辰这件事。某日逐辰大人被问得烦了，嗔怪道：“你问本座有何用？既然这么在乎，干脆直接去问当事人！”

所以……后来……

慕慕瘪嘴看向任毒舌，果然听他淡淡道：“他说，你想问我，那天我抱你是不是出于自愿。”

慕慕不是扭捏之人，想了想，虽然害羞得脸已经快滴血，但还是痛痛快快地点了点头。该来的总是会来的。

任毒舌没有言语，只用手指摩挲着下巴，盯着她，目光沉沉。

慕慕被他看得不自在，抓头道：“我从小就是男人婆，没经历过这样的事情，也没有什么像样的闺密，所以对这件事有点……”

“慕慕，”不等她说完，任之行就起身走到慕慕跟前，一字一句道：“我现在是自愿的。”

“嗯？”慕慕不太懂任毒舌的意思，刚抬头轻轻哼了声，对面高大的身影就慢慢覆了上来。任之行用手钳住慕慕的下巴，唇就这么毫无征兆地压了下来，凉凉的，软软的，还带着男性特有的霸道气息。一寸寸磨蹭试探，直到怀里的人儿不再乱颤睫毛，任毒舌才温柔地攻城略地。

比起对方的循序渐进，慕慕却是方寸大乱，紧闭双眼，脑子乱成一锅粥。

怎么办怎么办，任毒舌为什么会忽然变成这样，为什么事情进展和自己想的一点儿都不一样，为什么她觉得这个吻好熟悉。

想到最后，慕慕缓缓睁开眼睛，就见兰斯那张无可挑剔的俊颜近在咫尺。他又将慕慕往怀里狠狠带了带，眨眼笑道："小野猫，喜欢吗？"

"啊——"慕慕大叫着从床上坐起来，狠狠喘了两口粗气才反应过来是怎么回事。眼前没有兰斯，没有任毒舌，原来是梦。

慕慕拍了拍红扑扑的脸颊，松了一口气，"还好还好，是梦是梦。"她就说以任毒舌的傲娇性格怎么可能……果然日有所思夜有所梦啊。只是为什么梦里最后会变成兰斯？自从盾山回来后，慕慕就一直没再见过他，怎么会……难道是因为那晚的那个初吻？

想到这儿，慕慕选择性失忆地甩甩头，洗漱换衣，然后拉门出去。一出去，看清门外场景后，她忍不住嘴角抽搐：真是青天白日撞了邪，一袭天蓝色薄衫的任毒舌正坐在院子里喝茶，傲雪则卧在他脚边——和梦里一模一样！

气氛微微尴尬，慕慕还是硬着头皮笑道："起得这么早啊。"

"早？"任毒舌挑眉，"是啊，是挺早的，我都在外面等你一个小时了。"

会毒舌，会斜眼看人，没错，这次绝对不是在做梦了！

慕慕也在院子里不客气地坐下，自来熟地倒了杯花茶，"你等我干什么？"难道想和自己一起晨跑？

任毒舌闻言幽幽地凝视着她，嘴角溢出一抹诡笑，"哦，我倒不知道还有二十来岁就得老年痴呆症的，慕小姐简直就是医学界的一个奇迹！"

被任毒舌这么冷嘲热讽两句，慕慕算是彻底清醒了。抛开刚才的梦，她托腮道："我约过你今早见面？"按照他的说法，一个小时前就是五点半……自己那么早约他干什么？看日出吗？！

任毒舌沉下脸来，声音冰凉，"慕慕，你忘了你在山洞里说过的话吗？"

"我说什么了？"

"你说，回来就好好练练你的三脚猫功夫。"

闻言，慕慕笑开，"哦哦，原来你说这个。对啊，你看我起这么早，就是准备去跑两圈。”说完，当着任之行的面，慕慕就蹦了起来，一面蹦一面又道：“我以前晨练都是跑五公里，现在开始慢慢追加到十公里。”

“嗯，不错。”难得从任毒舌嘴里听到句赞赏的话，慕慕正觉雀跃，就被下一句话彻底秒杀，“鉴于你那副孱弱身躯，绑上五公斤的沙袋跑十公里也差不多了。”

听了这话，慕慕愣在原地不跳了。

“绑五公斤沙袋？”原来，任毒舌起来这么早就是为了给她绑沙袋？！

任毒舌皱眉，“不然你以为呢？”话音落下，刚才还一副恹恹然的傲雪已经从石桌后面拖出四包鼓鼓的沙袋来，那眼神……是幸灾乐祸！绝对是幸灾乐祸！慕慕见状龇牙咧嘴：小畜生，信不信我现在就戳瞎你的狗眼！

“愣着干什么？”任毒舌不满道，“绑上！双脚双臂各一个，快！跑完十公里回来你还要扎半小时马步。”

任毒舌到底懂不懂什么叫“慢慢追加到十公里”啊……

顿了顿，慕慕终于鼓足勇气道：“哈、哈哈，谢谢你的好意，可是……可是我这个吧，我觉得我一个人慢慢锻炼就行了，不用你专门指导，真的。杀鸡焉用牛刀，您还是回去休息吧，您的伤还没好。”

“不，”任毒舌看着慕慕表情僵硬，抱胸缓缓弯眼，“为了报答你当时照顾我的恩情，我一定要亲、自、监、督、你。”

跑完十公里，慕慕已经彻底歇菜了，说什么也不肯再扎马步。

慕慕趴在桌上，一边吐舌头一边道：“不行了，我真的不行了，我现在才明白什么叫两股战战，别说扎马步了，我现在连站都站不稳！”

任毒舌闻言面无表情，转身就往屋里走。慕慕称奇，道：“不是吧，这样就生气了？不是我偷懒，可练习也要循序——”

“慕慕，”不等“渐进”两个字说出口，任之行就转身打断她道：“你知不知道，自己在战斗时，最大的弱点是什么？”

慕慕噎住，没想到任之行会这么正儿八经地问这个问题，一愣，埋头道：“知道……我个子矮力气小，而且说来，也不会什么系统的格斗术。”

“都不是。”任之行摇头，目光灼灼，“我看过你所有的战斗，你喜欢凭借自己的速度优势进行出其不意的攻击，可你最大的问题在于你的下盘不稳。也就是说，如果在引诱敌人的过程中你稍有不慎就可能跌倒，而这个时候，你的速度优势也会随之消失，这种情况下，你明白后果是什么吗？”

慕慕听罢已是一身冷汗，喃喃道：“我……”

任之行又道：“莱尔斯幼稚园不是普通幼稚园，学生也不是只坐在教室里学习ABC的人类孩子，在这里随时都可能遇险，你现在这样，根本就不算合格的老师。与老师配合度零，战斗技巧零，学生信任度负分，这样，你居然还有脸说‘两股战战’？知不知道为什么凯西一直不安排你授课？想听大家亲口说‘你不配’吗？”

慕慕被任毒舌骂得心虚不已，竟然真生出三分愧疚来。他说得不错，要是自己再强一点，和白淮大叔配合再默契一点，逐辰附身的事完全可以避免，说不定维英也不会……可是揉了揉已经软如面条的双腿，慕慕又有些胆怯。

念及此，慕慕可怜兮兮地抬头，却只见任毒舌一张脸肃穆无比。

“慕慕，要么狠，要么滚。”

慕慕泪奔，“……我现在就起来扎马步。”

苍天啊，别人为讨心上人欢心都是送送爱心便当、发发短信问候两句什么的，为什么到了她这儿就变成魔鬼训练了！你个任毒舌，拿不下你誓不为女汉子！

扎了一小会儿马步，慕慕就开始觉得不对劲儿。

绿帘花影间，她蹲着，任之行坐着，她苦苦扎着马步，任之行优哉游哉品着茶，可满头大汗的，却是任童鞋。而且不知道为什么，自慕慕跑完步回来后，任之行就一直淡淡皱着眉，脸色也苍白了许多。

她又偷瞥一眼任之行，默默看了看天，苍穹湛蓝，秋高气爽，时不时还有凉风，这天气也不热啊。

“走什么神？”正神游，对面就传来任之行的声音，他搁下茶杯，又道：“上身不要晃来晃去，重心下移，膝盖稳住。”

慕慕郁闷地哦了声，依言照做后还是有些想不通，顿了顿，转头道：“你……是不是不舒服啊？”

任之行静默，脸色沉沉。

“我看你脸色不太好，”慕慕字斟句酌道，“你刚受了伤，要是真觉得不舒服就回房休息。我这边也就剩十来分钟了，不用老守着我。”

慕慕原本以为以任之行的性格绝对会拒绝这个提议，外加毒舌一番她如何没自觉性，要是没人守着铁定会偷懒之类的，谁料任之行默了默，居然说了一个字：“好。”

慕慕讶然，抬眼看到他离去的背影又是一怔——他的衣衫不知何时早已湿透，也不知是热的还是因为极力忍耐着什么。慕慕见状，哪还顾得了什么扎马步，正欲上前就见眼前又晃出个白影。

傲雪眼神傲娇，端端正正地坐在慕慕跟前，尾巴则耀武扬威地扬起。那意思再明白不过：我是代替主人监视你的嗷汪……汝个两脚兽速速蹲好不许偷懒嗷汪……

见状，慕慕喊了声，虽然心有不甘但还是又乖乖地蹲了下去。

这头，刚进屋的任之行嘴里也发出微弱的一声呻吟，捂着肩头半跪在了地上。屋里白光乍现，苻灵扶着任之行在床上坐下，欲言又止，“主人，何必急于一时……”

任之行像是累急了，合眼摇了摇头，却没再言语。苻灵喟叹一声，倒也不再说什么，只将薄被轻轻盖在其身上，就在他以为任之行已睡着时，对方的声音又缓缓响起，“她太弱，即使有逐辰和你跟着也未必周全。靠人不如靠己，修行的事一天都不能再耽搁，或许过不了多久，兰斯就要下手了……”

苻灵默了默，歪头，“其实，有件事吾一直想不明白，如果真若主人猜测般，那为何兰斯要设下陷阱将逐辰大人送给慕姑娘？”

任之行闻言轻笑，眼眸再睁开，已是厉光浮现，“他在试探我猜到了几分。”

与此同时，兰斯的白色城堡内，夏洛尔也正忙碌着。

看了看兰斯胸膛上血肉模糊的伤口，夏洛尔笑逐颜开，“太棒了！伤口恶化了，园长大人你能告诉我最近你都干了些什么吗？”

兰斯没答，旁边的白淮率先道："你的治愈术也不行？"

夏洛尔无奈摇头，"兰斯先是吸了逐辰本体上的毒，后又被三足金蟾打伤，你看他现在痛不欲生的样子就知道这两股势力在他体内打架打得正欢，我要再用治愈术……哦老天，实在无法想象。"

听了这话，一直沉默不语的瑶薇蹙眉道："我记得芭比花园里……"

"打住！"一听"芭比花园"四个字，刚才还恹恹然躺在床上不动弹的兰斯就反射性地坐了起来，道："我的身体我最清楚，没事，等再过一段时间就会自动痊愈。"

"对，只是在痊愈之前，每天都会痛上几个小时。"夏洛尔补充。

见兰斯还是无动于衷，夏洛尔故意暧昧地撞撞其肩头，眨眼道："我说兰斯，这都多少年了，还是这么敏感啊。其实以你们俩曾经的交情，现在去找她，她绝对不会拒绝的！"

恨嫁男白淮听罢又开始仰天流泪背经典台词，"叔这么温柔多情潇洒爷们儿贤惠得体多才多艺体贴人心，怎么就是没有情缘呢？就算没有现任女友来个前任女友也好啊！"

瑶薇补了致命一刀，"实在不行你可以幻想个前任。"

白淮大叔开始悲愤撞墙了。

兰斯咳嗽一声，转移话题道："英国那边有没有什么消息？"

夏洛尔道："暂时没有。"想了想，接着又说："不过露露安他们已经回伦敦安葬了维英，那边应该也已经收到了消息，现在大概按兵不动。"

兰斯面色如常，"很好。"

白淮大叔闻言疑惑道："英国什么消息？"

夏洛尔看了看兰斯，见其示意这才道："哦，我们怀疑这次不死族的事情和莱尔斯家族有关。"

听了这话白淮震住，思忖一番才摸下巴道："你们不说不觉得，这么一说倒还真是有点巧。"

"岂止有点，简直太巧了！莱尔斯家族总部在伦敦，维英他们也住在伦敦，如果我猜得没错，是兰斯那位好姑姑怂恿了维英，不然他怎么会这么了解兰斯的秉性？唔，可惜的是偷鸡不成蚀把米，这次姑姑不仅没能借机除掉兰斯这个眼中钉，反而让园长大人误打误撞得了三足金蟾这么个大宝贝。”

白淮了然，“这就是所谓的螳螂捕蝉黄雀在后？”

兰斯道：“英国那边的事老白你不用管，心里有数就好。没别的事你和夏洛尔先走吧，我还有话跟瑶薇交代。”

白淮点头，和夏洛尔转身刚走出两步又听兰斯喊住他们，两人齐齐回头，就见床上的人眉头紧锁，早晨的阳光透过窗户照进来，映在兰斯那张稍显苍白的俊颜上，反倒添了三分病态美。

他立在床头，身上还披着外套，踌躇许久才抬眸道：“幼稚园这边……有没有什么事？”

白淮有些不解，“没有啊。”

兰斯眼神一黯，笑道：“好，我知道了。”

两人出了屋，白淮见夏洛尔一直笑而不语，终忍不住问：“兰斯最后一句话到底什么意思？”

“还没看出来？”夏洛尔摩挲着下巴，幸灾乐祸地叹息一声，“想不到，我们人见人爱花见花开的园长大人也有被拒绝的一天。”

白淮一听“被拒绝”三个字就来了精神，哎呀，他这种万年单身优质……男最喜欢听的就是别人吵架、分手、被拒绝或者追求碰壁啦！

白淮踌躇一番，眯眼猜测，“慕慕？”说罢，不等夏洛尔表态，又自行否定道：“不可能啊，他们不是已经在一起了吗？”

“错。”夏洛尔以过来人的身份纠正道，“老白你永远记住，‘女人’和‘女友’是完全不同的两个概念。虽然他们俩有过交集，但不代表人家慕慕就愿意和兰斯在一起一辈子。你看他今天那失魂落魄的样子，啧啧。”

白淮大叔百思不得其解，“找女朋友不就是以交配繁衍为主要目的吗？”

夏洛尔闻言嘴角抽搐，脸上已显出大大的“囧”字。老白，我总算明白为什么你一直单身了……

白淮眨眼，“我说得不对？”

“对是对，可你在女人面前不能这么说。”

“到底是‘女人’还是‘女友’？”

……

夏洛尔彻底绝望了，放弃治疗白淮，绕回话题，“你看自从盾山回来后，小慕慕就没和兰斯说过两句话。兰斯这几天病倒，幼稚园的老师几乎都来探望过，就唯独慕慕没来，你觉得是为什么？两人铁定闹别扭啦。”

白淮大叔颔首，“有道理。”

夏洛尔道：“本来我以为是两人结束了，好说好散了，可现在看来，兰斯明显还记挂着小慕慕。你看他刚才，分明就是想问我们慕慕的近况，‘为什么她一直都不来看我’‘我躺在床上一边忍受着身体的痛苦一边忍受着思念的折磨，可为什么她还是不出现’‘别人都说一日夫妻百日恩，难道她对我真的这么绝情’之类的。”

白淮只剩点头如捣蒜。夏洛尔见状拍了拍白淮的肩，诡笑道：“作为兄弟，遇到这种事怎么能不帮一把？”

白淮问：“你想怎么做？”夏洛尔抬头看了看澄澈碧蓝的天空，嘴角微微扬起，“走，咱们去食堂。这个时候小慕慕一定在吃饭。”

两人到食堂后，果然见慕慕坐在窗边，正叼着根油条，小脑袋一啄一啄的。因为起得太早，又忽然进行了高密度的魔鬼训练，慕慕现在连咬油条的力气都没有了，只想快点到中午，这样就能一睡方休……

这头夏洛尔和白淮不知内情，装模作样地打了早饭就一屁股坐到慕慕对面，道：“慕慕，你旁边位置没人吧？”

慕慕掀开眼缝勉强看了一眼，无力地摇了摇头。

见状，夏洛尔和白淮对视：很好，旁边没人，说明不是移情别恋。

白淮大叔猛挤眼睛：那下一步怎么办？

夏洛尔眼眸微眯：按原计划进行。

白淮大叔微微点头，轻咳一声，道：“夏洛尔，你是专业人士，快跟我说说，兰斯那个伤到底要不要紧？”

夏洛尔：“凶险非常！他昨天痛晕过去两次。”

白淮：“什么？这么严重！”

夏洛尔：“不仅如此。随着时日增长，三足金蟾造成的伤口还会化脓、溃烂，在伤口处长出一小块一小块如鱼鳞般的寄生虫来，这虫子将慢慢遍布全身，奇痒难忍。可一旦你挠的话，肉就会一坨坨掉下来，哦，就像这碗皮蛋瘦肉粥……”

夏洛尔话还没说完，邻桌的老师就受不了了，敲着桌子抗议，“喂喂，你们到底还要不要人喝粥了？园长大人哪儿有你们说的那么严重，我昨晚才去看过他，他根本就……唔唔！”

白淮唯恐对方说漏嘴，不待其说完就上前一把捂住对方嘴巴，拎小鸡似的将对方拎到角落训话去了。

夏洛尔松下一口气，这才回头看向慕慕，而对方——还在一下接一下地点着脑袋。美人鱼男也不知道刚才的话慕慕听进去多少，只得试探道：“慕慕，慕慕，刚才我们说的话你听到了吗？”

慕慕正恍恍惚惚地奔向周公，听这话猛地一激灵，坐直道：“马步我已经扎完了！”

夏洛尔：“什么？”

慕慕看清对面的人不是任毒舌，顿时舒出一口长气，摇头道：“没事，你们先吃，我去准备上课了。”

“喂，”夏洛尔急了，“那刚才你到底有没有听到我们说的？”

慕慕蹙眉回忆，刚才朦胧间好像听到什么化脓、鱼鳞、奇痒难忍……啧，是哪部新上的重口味电影？想了想，还是笑道：“啊，你们说的那个啊，我还没看，今晚就去看看。那就这样，先走了啊。”

夏洛尔闻言眼前一亮，朝远处的白淮比了个OK的手势，灿烂大笑：计划成功。

好不容易熬到下午放学，八卦二人组就直奔兰斯的白色城堡，等着晚上看好戏。兰斯虽然奇怪白淮和夏洛尔赖在自己这里干什么，但也没多问，只吩咐凯西多准备两份晚饭。

正在玩手机的夏洛尔听了这话嚷了句，“两份怎么够？三份。”

凯西咦道：“瑶薇也要来？唔，今天到底什么日子？”

白淮拍腿，哈哈大笑，“不是瑶薇，是——”

夏洛尔咳嗽一声，打断白淮不让他往下说。兰斯见状懒懒抬眸，噙笑道：“你们到底搞什么鬼？”

夏洛尔眨眼，“待会儿你就知道了。先说好啊园长大人，事成后你必须得给我和老白各封个大红包。”

兰斯闻言抿了抿唇，没再言语。

过了大半个小时，慕慕果然出现在城堡外。此时，兰斯等人正坐在花园里喝咖啡，见慕慕朝他们缓缓走来，夏洛尔率先笑弯了眼，调侃兰斯道：“哎哟，这是谁家的小馋猫来了？”

兰斯眼皮跳了跳，假装不在意地端起杯子，可嘴还没触到杯沿就已觉唇齿发烫，俨然那晚亲吻的感觉。

这头，白淮大叔也已经嚎了起来，“唉，你们说我一个万年光棍拉什么红线！叔我这是造了什么孽啊！”

兰斯只当没听见，用余光又瞥了瞥前面。红叶树下，凯西正拉着慕慕交谈着什么，小妮子黑眸水雾蒙蒙，连打了三个哈欠，凯西还没有说完。兰斯忽然觉得一阵心烦，心道到底有什么事要说这么久！

夏洛尔见状笑了，凑到兰斯跟前悄声道：“现在心里是不是痒痒的，麻麻的？兰斯，你曾经问我为什么非瑶薇不可，我现在回答你，就是因为这种感觉。”

兰斯闻言心骤然一紧，端着咖啡却不知道往嘴里送了。另一边，慕慕也终于和凯西讲完过来了。

“园长，大叔，夏洛尔，”慕慕咦了声，“你们都在啊。”

夏洛尔笑得贼兮兮的，“你要是嫌弃我们，我和老白也可以立马消失。”

“为什么要你们消失啊？”慕慕莫名其妙。

夏洛尔挑眉，“害什么羞，我们都知道你是来找兰斯的。”说罢，又表情浮夸地看向兰斯。

兰斯闻言居然心情大好，嘴角亦下意识地勾出弧度，他看了眼慕慕，开口正想说什么，就听慕慕对夏洛尔道：“谁说的？我是来找你的啊。”

兰斯：“……”

白淮："……"

夏洛尔："……"

夏洛尔见慕慕目光清澈地盯着自己，只差当场咬断自己的舌头，"你找谁？"

"你！"慕慕龇牙，"我找你很奇怪？"

夏洛尔呵呵装傻，"这个'你'指的是兰斯吧？"

慕慕皱眉，"我找的是——美人鱼男、夏洛尔先生，听清楚了吗？"

一时间，风云突变，夏洛尔只觉背后凉飕飕，有阵阵阴风吹过。兰斯抱胸凝神，面上不动声色，心里却是百感交集。从云端到地底，很好，很好，真的很好。夏洛尔，你居然敢耍我。

夏洛尔见兰斯勾唇诡笑就知情况严重了，忙道："开什么玩笑，你找我怎么可能到兰斯的住处来找！"

"怎么不可能？"慕慕仍旧一脸茫然，"别人跟我说你在这儿我就过来了啊。唉，我真的有事找你，我们到那边去说。"话毕，慕慕拉着夏洛尔就要走，可一起身就见兰斯阴恻恻地坐在原地，头顶小乌云——一副脸黑黑要下雨的表情。

慕慕呃了声，道："园长，你没休息好？怎么脸色这么难看？"

话落，雷响，兰斯的脸上几乎能掐出水来。这头，慕慕却还呆立原处，不知自己就是罪魁祸首。诚然，彼时兰斯与三足金蟾战斗时慕慕正被关在山洞里，并不知道他受伤的事情。后来回了幼稚园，大家理所当然认为她知道也就没提及。慕慕性格本来就大大咧咧的，再加上这段时间一直都盘算着怎么把任毒舌拿下，根本就没注意到兰斯的异样，于是……

见气氛诡异，慕慕左看看，右瞅瞅，挠头道："你们都怎么了啊？"

兰斯起身，冷冷道："我先回房了。"

"唉，你——"为避免慕慕再火上浇油，夏洛尔忙拉住她道："你不是有事找我吗？走走，我们去那边说。"

蔷薇花架下，慕慕终于说明来意，"我来是想问你，那个……被三足金蟾击伤后会不会留下什么后遗症？"

其实，今早她看任毒舌极为忍耐的样子就隐隐猜到和他肩膀上的伤有关，可慕慕明白，以任毒舌的性格，要是他不想让自己知道就绝不会说半个字，所以思来想去，慕慕最终还是决定来问问“奶爸”[1]夏洛尔。

这头，夏洛尔听了这话却完完全全理解错误了。他望着慕慕腹诽：慕慕会这么问，难不成她今天过来真的是来探望兰斯的？只是因为被自己和老白这么一起哄，所以小姑娘就不好意思、不肯承认了？

对，一定是这样！女人就喜欢口是心非，自家薇薇对自己不也一样人前冷淡如冰，人后柔情似水吗？唔，关于这点他倒是疏忽了。

念及此，夏洛尔添油加醋道：“后遗症倒不会有，不过，三足金蟾造成的伤口要想彻底痊愈——很难。”

慕慕问：“为什么？”

“呐，这么跟你说好了。”夏洛尔眉飞色舞道，“三足金蟾造成的伤本身不会有什么大碍，以兰斯的体质过几天就可痊愈，可坏就坏在三足金蟾已修成仙身，它的仙气通过伤口进入了伤者的身体，这才是最糟糕的。”

“仙气？”慕慕咂舌。照夏洛尔这么说，难道任毒舌那么痛苦，是因为体内存有三足金蟾的仙气？可是……一般电视、小说里不是都说仙气是好东西吗？怎么会害任毒舌疼成那样，整个衣衫都打湿了啊……

夏洛尔摇头，“仙气过于纯正清冽，区区肉体又怎么受得了？兰斯现在这样还算好的了，如果是普通人，估计早被仙气反噬死翘翘了。”

慕慕自动忽略掉“兰斯”等关键词，将这句话翻译为——任之行现在这样还算好的了，毕竟他还算半仙之躯，如果换作普通人，估计早被仙气反噬死翘翘了。想起任毒舌微皱的眉头，慕慕忍不住心抽了抽。自己一直说喜欢任毒舌，可什么都没为他做过，而为了不让自己内疚，任毒舌却忍受着仙气的煎熬不肯向她透露半字……

慕慕深呼口气，问：“就没有什么办法？”

“有是有，不过——”夏洛尔转了转眼珠，看向满脸担忧的慕慕道：“俯耳过来，我慢慢说给你听。”

夕阳西下，屋内点上了橘黄色壁灯，照得一室暖色。夏洛尔进屋时，兰斯

①游戏里把操控加血治疗的职业的玩家称作“奶爸”“奶妈”，因为夏洛尔是专攻治愈术的，所以慕慕在这里也喊他“奶爸”。

正半卧在床上看书，听见动静，连头都没抬一下就道：“出去。”夏洛尔脚步稍顿，似乎也觉得不好意思，在门口咳嗽了声才道：“下午的事情我也没想到。”

兰斯没有移眼，又重复了一次，“出去。”

夏洛尔像是听不见似的，大步流星进了屋，走到兰斯跟前道：“我就说两句话，说完立马出去。兰斯，虽然下午出了点小意外，但慕慕关心你是真的，她刚才拉我出去就是问你的病情。”

兰斯垂着眼睑，静默不语，但准备翻书的动作却停了下来。夏洛尔看在眼里，笑在心里，清了清嗓子，故意沉声道：“好了，我说完了，这就走。”话毕，当真转身就要离开。可迈出没两步就听身后响起清冷的声音，“回来。”

夏洛尔再回头，脸上已恢复了戏谑的神情，兰斯只当没看见，抱胸道：“她都问了你些什么？”

夏洛尔一屁股坐在床沿，“不是说了吗，就是问你什么时候能好，怎么才能帮你化解体内的仙气之类的。”说罢，夏洛尔眺望窗外又想了想，忽然认真道：“兰斯，自从慕慕来之后，你真的改变了很多，你自己都不知道。”

兰斯闻言瞳孔骤然一缩，脑中已浮现出寻找慕慕那晚的情景。那晚，瑶薇冷着一张脸，也对他说过“兰斯，你以前从来不会这样”。

以前……以前的自己，在夏洛尔和瑶薇的眼里到底是什么样的?

兰斯收敛心绪，道：“还有呢?你们还聊了些什么？”

“还有，”夏洛尔故意停顿一番，“还有，我把化解仙气的方法告诉她了。”

听了这话，兰斯大震，猛地从床上坐了起来，“你是说——”

“嗯，”夏洛尔点头，眼中流光溢彩，薄唇微启说出四个字：“芭比花园。”

兰斯抚额，不知何时嘴角已爬上一丝苦笑。

Chapter 13

芭比花园

空旷的街道没有任何人烟，地上湿漉漉的，到处都是雨后留下的水坑。偶有一阵风吹过，带动脏兮兮的塑料袋从一个角落飘到另一个角落。

慕慕踩着水坑，小心翼翼地往前挪着步子。不远处，是一栋老旧的筒子楼。算算时间，这已是上世纪70年代末80年代初的产物了，多年的沉积让它看起来就如一位饱经沧桑的老人，孤独而诡谲。

慕慕站在筒子楼跟前，下意识地吞了吞唾沫，真的会是这里？前天，夏洛尔告诉慕慕，要想化解任之行体内的仙气不是完全没有办法，但必须得去芭比花园走一趟。

“芭比花园？”慕慕疑惑地眨眼，“不要告诉我是种满了芭比娃娃的花园。”

“当然不是。”夏洛尔摇头道，“那里的主人叫芭比，花园是以她的名字命名的。你要做的就是找到这位女巫，然后从她手里买到嘻嘻草。”

……

从回忆中拉回思绪，慕慕蹙眉看向筒子楼斑驳墙面上大大的“拆”字。来之前，她专门上网查过资料，因为城市整改，这片区的老楼都已进入拆迁计划，而附近居民也早已搬离，是以，整条街道看起来才这么荒凉。可就是这样一栋被荒废的老筒子楼，夏洛尔却一口咬定芭比花园就在这里。

可能吗？

想到这里，慕慕紧抿唇瓣，但人还是不由自主地朝筒子楼走去。

按照夏洛尔的说法，芭比花园就在筒子楼209房间内，可慕慕在二楼逛了一大圈也没找到。从楼梯口到最里边，201—208房间整整齐齐一字排开，唯独没有209。慕慕摸索一阵依旧无果，泄气地往墙上一靠，正想说休息休息，就觉有什么抵在了背上。

她轻轻咦了声，回头，只见刚才还光秃秃的墙上居然多了只门把手。慕慕下意识地将把手往下一压，拉开，那一瞬，暖暖的阳光照进阴暗而湿冷的筒子楼里。不仅仅是阳光，还有奇妙的花香、怡人的微风。慕慕在看清屋内景象的瞬间也彻底惊呆了——

原本不应该超过二十平米的小空间变成了开阔空旷的大草坪，草坪中央种着两棵长满银白树叶的大树，而大树后面，隐隐可见一座圆顶的白色城堡。

诚然，在进入莱尔斯幼稚园后，慕慕对各种奇幻事件早已见怪不怪，而现在真正让她震惊的是——这里和兰斯住的地方一模一样！不论城堡也好，花草树木也罢，就连树下摆放的桌椅都是一样的！

难道，所谓的芭比花园都是假的？自己被夏洛尔耍了？

正狐疑间，一个好听的女声响起，“谁在外面？”话音刚落，一女子已从树下闪出，朝慕慕缓步走来。她身着一袭宝蓝色低胸长裙，身材惹火，大波浪的黑发披在肩头，明眸皓齿，竟是个难得的美人坯子。

慕慕一时看呆，过了半晌才回神地抓了抓头，道：“您好，我叫慕慕。呃……我听说这里可以买到嘻嘻草。”

女子淡淡哦了声，清澈的蓝眸细细审视一番慕慕，“谁跟你说的？”

慕慕老实答曰：“夏洛尔。”

女子听见“夏洛尔”三个字眼眸陡亮，从上到下再打量番慕慕，道：“你是莱尔斯幼稚园的？”

慕慕点头，“夏洛尔跟我说，要想买嘻嘻草的话就来这里找一位叫‘芭比’的女巫。”

女子闻言，若有所思地勾了勾唇，道：“我就是芭比，你跟我来吧。”

尾随芭比一路进屋，慕慕再次震惊了：屋内的沙发、书柜，乃至挂钟都和兰斯屋里的不差分毫。慕慕诧然之余，心底的八卦小火苗也已熊熊燃烧，短短几分钟已将兰斯和芭比的关系脑补了N个版本。

这头，芭比倒是不慌不忙，往沙发上懒懒一靠，道：“夏洛尔是怎么和你说的？”

“嗯？”慕慕目不转睛地盯着沙发上的美人儿，与其说理解不到她话中的意思，倒不如说是被眼前这画面蛊惑，脑袋空空如也，已无法工作。啧啧，果然长得漂亮才是王道，怎么别人这么随意地往沙发上一靠，伸出玉臂抚抚肩上的碎发就显得如此风情万种、婀娜多姿呢？

芭比眼波流转，“他是怎么跟你说芭比花园的？”

“哦，这个啊，”慕慕转了转眼珠道，“他就说这里是个药圃，种了很多珍贵药草，像嘻嘻草这样的绝种草药外面都找不到了，只有这里有，所以我才冒昧来拜访您……”

“呵！”

不等慕慕说完，芭比就冷笑出声，斜睨一眼慕慕，道：“那他有没有告诉过你，为什么外面找不到嘻嘻草呢？”

慕慕摇头，腹诽道，我哪儿知道。谁料下一秒芭比就自动扔出重磅炸弹，自问自答道：“是我毁的。”

随后，她满意地瞥了眼慕慕瞠目结舌的表情，才得意扬扬地继续说：“不仅是嘻嘻草，还有飞天萝、七星花都是我毁的，斩草除根。现在……呵，许多草药都绝迹了，只有我的后花园才有。”

说罢，又意味深长地看了眼慕慕，妩媚娇笑，“听说……你们园长大人前些时日为了配复原药可是费了不少周折呢，怎么，现在不配复原药，又开始找嘻嘻草了？”

听了这话，慕慕木然地坐在沙发上，内心……内心早已呼啸奔腾。啊啊啊啊，重大八卦！绝对是重大八卦！兰斯是药剂师出身这个她知道，可她完全没想过，原来这中间还极有可能隐藏着一段不为人知的感情纠葛。

电光石火间，慕慕运用她看了十来年言情小说的扎实基础功，已彻彻底底脑补出一个完整的故事——

身为莱尔斯家族的继承人，兰斯从小就被寄予厚望，每天不是在研究药剂配方就是挖药。因为经常一块儿寻觅药材，兰斯结识了同为药剂师的芭比。两人一见钟情，互定终身，兰斯决定放弃家族，与芭比私奔。可就在约定私奔的当晚，兰斯却被家人打断双腿反锁了起来。另一边，芭比误会兰斯始乱终弃，求而不得见的情况下，她一怒之下拔光了世间所有珍贵药材，而如果兰斯还想成为伟大的药剂师，想再配出药来的话，就只能来芭比花园讨要……

我负全天下，只为能再见你一面。

想到这儿，慕慕眼眶已微微湿润。虐恋情深，强取豪夺什么的最有吸引力了！

抬头看向芭比，慕慕道："那嘻嘻草……"

芭比抬了抬下巴，精致妆容下，笑容无懈可击，"你帮我弄一样东西来，我就给你嘻嘻草。"

午后悠然，莱尔斯幼稚园内一片静谧。学生们都在睡午觉，老师也各干各的，慕慕却蹲在蔷薇湖畔的灌木丛中……偷窥着。

树下，一袭白衬衫的兰斯正静静翻看着手上的书，长腿交叠，一派闲适惬意。比起往日，今天的兰斯似乎更显慵懒，衣领微微敞开着，一头褐色碎发时不时地随风扬起，露出漂亮而饱满的额头。他长长的睫毛微垂，嘴角微扬，低头看书的神情专注而宁静，就好像手上的不是一本书，而是一只可爱的小动物。

此情此景，就连慕慕这样的木头也忍不住要叹一句完美，然后，默默摸出手机，寻找角度，伺机准备偷拍。兰斯的确长得很好看，幼稚园里也常有女老师偷拍他，但慕慕偷拍兰斯的原因却和大家有点不一样——

那天在芭比花园，芭比提出交换嘻嘻草的条件是要一张兰斯的照片。可是，兰斯最近大门不出二门不迈，慕慕蹲守好几天眼见着就要绝望之时，终于逮到了今天这个机会。

此时此刻，慕慕正屏息凝神地调着手机焦距，心里忍不住向广大狗仔队致以最诚挚的敬意：要不被当事人发现，又顺利偷拍成功，真的很不容易啊……而且，因为怕被发现，慕慕离兰斯还有相当一段距离，她的山寨手机又不给力，这个距离拍出来的照片全是模模糊糊的，根本没办法交差。

又拍了十来张照片，慕慕仍旧不满意，正纠结怎么办，就见镜头里的人动了——兰斯的脑袋微微垂了下来，手上的书也掉到了一边。

暖阳照耀下，他竟然睡、着、了！

面对绝佳时机，慕慕一不做二不休，咬了咬牙，又悄悄朝兰斯身边靠了靠。挪一点点，又一点点，慕慕放轻脚步，终在离兰斯一步之遥的位置停了下来。望着镜头里那张安静的睡颜，慕慕心咯噔一声，一时间竟忘了按下快门。

镜头里，兰斯睡颜安详，总是令人猜不透的深邃双眸紧闭着，如此倒像收敛了锋芒的利剑，恬静得不像话。恬静？这个词怎么可能用在奸商兰斯身上？慕慕被自己这个念头吓了一跳，正想按下快门，眼前又是一晃：视线被阻，手机已被人抽走。

背脊瞬间僵硬，慕慕还没反应过来怎么回事，就听身后慵懒的声音响起：“嗯？你在偷拍我？”

慕慕大惊：神啊，你带我走吧！

其实，兰斯从一开始就知道慕慕在跟踪自己，或者更准确点说，几天前就已知晓。因为受伤，兰斯这段时间一直都深居简出，偶有公务也是请凯西将文件带来床前给自己批阅。这天他刚和白准商量完周年庆的事情，凯西就端着茶笑眯眯地进来了。

凯西一边替两人斟茶，一边道：“唔，我刚才泡茶时看见慕老师一直在外面晃来晃去的，兰斯大人，用不用请她进来？”

兰斯一愣，旋即笑开，惬意地喝了口红茶道：“不用，就当什么都没看见。你先下去吧。”

凯西前脚走，白准后脚就抓起兰斯的被单开咬，一边咬一边眼泪汪汪道：“你们一天不刺激叔会死吗？叔那碎成渣的情缘啊……”

兰斯嘴角的笑意更甚，扬眉道：“你回去也不要问她，不要吓着小家伙。”说罢，眼神居然带了三分凌厉，那意思再明白不过：要是吓跑了小家伙我可要你赔！

白淮长叹一口气，也认真道：“兰斯，我们认识也有一百来年了吧，这还是我第一次看你谈恋爱。”

兰斯淡淡嗯了声，垂眼假装不在意地喝了口茶，但那双神采飞扬的星眸还是出卖了他现在的心情。

白淮摸了摸满是胡碴儿的下巴，怪笑道：“叔原来还以为你不沾女色，没想到……”说到这儿，白淮顿了顿，皱眉道：“不过你看中小慕慕什么了？夏洛尔老说你对伴侣要求高，可慕慕这孩子吧……而且你曾经说过的吧，绝对不会对人类感兴趣。”

兰斯闻言缓缓看向窗外，绿色栅栏下，正有小小一团缩在那儿，自以为没被人发现地东张西望着。兰斯嘴角微扬，竟也带着三分无奈，“是啊，可我有什么办法。”

他的确说过对人类不感兴趣，不仅如此，他还明确鄙夷过慕慕的70B，在园长大人眼里，给这个雌性人类差评都算仁至义尽了：二十来岁了还不会好好打扮自己，总是大大咧咧的，迟钝脱线，生活一团糟，战斗能力一团糟。最可怕的是，明明没什么本事，闯祸的天赋却极高。

可是，他能有什么办法，喜欢就是喜欢了。打破所有常规也好，被人耻笑也罢，他就是……喜欢了。兰斯甚至不知道自己是什么时候开始对这个小家伙感兴趣的，或许是她一次次挑战自己的极限不断闯祸的时候，又或许是看着她趁夜偷药故意逗她喊她“小馋猫”的时候，又或者，是触上那两片软软的温唇心怦然跳动的时候，又或许，就是眼下。

父亲曾说感情是不需要缘由和常理的，当时他还不信，现在倒像现世报。兰斯浅笑，收回视线道：“这种感觉说不大清，等你哪天情缘值由负转正就明白了。”

白淮膝盖中箭，要换作平时早开始呼天抢地了，可今天他却难得地板着一张脸，道：“兰斯，作为朋友我有必要提醒你，东西方的爱情观还是有很大差异的。咱们东方更注重婚姻和家庭，虽然现在人类社会也已慢慢开放，但慕慕这个小丫头吧，我看得出来她还是很传统的。”

兰斯歪头轻笑，“所以？”

“所以，你是以结婚为前提在恋爱吗？你是……认真的吗？”

兰斯点头，笑意盈盈，“是的，我是认真的。”

……

而认真的第一步，就是搞清楚小家伙这些天鬼鬼祟祟的到底想干什么。兰斯等了三天，接连三天，小家伙都没敢闯进白色城堡里来。敌不动，只能劳驾兰斯自己动了。这日阳光正好，兰斯吃完午饭后就拎着本书装模作样地出了门，果然，没一小会儿小尾巴就跟了上来。然后，就到了这儿——

蔷薇湖畔，兰斯好整以暇地翻看着手机，末了才又斜睨一眼身旁的慕慕。

“哦？偷拍得还挺欢嘛。”手机里，除了刚才他在树下看书的照片，居然还有几天前他在花园喝茶的照片。可显然，慕慕的照相技术和她的山寨手机一样渣，照片全是模模糊糊的。

慕慕吞了吞唾沫，道：“园长，你听我解释……”

兰斯晃了晃手机，“证据确凿，还有什么好解释的？”

望着兰斯那张似笑非笑的脸，慕慕只觉心里一阵阵发毛。要是换了平常，奸商园长早该沉下脸骂人了啊……扣工资、没收手机、威逼利诱她说出幕后主使，可今天，没有，什么都没有。奸商不仅没有暴怒，反倒一副安适的模样凝视着她。

难道是，转性了？慕慕几乎立马就否决了这个想法，兰斯是故意这样，想给她施加压力吧？念及此，慕慕清了清嗓子，道：“园长，我错了。其实是这样的，我前几天——”

慕慕话说到一半，一转身，后面编好的谎话已通通掉进了蔷薇湖，直接化为了泡影。与此同时，慕慕的下巴也已经掉在了地上，脸上……脸上根本不知道该配什么表情了好吗？！到底是她的眼睛出问题了还是大脑产生幻觉了，她竟然看见兰斯正举着她的手机熟练自拍着……

还有还有，这45度仰角+微微侧脸+托腮的姿势是怎么回事？怎么感觉兰斯对自拍技巧得心应手的样子，兰斯，难道你天天没事都躲在城堡里玩儿自拍？

慕慕愣怔之际，兰斯已自拍完毕，将手机重塞回慕慕手里，一本正经道："以后要拍我就直说，不用偷偷摸摸。"

慕慕仍旧回不过神来，除了呆若木鸡还是呆若木鸡。兰斯浅笑，又揉了揉慕慕柔软的黑发，留下一句话走远了。

风清，花香，蔷薇湖湖面波光粼粼。慕慕盯着金色湖面呆立许久，才反应过来兰斯最后一句话的意思。他说：

"既然你这么喜欢我的照片，待会儿我就让凯西把我的影集送去'花不语'，你可以……慢慢欣赏。"

啊喂，园长大人是不是吃错药了啊？

翌日，芭比花园。

芭比坐在沙发上，一面看着手上厚厚的影集，一面咯咯娇笑，"好，很好。小丫头片子，我倒没想到你还有些手段。"

慕慕望着芭比的冶艳笑颜，也附和着呵呵傻笑了两声，可心里却越来越发毛。怎么总觉得，最近怪怪的，好像要出大事一样。那天偷拍被抓后，兰斯当真叫凯西送来自己从小到大的影集，又强行要了慕慕十来张照片，说是作为回礼。

慕慕救情郎心切，也没多想直接抱着影集来了芭比花园，可是……现在看着芭比近乎疯狂地亲吻着兰斯每一张照片，慕慕忽然又有点后悔了：只是照片而已，她都能疯癫成这样，要是见了兰斯本人，还不得直接魔障了。

这头，芭比却心情大好，指着其中一张照片道："看见没有，这是兰斯在卡恩学园上学时的照片，嗯……真是好怀念好怀念那时的时光啊。为了能让他注意到我，我可是每天都去图书馆。"

慕慕探头瞥了眼照片，照片上，兰斯穿着浅灰色的学生制服，目光奕奕，俊俏的面容上还带着三分清傲，比起现在，多了份少年的羞涩，少了份沉稳。

慕慕抓头，"你们是同学？"

"那是。"芭比小心翼翼地合起影集，又抱在怀里蹭了蹭，这才道："我可是一直都记得和他邂逅的场景。"

慕慕凝视芭比，原以为她会讲起当年之事，谁知静默良久，她却转移话题道："好了，你的任务完成了。我现在就将嘻嘻草的种子给你，你可以离开了。"说罢，起身就往外走。

慕慕跟着站起来，可还没来得及抬腿，芭比就忽然转过身来，"话说，你是人类？"

"嗯？"慕慕咂舌，想了想点头道："是啊。怎么了？"

芭比冷笑一声，将头发一股脑甩到身后这才道："看在这些照片的分儿上，我再多提点你一句，下个月，莱尔斯幼稚园就要举办周年庆了。"

"周年庆？"慕慕皱眉，"我怎么没听大叔他们说起？"

芭比抱胸，"他们当然不会告诉你，不然，把你吓跑了可怎么办？"

慕慕称奇，正想再问，芭比已开口道："小丫头，记住千万不要死掉了，难得有一个本小姐看得顺眼的人类。"

慕慕腹诽，你看我顺眼是因为我能帮你拿到兰斯的照片吧？不过，芭比这话什么意思？"死？我为什么会死掉？这和你说的那个周年庆有什么关系？"

芭比闻言，毛骨悚然地呵笑两声，挺直腰杆挑眉道："想知道？拿兰斯的贴身衣裤来换。"

闻言，慕慕脑海瞬间浮现出两个硕大的红字：变态！

"啊，所以，你就答应帮她偷兰斯大人的内衣裤了？！"电脑屏幕里，露露安杏眼圆睁，一脸惊恐地嚷嚷着。自从露露安两姐弟回英国后，慕慕和露露安就时常通过视频聊天。这晚两人闲聊时，露露安明显感觉出慕慕的心不在焉，三言两语就套出了事情始末。

镜头前，露露安轻托着腮，一双美眸目光流转，叹息道："哎，可惜我不在A国，不然也能摸摸那本影集了。兰斯大人从小到大的照片啊……萌萌嫩嫩的正太照、纯情羞涩的少年照，啊啊啊，真是想想都热血沸腾。可惜了，真的可惜了。你手机里不是还有他的自拍照吗？快发上来给我看看。"

慕慕头顶黑线道："妹子你的关注点错了好吗！"

露露安捂嘴咯咯脆笑，"慕慕你是不知道，兰斯大人在伦敦……不，是整个圈子到底有多红。谁不知道莱尔斯家的兰斯啊，又帅又有本事，毕业时不仅击败了英国最高阶的药剂师，还赚到了人生的第一桶金。最重要的是，兰斯大人平易近人，一点架子都没有。”

“那都是装的好吗？你不知道他在我面前到底有多恶劣！而且，好吧，就算他真的帅、多金、和蔼可亲，”慕慕掰着手指数道，“嗯，你不觉得这样很无聊吗？兰斯这样的高帅富就像从小说里走出来的男主角，唔，不对，现在就连小说都不流行这种完美无缺的男主设定啦，最多只能当个深情男配。”

“是是，”露露安点头，“所以，你还是喜欢你家任毒舌嘛。”

慕慕一听这话，脸立马烧起来，那些暗恋的心思无法排解，也只能对露露安倾诉倾诉。谁料这家伙半点倒追的法子都没帮她想到，反倒天天拿这事开涮，真是误交损友啊。

露露安朝慕慕戏谑地眨了眨眼睛，问：“话说你们最近进展如何？”

“还能怎么样啊……”慕慕泄气地往摇椅上一靠，揉着眉心道：“他现在每天除了监督我锻炼就是在家里养伤。现阶段也只能这样啦，我就想快点把嘻嘻草养大化解他体内的仙气。”

露露安默默颔首，话题又绕了回来，“所以，你会偷兰斯大人的内衣裤吗？”

慕慕咳嗽一声，坐直身体表明自己的立场，“当然不会。”想了想，又道：“不过，芭比说的事我终究有些不放心，露露安，你的人脉比我广，可不可以帮我查查莱尔斯幼稚园周年庆的事情？”

露露安沉吟一番，点头道：“好。”

周年庆的事情交给露露安去打听，慕慕也就暂时放下心来，全心全意地照料嘻嘻草。一个多星期大的嘻嘻草已经开出粉嫩的小花，花朵中央是张圆圆的小脸：黑眼睛，小鼻子，大嘴巴，没事就晃着脑袋四处乱瞧。

按照芭比给的养护说明，嘻嘻草主要以笑料为食，只需每天定时给它讲笑话就会慢慢长大。可自前天起，嘻嘻草就开始拒绝进食，无论慕慕给它讲多少笑话、放多少喜剧片它都一副欠揍样地喊“好饿好饿”。

慕慕思前想后，决定集思广益。这日下午茶时间，她干脆将毛团们都叫到了百果林外的留云亭。亭子中间的石桌上摆着三样点心：糯米团子、桂花藕糕和椰香红豆糕，都是慕慕昨晚亲手做的，虽然不敢说珍馐美馔，但对付众毛团还是够了。

慕慕将要死不活的嘻嘻草摆在桌上，清嗓子道："这个叫嘻嘻草，如果你们讲的笑话好听，它就会笑。咳咳，现在开始，只要你们谁讲的笑话能让它笑出声，桌上的糕点就都归他了。"

口水早流了一地的干脆面君第一个站出来，扒着桌沿道："我是一只喵，汪。"

一阵凉风刮过，众人都不言语了。干脆面君，你的笑话还敢再冷一点吗?

嘻嘻草挥舞着小叶子，愁眉不展，"好饿啊好饿。"

千乘闻言立马推开干脆面君，挤到桌边摇头晃脑道："去去，讲笑话可是本少爷的专长，你们都听好了啊。从前，有个笨笨的人类坐公交车睡着了，他一醒来就发现公交车上只剩下了他一个人，可车还诡异地往前开着……"

话还没说完，嘻嘻草已打断他道："好饿啊好饿。"

千乘惊奇道："我这还没说完呢，怎么它反倒哭了？"

夜吾翻白眼，"千乘，我真是高看你了，你平时就是靠这些老掉牙的笑话泡妞的？"

千乘一噎，完败。

卿卿傲娇叉腰，颇有女王范儿地举着手机道："你们都起开，看我的！小怪草你听着：这个故事是说……嗯……草丛里有个裸男正在睡觉，这个时候来了个采蘑菇的小姑娘，她一边采蘑菇一边数，一个，两个，三个，四个，五个……"慕慕才听了个开头就脸色煞白，忙用手捂住卿卿的嘴不让她再往下说。小狐狸本盯着手机念得欢快，见慕慕阻拦火光大冒，"你干什么？"

慕慕咬舌，"这个不好，换一个。"

"为什么？"卿卿噘嘴不高兴了，"这是我刚搜到的经典笑话，还没讲完呢！"

慕慕抓耳挠腮，正想该怎么跟她解释这是经典"荤"笑话，千乘已厉喝一声蹦了起来。

"呔，和这个人类废话什么，听我的——抢！"说罢，爪子已伸向糯米团子。慕慕眼疾手快，一手拽住小魔爪，一手捏住千乘胖乎乎的小脸，龇牙道："臭小子，还敢抢？看我怎么收拾你。"

旁边本想起哄偷食的卡卡夫见状也立马退散，捂着自己的圆脸一副胆战心惊的模样。

慕慕力道不小，千乘疼得哇哇乱叫，偏偏挣扎得越厉害脸颊越疼，“你……臭人类，快放开我！不然我……”

“不然你怎么样？”慕慕在千乘脸上捏来捏去，因为手感不错心情甚佳，“来打我啊打我啊！”

“呜呜呜，夜吾救我——”

“嘻嘻嘻！”这头众毛团还来不及言语，石桌上就忽然爆发出阵阵大笑，慕慕一怔，回头一看，只见嘻嘻草正捧腹开怀大笑。

“嘻嘻嘻，嘻嘻嘻。”声音洪亮而清脆，弄得所有人都茫然无措。

卿卿纳闷儿，“我刚才讲的那个笑话，它自己猜到结局了？”

“它是因为看到千乘被欺负才笑的。”卿卿话音刚落，众人就听悦耳的男声响起。这次慕慕不用回头，手已先抖了抖，下意识地放开千乘，这才回头僵笑道：“园、园长——”怎么这么倒霉，每次欺负毛团都会遇到他！

兰斯眼神深邃，凝视着慕慕，似乎想在她身上戳出个洞，“慕慕，你就是这么带学生的？”

“没，没，我和他们闹着玩儿的。”

“嘻嘻嘻，”嘻嘻草再次爆笑，“被骂了，嘻嘻嘻。”

这头，千乘见救兵来了，也瘪着嘴一副要哭的样子，谁料还没开口，兰斯已摸了摸他的头，柔声道：“好啦。”说罢，又望向一众毛团，“快上课了，你们还不回教室？”

众毛团向来听他的话，闻言虽然心有不甘，也瞬间走了个干净。顿时，留云亭里只剩下了兰斯和慕慕两人。亭外彩云朵朵，与淡蓝色的蔷薇湖连成一片，犹如画中仙境，偶有风吹过，裹挟着远方野菊的清香。可慕慕却无心观景，偷瞟一眼面色如常的兰斯，望天泪奔，没的说，她又要挨训遭批扣工资了。

谁料这边兰斯坐下后却和颜悦色道：“刚才那个采蘑菇的笑话你知道？说来给我听听。”

慕慕一怔，侧头只见兰斯黑眸闪亮，眼角还含着点点笑意。见状，慕慕脸颊顿时红得如煮熟了的虾子，结结巴巴道：“我、我也不知道。”

“那你怎么不让卿卿说完？”

慕慕咬指，“那个笑话不好……”

“你都没听过怎么知道不好？”

故意的，兰斯绝对是故意的！

见慕慕满脸尴尬，兰斯倒也不再追问，回头看向嘻嘻草，一本正经道：“嘻嘻草并非以笑话为食，相反，它喜欢的是悲剧，故事的主人公越倒霉它越开心，用你们人类的话说，就是幸灾乐祸。”

“嗯？”听兰斯这么说，慕慕微顿了顿，还有些懵懵懂懂。兰斯已勾唇笑道：“我给你做个示范。”说罢，就摸手机熟练地拨了个号码，打开扬声器，短暂的铃声后只听白淮大叔的声音响起，“兰斯，找我有事？”

“嗯，我们在流云亭喝下午茶，过来一起？”

“我们？”白淮声音微微上扬，“和你家小慕慕？”

“嗯，”兰斯瞥了眼慕慕，笑得阳光灿烂，“还有夏洛尔和瑶薇，你来吗？”

手机那头静默半晌，白淮忽然咆哮起来，“你们成双成对是在刺激叔啊！叔这么多年守身如玉冰清玉洁容易吗？！叔恨你们，恨你们——”凄厉的哭号之后，手机里边只剩下了嘟嘟声。

慕慕头顶巨大的问号，正想问怎么回事，嘻嘻草又尖锐地笑了起来，“万年单身男，嘻嘻嘻，越恨嫁越嫁不出去，嘻嘻嘻。”

慕慕默然，总算明白过来了。这么说来，嘻嘻草濒临灭绝或许和兰斯、芭比没关系，是个人养这贱草都有把它抽茎拔根的冲动吧……念及此，慕慕又是一震，背脊已冒出阵阵冷汗来。对啊，她怎么没想到，现在的嘻嘻草只有芭比花园有，兰斯看到这草岂不就知道自己去过芭比花园了？

“知道以后怎么养它了吧？”兰斯挂断电话抬头，只见慕慕眼珠乱转，双手成拳，额头满是冷汗。

“怎么了？”

慕慕摇头，想要随便扯个谎圆过去偏偏一时又找不到说辞，默了默，还是无奈道：“呃，园长，这个嘻嘻草的来历——”

“打住。”不等慕慕说完，兰斯就抚额截住话头，“别提那个名字，更别提那个花园。”

啊，这么敏感？看来兰斯和芭比还真有一段说不得的过去啊。虽然满心好奇，但这毕竟是别人的隐私，慕慕深呼口气，忙点头道：“好，不说了。只要你别气我去找她要嘻嘻草就好。”

“嗯，”兰斯淡淡应了声，但脸色却不见半点好转，望了望远处的百果林，这才阴沉着脸一字一句道：“她、就、是、个、变、态。”

闻言，慕慕想起芭比捧着兰斯照片疯狂亲吻的画面，忍不住起了一身鸡皮疙瘩。有个不好的念头在心里噌噌发芽，会不会……自己猜错了啊，兰斯和芭比根本就不是旧爱关系。如果、如果真是这样，那自己还把兰斯的影集给了芭比……

慕慕吞了吞唾沫，刚抹干的额头又冒出密密一层汗来。这头兰斯不知内里，将视线缓缓转到桌上，弯眼道：“那么，我让嘻嘻草笑了，慕老师是不是该兑现承诺，把糕点都送给我？”

慕慕啊了声，抬头对上那双清澈透亮的眸子，愣怔。他刚才叫自己什么？慕、老、师，园长大人，你这是在卖萌求喂食吗？

在兰斯的提点下，嘻嘻草在三天后终于开出了第二层浅蓝色的花瓣，个头也蹿到了十多厘米高，这也就意味着，嘻嘻草已进入成熟期。慕慕欢天喜地地捧着嘻嘻草去找夏洛尔，满心以为可以用花瓣做药了，谁料一见美人鱼就被泼了一大盆冷水。

夏洛尔皱眉道：“我什么时候说过要用嘻嘻草的花瓣来做药？”

慕慕满头黑线，“大哥，不带这么玩儿我的啊，你不是说只要嘻嘻草开出第二层花瓣，就能化解仙气吗？”

“是啊，不过不是你想的那个样子。”夏洛尔清咳一声，将嘻嘻草拉到自己跟前，这才接着说：“嘻嘻草长出第二层花瓣，代表它茎内的喉咙已经全部长好，可以唱歌了。”

“唱歌？”

“嗯，”夏洛尔点头，慢慢解释道：“嘻嘻草属于观赏植物，没有什么实际用途。它唯一的用处就在于进入成熟期后会唱歌，而它的歌声能够吸引北冰鱼。”

“北、冰、鱼，”慕慕一字一句地重复着，大概已经猜到夏洛尔想说什么了，抚额道：“你不会是想告诉我，其实这是系列任务，种出嘻嘻草只是第一步，真正想要化解仙气还得去捉什么什么北冰鱼吧？”

“宾果，答对了！”夏洛尔拍掌道，“北冰鱼生活在冰川地带，以冰为生存载体，普通水域根本找不到。可是这货唯独喜欢嘻嘻草的歌声，只要一听它唱歌就会立马飞到附近的江湖，所以想要钓北冰鱼，必须先种嘻嘻草。”

慕慕丧气，泪奔道：“可我根本就不会钓鱼啊！”

夏洛尔闻言扑哧一下笑出声，“怕什么？我们幼稚园里就有个钓鱼高手，想当年，我就是被他钓上岸的。”

“谁？”慕慕竖起耳朵，“瑶薇？”

夏洛尔露齿弯眼，笑容灿烂，“是兰斯。”

从夏洛尔那儿回来的路上，慕慕纠结不已。

因为影集的事情，她现在都不敢正眼看奸商园长，奈何最近兰斯诡异无比，没事总在自己眼前晃悠，一会儿问她桂花藕糕怎么做的，一会儿叫她一起喝下午茶，弄得慕慕心神不宁，总怀疑兰斯发现了照片的事情。所以，这种非常时刻让她去请兰斯帮自己钓鱼，她打死都办不到。

“实在不行，我还是请老爸帮我钓吧，不过不知道那个鱼长得奇不奇怪，吓到老头子就不好了……”“花不语”门前，慕慕停步，自言自语道。

这头话音刚落，慕慕就听身后传来喊的一声，声音又闷又轻，但极富鄙夷之情。慕慕猛一回头，却没看到人，视线慢慢下移，这才见傲雪昂首挺胸从自己跟前经过，嘴里还叼着只不知从哪儿抓来的小鸟。

身为噬魂犬，傲雪是不需要进食的，但因为任毒舌受伤，这家伙最近时不时就叼只小鸟、小老鼠什么的回来，大意是想给主人进补，弄得院子里尸臭熏天。此刻，慕慕看到这家伙又叼东西回来，忙跟进去道：“喂，蠢狗，放开嘴里的鸟，你怎么——”

话说到一半，慕慕就自动噤了声。任毒舌正站在院中，兀自摆弄着一盆兰花。傲雪将鸟搁在他跟前，坐下，懒懒地摇了摇尾巴。

任毒舌看了眼地上的鸟，道：“怎么又叼东西回来了？不是跟你说过不许了吗？”

傲雪低下头，耳朵也耷拉着，像是颇为沮丧。任毒舌又拍了拍它毛茸茸的脑袋，它这才衔着猎物走远了。

这边，慕慕见任之行的视线扫过来，也忙将嘻嘻草藏在了身后，唯恐被他发现——她可是计划好了送药那天表白来着，不能让他这么早发现。清了清嗓子，慕慕道：“还是你厉害，我说它好多次了，它根本不听。”

闻言，任毒舌又淡淡瞥了眼慕慕，话锋一转，道：“去哪儿了？”

慕慕答：“哦，去找美人鱼玩了会儿。”

任毒舌没搭腔，又俯首摆弄起手边的兰花来，这几天他身体稍好了些，就又开始操心这些花花草草、猫猫狗狗。慕慕看他悉心照料兰花，一双黑眸衬着玉白的兰花，沉静而清澈，一时竟有些心猿意马。别人都说认真的男人最迷人，果然……没错！

正发花痴，就听任毒舌冷不丁道：“明天开始，扎马步时背十斤沙袋。”

轰的一声，慕慕脑袋炸响，瞬间回神，“什、什么？”

“没长耳朵吗？”任毒舌头也不抬，语气悠闲淡定，“晨跑也改成二十公里。”

慕慕吐血，再看任毒舌，怎么看怎么都觉得面目可憎了。慕慕抗议道：“可我才刚刚适应前段时间的锻炼量。”

任毒舌呵的一声冷笑，抬头凝视慕慕，“是吗？可我看你最近很闲很轻松，一点都不累。”

慕慕对任毒舌的突然变脸还有点回不过神，他又道：“我话已至此，做不做是你自己的事。”说罢，就径直向自己屋里走去。

慕慕就是再迟钝也感觉到任毒舌语气不善，正回忆自己做什么事又得罪这位傲娇小爷了，前方脚步微顿，任之行侧头，冷冷又道了句，“如果我是你，就会离兰斯远点。”

慕慕脸没由来地一热，正欲开口，任毒舌已经进屋了。一阵清风袭来，吹得慕慕马尾晃悠。她抓了抓头，一时愣怔，什么意思？就因为……最近她经常和兰斯喝下午茶，所以就要加大锻炼量？这是什么逻辑！又或者……是任毒舌害怕我吃胖了耽误锻炼进程？

正狐疑着，身后的嘻嘻草笑开了，“吃醋了，嘻嘻嘻，酸溜溜，嘻嘻嘻。”

慕慕闻言，胸口猛地一震，心底已泛起奇怪的暖流来。那感觉……甜甜的，却又泛着些涩——吃、吃醋了？是说，任毒舌吃醋自己和兰斯在一起吗？

“啊啊啊，不要胡思乱想，不要胡思乱想。”慕慕捂脸，正絮叨着，短信来了。

掏出手机一看，是兰斯：“来百果林，带你去钓鱼。”

直到跟兰斯进了百果林深处，慕慕还有点茫然，“我们不是去钓鱼吗？怎么不去蔷薇湖？”

兰斯示意她往前看，慕慕抬头就见茂竹修林，飞瀑淙淙。瀑布从稍高的山崖披洒下来，形成一条涓涓细溪，清溪绕着竹林到了下边，形成一池碧幽的镜潭。天空蔚蓝，白云朵朵，水天一色，竟说不出的好看。

兰斯莞尔，“这里安静，好钓鱼。”心里想的却是，我兰斯·莱尔斯第一次约会，怎么可能选蔷薇湖那种人多口杂的地方供夏洛尔他们看热闹。

慕慕想了想，点点头，“也对。”说罢就径直坐到潭边，拿出嘻嘻草，托腮，“可是……要怎么样才能让它开口唱歌呢？”

“讲笑话，”兰斯挨着慕慕坐下，目光幽幽，“它高兴了自然就唱歌了。”话毕，不等慕慕开口，他已对着嘻嘻草道：“有个男人，被自己的师妹暗恋，但他并不中意这个女孩，于是婉拒了她。从此，这个女孩子就开始变本加厉——跟踪、偷窥、发骚扰短信、打骚扰电话……

“男人碍于面子，一直没有发火，直到后来，他去了别的国度。他原本以为，自己都离开了学院，此事就算告一段落了，谁料这个女人是个变态，为了逼男人就范，居然寻遍五湖四海，拔光了近二十种珍贵草药，然后……建了一座空中花园，也到了这个男人所在的国度……”

慕慕本安静地撑着下巴听着，可越听越觉得不对劲，直到兰斯忽然停顿下来，她才愕然抬头，尴尬道：“芭比花园？”

“嗯，”兰斯轻轻应了声，抚额道：“只要一听到这个名字我就头疼。兰斯大道之所以修成封闭式，绝大部分原因也是为了防这个女疯子。她真的是……你不是见过她吗？觉得如何？”

慕慕闻言，下意识地想起芭比挺着傲人胸脯要她帮自己偷兰斯内衣裤的情景，呵呵讪笑，“挺……漂亮。”

“假的。”兰斯再次抚额，漂亮的眉毛已皱到一块儿，“她全身上下已经没有一块地方是真的了，说是……已经按照我喜欢的样子由里到外全部换过了。”

此情此景，慕慕已找不到任何词来形容自己的心情了。喜欢一个人，到底要喜欢到什么程度才能卑微到这种地步？怪不得兰斯会连芭比的名字都不想提起。不过话说回来，能遇到这种极品事，兰斯大人你的人品到底是有多差？

气氛正微微尴尬，一直静默的嘻嘻草遽然笑开了，“嘻嘻嘻，变态女粉丝，嘻嘻嘻，嘻嘻喜欢，嘻嘻嘻。”一面说，嘻嘻草一面轻哼起来。那歌声，算不上如何蛊惑动人，却自有一股清灵悦耳，飘荡在这幽静的竹林清潭间，倒也算一道别致的风景。

兰斯见状，慢悠悠地放下鱼竿，静待鱼儿上钩。

慕慕坐在他身边默了默，这才盯着潭水道：“为什么告诉我这些？”

“嗯？”

慕慕咬唇，“你说过不想提起的，可今天又专门拿出来说……”

兰斯咳嗽一声，道：“怕你误会。”

慕慕心下一凛，侧头直视对方，兰斯如雕像般完美的侧颜近在咫尺，他似乎感觉到慕慕的注视，面颊竟有些红。兰斯垂下眼睑道：“虽然这段回忆对我来说很糟糕，但我不想对你有所保留。”

听了这话，慕慕对兰斯的愧疚感大增，拽着他的袖子就道：“园长，其实有件事……”

“嘘，鱼儿上钩了！”

嘻嘻草的歌声果然不是盖的，不过半小时，两人就钓了一桶北冰鱼。这鱼确实有别于常，全身无鳞，也没有骨头，肌肉呈凝胶状黏着，好像随时随地都会散开，要多丑就有多丑。

慕慕将事先准备好的冰块放进桶里，北冰鱼们立马钻进冰里，看上去就像一块块冻硬了的鱼形果冻。慕慕问：“接下来要怎么办？把它们送到夏洛尔那儿去做成药？”美人鱼杀北冰鱼，本是同根生，相煎何太急，好像有点残忍呢！

兰斯摇头，“不用，直接熬汤喝了就成。”慕慕彻底无语了。

回到“花不语”，两人直接钻进了东面的小厨房。慕慕将北冰鱼一股脑倒进锅里，望着水咕噜噜冒泡的样子，她心情大好，捧脸道：“再过一会儿，等冰彻底化开我就放调料。”

兰斯抱胸倚在墙边，看慕慕双眼放光兴奋的样子，只觉小家伙怎么看怎么顺眼，“记住不要放葱。”

慕慕眨眼，“嗯？”

兰斯道：“我不喜欢葱味儿。”

慕慕一面准备调料一面道：“你也想吃？园长大人你还真是个吃货啊，糕点也就算了，这是给任毒舌化解体内仙气的汤药，你瞎凑什么热闹。”说完过了半晌，头顶也没传来声响。

慕慕奇怪，一抬头就见兰斯面色阴沉，整个人已经浸在了浓浓黑雾中。

“怎么了？”

“你刚才说，”兰斯顿了顿，眼眸深邃，“这鱼汤是为任之行准备的？”

“是啊。”慕慕拍了拍手上的葱花，“不然我费那么多劲干什么？啊，对了，园长你先不要告诉他，我想给他个惊喜，嘿嘿。”

兰斯静默，手已在不知不觉间攥紧成拳。旁边的嘻嘻草又不知死活地唱了起来，“嘻嘻嘻，炮灰啊炮灰，为他人作嫁衣的炮灰，嘻嘻嘻……”兰斯闻言，额头已是青筋暴露。

奈何这头慕慕还茫然不知所以，“园长，你到底怎么了啊？呃……不是吧，这样也生气？大不了，我再做点萝卜糕给你吃，这个鱼汤……”

“出去。”不等慕慕说完，兰斯就闭眼道。

慕慕：“园长——”

“我让你出去！”兰斯强忍住发火的冲动，咬牙道：“我想一个人静静。”

静默半天，那边还是没有动静。兰斯缓缓睁眼，就听慕慕道：“园长，这里是‘花不语’。”

兰斯一口老血呕到喉间，转身悲愤而去。

Chapter 14
我在追你

兰斯离开没一会儿，夏洛尔和白淮就来了。两人推门而入时，慕慕刚切好葱花，见两人进来拍了拍手，咦道："你们怎么来了？总不会是被香味勾来的吧？"

"当然不是。"夏洛尔笑得贼兮兮的，"我们是想问问发生了什么事，刚才……我们看见兰斯印堂发黑地从厨房出来。"

"求偶被拒！"白淮大叔掷地有声道，"绝对是求偶被拒！对于这个，叔太有经验啦！瞧兰斯那脸色，啧啧……"

不等对方说完，慕慕就举着汤勺张牙舞爪道："什么求偶求奇的，再胡说我敲爆你的头！不用理那个吃货，他是因为我不给他喝鱼汤生气啦！"

夏洛尔和白淮对视一眼，咂舌道："你抓北冰鱼不就是为了他吗？为什么不给他喝？"

白淮大叔充分发挥想象力，激动道："一定是汤还没煮好，兰斯就急着先吃了小慕慕，结果不仅求偶被拒，汤也没喝着——赔了夫人又折兵哪。"

慕慕死死瞪住白淮，咬牙切齿，"大——叔——你要再提'求偶'两个字我就和你急！都说不是你们想的那样，还有，谁跟你们说这汤是熬给兰斯喝的？他又没受伤。”

话音落下，刚才还闹腾的两人瞬间噤声。慕慕本等着他们继续调侃，谁料头顶却忽然没了声，反倒诧异连连。

“怎么了？”

夏洛尔和白淮面面相觑。

“你说……这汤不是熬给兰斯喝的？”

“所以……刚才你也是这么跟他说的？”

慕慕看哥儿俩一唱一和，抓头道：“是啊，怎么了啊？你们干吗这么看我，眼神怪怪的。”

夏洛尔抚额，“慕慕，我是该说你蠢得可爱呢还是情商欠费呢？”

白淮简直要掀桌，“谁跟你说兰斯没受伤？他当时和三足金蟾战斗，胸口直接被划了个十字架啊！”

这次，换慕慕呆若木鸡了。她头顶三个大大的感叹号，张大嘴巴，“他、他、他、他、他受伤了？他没告诉我啊，你们……你们也没谁告诉我啊！我以为……哎，我就说他最近怎么老是对着我怪笑，原来是误会我了。我、我抓北冰鱼是为了任毒舌才……”

下面的话已不言而喻，白淮和美人鱼又对视了一眼，齐齐叹息。被拒？悲剧啊！

白淮大叔朝夏洛尔伸手道：“这么说起来，兰斯还是算求……”话说到一半，白淮看了眼慕慕，硬将“偶”字吞了回去，改口道：“你输了，拿钱来！还有，答应好给我介绍妹子哦。”

夏洛尔愣了愣，望天道：“唉，问世间情为何物，直教人生死相许……”一边说一边就往外走。白淮大叔见状，忙嚷嚷着追了出去。

看两人风风火火来，又风风火火走，慕慕又好气又好笑，嗔道：“什么跟什么呀，两个神经病。”话毕，手上的那把葱花却怎么也撒不进锅里了。

润泽洁白的白瓷碗里冒着股股热气，北冰鱼肉质透亮鲜嫩，弹力十足，慕慕将果冻似的鱼肉切成了一块块正方形，配上红彤彤的樱桃，倒是让人眼前一亮。

慕慕小心翼翼地将碗放到兰斯面前，谄媚笑道："园长，没有放葱，您尝尝。"

兰斯冷着一张脸，既不说话也不动作，只眼眸迷离地盯着眼前的鱼汤，让人猜不透他心里在想些什么。

慕慕再接再厉，"我知道您喜欢吃甜，刚好这个鱼肉没刺又有弹性，所以干脆按照甜品的做法做的，哈哈，您尝尝，尝尝……"

兰斯仍旧无动于衷，只死死地盯着碗。

慕慕用勺子搅了搅汤，又把碗往前推了一寸，这才柔声道："快吃吧，早点吃早点痊愈。"

这话终于激起兰斯反应，他顿了顿，移开视线道："拿走，我不吃别人剩下的东西。"

"没有没有，"慕慕急急辩解，"我今天煮的汤都在这里了，因为第一次做甜鱼汤，怕你嫌弃口味奇葩，我又做了些传统咸味的。喏，都在这两个保温桶里。"

兰斯闻言，脸色稍霁，但垂着眼睑没再说话。

慕慕见气氛缓和，忙咳嗽一声，道："园长，对不起，我不知道你也受了伤，所以才造成这次乌龙……你别生气啦，这里的鱼汤你慢慢喝，要是喝完了你还没好，我再去钓，好不好？"

兰斯默了默，终于低声道："为什么要给任之行做鱼汤？"

慕慕咂舌，"嗯？"

"你耳朵有问题，还是听不懂我话里的意思？"

慕慕吐舌，道："哦，也没什么为什么，就是……就是他是因为救我才受的伤，我心里愧疚，看他发作起来疼得衣服都打湿了，就想着如果能帮他找解药的话——"

"慕慕，"不等慕慕说完，兰斯就突然叫她，慕慕抬头，对上那双黑亮的眸子，就听他又道："我也是因为救你才受的伤，你不能因为当时没有看见我战斗就全盘抹杀我。这样，我很委屈。"

言语间带了七分哀怨三分无奈，一时间，就连那双漂亮的星眸也染上层薄薄的雾，让慕慕看不清猜不透，只能瞪大眼睛道：“你——”说了一个字，慕慕又兀自停下，甩了甩头，皱眉道：“园长，我不太懂你的意思。”难道是她的错觉，她怎么觉得兰斯这话里酸酸的，就好像……在争风吃醋。

听了这话，兰斯眼眸骤然紧缩，声音低得吓人，“不懂我的意思？慕慕，这已经一个多月了，你居然说不懂我的意思？”

慕慕挠头，满脸为难，“完了园长，你这么一说，我更——”

话还卡在喉间，兰斯的脸已在眼前瞬间放大，慕慕下意识地瞪圆双眼，只觉唇间一热，兰斯已吻住她。与此同时，身体也被紧紧禁锢在其怀里。比起上次，这个吻里多了份强势和疯狂，他霸道地扫荡进攻，根本不给对方留下半点退路。

慕慕震惊之余竟一直没有反抗，直到两人皆气喘吁吁，兰斯才慢慢放开她，在其小巧的鼻尖轻点了点，这才自嘲道：“慕慕，我终于发现了，男女暧昧这个恋爱必经阶段似乎不太适合你。你脑子太木，如果不直接挑明，估计你一辈子都发现不了别人的心意，对不对？”

慕慕看着兰斯那双目光灼灼的眼，脑子里想的却是别的事情。就在不久前，慕慕和露露安视频联系，两人一阵东拉西扯后，露露安遽然安静下来，托腮道：“晚上兰斯大人约你吃烧烤？慕慕，你自己有没有觉得，最近和兰斯来往有点太频繁了？”

“有吗？”慕慕望天。

“当然有！”屏幕那头露露安捶桌，“一起喝下午茶，一起吃宵夜，昨天还帮你预习教案，这些也都算了……还帮你喂养嘻嘻草，把个人影集送给你，慕慕，难道你就没怀疑过兰斯大人会不会对你……”

“不可能。”不等露露安把后面那个词说出口，慕慕就斩钉截铁道：“你要是见过他前女友芭比你就明白了。兰斯是那种，唔，那种很肤浅的视觉动物，喜欢胸大臀翘漂亮又性感的成熟女人，所以，怎么可能嘛！”

是啊，怎么可能？怎么可能！

可她现在确确实实被兰斯抱在怀里，唇角还微微泛疼，而罪魁祸首正一脸温柔地凝视着她，彼此额抵着额，似乎准备随时再吻下来。

这边，兰斯似乎很满意小家伙现在的反应，用手帮她理了理鬓发，这才轻声道："慕慕，现在，你明白我是什么意思了吗？"

空气里全是暧昧而燥热的气息，面对此情此景，慕慕脸红得几乎滴下血来，舌头打结道："明白……你……意思。"

"算了，"兰斯抚额，"为了保险起见，我正式通知你一次，慕慕小姐，现在，我正在追你。"

……

夜风微凉。

慕慕出了白色城堡，沿着湖边走了一圈，心情总算慢慢平复了下来。因为从来没被人表白过，当亲耳听兰斯说出那句话时，她还恍若梦中，接着，就是落荒而逃。还好，兰斯似乎早料到她会是这种反应，也没强跟上来。可是，以后要怎么面对兰斯啊……

慕慕颓废地踹了踹湖边的水草，无意间瞥见水里自己微肿的红唇，立马对着倒影狠狠地呸了口。以前看小说，她最恨的就是女主对深情男配拖拖拉拉的态度，不肯拒绝不肯答应，只要一和男主吵架就立马扑进男配怀里，然后作者就这么拖着字数——暧昧着暧昧着一直到大结局。

没想到，这事儿真落到自己身上，她居然也没能一口拒绝兰斯，真是太鄙视自己了！当兰斯说在追自己的时候，自己就应该很干脆爷们儿地说："好巧啊，我也正在追任毒舌。"

慕慕想到自己和任毒舌的进展，又是一阵心烦。正盘算下次怎么拒绝兰斯，慕慕就听前边传来一阵叮叮咚咚的声音。

那声音清脆悦耳，犹如清风拂面，让人顿时清爽不少。慕慕深呼口气，烦躁感顿减，干脆循着那声音往前走去。少时，慕慕就见岸边蹲着个齐发男孩，他的跟前，湖水正如喷泉般有节奏地涌起，那清灵的乐声正是通过这个发出的。

慕慕咦了声，一边走一边道："你是哪个班的？怎么这么晚还在这儿？"

男孩本出神地凝着水面，听见慕慕说话猛地抬头，在对方反应过来前，拔腿就往灌木丛里跑去。

"哎，等等！"慕慕跟着追过去，可才一晃眼的工夫，哪儿还有小男孩的影子。

“奇了怪了。”慕慕嘀咕，正准备再往林子里找找，手机突然响了，是露露安。慕慕接起，语气无比哀怨，“思密达露，我正想找你吐槽，你就主动送上门了，我跟你说，我今晚遇到件事，正需要你出谋划策。”

“你先等等。”露露安的声音无比肃穆，“慕慕，你让我帮你查的事情我查到了，莱尔斯幼稚园……有点问题。”

“……莱尔斯幼稚园有点问题。”

月光清莹，慕慕站在蔷薇湖畔愣了愣，这才道：“你说。”

那头露露安清了清嗓子，“我和伊森查到，每隔三年，莱尔斯幼稚园都会对外招聘一次人类教师，巧的是，莱尔斯幼稚园的周年庆也是三年举办一次，这些人类老师无一例外，在幼稚园举办完周年庆后都……”

露露安说到这儿声音含糊，明显有些顾虑。慕慕目视前方，问道：“怎么样？”

“都失踪了。”

秋意渐浓，芭比花园内却依旧春光灿烂。

对于慕慕的再次到来，芭比似乎一点也不意外，甚至愉快地替慕慕拿来了点心和热可可，这才幽幽地说道：“比我想象的来得晚了几天，小丫头，你可让我好等啊。东西带来了吗？”

慕慕佯装不解，“什么东西？”

“别装蒜，”芭比挺了挺她傲人的胸脯，笑意盈盈，“你不会告诉我你是来找我叙旧的吧？把兰斯的内衣裤给我，我就告诉你莱尔斯周年庆的事情。”

一想到兰斯说她全身上下都是假的，慕慕就浑身别扭，悄悄移开视线，敲了敲黑色的大理石茶几，这才道：“其实，上次来我就想跟你说，两个月前，园长就已经将这个桌子换成红木的了。还有那边的落地钟，因为出故障早扔掉了。还有这地毯、茶壶茶杯和那边的窗帘，通通都和园长的不一样。”

芭比面色阴沉，“你想说什么？”

慕慕盯住芭比，“你现在，没办法进入兰斯大道了吧？所以，才模仿得这么失败。”

“你闭嘴！”芭比起身，表情已有些扭曲，“小丫头，这里可没有你耍嘴皮子的余地！到底有没有带兰斯的贴身衣物来，没有就给我滚出去！”

慕慕耸肩，“我是没有，可我有办法带你进入兰斯大道。”

芭比闻言，紧蹙的柳眉一顿，嘴角缓缓浮起诡异的笑来，扬高声调道：“哦？”

慕慕咬了咬牙，一再逼迫自己镇定，稳神道：“兰斯的生活由凯西一手打理，偷贴身衣物的难度太大，我做不到。不过，只要你告诉我周年庆的事情，作为回报，我可以带你进入兰斯大道，至于能不能逃过克摩尔的眼睛进入幼稚园，就要看你自己的本事了。”

气氛微微压抑。芭比微眯着眼，一寸寸地打量着慕慕，好像在审查她话的可信度。的确，比起兰斯的贴身衣物，进入幼稚园、近距离偷窥兰斯的诱惑力更大。可是眼前这个小丫头……可信度有几分？

芭比美眸流转，思索间已定下决策，“好，你带我进入兰斯大道，我就告诉你——”

“不行！”慕慕一口否决，“你进了兰斯大道哪儿还有心思管我？必须先告诉我，我才带你进去。再说，这件事风险极大，不是说让你进去立马就能进去的，我还要等到周末，趁着白准大叔外出时才能偷到临时通行证。”

芭比听对方说得有板有眼已信了三分，但表面上还是小心翼翼地试探，故作凶恶地瞪眼，“小妮子，你敢骗我！那临时通行证一直都由兰斯自己保管着，什么时候到别人手上了？而且，就算能凭通行证进入兰斯大道，那些大道上的小贩个个都不是省油的灯，要怎么逃过他们的眼睛？”

“咦，你还不知道？”慕慕假装惊讶道，“一个月前，兰斯就卧床不起，现在幼稚园大小事务都是凯西和三个班的负责人在打理，不然我怎么可能拿到园长的影集？至于你说的如何逃过兰斯大道上小贩的防线，这个我自有办法。到时候，会有人来接应我们。”

“谁？”

慕慕警惕道：“到时候你就知道了，问那么多干什么？”

芭比还有些犹豫，慕慕端起热可可啜了一口，眼睛却下意识地瞥了眼玄关口一闪而过的黑影。慕慕搁下茶杯，忽然没了耐心，不耐烦道："你到底同不同意？一句话！不同意我就走了。"

芭比狠下决心，"好，我告诉你！"话毕，湛蓝的眼珠又转了转，目光投到慕慕身上，一字一句道："小丫头，你要是敢骗我，我会让你后悔活在这世上！"

……

从芭比花园出来时已是午后。太阳懒洋洋地挂在半空，颇有想早点下班回家的意思。慕慕踩着被筒子楼拉出的巨大影子一步步挪出小巷，望着街上人来人往的车辆，心情却说不出的……难受。

没错，那种抽丝剥茧、如钝刀割肉的疼。

兰斯、任毒舌、白淮大叔、美人鱼男、瑶薇、凯西……这几个月在莱尔斯幼稚园遇到的每一张面孔在脑海里一一拂过：任毒舌一直对她悉心照料，亦师亦友，虽然嘴巴比谁都毒，但在盾山时，是他替自己挡了三足金蟾那一爪；夏洛尔和白淮大叔神经兮兮的，一个腹黑，一个恨嫁，可对自己也很好，没事儿就给她讲幼稚园里的八卦；瑶薇面上冷冰冰，但从来没为难过自己，偶尔当白淮他们闹腾得太厉害，她还会出言斥责；还有兰斯……不到二十四小时前，才跟自己表白接吻的兰斯……

这些人，可能吗？真的可能是芭比口中那样的人吗？刚才芭比对自己说，莱尔斯周年庆，其实是霉神出动的日子。

"霉神？"彼时慕慕眨眼，疑惑不解。

"嗯，"芭比颔首，目光如炬，"我来A国的日子不长，不太清楚它具体的名字，我只知道，这种东方之神是带来噩运和灾难的神，因为不吉利，它被勒令只能每三年出来一次，而每出来一次，它都会带走一个人。"

慕慕闻言心下一凛，耳边遽然响起露露安说过的话："那些人类老师无一例外都失踪了。"

这么说来——

慕慕皱眉，"被霉神带走的人会怎样？"

"谁知道。"芭比冷笑，"或者被奴役，或者被吃掉，这个就只能去问被抓走的那些人了。我所了解的，就是霉神喜欢弱者，所以以前被霉神带走的都是小孩子，莱尔斯幼稚园为了不让学生们遭殃，就聘来人类老师，呵……接下来的，不用我说你都明白了吧？”

慕慕咬住下唇，心里默然：不明白，不明白的地方还有太多。

按芭比这个说法，霉神似乎只在莱尔斯幼稚园活动，那为什么连三足金蟾都不怕的兰斯等人却任由这个霉神在自己的地盘胡作非为，甚至还故意招聘人类老师为其献上祭品？所谓的神，不是应该保护人类吗，为什么又要作恶多端地抓人？还有最近兰斯的表白，任毒舌忽然要求的锻炼，现在联系起这个周年庆来都显得诡异重重，大家……是不是都知道周年庆的事情？那大家，是不是从一开始就只把她当祭品看待？

这些，芭比却不肯再说，只道要等进入兰斯大道后再为慕慕解惑。该不该相信芭比的话，慕慕心里一点谱都没有，她闷闷地踹了踹脚边的石头，这才拐了个弯，往与莱尔斯幼稚园相反的方向走去。

到达目的地时，一个穿蓝色格子衫的胖小子果然已经等在那里，他身后，则是一只硕大的布口袋。慕慕难得见到干脆面君的人形模样，细细打量一番才喊道：“干脆面？”

小漓看了眼慕慕，傻乎乎点头，忙将布口袋扯到慕慕跟前。慕慕嘿嘿笑了两声，拍拍干脆面的头，道：“干得好！回去就把说好的鸡腿给你。”

干脆面闻言，立马流出了欣慰的口水。

诚然，慕慕其实从没奢望过芭比真能告诉她周年庆的事情，之前的一大堆话也是为了吸引芭比的注意力，而与此同时，擅长隐身和“拿”东西的干脆面则悄悄溜进芭比的卧室，偷出了兰斯的影集。

慕慕的目的很简单——她计划在拒绝兰斯的同时将影集物归原主，顺便再讨回自己的照片。可她怎么也没想到，芭比真的会相信她那些颠三倒四的胡话，对自己说出了周年庆的事情，面对如斯内情，她也不知该喜该忧。

打开包裹，首先映入眼帘的不是影集，而是一大堆零食：饼干、果冻、肉干，除此之外，还有两瓶不知什么玩意儿的药瓶。慕慕见状抓狂了，“谁要你偷这些！是要园长的照片！照片！你懂吗？”

干脆面忙不迭地点头，在包裹里翻翻找找一阵，终于在最下面翻出个影集来，递到慕慕跟前，“鸡腿。”

慕慕打开影集，兰斯如雕塑般英俊的脸庞骤然出现，心头大石落下，慕慕合上影集道：“嗯嗯，回去就给你鸡腿，外带个苹果。”

干脆面君闻言呵呵傻笑，欢天喜地地抱起自己的战利品往前边走。慕慕跟在他身后，默了默，喊道：“小漓。”

干脆面回头，就听慕慕道：“你……你知不知道幼稚园每三年都要办一次周年庆的事情？”

干脆面想都没想，点头流哈喇子道：“周年庆，来好多好多人，好多好吃的。”

“那，”慕慕转动眼珠，“上一次周年庆的时候，你们是不是也有个人类老师？”

干脆面怔住，稍后道：“好多好吃的，真的！”

慕慕抚额，“算了，咱们回去吧。”

为防万一，慕慕和干脆面君没敢在外多逗留，而是直接回了幼稚园。可两人刚进入兰斯大道的小巷口，干脆面君就突然顿住脚步，一声不响地隐去了身形。慕慕见状，心下咯噔一声，果然抬头就见芭比笑盈盈地从巷子里出来，一袭宝蓝色的紧身裙外罩着银白的轻纱披帛，美艳不可方物，声音也是魅惑诱人，“小丫头片子，让我好等……”

慕慕下意识地往后退了一步，但面上还佯装镇定，“你怎么来了？”

闻言，芭比脸上的笑意骤敛，目光阴森，咬牙切齿一字一句道：“你——说——呢——”

其实，芭比还没有变态到无时无刻都要捧着兰斯影集才能活下去的地步，所以在慕慕的预测中，至少要等她和干脆面回了幼稚园，芭比才会发现影集被偷的事情，可倒霉就倒霉在干脆面君顺的那几只小药瓶。

芭比一天要吃三次药，彼时慕慕离开，也刚好到了服药的时间，芭比在卧室寻药不得，再一看储物柜被扫荡一空，顿时察觉不对，打开床头柜一看——果然，放在里边的影集不见了。联系前因后果，芭比当即顿悟，这才追了过来。

芭比一步步逼近慕慕，阴恻恻道："交出影集，我还能饶你不死。"

"什么影集？"慕慕假装诧然地张大嘴巴，皱眉道："园长的影集？我不是早就给你了吗？"

"你少装蒜！"芭比提高音调，眼眸微眯，"我再给你最后一次机会。"

"你到底在说什么，我真的不知道。"慕慕一脸茫然。

芭比眼底燃起熊熊火焰，"小妮子，你这是不见棺材不掉泪啊。你前脚走，影集后脚就没了影子，不是你拿了还能是谁？！"

"影集真丢了？"慕慕佯装恍然大悟，微顿了顿，这才抚额叹息道："拜托！大姐你倒是动脑子想想，任何人偷了影集也不可能是我啊。我如果真想要那些照片，完全可以在给你之前就扫描一遍，用得着费尽心机先给你，然后再花力气去偷吗？"

芭比闻言一怔，显然没想到这点。

慕慕见其脸色稍霁，赶紧又道："再说，我就是个人类，什么法术都不会，刚才去你的花园，我一直都和你待在一起，我拿没拿影集你看不见？"

芭比轻托香腮，心道这倒也是，她区区一介人类，能有什么办法在自己眼皮底下偷东西？

慕慕坦然地张开双臂，道："为显示我的清白，喏，我现在就站在你面前，你过来搜好了。"

芭比想了想，冷笑，"呵，你真当我是傻瓜吗？影集自然不会放在身上，一定是藏到别处了。"话虽这么说，但还是轻移莲步，往慕慕的方向走去。

"慕慕，我劝你别耍花招，乖乖交出影集，我念在你……啊！"芭比话音未落，就忽然惨叫出声。原来，在离慕慕几步之遥的地方，对方突然发难，也不知用了什么鬼把戏，芭比只见小妮子轻轻挥舞手臂，瞬间便有耀眼蓝光朝她直直劈来，那光撞在她身上，又疼又痒，待她再反应过来时，人已跌坐地上，头上还有股烧焦的气味。

这头，趁着芭比发呆之际，慕慕已急速朝兰斯大道入口奔去。阎王好见，小鬼难缠，更何况这位还是兰斯的脑残粉，奸商园长花了百来年时间，从伦敦一直逃到了A国都没能摆脱芭比，她又何德何能通过三言两语蒙住她？所以，最好最直接的办法就是——逃。

可此刻，慕慕好不容易制造出来的一点机会却在一点点流失，她人已到兰斯大道门口，但摸遍全身都找不到通行证，只能盯着大门干着急。与此同时，芭比也终于追了上来……

“凝雷咒？小妮子你刚才用的是符咒？”芭比顶着乱哄哄的鸡窝头，稍稍惊讶，“你是道家子弟？可你身上明明没什么灵气……初学者？”

“初学者怎么了？”见无路可逃，慕慕干脆回过头来，挽高袖口将手指按得嘎嘎作响，痞笑道：“说起来，任毒舌教我的东西还一直没找到实验对象，芭比大妈，咱们玩玩？”

“不自量力！”

芭比听见“大妈”二字，怒气值瞬间爆表，手臂一挥，一条绿藤已直直朝慕慕袭去。慕慕侧身躲过，踩着窄墙一跃而起，跳到芭比身后的同时，一道金光已自指间生出。芭比默念咒语，只见金光在空中化作万把水果刀，铺天盖地地打在绿藤上，霎时将其击得粉碎。

慕慕见状，往后连退三步，这才咧了咧嘴角。原来，刚才慕慕故意激怒芭比就是要逼她出手，然后再根据五行之道对付她。芭比用的绿藤虽然和干脆面的不太一样，但慕慕猜，这都算是木系法术，所谓金克木、木克土，是以，她才用金系法术试着探了探路，虽然冥想中的万剑变成了N把水果刀，但慕慕还是相当满意这个结果了。

这边，芭比也看出端倪，气得直跳脚，“浑蛋，我倒是小看你了！”

慕慕露出洁白整齐的牙齿，“大妈别走神啊，刚才那个算热身，现在才真正开始。”说罢，便手指结印，一本正经道：“天地玄宗，万炁本根。广修浩劫，证吾神通。三界内外，惟道独尊。体有金光，覆映吾身……现！”

话音落下，一道金圈骤然打在慕慕身上，映得其周身耀耀生辉。芭比不懂东方法术，只听闻其博大精深，此刻唯恐吃亏地防备着，屏住呼吸，连眼睛都不敢眨上一眨。谁料这头慕慕打出金光，却迟迟不放大招，磨叽了一会儿竟抬头朝芭比吐了吐舌头。

芭比愣怔，这是……什么意思？正茫然，一眨眼工夫，慕慕已消失，彻底没了踪影。芭比僵在原地顿了顿，这才赫然明白过来——有句话叫“调虎离山”，原来这个慕慕只是空有架子，其实她从一开始就盘算着逃跑！

“该死！”念及此，芭比恨恨地跺了跺脚，黑眸一转，似乎想起什么，又平静下来。她理了理乱七八糟的头发，这才不紧不慢地出了巷子。

另一边，逃出魔爪的慕慕一路往西，只盼着芭比不敢在人类繁华地段对自己下手。她正盘算着给兰斯打电话求救的可能性，就忽觉脚踝一阵剧痛，不等脑子反应，身体已直直扑向了大地母亲。

手臂蹭破，膝盖也磕到了地上的青砖，可让慕慕满额大汗的原因却是脚踝。脚踝上，像是有什么东西破土而出，一圈圈环绕，将慕慕双腿捆缚缠绕，愈来愈紧，愈来愈让人窒息。上面的荆棘刺入慕慕的骨肉，疼得她连嘶喊的力气都消失了。

慕慕咬牙，试了三次才成功翻过身来，气喘吁吁地半撑起，终于看清了脚上的情况——她的脚上黏着一片形状诡异的叶子，那叶子生根发芽，在慕慕脚上长出了一条条张牙舞爪的绿藤来。带着血肉的绿藤捆缚着慕慕双腿，让她无法行动。

慕慕倒吸口凉气，咬牙良久，终于哼出声来，到底是什么时候……什么时候被她动了手脚，这又到底是什么鬼东西?

正念想间，一个路过的大妈走了过来，蹲下身来半扶着慕慕道：“闺女，你这是怎么了？”

慕慕此时已疼得脸色煞白，只缓缓摇了摇头，朝自己的脚看去。

“哎呦，脚踝有点肿，”大妈瞅了瞅慕慕的脚，拍大腿道：“这是摔着了？你们这些小年轻……怎么走个路都这么着急！”

慕慕张大嘴巴微诧，大妈这是……看不见她脚上的藤条？默了默，闭眼又想：也对，如果让她看见自己脚上长出树枝来，还不给吓死。

大妈道：“你疼得厉害啊？别急，我帮你打120。”

“慕慕！”大妈话音刚落，另一边已传来焦急的声音，慕慕闻言心下一凛，只听纷杂的脚步声渐近，一抬眸，就见芭比踩着高跟鞋风情万种地过来了。她蹲在慕慕跟前，着急道：“你、你怎么了？”

大妈见状问：“这是你朋友？”

芭比点头，“这是我表妹，我们约好今天出来做头发，可我在约定地点一直等不到她。哎呀，还好我出来瞧瞧，原来是摔这儿了！”

大妈默默看了眼芭比被雷炸得蓬起的鸡窝头，点了点头——这发型，是该做做了。

慕慕试着发了发音，果然不出所料——她说不出话了。闭上眼睛，慕慕绝望腹诽：没想到芭比演技这么好！

恍神间，大妈已絮叨完，嘱咐“姐姐”快带伤者去医院后就离开了。目送大妈走远，芭比脸色骤冷，抬起慕慕的下巴，眼眸闪烁，“跑啊，你倒是再跑啊。”

也不知是脚上有伤还是别的原因，慕慕只觉脑袋突突直跳，疼得就快要炸开了。芭比姐姐，你这么有手段怎么不用在你家男神身上，这样折磨我算怎么回事？

芭比呵呵笑道：“就你那点小伎俩还敢在我面前现？我劝你一句，早点交出影集，不然……我让你嘴巴里也长出藤条来，你信不信？”

慕慕欲哭无泪，正想用手势表示抗议，就听头顶传来一个凉凉的声音：“放开她。”

闻言，慕慕和芭比俱是一震，齐齐抬起头来。

Chapter 15

好人卡

“放开她。”

听见头顶传来清澈而熟悉的男声，慕慕浑身一怔，来不及抬头，人已被拦腰抱起。落进温暖的怀抱，慕慕脑子嗡的一声炸响，骤时只觉小心肝扑通扑通乱跳，连脚踝的痛楚都顾不上了。

望进兰斯幽深如潭的星眸中，慕慕结舌，“园长……”

兰斯打断她，声音却异常温柔，“痛不痛？”

慕慕乖顺地点头，想了想，又忙不迭摇头，正想再说什么，兰斯已道：“忍着点，我们马上回去。”

这头，芭比忽见男神从天而降，愣怔片刻也终于从震惊中回过神来，捧脸激动得语无伦次。

“兰斯？真的是兰斯！我不是在做梦吧？兰斯我……天哪，兰斯你知道我们多久没见面了？八十三年十六天八小时！你瘦了，头发也长长了，不过还是那么好看……不不，是更成熟帅气了！哎，你这西装是在哪儿做……”

芭比一面说，一面就欲上来拉兰斯的衣角。兰斯侧身躲过，冻人的眼神满是厌恶，他盯着芭比，冷冷说了一个字："滚。"

话落，刚好一阵清风刮过，气氛骤然胶着。慕慕微微埋头，也颇为尴尬。认识兰斯这么久以来，不论他多么腹黑奸诈、抠门不要脸，但表面总是一副彬彬有礼、温文尔雅的样子。即使被慕慕气得发疯跳脚，他也只是轻描淡写地说扣工资，但像今天这样爆粗口，慕慕还真是第一次见。由此可见，芭比到底给兰斯造成了多大的心灵创伤。

听了这话，芭比亦原地石化，准备上前拉兰斯衣角的手还尴尬地悬在半空。慕慕看她眼眶湿润，面色煞白，忽然又有点同情她了——被"粉"了将近百年的男神这么斥责，换了谁也会三观崩溃的吧。

果然，芭比红唇颤动，默了默，又默了默，终于落下泪来。可慕慕没料到的是，哭泣的同时，芭比的尖叫声也连连响起，"啊啊啊，兰斯你骂我了！你真的骂我了！你知不知道，以前你都是对我视而不见，可现在你居然骂我了！你……你看我的眼神里充满了厌恶和痛苦，你恨我是不是？啊啊啊，对不起我太感动了，兰斯我真的……呜呜，这还是你第一次骂我，呜呜，为什么这么神圣的一刻会转瞬即逝，早知道这样，我就提前用摄像机录下来了啊……"

慕慕嘴角抽搐，总算有点明白兰斯的心情了。被这么个变态盯上，兰斯还能坚强地活下去，可见其心理是多么强大。与此同时，慕慕对芭比刚生出的一星半点同情心也烟消云散。兰斯面无表情地转身，对慕慕道："我们走。"

进入兰斯大道，慕慕就见干脆面君正立在道口东张西望。瞥见两人，小家伙激动地凑过来，踮着脚尖用鼻尖傻乎乎地嗅了嗅慕慕，大概是想看她有没有受伤。慕慕当即明白过来——发现芭比时，虽然这货很没义气地自己溜了，但溜掉的同时，他还从幼稚园搬来了救兵。

慕慕稳住自己的声音，假装无恙地弹了弹干脆面的脑袋，"别嗅啦，我没事。"

干脆面君抓头，有些意味不明地看向慕慕。

慕慕又咳嗽一声，红脸看向兰斯，"园长，你放我下来吧，快到幼稚园了，让人看见……不好。"其实，两人已经被围观了。兰斯大道上的商贩虽然并不隶属于莱尔斯幼稚园，但因为租住在这里，谁不认识奸商兰斯？关于兰斯绝缘体的传说，商贩们也多多少少知道些，可现在，却看见他横抱着个小妞回来，眼神自然而然也就暧昧不明起来。

偷瞥一眼那头坏笑的面包房大叔，慕慕更尴尬了，光在大道上就被行这么多注目礼，要是进了幼稚园，她还不被各位兰斯粉的眼神活活戳死？谁料她还来不及开口，兰斯已道："你确定自己能走回去？"

"呃，这个——"慕慕面有难色。的确，因为藤条刺穿血肉，现在别说走路了，她连站估计都站不稳。这种情况下提出这么个要求，好像是有点矫情。

兰斯不置可否，继续往前走。一旁的干脆面君见状却忽然急了，抓耳挠腮一番，终扑了上来，吊在兰斯臂弯上不肯撒手。

兰斯皱眉，"怎么？"

干脆面君叨叨，"鸡腿，说好的鸡腿！"

慕慕闻言，背脊瞬间爬上一层细细的冷汗，大脑当机，这才想起至关重要的事情来。关于自己去见芭比的内情，兰斯到底知道多少？刚才干脆面去找兰斯帮忙时，又是怎么跟他说的？

慕慕心里快速过电，正组织着谎话，这边兰斯已道："什么鸡腿？"

"哈哈哈，是这样的，园长，"不等干脆面开口，慕慕急忙道："我带小漓出去玩，怕他路上不听话，就哄他说只要乖，回来就奖励他鸡腿。"

兰斯脚步骤停，意味深长地看了眼慕慕，"真的？"

"真的！百分之百真。"

兰斯默了默，垂下眼睑又道："人类撒谎时，身体会呈现出特别的反应。慕慕，你现在不仅体温上升了一度，而且心跳加速，还在微微发抖。"

慕慕舌头打结，正盘算怎么掩盖，干脆面君已放下兰斯手臂，从包里翻出影集放到慕慕怀里，振振有辞，"不能赖账！说好的，偷到园长影集，换一只鸡腿，外带一个苹果。"

"偷？"兰斯眼眸骤敛，巡视一番慕慕这才看向干脆面道："小漓，你这个是从哪儿'偷'来的？"

干脆面呆不啦叽地点点头，道："芭比花园。"

慕慕和兰斯回幼稚园时正值傍晚吃饭时间，休息日宅了一天的妖魔们纷纷出门觅食，然后，就颇为意外地看到园长大人竟一脸阴沉地抱着慕慕往“花不语”走去。

其实，莱尔斯幼稚园里早有关于两人的绯闻，但介于兰斯曾多次表示对人类不感兴趣，众人就一直没把这事当真，所以今天亲眼见两人抱在一块儿——把绯闻彻彻底底变成现实时，都不禁瞠目结舌，纷纷偷拍的偷拍，发短信的发短信，自行脑补的脑补。

慕慕面对突如其来的一切，倒没有想象中那般如芒在背，因为她现在正面临一个更大的灾难：自从干脆面掀了慕慕的老底后，兰斯一路都没再多说半个字，只是脸色难看得吓人。

聪明如兰斯，通过干脆面的三言两语肯定已经猜出事情大致始末，但他偏偏不发火不言语，让慕慕愈发惴惴不安。回到“花不语”，将慕慕放在床上后，兰斯终于沉着脸道：“你好好休息，我让夏洛尔来看看伤口。”

说罢，转身就要离开。慕慕下意识地拉住他，想要开口解释，可话到嘴边又突然觉得没什么好说的了：她的确是用兰斯的影集换了嘻嘻草，没有任何隐情，没有半点苦衷，又有什么好解释的呢?

咬了咬牙，慕慕闷声道：“对不起。”

兰斯深呼口气，看不出什么神情，只是语气里多了两分压抑，“慕慕，我一直想问你，你费尽心机地找嘻嘻草就是为了给任之行解毒，你对他……是不是……”

慕慕沉默片刻，重重点头道：“是，我喜欢任毒舌。”

兰斯幽幽地凝视慕慕，淡褐色的眸子又亮又透，漂亮得让人移不开眼。慕慕心道长痛不如短痛，干脆一口气又道：“从我进入幼稚园开始，他对我就很好很好，在盾山时又因为我受了伤，那时候我就发现自己喜欢他。所以园长你那天说追我什么的，呃……我知道你是在开玩笑啦，你怎么可能喜欢我，哈哈！”

“你哪只眼睛看出来我在开玩笑？”

笑声戛然而止，慕慕嘴角还上扬着，可脸部却一点点僵硬，已不知该用什么表情面对兰斯了。傻子都能看出她是在帮他下台阶吧，他现在这样，真是……

避无可避，慕慕眼观鼻、鼻观心地坐好，认真道："园长对不起，我不能接受你。我真的很喜欢任毒舌，并且发誓一定要拿下他。"

闻言，兰斯沉默半晌，终于离开。

慕慕望着他略显萧瑟的背影，亦有片刻愣怔，心里说不上是什么滋味。兰斯的影集就搁在自己床头，不知道兰斯是真的忘记拿回去了还是有意为之，慕慕无聊地翻着，看着兰斯一张张俊俏沉默的面容，情不自禁想到他刚才的眼神——惆怅，失望，还带着几分说不出的疑惑。

她现在这样算是给兰斯发了好人卡吧？虽然过程和自己想象的不太一样，但总算了了一件事。影集的事情的确是自己不对，以后一定要想办法弥补才对，可是，以后再见到兰斯会不会特别尴尬呢？

慕慕正念想着，就听门口传来声响，她以为是夏洛尔，一抬头却见任毒舌好整以暇地倚在门边。慕慕见状心遽然一紧，脸红得快滴出血来。他、他、他、他……他什么时候进来的？刚才自己和兰斯的对话他听到了多少？不会这么倒霉就——

慕慕咬住舌头，正想说什么，任之行已率先将目光落到了慕慕手里的影集上，默了默，任毒舌抱胸道："好，很好，非常好。"

慕慕一听任毒舌连声说了三个"好"字，赶忙丢开手上的影集，道："事情不是你想的那个样子，你听我解释——"

"不是我想的那个样子？"任毒舌一步步踱步进屋，眼眸深邃，"那我问你，刚才是谁在兰斯大道前和芭比打斗？又是谁中了别人的奸计，瘸着腿连路都走不了？现在，又是谁躺在床上动弹不得？"

"原来你说的是这个啊……"慕慕松了口气，与此同时，不知道为什么，心里又升起一点点失落。原本她还以为，任毒舌刚才的盛怒是因为兰斯抱自己回来，结果……唉，自己到底在期待什么啊……

"这样还不够？"任之行微眯眼睛，沉声道："你在不了解对方身手的情况下就贸然动手，是嫌自己命长吗？"

慕慕一噎，下意识地看向任毒舌。白亮的灯光下，任毒舌目光灼灼，唇瓣紧抿，英气的眉毛微微蹙着。看这眼神、这动作、这气势，慕慕心里默默哀号：按照惯例，这是严师说教模式即将开启的征兆，得，这下又有的受了。

果然，下一刻任毒舌就接着道："我教你法术的目的就在于防身，可你却反其道而行之，去挑衅芭比，你知不知道你脚上这是什么？如果今天没人救你回来你又会怎么样？"

慕慕埋头，弱弱地辩解，"我也不想的……可当时情势不容乐观，我也是逼不得已……就算我不出手，芭比也迟早会动手，那还不如先发制人。我知道自己是小菜鸟，在没练好级之前不该去单挑小BOSS，可BOSS找到我，我也没办法啊……"

一席话，反倒说得任毒舌哑口无言。望着对方愣怔的模样，慕慕亦微微咂舌，把任毒舌堵得无话可说这种事还是第一次，难道她跟着他学法术的同时，也潜移默化把毒舌技能点上了？

气氛正尴尬，敲门声恰到好处地响起，夏洛尔神情凝重道："慕慕，兰斯说你中了芭比的绿藤蛊？"

……

夏洛尔治疗之际，任之行顺势退出慕慕房间，到了院里正望着朵海棠发呆，就听身后传来凉凉的笑声。任之行没有回头，只低声道："我是不是把她逼得太紧了？"

"恭喜你小吱吱，终于发现这一点了。"逐辰轻笑，"说起来，你当年可比慕慕笨多了，老头子不也耐着性子一点点教你吗？"

"你不懂。"任之行摇头，想到慕慕皮开肉绽的脚踝又忍不住攥紧了拳头，"如果可以，我又为什么要逼她学法术？我只怕，重蹈覆辙……"话毕，任之行终闭上眼，不再言语。

那样的事，他永远都不想再经历一次。

美人鱼男帮慕慕取出脚踝里的绿藤种子后就离开了，按照他的说法，慕慕已经没什么危险，不过今晚可能会发烧。

果然，到了下午慕慕就开始迷迷糊糊了，明明人躺在床上，可全身都轻飘飘的，像是晃悠悠地荡在半空。额头、胸口、掌心……浑身都是汗，似灼烧一般的，怎么也睡不踏实。全身骨头叫嚣着疼，脚踝处更是一下又一下，像是有谁拿着锤子，随着脉搏震动的节奏敲打着她的脚。

她疼得难受，想要坐起来活动活动，转移一下注意力，可身体却不听使唤，无法动弹，但奇怪的是，她明明记得自己没办法转头，但就是看清了——她清晰地看见，自己床边，站着个人。

午后阳光慵懒，那小孩儿就站在斑驳的光影里，黑目深邃、面带忧郁地盯着她。慕慕思索片刻，想起这个男孩她见过，那晚在蔷薇湖，就是他用水滴发出了悦耳的乐声，所以……他是C班的？可是他来这里干什么？找任毒舌？

慕慕张唇，这才发现自己的声音嘶哑得不像话，“你是谁？”

小男孩转了转眼珠，似乎在考虑该怎么回答她，可慕慕等了许久，他只是埋下头去。

“你来干什么？”

小男孩闻言，重新抬起头来，嘴唇翕动，像是在说什么，可慕慕半个字都听不清。慕慕拧起眉头，又道：“你在说什么？”

小男孩摇了摇头，目光惆怅地转身离开了。慕慕望着他的背影，这才发现他的黑袍长得不像话，袖子拖曳在地上，就像小孩偷穿了大人的衣服。

“你别走，我还有话问你——”不等慕慕说完，脚上的痛楚又猛地袭来，慕慕咬牙的同时，忽听外面传来一阵傲雪的狂吠。她下意识地打了个冷战，犹如从他界归来，疼痛、灼热、难受、呼吸不畅等等感觉重新回归身体，可她还是分不清刚才那个是梦还是现实。

虽然意识已醒，慕慕却觉眼皮子沉得厉害，怎么都睁不开。正浑浑噩噩，忽然有什么软软的东西贴上额头，慕慕顿觉清风拂面——头不疼了。那软软的两片又轻又柔，待其覆上慕慕的唇，慕慕终于确定，那是人的嘴巴。有人——正趁着自己迷糊之际——亲吻着自己。

可是这感觉真的好舒服啊，那人所到之处，都带着一股凉凉的清新味道，像裹挟着薄荷味的清风，被它柔柔一吹，所有不适感都没有了。因为太过舒适，慕慕一点都不想挣扎，只乖乖闭着眼，犹如温顺的小羔羊般任由对方亲吻着。

那吻一点点下移，终于来到慕慕脖颈间，像是惩罚般地轻轻咬了一小口。慕慕从没经历过这种感觉，带着点酥酥的麻，有些疼又有些难耐，心瞬间扑通扑通加速，浑身毛孔都舒服地张开来……

慕慕有些难以自持地蜷起脚丫，低吟道：“任、毒舌……”

听见这个名字，那人似是一怔，唇下的吻刹那凝滞。慕慕正纠结地想要睁开眼，门外又传来脚步声，少时，就听床边传来任毒舌的声音，“起来。”

颤了颤睫毛，慕慕缓缓睁开眼睛，首先映入眼帘的，就是硕大的一碗中药。任毒舌黑着脸，将碗搁在床头柜上，又说了两个字：“喝药。”

慕慕望着任之行黑如锅底的俊脸，还有些反应不过来。按照惯例，任傲娇同学只有在气愤非常的情况下才会一个字一个字地往外蹦，可自己一直躺着，怎么会惹他生气？

任之行不理会慕慕的目光，将她扶起来，见小妮子满脸委屈，这才终于缓下脸色，道：“你就是典型的饭桶，吃那么多体质还那么差，早猜到你会发烧，所以提前熬了药。”

慕慕眨眼，所以，他是在气自己体质太弱？唔，应该是吧……在家时，只要自己一咳嗽打喷嚏，老妈也会大发雷霆，骂她不会照顾自己、身体不好之类的。

慕慕嘿笑两声，“会毒舌了，也就是说，不生我气了？”

任之行默然，只垂眼端着药，用勺子有一下没一下地吹着凉，良久才道：“我承认，对你的教导是严厉了点。”

慕慕闻言心下一颤，居然泛起丝丝甜蜜，正想开口说什么，就听任之行接着又道：“不过，修习不能停，脚好后必须加倍补回来。”

此情此景，让她再说些什么好呢？慕慕泪奔，任毒舌果然是“一句话噎死人”的人啊！

想到这里，慕慕开口正想再说什么，一只盛满药的勺子已经递到了她的嘴边。慕慕微微一愣，乍一抬眸，就见任之行漂亮的黑眸正凝视着她，只说了一个字：“喝。”

慕慕的心漏跳半拍，耳朵瞬间烧起来。任毒舌的意思是——

他要喂自己喝？

喂自己喝？

自己喝？

喝？

……

曾几何时，慕慕看电视剧，见女主虚弱地躺在床上，满脸甜蜜地一小口一小口抿着男主喂过来的中药，总忍不住送上两个字：傻瓜。这中药多苦啊，还一勺一勺地喝，不费劲不磨人吗？可怜女主还要摆出一副“人家真的很享受”的样子。

可时至今日，事情真正落到自己身上，慕慕却心甘情愿地做了傻瓜，顺着任之行的手，一小口一小口喝着奇苦无比的中药，又开心又煎熬，既盼着时间过得再慢些、药再多些，又盼着这折磨早点结束。要是……能把药换成皮蛋瘦肉粥该有多好。

药喝完，慕慕满以为任毒舌会像电视剧演的那样变出糖来，可真正递到面前的，却是一包湿巾。

慕慕不明就里地接过，正准备擦嘴，就听任毒舌冷冷道：“除了嘴，额头、脸，还有脖子都仔仔细细擦一遍。”

什么意思？他是嫌弃自己不干净？

慕慕踌躇抓头，正盘算着怎么接茬，任毒舌又道：“下不为例。”

慕慕啊了声，更加莫名其妙了，“什么下不为例？”

“没什么，”任毒舌接过慕慕手上的湿巾，狠狠在其脖子上擦了擦，道：“今晚，我让苻灵来给你守夜。”

傍晚时分，三个班的负责人集体来探病。夏洛尔检查一番慕慕后，咦道：“奇了怪了，以你的体质居然没发烧。”

慕慕道：“下午有发热来着，后来睡了一觉，又喝了任毒舌给我熬的药就好了。”

“那也不对啊，”夏洛尔一脸疑惑，“中药哪儿有那么快的药效，按照我的估计，你至少要烧两天。”

瑶薇本一直没有言语，听了这话冷不丁抬眸，“你说你睡了一觉，有没有梦到什么奇怪的东西？”

闻言，慕慕霎时想起那个诡异的吻，脸立马烧了起来，“呃，也没什么，”慕慕抓头，“就是梦见吹了一阵风，然后，身体就爽利不难受了。”话毕，屋内所有人忽然陷入了集体沉默。

夏洛尔和瑶薇对看一眼，腹诽道：果然——

唉，什么情况什么情况？你们小两口打什么腹语？白淮大叔见两人眼神不对，忙也朝这边挤眉弄眼。

夏洛尔挑眉：还不明白吗？老白你仔细想想，这个幼稚园里除了兰斯还有谁可以吸走别人身上的病气？

白淮大叔瞠目结舌：你、你是说兰斯把慕慕身上的所有负面属性都转移到自己身上了？

不错。瑶薇抱胸，而且如果我猜得没错的话，不是慕慕说的什么一阵风。兰斯的吸附术虽强，但必须与对方有肢体接触才可能吸走对方身上的负面状态，所以当时最大的可能……

瑶薇没再往下说，三人自行在脑海里想象了一番，已无力吐槽。什么时候起，人前温文儒雅、英俊得体的园长大人已经沦为了偷窥揩油狂，果然一涉及感情，不论人也好妖也罢，脑子都会进水短路。

这头，慕慕见三人表情诡秘，茫然道："怎么了？"

"没事没事。"白淮大叔拍了拍慕慕的肩，笑道："你人没有大碍就好，兰斯说了，让你好好养病，班里的事情你不用担心，有大叔我盯着。另外，夏洛尔每天也会来给你复诊。"

慕慕点头，想起白天发生的一连串事情微微汗颜，正想多说两句，就听白淮又道："不过，兰斯还说了——"

"什么？"慕慕心慢慢往下沉。

白淮大叔咳嗽一声，模仿兰斯的语气神情道："慕慕此次受伤的前因后果都与幼稚园无关，不能算工伤，医疗费、药材费自付，另外，误工费和病假费也从工资里另扣。"

白淮说罢，夏洛尔也恰到好处地将一张长长的清单摊在慕慕跟前，明媚地笑道："慕慕，这是园长大人让我给你打的清单，你看看还有什么异议。哦哦，顺带一说，看在我们是同事的分儿上，我为你治疗的费用已经全免，有没有一点小感动？"

感动……感动个头啊！

慕慕攥着那张扣费清单，瞬间有种爬到白色城堡去掐死兰斯的冲动。他还真是……公私分明啊！这边她刚给他发了好人卡，那边他就立马用金钱折磨自己，是这个意思吗？兰斯你敢不敢再不要脸一点？

看着单子上最后汇总的那个数字，慕慕正欲吐血，一只晶莹白皙的手已搭上自己的肩头，瑶薇仍旧冷着一张脸，说了两个字：“节哀。”

慕慕流泪，正想道谢，那头白淮大叔又咦了声，道：“这是什么？”

慕慕顺着他手指的方向看向床头柜，见上面放着两只蓝色小药瓶。这两瓶药正是干脆面君从芭比花园里“顺”出来的，因为不清楚到底是什么药，慕慕害怕干脆面吃了中毒这才自己带了回来。

想到这儿，慕慕正准备解释，就见夏洛尔一把夺过药瓶皱眉道：“挺尔美？这不是丰胸药吗？”

话毕，屋内又集体陷入沉默，两位男士的眼睛齐刷刷扫向慕慕胸前。事关自尊，慕慕叉腰挺胸道：“我需要吗？我需要吗？这药是小漓从外面捡回来的，我怕他乱吃才没收的。倒是夏洛尔，你、你一个大男人，怎么会一看标签就知道这是丰胸药？连我都不知道呢！”

“对啊，”白淮大叔点头附和，“夏洛尔，你什么时候开始关注起丰胸药的，难道你对瑶薇的……”话说到一半，白淮的目光就自然而然从慕慕的胸前转移到了瑶薇身上。

慕慕见状心里咯噔一声，只道不好，果然，本坐着的瑶薇默了默，起身，缓缓走向夏洛尔。

此时，夏洛尔早已百口莫辩，摆了摆手，来不及闪退，瑶薇已一脚踹在他腿上，冷哼一声，转头离开了。夏洛尔顾不上其他，一边喊着“薇薇你听我解释”，一边追出去了。

这时白淮才反应过来发生什么，悔悟道：“大叔我……是不是说错什么话了？”

慕慕顿了顿，默默颔首。

三人离开片刻，逐辰现了身。看慕慕对着窗外发呆，逐辰托腮嗔笑，“小妮子，你不是对那个周年庆有疑问吗，刚才那么好的机会，怎么不问他们？”

慕慕微感诧异，自从和逐辰立下血契后，他对自己的事向来嗤之以鼻，出现的机会也屈指可数，今天这是刮什么风了，居然连他老人家都惊动了？

慕慕默了默，道："逐辰，你是不是知道什么？"

逐辰呵笑一声，坐到床头沙发上，一双凤眼直直盯着慕慕，这才道："本座先问你，今天下午你梦到什么了？"

慕慕一怔，之前瑶薇不是问过这个问题了吗？他在本体里应该听见了才对啊，怎么现在又问一遍？难道是他知道个中端倪……这这……叫她怎么开得了口？下午那个梦，也算春梦了吧？

想到这儿，慕慕顿时浑身炽热，脸红得快要烧起来。逐辰见状鄙夷道："你害羞什么？啧，本座问的不是你和男人卿卿我我那件事，是前面！"

"前面？"慕慕望天，顿悟，"你是说我之前梦到的那个小男孩？唔，说起来的确有点怪，那个孩子，我在蔷薇湖畔见过一次，可后来再没见过，不知道怎么今天下午突然梦见了。"

逐辰凤眼微眯，"他对你做了什么？"

慕慕摇头，"什么都没做，就在床头站了会儿就走了。"

逐辰闻言沉吟片刻，呵的一下笑出声，"只是这样吗……"

慕慕咬牙，"那个孩子……和周年庆有关？"

"本座怎么知道？"逐辰乜斜慕慕，这才接着道："不过小妮子，本座可多提点你一句，你们人界有个词叫'天眼'，凡是开过天眼的人就能看到隐藏起来的妖魔鬼怪。呵呵，愚蠢的人类怎么知道，其实有一类神是只有你们人类才能看得见的。"

慕慕皱眉，"只有人类才看得见？"

"今天下午，本座明明感觉到有什么东西进了房间，却无论如何都看不见他的身形……"话说到一半，逐辰顿了顿，看向慕慕沉声道："小丫头，你今天下午看见的，不是梦。"

"是霉神。"逐辰脸色凝重，一字一句道。

联系芭比之前说的话，慕慕深呼口气，神经突突直跳。所有的线索好像正在一点点被串起来，指向慕慕不愿意见到的那个结局。的确，从见过那个孩子起，她就霉运不断：先是被芭比识破，接着又中了绿藤蛊。影集的事情被兰斯识破，被扣工资，发烧头疼，被人怀疑丰胸……最让慕慕郁闷的是，今天晚上听苻灵说，任毒舌体内的三足金蟾仙气已经全部被化解了。

自己颇费周折，又是找芭比花园，又是种嘻嘻草，最后还莫名其妙得罪了园长，就是为了能熬一碗鱼汤替任毒舌化解仙气，然后顺顺利利地表白，结果，竹篮打水一场空。的确很倒霉啊……这么说来，难道一切都是真的？芭比没有骗自己？那如果、如果那孩子真的就是会带来噩运的霉神，他今天下午出现，又意味什么？

想到种种可能性，慕慕心头发凉，还来不及言语，逐辰已道："霉神只能被人类所见，那自然……能诱惑的也就只有人类。不错，不错，怪不得这群妖魔那么重视你，又是探病又是交心，毕竟，周年庆之前，祭品不能有半点差池嘛！"

听见"祭品"二字，慕慕下意识地抖了抖，这才摇头道："我不信。"

想到之前白准三人在自己面前的样子，慕慕怎么也没办法相信他们在骗自己。定了定神，慕慕咬牙，"眼见为实耳听为虚，我会调查清楚这件事。但是，在了解事实真相之前，我不会胡乱猜忌任何一个人。"

逐辰冷哼，"只怕在你了解事实真相之前，就已经被人拆骨入腹了。"

慕慕眨了眨晶亮的眸子，看向逐辰，"既然你这么不相信幼稚园里的人，那任毒舌呢？任毒舌在幼稚园这么长的时间，如果真有霉神，他不可能不知道吧？还有，他为什么会在莱尔斯幼稚园？又为什么最近老是逼着我学法术？这些事又和周年庆有没有关系，你知道吗？"

房内一片静默。一时间一人一灵符都没了声响，只静静注视着对方。

其实，关于任毒舌的反常慕慕早察觉到了，自从盾山回来后，他就像魔障了一样逼着自己练习练习，好像明天就要带着她上战场一样。而且，最近他经常早出晚归，不知道在干些什么。最让慕慕费解的是，任毒舌已经很久没和兰斯一块儿出现了，就好像彼此产生了隔阂。慕慕隐隐觉得出了什么事，但又摸不准猜不透，只能将这个疑问一直压在心底，直到——今天。

慕慕道："我喜欢任毒舌，不愿意随意猜疑。但同样的，幼稚园其他人是我的同事、朋友，我也不想——"不等慕慕说完，逐辰已丢下一句"言尽于此，如何随你"便回归了本体。

慕慕咬住下唇，看了眼床头众人在盾山拍的集体照，终下定决心：不论怎样，先静观其变吧。

Chapter 16

解雇

天空湛蓝，午后的阳光斜照在法国梧桐上，落下点点金色的影子。白色城堡内一片祥和，兰斯就坐在树下，一边喝红茶一边享用凯西做的芝士蛋糕。吃完一块后，兰斯伸手正准备拿第二块，手下一空，盘子竟被人突如其来地端了起来。

斑驳阳光下，任之行颀长玉立，看了眼盘子里的糕点，皱眉道："我一直都想不通，你吃那么多甜食怎么一点都长不胖？"说罢，又一脸惋惜地摇头，"浪费粮食。"

见到来人，兰斯半点都不惊讶，好整以暇地躺在摇椅上，笑眯眯道："我还以为你永远都不会再踏进我这里。"

"怎么可能？"任之行神色自若，"园长大人可是给我发工资的衣食父母，我不好好巴结你怎么行？"

兰斯恬淡弯眼，没有搭腔，默了默，这才道："怎么样，你忙了一个多月，有没有从伦敦那边查到什么？"

任之行坐在兰斯对面，自顾自地拿起旁边的茶壶，给自己倒了一杯碧螺春。兰斯是不喝茶的，所以显然，他是早就料到任之行会来，才会准备这些。望着雾气悠悠的清茶，任之行的眼神也增添了几分迷离，他声音沉沉，“你希望我查到些什么？”

兰斯笑而不语，端起自己的红茶轻轻呷了口，手指有节奏地在桌上敲击，片刻，才眺望远方道：“没错，我是叛逃者。”

话毕，一阵清风恰好刮过，吹得梧桐叶哗哗作响。

兰斯搁下杯子，幽幽道：“我来A国时，莱尔斯家族就已将我除名，我失去了继承人的资格，被剥夺了所有家产。我那位姑姑甚至到现在都对我穷追不舍，她对外宣称，我父亲的失踪、恩师的离奇死亡都是我一手造成的。”

任之行眼神深邃，“所以，你才要找到那件东西，回去夺回属于你的东西？”

兰斯摇头，神色内敛，“不，比起‘莱尔斯家族族长’这样的虚名，我喜欢更实际的东西。其实在离开英国时，我就已经搬走了大部分财产，对于莱尔斯那个空架子，我不感兴趣。”

任之行挑眉，“这倒像你的风格。”

无视任毒舌话里的讥讽，兰斯又道：“任之行，关于寻找那件东西的目的，我没有骗过你——”

任之行闻言冷笑，“所以，你纵容我去查你的那些事情就是要告诉我你坦荡荡？你认为我会信你吗？”

“如果不信，你不会站在这里。”兰斯坐直上身，话语掷地有声，“我之所以没有告诉你这些事情，是因为它们对大局没有任何影响。之行，从我在盾山唤醒你那天开始，我就把你当成伙伴，和老白、夏洛尔他们一样的伙伴，从未改变过。”

“哦？这是在向我表白吗？”任之行星眸闪亮，邪邪地笑，可临到末尾，话锋一转，又忽然冷下来，“如果真是这样，那慕慕呢？”

听了这话，兰斯眸色骤敛，神情微微紧绷。

任之行一字一句道：“如果真如你所说，你问心无愧，不怕我猜忌，慕慕又是怎么回事？”

“慕慕是个意外。”兰斯深呼口气，道：“我承认，为防你叛变，我的确曾经想过确认慕慕身份后用她威胁你，所以，才将她送到你身边。不过现在……之行，我是有些事情瞒着你，不过只是时间问题，等时机到了你自然会知道。”

任之行抱胸，避重就轻道：“哦，你是想说，喜欢上慕慕是个意外？”

兰斯一噎，竟然说不出话来。他无力地盯住任之行，动了动唇终究抚额挫败道：“是。”

“所以，我可不可以理解为：园长大人是因为慕慕，在讨好我？”

兰斯继续抚额，“不是讨好，只是想确认一下……”

“确认她的身份？”不等兰斯说完，任之行就打断道：“果然恋爱会让人智商下降吗？你认为我会告诉你吗？”

听见任之行一如既往地毒舌，兰斯就知今天的目的已经达到，苦笑道：“算了，我们还是继续冷战吧。你这嘴巴实在让人招架不住。”

任之行挑眉，“说正经的，周年庆，你打算怎么办？”

兰斯弯眼，对着上空拍了拍掌，顿时，就有一妙龄少女从城堡内缓缓走出。少女穿着淡紫色的波西米亚长裙，长发披肩，五官精致如画。她笑容浅淡，朝任之行鞠了个躬，道：“任先生您好，我是新来的人类老师——蜀雅。”

另一边，慕慕静观了两天，变化悄然而至。

这天早上慕慕一开门，就见门口摆着各式各样稀奇古怪的小玩意儿：瓶装牛奶、叫不出名字的草药、浑身围绕着莫名黑雾的果子，以及一盒鲜血淋漓的老鼠尾巴……能搞出这么低劣的恶作剧，慕慕动动脚趾头都能猜出罪魁祸首是谁，是以第二天，慕慕轻而易举地破了案。

翌日天还没亮，慕慕就趁着夜色瘸着腿躲进了“花不语”外的小树林里，果然，天际发白之时，就见毛团们鬼鬼祟祟地出现在四合院外。

卿卿探头探脑一番，道：“你们说，昨天送她的那些东西，她到底吃没有？”

“会吃才有鬼，”夜吾撇嘴，“对于人类来说，那些东西很重口好不好？你们怎么就是不肯听。”

千乘抱头，“那我昨天不是白抓那么多老鼠了？喂，卿卿，今天的老鼠尾巴还要不要继续送？”

卿卿还来不及说话，众毛团就听前边传来清澈的声音，“你们送我这些东西……是吃的？”

卡卡夫、夫卡卡看清来者，当即嗷嗷乱叫，蹦跶到慕慕跟前就猛摇尾巴。众毛团被抓现行，皆怔了怔。卿卿沉默片刻，这才叉腰傲娇道：“无知人类，当然是吃的，这些都是上等的药材，吃了对伤口很好的。”

慕慕闻言，心里陡然开出朵小白花，这么说来……毛团们送她这些稀奇古怪的东西，是在担心她的病情？这真是——天下红雨，事出有妖！毛团们什么时候成贴心小棉袄了？别跟她说他们被自己打动了，她百分之两百——不信。

慕慕若有所思地朝西边看了看，千乘不解道：“你在看什么？”

“看今天是不是太阳打西边出来了啊。”

夜吾咳嗽一声，别扭地说道：“别误会，我们可从来没承认过你是我们老师，更没有长留你在幼稚园的意思。只是……比起那个姓蜀的，你稍微好一点点……咳咳，喂，我说人类怎么这么脆弱，你到底还要几天才能痊愈？”

慕慕弯身，朝夜吾龇牙道：“如果可以，我也想早点好，然后回去收拾你们！不过你们说的那个姓蜀的，谁啊？”

“别提她了，”千乘抓头道，“提到她我就头疼。看着挺漂亮，结果是个凶婆娘。呜呜，昨天我就掀了下她的裙子，她把我倒挂了三个小时，到现在爪子还发软呢。”

卿卿闷哼一声，道：“哪儿漂亮了？我告诉你，越漂亮的雌性越危险，懂不懂？不过，本小姐例外。”

慕慕转了转眼珠，猜测道：“你们是说……我生病后，有人代替我打理B班？”因为还没有正式开始授课，慕慕在B班的工作性质更像生活老师：负责督促毛团们三餐内务清洁，另外还要帮忙检查功课。虽然都是杂事，但的确需要一个人专门打理，她这么一撒手，白淮大叔一定忙不过来了吧。

千乘摇了摇头，鄙夷道：“我说侄女，你这消息也太不灵通了，不是代替，是新老师，新的人类老师。”

听了这话，慕慕犹如被雷击中，难以置信，“你说什么？”

“人类的耳朵也这么不灵光吗？”卿卿道，“你受伤后，班里来了个超讨厌的新人类，一天到晚管东管西的，比你还吵！”

“人类……”慕慕喃喃，随着默念的这两个字，脑海一点点放空。明明此时思绪万千，她却偏偏抓不住半点要害。露露安曾说过，莱尔斯幼稚园每三年才招聘一次人类教师，且只有一名，为什么在这个节骨眼上，兰斯却要打破惯例，再招一个人进来？

难道——

慕慕正念想，千乘却拽了拽慕慕的袖子，道：“喂，侄女你倒是快点好起来啊。虽然我们也很讨厌你，可是如果必须有一个人类老师的话，还是你比较好欺负啊。”

慕慕心不在焉，正想随口应付两句，这才赫然发现毛团少了一只。又数了一遍，确定没有眼花后，慕慕奇道：“干脆面呢？”不会又去哪儿顺东西玩了吧？

毛团们闻言面面相觑，片刻，卿卿才支吾道：“它还睡着呢，没起。”

慕慕皱眉瞅了瞅小狐狸精，摇头道：“大小姐，你每次撒谎都喜欢蹭脚，你自己看看，你脚下那片草都被你磨平了。”

千乘叹了口气，道：“其实是这样——”

不等千乘说完，卿卿就瞪眼道：“千乘！”

“得了，”千乘不在意地挥挥手，“这种时候还有什么好隐瞒的？被人类欺负不可耻，可耻的是，明知道同伴被人类欺负了还不施以援手。”

慕慕抱胸，“所以？”

夜吾与千乘对视一眼，终道：“小漓现在正在接受新老师的体罚。”

慕慕柳眉微蹙，静默片刻转身道：“走，带我去看看。”

慕慕和众毛团赶到B班时，只见一长发女子正坐在花园里喝咖啡。她上穿白色衬衫，下套紧身黑色包裙，OL风尽显。偏偏瀑布般黑发下的脸蛋却带着几分稚嫩，五官精致姣好，带着种介于少女和女人之间的美。

看到慕慕一瘸一拐地过来，她倒也不意外，起身彬彬有礼道：“这位是慕慕小姐？您好，我叫蜀雅，是刚来的人类老师。”

对方这么有礼有节，慕慕反倒不好咄咄逼人地开口质问，正思忖怎么措辞，卿卿忽然叫道："你们看！"

顺着卿卿手指的方向，慕慕看清咖啡桌下摆着个方方正正的保险箱，保险箱微微摆动着，像是有什么东西在里面。

慕慕难以置信地盯着蜀雅，"你把小漓关在保险箱里？"

"小漓是昨晚被这个恶婆娘带走的，难道他……他被关了一夜？"千乘说完，下意识地抖了抖肩膀，抱住胳膊，一面偷瞥蜀雅一面啐道："恐怖，实在是太恐怖了，这女人简直就是灭绝师太。"

蜀雅面不改色地直视前方，声音不卑不亢，"按照学龄，浣熊精小漓早该升入高年级，就因为他性格懒散，领悟力极差，这才一再留级。时至今日，甚至连最简单的瞬移术都不会。对于这样的学生，必须采取强硬措施。"

像是没听到蜀雅说什么，慕慕只盯着前方的保险箱，脸色阴沉得吓人，"打开。"

蜀雅神色不改，从容不迫道："保险箱的密码是我随机定的，没有任何人知道，换句话说，就是这个箱子不会再有被打开的一天。所以，小漓要想出来，必须学会瞬移术。"

卿卿闻言气得头顶冒烟，跳脚道："你太恶毒了，老巫婆！"

蜀雅淡淡看卿卿一眼，小狐狸大概在她手上吃过亏，立马就缩着脖子躲到了夜吾身后。见状，蜀雅这才幽幽道："要想救出朋友，用言语辱骂敌人是没用的。如果你们的瞬移术学得够好，也可以自行移动到保险箱里，然后把小漓带出来。"

话音落下，众毛团纷纷看向了法术成绩最好的夜吾。夜吾咂舌，"我出入保险箱倒是没问题，可是，再带个人出来……我的阵法还不够强，所以……"

慕慕深呼口气，压住情绪道："蜀雅，作为同事，我很明白你望子成龙的心情，但做什么事都要循序渐进，你这么逼小漓只能适得其反。"

"是吗？"蜀雅抬眸，似笑非笑道："那么慕慕小姐来幼稚园这么久了，这些学生有半点进步吗？循序渐进？对不起，我没看到。"

慕慕一愣，忍不住咬紧牙关。这话明里是在斥责毛团们不学无术，实则，是在嘲笑她的无能吧？话不投机半句多，既然"互相探讨教学之道"这条路行不通，那就只能……

慕慕不再理会蜀雅，她绕开对方，径直往保险箱走去。其他毛团见了，也赶紧尾随其后。蜀雅并不阻拦，只道："我说过了，这锁是不可能打开的。"

慕慕没搭理她，拍了拍保险箱，道："干脆面？干脆面你听得到吗？"

果然，少时里面就传来呜呜的声音。慕慕心头骤然一紧，柔声哄道："你不要怕，我这就想办法把你弄出来。"

蜀雅勾唇，语气平静，"我倒是很期待，慕慕小姐要怎么把他弄出来。"

慕慕忍着怒火，一面吩咐千乘和夜吾抬起保险箱，一面又看向蜀雅。碧蓝天空下，蜀雅犹如画中人：长发及腰，妆容精致。她端正地站着，双手则规矩地交握在小腹前，俨然一副都市丽人的模样。

慕慕看着她的笑容，脑海瞬间就浮现出四个字：无懈可击。

慕慕抿了抿唇，迎上她的视线，静静道："比起战斗力和法术，我或许的确不如你，因为半路出家也没什么教学经验。但蜀雅，这些孩子都是活生生的生命，不是任你随意操控的木偶人，你不能为了交出一份漂亮的试卷就任意涂改他们。他们，从来都不是你获得高分的途径。"

"哦？"蜀雅挑眉，像是有些意外慕慕会这么说，"你想表达什么？"

慕慕说："小漓是脑子笨，学什么都慢，可你知不知道，他是因为小时候生过一场大病，一个月都高烧不退才变成现在这样。你以为他愿意？愿意学什么都比别人慢半拍，愿意留级，愿意被其他孩子欺负？"

话毕，众毛团皆是一怔，满脸错愕地看向慕慕。

千乘结舌道："侄女，你怎么知道这些的……"

"不止干脆面，你，你，你，你们的事情我都知道。"慕慕摇了摇头，又看向蜀雅，黑眸深沉如水，"老师的最终目的，不是让学生怎么变强变厉害，而是让他健康快乐地成长。你什么都不了解，就用这么极端的方式逼迫小漓，你这样做根本就是本末倒置，不仅没办法让小漓学会瞬移术，反倒会让他害怕难过。"

话音刚落，千乘就咦了声，伴随着他的疑惑声，慕慕和蜀雅中间出现了一个胖乎乎的身影——干脆面君从保险箱里瞬移出来了。

霎时，方圆五里风清雅静，除了蜀雅外，每人头上都现出了长长一串省略号。慕慕抚额，内心奔腾的无数个囧字已喷血身亡。小漓你这不是拆我的台吗？你什么时候出来不好，偏偏这个节骨眼儿出来，你知不知道这样很破坏气氛！你知不知道现在气氛很尴尬！你知不知道我好不容易爆发一次，说教说教别人！你怎么可以在这么关键的时候出来搅局啊！

因为搬石头砸了自己的脚，慕慕风中凌乱，吐槽万千，恨不能立马扎进蔷薇湖里。这边蜀雅倒依旧挂着淡淡的笑，轻启红唇道："很标新立异的看法，不过，我有必要提醒慕慕小姐，你的这种观点并不适合莱尔斯幼稚园。"

慕慕盯着她，没有言语。

蜀雅接着道："弱肉强食，才是这个世界的生存法则。一味的纵容只能让这些孩子过早送命，慕慕小姐的那些理论，只适合于人类世界。当然，如果一直沿用这种'快乐理论'，我相信，不久的将来，你有生之年会看到人类的下场。"、

慕慕拳头微攥，双眸已变得犀利。

"你在影射什么？"明明，她也是人类，不是吗？什么叫人类的下场？

蜀雅笑了，就像戴着一张面具，连嘴角该上扬多少度都做得分毫不差，"我已经说过了，这个世界唯一的生存法则就是弱肉强食。"

说完这席话，蜀雅的目光默默扫过众人，这才面含春风道："所以，既然慕慕小姐的理念还停留在人类世界里，那么还是回去教人类小朋友吧。"

慕慕闻言一怔，还来不及反应，那边卿卿已率先啐道："你懂什么！慕老师就是来教我们如何在人类世界生活的。"

慕慕良久无言，脸上的表情从惊呆、错愕、彷徨再到欣慰，刚才她听到了什么？小狐狸居然叫她"慕、老、师——"

慕老师，多么悦耳的称呼。谁说这群小浑蛋毫无长进，看，这不就是长进吗？他们至少肯叫她老师了。

"就是，"千乘点头帮腔，"灭绝师太你不要得意，你还不知道我侄女和园长的关系吧？嘿嘿，侄女你今晚就快去给园长吹吹枕边风，让他早点炒了这个凶婆娘啊。"

"嗷汪，罪证一，不让卡卡夫逃学。"卡卡夫耸着耳朵道。

"嗷汪，罪证二，不让夫卡卡睡懒觉。"夫卡卡也卖萌道。

另一头干脆面也对着手指，支支吾吾道："我……我再也不想被关小黑箱，呜……睡觉，腰伸不直。"

夜吾抚额，"我们昨晚担心了你一夜，原来你只是在保险箱里睡着了吗？"

听见众毛团齐齐讨伐自己，蜀雅仍旧无比淡定，看向慕慕道："真是不错，看来慕慕小姐和孩子们的关系不错，我想，你离开以后他们会想你的。"

见蜀雅左一句"离开"，右一句"回到人类世界"，慕慕的第六感只觉不好，但面上还是佯装镇静道："你凭什么觉得我会离开？我不过是休病假，不出一周就会复岗。"

蜀雅闻言忽然灿烂一笑，慕慕见状，心里咯噔一声，这还是她头一次看到蜀雅笑得超出了面具范围，那笑容不再职业，而是带着一点点幸灾乐祸，又包含着那么点看戏的成分。

"哦，看来慕慕小姐还不知道，"蜀雅抱胸，"我来幼稚园任职时，兰斯正让凯西拟你的辞退信。如果不出意外，大概今天就会送到你手上。"

辞退信三个字骤出，慕慕只觉轰隆一声响，心陡然凉了大半截。

"怎么可能？"千乘率先叫出声，"这种骗三岁小孩的话谁会信？园长可是我侄女的情夫！"

"千乘闭上你那张臭嘴，"夜吾抚额道，"不过这消息肯定是假的。解雇员工的话，不仅要付辞退金，还要补偿一个月的工资，这么亏本的买卖园长不会做。"

慕慕知道这话是说给她听的，她感激地看夜吾一眼，正想再说什么，卡卡夫忽然叫嚷着冲出了草坪。慕慕称奇，顺着小家伙的方向看去，只见不远处，兰斯正朝这边慢慢走来。

凉风幽幽。兰斯走到两人跟前，环视一周，才将视线最终定在慕慕身上，"你脚上有伤，不应该到这里来。"

千乘一脸坏笑，朝蜀雅扮鬼脸：看见没有看见没有？园长可是处处向着我侄女！

蜀雅无视千乘，噙笑，"慕小姐是来和我探讨教学之道的，顺便……"话至此，蜀雅故意顿了顿，美眸流转，瞥向兰斯，这才缓缓接着说："我告知了她解雇的事情。"

听到后半句，兰斯眼眸骤敛，虽然刹那间神色已恢复如常，但慕慕还是抓住了那转瞬即逝的变化。慕慕心下凛然，望着兰斯，有些难以置信，"是真的？"

兰斯没有回答，只眉头轻蹙地凝视着她，深潭般的褐色眸子犹如璀璨宝石，一点点地泛着光。良久，久到慕慕几乎喘不过气来，他才淡淡嗯了声。

看着兰斯轻轻颔首，慕慕下意识地瞪大眼睛，忍不住提高声调道："为什么？"经过这小半年的努力，她以为，自己已经融入了幼稚园这个大家庭；她以为，毛团和老师们都已开始慢慢接受容纳自己；她以为……

兰斯抿唇，声音低沉而清冽："慕慕，回到人类世界去吧。"

音落，风过。

微风拂过花园，裹挟着青草的味道。毛团们在身旁发出阵阵低呼，另一头，蜀雅传来低低的笑声。可这一切的一切都不重要了……犹如电影特效般，所有事物都开始变得模糊不清，慕慕的世界里，只剩下对面的那个男人。

对面那个男人盯着自己，眸光清澈，眼珠一动不动。侧脸线条美好而温润，白皙的脸，深邃的眉，宛若天神。他一直这么好看，就像从3D游戏里走出来的帅气男主，戴着金手指，完美而强大。

这些，慕慕知道，一直都知道，可就在这么一瞬，她却越看这张脸越彷徨，这个人，自己真正了解过吗？

她咽了咽口水，才发现嗓子干涩得厉害，说出来的话也微微颤抖。她听自己问："你说什么？我没听清——"

呵，什么时候起，慕慕你也学会自欺欺人了？

兰斯仍旧看着她，目光深沉，"慕慕，莱尔斯幼稚园并不适合你。"

慕慕和毛团们离开后，蜀雅又坐回桌边，替自己重新倒了杯咖啡。

"女人果然矫情又爱面子，刚才她那样子……明明难受得要死，却偏要在你面前装得镇定自若，表演得实在太滑稽了。"

兰斯本眺望着慕慕离开的方向，听了这话深呼口气，回过身来时，声音已冰寒透骨，“为什么要告诉她辞退信的事情？”

蜀雅盯着兰斯已变红的星眸，微感诧异，“你在生气？因为这样无关紧要的事情生气，甚至还化出了红瞳？”

兰斯叹了口气，微微合上了眼。

蜀雅放下手上的茶杯，道：“再则，辞退信的事情，难道我不说她就永远不知道吗？”

兰斯稍定下神，这才摇头道：“本来是可以选择更好的时机告诉她的，可因为你的我行我素，现在计划全乱了。”

“乱了吗？”蜀雅挑眉，“除了会让她误会你之外，其他一点都不影响吧？所以说，其实你是在意慕慕的感受？”

不等兰斯回应，她已自顾自地笑开，那笑声清脆悦耳，竟全然不像刚才在慕慕跟前那样，“什么时候开始，兰斯少爷你——也会顾及别人的感受了？你不是向来唯利是图、见钱眼开的吗？”说到这儿，蜀雅眼眸骤冷，目光灼灼，“夏洛尔的确没有说错，兰斯，这一百年，你变了很多。”

兰斯闻言默了默，终道：“放心，对你的那个承诺……永不会变。”

回了“花不语”，慕慕脱了鞋一看，裹着绷带的脚踝上隐有血色，大概是伤口裂开了，怪不得这一路钻心地疼。

果然，现在还不到下床走动的时候吗？慕慕皱眉，盯着染血的绷带微微出神，心里涌起一阵又一阵的挫败感。自从进入莱尔斯后，她就一直处于“大伤不断，小伤无数”的状态。

无法保护好毛团们，还总是带着他们胡闹，战斗力负分，教学能力负分……这样的员工，换成谁都想辞退吧？可是，听到兰斯说“莱尔斯并不适合你”时，她还是觉得不甘心，真的，很不甘心，明明才有了一点点进步，明明才得到一点点认可，为什么偏偏要在这个时候赶我走？

“你流血了。”夜吾的话拉回慕慕的思绪，看了看身旁那些面色凝重的毛团，慕慕咳嗽一声，佯装无碍地放下裤腿，“那血是之前染上去的，没事，我现在就是立马出去跑个八百米都不成问题。”

说罢，慕慕顿了顿，这才想起什么，“倒是你们，怎么还跟着我回来了？

快上课了，还不快去准备！”

众毛团你看我，我看你，最终还是卿卿开了口，“那个……你真的会走？”

慕慕怔了怔，叹息道：“大概吧。”兰斯真要赶自己走，她又能有什么办法？赖着不走吗？只是丢脸的是，临到走，还被毛团们看到自己灰溜溜卷铺盖回家的样子。兰斯真是……一点面子都不给她留啊……

“不应该啊，你们不是都已经……”千乘抓头纳闷道，“或者是我猜错了，其实是园长一直想潜规则你，可侄女你死活不从，所以园长一怒之下就把你开了？”

听见这话，慕慕当即震住，忽然想起不久前才给兰斯发了好人卡，忍不住嘴角抽搐，难道真是……不会吧？兰斯再怎么小气，也不至于到这种地步吧？

看慕慕的神色，千乘捂住嘴，“难道真让我猜中了？太邪门了！”

“当然不是！”卿卿跳脚道，“园长才不是你说的那种人。”

慕慕撇了撇嘴，挥手道：“好啦好啦，你们都快去上课，小心蜀雅又收拾你们。”

听见蜀雅的名字，众毛团果然面露惧色，慢吞吞地往“花不语”外挪步。慕慕目送他们出去，直到小浑蛋们出了院子，夜吾却又忽然止步，“那个——”

夜吾回头，黑眸闪亮，“你刚才说，知道我们所有人的事情，是真的？”

“当然是真的。”慕慕一边点头，一边弯眼道：“为了对付你们这群小浑蛋，我可是认真做了功课，知彼知己的哦！”

慕慕转了转乌黑的眼珠，一个个点名道：“比如，千乘本来在A班，但因为太过好色，不仅揩同班女生的油，竟然还妄想揩瑶薇的油，差点被一翅膀扇到爪哇国去。被踢出A班后，C班也拒收你这条小色龙，你才来了这里。

“再比如卿卿和夜吾是青梅竹马，为了能和卿卿在同一个年级，夜吾你故意晚两年才来幼稚园报到。奈何卿卿一直喜欢园长，还发誓长大后一定要嫁给园长，你现在正苦苦追求中，对不对？

“再再比如，其实卡卡夫和夫卡卡根本就没到上幼稚园的年龄，但因为太过顽皮，老妈照顾得实在心力交瘁，这才走了后门给兰斯塞了N多钱把你们俩塞了进来。”

话毕，众毛团害羞的害羞，狡辩的狡辩，顿时乱作一团。

千乘结舌道：“你、你别胡说啊，我可是自愿到B班的，还有，谁、谁摸过瑶薇了……”

这头夜吾亦难能可贵地红了脸，拉着卿卿道：“走了。”

卿卿甩开他的手，傲娇道：“别碰我，我自己会走。”

干脆面看众人离开，犹豫不决地又折回，在慕慕跟前转了许久，这才举着一截玉米眨眼道：“谢、谢。”

慕慕讶然，呆呆接过玉米棒还有些反应不过来，这是……在感谢之前自己救他吗？

干脆面见慕慕收下，终欢喜地跟上大队伍，也慢慢走远了。慕慕望着那群渐渐模糊的影子，忍不住挥手喊道：“喂，小浑蛋们，就算我不在了也要好好学习啊。”不然，这么贵的学费，真是便宜了兰斯那个奸商啊。

话还没说完，慕慕终于鼻子泛酸，哽咽着再说不出话来。哈！明明最讨厌这群毛团了，又调皮又不听话，这里的饭菜也难吃，同事全是妖魔鬼怪，随时随地都有可能受伤，一周五天都不能回家。明明……有那么多抱怨，可为什么真要离开时却会这么难过这么不舍呢？

泪水如断了线的珠子一点点掉下来，不用再伪装的慕慕终于像小女生一样委屈地哭起来，泪水决堤，鼻涕也大有来凑热闹的意思。正哭得伤心，眼前却忽然多了块手绢，慕慕抬头，就见任之行面无表情道：“你知不知道‘梨花带雨’这个词并不适用于所有人。”

慕慕接过手绢，使劲揩了揩鼻涕，这才道：“什……么……意思？”

任之行给她一个没救的眼神，道：“你哭得实在太难看了。”

闻言，慕慕更想哭了。为什么自己这么倒霉，每次最难堪的一面都能被任毒舌看到？

慕慕坐在床头，无聊地掰着手指头玩，直到对面的人实在憋不住，猛咳嗽两声她才抬眸，看向自己的脚踝，“啊，包扎好啦？谢谢你，奶妈鱼！”

夏洛尔抓狂，涨红脸道：“你就没有什么想问我的？”

“有。”见夏洛尔眼睛闪闪发亮，慕慕认真地点头，“我的伤口会不会化脓啊？”

夏洛尔吐血三千尺，“有本奶妈照顾，怎么可能化脓？除了这个你就不想问点别的？比如——”

“他想让你跟我说什么？”不等夏洛尔说完，慕慕就重重叹了口气，背倚着床，抄手道：“说吧，我都听着。”

慕慕这么直接，一时间夏洛尔反倒不知道该从何说起了，仔细斟酌一番，他道：“芭比是不是跟你说过周年庆的事情？”

事已至此，也没什么好隐瞒了，慕慕默默点了点头，将从芭比那儿听来的话一五一十都告诉了夏洛尔。听罢，夏洛尔摩挲一番下巴，道：“基本上……算是属实，不过，那些人类老师并没有失踪，更没有死掉，只是失去了部分记忆。”

慕慕皱眉，“失忆？”

夏洛尔点头，深呼口气道：“这么跟你说吧，莱尔斯幼稚园里的确存在着某种灵物，当初幼稚园建立在这里也是为了寻觅它。可这灵物行踪诡秘，又只有人类才看得见，而且每三年才出现一次，所以——”

“所以，你们就用人类做饵？”慕慕的目光迎上夏洛尔，“每三年招聘一次人类老师也是因为这个？”

夏洛尔颔首，“不过，并不像芭比描绘的那样，关于周年庆和灵物的事情我们从没隐瞒过人类老师，每次行动前都会告知他们来龙去脉，做饵是他们自愿的。”话至此，夏洛尔抓了抓头发，一脸苦闷道：“可让人郁闷的是，捕捉灵物的计划一再失败。每次眼见着要捉到它时，人类老师都会和灵物一起消失得无影无踪，唉，简直溜得比老鼠都快。”

“然后呢？那些人类老师最终都回来了吗？”

“当然。”夏洛尔道，“每次都一样，周年庆过后第三天，人类老师就会被灵物送回来，但是关于那几天发生的事情，甚至关于莱尔斯的一切，他们都忘得一干二净。未免此事泄露，我们将老师们秘密送回人类世界，所以才会被人误会那些老师都失踪了。”

慕慕静默，听了夏洛尔的话，不仅没有疑云解开的快感，迷雾反倒……更重了。只为人类所见、会带来不幸和灾难的灵物；每三年一次的神秘逮捕行动；还有人类老师离奇失忆，这些，都是因为什么呢?

慕慕咬住下唇想了想，终抬眸看向夏洛尔道："既然这样，为什么一直瞒着我周年庆的事情？又为什么在这个节骨眼儿解聘我？还有——"还有，为什么这些话兰斯不亲口来跟我说?

最后一句话，慕慕咬牙再咬牙，终究还是没能说出口。其实，从第一眼见到蜀雅开始，某些答案就已经存在于她的脑子里，只是，不愿意去承认罢了。辞退自己，新聘蜀雅，再联系周年庆的事情，傻子都能明白是怎么回事吧？兰斯……还是嫌弃自己太弱吧？所以，自己就连做饵都没有资格，是这个意思吗?

见慕慕眼神慢慢暗淡下去，夏洛尔绝望地摇了摇头，哀叹道："小慕慕啊小慕慕，你的情商到底什么时候才能转负为正呢？"

慕慕咂舌，盯着夏洛尔啊了声。

"兰斯那家伙，不告诉你灵物的事情，是因为他一开始就没打算让你做饵啊。"

果然和自己猜测的一样，慕慕耷拉着肩膀，颓然点头，"嗯，我明白。"

"你明白什么啊，"夏洛尔又是无奈又是抓狂，微微弯下身，与坐在床上的慕慕视线保持同一水平后才道："他不愿意你做饵，是因为怕你失去在莱尔斯幼稚园的记忆，忘记他啊……"

趁着慕慕发呆之际，夏洛尔摸出怀里的解聘书塞到慕慕怀里，噙笑道："别看兰斯那家伙平时一副比谁都圆滑的样子，真到了这种时候居然也说不出口了。所以，作为从小到大的好友，我就免费当次助攻吧。"

慕慕静默片刻，小心翼翼地打开那份解聘书，只见其右下角，兰斯用蓝色钢笔工整地签着自己的名字，但让慕慕诧异的是，那不是英文名，而是线条流利而干净的本国名字：兰斯·莱尔斯。

慕慕轻抚那遒劲有力的签名，眼前霎时浮现出对方那对过分清亮的眸。兰斯兰斯，慕慕在心底默念，签这份解聘书时你到底是什么样的心情呢？正沉浸在自己的小世界，窗外忽然传来砰砰的响声，顺着响声看去，只见黑幕下烟花灿烂，一朵接着一朵，绽放在天边。

慕慕微讶，这头夏洛尔倚窗，却笑得明媚灿烂，“每年周年庆时，幼稚园都会放烟花、做天灯，唔，以前那么多年惜财如命的园长大人都没进行过彩排，今年……嘿嘿！一掷千金为哪般，烟花君啊烟花君，也不知道你是放给谁看的呢？”

“……不要乱用成语！”

看慕慕脸色绯红，夏洛尔总算没再继续说下去，只眨眼道：“小慕慕，要不要出去看看？”

出门没一小会儿，奶妈鱼就溜得没了踪影。慕慕沿着林间小径一路往蔷薇湖走，只见热闹非凡。小屁孩们打扮得花花绿绿，戴着各式各样的面具穿梭于园中，全然没了往日的拘束。

慕慕且走且行，正盘算着去蔷薇湖畔看看，肩膀就被人拍了一下。慕慕回头，就见任毒舌正低头审视自己。

“还嫌自己瘸得不厉害？这么晚了跑出来。”

慕慕一面傻笑一面摇头，“外面这么热闹，连傲雪都不在‘花不语’，我待在房里怪闷的。而且，我没办法参加幼稚园的周年庆，看看彩排节目总可以吧？”说完这话，慕慕嘴边的笑容有些凝滞，僵硬地扯了扯嘴角，终埋下头去。

头顶沉默半晌，终道：“夏洛尔都告诉你了？”

慕慕讪讪点头，“虽然……虽然知道大家都是不想我受伤害才这么做，可心里总是涩涩的，可能因为是人生第一份工作，所以……任毒舌，你之前一直逼我修习，是因为这个吗？”

闻言，任之行紧抿唇瓣没有言语。气氛正略显尴尬，天边烟花又骤然绽放，慕慕扭头看得出神，手腕已被人拽住了。

“跟我来。”

两人没走多远，树下就钻出几个小小人影来。卿卿望了望慕慕离开的方向，急得跺脚道：“都是你们！慢慢吞吞的，这下好了，那个女人被别人带走了，要怎么完成任务？”

“真是怪了。”千乘一边掏耳朵一边哼哼，“不能完成任务你不是应该很高兴吗？要是我们真按照白老师的话，把侄女带到百果林去，她和园长在那儿一邂逅，一干柴烈火，你就永远也抢不到园长啦。”

夜吾抚额，“千乘你给我闭嘴。现在，还是先回去把情况告诉白老师吧。”

蔷薇湖西畔，灌木林密集。慕慕来幼稚园小半年，却从来不知道原来灌木林背后有一条低矮枝叶汇成的林荫小道，越过小道便是与湖畔相连的一隅浅潭。浅潭与蔷薇湖一脉相承，水色却犹如天空般湛蓝，盈盈月光下，清幽水面倒映着一众花花草草，倒别有一番风味。

慕慕环视一圈，这才盯住任毒舌，“你带我来这儿干什么？”

话毕，天空赫然一声炸响，随着一个红色烟花跃上天空，湖泊那头也传来阵阵低呼。任之行随意找了块草坪坐下，仰望夜空道：“不是要看彩排吗？快开始了。”

慕慕不明所以，但还是挨着他坐下，正想发问，就见一个个孔明灯缓缓飘上半空。刹那间，夜空被璀璨灯光点缀，犹如星光一般耀眼。但奇的是，这些孔明灯升至半空就悄然没了踪迹——灯纸燃尽，只剩下一点微弱的光。那光颤颤巍巍，晃荡一番又忽然化作万点星光，好似萤火虫般在空中肆无忌惮地散开，再散开，飘飘起舞。

伴着那散落的星光，只晃眼工夫，刚才还漆黑一片的夜幕上已若隐若现地浮出一条长长的街道。阁楼重重，亭廊蜿蜒，着纱衣披帛的唐装女子拎着彩色的莲灯穿行于此，或说或笑，美好非常。

慕慕惊得目瞪口呆，“这是……海市蜃楼？”

任毒舌应道：“幼稚园准备的天灯纸壁上糊满了蜃虫，待天灯升上空中，蜃虫重获自由，便会幻化出这些景象。对了，这个蜃虫是一种——”

“好漂亮！”不等任之行说完，慕慕就忽然由衷赞叹道。任毒舌一怔，微微歪头打量身旁的小妮子，只见其抱膝坐在草坪上，一双黑眸竟比天上的星光还亮，嘴角弯弯，眉目舒展，这还是他第一次看到这么明媚而专注的笑容。

谁说她不够漂亮？她笑起来明明就比这世间所有的女子都耀眼成千上万倍。

这头，望着变化无穷的幻境，慕慕亦感慨万千。这么美好的夜，这么奇特的景色，她可能一辈子都忘不掉吧？就好像置身梦中，美得让人心醉。其实说来，这半年时间都好像做梦一样，等过两天自己卷铺盖回家，大概……永远都不会再遇到这样的事、这样的景了吧？

想到这儿，慕慕悄悄瞥了眼身旁的任毒舌，他正若有所思地望着天际，干净的眉宇间染上了夜间的薄雾。这就是……自己第一次喜欢的人啊。慕慕呆呆地看着他，他却半点也没发现自己的小动作，如果、如果再不把心里的话说出来，就没有机会了吧？就永远都没机会让这个傲娇又毒舌的男人知道自己的心意了吧？

"任毒舌，我喜欢你。"这么想着时，那句在心里埋藏已久的话就已脱口而出。

闻言，任毒舌微顿，蓦地回头看向自己。那眼神深沉而醉人，却叫慕慕看不出个所以然：震惊？欣喜？还是无奈？那神色太过复杂，慕慕竟半点都猜不透。她只听自己的心扑通、扑通地跳着，节奏清晰。美景蜃楼下，他就这么目光深邃地凝视着她，许久许久，久到慕慕几乎窒息，他才翕动薄唇道："我不能……"

就这样吗？

慕慕挑眉，释然。心中一块石头落地，倒像松下口气般抓了抓头，哈哈笑道："啊，我明白了，哈哈。"

听了这话，任之行的神色却仍旧没有松动，紧蹙眉头又道："慕慕，你怎么会……是我疏忽了，我应该早点告诉你，我一直把你当妹妹。"

慕慕抖了抖肩膀，只觉背上瞬间被插了两刀。

慕慕苦着脸，满脸哀怨地瞪着任之行，"大哥，你用不用这么狠？我都说明白你的意思了，你还说什么'当我是妹妹'，这简直比发好人卡狠一千倍一万倍！"话毕，慕慕赫然想起那日兰斯沉默的俊颜，心猛地一震。这就是所谓的报应吧？因为自己给兰斯发了好人卡，所以今时今日，自己也被发"妹妹卡"了。

慕慕抹了把脸，恢复女汉子的模样，咳嗽道："好啦好啦，我也该回去了，还要收拾行李呢。"

她一面说一面爬起来，正准备拍屁股走人，手又被任之行一把拽住。慕慕心里咯噔一声，抬头望着那张欲言又止的脸，忽然很想哭。

“任之行，你到底还想怎么样啊？就算我脸皮再厚，也是女的啊，你就不能给我留点自尊，让我装作不在意地离开吗？”被炒鱿鱼加上被发“妹妹卡”，她还真是倒霉到家了。

思忖间，慕慕正想开口再说什么，就听任之行沉声道：“慕慕，你真的是我妹妹。”

“……你大爷！”慕慕默了又默，终忍不住爆粗口。这算什么狗屎借口？再说了，自己也没说要纠缠任毒舌到天涯海角啊，这种狗血的借口他怎么想得出来？或者，他在帮忙调解尴尬气氛？

像是知道慕慕在想些什么，任毒舌摇了摇头，一字一句坚定道：“你是我——同父同母的亲妹妹。”

莱尔斯日记

下

睡懒觉的喵 著

江苏文艺出版社
JIANGSU LITERATURE AND ART
PUBLISHING HOUSE

Chapter 17

归于平静

十一月，霜降百草寒。锦都市的天气就像位脾气暴躁的老太太，骤降十来度，忽略掉深秋，直接进入严冬模式。

清晨，慕慕缩在被窝里紧闭双眼，假装听不见外边的训斥声——就是打定主意不起床。良久，才听门外传出低低的脚步声和关门声，应该是老爸放弃劝说，独自出去晨跑了。

慕慕从被窝里伸出脑袋来，因为突然接触到冷空气，鼻尖凉凉的。她摸了摸鼻子，转头看向窗外，前几天还红火一片的院子已有了几分萧瑟之意，稀稀落落的枯叶在寒风中抖着，像是随时都有坠落的可能。

这是慕慕离职回家后的第四天。

四天前，莱尔斯幼稚园为周年庆举行了彩排活动，翌日天没亮，慕慕就收拾好行李悄悄离去。没有送行，也没有告别，在床头留下进入兰斯大道的通行证后，慕慕就拖着行李箱头也不回地出了“花不语”。

虽然很想无视，但彼时，她的确看到了西边小屋内亮如白昼。他……大概和自己一样，一夜无眠吧？那灯下的影子大概知道自己即将离去，只是不知道该用什么方式出来告别吧？

……

慕慕深呼口气，冷冷的风灌进身体里，让自己冷静一些。她摇了摇头，抓着被沿不断提醒自己：不要想不要想，那些事都已经过去了。你现在的生活已经回归平静，你就是个普普通通的无业游民，而现在你最重要的事情就是——睡！觉！

这么想着，慕慕强迫自己闭上眼睛，在暖烘烘的被窝里又渐渐迷糊起来。恍惚间，慕慕被团团黑雾包裹，正觉有什么东西向自己袭来，啪的一声，床头的台灯被人打开了。

“干什么……”慕慕嘟囔着翻了个身，正想顺手用被子蒙住头，一阵冷风就忽然从上往下地灌了进来。慕慕啊地大叫一声，爬起来一看，这才发现自己的被子已经被太后掀开了。

慕慕呜咽着想要夺回被子，“妈你干什么，人家还没睡醒。”

太后啧啧摇头，一脸恨其不争的样子，“干什么干什么，还好意思问，你自己看看，你爸都出去锻炼了，还不快给我起来！”

慕慕撅着嘴又去拉被子，“不要，我好不容易不用上班了，睡会儿懒觉再起。”

“想得倒美！”太后一把拍掉慕慕打算摸被子的手，振振有词道：“你还知道自己不用上班，在家里啃老哦？老娘告诉你，啃老也不是那么好啃的，赶紧给我起来，陪我去趟超市。”

慕慕一听，立马抓狂，“又要我当搬运工啊？”

“那当然，有蛮力不用是傻子！”太后喜滋滋地说罢，又叮嘱了两句“快起床”，就出门准备早饭了。

望着老妈轻盈的背影，慕慕抓了抓鸡窝头，不满地抱怨，“一看就知道我不是亲生的！”话毕，霎时又愣在原地动弹不得。这句原本挂在嘴边的吐槽话今时今日再说，却是百般滋味在心头。如果任毒舌说的都是真的，那么，自己还真不是太后亲生的啊……

吃完早饭，母女俩就出了门。可跟着太后七拐八绕，却没到超市，反而到了社区医院门口。望着医院牌匾看了又看，确定自己没有眼花后，慕慕才看向太后，奇怪地问道：“你不舒服？”

太后哼哼，“跟着老娘就对了。”

挂号，排队，直到轮到她们的号，太后才把慕慕推到医生跟前，翻白眼道：“愣着干什么？还不把裤腿挽起来让大夫看看伤口。”

慕慕震惊，原以为自己保密工作已经做得很好，可最后还是被她老人家发现了。念及此，慕慕正欲开口，太后已转向医生道：“大夫，你好好帮我家闺女看看，她神经麻木，你不用担心弄疼她。”

……

出了医院，慕慕抱着药一瘸一拐地跟在太后后面，心怦怦直跳。当初慕慕回家故意隐瞒伤情，就是害怕她老人家唠叨，可谁料千算万算还是逃不过她的火眼金睛，受伤加上隐瞒，只怕今天回家耳根子有得受了。

果然，没走一小截路，太后就突然回头道：“哟，刚才出来时不是还好好的吗，怎么现在又变瘸子了？”

慕慕赔着笑脸，单脚跳到太后跟前，厚脸皮地挽住其胳膊，“这不是不用在您面前装了嘛，而且刚才那个医生敷药弄得我超痛，我感觉现在两只脚都不一样长了。”

太后抽回被慕慕挽着的手，黑着脸道：“少在那儿装瘸子博同情，老娘还不知道你，你撅撅屁股我就知道你要拉什么颜色的屎！”

慕慕笑嘻嘻贫嘴，“妈，我只拉得出来一种颜色的粑粑，要是有其他颜色，我就该进研究所了。”

太后啐了口，嗔道：“别嬉皮笑脸！说，要不是老娘发现，你还准备瞒多久？这几天不肯跟你爸去晨跑，也是因为这个原因吧？”

慕慕嘿笑，“是是，您老明察秋毫、洞若观火。还好你是生在现代了，要是在古代，那就没包拯什么事了。”

“呵呵呵！”太后学着女儿干笑，瞪她一眼，“还好脚没什么大碍，不然我看你怎么办！”话至此，她又突然叹了口气，接着说：“忽然回来也不是因为幼稚园关门了吧？”

慕慕闻言浑身一震，说不出话了。“被开除了”这么丢脸的话她怎么可能说得出口，是以彼时回家，她随便找了个借口就搪塞过去了。虽然当时太后也有诸多怀疑，但见慕慕不肯多说，也就没再往下问，原本慕慕还以为逃过一劫，谁料……

慕慕抓了抓头，咂舌道：“这个这个嘛……”

太后见状又板着脸厉声道：“如果再撒谎，立斩不贷！”

慕慕泪奔，我的亲娘啊，哪儿是我想撒谎，只是这其中缘由过于复杂又过于离奇，我说了，你也未必信啊。正思忖，慕慕灵光一闪，终咬牙道：“好吧，其实简单说起来，就是……就是我们园长想要潜规则我，我抵死不从，然后……他就把我开除了……”

话毕，对面的太后彻底沉默了。

见太后满脸肃穆，慕慕有些心虚地低头，她这么说，也不算全部欺瞒太后吧？自己的确是在拒绝兰斯后才被开除的。慕慕呃了声，正想开口再说什么，身旁太后就已爆出一句，“就你？”

慕慕彻底囧了，这算什么反应？

这头，太后将女儿从头到尾地打量一番，终于齐整地讲完一句话，“就你？你们园长什么眼光？”

慕慕：“……”

系统已百分百确定，她肯定不是太后亲生的。

玩笑归玩笑，太后痛斥一番兰斯无耻下作不要脸后，两母女约定好：继续隐瞒老头子实情，等慕慕伤好，再去找新工作。

两人一边说，一边又去菜市场买了菜这才回了家，此时慕老爸早到家，正与人坐在阳台上下象棋。因为隔得太远，又有大半扇门挡着，慕慕看不大清，只从衣着打扮上看出对方是个年轻男人。

慕慕见状也没怎么放在心上，自老爸光荣退休以后，常有小警察上门来玩，所以，慕慕朝阳台随意打了声招呼就准备回自己房间。谁料一听女儿的声音，老慕就进了客厅，嚷嚷道："怎么才回来？电话也不接！"

慕慕拿出手机一看，真有三个未接来电，"哦，陪妈去买菜，电话也没听见，怎么啦？"

"你同事来了，人家等你好久了。"

慕慕听见"同事"二字，心骤然一紧，还没等抬头，那清润干净的男声已传入耳中，"伯母好，我是慕慕的同事，兰斯·莱尔斯。"

抽了抽嘴角，慕慕看向那张清隽的脸庞，也不知道自己是该松下一口气还是提上一口气。

"你好你好。"这头太后笑呵呵地引着兰斯坐下，一双小眼闪烁着慈祥而欣喜的光芒，"哎唷，没想到现在的外国人说我们的语言这么流利，真是一点口音都听不出。"

老慕点头赞同道："小兰象棋也下得不错，比很多小年轻都强多了。"

慕慕汗颜，小兰？这是什么鬼称呼！

兰斯倒是半点不觉得别扭，噙笑回应，"伯父谬赞了。"

太后一边替兰斯泡茶一边又道："哎呀，这还是慕慕头一次带同事来家里，我这闺女性格大大咧咧，平时肯定没少受你照顾。对了，你也是那个什么什么幼稚园的老师？"

兰斯颔首，"我是莱尔斯幼稚园的园长。"

话毕，太后抓茶叶的手一抖，笑容凝在脸上彻底噤声了。

慕慕无语凝噎，见太后脸皮抽搐，赶紧转移话题道："你来干什么？"

兰斯直视她，目光清澈无比，"你有些东西落在幼稚园了，我给你送来。"

"哦……"气氛微微尴尬，慕慕正不知该如何回应，却觉手臂被人掐了下，回头一看，太后不知何时已到了自己身边。

太后将慕慕拉到边上，不太确定道："闺女，刚才……我是不是听错了？你说的是你想潜规则你们园长，别人拒绝你之后，你被开除了吧？"

慕慕流泪：妈，在你眼里，我真的这么饥渴难耐吗？

小小的卧室里，窗明几净。

书柜里摆满了花花绿绿的小说、漫画；电脑桌上摆着盆精致的多肉植物；而床前，一只呆萌的嘻哈猴也正瞪圆眼睛——好奇地打量着某位气场强大的不速之客。

环视一周，兰斯最终将视线定格在了墙上的某张照片上。望着照片里身着红色功夫衫、举着奖牌笑得阳光灿烂的小萝莉，兰斯的嘴角忍不住一点点扬起来。

慕慕见状，用手挡住照片道："没什么好看的，你到那边去坐。"

兰斯不予理睬，歪头玩味地看了看慕慕，轻声道："从小就这么暴力。"

慕慕愣了三秒，这才反应过来他在评价那张照片。

"什么暴力呀，那是我们市上举办的首届儿童武术比赛，当时我可拿了区里第一名。那些小孩子不是学过柔道就是练过拳术，结果都打不过我一个野路子，嘿嘿，后来连我爸都说……"慕慕一面说一面抬头，陡然撞进兰斯笑意盈盈的眸子里，这才赫然惊觉不对劲，咳！干吗告诉他小时候的事情呀！

兰斯倒一副意犹未尽的样子，眨眼道："嗯？伯父说什么？"

慕慕白他一眼，看了看外边，确定老两口听不见后，悄声道："你还真喊得出口，说起岁数，我们全家加起来也不够您老的零头吧？"话毕，慕慕又下意识地怔住，背脊微微僵硬。

不对，如果她真是任毒舌的妹妹，那或许自己的年龄也……

兰斯眼眸深邃，显然也已猜到慕慕的心思，咳嗽一声，低低地道："那晚的事，之行已经告诉我了。"

所以，他是来当劝解员的？抑或……来看笑话的？慕慕默然，想起彼时自己告诉兰斯她喜欢任毒舌时他的表情：隐忍、内敛，又带着些许的不解和挫败。原本，慕慕一直以为那错综复杂的神情是因为兰斯生平第一次遭人拒绝所致，现在她才明白，原来当时兰斯是在惊讶——惊讶她居然喜欢了自己的亲哥哥。

从一开始，他就知道所有的隐情。

“慕慕——”

慕慕打断兰斯摆了摆手，道：“你不是说来我家是要给我东西吗？东西呢？”

当兰斯真的拿出那包东西时，慕慕还是有些小诧异：画着奇怪图腾的鹅卵石、会自动变色的羽毛、完全照不出任何影像的奇怪镜子……以及一张卡片。卡片上，用铅笔歪歪扭扭地写着一行文字——

愚蠢的人类慕慕：

你太弱，脑袋又不灵光，出去后肯定会被人欺负，这些东西可以帮你打败其他人类。不用感谢我们，照顾好自己。

末尾，小浑蛋们除了签上自己的名字，还用红印泥各自盖了爪印。面对如此“温馨卡片”，慕慕简直哭笑不得。这居高临下的态度是怎样？还有，划掉“愚蠢的人类”几个字难道她就真的看不见了吗？换张卡片重写会死吗？

虽然气得头顶冒烟，但慕慕心底还是升起一股异样的温暖，盯着那些可爱的小爪印摸了摸，真想再亲手捏一捏……

兰斯道：“本来他们是准备亲自给你饯行的，可是你走得太匆忙，所以小鬼们就委托我把礼物给你送来了。还有，他们要我转告你一句话。”

慕慕皱眉看向兰斯，有什么话不能写在卡片上，还要园长大人亲自转达？唔，不用猜也知道不是好话。

兰斯清了清嗓子，道：“他们说——慕老师，加油。”

慕慕顿了顿，又顿了顿，依旧有些反应不过来。这话是……

不等慕慕开口，兰斯已拍了拍她的头，道：“慕慕，你做得很好。这是百年来，小鬼们第一次集体承认人类老师的身份。虽然没有正式授过课，但你已经教会他们很多。比起你来之前，B班现在更团结更友爱，他们之间的牵系是你亲手连结的。”

话至此，兰斯故意停顿一番，这才总结说：“这其实，也在我意料之外。”

听了这话，慕慕忽然鼻子酸酸的，眼眶也微微湿润。小半年来的努力终于得到肯定，怎么可能不想哭？可是不能，自己是女汉子，至少在兰斯面前不能。想到这儿，慕慕深呼口气，为转移注意力，继续埋头翻东西，“还有什么？我记得，好像还有个坐垫忘带回来了，带来了吗？”

翻着翻着，慕慕就见一只黑木盒被压在最下面，抽出来一看，精致的木盒上还雕刻着漂亮的蔷薇湖，低调而奢华。

“这是什么？”慕慕道。

“唔，”兰斯踌躇，“也是礼物。”

慕慕迫不及待打开，只见盒子里整整齐齐地码放着十来个玩偶饼干。最中间最大那个俨然是以自己为原型做的Q版饼干，坐在自己周围的是流口水的小漓、吐舌头的卡卡夫和夫卡卡，以及眯眼大笑的白淮大叔。

“好可爱！”慕慕激动万分，不管三七二十一，抓住“色龙千乘”就扔进嘴里，可还没来得及咬，旁边的兰斯就突然弯眼道：“味道如何？”

见兰斯眼眸放光一脸奸诈的样子，慕慕暗叫不好，正想开口，兰斯已接着道：“这礼物是老白送你的。”

慕慕瞪大杏眼，可还来不及做任何动作，喉口一紧，慌张之下，居然直接将整个饼干吞了下去。慕慕顿时大咳起来，脸也涨得通红，兰斯见状微微担忧，忙上前替慕慕拍背。

好不容易顺过气来，慕慕一把推开兰斯，怒道：“你王八蛋！”

兰斯眨眼扮无辜，“本来只是想逗逗你，我怎么知道你会吞下去？”

“你——”慕慕话说到一半骤然停下，转了转眼珠，笑道：“其实呢，这次大叔做得很有进步，要不园长你也尝尝？只要你吃了，刚才的事就既往不咎了。”

兰斯将手插在裤兜里，凉凉道：“你觉得我会吃吗？”

无视兰斯的话，慕慕笑嘻嘻地拿起“慕慕饼干”，递到其嘴边哄道：“乖，张嘴……”

兰斯别头，正欲奚落，卧室门吱扭一声响了，太后的声音从外响起，“慕慕啊，我说……”

话说到一半，戛然而止。

一瞬间，门里门外都如石化般定在原地了。于是，在太后眼里，看到的就是这么一幕：自家闺女非常谄媚地举着小点心往别人嘴里送，而对方，则一脸嫌弃加厌恶地往旁边别着头。

唉，这傻闺女，怎么就一点都没继承到自已的优良传统，怎么就这么不会追男人呢！

太后沉思之际，慕慕已立正站直，回神道：“妈，你进来怎么不敲门！”

“哦，我进自家闺女房还要敲门啊？”太后鄙夷地哼了声，然后迅速变脸，转向兰斯和蔼可亲地说道：“小兰，今天中午就在家里吃吧，粗茶淡饭你可不许嫌弃。”

闻言，慕慕和兰斯同时出声：

“他不在我们家吃。”

“那就谢谢伯母了。”

话毕，两人不约而同地盯着对方。

慕慕瞪眼：你怎么这么不要脸？

兰斯眨眼：有免费午饭不吃太不符合我本性了。

这头，太后无视闺女的话，望着兰斯笑眯眯道：“好嘞，那你们再等等，汤一好就开饭。”听了这话，兰斯挽起袖口就往外走，“怎么好意思让伯母一直操劳，我出去帮你。”

太后道：“哎哟，瞧瞧小兰你这勤快劲儿，可比我家那破闺女强多了！”

慕慕抚额，求你们别一口一个“小兰”了好吗？再这样下去，如果真把柯南召唤出来了怎么办！

饭桌上，慕家老两口和兰斯互动得异常和谐，彼此一口一个“小兰”“伯父伯母”，居然都不觉得别扭。关于太后大人提出的年龄、职业、家庭情况等问题，兰斯居然也对答如流。什么22岁来A国留学，毕业后在帝都做了三年职业经理人，最后来到锦都市创业，说得慕慕都快相信兰斯真是普通人了。

直到最后，慕慕超长的反射弧才忽然反应过来，这节奏怎么越来越不对劲，这种……带男朋友回来见家长的即视感到底是怎么回事？

想到“男朋友”三个字，慕慕一噎，差点喷出饭来。而另一边，太后还和兰斯友好地互动着。

“小兰，这芋丝饼味道如何？你还吃得惯吧？”

兰斯优雅噙笑，“比起慕慕做的，伯母的作品简直就是珍馐。”

太后一副了然模样地盯着慕慕，“哦，这么说，她做给你吃过？”

正在喝汤的慕慕一噎，正想开口解释，那边兰斯已道：“常吃。慕慕带来的萝卜糕特别香甜，和其他甜点的水准简直就是云泥之分，应该是伯母做的才对吧？”

“那是！”太后得意扬扬地说罢，这才看向慕慕，一脸怒其不争：小样儿，居然还骗自己说是别人喜欢她才被开除的，如果这样，怎么会送甜点给别人吃？

慕慕歇菜，这才彻底明白什么叫“百口莫辩”。她又看了眼兰斯，恨得噌噌磨牙，怎么以前她就没发现，园长大人拍起马屁来简直就是专业水准啊。

饭后，在太后的逼迫下，慕慕送兰斯出门。

两人前脚刚走，太后就和老伴交换起意见来。

太后：“你觉得小伙子怎么样？”

慕老爸：“不错。样子俊有礼貌，又能干又有经济实力，而且家教这么好，家庭环境应该也不会差到哪儿去，只是……哎呀，是个外国人，会不会有文化差异什么的？观念不同，婚后很容易吵架的。”

太后闻言哼哼道：“你倒想得远，别人还未必想娶你那宝贝闺女呢，你不知道，我刚刚还看见小兰……”太后将刚才看见的一五一十地告诉了老伴，谁料老慕同志半点不担心，反倒笑呵呵道：“这个你就不懂了，我是男人，看得可比你透。你想想，要是小兰真对咱慕慕没意思，能上门来找？”

太后踌躇，“也是，可是吧，我还是有点不放心。”

老慕背着手，笑得贼兮兮的，“没必要没必要，他肯定喜欢咱闺女。”

太后最了解老伴的性子，听了这话忙戳他道：“老慕，你是不是发现什么了？怎么这么肯定？”

老慕神秘兮兮地把老伴拉到慕慕卧室，指着墙上某个空相框道：“你自己看。要不喜欢我闺女，偷她小时候的照片干什么？”

太后见状顿悟，也笑嗔起来，“现在的小年轻啊，真是让人搞不懂呢。”

老两口八卦之时，慕慕也刚好将兰斯送到街口。瞥了眼外面，慕慕朝兰斯挥手，“就到这儿了，拜拜。”话毕，人还来不及转身，手已经被拽住。

“你——”慕慕佯怒，但眉头还来不及皱起，那头兰斯已道：“你就真的没什么想问我了？”

慕慕手抖了抖，垂下眼睑，情不自禁地咬住下唇。她当然知道兰斯指的是什么，只是那事来得太突然，又完全超出了她的想象，她根本就不知道该如何应对。那晚，当任之行亲口告诉她她是他的妹妹时，慕慕的大脑几乎下意识地做出了判断，“不可能！怎么可能？我从记事起就一直住在警局职工大院，家里还有很多我小时候的照片，怎么可能是你妹妹。”

“记事起……说得好，”任之行眼神明明灭灭，“那你记不记得，自己是从几岁开始记事的？”

慕慕蹙眉，“五六岁吧？这很奇怪吗？一般小孩子不都是——”

任之行摇头打断她，“那慕慕，你小时候的照片，又是从几岁开始的？”

闻言，慕慕瞳孔骤然紧缩，面皮也泛起诡异的白。是了，她没有六岁前的照片，一张也没有。

其实，这并不是什么秘密，早在她上高中那年，太后就已将事情始末告诉了她。老爸原本并不在锦都市当差，而是邻市郦城的刑警，当年因为一起案件，他们全家遭到了毁灭性的报复。那晚，歹徒趁他们熟睡时将他们反锁在了家里，然后点燃了淋满汽油的房子……等警察赶到时，只有慕慕和太后逃了出来，而慕老爸则因为在外出差逃过一劫，但爷爷、奶奶，以及慕家的大女儿却永远地留在了火海里……

因为这场大火，慕家举家搬迁，慕老爸的工作也从郦城调到了锦都市。而以前的相册，不用问也知道已被那场大火烧毁，慕慕唯恐父母伤心，是以从未多想多问。可今时今日任之行这么一说，她才陡然惊觉一切都来得过于巧合。

大火、报复、消失的相册、儿时空白的记忆……这些，到底有什么联系？自己，又到底是谁？

任之行道：“我调查过慕家，十五年前，他们的确遭到了歹徒的报复。那场大火里，除了慕氏夫妇被救出，两位老人和五岁的小女儿都葬身火海。半年后，他们领养了你，再过了半年，就举家搬迁到了锦都市。

“慕慕，你应该很清楚我的性格，如果不是百分百肯定，我不会对你说这些话。你的确是我妹妹，我寻找了百来年的亲妹妹。”

……

从回忆中慢慢回过神来，慕慕看向兰斯，歪头道：“是任毒舌让你来找我的？”那晚，任毒舌讲完这一段后，慕慕就喊停，不肯再听下去。所以，兰斯此行的目的，其实是来替任毒舌传话，告诉她真正的身世吧？

兰斯眼眸清透，直视慕慕许久，这才道：“我不在乎你叫慕慕还是任之澈，我只是觉得这个时候应该有人陪着你，而这个人，除了我，不能是别人。”

听见兰斯霸气的宣言，慕慕刚才蓄积起来的一点多愁善感骤然烟消云散。她一字一句地念道：“任——之——澈，原来任毒舌的妹妹叫这个名字啊，嘿，还蛮好听的。”

慕慕一边说，一边踱步往外走，半晌才停住脚步，道：“兰斯，你是不是也觉得我不愿意听以前的事是在逃避现实？”

其实，说一点都不想搞清楚以前的事肯定是假的。她的年龄，她的记忆，她的遭遇，通通都是谜。如何与哥哥走散，为何这么多年都没有长大，又为何在几百年后被慕家收养，可一切的一切，在她听到慕家举家搬迁的瞬间，变得彻底不重要了。

慕慕道：“我很清楚老慕和太后的性格，他们从来都不是自怨自艾的人。至亲被杀，或许会一时沉浸在悲伤中，但他们绝对不会为此而离开家乡。他们会定居锦都，是因为我。”

说到这儿，慕慕抬头看了眼蔚蓝的天空，这才接着说：“这里的人大多不知道慕家以前的事，所以不会有人怀疑我的身份，爸妈是真的把我当亲生女儿看……”其实，还有很多细节，现在想来都让慕慕心底抽痛：比如太后在慕慕小学时做了节育手术；又比如为避免领养的事情泄露，这么多年他们都未再回郦城看上一眼，甚至前年还将爷爷奶奶的墓也迁来了锦都；再比如，用攒了一辈子的积蓄为她买房子。

慕慕深呼口气，开口道：“在不知道自己身份前，我或许还能心安理得地享受他们对我的爱，可现在，心里更多的反而是愧疚。所以，以前的那些事又有什么关系呢？我知道或者不知道，都不能再改变几百年前的事情，可老慕和太后就活生生地站在我面前，我……我就是慕家的女儿啊。”

话毕，两人都不再言语，只并肩慢慢地往外走。行了一小段，兰斯才忽然幽幽地说道：“满目山河空念远，落花风雨更伤春。不如怜取眼前人。”

慕慕怔了怔，这才反应过来兰斯是在评价她的决定，遂点头道：“嗯，差不多就是这个意思。啊，你一个英国人，居然也知道这首诗啊。”

兰斯凝视着她没搭腔，少时才慢慢重复道：“不如怜取眼前人……”

闻言，慕慕终觉出点味儿来，抬头果然见兰斯正眸光柔柔地看着她，顿时绯红了脸颊。慕慕悄悄往后退了步，将拳头抵在嘴边咳了咳，道：“……那啥，刚才在我家时我就想跟你说，唔，虽然我和任毒舌是绝对不可能了，但这并不代表我会退而求其次。再说……我们不是已经说清楚了吗？”

说罢，慕慕乍一抬眸，只见兰斯已停下脚步，定在了其身后。

慕慕回头，“你——”

兰斯将双手插在裤兜里，不明所以地低着头，片刻才冷不丁道：“拒绝是你的权利，但慕慕，我从来都没说过会放弃自己的感情。”

慕慕微感诧异，正不知所措，兰斯已上前拍了拍她的脑袋，道：“先走了，等忙完周年庆的事情再来看你。”话毕，当真目不斜视地往前走去。慕慕有些犹豫地喊住他，对方只是定在原地，没有回头。

兰斯：“还有事？”

“嗯……”慕慕沉默片刻，“我是任毒舌妹妹的事情，你早就知道吧？这几天我一直在想，怎么会这么巧，我投简历就投到了莱尔斯幼稚园，又这么巧，在‘花不语’遇到了我哥。”

兰斯挺拔的身影明显一怔，舒出口气道：“那个招聘启事本来是只对妖魔鬼怪和拥有灵力的人类开放的。后来，为了寻找你，我用任之行的血在启事上做了些手脚。”

所以，除了妖魔鬼怪和修行者外，任家的人也能看见那个启事啊。原来……如此……慕慕顿了顿，手不知何时已攥紧成拳。

见兰斯走远，慕慕也盘算着回家，谁料一回头就见空中飘着个不明物体。她惨叫一声“妈呀”，捂着胸口跳开一大步才看清对方竟然是逐辰。慕慕瞠目结舌，环视一周确定小巷里没有别的人，这才稍稍安心，“你这样出来可以吗？喂，吓着人怎么办？”

“放心。”逐辰抄着手道，“除了你，其他人看不见我。”话锋一转，又道：“丫头，你刚才说要做慕家的女儿？”

慕慕已经习惯逐辰的偷听，她一面慢悠悠往家的方向走，一面道：“不是‘要做’，我本来就是慕家的女儿。”

“哦？”逐辰微微扬声，“那小吱吱呢？你决定以后怎么办？是永远不来往还是装作不认识？”慕慕闻言脚步骤停，可立在巷口良久也不知该如何回答。她已经下定决心要做回普通人，回归普通人的生活，所以……大概……以后是见不到对方了吧？

逐辰叹息道：“丫头，你怎么就不明白，你这样对小吱吱是何等不公平。慕氏夫妇对你有恩，难道小吱吱对你的付出就少了吗？这百来年我虽未在他身边，但亦能猜想到他寻找你的种种艰辛。当年，若不是为了救你，他也不用沉睡多年，而你现在竟连一个述说的机会都不肯给他。”

慕慕心头一震，眉头不知何时已紧紧蹙起。

哼哼一声，逐辰又道：“别以为本座看不出来，你嘴上不说，其实心里一直都在怪他吧？怪他一直隐瞒真相，害你对他产生感情；怪他又突如其来告知你所有事情，打破了原有的宁静。”

“我没有！”慕慕大声反驳逐辰，“我只是……”

“只是什么？”逐辰反问，“你以为，今时今日自己能平安站在这儿，是谁的功劳？”

慕慕大惊，“你什么意思？”

“什么意思，”逐辰冷笑，“你以为本座会那么好心，无缘无故出来警告你小心周年庆的事情？是小吱吱……从盾山回来后，他找过本座，要本座尽心保护你，也就是那时，本座才知道你是他妹妹。啧，我就说过了几百年，他竟也改了本性，愿意沾染女色了，结果，啧啧啧，还是死妹控一个。”

慕慕闻言诧异非常，“你是说，前段时间你一直劝我离开幼稚园，其实是任毒舌的主意？”

“不然你以为呢？”逐辰抱胸冷哼，摇头讥讽道：“可惜，某人和小时候一样惹人讨厌，倔得就跟头驴似的。奈何本座磨破了嘴皮子，又是恐吓又是挑拨离间，就是不肯离开幼稚园，逼得她哥只能去和兰斯谈和。”

慕慕喃喃，“谈和……”

“嗯。你就是再蠢也该看出来了吧？兰斯和小吱吱的关系并非表面那么和谐，当初兰斯利用招聘启事寻找你，也是想要伺机用你威胁那个死妹控。为了保护你，为了能让你回归正常人的生活，他才去找了兰斯。”

所以，自己离开幼稚园，其实都是任毒舌一手促成的？任毒舌不想她为霉神所害，更不想她被牵连进自己和兰斯之间的纷争，所以这才想尽办法要让她离开，是这个意思吗？

念及此，慕慕咬牙，慢慢攥紧拳头，只听逐辰又道：“要不是因为你对他产生了不该有的感情，他大概这一辈子都不愿告诉你真相。慕慕，不，是任之澈，你大概早忘了，自从几百年前开始，让你回归人类世界，像正常人一样结婚生子就是你哥毕生的心愿啊。”

Chapter 18

霉神

傍晚，慕慕坐在床边，抱着手机纠结不已。给任毒舌的短信写了又删、删了又写，简直比高考作文还要人命。

慕慕不是矫情妹子，今天听逐辰说了那番话后就决定和任毒舌破冰。决心下得很快，可当她真拿起手机时犯了难。该跟任毒舌说些什么，又怎么说，其实……连她自己都不知道。

直接说“我承认你是我哥了”好像怪怪的，可如果不这么讲，又该说些什么呢？随便找个借口和他聊天，让他知道自己的态度？还是干脆约他出来喝喝水，看看电影？不对不对，慕慕同学你要时刻谨记，他是你哥，你亲哥！哪儿有约亲哥看电影的？

慕慕想得头都要炸了，还是没个主意，干脆平躺下来，抱着嘻哈猴在床上滚来滚去。

“怎么办怎么办，头快痛死了啊！！！”

“头痛？”

慕慕正嚎得欢快，乍听耳边传来清冷而熟悉的声音，瞬间弹跳着坐起来。

掀开被子一看，果然手机屏幕已大亮，上面赫然显示着她还保持着通话状态，而通话人，正是任毒舌无误。

慕慕大为窘迫，大概是刚才在床上闹腾时不小心碰到了通话键。她硬着头皮“喂”了声，就听那边传来略微着急的声音，“出什么事了？你头很疼？”

“没有没有。”慕慕一边解释一边摆手，可摆了好一会儿才想起任毒舌根本看不见，又干脆改成挠头，“我……我按错键了。”

那边静默片刻，任毒舌才又说了句，“那就好。”

“嗯。”

一时间，气氛微微尴尬。任毒舌不再言语，慕慕也死活找不到新话题，两人就这么沉默着，可谁也没挂断电话。

过了半晌，那头任毒舌终于道：“那没事我就先挂了。”

“等等！”一听这话慕慕急了，语无伦次道：“我有事、有事找你，其实我是挺头疼的，我、我——”

慕慕视线在屋里乱转，心里不断提醒自己：快找个借口，随便什么借口先把他约出来。可越是这样，她脑子越是一片空白，眼见着舌头就要打结，太后忽然探了个脑袋进来，嚷嚷：“慕慕，家里的茶没了，你在网上买点回来！”

“对，茶！”慕慕眼眸放光，这边太后却一脸茫然，“啥？”

慕慕不搭理太后，朝她挥了挥手示意自己知道了，这边对着手机继续说：“咳，是这样的。我家的茶喝光了，我想买点回来，可是我对茶不太懂，你出来帮我参考参考？”

太后一脸看怪物的表情盯着慕慕，“弄这么麻烦干什么？就在网上买你爸常喝的那个牌子的绿茶就行，68元还包……”

不等太后把“邮”字说出口，慕慕就笑呵呵地把太后请出了屋，关门，上锁，确定再不受任何外界干扰后，这才又拿起手机，轻轻“喂”了声。

“嗯，还在。”

“嗯，那可以吗？”慕慕竟然还有些小紧张，手心也捏出了细汗。

那头再次静默下来，稍顿才道：“你的腿好些了吗？”

慕慕微怔，这才顿悟原来任毒舌是在担心自己行动不便，“好多了，不影响走路。”

“好，什么时候？”

“明天？”说完，慕慕顺便瞥了眼日历，见数字15下面标注着个大大的感叹号，这才想起明天就是幼稚园的周年庆了。想到这儿，她正想改口，那边任之行已爽快答应道：“好。”

两人又约好具体时间和地点，正准备挂电话，任之行陡然喊了声，“慕慕。”

“嗯？还有事？”慕慕歪头。

那边任之行像是叹了口气，声音沉沉，“如果你觉得别扭，不用勉强自己。”

慕慕闻言，心漏跳一拍，情不自禁地转头看向窗外。此时已是晚上八点，冬夜下的灯光总是让人觉得温暖而踏实，慕慕望着对面一间间明亮的小屋，不觉弯起了嘴角。

果然知妹莫若兄吗？

当真相大白之时，兰斯也好，逐辰也罢，所有人都认为慕慕是因为无法接受自己的身世而在逃避现实，只有任毒舌跟她提及这个词：别扭。

她还真别扭！

在对任毒舌告白之前，慕慕就已经做好了被拒绝的心理准备，可从“暗恋对象”变“亲哥哥”这一点，她实在难以承受。在知晓真相那晚，慕慕一闭眼就会想起自己对任毒舌曾有的那些心心念念。她曾因任毒舌的拥抱而面红耳赤，曾因他精壮赤裸的上身而羞赧欣喜，甚至，她还曾幻想过他的吻、他的指尖……

那一晚，与其说慕慕是因纠结而失眠，还不如说，她是因为羞怒和崩溃而失眠。别扭！真心别扭！怎么想怎么觉得别扭！即使事情已经过去这么多天，她再次和他通话，约他出来的那种语气和心态，还是觉得有点怪怪的。

所幸，他发现了。

因为任之行这么一句话，慕慕反倒轻松下来，胸口抑郁多时的心结也总算寻觅到了解法。舒出口气，慕慕老实答曰：“感觉是有一点怪，可我没有勉强自己，我是……我是真的想买茶！”

任之行哧哧笑出声，语气也恢复了往日的倨傲揶揄，“明天不要迟到了，没人会一直等你。”

“好，”慕慕道，“那我先挂了。”

挂了电话，慕慕又对着窗外发了一会儿呆，这才又托腮自言自语道：“任毒舌，再给我点时间——”再给我点时间，接受你这个死妹控。

翌日，慕慕到达目的地时，离她和任毒舌约定的时间还有大半个小时。因为时间尚早，她也就没给任毒舌打电话，只坐在广场上百无聊赖地刷微博。玩了一小会儿，慕慕就听前面传来断断续续的哭声，抬头一看，一个五六岁的小正太正站在商场门口抽抽搭搭的。

此时正值上班时段，又是周二，广场上除了两三个带孩子出来溜达的老头老太太以外，根本就没什么人。此时见这孩子啼哭，一个遛狗的老大爷率先上前道：“小朋友，你爸爸妈妈呢？”

小正太只管捂脸哭，并不理会。

旁边一个大妈见状也道：“这孩子大清早就在这儿了，我起先还以为他是跟着大人来的，可这么久了也没见到他家长。”

“哎哟，别是走丢了。”

“对，看样子就是和大人走散了。”另一个抱孩子的妈妈道，又弯眼柔声问那小正太，“小朋友，你先别哭好不好？跟阿姨说说，你怎么来这儿的？”

“对，跟这位阿姨说说，我们带你去找妈妈好不好？”

面对众人的询问，那孩子不知是被吓着了还是过于认生，仍旧一言不发。慕慕见状也凑了过去，正准备提议报警，刚才还哭泣不止的小正太忽然抬起头来，抱住慕慕的大腿就不肯再撒手。

他一面在慕慕裤子上擦鼻涕，一面断断续续道：“姐、姐姐，奶奶丢了，宝宝回去要挨骂，姐姐……姐姐帮宝宝找奶奶，呜呜……”

慕慕咂舌，这是什么情况？

旁边遛狗的大爷笑道：“哎哟，看来这小家伙不是认生，是怕我们是坏人呢。”话毕，众人都笑了起来。另一个大妈拍了拍慕慕的肩头，“看来还是这个小姑娘面善，这孩子认准了你是好人，你快问问他奶奶在哪儿。”

慕慕颔首，将小正太安抚一番，这才问道：“小朋友，你说奶奶丢了，是在哪儿丢的啊？”

小正太抹干眼角的泪水，说起话来倒是有条有理，“奶奶带宝宝来买巧克力，宝宝想吃棒棒糖，去拿……再转头奶奶已经丢了。奶奶说过，丢了就在大门口等，可是宝宝等了好久，奶奶还是没来，呜呜呜……”

这么一来，众人倒是明白过来怎么回事了。慕慕想了想，道：“我猜他奶奶一定还在商场里找他，如果现在打110的话，等警察还要一段时间，反而折腾。这样吧，我带孩子去客服中心，让他们用广播寻人，如果还是找不到他奶奶，我再报警。”

闻言，众人再无异议。慕慕带着小正太进了商场，其他大爷大妈该遛狗的遛狗，该回家的回家。

慕慕和太后常来这家商场，知道他们的客服中心在顶楼，所以一进电梯，慕慕就直接按了11层。可诡异的是，电梯行到三楼时却叮的一声停了下来。慕慕原以为是有人要上，可门一开，只见外面空空荡荡，目之所及，除了一张破旧的木桌和几块横放在地上的木板，什么都没有。

慕慕咦了声，柳眉下意识地蹙起。三楼不是专卖女装和鞋子吗？前两天她和太后来时，这里还热闹红火，怎么突然就……这是在装修？

慕慕正纳闷儿，脚边拽着自己的小手紧了紧，慕慕低头，见小正太一双漆黑透亮的眸子正盯着她，又紧张又胆怯。

“姐姐——”

“哈哈，没事没事，”慕慕摸了摸小正太的脑袋，按了电梯的关门键道：“可能是谁按错了，等一下哦，马上就能见到奶奶了。”

小正太没回应，电梯开始匀速往上升。慕慕盯着电梯屏幕上的数字一点点变化，直到数字变作11，又是叮的一声，电梯停了。

“好了，我们到啦。”慕慕噙笑，牵着小正太的手正欲往外走，可待抬头看清外面的景象，脚下蓦地一滞，人已如雕像般定在了原地。

空荡荡的办公楼里，只有一张木桌和几块破木板——和三楼一模一样的布置。慕慕退回电梯间，瞥了眼屏幕上的数字：3。

慕慕猛眨了眨眼，确定自己没看错后，疑惑之余心底也生出股不安来，刚才，她明明就是看着电梯升到11楼的，为什么眨眼工夫就……

“姐姐——”与此同时，小正太的呼唤再次传来。

看了眼脚边的小男孩，慕慕深呼口气，镇定！镇定！在孩子面前，慕慕你可千万别丢份儿。想到这里，慕慕牵着小正太又重按了11楼。感觉到电梯稳稳上升，慕慕稍稍安下心来。

“乖，电梯出了点小故障，不过没关系，现在已经好了，我们马上就要……”话还没说完，电梯里骤然一黑，屏幕、电视以及灯全灭了。

“怎么回事？”慕慕愣怔一秒，回头正准备去按紧急按钮，电梯忽然轰的一声响。她感觉到震动，心里咯噔一声，但已来不及任何动作，刹那间，电梯已开始急速往下坠落。

“蹲下！”叫出声的同时，慕慕不由自主地扑向小正太，想要将其护在怀里，可身体往前一倾却扑了个空，直接摔在了地上——那孩子，凭空消失了。

小剧场

周年庆当天，三个班的负责人一大早就聚集在白色城堡内，商议当晚的活动布置。正讨论得如火如荼，就见任之行神采奕奕地走了过来。夏洛尔一看他，就戏谑地吹了吹口哨。任之行今天居然换上了清爽的白衬衫、休闲裤，黑发用绳子细细绑起，长身玉立，再配上清俊的外表，站在兰斯身边竟也不逊色半分。

美人鱼调侃道：“这是天要下红雨啊，任先生居然这么重视周年庆，打扮得这么隆重帅气！”

任之行挑眉，显然心情极好，“放心，天不会下红雨，我这么打扮是要出去。”

“出去？”白淮奇怪道，“今晚要捉霉神，你要去哪儿？”

任之行星眸闪亮，嘚瑟万分道：“啊，是舍妹约我。”

本在喝茶的兰斯动作一滞，眉头忍不住轻蹙。这头夏洛尔等人亦是面面相觑，连一向漠视八卦的瑶薇也忍不住抬眸看向任之行。慕慕的事众人皆已知晓，而任毒舌现在这副连眼角都含笑的傲娇样子……唔，所以兄妹俩和好了？

无视众人的注目礼，任毒舌笑看向兰斯，“我来跟你说一声，晚上我不回来参加周年庆了。”言下之意，周年庆算什么，霉神算什么，什么事能比得上陪妹妹重要呢？

说完，任毒舌就转身离开，可没走几步，他又忽然回过身来，眼眸似笑非笑地凝视着兰斯，托腮道：“听说园长大人去拜访过舍妹的养父养母了？呵，园长大人好像忘了，除了那两位，慕慕还有个更重要的亲人。”说完，扬长而去。

白淮纳闷儿，“他最后那句话什么意思？”

夏洛尔摸摸下巴，满脸同情地看向兰斯，“大概就是说……‘别以为搞定了慕慕的养父养母就能轻轻松松追到我妹妹啦，只要我不同意谁也别想碰我妹妹！’”

瑶薇抱胸总结，“这个世界上，比挑剔丈母娘、恶毒婆婆更难缠的一个物种叫‘妹控大舅子’。兰斯，需要我们为你点蜡烛吗？”

好像……莫名其妙的……追慕慕的道路上又多了块很大很重的绊脚石呢。

不知过了多久，电梯终于停了下来。四周漆黑一片，安静得让人汗毛倒竖。慕慕试着唤了声，却没得到任何回应。正一筹莫展，周围灯光骤亮，叮的一声，电梯恢复运转，钛合金门缓缓打开了。

慕慕从地上爬起来，下意识地瞥了眼右上角，屏幕上赫然显示着一个数字：3。望了望外面荒凉空旷的办公楼，慕慕皱眉：到底是谁这么处心积虑地要带她到这里来？

慕慕深呼口气，抬腿正准备出去，脑子里忽然蹦出逐辰的声音，“勿动，前方有异。”

慕慕摇头苦笑，“不出去怎么办？一直待在电梯里？你认为这电梯还能带我回到正常世界？”

逐辰静默片刻，沉声道：“谨慎些，这里不像幻境，却又处处透着古怪。”

慕慕嗯了声，终迈步走出电梯间。

走了十来分钟，仍旧没看到半个人影，正如逐辰所言——“不像幻境却又处处透着古怪”。这里的格局和商场三楼一模一样，拐角、走廊分毫不差，但奇怪的是柜台、家具通通没了踪迹。整个办公楼空空荡荡，只剩刺眼的白炽灯悬在头顶，犹如一栋废弃的旧屋。

又走了一小会儿，就到了商城尽头，再往前，便是楼梯间了。因为平时顾客来往都是通过电梯，所以楼梯间的两扇灰色大门一直都紧闭着。慕慕试着推了下，门居然没上锁，伴着沉闷的声响，一点点敞开来。

门里的景象渐渐清晰，待看清全景，慕慕愣了愣，一时竟不知该作何反应：楼梯口，一个短发女子正坐在木凳上，跷着腿涂指甲油，大红的指甲油配上白皙的玉足，说不出的夺目耀眼。因为女子低着头，慕慕看不见对方的容貌，只见其长长的睫毛一颤一颤的。

“请问……”慕慕一出声，女子手一抖，指甲油霎时涂到了指甲外面，女子暗骂声“该死”，这才抬起头来。

黑眸、柳眉、薄唇，出乎意料的，竟是个清爽而标致的美女。因为其干练的短发，柔美中又夹杂了三分英气。女子打量慕慕一番，扔掉手上未涂完的指甲油，抱胸站了起来，“哦，这么说，就是你了？”

“什么是我？”女子这么一站起来，慕慕才发现对方超高，这个头……都快要到一米八了吧？迫于身高压力，慕慕情不自禁地往后退了半步，但尽管如此，仍旧躲不开对方咄咄逼人的目光。

“不是你是谁？”女子不满地嘁了声，“速度倒快，我还以为要再过一会儿才来，害我指甲都没涂完。”女子一面嘀咕，一面又皱眉瞥了瞥自己的脚，道：“好了，咱们走吧。”

慕慕问："去哪儿？"

女子一脸不耐烦，"到了自然就知道了。聪明的就听话，别逼我动手。"

这才真叫人为刀俎我为鱼肉。对方实力不明，慕慕也不敢轻举妄动，只能咬牙应道："好，我跟你走，但走之前你告诉我，刚才和我在一起的那孩子是不是和你一伙的？"

"怎么这么麻烦，"女子闻言，柳眉皱得更紧了些，"这么明显的诱敌伎俩你看不出来？"

慕慕汗颜，要是能看出来，她还怎么中招？不过既然对方不是真的人类小正太，她也就放心了。想到这里，慕慕微微舒了一口气。女子见状称奇，"你这是什么反应？一般遇到这种事都应该很愤怒才对吧？"

慕慕摇头，"生气你会放了我吗？只要那孩子不是普通人，就说明没有其他人受牵连，我当然要松下一口气啦。"

女子本在前面领路，听了这话脚下骤然一停，回身，目光灼灼，"你倒是特别，也不枉他这么挖空心思。"

慕慕转了转眼珠，踌躇道："他——是谁？霉神吗？"一路行来，慕慕仔细思索过，她在人类世界生活了接近二十年，一直平安无事，突然被妖魔袭击拐走的可能性极小。所以，这个"他"极有可能是从幼稚园跟着自己来到人类世界的，加上之前在蔷薇湖见过行踪诡秘的小男孩，慕慕自然而然就联想到霉神了。

只是，按照夏洛尔他们的说法，霉神只能在幼稚园行动，且一直以来带走的也是幼稚园的人，不知这次，"他"拐走自己到底想干什么？

"霉神？"女人挑眉，声调稍稍提高，"人类现在这么称呼我们了吗？呵！"

慕慕顿了顿，正不知如何回应，女子已停下道："好了，你自己上楼吧。"

慕慕抬头，原来七拐八拐之间，女子已带着她到了另一处楼梯口。这里一直是商场的安全通道，墙上还设有消火栓箱，实在不太像妖魔造出的幻境。

慕慕拧眉，"这里到底是哪儿，你——"

不等慕慕说完，女子已一脸厌烦道：“聒噪！我只负责帮忙引路，变成人类男孩引诱你和拐你的都是楼上那家伙，你有什么想问的自己去问他！”话毕，就凶狠地瞪着慕慕。

慕慕默了默，径直往楼上走去。

上楼后，首先映入眼帘的就是画着繁复花纹的黑色地毯、色彩厚重的天鹅绒窗帘，仿欧式的实木雕花沙发独占一隅，线条流畅的摇椅旁，壁炉正燃烧着熊熊火焰。这是一间典型的欧式古典风格小洋房。再往里走些，就能看见通往二楼的木梯。

慕慕站在原地踌躇不前，此时她站的位置正处玄关口，来时的楼梯早已消失，她就像是凭空出现在这屋子里似的。虽然不怎么抱希望，但慕慕还是蹑手蹑脚地走到了门前，扭了扭把手，果然，打不开。

抿了抿唇，慕慕悄声道：“逐辰，这里是幻境吗？”

逐辰啧了声，似乎也有些不太确定，“不太像……和刚才那里的气息很像，但又好像完全不同。”

说了等于没说。慕慕垂眼，连逐辰都看不明白的地方，还真不知道任毒舌能不能发现了。算了，既来之则安之，走一步是一步吧。

念及此，慕慕大胆往客厅走去，一面走一面道：“请问有人吗？”

无人回应。

将一楼里里外外找了个遍，慕慕仍旧没有发现半点人影。咬了咬牙，又往楼上走去，一上楼，慕慕瞬间以为自己又穿越了——

浓墨淡彩的水墨屏风后，摆着红木椅和圆桌，靠墙的博古架上放着各式花瓶、瓷罐。再往里走，就是几间紧闭大门的房间，无一例外的是，门和窗也全是东方古风。有人居然在一栋房子里用了两种截然不同的装修风格，简直就是疯了！慕慕一面惊叹，一面继续往里走，“有人吗？”

还是没有回应。就在慕慕即将绝望之际，靠左边最里面的房里忽然传来响动，慕慕几乎下意识地冲了过去，推开门——

屋内整洁精致，依旧是优雅古典的东方风格，但这并不重要，重要的是，床上躺了一个人。其双脚并拢平躺在床上，双手也规规矩矩地搁在肚皮上，就好像死后被人故意摆成这种姿势好供人瞻仰一样。

慕慕吓了一跳，定了定神，这才壮起胆子大声道：“您好，我叫慕慕，请问这里是哪儿？”

那人没动，慕慕瞪大眼睛看了对方老半天，总觉得……好像他胸口也没有任何起伏，妈呀，别真是死人吧……

正觉两股战战，神识里逐辰却哼了声，“小丫头，看你之前一直表现镇定，我还以为你真天不怕地不怕呢，怎么现在怂了？”

慕慕牙齿都开始打颤了，“我不怕妖魔神怪，可我怕鬼……”

“真是头发长见识短，三界里，鬼魅之物是最没本事的，不然怎么说他们最爱故弄玄虚？还有，这家伙不是死人。”

闻言，慕慕顿时松下口气来，抹掉额头的冷汗，瞬间恢复神采，“不是死人？你怎么不早说？”

逐辰踌躇，“虽然也不像活物，但……确不是鬼魅之物。”

“只要不是鬼，我就什么都不怕啦。”慕慕一边说，一边大大咧咧地往里走，嚷嚷道：“喂，说你呢，你一直躺着装什么尸体？喊你听不——”

话未毕，慕慕已走到架子床前，在看清围栏后那人半遮半掩的面容后，霎时噤声。另一头，逐辰也沉默无语。

揉了揉眼睛，确定自己没有眼花后，慕慕终于叫出声，“园长？你怎么会在这儿？！”说罢，慕慕就伸出手来，可在即将触碰到兰斯的一刹那，又下意识地停了下来。

不对，不对，好像有哪里不对。

大家都说，只有人类才能见到霉神，所以“他”是没办法诱拐妖魔鬼怪的。那身为妖魔幼稚园之首的兰斯又怎么会在这里？而且，刚才那个女人说过，诱骗自己的人是“楼上那个家伙”，可她找遍整个房间，只在这里找到了兰斯一个人。难道——

想到那个令人惊悚的可能性，慕慕陡然睁大了眼睛，与此同时，木架子床上，“他”缓缓睁开了眼睛。

装饰华美的架子床上，兰斯缓缓睁开了眼睛。慕慕心跳陡然漏下半拍，周遭空气亦瞬间凝结。她的手仍旧悬在半空，如石化般一动不动，因为她清晰地看见，兰斯的瞳孔是红色，鲜艳而血腥的红。

这不是她第一次见兰斯化出红瞳，但不知道为什么，此时此刻，在不甚明朗的房间里骤然再见这双妖艳而诡谲的红眸，慕慕却觉背脊一阵阵发凉。她在害怕，前所未有地害怕。

这头，兰斯亦目不转睛地盯着慕慕，大概还未完全清醒，他的神情有些茫然，过了片刻，才忽然吐出一个字来："吵。"说罢，又翻了个身兀自睡去。

一只乌鸦带着一连串省略号从慕慕头顶飞过，刚才的那点紧张气氛顿时烟消云散。慕慕盯着兰斯，面皮抽了两下，这是玩儿她呢还是玩儿她呢？他费尽周折把自己骗到这儿来，难道就是为了让自己看他睡觉？

"喂，别睡了。"慕慕拍了拍兰斯，道："起来。这到底是怎么一回事啊？还有，这是哪儿？为什么——"

话还没说完，兰斯忽然转过身来，一脸焦躁道："慕小姐，为了带你回来，我幻化成小男孩的模样花了不少灵力，现在，我需要休息，有什么问题等我醒了再说，可以吗？"

慕慕一怔，双唇微颤，"你是说……"

"是的，"兰斯红眸清明透亮，"我就是霉神，现在，我可以睡了吗？"

兰斯再醒来，已是几个小时后。在屋里转了一圈，他才在客厅找到慕慕。此时已至夕阳时分，小妮子却没有点灯，只幽幽地坐在壁炉前，见兰斯下来也没什么反应。

"嗨。"兰斯眨了眨眼，朝慕慕打招呼。对方却回过头，没有理他。

"对不起，"兰斯耸肩道，"我一旦睡不醒就会相当暴躁，所以忘记了身为人类你需要进食，厨房里有面包和肉干，想来点儿吗？"

闻言，慕慕再次转过头来，清澈澄亮的黑眸瞪着兰斯，一声不吭。

兰斯见状，不卑不亢地迎上那视线，托腮道："放心，食物里没有毒，你只用在这里待上三天，我自然会放你走。所以，是面包还是肉干？或者两样都来点儿？唔，其实壁橱里还有半瓶葡萄酒，如果你……”

“你不是兰斯。”慕慕蓦地出声，陡然打断了对方的话。

闻言，“兰斯”微微动了动眉毛，若有所思地看向慕慕，“为什么？”他声音清润柔和，面上也写满了人畜无害，真是怎么看怎么都不像坏人。

“你为什么觉得我不是兰斯？”

慕慕抿唇，这还用说，破绽实在太多太多了。在房间初见他时，自己或许还会因为过于震惊和突然而错认他为兰斯，而一旦冷静下来，就会发现两人之间有诸多不同。譬如，兰斯绝不会称她为“慕小姐”，譬如两人说话的语气和动作，再譬如……

慕慕默默看了眼对方白皙光洁的脖子，吐出一个字：“痣。”

冒牌兰斯歪头，“智？”

慕慕摇头，解释道：“园长脖子上有颗小黑痣，你没有。”

冒牌货闻言转了转眼珠，捂嘴咯咯笑出了声，“不愧是慕小姐，这么快就被你识破了。你比以前那些人类老师都聪明，怪不得兰斯这么喜欢你。不过，你能察觉到那么不起眼的小痣，说明你们俩的关系很亲密呢！”

冒牌货一席话说得坦荡自然，丝毫没有半点调侃的意思，但所谓说者无意听者有心，霎时间，慕慕的小脸已绯红一片。

轻咳一声，慕慕面皮紧绷道：“你好像，并不在乎被我拆穿？”

“从始至终，我都没讲过我是兰斯，何来拆穿一说？”对方笑得如沐春风，友好地伸出手道：“慕小姐你好，我叫言忱，是这栋屋子的宅灵，也就是你们口中的霉神。”

“言、忱。”慕慕警惕地盯着那张俊颜，并没有伸手与对方相握。这个言忱，明明就是外国人，为什么用的却是本国名字？难道妖魔界也和人类世界一样，喜欢在自己本名外，再取一个异国名字？可他为什么……又和兰斯长得一模一样？

像是知晓慕慕在想些什么，言忱神情自若地放下手，将手揣在裤兜里，噘嘴道：“别问我那个问题，我也不知道。自我有记忆以来就是这个模样了，第一次见到那个兰斯时，我自己也吓了一跳。哎，弄得每次掳来的人类老师都会误会。”

慕慕拧眉，“好，咱们换个问题。你抓我来想干什么？之前在蔷薇湖畔，我遇到的那个小男孩也是你变的吧？”

话音落下，一个清亮而尴尬的声音却突然在两人间响起。慕慕嘴角抽搐，情不自禁地摸了摸肚子，她一大早就出门，又是带小屁孩找奶奶，又是上演电梯惊魂，现在，还真有点饿了。

言忱见状弯了弯眼，眸光如水，“回答问题前，我们还是先吃饭吧。”

说是“我们吃饭”，其实是言忱看着慕慕吃。风卷残云地干掉大半个面包后，慕慕才赫然想起有个词叫“矜持”。瞥了眼对面笑盈盈凝视着自己的人，慕慕汗颜，“你……不吃？”

言忱摇头，“身为宅灵是不需要进食的。这些食物是专门为你准备的，希望还没有过期。”

“纳、纳尼？”慕慕瞠目结舌。一般遇到这种情况，最后一句台词不都应该是“希望你喜欢”“希望合你胃口”吗？为什么到了她这儿，就变成“希望没有过期”了？这还有没有天理了？虽然这货和兰斯完全不同，但一句话噎死人的本事倒是一样一样的啊。

“我也没办法啊。”言忱满脸委屈，“我的时间有限，行动也有限，这些东西还是找了好几个地方才凑齐的。人类现在警觉性很高，如果拿得太多太明显会被发现的。”

这么说，这些东西还是偷的？

慕慕抱头抓狂，“那这些东西你到底是在哪儿拿的？”话毕，不等言忱开口，慕慕又迅速打断道：“算了，我还是不要知道真相的好。”万一言忱说这些东西是在废品站或者垃圾箱里找到的，她会崩溃的。

言忱原本默默笑着，见慕慕这样，忽然收敛了笑意，眼神一黯，神色中已有几分哀戚，“宅灵原本何等风光，却没想到有一日，要做小偷才能招待客人。”

听了这话，慕慕舒展眉头，思索道："从刚才开始就一直听你说宅灵宅灵的，呃……你们是妖魔？"

"妖？"言忱苦笑，眸光清冷，"我一族曾被誉为家喻户晓的'宅神'，'妖'这样低贱的称谓又怎么配得上我们？"

慕慕踌躇，"那你们现在……"

言忱顿了顿，望了眼被厚重窗帘遮挡的窗户，终娓娓道来，"宅灵本是生活在住宅里的灵物，因为我们守护家宅，护得屋主出入平安而被人类封为'宅神'。但随着人类社会的发展，不再有人信仰宅神，越来越多的旧屋也被拆迁成广场、道路、游乐园，我们……也就失去了立身之所。"

慕慕闻言，骤然想起之前在商场见到的那个高个女子，顿悟，"那个送我来这儿的女人也是宅灵？"

言忱点头，"我们生活的空间与人类世界是两个平行的空间，因为你突然离开幼稚园，我没办法单独引你到这里来，所以只能请小妍帮忙了。"

慕慕半懂不懂，"也就是说，宅灵一面守护着家宅，一面居住在与这个屋子平行的某个奇特空间。就好比之前的商场，其宅灵就是那个小妍。她守护着这家商场，并居住在一个与商场布局一模一样的空间里。如果人类世界的商场进行装修改造，小妍住的空间也会发生相应变化，而一旦商场被拆掉的话，小妍就居无定所了？"

"差不多就是这个意思。"言忱颔首。慕慕顿悟，怪不得之前逐辰说那里不像幻境，又处处古怪，原来是平行空间啊。

言忱继续道："宅灵的世界里，屋舍与屋舍间是可以互通的，所以小妍才能通过楼梯将你送到这里来。我们的空间中，没有道路和广场，所以，一旦自己守护居住的房屋被拆，宅灵就只能前往人类世界。"

慕慕道："到人类世界生活，不也很好吗？"

言忱静了半晌，终道："你已经看到了，我只是去人类世界一小会儿，就已经累得精疲力尽。在你们的世界会过快消耗灵力，一旦灵力枯竭，宅灵就会彻底消失。"

屋内的空气微微胶着，两人四目相对，谁都没再言语。过了许久，慕慕才率先打破沉默道："你说的这些，和抓我来有什么必然联系？"

"有一些关系，"言忱托腮沉思一番才道，"不过我不打算说。"

慕慕气结，"你——"

言忱扬着那张纯真无比的俊颜，灿烂笑开，"其实我说与不说又有什么关系？三天之后，你一样会被消除记忆，到时候别说在这里发生的事情了，恐怕就连之前在幼稚园发生的种种，你也会忘记。"

慕慕闻言，心头一阵发寒，但面上仍旧处变不惊，"能否消除我的记忆还是个未知数。"

"是吗？"言忱轻笑。

慕慕正想再反诘，却听神识中逐辰突然道："拉开窗帘！"

慕慕骇了一跳，"什么？"

"快去！"

听逐辰言语急迫，慕慕不敢耽搁，三步并作两步奔到窗前，一把拉开厚重的天鹅绒窗帘。待她看清窗外景象的刹那，只觉脑袋轰的一声炸响——瞬间空白。

待慕慕看清窗帘后的景象，不禁倒抽了口凉气，脑袋瞬间空白。

隔着落地窗，她能够清晰地看到兰斯、夏洛尔和白淮大叔正交谈着什么，兰斯一面与他们说笑，目光一面时不时地扫过桌前的相框。夏洛尔注意到，一把夺过相框看了看，当即啧啧摇头，又挤眉弄眼地举给身后的凯西和白淮看。兰斯见状倒也不恼，只靠在转椅上好整以暇地凝视着众人，倒是白淮看过那照片后又是捶胸又是跺脚；另一头凯西也捂嘴咯咯娇笑，一派欢乐。

慕慕颤唇，"这是……"

逐辰现出身来，抱胸冷哼，"本座早该想到的，这个小宅灵既然自称就是拐走人类老师的霉神，那他守护的屋宅八成就在幼稚园内！小妮子，你兜兜转转折腾了一圈，还是回来了。"

"嗯？这位是……慕小姐的式神？"突见逐辰，言忱竟也不慌张，点头大大方方承认道："没错，我守护的正是兰斯居住的白色城堡。虽然行动有限，但通过这面落地窗，我们能时刻观察屋主的情况，以确保必要时现身保护屋主。”

“既然你是守护这栋屋子的宅灵，又为什么要掳走人类老师？你的职责不就是保护家宅平安吗，为什么要做出与之相悖的事情来？堂堂‘宅神’堕落成‘霉神’又是怎么回事？”

听了这话，言忱脸上的浅笑消失殆尽，紧抿唇瓣盯着地面许久，这才低低道：“这些……你们不需要知道。”

说完，言忱下意识地瞥了眼窗外，脸色却突然一变——大步流星地走到窗前，敛眉盯着白色城堡内的动静，末了终哑着声道：“莱尔斯幼稚园里，除了你，还有别的人类？”

“肯定啊，任毒舌不也是人嘛。”

逐辰摇头，“小吱吱早属半仙之躯，严格说来，已不算人类。”

话音刚落，言忱的拳头已重重砸在落地窗上。慕慕微愣，顺着言忱的视线看向窗外，只见蜀雅刚入屋，翩翩然坐在了兰斯身侧。兰斯朝她侧了侧头，相视一笑。

见状，慕慕心里咯噔一下，竟……有些不自在。

言忱道：“这是幼稚园新请来的人类老师？莱尔斯不是向来都只有一位人类老师的吗？”

逐辰笑嗔，“没错，为了捉你，他们可是下了不少功夫，至于你眼前这位慕小姐，啧啧，不久前她才被幼稚园开除了。怎么样，小霉神？要去把那个蜀雅也请来吗？”

言忱面色煞白，僵立原地，只管死死瞪住蜀雅。慕慕察觉有异，试探道：“你还好吧？”

言忱置若罔闻，转身就往外走，“我出去一下，二位请便。”

“等等。”话一出口，慕慕就呆住了，因为有人和她同时说出了这两个字。扭头望向声音来源，慕慕就见高挑的小妍从厨房款款走了出来。

立在言忱跟前，小妍抱胸道：“没用的，阿忱，你救不了他们。”

言忱神情骇人，“你从一开始就知道？从一开始你就在帮着他骗我？”

小妍叹了口气，避重就轻道：“别出去了，这几天你为了抓这丫头已经耗尽了大半灵力，你现在需要好好休息一下。而且，以你对他的了解，你觉得他设下这个陷阱让你跳，会给你机会在最后一刻跑出去捣乱吗？”

言忱皱眉，“你是说——”

“嗯，”小妍爽快点头，“我已经答应他看住你，绝不让你乱跑。”

一席话听得慕慕稀里糊涂，与逐辰对视一眼，慕慕道：“他，是谁？”

“他啊，”小妍转了转眼珠，幽幽地指向窗外，“你自己不会看吗？”

窗外，白色城堡内，兰斯等人仍围坐一团，有一搭没一搭地说着即将开始的周年庆活动，而角落原本空着的座位上，却多出一个瘦高的男人。他双手搭在膝间，头微微埋着，一副沉思状地端坐着。明明诡谲至极，兰斯等人却像完全看不到他似的，自顾自地交谈着。

慕慕见到他身上青灰色的对襟长衫顿时明白过来，这屋子里有两种截然不同的装修风格就是因为这个人！他的穿着打扮像是古代人，刚好与楼上那些家具出现的年代相符。也就是说……

逐辰沉声道：“丫头，你看到了什么？”

慕慕抖了抖唇，转头答非所问道：“这屋子里有两个宅灵。”

逐辰怔了怔，皱眉道：“匪夷所思，一屋怎么可能容下两个宅灵？”

与此同时，那身着长衫的宅灵缓缓抬起头来，干净清隽的面庞白得骇人，他像是能看见这边的景象，转了转眼珠，蓦地朝众人露出一抹鬼魅的笑。

“不对！”慕慕忽然想起什么似的叫道，“兰斯他们是妖，所以看不见宅灵，可为什么蜀雅也……”

“因为蜀雅已经被操控了。”不等慕慕说完，言忱已闭眼幽幽道。

半小时后，慕慕轻轻推开了房门。被勒令休息的言忱果然没有睡觉，只抱膝坐在床上，目光呆然地盯着前方。见慕慕进来，他朝这边看了一眼，轻轻歪了歪头。

见此情景，慕慕陡然停下脚步，心脏扑通扑通跳了两下。这眼神，这动作，实在和兰斯太像了。一晃神，她几乎就要推翻之前的所有结论。

言忱道："小妍还守在下边？"

慕慕点头，"大概周年庆要开始了，兰斯他们也离开了房间。"

一时无话，两人都陷入了沉默。

慕慕学着言忱的模样抱膝坐下，顿了顿，这才闷闷地说道："你不是霉神，对不对？"

言忱不语，只侧目看向慕慕。

慕慕垂着眼，又道："之前我问你为什么抓我来，你不肯说，是想维护真正的霉神，我猜得没错吧？还有，你掳劫人类老师的真正目的是想要保护人类，对不对？"

见言忱还是不肯说话，慕慕咬了咬牙，"他……叫什么？"

提及"他"，言忱终于有了反应，颤了颤长长的睫毛，噙笑道："言瑾，'怀瑾握瑜'的'瑾'。他原本不是你今天看到的这个样子，他……"话说到一半，言忱欲言又止地摇了摇头，这才接着说："造成今天的局面，不怪他，也不怪人类，只能说都是命。"

慕慕闻言咬住下唇，正踌躇该怎么让言忱道出原委，对方已娓娓道来，"这里本住着一户言姓人家，身为此处宅灵，阿瑾自然而然随了主人姓氏。护家看院，挡灾避祸，几百年来阿瑾一直都恪守本分。可是……我跟你讲过了，几百年后的时光已与当年不同，言氏后人从这里搬出去没多久，房子就被拆了。可那时阿瑾仍旧不愿离开，只在附近游荡，也就是那时，他沾染了浊气……"

"浊气？"

"嗯，"言忱点头，"一般宅灵失去住所后有两条出路，要么前往人界，要么寻觅一处新的屋宅。可阿瑾当时却选择了留在原地等死，谁知世事难料，他没死成反被浊气污染，成为你们口中的霉神。因为身带不祥，他被上神勒令每三年才能在人类世界出现一次。"

慕慕静默，原来霉神一说是这么回事。试想，从人人敬仰的宅神变成带来灾难和苦痛的霉神，言瑾心里一定很难平静。

念及此，慕慕道："那后来……"

“后来，他就性情大变了。”话至此，言忱的眼眸变得深邃难测，“遭遇这些变故后，阿瑾变得极端又扭曲，他觉得这一切都是人类的错，所以他开始惩罚人类。每三年出现一次，他就将接近这里的人通通杀死。渐渐的，这里就荒废了。

“直到那个兰斯突然出现——他不仅在这里大兴土木，甚至还将这一片圈起来，让人类无法察觉和进入。也正因此，我和阿瑾才会重新成为这里的宅灵，可是……可是阿瑾已经不肯再相信任何人，他一直都想杀死兰斯。我们在人类世界没有实体，为了节省灵力，阿瑾需要附在人类身上才能更好地行动和狙杀，所以，我才会将人类老师藏起来。只要幼稚园内没有人类，阿瑾就不敢轻举妄动。”

“原来是这样。”慕慕默默颔首，一点点消化言忱说的话，“也就是说，你抓我来，本意是想阻止言瑾杀园长，没承想，忽然杀出个蜀雅……”

“嗯，”言忱叹了口气，“是我大意了，我没想到兰斯会中途换人。”

慕慕闻言苦笑，这算不算……兰斯搬石头砸了自己的脚？她转念一想，又道：“说起来，你们是这里的宅灵，保护兰斯的性命才是你们的职责，现在反过来要杀他，唉……所以，消除记忆什么的，也是要维护阿瑾，对不对？”

慕慕故意学言忱用了“阿瑾”这个称呼，言忱闻言眼睫一颤，下意识地迎上慕慕的目光。

慕慕眨了眨眼，道：“言忱，你也不希望阿瑾继续错下去，不是吗？”

言忱沉默了一会儿，正想说话，慕慕已握住他的手，言辞恳切，“阿忱，助我逃出去。”

Chapter 19

逃

慕慕和言忱下楼后就见小妍正坐在沙发上涂指甲油。这位指甲油控今天选择了张扬而诡异的墨绿色，将甲油小心翼翼地涂抹在如葱的玉指上，瞬间，手指就更像葱了……

听见动静，小妍抬眸淡淡瞥了眼两人，又低头认真摆弄手指，“怎么样，商量好怎么对付我了吗？”

言忱和慕慕对视一眼，道：“小妍，为什么要帮阿瑾？”

“因为他答应送我十瓶指甲油啊。”小妍满不在乎道，张开五指在两人面前晃了晃，“怎么样，是不是很好看？这是新款哦，说是天然无污染，还能护甲。”

慕慕果断摇头，“这个颜色一点都不适合你。”

小妍懊恼地抽回手，瞪眼，“你懂什么？”

“就为了几瓶指甲油……”阿忱神色复杂地盯着小妍，“小妍，你明知道他这么做有违宅灵的本职——”

“宅灵的本职又怎样？”小妍打断言忱，别过头去，“安家护宅，挡灾避难……我们处处为人类着想，可人类什么时候为我们想过？宅灵一族现在颠沛流离、惶惶不可终日，都是他们造成的！死几个人算什么，再说了，今晚阿瑾的目标不是人类，我就更没有阻拦的理由了。”

慕慕一听微微眯眼，“目标是兰斯？”

“不，”小妍勾唇，“是整个幼稚园。”

气氛微微凝结，过了许久，言忱才沉声道：“阿瑾为什么一定要摧毁莱尔斯幼稚园？为什么那么想杀死兰斯？”

“那还用问，当然是——”小妍话说到一半忽然顿住，将余下的话默默咽回肚子，这才转移视线结结巴巴道：“当然是……是因为只要兰斯死了，就能百分百保证现在的屋子不会被拆掉，你和阿瑾就能永远住在这儿了。”

言忱目光沉沉，“你撒谎。”

小妍心虚地咬着指甲，想了半天对策依旧无果，干脆什么也不想，“反正不管怎么说，你们俩谁都别想在阿瑾回来前离开。”

闻言，言忱将手插在裤兜里沉默一番，终道：“那就对不住了。”

说话间，人已如雾般四散开来，眨眼工夫就消失得无影无踪。小妍诧异万分，言忱真的对她动手了？她一面紧绷身体环顾四周，一面道：“阿忱你疯了？你身上只剩小半灵力，和我拼的话，不仅赢不了我还有可能重……”

“伤”字还没说出口，小妍瞳孔骤然睁大，后空翻跃过沙发才勉强避过慕慕的袭击。这边，慕慕举着不知从哪儿顺来的长剑，笑眯眯道：“话不要说得太满，我和言忱合力攻击，鹿死谁手还不知道呢！”

话音刚落，言忱也已袭到小妍跟前。小妍娇叱一声，身侧已伸出一只又大又粗的手臂，手臂上根根利爪还涂着墨绿色的指甲油，在黑雾中散着柔柔的荧光。搅散那团黑雾之后，望着利爪上缠绕的雷电，小妍忍不住蹙眉。

那些雷丝电光是言忱用灵力幻化出来的，再这么纠缠下去，言忱的灵力迟早会被耗光，可如果自己手软，这俩家伙又会逃走……

踌躇间，慕慕已举着长剑从背后袭来，小妍怒火中烧，一掌拍向慕慕，厉喝道：“都是你挑唆的阿忱！”

阴森的利爪握住慕慕的腰身，令其动弹不得。小妍正盘算着如何处置这个人类，周身的黑雾却陡然消散。她愣怔半秒，一扭头，就见言忱抚着胸口半跪在了地上。

“阿忱——”小妍毫未起疑，三步并作两步地奔到言忱跟前，屈身正欲扶起对方，背后赫然刮来一阵阴风。

“呵……”有凉薄的笑声传来，与此同时，某利刺也已对准她的胸膛。

小妍恨得咬牙切齿，“怎么回事？人类怎么可能突破我的舞爪攻势？我——”话说到一半，小妍背脊一僵，再发不出半点声音来。原本应该正拿剑威胁自己的慕慕赫然出现在她正面，她是刚从楼上下来的，那刚才是……

慕慕咳嗽一声，苦笑道：“实在不好意思，因为硬碰硬，我们胜算实在太小，我又必须赶着出去通知园长，所以……只能用一点点手段啦。”

听了这话，小妍气得大口喘息，要不是背后逐辰还拿剑指着她，她一定跳脚抓狂了。

“你们——卑鄙！无耻！”

逐辰只当听不见，扬起下巴对慕慕道：“磨磨叽叽干什么？还不快走！”

慕慕朝言忱和逐辰点了点头，转身就往大门方向跑去。小妍见状顿悟，原来从一开始，言忱和逐辰就没打算走，他们的目的是让慕慕一人离开，而他们则留在这里看守。

念及此，小妍瞪大双眸，“等等”两个字喊出声的同时，大门处也传来巨大的撞击声以及突如其来的惨叫声……

一切来得太过突然，屋内三人根本始料未及，待巨响过后，逐辰愣了半晌，这才回过神来，直冲向大门处。这边，言忱亦诧异万分地瞪着小妍，声音颤抖，“你做了什么？”

小妍无所谓地窝回沙发里，第一件事就是检查自己的指甲有没有在刚才的战斗中受到损伤。

“放心，死不了，结界反噬而已。”

说话的同时，逐辰也已将慕慕抱了回来。不过隔了半分钟，刚才还活蹦乱跳的小姑娘已浑身沾满血污，面颊上还乌青了一大片，显然是刚才被反噬弹回，脸撞到了地上。此时此刻，她正紧闭双眼，但看得出来人并未完全昏迷，两条柳眉依旧颤巍巍地拧紧，显示着撞击带来的痛楚。

逐辰面黑如锅底，道："是反噬光弹，她膝盖和手肘都被炸伤了，右手掌因为最接近结界，估计……所幸她反应及时，暂无生命危险。"这话虽然是说给言忱听的，但逐辰自始至终都盯着小妍，眸中充满血丝。

大概是逐辰的视线太过骇人，小妍也终于受不了，她抬起头来，撇嘴道："你们都看我做什么？我哪儿有那个本事设置结界反噬？是阿瑾啦，他说人类狡诈，不得不防……"

逐辰周身寒气逼人，呵的一下冷笑出声，"这么说，这个言瑾倒是早就预料到我们的计谋了啊，委实……甚好！"

言忱抿唇沉默，察看一番慕慕的伤势，正纠结怎么办却见其睫毛颤了颤，下一刻，慕慕睁开眼来。

"逐辰。"声音清晰有力，倒不像半点受重伤的样子。

逐辰半跪在慕慕跟前，擦干她脸上的血渍，噙笑，"这下可好了，手也断了，脚也折了，本座都不知道该如何跟小吱吱交代了。"

慕慕黑眸清明透亮，犹如天边最璀璨的那颗星，咬牙道："逐辰，附到我身上来。"

逐辰一愣，还在替她擦血的手悬在半空，僵硬无比，刹那间，眸色亦锐利了三分。

慕慕不解，这算什么反应，是答应还是不答应？还是，他没懂自己的意思？思来想去，慕慕只得强忍着痛楚又道："逐辰……"

"闭嘴，不许再提及此事，本座就当什么都没听见。"

这么说，就是明白她的意思了啊。慕慕静默，清透的目光直直看向对方的脸，"刚才……虽然我受了伤，但是退回来时我感应到了，封印左上角的灵力最弱，那里……应该就是结界中心，只要一鼓作气朝那里冲，应该就能离开这里。可是我修炼时间太短，灵力太少，只要加上你的……"

"我叫你闭嘴你听不见吗？"逐辰替慕慕绑伤口的手暗暗发力，慕慕顿时闷哼一声。

言忱和小妍在旁看着，小妍到底孩子心性，最终还是没忍住，嘀咕道：“真蠢，这方法不是挺好的吗。”

言忱摇头，“有得必有失，世间万物本就是循环往复的，哪儿有白捡灵力这么好的事？主人与式神合体，当时确实能爆发强大灵力，但人类毕竟为血肉之躯，之后极有可能虚脱而死。慕小姐，还请三思。”

慕慕闭眼，喃喃自语道：“我没办法看着兰斯死，更没办法看着幼稚园毁灭，所以我必须这么做。”怎么可能这么容易死？这场硬仗，她必须战斗到底！

想到这儿，慕慕再睁开眼眸已是光芒四射，她转眸看向逐辰，对方也正目不转睛地看着她。

四目凝视，逐辰眸色微敛，“根本不用想，本座不！答！应！”

慕慕闻言咧嘴笑开，咬牙坐起来，严肃地说道：“式神逐辰，听吾授命，食吾之灵，与吾相应。饮吾之血，与吾相合。速来速往，急急如律令！”

一席话毕，逐辰手指已情不自禁地攥紧。不知觉间，面前慕慕的脸庞已与那张久违的面容重合。

“逐辰，与我合体，这一战，我不能败。”

“逐辰，日后，之行兄妹和子虚道观就交托与你了。”

“逐辰……”

你们、你们一直都这样，个个都这样，总是逼本座做不愿意的事情啊。

逐辰缓缓合上眼，深呼口气，仰天长啸，“好，好，好！”说罢，陡然化作一片薄纸，袭向慕慕胸前。

莱尔斯幼稚园内张灯结彩。画着各式鬼脸的灯笼用红绳串成一串，挂在树上、屋顶。空中烟花不断，星光璀璨，孩子们故意露出尖鼻子、圆耳朵，将自己打扮得稀奇古怪的，在园里游荡嬉戏。

一切都很美好，除了某个在园内横冲直撞的人——

慕慕脚步稍顿，立于林荫小道上，转头环视四周。红色、红色，还是红色！目之所及，全被染上了一层薄薄的红，但视线并未因此受阻，反倒变得愈发清晰，原本夜幕下看不透彻的景物也一览无遗。不只视觉，听觉、嗅觉都好像扩大了三四倍，她能够清晰地嗅到西边吹来的清风中含着蔷薇湖湖水的淡淡甜味。

慕慕微微仰头，似是陶醉地闭上了眼睛。西边……不只有湖水的甜味，风中还裹挟着某个人的气息：兰斯。

想到这个名字，慕慕骤然睁眼，反应过来之前，人已下意识地朝西奔去。

与此同时，蔷薇湖畔，兰斯和蜀雅正双双站在树下。此时“海市蜃楼”才刚刚开始，远处传来忽高忽低的叫喊声，兰斯一直保持着仰望的姿势，过了许久，才恍然回头看了眼蜀雅。

“老白他们呢？”

蜀雅面无表情，“都到前面去了。”

兰斯淡淡哦了声，又负手看向星空。一时无言，却听蜀雅冷不丁道：“兰斯，你到底是怎么想的？”

兰斯闻言褐眸骤敛，但仍旧没有转过身来。背后气压渐渐走低，感觉到逼近脖颈的寒气，兰斯勾了勾唇，缓缓闭上了眼……

千钧一发之际，两人身后忽然传来急促的脚步声，只听叮的一声，突如其来的利剑逼得蜀雅连退几步。蜀雅偷袭被阻，懊恼回头，兰斯见状趁势发动袭击，从后扑向蜀雅。

这头，慕慕见兰斯脱险也终于松下口气来。可松这口气不打紧，全身紧绷的神经亦跟着一松，原本已麻木的痛楚通通涌回身体。手上、脚上，还有胸口……浑身都叫嚣着疼，慕慕闷哼着半跪下来，上一刻还在体内翻滚沸腾的热血也开始一点点冷却。

慕慕捂住胸膛，大口大口地喘息，最终却连半跪的姿势都保持不住了。她倒在草坪上，见兰斯与蜀雅打斗的身影越来越模糊，到底是他们的速度太快还是自己看不清，慕慕已不想再追究。此刻，她只觉好累、好累，脑子像一锅乱糟糟的粥，黏稠得理不出一丝头绪，膝盖、手掌也拉扯着神经，一阵阵泛疼。

好累……如果现在睡上一觉，也许痛楚就会消失吧？

念头刚一蹦出，眼皮就开始一点点打架，眼眸半睁半闭间，模糊的视线里款款走来一个人：白衣、黑发、凤眼，俊朗的面容，傲娇的神情。慕慕想要对他一笑，才发现自己竟连咧嘴的力气都没有了。

那人走到她跟前，蹲下来，表情既鄙夷又不屑，“如何？本座说的可有错？慕慕，逞一时之快，你觉得值吗？”

什么值与不值？慕慕茫然地看向逐辰，便听他又道：“强用禁术，神竭力尽，你——就快要死了。”

啊，原来是这样啊。终于……还是走到了这步吗？

“不要有任何侥幸心理，更不要以为本座与你签下血契，就真的会什么生死相伴，代替你去送死。”

慕慕眨了眨眼，费力地从嘴角挤出一丝笑来。

“慕慕，值吗？为了兰斯，为了幼稚园，搭上自己的性命，值吗？”

值吗？慕慕有些疲惫地垂下眼，她不知道。她只知道，如果重来一次，她还是会这么做，因为，她就是没办法看到兰斯和其他人死掉。算了，她生来就是这样没本事却爱管闲事的烂好人。

至于这样的结局，这样的牺牲，谁又能想到呢？

这就是所谓的命吧？

慕慕翕动嘴唇，断断续续道：“逐辰……帮我和任毒舌说……对不起……”

闻言，逐辰眼眸里的光骤然冷下来，“凭什么本座要帮你带话？你真以为自己与本座签下契约就能随便使唤本座了吗？”

慕慕笑而不语，缓缓地合上眼。在她彻底归于黑暗之前，她听逐辰在她耳边又低低说了句什么，只可惜，那声音实在太小太缥缈，她实在听不清。

慕慕恢复知觉时，第一个感受就是浑身骨头都散了架。头重得快要炸开，胳膊肘、膝盖上也像有人拿锤子在一下下地敲击着——除了疼，还是疼。她嗓子干得冒烟，费尽力气睁眼刚想呼喊，一张大脸赫然出现在面前。

“哟，终于醒了。”夏洛尔欢快地朝她打招呼，“还认识我吗？记得昏迷之前的事情吗？”

慕慕转了转眼珠，神智一点点恢复，正想开口要水，就见夏洛尔又伸出三根手指头在她面前晃来晃去，“怎么不说话？这是几？认识吗？”

慕慕清了清嗓子，气若游丝道：“二……”

“二？”夏洛尔咂舌，瞪了瞪眼睛自言自语道：“完了完了，居然真傻了，这可怎么跟那俩家伙交代。”

慕慕忍住拿枕头砸他的冲动说道：“我是说你二……你才傻了失忆了，呜……二货鱼快去给我倒杯水！”

待慕慕喝够水，夏洛尔又给她做过全面检查后，兰斯和任毒舌才被放了进来。一见两人黑如锅底的脸色和铁青的眼圈，慕慕就彻底相信夏洛尔的话了。

夏洛尔说，自从她昏迷后，两人就衣不解带地守在床边。但因为慕慕是为了救兰斯才变成这样的，妹控同志知晓真相后，几度失控，两人现在几乎已达到一见面就掐的程度。后来，还是瑶薇出了主意，让奶妈鱼以两人打扰病人休息为由将他们通通赶了出去。

现下，慕慕虽已醒转，夏洛尔仍像保护小鸡仔儿似的护在床前，叉腰看了看两人，这才正声道：“先说清楚，病人禁止喂食禁止抚摸，更不要去做什么拉她小手抱着她痛哭这样的蠢事。她的手脚才刚接上，一不小心就会错骨。另外，如有事问她也请循序渐进，她的脑子还没转过弯儿来。”

慕慕虽然仍在重伤中，但听了夏洛尔这番医嘱依旧忍不住吐槽，你爷爷的，什么叫“禁止喂食禁止抚摸”，怎么听着像是导游带游客参观动物园呢？还有，你脑子才没转过弯儿来，你全家脑子都没转过弯儿来。

慕慕吐槽之际，这边夏洛尔也做了总结词，“听清楚了吗？听清楚就可以开始探病了，当然，请两位家属保持情绪稳定。”

这头，兰斯和任毒舌估计早不耐烦了，见夏洛尔离开，几乎同时迅速移到慕慕床前。

兰斯：“还难受吗？”

任毒舌：“还痛不痛？”

见两人同时发问，慕慕微愣，有些为难，这……该先回答哪一个呢？

兰斯和任毒舌互瞪一眼，又齐齐道——

兰斯："不要怕。"

任毒舌："有我在。"

……你们俩要不要这么有默契？

眼瞅房间里的火药味儿越来越浓，慕慕咳嗽道："还是我来说吧。我有两个问题，你们一人回答一个。第一，我昏睡几天了？"

兰斯道："四天。"

"四天？"慕慕惊叫，因为动作太大又扯到了伤口，疼得咝咝吸气，"这……那我爸妈还不急死！"她离开家前，只和太后说出来逛逛，这忽然失踪四天四夜，估计家里早乱成一团了。依老慕同志的脾气，肯定报警了！

"不行，我得立马给家里打个电话。"

看到慕慕欲坐起身来，兰斯立刻阻止了她，"放心，我已经给慕家打过电话了，说是你和我去参加英国的研讨会，大概要隔一段时间才回去。"

听了这话，慕慕微微松气，正想再问问细节，就听旁边一个凉飕飕的声音道："这已经是第二个问题了。"

慕慕回头一看，只见已黑化的任毒舌正阴恻恻地凝视着两人，整个人都笼罩在浓浓的黑雾中。慕慕骇得一抖，又扯到伤口了。

任毒舌将兰斯挤到一边，才心满意足地对上慕慕的视线，"还有什么问题？"

慕慕点头，"霉神和蜀雅怎么样了？我记得昏迷前，园长还在和他们打。"

闻言，一副要积极发言样子的任毒舌却遽然沉默了，慕慕察觉有异，看看兰斯又再瞅瞅任毒舌，正盘算着，就听任毒舌道："跑掉了。"

"啊？"

"霉神逃跑了，没捉住。"

慕慕静默，心里闪过种种念头，这头兰斯又道："不用担心，这次我不会再让他跑掉。以前的事可以既往不咎，但他竟然对你下手……"兰斯微微眯眼，看起来危险而阴厉。

难得任毒舌也顺着他的话往下说：“我们已经封了兰斯大道的出口以及你冲破结界的地方，他现在就是瓮中之鳖，躲，也不过是一时的。”

“什么？”慕慕喃喃，“你们的意思是……霉神现在还在莱尔斯幼稚园内？”

兰斯颔首，又沉默片刻，才看向慕慕道：“这次我不会就这么算了，慕慕你放心，我一定为你——”

“快住手！快去打开结界！”慕慕不等兰斯说完就突然大喊起来，兰斯和任毒舌一时回不过神来，这边慕慕却已激动地半撑起来，因为身体实在太虚弱，不过稍微动弹，额头又冒出细细一层汗来。

慕慕咬牙道：“你们还傻看着我干什么？快，快去打开结界放他回宅灵的平行空间，不然……天哪，已经四天了，必须快！”

兰斯不解道：“慕慕，你到底在说什么？”

此时此刻，慕慕哪儿还有时间解释，黑眸一转，干脆直击要点道：“兰斯，我问你，你是不是有同胞哥哥或者弟弟？”

话一出口，兰斯和任毒舌双双愣住。慕慕不顾二人反应，又忍痛道：“你不想他死就快，快打开结界门！”

与此同时，平行空间内，小妍正举着大刀不断砍向结界口，只可惜，不论她如何努力，结界口上的六芒星光环就是纹丝不动。旁边的言忱默默看着，又瞥了眼渐渐变透明的右手，终摇头道：“算了小妍，没用的。”

小妍只当没听见，微喘了喘气，又咬牙冲了上去。

言忱深呼口气，缓缓合上眼道：“他们设的这个法阵连阿瑾都攻不破，更何况你我？不过也好，这样也很好……阿瑾消失了，我也会跟着消失。”

听了这话，小妍赫然石化原地，身体还保持着举大刀往下砍的姿势。少时，她才回头看向言忱，“你……都知道了？”

“嗯。”言忱点了点头，盯着小妍歪头噙笑，“都知道了。至于我以前的身份……虽然记忆已被悉数清空，但也能大致猜到，是和那个兰斯有关吧？”

小妍沉默片刻，踌躇道："其实不怪阿瑾，这么多年来他实在太孤单太寂寞了，刚好那时候又救下了你，他害怕你还牵挂外界的事情，所以才——"

言忱摇头，"我怎么会怪他呢？如果不是他分一半灵力给我，将我变成和他一样的宅灵，我恐怕早已死了。我只是……"

话至此，言忱忽然顿住，想了想才接着问："阿瑾想杀兰斯，也是怕我想起以前的事情吧？"

小妍颔首，"你变成宅灵没两年，那个兰斯就找来了，在这儿又是修建幼稚园又是设置结界屏蔽人类，真是怎么看怎么可疑。而且你又和他长得那么像，十之八九他是来这儿寻你的。"

"不。"言忱欲言又止，眺望窗外，沉沉地说道："等我和阿瑾消失后，结界口的封印应该会打开。小妍，到时候麻烦你把地下室的那只红木盒子带去给慕慕。"

小妍闻言大怔，脱口而出道："你——"

言忱看着窗外的景象轻轻颔首，叹息道："是啊，我早就知道那里面装着我的记忆，我一直没打开那只盒子，就是因为曾经的身份、曾经的遭遇都对我不重要了。不论兰斯和我有什么关系，不论他们来这里到底有什么目的，这些对我都不重要，我只想……好好地陪在阿瑾身边，好好地做我的宅灵。只可惜……这些话再没办法亲口对他讲……"

话音刚落，结界口也恰好传来轻响，言忱和小妍看向声音响起的地方，不禁瞪大了双眼——

六芒星光环消失，结界口的封印解开了！

夜半，慕慕醒来时见言忱坐在自己床边。黑暗里，他的一双红瞳璀璨而明亮，宛若天际最耀眼的那颗星。

没有半点惊骇，好似见到老熟人般，慕慕朝言忱弯了弯眼打招呼，"阿瑾回去了吗？"

言忱点头，"回去了。"

"哦，那你现在这样出来没关系吧？身上的灵力应该还没恢复吧？"

言忱摇头，笑得温文尔雅，“我们都很好，谢谢你。”

“那就好。”

一时无话。过了片刻，两人却又同时出声。

“你——”

“那个……”

两人齐齐愣住，扑哧笑开，慕慕才又道：“你先说好了。”

言忱噙笑，“如果我猜得没错，我们俩想说的大概是同一件事吧。”

慕慕垂下眼睑，“其实最开始我也没想那么多，只是你们真的太像了，不只容貌，还有动作、神情。而且，我听夏洛尔说过，兰斯那一族只会在情绪激动或者身体受到重创时才化出红瞳，你的眼睛……”

慕慕望向言忱的红眸没再说下去，言忱倒是坦然地接下了她的话，“所以，你怀疑阿瑾是趁我重伤之时将我拐了回去，他不仅洗去了我所有的记忆，甚至还将我变成了不人不鬼的宅灵。”

慕慕点头，“逐辰说过，一屋是不会有两个宅灵的，可你和言瑾却相安无事这么多年，所以我猜你大概……和逐辰他们差不多，变成了宅灵的式神。”

“算是吧。”言忱道，“当年阿瑾用大半灵力救回了我，从那时起我就与他生死相伴了。他若灵力消散而亡，我也会随之消失，所以这次，是你救了我们俩。”

慕慕在被窝里呼出口气，“还好来得及，那阿忱你以后——”

不等慕慕说完，言忱就缓缓摇头，打断她道：“慕慕，我今天来，是想请你帮我把这个盒子转交给兰斯，这里面大概有他想要的东西。”

慕慕费力抬头，就见床头柜上多了只精致的红木盒。

“里面是什么？”

言忱轻轻抚摸盒子，“是我曾经的记忆。”

慕慕闻言，顿时惊得说不出话来，言忱要自己把这盒子转交给兰斯而不是自己打开，也就是说——

“你不想知道以前发生的事？也没打算回来？”

“回来？”言忱轻笑，声音悠远，“我言忱自有记忆以来，家就在那个平行空间，何来‘回来’？”

慕慕喃喃，“阿忱……”

言忱眼眸闪亮地凝视着慕慕，不禁莞尔，“听听，你叫的也是‘阿忱’，而不是另一个人不是吗？我叫言忱，是白色城堡的宅灵，除此之外再无其他。往后，我会看紧阿瑾，至于兰斯——”

说到这儿，言忱又抚了抚那只红木盒子，末了，终将手撤回，“关于他们要找的那个人，我已经给他们送回来了，也请你转告他，以后不要再来打扰我们。”

说完，他便故作轻松地起身，笑道：“好了，差不多我也该回去了。这次之后，大概要很久都见不到了。再会，慕小姐。”

“阿忱，”慕慕叫住已转身的言忱，皱眉，“你就真的一点都不想知道以前的事情？说不定、说不定那个言瑾就是当初害你重伤的人，你又怎么能——”

言忱叹息一声，打断慕慕的话道：“你不懂。每个人选择的路、看见的风景都不同，又何必用自己的眼光去看待别人寻求的道路呢？就好比慕小姐身边那位，不也选了条看似无路的路走吗？”

“看似无路的路？”慕慕茫然，“我身边的那位？你说的是谁？”

言忱摇头笑笑，终化作黑雾消失得无影无踪。

翌日清晨，慕慕就将盒子交给了兰斯。见到红木盒，兰斯沉默许久才道：“他走之前，有没有跟你说什么？”

慕慕望天踌躇一番，实在不忍心将那番“老死不相往来”的绝情话说出口，干脆篡改道：“他说……他要报宅神言瑾的救命之恩，所以暂时不回人类世界了。还说……要你好好保重。”

听了这话，兰斯冷不丁抬眸，慕慕立马心虚低头。

“你在撒谎。”

慕慕一时无言，果然自己还是撒不来谎。她咬住下唇，正思索该怎么办，就听兰斯冷笑道：“临走前，他说了很多薄情话吧？呵！还真是他的风格，不管失忆前也好，失忆后也罢，都是这么自私的人。”

这么一来，慕慕更不知道该说什么了。抓耳挠腮一番，她才干巴巴地憋出句，“你别这样啦，总有一天你们两兄弟能再见的。”

兰斯叹气，“是父子。”

慕慕傻眼，“啊？”

兰斯又摇了摇头，目光深邃，“卡恩·莱尔斯，他不是我哥哥，也不是我弟弟，而是我父亲。”

慕慕诧异万分，一时竟不知该如何回应。

兰斯幽幽地说道：“一百多年前，他来A国办事失踪，莱尔斯家族因为失去族长而大乱。我苦寻到他最后出现过的地方，细细侦查每一道蛛丝马迹，察觉到此处宅灵行为诡异，不惜耗上百来年时间查明真相，最终却换来这么只红木盒子……”

气氛陡然凝结，慕慕还是第一次见兰斯这么伤心，咬了咬牙才道：“我不是太会劝人，唔……阿忱临走前说，每个人走的路、看的风景都不一样，或许，现在这样就是他想要走的路吧。你不要太伤心，好不好？”

兰斯闻言，默默握住慕慕的手，褐眸清澈透亮。他话锋一转道：“下次不许了。”

“嗯？”什么不许了？慕慕莫名其妙。

兰斯静默一番道：“慕慕，如果这次没有你，我都不知道会变成什么样。不过，我的女人是拿来宠的，不是用来保护我的，下次不许再为我冒险。”

话音落下，慕慕顿时愣住，思绪茫然，只无限循环着一句话：

我的女人是拿来宠的……

我的女人……

慕慕从没想过兰斯会突然霸气地告白。她根本无从回应，正想纠正对方她不是谁的女人，兰斯目光澄清，微微勾唇又道：“不过……你冒死来救我那一刻，我真的很高兴。”

他的声音又低又柔，如潺潺流水清润柔和，一时间慕慕竟听得面红耳赤，连拒绝他都忘记了，只觉被他握着的手也如火烧般烫人。她抽回手，貌似无意地挽了挽头发，这才清嗓子道："对了，还有件事，这几天不论我怎么叫逐辰，那个傲娇货都不肯出来。那啥……当时我用了附身术，不知道他有没有受伤，你能不能帮我想办法叫他出来？我有点担心他……"

兰斯闻言一怔，在慕慕察觉之前又迅速恢复如常地笑开，"好。你先养伤，我和之行商量一下看怎么把他叫出来，好不好？"

"嗯。"

Chapter 20

再见，傲娇大神

因为养伤，慕慕终于实现了梦寐以求的米虫生活。每天除了吃就是睡，偶尔无聊了，白淮夏洛尔还会过来陪着解闷儿逗趣。可幸福如斯，慕慕仍旧寝食难安，有件事她一直悬在心上——

已经半个月了，整整十五天，她的右腿还是毫无知觉，人也完全下不了地。

慕慕隐隐有些起疑，但每次一问及伤势，奶妈鱼就嘻嘻哈哈地敷衍过去，兰斯和任毒舌更是缄口不谈，弄得她惴惴不安。而且最奇怪的是，这些天逐辰再没出现过。慕慕不明就里，每天没事就拿逐辰的本体“鞭尸”，意图哄出这位傲娇大神套点情报。

这天，慕慕抽小人抽得正欢快，“花不语”里就来了位不速之客。

望着对面神色难辨的蜀雅，慕慕只觉浑身不自在：自她受伤以来，这女人就一直没出现过，现在偏偏又选了个众人都不在“花不语”的空当来探望，真是怎么想怎么巧合。但秉着“来者是客”的原则，慕慕还是热情招呼，“听说你之前也受了伤，没事吧？”

蜀雅微动双唇，冷冷道："你其实想问的，是我为什么来这儿吧？"

慕慕一噎，既然对方都这么直接坦白了，好吧……

"你想跟我说什么？"

蜀雅递给慕慕个"还算有点脑子"的眼神，沉声道："慕慕，你不应该留在这里。"

慕慕默然，紧抿唇瓣没有言语。关于这个问题，其实早在一周前慕慕就认真考虑过，她已经不是莱尔斯幼稚园的老师，于情于理都不该住在"花不语"。但眼下这个状况，自己躺在床上动弹不得，别说没办法自由行动了，就算兰斯和任毒舌愿意送她回家，自己这个样子被太后和慕老爸见了也只能徒增烦恼。

见慕慕皱眉，蜀雅接着说："兰斯在这里建立幼稚园，调查霉神真相，不仅仅是为了寻觅他父亲的踪迹，这背后还有更重要的计划。任之行、夏洛尔、白淮、瑶薇，以及这幼稚园里许多的老师，你以为我们聚集在一起就是为了这倒霉的幼稚园？

"我们聚到兰斯身边，以他马首是瞻，是因为一个共同的目标。原本，我也以为兰斯是很懂分寸的人，他会公私分明，一切以大局为重。可自从你出现后……你知道你打乱了我们多少计划吗？所以，你必须离开莱尔斯！"

话毕，一室静默。

少时，慕慕才打了个哈欠，淡淡地说："你跟我说这些干什么？我又不感兴趣。"

蜀雅一愣，显然没料到慕慕会是这么个反应。

慕慕掏了掏耳朵，痞痞地说道："首先，莱尔斯幼稚园不是你开的，就算要我滚蛋也不是你说了算；其次，你是兰斯的谁啊，摆出一副恶婆婆的模样给谁看？你真以为这是在拍狗血电视剧吗？你以为你这样我就一定要配合你演受气包小媳妇吗？还有，你自己看错了兰斯，认为他什么公私不分，你找他吐槽去啊，找我算什么意思？最后，麻烦你怎么圆润地来就怎么圆润地离开。"

听到这一席话，蜀雅已彻底愣在原地，瞠目结舌。这头，慕慕倒是好心情地抱胸：嘿嘿嘿，老虎不发威你还真当老娘是Hello Kitty啊！

蜀雅咬牙，“你——”

“还没听清楚吗？”打断蜀雅的话，慕慕道：“我让你gun——滚，滚！出！去！”

蜀雅大概从未被人如此羞辱过，闻言顿时涨红了脸，攥紧拳头转身就走，可刚到门口她又兀自停下，缓缓转过身来。

慕慕道：“还有什么事？”

蜀雅嘴角勾起诡异的弧度，“你现在这么得意，这么自信能掌控兰斯，是觉得这次是自己救了兰斯，对吗？”

慕慕斜睨她，“这不关你的事。”

“的确不关我的事，”蜀雅无视慕慕的白眼，重新踱回床边，“可是慕慕，你大概还不知道吧，其实这件事，兰斯从头到尾都是知情的。我来莱尔斯就是为了做饵引霉神上钩，如果那天没有你出来搅局，我们当场就能捉住霉神，救出卡恩。可就是因为你，最后反而落下个放虎归山的结局。啊……我听说你的那个式神也因为你死掉了？啧啧，真是替他不值啊，原本他是可以好好活下去的，可惜摊上你这么个主人。”

慕慕闻言浑身一僵，霎时鸡皮疙瘩如涟漪般浮起来。她既惊讶又错愕，“你说什么？”

蜀雅不知慕慕还不晓内情，只当戳中了她的痛处，挑了挑眉，又道：“我说错了吗？如果你当时真帮到了兰斯，那个式神也算死得其所，可现在如何？你不仅没有救到莱尔斯幼稚园，反而帮了倒忙。这样……你还觉得自己对兰斯有用吗？”

“蜀雅！”

这头蜀雅话刚毕，那边门口就传来兰斯的厉喝声。原来兰斯处理完公务，忙里偷闲过来探望慕慕，谁料刚一进“花不语”就听见蜀雅的声音，他唯恐有差池，赶紧过来阻拦，但等他进屋还是为时已晚。

兰斯脸色难看地瞪了眼蜀雅，这才三步并作两步地走到慕慕跟前。此刻，小家伙脸色煞白，颤抖的双唇乌青，仿若受伤的幼兽般蜷曲着。兰斯抚了抚慕慕的头，轻唤她的名字。

慕慕闻言，犹如大梦初醒，恍惚地拽住兰斯的衣袖，道：“园长，刚才蜀雅说……逐辰死了？”

兰斯默然，敛眸没有言语。

慕慕抬头盯着他，“你告诉我，这不是真的……这绝对不是真的……他怎么可能死？式神怎么会死？他的本体还在这里，你看……”

“原来你还不知道？”蜀雅轻笑，“式神之死代表着灵力彻底消散，但本体并不会有任何变化。你现在手上的那个，早已不再是什么式神，不过是一张白纸罢了。”

慕慕死死咬着牙，说什么也不让眼泪掉下来，她满眼期盼地看着兰斯，一字一句道：“告诉我，这不是真的，告诉我。”

兰斯平静地看着慕慕，过了许久才轻启薄唇，但话却是对身后蜀雅说的。

“蜀雅，你心里比我更清楚，那一晚如果慕慕没有出现，现在会是什么样的局面。”

蜀雅一愣，脸上的神情终于不再自然。

“我不懂你在说什么。”

“是吗，真的不懂我在说什么吗？”兰斯回头，褐眸沉静如水，“那晚，你被霉神彻底操控了，不是吗？”

听了这话，蜀雅背脊陡僵，手指亦微微攥紧成拳。

兰斯无视她的神情，继续道：“我们计划以你为饵，引霉神出来，但千算万算我却没算到你真的会被迷惑操控，那晚我迟迟不肯动手，就是怕真的伤到你。要不是慕慕突然出现，引对方分了神，你以为你能全身而退？你以为你还能活到今天，还能站在这儿说这些话？”

兰斯呼出口气，皱眉瞥了眼身后的慕慕，这才接着说道：“逐辰的确不该死，如果当时没有慕慕加以援手，现在死的人——就是你。”

听了这话，蜀雅的声音微微颤抖，“你希望我死？”

兰斯不答，只静静凝视着蜀雅，过了半晌，才沉声道：“蜀雅，你太让我失望了。”

……

蜀雅离开后，兰斯又坐回床边，只见慕慕死死攥着床单，指关节微微泛白。

"为什么不告诉我？"

兰斯顿了顿，道："你的伤还没好，我们想等你的情况好一点再说。"

慕慕死死咬住下唇，直到觉得心底渗出了血才慢慢合上眼。旁边兰斯声音沉沉，"慕慕，哭出来。"

她摇头，不是她不想哭，而是……哭不出来，完全哭不出来。喉头明明紧得难受，但眼却干涩无比，身体抗拒着泪水，一滴泪都掉不下来。这是心理在作祟吧？大脑还不愿意承认那个人已经不在。是啊，怎么能说不在就不在了呢？明明没多久前，他还在自己跟前揶揄奚落……

慕慕深呼口气，道："他是怎么没的？"

兰斯一时无言，慕慕见状，忽然歇斯底里地吼起来，"告诉我！"

兰斯埋头，终娓娓道来，"当时你受了很重的伤，又强行运用了合体术，夏洛尔到达时已是回天乏术……为了救你，逐辰将自身的灵力全给了你，所以……"

慕慕默默看了眼还躺在身侧的小纸人，接着兰斯的话说道："所以，他代替我死掉了。"

原来，当时昏迷前的那个景象不是梦——

原来，他问自己值与不值是这个意思——

原来，自己真的给他添了好多麻烦——

原来原来……

可是逐辰，为什么？为什么傲娇如你、毒舌如你，嫌弃讨厌我的你会干这么蠢的事，竟然代替我去死？为什么要我这么愧疚这么难过？明明当初就是我傻乎乎地决定要救兰斯，和你根本没关系啊。为什么要陪着我胡闹？为什么要替我做决定？为什么要以这种方式离开？

这本不是，我想要的结局。

风清云淡。

明月挂于夜幕，兀自散发着幽幽银光，慕慕躺在地上，一动不动地望着星空。右手很疼，膝盖也火辣辣地灼烧着，她感觉好像又回到了那晚。那晚……她也是这样，明明困得要死，那么想合上眼好好休息一下，可浑身的伤口却清晰地牵扯着神经，一下又一下，让她在疲惫和痛楚间游走。

然后，逐辰就出现了——黑发，白袍，腰间用翡翠玉环绶细细压着脚，水袖边绣着最清秀雅丽的兰花。他蹲下来时，慕慕似能闻到他发间淡淡的桂花香。她想对他笑上一笑，可嘴角还来不及咧开，弯起的杏眼却已掉下泪来。

“逐辰……”她知道，这不是真的。身为式神，没有魂魄，没有转世，逐辰这么一走就是真的没了。而现在，或是梦，又或是幻境，可再见这张清俊面庞，她还是忍不住掉下泪来。

——是她，解开封印让他重回人世。

——是她，用计谋强迫他和自己定下血契。

——也是她，害他彻彻底底消失。

是她是她，全是她。她多想亲口对他说声“对不起”，可等真的再见到他时，除了唤他的名字，慕慕却再说不出别的话。

像是察觉到慕慕的哭泣，逐辰对着她扬了扬唇，双手捧住她的脸，缓缓俯下身来。他在慕慕耳畔轻轻说了句话，语调仍是那样高傲、不可一世。他道：“慕慕，你记住，本座是自己想要死去，与任何人都无关，千万不要自作多情，更不要觉得愧对本座，因为——你还不配。”

因为你还不配……

还不配……

不配……

像是掉入深渊般，眼前的景象纷纷崩塌，慕慕只觉身体不断往下坠，再睁眼时，人已躺在“花不语”的房间里。

原来，真是梦啊。

吸了吸鼻子，慕慕抹干眼角的泪想要翻个身，膝盖处却猝不及防地传来剧痛。慕慕倒吸口凉气，霎时，豆大的汗珠已布满额头。她咬紧牙关，手指亦紧紧攥住被单，已经大半个月了……别说下床，她的腿就连这样简单的翻身动作都做不了！刚才梦里那火辣辣的炙热感也是真的吧？她的膝盖到底怎么了？按理，已经过去了这么多天，加上奶妈鱼的照顾，就是再重的伤也不该难受成这样吧？

难道——

一些可怕的念头刚蹿进慕慕脑子里，她就坚定地甩了甩头，喃喃地安慰自己，“慕慕别胡思乱想，别再让他们担心你，你没事的，没事的……”

慕慕一边念叨，一边将目光缓缓移向膝间，沉默半秒，她“哗”的一下掀开被子，目光沉沉地凝视着裹满绷带的双膝。此时已立冬，双腿骤然失去被褥的保护，寒气丝丝钻进腿间，让慕慕下意识地打了个冷战。可膝盖处，还是像有两团火般炽热燃烧着、翻滚着。

慕慕咬住下唇，慢慢移到床边，将双腿艰难地放在了地上。接下来，她只用努力站起来就好……

她又深呼口气，扶着床头柜缓缓站了起来，受伤的双膝因陡然承受几十斤的重量而大敲警钟，除了灼烧感，还像是有人拿锯子一点点锯她的膝盖。慕慕闷哼一声，死死咬住牙。她顺了顺急促的呼吸，像以前一样转移着自己的注意力。

慕慕不要去想不要去想，你能行的，从小受了那么多次伤，哪一次你没挺过来？所以这次……

噼里啪啦一阵乱响，不等慕慕精神疗法完毕，她已陡然摔了下去，就像忽然失去了双腿，重重摔在地上，刹那间竟感觉不到疼。

她眨了眨眼，有些麻木地低下头，只见小腿以奇怪的姿势扭曲着，床头柜也被带倒了，台灯的玻璃罩碎了一地，浸泡在水中，于黑暗中闪烁着奇异的光彩。

真好。

慕慕脑子里，第一个蹦出的想法竟是这两个字。

真的很好，她居然完全感觉不到疼了，这样倒也解脱了对不对？是不是说……自己以后都解脱了？膝盖以下都没有感觉了？

原来……原来他们一直支支吾吾的原因是这个……

原、来……她、残、了。

念及此，慕慕骤然笑出声，那笑声裹挟着冷气又重回腹中，她的胃一阵阵绞疼。

与此同时，旁边屋里听见响动的任之行也急急赶来，可在推门的一刻，却听里面突然传来慕慕的厉喝声，“别进来！！”

任之行一愣，手保持着推门的姿势无所适从。半晌，才听里面低低又道：“求你……”话末，语调已隐有哭腔。

“慕慕。”他垂下眼睑，却再说不出半个字。认识她这么久以来，何时见过她这样歇斯底里？又何时听她这样低低啜泣哀求？是发现了吧？发现了那一桩又一桩无法接受的事实，发现了那一件又一件让她崩溃的景况。

他颓然地放下手，想，或许真的需要给她点时间。她不愿自己看到她现在的样子，那么他——

“啊！”

任之行转身正欲离开，就听里面传来一声惊恐的惨叫，他再顾不得什么，回过头推门进去，便见慕慕浑身颤抖地坐在地上，水杯、台灯、相框散落一地，而她的小腿正以人类不可能达到的弯度折叠着，更要命的是，她拆开了右手上的绷带，仅剩小指和无名指的手上血迹斑斑，显然是刚才摔下来时受了伤。

见他进来，慕慕无助而绝望地抬头，脸上已满是泪水。

心骤然拧紧，任之行不管三七二十一跨步上前，一把拥住妹妹。他拍着她的肩，一遍又一遍，也不知是在安慰自己还是安慰她，“没事了，慕慕，你还有我。我会一直在你身边……一直……”

过了许久，慕慕才停止颤抖，沉沉地说道：“我想起来了。”

“什么？”

“我想起来逐辰对我说的最后一句话了。”

闻言，任之行静默。比起慕慕的伤残，逐辰的离世对他无疑是另一个致命打击。虽非亲人，但他从小便由逐辰照料，分明已习惯了逐辰的尖酸刻薄，分明已接受了逐辰的存在，而逐辰又突兀地再次离开。

呵，他倒是走得潇洒，是怕自己问责他没照顾好慕慕吧？

慕慕接着道："他临走前跟我说，是自愿死掉的，叫我不要自作多情……哈哈，他就是这么傲娇，明明是怕我难过自责，却故意说成是我不配。"

任之行默然，手上却下意识地加重了力道。

慕慕看了眼自己的手，苦笑，"蜀雅说得对，是我自不量力，其实没有我，你们也能很好解决霉神的事情，可我却自作多情，装出一副圣母的样子……我明明知道逐辰是嘴硬心软的人，明明知道如果我真有危险他不可能不管我，可我还是那么任性地去冲封印。他是因为我死的……如果没有我，没有我逼他附身，他现在还活得好好的……"

说到这儿，慕慕已泣不成声，压抑太久的情绪一次性爆发，根本止不住。什么狗屁"女主不死"理论，要是她知道这个"不死"是用逐辰的命和下半辈子半身不遂换来的，她宁愿不要。

像是知道慕慕心里在想些什么，任之行道："你以为你死了就没有过错了吗？我、兰斯都不会原谅你，还有夏洛尔、老白和B班的毛团们都会为你难过，就更别说你的养父养母了。"

慕慕默然，一言不发。

任之行将慕慕从地上抱起放回床上，又找来绷带重新包裹膝盖后，才幽幽地说道："白天兰斯的话不是安慰你，当时蜀雅真的被霉神操控了，但出于某些原因，她不能死，所以当时，兰斯是抱着必死的心态和她对峙。一旦兰斯死了，整个莱尔斯幼稚园必然不保，所以你不是自作多情，更不是自不量力。至于逐辰——"

说到这儿，任之行下意识地顿了顿，望了眼窗外才接着说："几百年前我师父战死前，勒令他不许替死，要他活着，好好照顾我们兄妹和子虚道观。此事是他的心病，所以慕慕，这次的事真的和你无关，相反，你圆了他几百年前的梦。

"他……终于可以去见我师父了。"

慕慕皱眉，听了这话才终于明白那句"你不配"的真正意义，原来逐辰一直坚持活着，是因为主人的命令啊。

走神之际，任之行又开始用绷带包扎慕慕的右手，他一面包，一面说道：“慕慕，不要再哭。相信我，终有一天，我会让你再站起来，像以前一样活蹦乱跳。”

虽知这是安慰话，但慕慕心底还是好受了许多，含泪笑道：“谢谢你，任……哥哥。”

任之行本专心包扎着，听见“哥哥”二字，他的手忍不住颤抖了一下，随即抬起头来。

慕慕感觉到对方热烈的眼神，有些不好意思地闪躲，正盘算着怎么化解尴尬，一只大手已覆上头顶。任之行拍了拍慕慕的头，终哽咽道：“傻妹妹。”

逐辰番外

玉溪逐辰光

慕慕倒下的那一瞬间，天地骤变。

黑幕渐渐蜕化成蔚蓝的天空，星辰陨落，化作山间不知名的小花。一刹那，逐辰就回到了许多年前的那场大战。云淡风清，但空气里却飘着浓郁的血腥味儿。草坪上，躺满了子虚道观的弟子；香樟树下，任之行抱着幼妹，保持着半跪握剑的姿势，也不再动弹。他满身血污，怀里的小人倒是面颊如雪，神情安稳得像是睡着了。

唯独一人，仍旧屹立不倒。

紫冠、银发、鹤氅、拂尘，他背对着逐辰，一字一句道：“逐辰，这一战，我不能败。”

只这一句，逐辰便皱了眉。他与无嗔相处多年，其实许多话他不用开口逐辰就已能明白其意，但这次，他却宁愿是自己会错了意。

“老头子你知不知道，一旦妄用禁术，你——”

“逐辰，”不等他说完，无嗔就喟叹一声，那语调，虽无奈却坚定，“与我合体。”

逐辰无言。身为式神，他没有办法违背主人的命令，但在上无嗔身时，逐辰就已下定决心：既然不能阻止他，那么至少自己可以替他——

“逐辰，”像是知道他在想些什么，无嗔闭眼凝神，对他下了最后一道命令，“若我死去，不许替我赎命，你——必须活下来。”

逐辰闻言，浑身一颤，已附在无嗔身上的灵体却已动起来，伴随着呼呼的风声，他听无嗔说的最后一句话是：“子虚道观和之行兄妹就拜托你了。”

……

盾山一役，子虚道观损失惨重。危难时刻，观主无嗔真人以一敌百，因击退妖魔而气竭灵衰，殁。据传，他临终前仍旧不忘子虚道观上百弟子，将其托付给式神逐辰。众道友后闻之，无不唏嘘。

其实只有逐辰知道，老家伙的离开并没有众人想象中那么伟大。什么“牺牲小我保全大我”，什么“舍身取义”，通通都是屁话！他不让自己为他赎命，是怕麻烦。

是的，怕麻烦。子虚道观的重建，任氏兄妹的伤，需要守护的那样东西……样样都是麻烦。谁又能想到，道骨仙风，总摆出一副高深莫测面孔的无嗔真人是那样的人呢？呵，没人知道，除了自己……

逐辰到现在依旧清晰地记得当年第一次睁开眼时看到的情景——

青靴微湿，宽袍半敞，面容姣好的少年郎歪在被月光笼罩的桃树下，凤眼轻挑，似笑非笑地凝视着他。逐辰有些懵懂，亦有些无助，这便是创造了他的主人？那么，身为式神的他又该做些什么呢？

正踌躇间，无嗔已转过头望向不远处的溪流，又狠狠灌了口酒后，悠悠吟道：“皎皎白月升，雾散花容真。醉卧青云岗，玉溪逐辰光。那便叫……逐辰吧。”

他的名字就此定下，风雅而不失稳重，清秀而又别致。逐辰欢喜之余又生出些小激动来：能取如此之名，主人定是气度非凡，博学多才，跟着他定能干上一番大事吧。

而事实上，无嗔对逐辰下的第一道命令却是指了指脚下已空的小酒罐，喃喃道：“喏，没酒了，快去再打些来。”

逐辰一直觉得，像无嗔这样嗜酒如命、破罐子破摔的人一定有一段不为人知的故事：或被师兄弟排挤而无法得到师尊青睐，或身负血海深仇，正是这样的隐情才导致他吊儿郎当的性子吧？

可久而久之，逐辰才发现并非如此。无嗔如此随性乖戾皆因二字：麻烦。他的嘴边也无时无刻不挂着这两个字。

“嗯？这个诀的咒文怎么这么长？麻烦麻烦……”

“嗯？师尊说让我带新来的师弟？麻烦麻烦……”

“嗯？要习得这个隐身术必须先闭关五年？麻烦麻烦……”

于是，当别的式神在助主人修习灵力时，逐辰在帮主人打酒；别的式神在为主人誊抄书卷时，逐辰在帮主人打酒；别的式神在为主人布阵画符时，逐辰还在帮主人打酒……

渐渐地，逐辰也由最初的怒其不争转变为麻木淡然，直到某日他陪着无嗔钓鱼时发现了他发间的根根银丝。细细算来，他跟着无嗔已有六十余载。于常人而言，七十早已是“古来稀”，但对修道之人而言，这不过平常岁数，怎的无嗔其他师兄弟都还保持着年少容貌，他就白了发？

念及此，逐辰这才赫然想起似乎已经很久没见无嗔打过坐了，更别提其他修道之术了。

逐辰皱眉，“你打算放弃修道之身？”

无嗔闻言哈哈大笑，“到底是被你看出来了。得友如此，我已无他求，还修什么仙？”

逐辰眉头皱得更紧了些，“当真不修了？那之前几十年的努力不是都白费了？”

无嗔浅笑，当时正好鱼儿上钩，他轻轻一提竹竿，湖面便泛起圈圈涟漪。他的声音幽幽，“逐辰，你觉得人生在世，什么最重要？我当年入观，是觉得做人实在太麻烦，喜、怒、忧、惧、爱、憎、欲，每一样都不让人省心。我原以为，修道成仙，做到无欲无求便不麻烦了。

“然而，若当真成了仙，若我师尊般高高在上，永永久久地活着……那么，这么一直一个人于茫茫天地间孑然一身，独活于世，又有何意义？”

逐辰静默，舌灿莲花的他第一次不知该如何回应。

这头，无嗔将鱼儿扔进竹篓，又弄上饵再将鱼线扔进湖里，这才缓缓道：“我已下定决心，要如此随心随性地过完余生。待我百年归去，逐辰，你也去追求你想要的东西吧。”

虽如此，却非事事称心。

十年后，无嗔阴差阳错成为子虚道观新一代观主，为完成对师尊的承诺，他终收敛起随意的秉性，端起架子学他师尊一般开始打理子虚道观。只是私下，终究改不了那怕麻烦的脾气。

那日，当无嗔将粉琢玉砌的小男孩推到他面前时，逐辰就知他又犯了病。

此时无嗔也已做观主几载，早学会装腔作势。他捻了捻胡须，咳嗽道：“贫道此次下山巧遇此儿，细看下惊觉其天资聪明、骨骼清奇，乃修道练武之良才。故而领回山中。然，贫道事务繁忙，实乃抽不出身教导，便交由你全权打理吧。”

逐辰摸着下巴看了看小娃娃，又再瞅了眼无嗔，倒是半点不客气地揭穿，“这又是哪儿惹来的麻烦，要本座帮你擦屁股？”

毕竟当着小娃娃的面，尽管无嗔已被逐辰奚落多年，面皮早比城墙还厚，此时也有些挂不住了，“笑话！贫道乃堂堂——”

“说实话，”不等无嗔说完，逐辰就懒懒地打断他，“快说实话，或许本座还会帮你收拾这烂摊子。”

闻言，一直沉默不语的“烂摊子”终抬头看了眼逐辰，不过清俊的小脸依旧面瘫着。

这头无嗔想了想，说道：“这孩子是山下任家酒庄的公子，他家一直闹狐患，我途经酒庄顺手帮他们捉了那妖孽。后来庄主设宴谢我，我在席上多喝了几盅，只听任掌柜说什么这孩子从小身子弱，想要修仙，我稀里糊涂地就答应下来了……”

听了这话，逐辰哀叹一声，弯下腰来，只见“烂摊子”仍旧面不改色地耷拉着眼睑，好似无嗔口中说的是旁人一般。

性子别扭，模样倒是清俊得紧。逐辰一面想，一面弯了眼调侃道：“喂，听到没有？如果是这样，你还想继续留在这里修仙吗？”

“我不叫喂，”小家伙仍旧别着头，但声音却清晰响亮，“我有名字的。”

“哦？”逐辰眼角含笑，“那你叫什么？”

闻言，小家伙咬唇不答。

逐辰摇头，“怎么又不吱声了？唔，这么不爱讲话，那就叫小吱吱好了。”

“哈哈，好名字！正好这孩子还缺个道号。”无嗔笑言。

这次，小家伙终于急了，“什么吱吱叽叽，我又不是老鼠，我叫任之行！”

……

时光飞逝，转眼，他已陪在无嗔身边一百六十七年。现在，终到了离别之际吗？眼见无嗔倒在自己面前，逐辰一步步走到他跟前，沉声道：“还有什么未了之事，说吧。”

无嗔抿唇，闭眼轻轻摇头。稍过片刻，又突然睁开眼来，脸上平静如水。

“当年，是你向师尊推举我做观主的吧？”

“自然。”逐辰挑眉，“你分明天赋过人，偏偏却懒惰成性，不肯好好修行。为让你回心转意，本座只能略施计谋。”

无嗔闻言哈哈大笑，可笑到一半又剧烈咳嗽起来，待咳出血他才顺过气来，“唉，贫道这一辈子，最后悔的事就是造了你。”

“彼此彼此。”逐辰略抬下巴说道，“本座最后悔的事，亦是被你造出，不得不到处替你收拾烂摊子。”

音落，风过，身下却再没了熟悉而不羁的笑声。无嗔到底有没有听到最后一句反诘，谁也不知道。逐辰只知，这茫茫天地，于他已没半点意义。

“终究……本座还是输了一回。”他苦笑，“无嗔啊无嗔，你可知，本座与你一样，只觉若一人一直这么活下去甚是无聊，没了你……这茫茫人世又还剩什么呢？所以……我才希望你继续修行啊……”

至少，这样你能陪伴我时日长些、再长些。可你终究狡猾奸诈，就这么离去，还不许本座跟着，反倒又留下一大堆烂摊子。呵，当真无耻。

今生，又何时是个头呢？

天地骤变。逐辰缓缓睁眼，只见慕慕仍旧躺在原地，早已气息奄奄。

他走向她，像许多年前一样，只是这次，逐辰脚步轻盈许多，终于不用再收拾烂摊子，终于……可以去见那人讨债了。

皎皎白月升，雾散花容真。醉卧青云岗，玉溪逐辰光。他逐辰这一生，追逐的又哪里是辰光，不过是盼望着，一直仰望那人罢了。

Chapter 21

劫

翌日，应慕慕要求，奶妈鱼对前段时间的治疗情况做了详细报告。

“花不语”四合院内，兰斯、任之行和慕慕围坐一团，夏洛尔正立在三人跟前侃侃而谈，“慕慕最重的伤在双膝和右手，现在无法站立也是因为膝盖尽毁。按理说，我是可以结合人类的医学技术，用魔法晶做一对义膝，到时候再加以灵力辅助，就能让慕慕再站起来。可奇怪的是，不论用多么稀有的魔法晶，慕慕的身体都没有反应。”

“没有反应？”慕慕眨眼，身体微微激动地往前倾，“没有反应是什么意思？那个魔法晶不行，用其他材料做假膝行不行？”

“你先别激动。”兰斯按了按慕慕的肩膀以示安抚，这才慢慢解释道：“魔法晶是最接近人类肉身组织的一种晶体，一旦将其种在人类的某个部位，再加以适当的灵力催动，它便会自动模拟器官的生存模式而运行。只是部分个体有差异，所以需要时间测试，看哪种材质的魔法晶最适合患者。”

夏洛尔点头，微微思索一番，接过兰斯的话，“可慕慕你的身体……这大半个月，我试了二十来种魔法晶，没有一种能在你体内存活过三小时。”

慕慕静默，表面上虽无甚表情，桌下的手却已攥紧。怪不得每次奶妈鱼为自己膝盖换药时都眉头紧缩，原来是这样啊……这么说来，是不是自己真的再没希望站起来了？

负能量一点点聚集，慕慕却觉手背一热，兰斯握住了她的手。骤时，慕慕的心漏跳半拍，甫一抬头，却见兰斯正一脸没事儿人地盯着夏洛尔，其目光清澈透亮，就好像搞小动作的人不是自己一样。

夏洛尔继续道："我猜造成这种免疫反应是因为你体内有别的东西。"

"别的东西？"慕慕皱眉，"是什么？"

闻言，夏洛尔下意识地瞥向任毒舌，慕慕顺着他的目光看去，这才惊觉自刚才开始，任毒舌就没说过话。像是没有察觉到两人的目光，任毒舌只表情疏离地用碗盖轻轻刮着沉沉浮浮的茶叶。

慕慕想了想，正准备开口，手上突然一凉——兰斯轻轻松开她的手，起身道："今天天气不错，要不要出去走走？"

他说这话时一直看着慕慕，慕慕见状微感诧异，轻轻啊了声，又看向自己的腿，拧紧眉头。

他明明知道，现在自己连站都站不起来，又怎么"出去走走"？正思索着，一辆轮椅已推至她跟前，不等慕慕惊叹，兰斯已俯下身来，一把将其抱到轮椅上，转身就往外走。

慕慕哎地抗议了一声，不禁回头，却见任毒舌仍旧坐在原地，沉默而机械地刮着茶沫，从始至终，他的眼皮都没抬一下……

朽木枯叶，已立冬的百果林显出几分萧条之意。

兰斯知道慕慕害怕被人看见自己坐轮椅的样子，故意带她走了条偏僻而深幽的小径，待行到深处，只见枯叶铺满大地，曾经挺拔葱郁的银杏树只剩下错综的枝条依旧伸展着。阳光透过这些枝条缝隙一点点渗下来。

慕慕在屋里待久了，其实早就想出来呼吸呼吸新鲜空气了，现在被暖阳这么一晒，只觉浑身都舒坦许多，就连一直隐隐作痛的膝盖这时也识时务地停止了疼痛。

慕慕仰头满足地吸了吸气，回头看向兰斯，问：“现在可以了吧？”

“什么？”兰斯歪头。

慕慕撇嘴，“你带我走这么远的路，不就是有话要跟我说吗？现在这个地方应该够安静、够你酝酿开场白了吧？”

兰斯将手插到裤兜里，噙笑，“何以见得？或许我只是想和你说说话呢？慕慕，我们已经很久没有这样单独相处过了。”

听了这话，慕慕轻咳一声，下意识地避开对方炙热的眼神，这才摇头道：“我只是脚坏了，不是脑子坏了好吗？我有眼睛的好吧？今天这状况……唔，是任毒舌有什么话想让你转达给我吧？”

自从自己受伤，任毒舌就跟护小鸡仔儿似的护着自己，要不是他首肯，兰斯今天怎么可能这么顺利、这么堂而皇之地将自己“拐走”？

念及此，慕慕眨了眨眼，猜测道：“奶妈鱼刚才说我体内有别的东西？咳，这和我以前的事有关？”

兰斯沉默一番，然后点头。又过了片刻，他才挨着慕慕坐下道：“我们刚救下你时，就发现你体内有一股极强的灵力。这灵力原本的作用是保护你，屏蔽外界的一些干扰，但也因此，魔法晶才会对你无效。我们试了很多办法也没能解开这股灵力，也找不到灵力的来源。”

慕慕咬唇，“然后……任毒舌告诉了你们这灵力的来源？”

兰斯嗯了声，眼神幽幽，“几百年前，子虚道观发生过一场大战，当时你被卷入其中，身负重伤。为了救活你，逐辰将你送到了怪医方草手上……”话至此，兰斯下意识地顿了顿，这才道：“如果没猜错的话，你身上的灵力和这个方草有关。”

慕慕歪头，神情微微迷茫。大战、重伤、怪医方草……为什么总觉得还有很多重要细节被略过了？可那些重要细节又该是什么呢？

慕慕狐疑道：“然后呢？我被送到了那个什么方草手上？然后呢？为什么任毒舌会和我失去联系？他不知道我在那个方草那里吗？”

兰斯垂着眼睑默了默，终道：“如果知道，他今天又怎么还是无法面对这段过去？”

慕慕有些愣住了。

兰斯道："当年那一役，子虚道观观主无嗔真人牺牲，之行也因伤势过重被迫沉睡，那时，支撑整个子虚道观的就只剩逐辰了。按照逐辰被封印前留给之行的信所言，当年他将你送到方草那儿后，约好三个月后去接你，可三个月后他再去时，你和方草都已消失得无影无踪……再后来，逐辰也被众弟子封印，这段往事也就随时光尘封了。

"之行醒来后，知晓你的失踪，一直都在寻找你的下落。再后来的事情你都知道了。"

慕慕敛眉，一时无言。

这么说来，任毒舌没办法亲口告诉她这段往事是在自责吗？当年，到底发生了什么事？那个方草为什么会和自己一起失踪？几百年后，自己又为什么会出现在慕家？

刹那间，慕慕的脑子已乱成糨糊，太多事情如几何图形一般在脑中无序闪现，她发现了其中某个关键的问题，"等等，我当年……多少岁？"她是从五六岁开始有记忆的，也就是说，之前的自己……

兰斯点头，证实了慕慕的想法，"当年你正好五岁。换言之，你十七年前忽然出现在人界，并且，开始如正常人般长大。"

阳光斜照过来，映在两人身上，留下斑驳的影子。慕慕徒劳地张了张嘴，兜转间，却又忘了自己想说什么。

兰斯见状，也不急着再说什么，只静静地凝视着她。

良久，慕慕呼出口气道："所以呢？你费那么多口舌告诉我这些，不光是想让我了解以前的事情吧？"

兰斯稍顿了顿，又望了眼不远处的湖泊，终开口道："要想治好你的病，就必须找到这个方草，可我用尽了所有办法，都打听不到这个人。"

慕慕咬唇，"已经过了这么多年，或许他已经死了……"

"不，"兰斯摇头，语气坚定，"那个灵力源还在，就算他死了，也一定有人在帮他看守。慕慕，现在能找到方草的办法只剩下一个。"

慕慕盯着他的眼睛，女人的第六感告诉她，这个办法一定会让自己很为难、很为难，不然，兰斯和任毒舌不会绕那么大一个圈子来告诉自己。

果然，她听兰斯一字一句道："去和慕氏夫妇挑明，只有他们知道你的来源。"

慕慕闻言，只觉呼吸一窒，犹如惊雷劈中天灵盖，霎时连手脚该如何摆放都不知道了。

向太后和老慕同志挑明，问他们是怎么收养的自己，当年慕家发生的那些事又和自己有没有关系……这些话、这件事慕慕不是没有想过。没人喜欢被欺骗，没人愿意永远被蒙在鼓里，可每次当她下定决心走到两人跟前时，看见太后一边切菜一边哼歌的模样，看见老慕戴着老花眼镜仔细研究象棋的模样，她就什么话都说不出口了。

该如何开口呢？这两位老人早把她当成自己的女儿，早将一切都给予了她，如果挑明，或许他们三人就再没办法享受这样简单而普通的天伦之乐了。所以她不要，绝对不要打破这份平静的快乐！

想到这儿，慕慕猛地看向兰斯，却被对方抢白道："慕慕，这是唯一的办法，你必须去做！"

慕慕情不自禁地颤抖了一下，喃喃道："不……"

兰斯目光深沉，声音也低下三分来，"你不可能永远躲在莱尔斯。是去问清自己的身世，争取再站起来，还是去向他们解释自己是怎么残的，并安慰他们不要为自己伤心——这两者，你自己选一个。"

"这两者，你自己选一个。"

闻言，慕慕暗暗咬紧牙关。兰斯说得对，她不可能一辈子躲在壳里不见太后和老爸，如果让他们知道自己永远也站不起来了……慕慕深呼一口气，不敢再往下想，要她怎么开口对他们说："爸妈，我残了，这辈子都不能再跑再跳了。"一想到他们听到这话时脸上震惊而哀伤的表情，慕慕就觉得窒息，可如果去问他们收养的事情，自己又该怎么说？

正敛眉踌躇，慕慕手上又是一热，兰斯的大手覆住她的手，眼神幽幽，"不用担心怎么跟他们讲，到时候我和你一起回去，由我来开口，你只用在旁边听就好。”

慕慕尴尬万分，大哥你还真是不见外啊，这么隐秘的家事你到底准备以什么身份去见我爸妈？还要帮自己开口……

念及此，慕慕脸色微微涨红，轻轻地抽回手，这才道：“兰斯，其实有些话我一直想跟你说……”

兰斯轻轻嗯了声，好整以暇地托腮凝视着慕慕。

慕慕到底面皮薄，轻咳一声将脸转向一边，这才接着说：“我不知道你是不是误会了什么，可我吧，我当初会不顾一切地冲破结界出来，其实不单单是为了你……”

话至此，慕慕下意识地咬了咬唇，道：“当时阿忧告诉我，霉神要毁掉整个幼稚园，到时候不仅是你，整个莱尔斯的人都活不了，所以我才拼了老命出来报信。所、所以……你懂了吧？”

慕慕抬头看向兰斯，只见其眸眼弯弯，淡褐色的眸子里满是光彩。

“懂，”兰斯含笑点头，“‘不单单是为了我’，说明还是有一小部分原因是我。慕慕，你心里有我，我真的很开心。”

霎时，慕慕风中凌乱，抓狂道：“大哥你到底听不听得懂人话啊？还开心……开心你个大头鬼哟！我刚刚想表达的根本不是这个意思！我是想告诉你，你千万千万别误会我，我对你——”

这次不等慕慕说完，兰斯忽然睁大眼睛瞪着慕慕，因为眼神太过犀利慑人，慕慕竟一时咬住了舌头，半天说不出话来。

片刻，兰斯才启齿道：“慕慕，你以为发生这样的事后，我还会放你走吗？”

听了这话，慕慕只觉心骤然紧缩，刹那间，那又酥又麻的感觉传遍四肢，像是过了次电，又像是被雷击中，心脏扑通扑通直跳。

他说，你以为发生这样的事后，我还会放你走？在你为了救我而可能终生残疾的状况下，我怎么可能再放你离开我身边？你当我以身相许也好，单纯感激也罢，反正，我就是再也、再也不会让你离开。

……是这个意思吗？

如此霸道，如此执着，如此深情。是这样吗？

慕慕有些无措地盯着兰斯，只见他仍旧摆着那副肃穆无比的神情看着她，她下意识地想逃，兰斯却突如其来地捧住她的脸，一字一句道：“慕慕，不要再逃避，你躲不掉的。”

此情此景，慕慕完全料想不到，就连该怎么回答对方她都不知道。正手足无措，手机铃声恰到好处地响起。

慕慕呼出口气，连忙逃开兰斯的禁锢，义正言辞地拧眉，“我手机响了！”

兰斯感到有些好笑，“接吧。”

慕慕连屏幕都懒得看，立马就按下接听键，还没来得及说“喂”，那边就赫然传来一声咒骂，“浑蛋！”

慕慕闻言怔了怔，不太确定地喊了声，“爸？”电话那头，的确是老慕同志的声音，可在慕慕十来年的记忆里，还是第一次听到他气急败坏地骂人。

听见慕慕的声音，那头又低低地叹了口气。

慕慕越发觉得奇怪，正想开口，那边慕老爹已沉重地说道：“你快回来，你妈……出事了。”

慕慕和兰斯到家时，就见大门微敞，老慕一人坐在沙发上，面前还摆着他心爱的象棋。不知道是不是错觉，慕慕总觉得老慕好像一下子老了许多，原本乌黑的头发也白了一大片。

见到两人，老慕先是一愣，指着坐在轮椅上的女儿扬声问：“你这是怎么了？”

慕慕语塞，尽管路上想了N个理由，现在却一个都说不出来了。倒是兰斯慢悠悠地解围道：“伯父你先别急，其实这事怨我。那天我和慕慕出去玩，出了车祸。虽然并无生命危险，但膝盖却骨折了，医生说为了防止骨头长歪，必须卧床休息三个月，慕慕怕你们担心，所以我们才编了谎话说去国外出差了。”

老慕半信半疑，看向女儿，“真的？”

“真的。”慕慕点头如捣蒜，“我这不是怕太后唠叨才不敢回来吗？先不说我的事，妈是怎么回事？在电话里问你你又死活不说，她现在人呢？”

闻言，老慕眼神陡然一黯，摘下老花眼镜往沙发上一躺，这才疲惫地说道：“她人还在局里。”

事情发生在昨天下午。

昨天是发退休金的日子，太后按照惯例去银行取钱，可老慕左等右等，一直到晚上八点还不见老伴回来，一个电话打过去才知道她人已被拘留，接电话的正是抓捕她的警官。

听说老伴杀了人，老慕死活也不信，急忙赶去了局里。他自己是刑警出身，知道嫌疑犯被拘留后家人无法探视，可奇怪的是，问及案情和进展，对方都以“暂不方便对外公开”来回答。

他自觉蹊跷，好说歹说，又联系上以前的老同事，对方才网开一面，言简意赅道：“陈华取钱时，受害人抢她包，两人起了冲突，她就把人杀了。”

老慕咂舌，“过失杀人？”

对方摇头，“是蓄意杀人。当时银行有许多目击者都看见了，受害人已下跪求饶，可她还是用刀砍向了对方颈部，造成受害者颈动脉大量出血死亡，不过……”

老慕见对方神情不对，已有些心慌，拽住他，“小兄弟，我保证不外传，你接着说。”

对方皱了皱眉，附到老慕耳边，悄悄道：“这案子性质恶劣，影响太大，只怕不好处理。陈华当时杀了人就跟不过瘾似的，还分了尸，我们到时，她正在卸对方胳膊呢。现在受害人家属的情绪非常激动，要求严惩杀人犯。”

“什么？”听到这儿，慕慕忍不住叫出声，喃喃自语道：“杀人……分尸……怎么可能！太后平时看见杀鸡都喊晕血，怎么可能去杀人？还有，她哪儿来的刀啊，她去取退休金身上怎么可能带刀？”

老慕揉了揉眉心，显然也接受不了这个事实，“最开始我也这么想，可是对方说，银行的监控录像录下了当时的整个过程，再加上那么多目击证人，没有错……”

闻言，慕慕颓然地往后一靠，脸上早已失了血色。她心里兜来转去都只剩下“不可能”三个大字，愈推理整件事就愈觉得可疑。太后那样的纸老虎，除了在家吼吼她和老爸，平时对外都是笑呵呵的，怎么可能去杀人呢？就算真遇到小偷一时激动，错手杀了人，又怎么会分尸？不不，连错手杀人这点都说不过去，慕慕记得有一年，她和太后取了学费刚出银行大门，就有人上来抢包，后来慕慕制伏对方后，太后还一个劲儿叫慕慕轻点，别踩断了别人的手，这是违法的云云。

那时的学费大概有六七千块她都没火，现在两千块的退休金就能激得她杀人？想到这儿，某个念头骤然闪过慕慕脑海，她急道：“爸，还是不对啊，太后哪儿有那么好的身手能制伏小偷，还逼得对方求饶？你有没有问警察对方有多高？胖还是瘦？男的还是女的？”

老慕眨了眨眼，愣怔半秒狠狠拍了拍自己的脑袋，“哎呀，瞧我这蠢的，怎么一急连这个都没想到，我这就去警局！”

慕慕点头，一边转动轮椅方向一边道：“我也去。”

老慕停下穿大衣的动作，摇头，“你腿上有伤，在家等着。小兰在家好好看着她，别让她乱跑！”

谁料兰斯听了这话却没回应，老慕见状，颇为不满地皱眉，正准备再说什么，兰斯却道：“伯父，我看您也别去了。”

老慕提高嗓门，“为什么？”

“这件事这么大，可到现在电视、报纸上却没报道，可见上面已经封锁了消息，您再去也打听不到任何情况。依我之见，现在最重要的就是先请一位靠谱的律师，我们没办法见伯母，但律师有资格进去。”

老慕负手来回踱了两圈，说：“有道理。我这就给老同事去个电话，看他能不能给咱们介绍位律师。”

“不用。”兰斯摇头，瞅了瞅慕慕，又看了看老慕，终挺直腰杆道：“伯父，我就有律师证。现在，我就先以陈华女士的代理律师身份进去先找她聊聊，了解了解情况，您觉得怎么样？”

听了这话，老慕几乎眼睛放光，激动地连说了三个“好”字。倒是这头，慕慕呆若木鸡地盯着兰斯，只觉得这事情……真的越发展越悬疑了。

“你真的有律师证？”两人到达看守所门口时，慕慕忍不住问。

兰斯一本正经地点头，“真的。”

慕慕默然，虽然理智一再提醒她“不要大惊小怪不要大惊小怪”，但她还是感到难以置信。慕慕偷偷瞥了一眼兰斯，腹诽：难道兰斯这货还对人类法律感兴趣？还是说，妖魔界必须考这玩意儿？

不过不管怎么说，现在有了兰斯的这个律师身份的确方便许多。想到这儿，慕慕正欲谄媚地拍两句马屁，就听兰斯缓缓又道：“不过是两百年前。”

慕慕一噎，脸上还没绽开的笑容滞住，彻底僵硬了。这头，兰斯倒是好整以暇地弯眼看她，显然早就料到了对方的反应。

揉了揉近乎抽搐的面颊，慕慕暴怒，“那我们怎么进去？”

“走进去。”兰斯一面说，一面推着慕慕往里走。奇怪的是，两人一路畅通无阻，既没人拦路，也没人要求他们出示通行证。

片刻，两人就走到一间类似会客厅的屋内。慕慕一见沙发上坐着的女人，顿觉一个头如两个大。几日不见，蜀雅还是老样子——OL风的西装外套加包裙，黑发及腰，妆容精致，只是平时总挂在脸上的淡淡笑容消失了，浑身上下都散发着一股“生人勿近”的气息。

此时此刻，见两人进来，她也只是幽幽抬眸看了眼这边，然后又垂下眼睑，继续面无表情。

慕慕硬着头皮打招呼，“嗨，蜀雅。”

蜀雅没搭理，依旧抱胸坐在沙发上，一动不动。

兰斯道：“都打点好了吗？”

听了这话，蜀雅冷哼一声，转过头道：“出门左拐，走廊尽头第一间房。”

慕慕满脸黑线，说了半天，敢情别人是把她当透明了！

兰斯倒没再说什么，道了声“好”就推着慕慕又出去了。

出了门，慕慕犹豫一阵，还是问道："我们能进来是蜀雅帮的忙？"

"嗯，"兰斯道，"她在人类圈子交际很广，打通关节是她的强项。"

"交际很广……"慕慕喃喃。不知道为什么，她总觉得心里有些惴惴，这个蜀雅，不仅妖魔鬼怪对她毕恭毕敬，就连人类圈子她也吃得很开，她到底是干什么的？有什么来头？和兰斯又是什么关系？

想到这里，慕慕正欲开口，头顶却传来兰斯沉稳的声音，"到了。"

房间内，除了一张大长桌、三把椅子外，就只剩下四堵灰墙了。虽然气氛略显压抑，但已比慕慕想象中的环境好了许多。两人进去时，就见太后正坐在一把木椅上，双手双脚都被铐着，脚镣的锁链又铐在椅腿上。

慕慕见状，心骤然抽痛，推着轮椅凑到太后跟前，鼻头一酸，发出来的声音已有些颤抖，"妈……"

太后闻言，微微诧异地看了眼慕慕，稍顿，又露出释然的神情来。

慕慕见太后这副模样心下更慌，拉着她的手，"妈你别吓我，你到底怎么了？还认识我吗？我是——"

不等慕慕说完，太后已瞪了眼慕慕，啐道："胡说八道什么！你是老娘一把屎一把尿拉扯大的，难道老娘还能不认识？你就是化成灰老娘也认得出来！"

嗯……这语气、这眼神倒是和太后平时没什么两样。慕慕小心翼翼地与兰斯对视一眼，正盘算着下面的话，太后又道："死丫头片子，你和小兰这是什么眼神儿？真把老娘当神经病了？"

慕慕听她字字句句条理清晰，也不知道是该开心还是难过，只能摇头道："没有没有，谁敢把您当成神经病啊，简直就是不想活了！可是……"慕慕踌躇，咬牙道："可是昨天到底怎么回事啊？妈你——"

话未毕，太后已横眉竖眼打断她，不耐烦道："怎么这么烦人啊！翻来覆去地问这一句话有意思吗？梦里的人怎么都这么啰唆啊！"

慕慕眨了眨眼，还是没能反应过来，"梦里的人？"太后这是在说什么？难道，真的神经错乱了？好像新闻里也常说，精神病患者是时而清醒时而糊涂的，所以太后是不是——

就像知晓慕慕想什么似的，这念头刚窜进慕慕脑子，旁边兰斯已道："不是你想的那样，蜀雅那儿得到的消息，警察局已找人给伯母做过精神鉴定，她很正常。"

太后翻白眼，"我当然正常，不正常的是你们。你们快走快走，烦死个人！"

慕慕急得满手心是汗，正想要再说什么，却觉有人拍自己的肩，回头见兰斯朝她摇头示意。慕慕咬了咬牙，还是推着轮椅退后几步，将空间让给兰斯。

见又换了个人来"审问"自己，太后厌恶之情更甚，撇嘴道："我都说没用了，你们哪儿来的回哪儿去。"

兰斯噙笑，"好。你回答我几个问题，问完我们立马消失。"

听了这话，太后将信将疑地抬起头来。兰斯目光沉沉，"昨天下午你去银行取钱了，对吗？"

虽然只是换了个问法，没料太后竟还吃这套，点头道："是。"

"然后呢？你取到钱了吗？"

"当然。"太后斩钉截铁道，"两千三百六十六块五毛，一分不少一分不多，是我的退休金。"

"嗯……"兰斯摸了摸下巴，"取完钱你就回家了？"

"是。"太后忽然激动起来，"我根本就没有杀过什么人，更没分过什么尸，这些都是你们自己臆想出来的！"

听见这个回答，兰斯嘴角勾起一抹鬼魅的笑来，他故意压低声音，听起来阴森又诡谲，"再然后呢？你到家后，又做了什么？"

原本还神情坚定的太后闻言一愣，一时间竟说不出话来。

这头慕慕看看兰斯，又瞅瞅太后，大抵已猜到兰斯是故意挖了个坑等着老妈往下跳，可他挖这个坑到底有何用意？

太后支吾，"我回去后……我……"

兰斯盯着太后，眼眸深邃，"你想不起来回家后的事了。"他用的是陈述句，不是问句。

太后顿了顿，点头。

“再后来呢？你再有记忆时出现了什么？”

太后抬头凝望兰斯，一字一句道：“我再醒来时，就到这儿了。”

时间骤然断裂，屋内除了寂静还是寂静，就连三人的呼吸声都听不见了。慕慕攥紧手指，一再提醒自己冷静冷静。记忆空白，这算什么？电影情节还是精神分裂？可是，如果真是如此，为什么警局对太后的鉴定结果又会是精神正常？

到底是哪里出了错？为何她这样不安和害怕？

慕慕回头看向太后，只觉其熟悉又陌生，亲切又疏远。对方亦抬眸冷冷地看着她，道：“这里，是我的梦。你们，都是我的梦中人。”

……

与此同时，正在看监控录像的蜀雅听见这句话扑哧一下笑出声，倒是将旁边的小警察弄得有些摸不着头脑。

“很荒诞是不是？”小警察指着监控视频说，“这个陈华一直坚信自己在做梦，即便我们昨天给她看了银行的监控录像她还是坚信不疑。无论我们怎么磨破嘴皮子，她都沉浸在自己的世界里，还说要我们赶紧把她枪毙了，说不定在梦里死掉就能快点在现实生活里醒来。咳，这真是我见过的最奇怪最荒诞的案件，没有之一。”

蜀雅轻勾红唇，“或许她说的是真的呢？”

小警察一怔，旋即尴尬地笑道：“蜀教授说我们是她梦里虚构出来的人？哈，您真会开玩笑。不过，陈华还真说过她经常做这么真实的梦。杀人放火、掏心挖肺她都干过，‘什么重口味我没见过，这种大白天分尸的梦老娘已经免疫了。’她原话就是这么说的。”

“哦？”蜀雅饶有兴趣地眯眼，“你们就没有顺着她说的那些‘梦’去找找吗？或许真能找到些有趣的东西呢？梦游杀人……也不是没可能吧？”

一提及案情，小警察立马严肃起来，板着脸道：“我们派人去查过了，可是在她说的案发地点没找到任何蛛丝马迹。最近的失踪人口和她说的那些也对不上号。但这事确实有些蹊跷，陈华没有犯罪前科，没有作案动机，精神也一直正常，这样的激情杀人是有些怪。我们会再请精神科专家过来鉴定，到时候如果有麻烦蜀教授的地方，还希望您能多帮帮忙。”

蜀雅自动过滤掉最后一句话，重复着，“激、情、杀、人。”

小警察点了点头，声音不自觉地低下来，“您没有看到那段录像，实在是……我当警察这么久，还是第一次看到那样疯狂残暴的分尸手段，到现在想想那些画面我都还恶心。陈华当时简直就像着了魔似的，也就是因为这样，当时的目击者太过震惊才耽误了报案时间。”

蜀雅哼笑，又看了眼视频里的三人，自言自语道：“真是越来越有意思了。”

Chapter 22

人偶师

夕阳西下。太阳的余晖洒在街边的红木椅上，拉出浅而长的影子。在外溜达的老头老太太们收起象棋、毛线，一边闲聊，一边优哉游哉地向家里走去。兰斯沿着林荫路，慢慢推着慕慕往前走。

谁也没有说话。

从看守所出来后，慕慕就没再说过半个字，兰斯倒也配合她不言语，只漫无目的地闲逛着。

直到微微起了风，慕慕下意识地打了个冷战，这才回神道：“你觉得我妈的话……可信吗？”

兰斯将慕慕的轮椅固定好，又将自己的外套强行披在慕慕身上，这才幽幽地说道：“一般人遇到这种事，不是首先应该考虑她是不是疯了吗？”

慕慕摇头，咬了咬唇，终下定决心地看向兰斯，“我……园长，有件事我一直都没说。”

兰斯挑眉，歪头做出侧耳倾听的姿势。

慕慕深呼口气，道：“当初……最早看到莱尔斯招聘启事的人不是我，是太后。”

兰斯骤怔，面皮紧绷。

慕慕皱眉道：“你当时不是说了吗，那个招聘启事只有妖魔鬼怪、修行的人类和我才能看到，可太后——”话至此，慕慕顿了顿，这才接着道：“我曾经怀疑太后才是任毒舌的妹妹，可时间、地点通通对不上，再加上任毒舌一口咬定不可能错认我。这么一来……”

后面的话，慕慕卡在喉咙里再也说不出口，唯有紧攥手指才能化解心底那堆积不散的闷气。

这么一来，太后的身份到底是什么呢？妖魔鬼怪？修行者？杀人分尸案又和她的背景有什么必然联系？想到这些，慕慕就觉呼吸不畅，她不敢细究，也不敢预测这次案件的结果。她只知道自己已经失去逐辰，那彻骨的痛她不想再尝试一次，绝不！

兰斯微微眯眼，“这事还有谁知道？”

“没有了，”慕慕摇头，“因为害怕牵扯到什么秘密，我一直都没敢说，你是第一个知道的。”

闻言，兰斯抱胸眺望远方，沉默半晌，像是明白过来什么，捂嘴呵地笑出声。慕慕微诧，道：“怎么了？园长你是不是——”

话未毕，声先息。兜转间，慕慕头顶已赫然覆下黑色阴影，神思反应过来之前，唇角已是一热——

兰斯吻住了她，在大庭广众之下。

脑子轰的一声炸响，慕慕体内的那把火猛地被点燃，霎时浑身上下都烧了起来。大抵也考虑到是在外面，这个吻一触即散，轻柔得就好像从来不曾存在过。但奇异的是，虽然只是那么一刹那，虽然只是那么蜻蜓点水的一碰，那触感却一直停留在慕慕唇上，久久不肯离去。

慕慕有些晕眩，一时竟连斥责兰斯强吻都忘了，反倒做贼似的左看看右瞅瞅，生怕被人看见。倒是这边，兰斯好整以暇地凝视着她，黑眸闪耀晶亮，满面春风，半点做亏心事的觉悟都没有。

慕慕恨得牙痒痒，“你真是……”

不等她话说完，兰斯已牵住她的手，极其自然地覆在自己面颊上，眨眼卖萌，“慕慕，你终于开始接受我了，对不对？”

“你胡说什么！”慕慕像是被烫到似的迅速抽回手，但脸还是出卖了自己——烧了起来。

“不是吗？”兰斯满脸认真，“这件事你谁都没有告诉，就告诉了我，这代表什么，嗯？”言下之意，这么私密的事你只告诉了我，说明你已百分百信任我、依赖我，完全不把我当外人了。这不是接受我又是什么？

慕慕被问得促狭，正抓狂该怎么回答，兰斯已主动将话题引回正轨，一本正经道：“太后既不是妖魔鬼怪，也不是修行者，更和任家没有关系。”

因为话题转得实在太快，慕慕一时间没反应过来，怔了怔才傻傻地啊了声。

兰斯将双手插在裤兜里，目光深邃地看了眼远方，缓缓道：“你猜得对，太后没有疯，也没有骗我们，她刚才说的话句句属实。她的确经常做这样的‘梦’。因为每次的梦境都太过真实，所以这次她完全没有察觉到——现在她在现实世界里。”

听了这话，慕慕紧抿唇瓣没再言语。

“她刚才不是说了吗，经常做这样重口味的噩梦，这次也不例外，我们都不过是她的梦中人罢了。”

慕慕声音低沉如水，“你说她不是妖魔鬼怪，也不是修行者，那为什么她能看到莱尔斯的招聘启事？”

像是听到了一件极有意思的事情，兰斯勾唇，“这个嘛……或许我们身后的这位先生调查得更清楚，不是吗？”说最后三个字时，兰斯忽然抬头，对准远处朗声道。

慕慕见状顿悟，顺着兰斯的目光看去，只见不远处伫立着一棵上百年的银杏树，其树干粗壮，藏个把人完全不成问题。

兰斯向前跨出一步，声音仍旧波澜不惊，“跟了这么久累了吧？要不要去喝杯咖啡？”

没有动静。

兰斯挑眉，“既然如此，我们就先走了。”

“等等。”话音落下，树后缓缓走出一个人来。

咖啡厅内，慕慕看了眼面前的瘦高男人，又将注意力转回手上的警官证。警官证上，部门那一栏赫然写着“特殊刑侦科”几个大字，下面是公安局的印章。慕慕左看右看怎么也看不出纰漏，难道现在的假证都办得这么逼真了？可是……特殊刑侦科是干什么的？公安局有这个部门吗？

叫陈怡的男子见慕慕不断蹂躏自己的警官证，不禁抚额，对身旁的兰斯道：“可以叫你女朋友收手吗？工作证是无辜的，有什么冲着我来。”

因为“女朋友”这个称呼，兰斯淡淡勾唇，看对方的目光也柔和三分。他一面抽回慕慕手上的警官证，一面道：“不用看了，是真的。”

慕慕咦了声，“真有特殊刑侦科？我怎么从来没听过？”

“因为从某种意义上而言，我们属于保密单位。”陈怡道，“特殊刑侦科又名‘专业捡破烂’，主要负责一些其他侦查科未解的悬案疑案。或者更准确点说，”话至此，陈怡瞥了眼兰斯，一字一句道：“其他侦查科主要负责侦破人犯下的案子，特殊刑侦科则负责妖魔犯下的案子。”

慕慕闻言一怔，手忍不住攥紧吸管。这么说来，这个陈怡跟踪他们是因为太后……像是知晓慕慕在想些什么，陈怡颔首，“你母亲陈华的案子没那么简单，她现在已经是木偶人了。”

“木偶人？”慕慕心咯噔一声响，“什么意思？”

兰斯面色阴郁，手指敲了敲桌子道：“19世纪三四十年代，欧洲曾出现过一种职业叫木偶师，木偶师能制造一种特殊的丝线埋入木头中，使其行动自如——如活物般走动、说话，甚至吃饭睡觉，这就是木偶人。”

陈怡用鼻音嗯了声，“其实这种技术并不罕见，欧洲有木偶师，A国有偃术师，都能用大同小异的原理操控木头。但唯独木偶师最后将丝线植入了人类体内。”

慕慕忍不住睁大眼睛，惊呼：“你是说——”

陈怡点头道：“人心不足蛇吞象，只操控死物般的木头早已不能满足木偶师的贪欲，20世纪初，他们就开始用丝线奴役人类，从身体到思想，让操控对象成为彻彻底底的傀儡。而他们的称呼也从‘木偶师’变成了‘人偶师’。

“我调查了陈华的事，现在初步怀疑是人偶师干的。”说到这儿，陈怡下意识地摩挲一番下巴，这才接着说：“不过，有件事我一直想不明白。我查阅了资料，20世纪中叶，因为害怕人偶师的壮大，妖魔曾联合对人偶师进行过数百次围剿。自此之后，人偶师一族即使有漏网之鱼，也如老鼠般东躲西藏，唯恐被人发现，这次这么大张旗鼓地犯案，实在有些可疑。”

慕慕急道：“那我妈现在已经是木偶人了，也就是说，那个什么什么线已经埋进她体内了？能取出来吗？她会不会有危险？你们那个特殊刑侦科一般怎么断案啊？像这种情况，我妈也属于无辜受累，不会判刑吧？”

面对慕慕一连串问题，陈怡只摇了摇头，道：“抱歉，因为案件还在调查中，恕我不能直言。”

慕慕默然，这头陈怡已起身道：“根据特殊刑侦科的执法规定，如果被相关人员发现踪迹，我们有义务告知其基本情况，至于对方信不信、要采取如何的措施，都不在我们的职权范围之内。另外，对于案件进展，我们也必须保持缄默。”

说罢，陈怡一口饮尽桌上的半杯咖啡，道：“好了，能说的我都说了，两位再会。”话毕，转身就要离开。可脚刚迈出去，他就听到身后传来兰斯的声音，“等等。”

“还有事？”

兰斯负手，面色沉稳，“我知道嫌疑犯的下落。”

“我知道嫌疑犯的下落。”话音刚落，陈怡的双眸已闪闪发亮。

兰斯道：“你觉得这个情报换你手上的进展如何？”

慕慕顿悟，她就说嘛，奸商园长怎么可能做赔本买卖主动给人提供线索，原来是在这儿挖好坑等着别人哪。但显然，对方也不傻，陈怡思忖道：“我凭什么相信你的情报？”

兰斯嘴角滑过一丝极浅的笑，缓缓道：“关于人偶师的灭亡，刚才你只说对了一半。当年，104个家族的妖魔联手围剿人偶师，除了害怕他们壮大外，还有一个更重要的原因。”

话至此，兰斯抬眸幽幽地凝视两人，这才一字一句道：“当时，他们已将魔掌伸向妖界，百余家族的人惨遭毒手。”

慕慕闻言心里咯噔一声响，这么说来，妖魔们当初同仇敌忾地向人偶师发起攻击，不是因为畏惧和不安，而是源于愤怒？

兰斯道：“他们当时做得很谨慎，等到大家发现时，大部分人都已被他们控制，群魔愤慨，这才群起而攻之。”

慕慕喃喃，“先是将目标从木头转移到人类身上，接着再是妖魔……难道，人偶师们的终极目标是控制整个世界？”

“这个就不得而知了，”兰斯薄唇轻启，“重要的是，我知道那场战役留下了一个祸根：这条漏网之鱼当时将自己也变成了木偶人，混在木偶群中逃出了伦敦城。

“能让人类数次杀人却犹觉在梦中，很像他当年的手法。而且，他操纵木偶分尸有个习惯——他总喜欢将猎物的舌头从中间切开，弄成类似蛇信的分叉状，不知道这次的分尸案有没有这种情况。”

听了这话，陈怡瞳孔扩散，虽然他极力控制着面部表情，但紧抿的唇瓣还是出卖了他。慕慕见状歪头，“这么说，就是有咯？”

兰斯嗤笑，“如果真是这样，那就八九不离十了。”

这头陈怡却仍旧不肯放松警惕，“你怎么知道这些事情的？”

兰斯垂下眼睑，默了默，终道：“当年，我也是受害人。”

这次，不仅慕慕瞠目结舌，就连陈怡也皱起了眉头。兰斯神色平静，就像是在描述别人的故事般淡淡道：“人偶师们当时的计划是先操控各大家族的继承人，一来，继承人不会像族长那样太受瞩目，二来，继承人毕竟还没上位，可以慢慢培养调教。因为那时我家还没有确立继承人，所以，我和长姐都被埋了木偶线，后来，我母亲因为发现端倪，也被做成了木偶人。”

慕慕咬住下唇，一时无言。她从没想过，原来兰斯还有这么一段辛酸往事。不知道为何，听他轻描淡写地说起这些事，她的心就像被谁狠狠捏了一把——痛得浑身起鸡皮疙瘩。

这头，陈怡怔了怔，亦叫出声，“你是莱尔斯家族的继承人？”

兰斯颔首，嗓音清润悦耳，“兰斯·莱尔斯。”说罢，他便卷起袖口露出白皙的手臂，只见其手臂上有一条浅绿色的细线正缓慢蠕动着，犹如一条小蛇，细线时而蜿蜒向内，时而卷曲成团。

慕慕微怔，正想问这是什么，兰斯已放下衣袖，朝陈怡挑眉，“还有疑问吗？”

陈怡神色肃穆，起身道：“我们换个地方说话。”

慕慕以为，陈怡是想换个安静隐秘的地方好说话，谁料他却将两人带到了靠河边的一家小酒吧。

华灯初上，锦都市的夜生活才刚刚拉开帷幕，但离酒吧最繁华的时分还有一段距离，这间名叫“Ving”的小酒吧却热闹非凡。一进门，一股混合着酒精的烟味儿就扑鼻而来，吧台上的光头胖子正对着一个妙龄女郎哈哈大笑；另一边，一对情侣自顾自地玩着骰子，角落则倚着个戴眼镜的矮瘦男子，看他样子，大概已经醉了。

慕慕愣了，看向陈怡，“你确定没带错地方？”

陈怡面无表情，与此同时，服务生也过来了。

“喝什么？”语气极度不耐烦，脸也垮得能拧出水来。

慕慕嘴角抽搐，但来都来了，只得翻开桌上的菜单看起来。

“黑啤你们俩喝……”

“黑啤是我们老板自己用白水兑的，劝你别点。”不等慕慕说完，服务生就打断她道。慕慕瞬间风中凌乱，顶着大大的一个“汗”字看向兰斯和陈怡，谁料这两人居然没有丝毫反应。

好吧……一定是她太大惊小怪了……慕慕低头继续看菜单，“这个菠萝水果酒好像还——”

不等慕慕把“不错”两个字说出口，这头服务生又道：“菠萝是上上上个月买的，因为一直吃不完，所以老板把它切来做成水果酒了。”

……谁来告诉她这是怎么回事，这是哪儿请来的服务生，到底是老板欠了他钱呢还是欠了他钱呢，他怎么这、么、能、拆、台！

慕慕深呼口气，瞥了眼菜单，不信邪地又道："长岛冰茶总没问题了吧？"

服务生淡淡嗯了声，娃娃脸上摆出思索的神情，"这个倒没什么问题。"

慕慕刚想长舒口气就听对方又道："不过……我今天心情不太好，不想调！"

慕慕满头是汗，捏了捏拳头，道："帅哥，我有个问题想问你。"

"嗯，什么？"

"你和你老板有仇吧？"

像是听不出慕慕的讥讽，服务生一拍桌子，义愤填膺道："有仇！当然有仇！你们说说，有他这么当老板的吗？前几天这里死了人，他居然怪我监管不力，说要扣我工资，我去！上上上个月的工资都还没给我呢，现在居然还说要扣！我不搞垮这家店我就不姓严！"

慕慕闻言，终于听出些端倪，看看端坐不动的陈怡，眨眼道："这里死了人？"

"是啊。"服务生吊儿郎当地抖腿，"唔，其实准确点说不是死在这里啦……喂，你们到底还点不点酒？不点就快点滚蛋，别挡着我们做生意！"

慕慕汗颜，大哥，你确定真的是我们不点吗？

一直缄默不语的兰斯闻言绕过慕慕，将一小叠钱塞到服务生手里，温言道："酒就先不点了，小哥看样子也挺累，不如坐下来聊聊天？"

服务生毫不避讳地数了数手上的钞票，确定金额后这才大大咧咧地坐下。

兰斯开门见山道："刚才你说这里死了人，是有人在这儿酗酒后斗殴吗？"

"都说不是死在这里的了，"服务生小哥撇嘴道，"其实是一个常来的客人。啧啧，那天也不知道怎么回事，她喝完酒都已经走了，隔了半个小时又突然折了回来，手上还拖着个人。最开始我还以为她把别的醉鬼弄到店里来了，正要把她赶走，才发现那男人已经没气了，也不晓得她是从哪儿把他拖过来的，因为一路摩擦，啧啧，好家伙，那人脸上的皮都被磨破了。

“客人们一看全跑光了，她二话不说，抄起吧台的水果刀就开始分尸。还好小爷稳得住，躲到厨房报了警……”

慕慕听到这儿，哪儿还按捺得住，急急道：“那你有没有看到，她是不是把受害者的舌头从中间……”

服务生咦了下，皱眉道：“你怎么知道？”

听了这话，慕慕心头一凉，已被清空的大脑只剩下三个字：连环案。

同样的分尸方式，同样的木偶人，既然已有两起相同的案例，那么就会有第三起、第四起，对方不会善罢甘休……可他这样操控人类，到底有什么目的？

正思索，那头兰斯已道：“这位客人是干什么的？男的女的？”

“什么也不干，”服务生道，“五十来岁一大妈，前面那条街出了名的女混混。”

慕慕闻言眸色骤敛，半是诧异半是惊恐道：“大妈？！”

服务生奇怪地点头，“嗯，有什么问题吗？”

慕慕目光微沉，一边苦笑，一边想：五十来岁、大妈，这两个元素太后不也刚符合吗？难道，人偶师的目标不是那些被分尸的人，而是大妈们？

兰斯三人离开酒吧时已是晚上八点，华灯初上，小巷被星星点点的灯光点缀得璀璨夺目。临到巷口，陈怡向两人告别，慕慕终忍不住道：“除了我妈和酒吧的那个客人，还有别的人也变成了木偶人，对不对？”

陈怡将手插在裤兜里，表情淡漠，“我可从没说过在酒吧分尸的客人是木偶人，这些都是你自己猜测的。”

慕慕微愣，的确……陈怡将他们带到酒吧，落座后又一言不发就是故意在打擦边球——在不违反刑侦科规定的同时告诉他们案件情况，所以现在这样正面问他，他反而没办法回答了。

正踌躇间，陈怡又道：“我更没跟你们说过，最近连续发生了七八起案子都如出一辙，犯罪嫌疑人全是五十到六十岁之间的女性，她们杀人分尸后全都茫然呆滞，声称自己在做梦。”

听见“做梦”二字，慕慕脑袋轰的一声响，瞪大眼眸盯着陈怡，身体微微战栗。是木偶人，绝对是木偶人……所有征兆都和太后对上了，可操控一群大妈去杀人，背后那个罪魁祸首到底想干什么？！

这头，陈怡亦微微对上兰斯的视线，意思不言而喻：该说的我都说了，现在换你兑现承诺了。

兰斯托腮沉吟一番，终道：“半蛇人，居住地必须保持温暖潮湿，喜好处男的纯阳之血，所以，他活动范围之内必定有类似吸血鬼闹事的传闻传出。我能给的线索就这么多了。”

陈怡扬了扬嘴角，“足够了。”说罢，拉低帽檐转身离开。

望着陈怡渐渐融入夜色的背影，慕慕微怔，“现在我们该做什么？等消息？”

兰斯沉默地推着慕慕往家的方向走，过了半晌才似叹息一般说了句，“没有必要了。”

“嗯？”什么意思？

兰斯的声音从身后幽幽传来，“太后不是说了吗，她从很早开始就会做这样的梦：杀人放火、掏心挖眼……可是之前没有任何一次被人类捉到把柄，太后本身也被蒙在鼓里，坚信自己不过是做了一个个噩梦罢了。可为什么偏偏这一次，就会被人发现？难道真有这么巧合，那么多木偶人同时都被人发现了？

“慕慕你有没有想过，这个一直低调行事的操控者为什么要如此大张旗鼓地暴露木偶人？”

慕慕拧眉，脑海里没由来地浮现出两个字：毁灭。

是的，是毁灭。这些木偶人有用时，他将她们隐藏得很好，可一旦没了用处，他就像丢弃垃圾一般将她们扔了出来。

兰斯接着道：“他做事向来小心谨慎，变态而专注。最后一次让木偶人在大庭广众下杀人，不可能是失误，相反，是在满足他自己恶趣味的同时，向我宣战。”

“你？”慕慕微微侧身，纳闷儿道：“这事和你有关系？”

兰斯紧抿唇瓣摇摇头，用清澈的褐眸看了看天，终颔首道：“他的目标既不是那些被杀的人，也不是那些木偶大妈，而是——我。”

犹如平地一声雷，听了这话，慕慕霎时瞪大了眼睛。

兰斯轻启薄唇，缓缓道来，“我和他的恩怨不是一两句能说清的，简单说来就是，这几十年他都在找我。如果我猜得没错的话，应该是为了更好地寻觅我的踪迹，他将木偶线植入了一批人体内。现在，他找到我了，目的达成，这群木偶自然就没了用处。”

慕慕倒吸了口凉气，手握成拳，“所以，他自编自演了一场连环案，来销毁这批已经没用的废物……”

话毕，某个念头忽然划过慕慕脑海，她咂舌道：“所以你刚才说‘没有必要’的意思是……”

兰斯点头，“没必要费时费力去搜索，不出三天，他一定会出现——”说到这儿，兰斯顿了顿，才接着把最后三个字说出口，“来杀我。”

慕慕和兰斯回到“花不语”时，任毒舌已在门口等他们了。因为之前已在电话里将今天的事情告诉了任毒舌，慕慕原以为他会有很多问题问他们，结果两人进屋后，任毒舌只说了两句话。

“肚子饿不饿？厨房熬了银耳羹，还有蟹黄包。”这是对慕慕说的。

“你可以走了。”这是对兰斯说的。

慕慕有些尴尬，虽说已经知道任毒舌是妹控，但哥哥你这么区别对待是不是有点太那啥……毕竟整个莱尔斯都是土豪兰斯的。这边慕慕风中凌乱，那头土豪反倒见怪不怪，默默瞥了眼慕慕便转身离开了。

见“情敌”离开，任妹控霎时神清气爽，展颜道：“我去给你盛碗银耳羹？”

慕慕摇头，一夜之间发生了这么多事，她哪儿吃得下。

任妹控沉吟番，又道：“那……有没有什么想问我的？”

闻言，慕慕这才赫然想起下午兰斯跟自己说的事情，要想再站起来，就必须找到当年救活自己的方草，而任妹控迟迟放不下的，也正是当年没能好好照顾她，害她和方草一起失踪。

慕慕舒了口气，假装不在意地握住任妹控的手，“那些事都过去了。”

慕慕明显感觉到任妹控的手一震，就听他的声音略微沙哑道：“怪我吗？”

慕慕摇头，想了想，又古灵精怪地点头，“怪！怎么不怪？”她露齿甜笑，“所以任……哥，以后记得好好补偿我，不要再想以前的事情了。”

任妹控黑眸闪亮，心底早乐开了花，只恨不能立马跳起来翻个跟头，可唇角还没来得及咧开，就见妹妹皱眉又道：“还有一件事，我想问你——”

任妹控：“你问。”

慕慕望天沉默片刻，终开口道：“兰斯今天说，他曾经也被人偶师操控过，他手上还有一根奇怪的绿线……”

听了这话，任妹控大怔，面上虽还含着笑，但牙齿已暗暗咬紧。哦，他的宝贝妹妹这么犹豫不决原来就是要问别、的、男、人的事情。偏这么不巧，这个男人还是害她残疾的兰斯·莱尔斯。

想到这个名字，任妹控深深吸了口气，正欲发作，却见慕慕捧着红扑扑的小脸，满眼期待道：“哥，你知道怎么回事是不是？”

算了，为了这声清脆悦耳的“哥”，他忍……

任妹控强憋着怒火，将一股脑儿话又吞回肚子里，从牙缝里挤出几个字来，“知道一些。”

慕慕眨了眨湿漉漉的黑眸，“嗯嗯，你说。”

任之行轻咳一声，终道：“当年人偶师将傀儡线埋入妖魔体内后，一直没被人发现，直到其中一个人偶挣脱了操控，奋起反抗才使得这一阴谋真相大白。这个人偶就是兰斯。”

慕慕顿悟，“这么说，他手上那条小蛇是——”

“是傀儡线。”任之行接过慕慕的话道，“傀儡线一旦种入体内就不可能再被取出，虽然兰斯已将线的源头掐断，但体内的那根还存活着。”

慕慕似懂非懂地点点头，“那他母亲和姐姐呢？我听说，她们也被变成人偶了，最后被救出来了吧？”

任之行静默。慕慕一见这模样就大概明白了，先是没了老妈和姐姐，长大后父亲也……怪不得兰斯那么抠门敛财，是缺乏安全感吧？

“那那个半蛇人又是怎么回事？”慕慕道，“兰斯说半蛇人是这次木偶事件的罪魁祸首，还说什么他们有很深的恩怨，他是当年害兰斯的人吗？”

任之行摇头，“这个我就真的不太清楚了，不过说起来，这位半蛇人人偶师倒是大名鼎鼎——克莱·安蒙。虽然人偶师一族败落，犹如过街老鼠人人喊打，但他依然是令人畏惧的存在，传说，他不仅能操控木偶人，甚至还能操控对方的思维，另外，最可怕的是，他没有任何弱点，他本身就是木偶人。”

慕慕闻言，面色微微发白，数次张嘴都没发出半点声音来。兰斯也说过，这人奸诈狡猾，如果对方真如他们说的那么厉害，那太后和他操控的那些木偶人……还有兰斯，他不是说过这个半蛇人会在三天之内来杀他吗？

想到这里，慕慕抬头正欲开口，就见任之行目光灼灼地盯着她，冷不丁道：“为什么忽然这么关心这件事？”

慕慕来不及辩解，任之行已声音沉沉地说道：“慕慕，不要告诉我你已经喜欢上兰斯了。”

慕慕闻言，脸唰的一下骤然变红，说起话来也结结巴巴的，“怎、怎么可能，我早就拒绝他了，是他一直在骚扰我才对。我、我是因为这件事关系到太后，所以才……”

任之行见状叹了口气，沉吟道：“算了，慕氏夫妇的事情我会帮你处理，不过慕慕你记住，兰斯没有你想象中那样简单，哥哥希望你得到幸福，但最好，那个人不是兰斯。”

慕慕眨了眨眼，下意识地抬头，喃喃，“为什么？”

任之行苦笑，如果不喜欢，又怎么会反问为什么？只是如果傻丫头真和兰斯在一起的话……

皱了皱眉，任之行转移话题道：“我去给你拿点吃的，等着我。”

Chapter 23

现身

任之行盛了红枣银耳羹再回来时，已是人去楼空。

他瞥了眼摆在床边的轮椅，不禁抿唇。从他进厨房再回来，这个短暂的时间至多不超过半分钟。慕慕膝盖有伤，平时行动都需要人帮忙，不可能这么快离开，更何况还是在不借助轮椅的情况下悄然离开。

所以，只有一种可能……

想到可能已经发生的事情，任之行面色凝重，阴沉眯眼的同时就闻到一股淡淡的血腥味从身后飘来，与之相随的，还有傲雪低低的呜咽声。任之行默了默，小心翼翼地提腿，深呼口气，猛地转身，只见一道厉光向自己劈来……

与此同时，白色城堡内，兰斯正站在落地窗前看夜幕下细雨霏霏。雨滴打在窗前，滑下一条条不规则的雨痕。蜀雅抱胸坐在兰斯身后，她刚从外面进来，身上还带着淡淡的雨气。

兰斯不言，她亦不语，两人就这么僵持了半晌，蜀雅终于发出啧的一声，不满道："你到底有没有话跟我说？没有我就回去了。"

兰斯负手仍旧不看她，只低沉道："蜀雅，幼稚园内有奸细。"

蜀雅的神情骤然紧绷，没有言语。

兰斯回头，目光清寒而疏远。就像看不见蜀雅的反应，他自顾自地往下说："英国方面一直监视着莱尔斯的动静，这边我刚寻到卡恩的下落，那边克莱·安蒙就已经迫不及待地宣战，实在是太巧合了。"

蜀雅冷笑，鲜艳的红唇微微上扬，"所以呢？你在怀疑我吗？"话音落下，屋内顿时鸦雀无声。

兰斯垂下眼，既不否认也不承认，只顾左右而言他，"蜀雅，我想不出会是谁。"

"就因为这样，所以怀疑我吗？"蜀雅噌的一下从沙发上站起来，澄亮的眼眸因愤怒而泛红，她咬牙，咄咄逼人道："兰斯……到底是你错看我了还是我错看了你？如果我真是那边的人，你以为你能活到现在？不要以为没有你，他们就找不到卡恩留下的讯息……如果我真是内奸，根本不需要什么人偶师动手，我蜀雅一个人就能从你那儿把卡恩的记忆通通夺过来，你竟然蠢到……"

话说到一半，蜀雅忽然顿住，澄澈的眸子转了转，"不对……以你的智商不可能想不到这点。夏洛尔、白准、瑶薇，甚至包括任之行，这些人都没有背叛你的理由，那么就只有——"

"蜀雅！"不等蜀雅说出那人的名字，兰斯已厉喝出声，一字一句又道："不要妄加揣测。"

蜀雅的眼微微弯起，笑如狡猾的狐狸，"真是我妄加揣测吗？其实你心里早已有答案了不是吗？只是你不愿相信，也不敢相信是那人罢了。"话毕，蜀雅收敛笑意，神情变得冰冷而肃穆。

"兰斯，没想到你也有自欺欺人的时候。"

"够了。"兰斯缓缓闭眼，显出三分倦容来，"我叫你来不是让你说教的。"

蜀雅仰起头，不疾不徐地接着道："兰斯，以前的事你都忘了吗？想要成为王者，除了能冷静应对大局，最重要的就是不为感情所羁绊。感情只能作为你操控人心的一种工具，可一旦由它主导你，那便是万劫不复的开始……

“兰斯，你受的教训还不够吗？”话毕，屋内寂静无声。半晌，兰斯终微微睁开眼，淡褐色的眸子早已变得深邃难测，他低沉地说道：“去帮我查清楚。”

蜀雅离开后，雨下得更大了。

兰斯望着窗外哗啦啦的暴雨，眸色渐渐迷离，恍惚间，好像又回到了许多年前的那个晚上。那一晚，也是这样的瓢泼大雨，他站在父亲的书房前，浑身冰冷，四肢僵硬，而书房内，母亲还与父亲说着话。

母亲原本温润柔和的声音变得有些急躁，“卡恩你说什么？你早就知道兰斯和艾米变成木偶人的事了？”

“是的。”父亲的声音没有任何起伏，“很早以前，我就发现了他们体内的傀儡线。”

“那还等什么？快想办法取出那些该死的线！或许我爸爸会有办法，我现在就去叫凯西……”

“你等等。”父亲似乎拽住了母亲，声音也沉下了三分，他吞吞吐吐说了两个字，“不能……”

“为什么？”

父亲踌躇一番，道：“亲爱的，人偶师已开始向妖界进攻，除了兰斯和艾米，他们还将傀儡线埋入了许多继承者的体内。我们已有应对计划，但现在，不能打草惊蛇。”

“你的意思是任由他们这样下去？卡恩你知不知道，如果等他们彻彻底底变成木偶人，那将意味着什么？”

“我知道，可我还是不能……亲爱的，再忍忍，我一定会尽快救出你们，这之前，委屈你们不能出去了。”

母亲的声音微颤，“我们？”

“是的，亲爱的，你也已经被他们种了傀儡线。”

……

兰斯倒吸了口凉气，慢慢从回忆中回过神来。凝望窗外，他忍不住喃喃重复蜀雅刚才的话，“感情只能作为操控人心的工具……”

真的是这样吗？欲成大事者就必须抛去所有情感，那么，即便成就大事，成为所谓的王者，那又有什么意义呢？连自己最心爱的人都保护不了，又凭什么大放厥词说要保护所有人？念及此，兰斯冷笑一声，手慢慢握成拳，喃喃道：“卡恩，我和你不一样，永远都不一样。”

“的确，比起你父亲，你还不够心狠。”听见突如其来的声音，兰斯脸色陡变，蓦地回头，就见慕慕站在敞开的大门前。廊前灯光阴暗，把她的影子拉得老长，她面色煞白，唇却红若鲜血，娇艳而动人，病态而楚楚。

见兰斯看向自己，慕慕阴恻恻笑开，声音听起来异常甜美可人，“园长，我能站起来了，还能走路了，你不为我开心吗？”

兰斯俊颜阴沉，褐眸闪烁一番这才咬牙道：“克莱·安蒙。”

慕慕做了个了然的表情，像是半点不意外。她捂嘴咯咯笑开，朝兰斯飞眼道：“猜猜，这个小丫头是什么时候变成木偶人的？再猜猜，通过她，我知道了多少莱尔斯幼稚园的秘密？”

兰斯面无表情，“这么久不见，你还是这么疯疯癫癫的样子。”

“谁说很久不见？”慕慕夸张地瞪大双目，继而又忽然抿嘴笑嗔，“我可是一直都关注着你呢……小兰斯，你完全不明白，当我接到任务，知道要来A国寻找你、监视你的时候我有多开心……啊，那感觉，简直比当年逃出伦敦城的时候还刺激。”

她一面说，一面缓缓朝兰斯走去。可诡异的是，她的腿好像完全无法支撑自己的身体，每走一步都异常艰难、机械。每一次提腿，小腿都轻微地晃动，好像完全不受控制。

兰斯侧目瞥了眼慕慕已出血的膝盖，道：“你有什么话坐着说，她的身体经不起折腾。”

慕慕抬头，一脸惊诧地凝视兰斯，怪笑，“心疼了？”

兰斯避开他的问题道：“你把之行怎么了？”

慕慕顺着兰斯的目光看向胸口，那里一片殷红，犹如白色的连衣裙上开了一朵艳丽的玫瑰。慕慕无所谓地拍了拍胸口，咧嘴笑道：“不用紧张，这点血量死不了人。主要我太心急想要见你了，所以也没下狠手。倒是那个任之行傻乎乎的，连妹妹一根头发丝都舍不得动呢！”

说罢，她话锋一转又道：“哎呀，说了半天别的事，小兰斯，我的好徒弟……你猜猜，我现在想要做什么？”

闻言，兰斯冷冷地看了她一眼，语气波澜不惊，“你现在放了她，或许我还能像当年一样饶你一命，不然，我会让你加倍还回来。”

慕慕捂住胸口做了一个害怕的表情，柳眉微皱，“你这么一说，我还真有点害怕了呢。想当初，不正是你让我体会到了生不如死的感觉吗？可是小兰斯，我现在也跟你学了一招：谁让我难过，我就要从他身上百倍、千倍地讨回来！”

言语间，慕慕的神情已狰狞扭曲，她瘸着腿走到兰斯身边，道：“刚才那个女人说得对，感情用事是成不了大事的。你当年的狠劲都到哪儿去了？嗯？怎么……真当幼稚园园长当得忘记了吗？”

兰斯不答，一把拽住慕慕衣领就将其拎了起来，这头慕慕倒也神色不变，依旧优哉游哉地凝视着他。兰斯沉默片刻，改拎为抱，将慕慕放在沙发上坐下这才道：“你想怎么样？”

慕慕啧啧两声，“你不是自称很了解我吗？难道猜不出我现在想干什么？”

兰斯紧抿唇瓣，“东西给你，现在就放弃操控她的身体。”

慕慕仰天大笑，末了叹了口气，摇头道：“看来当真是分开太久了，你已经不那么猜得准我的心思了。现在，先去准备一辆轮椅吧。”

兰斯微眯眼眸，没有言语。慕慕嘴角溢出一丝笑，抚摸着脸颊道：“不明白吗？我实在太喜欢这副木偶作品了，一定要带回家好好欣赏欣赏。”

暴雨倾盆。

任之行平躺在地上，任由血水混着寒雨在身下开出一朵妖艳的花。傲雪在角落断断续续地呜咽着，苻灵则站在任之行身前，一动不动。他面露哀色，踌躇许久终道：“主人，刚才为什么不召唤吾？你明明听见傲雪的警告了，明明是可以躲开她的袭击的，明明——”

任之行不语，轻叹口气，缓缓闭眼。

苻灵见状，脸上的哀戚之情更甚，咬了咬牙，终于将压在心底的话说出口，“你又想起那件事了。”

话音落下，一滴雨刚好打在任之行的眼皮上，他长长的睫毛颤了颤，想笑却咧不开嘴。苻灵道：“主人，当年是我动的手，如果你当真接受不了，苻灵大可——”

“动手的人不是你。”不等苻灵说完，任之行已蓦地睁眼，眸中冷光盈盈，“当年杀死小澈的人是我……亲手杀死她的人，是我啊……”

凝望黑幕，任之行喉口阵阵发紧，只觉涩得厉害。其实夜深人静之时，他也常常想，自打出生，自己便被人说成“冷血面瘫”，怎么偏就对这个妹妹如此上心，以致几百年后再醒来，第一件事就是四处发疯地找她？

那时，她刚被送上盾山，天天小尾巴似的缠在自己身后，哥哥哥哥地嚷嚷，他不是也很烦吗？怎么一觉醒来就对她如此难以割舍？因为兄妹之情？因为朝夕相处的那两年光阴？不，通通都不是，只有他自己知道，他对小澈，到底怀着怎样的心情。

“是厌恶，对自己的厌恶。”任之行喉头翻滚，一字一句往下道：“苻灵你是我的式神，没有我的命令不会擅自行动。那时……我虽没有开口下达命令，但你我心灵相通，所以你是知道的，知道我在想什么，知道我为什么忽然引开敌人的视线，所以你才会杀死小澈……”

说到这儿，任之行深呼口气，声音变得微微战栗，“那时她还只是个五岁的孩子啊，什么都不懂，什么都不知道。她没有做错任何事，就因为被人要挟变成了人质，他的亲哥哥就动手杀了她……哈、哈哈！是我亲手杀了她，亲手抹杀了自己的弱点，借此保住千千万万百姓的命，可是我还是恨自己、厌恶自己。即使对慕慕再好，再疼爱，也改变不了曾经的事实，我是个双手沾满亲妹妹鲜血的罪人啊。”

“不是这样的。”苻灵喃喃，“当时小澈已被伤及要害，即使救回来也活不了了。再加上那时敌人一直在威胁主人，让她早日脱离苦海才是最明智的选择。”

任之行摇头，“不要再说了。总之，我不会再让那样的事发生，哪怕是死，我也不会重蹈覆辙，决不能再将剑指向她。”

闻言，苻灵正想说什么，“花不语”外已响起细碎的脚步声。苻灵隐去身形的同时，兰斯已进到院内。

兰斯蹲下，察看一番任之行的伤势后，一面扶他起来一面道：“遗憾了，好像一时半会儿还死不了。”

任之行这会儿哪儿还有心思开玩笑，拽住兰斯的衣领，眼眸已闪闪发光。兰斯心领神会，默了默道：“他要我明天带着东西去见他。”

“这么说，慕慕还是被他带走了？”任之行咬牙。

兰斯淡淡嗯了声，便不再言语，直到将任之行扛回屋，这才又道：“我知道你在担心什么，不过之行，有句话我一直都想告诉你，慕慕从来都不是我的弱点。”

任之行抬眸，定定看住兰斯。

兰斯回他一个灿烂笑容，声音沉稳，“我会把她完完整整地带回来。”

任之行似是叹息，又似是大石落地地舒了口气，“你最好记住你今天说过的话。还有，方草可能和克莱·安蒙在一起。”

慕慕是直接疼醒的。好像有谁举着斧子狠狠朝她膝盖劈下，慕慕只听自己啊的一声惨叫，茫然坐起，就见一个虎背熊腰的光头大汉正用绷带死死勒住自己的膝盖。

慕慕一再拼命咬牙，这才喘过一口粗气来，正欲喊疼，那边的光头大汉已大大咧咧嚷道：“动什么动，要是骨头接歪了老子可不管！”

“骨头……接歪了？”慕慕茫然无措，她的脚又断了吗？不可能啊，自从宅神事件后，她一直都坐轮椅，连站都站不起来，哪儿来的机会再把骨头弄歪？她明明——

想到一半，慕慕骤然僵住，一幅幅画面如过山车般闪过脑海：她举剑直刺任毒舌的胸膛，眼见着他倒下后又折身挑断他的右手手筋；从后袭击凯西；当着兰斯的面掐死他的乌鸦，离开幼稚园时戳破克摩尔……

“想起来了？”这头，光头大汉折腾完慕慕的右腿，又拿着绷带开始鼓捣她的左腿。一边摆弄一边啧啧摇头，“唉，你刚到时，这腿已经没办法看了，本来就受了重伤还硬是站了那么久，骨头都戳出来了！他奶奶的，还好遇到老子，算你小鬼运气！”

伴随着光头大汉的动作，慕慕闷哼一声，直到这阵痛楚渐渐消散，她不太灵光的大脑才慢慢开始运转。

“我、我被控制了？”也就是说，她也是木偶人？

“不然你以为呢。”光头大汉哼了声，随意地朝边上指了指。慕慕顺着他的目光看去，这才发现这间光线不甚明朗的屋子里全是人，或者更准确点说，全是木偶人。木偶人们犹如幼稚园小朋友般，整齐地坐成一排，坐姿端正，不哭不闹。但无一例外的，他们的目光呆滞而空洞，就好像真的木偶一样。

光头大汉幽幽地说道：“这些都是他的作品。”

“谁？”

“克莱·安蒙。”

再听这个名字，慕慕竟比自己想象中镇静。她整理了一下思路，略微奇怪地盯着眼前的大汉，光头大汉以为她要问自己的来历，清了清嗓子正欲开口，慕慕却冷不丁道：“我见过你。”

闻言，大汉顿时瞪大双眼，光亮的额头也微微冒汗。他一改刚才的强硬态度，无比心虚地说道：“在哪儿见过？”

慕慕转了转眼珠，比了个“2”。大汉摸了摸额头，心里越发没底，“这、这是啥意思？耶？你这是在庆祝终于找到我？要君子报仇，百年不晚？”

慕慕眨眼，“什么乱七八糟的，是Ving。在Ving酒吧我见过你，当时你一个人坐在吧台喝酒，我没记错吧？”

光头大汉松下口气，撇嘴道：“乖乖个熊，没想到你个小鬼记性这么好。”

慕慕又环视四周，歪头道：“你不是木偶人？”

大汉拍了拍胸，“你爷爷我当然不是，不然你以为我还能这么生龙活虎地和你说话？啧，爷爷我告诉你个小娃娃，你现在能神志清醒，还能暂时保住这两条腿，也得感谢老子！”

慕慕无语，到底是“爷爷”还是“老子”，辈分好乱啊大哥。不过，依现在这种状况，最重要的是，“你怎么在这儿？你也是那个特殊刑侦科的人？”

大汉摇头，“老子潇潇洒洒一个人，谁和那种鬼组织有关系？不过——”大汉摸了摸满是胡碴儿的下巴，话锋一转道：“我的确在查木偶人的案子。”

慕慕咦了声，“那天去Ving也是为了打探消息？”

大汉颔首，“可惜消息还没打探到就被发现了，然后，就到这儿了。”

慕慕微微眯眼打量眼前的大汉，被那个克莱·安蒙发现居然没被灭口，被带到了这儿也没被做成木偶人，这个大汉到底什么来头？念及此，慕慕眨了眨清澈的眸子，道：“大叔，你是干什么的呀？为什么要查这案子啊？”

光头大汉闻言一噎，霎时竟憋得面红耳赤。片刻，他才结巴道：“老子这是、这是因为……他奶奶个熊，你管老子为什么查这个案子！”

慕慕见状托腮，越发觉得蹊跷。按说，就算有什么不愿为外人所知的隐情，也不该是大汉现在这反应啊，他现在这神情这反应反倒比较像……

做贼心虚！

这四个字一蹦进慕慕脑子里，慕慕就赫然想起大汉刚才的话来，皱眉又道：“你刚才说什么什么‘君子报仇，百年不晚’‘我终于找到你’是什么意思？难道我们之前认识？”

此话一出，大汉更加着急了，抓耳挠腮一番终爆粗口道：“他奶奶个熊！”

慕慕再傻也看出猫腻来，不禁警觉道：“你到底是谁？”难道，这就是克莱·安蒙本尊？

慕慕正紧张，这头大汉却忽然叹息出声，盯着慕慕，他缓缓道：“所以说不做亏心事，半夜不怕鬼敲门，爷爷我这是撞枪口上了。”

慕慕噘嘴，“喂喂，你说谁是鬼，跟我讲——”

不等慕慕说完，大汉就打断她道：“小娃娃，你给老子听好了，爷爷我行不更名坐不改姓，正乃望云阁怪医方草是也。”

听见“方草”二字，慕慕心里咯噔一声响，到嘴边的话一个字也蹦不出口了。

阴暗潮湿的小屋内，慕慕正与方草大眼瞪小眼。僵持半晌，彪形大汉实在熬不住，一拍光头啐道：“呔，这才真叫‘绝境遇债主——绝脱了’。你、你、你、你有什么想问的就问，老子绝不说半字假话，就、就是你别再这么看老子，汗毛都倒竖起来了！”

慕慕闻言张了张嘴，却又徒劳地闭上。真不是她矫情不想问，而是疑问太多，一时半会儿反而不知该从何问起了。

方草大抵也猜出了慕慕的心思，叹了口气，“……还是从头说起吧。”

原来，方草本是某修仙门派弟子，因痴迷医术和受不了门派里的条条框框，干脆自己在望云山山脚葺了个小茅屋，以钻研医道和替人医治疑难杂症为乐。因为其行为诡谲、脾气怪，又爱爆粗口，众人就给他起了个诨名叫“怪医方草”。

怪医方草本过得怡然自得，直到一位白衣男子抱着个女童上了门。方草一看女童，就往外轰人，自称“逐辰”的男子见状，阴阳怪气笑道：“别人不是说怪医方草从不挑病人，就没有你医不好的病吗？呵，怎么，这还没把脉就要撵人走？啧啧，原来你也不过浪得虚名。”

方草不耐烦地摆手，“老子的确是什么病人都医，可死人老子不医，快滚快滚，哪儿来的回哪儿去。”

“谁跟你说她死了？”逐辰闻言，神色骤敛。

“还没死？”方草哈哈大笑，“这尸斑都出来了，身体也已经僵硬，依爷爷看，这女娃已死了超过十二个时辰。罢罢，念在你因痛失爱女无法接受的分儿上，老子不与你计较，早点埋了娃娃，让她入土为安吧。”

对方闻言面容紧绷，黑眸灼灼，方草以为他无法接受事实要发怒，谁料对方凤眼一挑，横眉竖眼道：“你说这是谁的‘爱女’？本座看起来像已到为人父的年纪了吗？”

方草还是头一次遇到这样乖戾的人，一时间竟愣在原地不知如何应对。这空当，逐辰已将女童放在床上，抬下巴鄙夷道：“说你是庸医你还不服，她是六天前受的伤，要不是本座将凝香丸放入她口中含着，肉体早已腐烂，岂止有尸斑这样简单？”

方草听了这话一拍脑袋，乐了，“哈哈，你龟儿子个熊！瞧瞧你这心里不是挺明白吗？凝香丸是专为保存尸体用的，你还不承认她死了？”

逐辰唇角上扬，“何谓死？七魂三魄尽出躯壳那才叫死，可她体内分明还有两魄。”话毕，逐辰就结手印在女童身上掐了诀，顿时就见一红色法阵若隐若现。光影浮动下，有两缕弱到不能再弱的绿光被咒文团团禁锢着，挣脱不得。

方草见状瞠目结舌，“这莫不是囚魂的禁术？这、这到底是哪个龟儿子布下的法阵？这囚魂术本就是逆天而行，只怕施法者——”

不等方草说完，逐辰已黑脸打断道：“这个你就不用多管了，本座只问你，她心肺皆损，因失血过多而亡，你这怪医是能医还是不能医？”

……

听到这儿，慕慕下意识地攥紧拳头，嘴已失了血色。比起膝盖上的伤，心里更痛，就好像有谁拿锯子在一点点割她的心。原来……任毒舌会沉睡百年根本就不是因为什么伤势过重，而是因为自己……如果今天不遇到方草，他不以这样的方式告诉自己，自己是不是永远都会蒙在鼓里？任毒舌啊任毒舌，用自己几百年的光阴和修为换她重回人世，真的值得吗？

这头方草也吁了口气，幽幽道：“小女娃，不管那为你施囚魂术的人是谁，老子都想说句——你有福气呀！老子行医多年，看得多了，这真正能对别人舍命相救的没几个。你啊，算是其中一个。”

慕慕闻言微微弯眼，眼眶却已湿润。她悄悄抹了抹眼角，转移话题道：“然后呢？你就答应救我了？”

“那是自然！”方草嚷嚷，“你这种情况，千年难得一遇，老子我看到手都痒痒，自然要勉力一试。”

慕慕见状，咧嘴正想再说什么，可陡然想起兰斯之前跟自己说的话，面色一沉，又道：“可你最终失败了，对不对？逐辰三个月后再去望云阁接我，已是人去楼空。”

方草听了这话面色一僵，黑而糙的皮肤下竟显出一层浅浅的粉来。

慕慕眨眼，“当年发生了什么？有人追杀还是你被人胁迫？”

方草憋得青筋暴露，终怒骂一声脏话，道：“爷爷我敢做就敢当，明跟你说了吧，没有人追杀，也没有人胁迫，你……你是老子拐走的。”

说来话长。

原来，彼时逐辰和方草约好三个月后来接慕慕，本就是盘算若这怪医医治不好她，便再寻他人。方草拼着一口气，不眠不休研究两月有余，慕慕仍不见半点起色，愈是如此，方草的痴劲愈起，他一面发誓要破解这难题，一面又焦急时光飞逝，眼见着逐辰就要找上门来。

“于是我……”方草结结巴巴，苦笑道。

慕慕头挂三根黑线，干巴巴地说道：“好了，下面不用讲了，我懂了。”

这才真是……

什么叫没有医德？这就叫没有医德！！你到底是在医病啊还是玩小白鼠啊？虽然那时候她已经是个死人了，可死人就没有人权了吗？死人就不是人了吗？你医不好你就放手啊，让别人来治啊，你死霸着不放手算什么意思！拖延病情几百年又是要闹哪样？！她慕慕的人品到底是有多差才能遇到这么个医生啊？逐辰当初到底是跟哪个王八蛋打听到的这个怪医啊？

大概是看出了慕慕眼底燃烧的熊熊火焰，方草咳嗽一声，悄声辩解道：“其实吧，这也是你和我的缘分。老子本来也是打算活个七八十年也就够了，从没想到要长生不老。可为了医治你，我只好又重新把修仙那套玩意儿捡回来，这才……

“哎哎哎，说好了不要用这种眼神看我的！小女娃你还真别爹毛，虽然我方草未必是最好的大夫，但当时你那种情况，其他大夫未必就能医得好。老子为了你，东躲西藏，苦心钻研，你、你、你还想怎么样？”

慕慕深呼口气，不断提醒自己不要冲动不要冲动，现在这种情况，她腿也断了，还变成了木偶人，和这庸医就是拴在一个绳子上的蚂蚱。所以，不能发火，绝对不能发火。君子报仇，百年不晚，等出去了，再让她哥收拾他。

念及此，慕慕重展笑颜道："好了，跳过这段。后来你又是怎么救活我的？"

方草摸了摸下巴，接着道："后来，我又去学习了西方的医学，再结合自己钻研的一些法术将你的肉身复原了。可那时，你已有三百来岁高龄，即使有凝香丸护体，也保不住骨头都脆了。即使肉身完好，你再醒来也只能做个躺在床上的肉丸子。"

"肉丸子慕"一听这话立马奓毛，烈火噌噌直往头顶冒，她挥舞着魔爪怒号道："我变成这样是谁的错？是我吗？都是你这个庸医！你简直丧——"

慕慕骂到一半忽然停顿下来，愣怔道："等等，你说我醒来后会变成肉丸子，可我从小就活蹦乱跳的，连骨折都没有骨折过一次，难道……"慕慕看向方草，神情凝重，后面的话卡在喉咙里想说却说不出口。

方草性格怪癖，为了医治自己这只小白鼠，甚至可以牺牲三百年的时间，可就是这样痴迷于医术的人，怎么会忽然关注起木偶人的案子来呢？还这么巧，也被关进了这里。

慕慕喃喃重复道："你不要告诉我这是因为……"

方草缓缓道来，"我在西方学习医术时认识了半蛇人克莱·安蒙。他制作的傀儡线除了操纵活物外其实还有一个作用：这线刀砍不断、火烧不着，韧性硬度都和人类的骨头相仿，而且最绝的是，这线一旦埋入活物体内，就会模仿依附的物品生长。所以，虽然时隔三百来年，你还能长个儿呢！"

方草越说越激动，用力拍了拍自己的大腿，大笑道："哎呀，你都不知道我当时发现这傀儡线还能这么用的时候有多兴奋！你能跟正常人一样长大也出乎老子的意料，真是他奶奶个绝透了，哈哈哈……"

方草笑到一半就笑不出来了，因为这头，慕慕正阴恻恻如鬼魅般凝视着他。方草自知罪孽深重，抹了把头顶的汗，噤声。

慕慕咬牙，"这么说，我早就是木偶人了？"

方草无奈地抓了抓脑袋，用鼻子嗯了声，"虽然你变成了木偶人，可我当时已经切断了你和他之间所有的傀儡线，又故意在你体内种下了灵力封印，就是为了防止他操纵你，可你……唉！”

慕慕抿唇，一点点消化方草的话。

“也就是说，我体内的傀儡线，原本是作为身体的支撑柱存在的。为了防止傀儡线被发现，你甚至还在我身上设了个灵力封印，可现在不知道为什么，我的封印消失了，克莱·安蒙重新连接了我和他之间的傀儡线，我成了真真正正的木偶人。”

方草紧皱眉头，点头。

“你突然出现，调查木偶人的事件也是害怕我被卷入其中吧？”

方草闻言，又点了点头。

见状，慕慕深吸口气，缓缓闭上眼。方草唯恐她接受不了事实，龇牙道：“其实，体内有傀儡线也无妨，现在好多人类不也在体内安义肢假胸什么的。你……你真的不用有太多心理负担。你自己不也说之前一直活蹦乱跳的吗，对吧，小女娃？”

慕慕不理会方草的话，咬了咬牙终道：“我知道克莱·安蒙的真身了。”

Chapter 24

半蛇人

“我知道克莱·安蒙的真身了。”

方草愣了愣，“什么？”

慕慕垂眸没有言语，静默半晌反问道：“你先告诉我，你当时是怎么被他发现的，又是怎么到这儿的。”

方草狠拍大腿，斥骂道：“说到这个老子就生气，他爷爷个熊！当时你们前脚刚走，老子后脚就跟出了门，谁料还没到巷口就被人敲晕了，再醒来，人就已经在这儿了。”

方草叹了口气，又道：“老子琢磨来琢磨去，估计是狗娘养的半蛇人操控了那酒吧里的服务生。哎，老子当时怎么就没想到呢？那小白脸神叨叨的，怎么看怎么不正常。”

“不是那个服务生。”慕慕摇头，“如果克莱·安蒙真的利用服务生监视我们的话，应该是越低调越好，不会让木偶人出现那么多无厘头的举动。而且，他没有触碰过我。”

“啥？”方草歪了歪眉毛，显然没听懂慕慕的话。

慕慕抬眼，黑眸璀璨若天边最亮的星，“大叔你也说了，当初将傀儡线植入我体内后就斩断了我和克莱·安蒙的联系，又故意设置灵力阵防范，可你有没有想过，为什么现在他又能操控我了？将我绑到这里来又为的是什么？”

方草愣怔，将光头摸了一圈又一圈，仍旧不得要领，最后一拍掌嚷嚷道：“老子最烦别人绕弯子了，你、你、你知道什么就快说！”

慕慕清了清嗓子，“他是最近才和我重新连接上的——用他手上的线连接我身上的傀儡线，那就势必会触碰到我。服务生没有接触过我，倒是那个陈怡……”话至此，慕慕微微眯眼看向方草，“那个陈怡将工作证递给我时，‘不小心’碰到了我的手。”

方草瞪大眼睛，“这么说，他就是那个时候动的手脚？这个阴险的龟儿子！”

“还不止，”慕慕喃喃，“大叔你不觉得太巧合了吗？你也被捉来了，这么凑巧，我们俩又被关在一块儿。”

不等方草回答，慕慕拳头蓦地砸在床边，恍悟道：“是陷阱！我们上当了！”

方草怪叫，“什么？哎呀你个女娃子，你有话倒是一次说完哇，这么一点点地往外冒，是要急死老子吗？”

慕慕深呼口气，一气呵成道：“大叔你不是说我身上的灵力阵是专门防克莱·安蒙的吗？我记得自己被操控时，动作似乎一直都不太流畅，走起路来也一顿一顿的，有没有可能克莱·安蒙并没有彻底解开我身上的灵力法阵？你刚才替我医治时对我都做过什么？有没有解开灵力法阵的封印？”

方草听了这话，就是再傻也明白过来了。他鼓了鼓二筒眼，清喝一声，噌地站起来就要重新设置灵力法阵。可说时迟那时快，这头方草刚抬起手，那边慕慕已一个鲤鱼打挺从床上跳起来，腾空一脚就将五大三粗的方草踹翻在地。

慕慕一面吃痛，一面忍不住惊呼，“大叔！”

话音刚落，堆满人偶的角落便发出怪笑来。慕慕与方草齐齐回头，就见一人推开左右人偶，自背光的阴影处走来。待对方临近，慕慕定睛一看，不是陈怡又是谁？

慕慕牙齿磨得噌噌作响，想要扶起地上的方草，右腿却不由自主地抬起，一脚踩在方草肚子上。也不知是慕慕力道太大，还是方草疏于修炼，这么轻轻一脚竟踩得他咳出血来，那张凶神恶煞的脸上也露出痛苦的表情。

慕慕紧锁眉头，学着他说话的语气道："你爷爷的熊，这点伤算什么，是男人就给我忍着！"

方草被她这么一激，果然咬紧牙关不再哼哼。慕慕心底松下口气，就听耳边传来阵阵冷笑，"嘻嘻嘻，这小丫头倒是有点意思，竟然能看穿他呻吟得越厉害，我就越兴奋。嘻嘻嘻，嘻嘻嘻，不愧是兰斯看上的人，刚才那一番分析真是太精彩了！可惜，还是晚了一步，嗯，瞧瞧，解开灵力封印后，人偶果然好用多了。"

克莱·安蒙一面说，慕慕一面就又扭头狠狠踩在了方草手上。

方草疼得青筋直冒，大骂道："克莱·安蒙，老子弄死你这个龟孙子！"

这边，慕慕因为用力过猛，膝盖也犹如被千万根细针密密扎着。但尽管如此，她还是习惯性吐槽道："省省力气吧叔，留点精力待会儿好逃跑，要不就想想怎么不带脏字骂人。"

话毕，方草还来不及回应，克莱·安蒙反倒率先哈哈大笑起来。

"有趣，有趣。"克莱·安蒙操控着慕慕转过脸来与他直视，抱胸笑道："我总算有一点明白兰斯为什么喜欢你了，这张小嘴真是……啧啧，我这个徒弟呀，可是很贱很贱的，别人对他越好，他就越觉得厌恶；反倒像你这样的，天天冷着他、骂着他，他才甘之如饴呢~"

慕慕眨眼，"你徒弟？"

"你不知道？"克莱·安蒙装出一副惊呆的模样，"呵呵，这样可不好。身为他的女朋友，怎么能连对方的背景都不了解清楚呢？怎么样，小慕慕，想不想听听我和兰斯的故事？"

慕慕斜睨对方，斩钉截铁道："不！想！"

克莱·安蒙闻言愣了，僵在原地连扭曲的表情都忘记了。

慕慕趁着他发呆之际，悄悄挪了挪脚，这才一本正经道："克莱·安蒙先生是吧？咳，我声明几点：第一，我不是兰斯的女朋友，现在不是，以后也绝对不会是；第二，我对你和他之间的恩恩怨怨一点兴趣都没有；第三，我就是个路过打酱油的不小心卷入了这次事件，所以你能不能放我回去，我哥还等着我回去喝银耳羹呢！”

“回去？”克莱·安蒙阴阳怪气地重复着慕慕的话，围着她转了半圈，挑开她耳边的发，这才悄声道：“你不是已经猜到我想干什么了吗？”

闻言，慕慕再没半点心情调侃，手握成拳。

克莱·安蒙瞥了眼地上的方草，抚摸着慕慕的头发道：“虽然这个桥段狗血了点，但我还是很喜欢。唔……到底是亲手杀死自己喜欢的人呢，还是让她杀死自己，哎呀，光是想想，我都有点热血沸腾了呢！嘻嘻嘻，说起来还要感谢方草老友你，要不是当年你无意间找我要傀儡线，又哪儿来的今天的插柳成荫呢？”

“呸，无耻！”方草吐出嘴里的血，叱道。

“无耻？”克莱·安蒙扬起眉毛，连连说了三个“NO”，摇头道：“这方面，我还真比不了我的爱徒。慕小姐知道吗？兰斯为争夺家产，杀父弑师，背叛主位，就连被追杀后，躲到A国来开这个幼稚园也是有目的的。你真以为他会在乎看管孩子的那几个小钱？不，他是将这些孩子作为肉票捏在手上，一旦英国方面有动静，他就会以这些孩子的性命要挟家长们——只要保住了莱尔斯幼稚园，他的性命不也就保住了吗？”

慕慕闻言，心里咯噔一声响，但表面上还是强装镇定道：“不是都跟你说了我和他没关系吗？你这离间计用错对象了啊，大哥。”

克莱·安蒙呵呵冷笑，阴恻恻又道：“还有……你们知道我当年是怎么逃出伦敦城的吗？也是兰斯帮我的。”

“什么？”听了这话，慕慕杏眼圆瞪，难以置信地盯着克莱·安蒙。是兰斯帮助他逃出去的？怎么可能？这个木偶人杀害了兰斯母亲和亲姐，他怎么可能放他离开？

克莱·安蒙见慕慕惊诧的模样，捂嘴怪笑，“小丫头，我知道你在想什么，唔，这个呢，就是我徒弟高明和卑鄙的地方。哎，这孩子呀，从小就心思缜密，为达到目的不择手段。其实当初在木阁楼上发现我后，他完全可以告诉他父亲，让他们捉到我，将我碎尸万段。毕竟那时候大势已去，我身边大多的人偶师都已被擒，我又受了伤，根本跑不远……可是，我们可爱的小兰斯却没有这么做，他将我偷运出了伦敦城，夜以继日地照顾我，伤好后又拜我为师。”

说到这儿，克莱·安蒙目不转睛地盯着慕慕，眼神坚定而诡谲。他的声音就好像悬浮在空中的尘粒，缥缈而阴沉，让人不寒而栗。

“接下来的事你猜到了吧？对，他学会了我的技术，以其人之道还治其人之身，趁我不备砍伤了我，将我做成了木偶人。所以那些传言，说什么我为了逃出伦敦城，变态到将自己也做成了木偶人是不对的。呵呵呵呵，真正变态的人，是我的徒弟兰斯呀。”

话音落下，就连地上的方草也惊叫出声。

克莱·安蒙咧嘴，抬起慕慕的下巴笑如鬼魅，“所以慕慕你明白了吗？兰斯呀，就是这样一个心狠手辣的人，从他一截截斩断我蛇尾那一刻开始，我就发誓，总有一日，要将这一切的一切通通讨回来！”

“总有一日，我要将这一切的一切通通讨回来！”话毕，一字排开的木偶人们也有所感应般噌的一下立了起来。慕慕见状心中一凛，奈何身体已不受控制，只能嘴上道：“你想干什么？”

“干什么？”克莱·安蒙哧哧怪笑，与此同时，木偶人们也步伐统一地朝他们这边走来。

“放心放心，你对我还有大用处，我怎么会舍得伤害你呢？所以，这些热身节目是为方草老友准备的。方草老友你勿要怪我，怪就怪我们实在太有缘，总能在关键时刻遇上，你又知道我太多秘密……”

听了这话，慕慕瞪大双眼，地上方草也咧嘴骂开，“呔！你个熊娘养的龟儿子，你以为这几个破人偶就能伤到爷爷我？老子告诉你，有什么尽管放马过来！”

克莱·安蒙无视方草的斥骂，阴阳怪气地尖笑道：“那么，就请慢慢享用吧。”说罢，转身离开。慕慕身不由已地跟着他往外走，只听身后不断传来撞击声和喘气声，可想要回头再看一眼也做不到。

待两人离开房间，身后的声音也变得越来越小，直至他们穿过长长的走廊，那声音终于消失。

等电梯的空当，克莱·安蒙回头看了眼满脸悲恸的慕慕，冷笑，“何必呢，宝贝？你们这不是有句老话叫‘眼不见心不烦’吗，听不见看不见他怎么死的，你不是应该更好受些才对吗？”

慕慕恨得咬牙切齿，拒绝应答。

与此同时，电梯也刚好到了，两人进到电梯间，克莱·安蒙才像反应过来般地哦了声，托腮笑嗔，“对了，我怎么忘了，方草这么一死，你的腿就彻底没救了，所以还是做我的木偶人更好，不是吗？至少，你还能站起来。”

听了这话，慕慕抬眼缓缓迎上克莱·安蒙的目光，“你要带我去哪儿？”

克莱·安蒙勾唇，可谓笑得如沐春风。他反问道：“你觉得呢？”

电梯下到负一层时停了下来，这里像是咖啡厅，空旷的大厅内只摆了寥寥几张桌子和沙发。最尽头的沙发上坐着个面容俊朗的男人，褐发，褐瞳，黑西装白衬衫，不是兰斯又是谁？

慕慕见到他，心跳不由自主地加速，虽然早已料想到他会来，可等真见到他面无表情地坐在自己面前，又是另一番滋味在心头。

这边，克莱·安蒙见到兰斯，激动地上前张开手臂，“哦，我亲爱的小兰斯，咱们这是多久没见了？不想和老师拥抱一个吗？”

兰斯淡淡扫了他一眼，没有动作。

克莱·安蒙见兰斯打量自己，喜滋滋地摸了摸脸，雀跃如见了情人的小女生，“怎么样？上次没看仔细，这次你再好好看看这张脸。啊，你知道的，木偶人就是这点好，随意改动容貌什么的也不会有痛觉，之前那张脸不是被你划花又挖去了一只眼睛吗？啧啧，实在太难看，为了来见你，我专门做了这张标准的东方面孔，小兰斯你喜欢吗？”

兰斯静默，转头看向慕慕，这才道：“你有没有事？”

慕慕想要摇头，却发现身体还是动弹不得，只得翕动嘴唇道：“园长快逃！我已经被他控制了！”

克莱·安蒙饶有兴趣地看着这一幕，含笑道：“瞧瞧，瞧瞧，多感人的一幕啊~哎，这么贴心又懂事的女朋友真是打着灯笼都找不着。不过……小兰斯你冒着生命危险来救她，真的是因为喜欢她吗？”

“不是，”慕慕歪嘴，自我调侃道：“是因为我欠了他钱。园长你快走吧，比起那十块钱，还是命比较重要。还有半蛇人先生，到底要我说多少遍你才听得懂，我不是他女朋友。”

显然，慕慕的冷笑话没起到预期效果，克莱·安蒙完全不搭理她，他盯着兰斯，挑眉又道：“怎么？说不出口了吗？那还是由我来说吧——我们小兰斯当初逃到A国来其实是为了寻找一样很重要、很重要的东西。刚好这件东西的下落任之行知道，所以，你来A国没多久就上了盾山，唤醒了沉睡中的任之行。”

慕慕闻言，心里咯噔一声响。原来，他哥是兰斯唤醒的吗？可现在，克莱·安蒙提这个干什么？

见兰斯仍旧不言语，克莱·安蒙抿了抿唇，接着又道：“可惜的是，任之行沉睡太多年，那件东西在不知不觉中又被转移了。于是乎，你们达成协议，共同寻找这件东西。可任之行一直对你警惕着，为了逼他就范，你就暗中在招聘启事里做了手脚，找来了他的妹妹……”

慕慕咂舌，有些难以置信地盯着兰斯。她一直以为，招聘启事被动手脚这件事她哥是知道的，或者更确切点说，是任之行要求这么做的。兰斯帮忙寻找任之行的妹妹也是出于同事之情，可现在克莱·安蒙却说是……

慕慕咬牙，撇开烦乱的神思道：“你以为这样我就会信你吗？”

克莱·安蒙咯咯诡笑，“不信我没关系，你可以自己问问兰斯。问问他，当初是不是故意将你送到任之行身边，打算确认你的身份后再利用你；问问他，最开始是不是在你签订的劳动合同上设下了反噬法阵，打算利用这个威胁任之行；再好好问问他，今天他舍命来救你，到底是因为喜欢你，还是怕任之行和他反目成仇，他没办法找到那样东西。”

这席话，一句比一句更戳慕慕心窝，一时间，慕慕只觉五雷轰顶，双耳嗡嗡作响。虽然一再提醒自己“这是离间计这是离间计”，可胸口还是扯出了道口子，沿着那些伤口纹路，血一滴一滴地往外冒。

“兰斯……”

兰斯只是看着她，漂亮的眸子清澈透亮，好似从未受到过污染的星辰。他没有开口解释半句，只是将清亮的目光移到克莱·安蒙身上，道：“放了她，我把卡恩的记忆给你。”

“哦哦，”克莱·安蒙笑开，“这么直呼父亲的名讳不太好吧？小兰斯，你怎么对谁都这么凉薄？你到底有没有心？”

兰斯不为所动，甚至连眉毛都没皱一下，“区区一个木偶人，有什么资格谈心？”

克莱·安蒙脸色陡然一变，拳头亦微微攥紧，慕慕感觉得到，兰斯激怒了他。但终究，他还是没有爆发，顿了顿，他又咧嘴笑开，“对，你说得对，木偶人没有资格谈心。我们也没有必要叙旧，现在……还是先办正事的好。”

话音落下，慕慕便迈腿走向了兰斯。

克莱·安蒙懒洋洋道：“把记忆交给她。”

兰斯默然，右手掌向上，默念一段咒语，一只水光盈盈的魔法球现出形来。

慕慕结舌，“你真的要给他？”

兰斯垂下眼睑，伸手牵住慕慕的右手，“拿好了，我教你掌控它的咒语。”话毕，慕慕就忽听脑子里响起兰斯的声音：慕慕。

声音冰凉如水，却又好像极力压抑着什么。慕慕目不转睛地凝视兰斯，手足无措，这是怎么回事？腹语吗？可为什么身体会感觉到有潺潺泉水流进胸口，又寒又澈。

慕慕，你听着，只要剪断你和克莱·安蒙之间的傀儡线，你就能重获自由。当年我能做到，现在你也能做到，下面你记着……

兰斯的那些话不断涌进脑子里，慕慕心底的寒意也愈来愈盛。末了，她蓦地睁开双眼，终于顿悟：这声音里压抑的是感情！因为咒语是不会有感情存在的。兰斯竟然将对自己说的话全部编译成了咒语！

念及此，慕慕难以置信地瞪着兰斯，对方却仍旧摆着张扑克脸，道：“以上，就是咒语，记住了吗？”

慕慕微微迟钝地点头，兰斯颔首，“很好。”

他一面说，一面将魔法球递到慕慕手上。说时迟那时快，就在这时，一道红光突然从天而降，慕慕来不及反应，就觉自己已腾空而起，几个跳跃回到克莱·安蒙身边，再定睛一看，兰斯身前已赫然挡着个人——

蜀雅。

克莱·安蒙微微眯眼，嗓音变得又尖又细：“很好，很好！这么久不见，小兰斯你还是这么喜欢玩花招，看来你并不是那么在乎她的死活！”话音落下，慕慕就掐住了自己的脖子，她顿时因缺氧变得面红耳赤。

兰斯清喝：“住手！蜀雅你——”

不等兰斯说罢，蜀雅已斩钉截铁道：“你的确嘱咐过莱尔斯幼稚园的人不许跟来，不过兰斯你大概忘了，我可没和你签过劳动合同，更不像白准他们——是你的下属。所以，我没有必要听命于你，你也没有资格限制我。你要救谁我管不着，但是，卡恩的记忆不能给任何人！”

兰斯闻言一时无言，只定定地看着蜀雅。

蜀雅毫不畏惧地迎上他的目光，一字一句道：“还有句话我要还给你——我对你，实在太失望了！大业和小爱，难道你分不清孰轻孰重吗？”

兰斯咬牙，隐忍道：“闭嘴，现在就离开！”

见状，克莱·安蒙正想启齿说什么，就听身后传来一声清脆的怒号，“他奶奶个熊！”

随着这声咆哮，气氛陡然凝滞。

慕慕来不及回神，就见克莱·安蒙已从自己身边跳开，与此同时，一个大锤已落在了克莱·安蒙原本站立的地方。方草将锤子扛在了肩上，这才骂开，“克莱·安蒙你奶奶个熊，老子今天不把你砸扁了老子就不姓方！”

克莱·安蒙呵笑，“我倒是低估你了。没想到二十年不见，方草老友的功夫见长啊！”

话音刚落，啪的一声，一个血肉模糊的人偶就被扔在众人跟前。一个又软又糯的声音哼哼，“什么功夫见长？要不是我们，他早被打成肉饼了。人类就是人类，即使是修道者也摆脱不了愚蠢的本质。”

慕慕闻言一愣，定睛一看，只见以卿卿、夜吾为首的毛团们排成一排，整齐地站在不远处。

“你们……”

夜吾上下打量一番慕慕，颇为老成地皱眉道：“真被做成人偶了？多日不见还是这么弱，不长进。”

千乘也从人群中拱出来，龇牙咧嘴道：“你怎么这么说我侄女儿？至少她现在还能保住命，就说明相当不错了嘛！”

卿卿不满地叉腰，“到底哪里不错了？要不是因为园长在乎她，她早被吃掉了好吗？不，不对不对，哼，她武力值那么低，又矮又瘦，连做木偶人的资格都没有。”

慕慕大为窘迫，这么久不见，小浑蛋们还是这么精神啊。不过你爷爷的小狐狸精，你吐槽别人之前能先看看自己的小身板吗？你比我更矮更瘦啊！

念及此，慕慕正欲开口，身体却忽然动作起来：略微弯腰，手臂已挥舞出去。慕慕顺着自己的视线看下去，心骤然一凛——干脆面君竟在自己的脚下！

“让开！”“小漓！”

电光石火间，慕慕已是满头大汗，身体亦微微战栗。刚才那么一瞬，尽管自己极力阻拦，手还是不由自主地挥了出去。没办法控制，眼睁睁看着自己袭向曾经朝夕相处的学生，还好对方躲开了，不然这辈子要她如何饶恕自己？

另一头，白淮拎着干脆面君狠狠拍了拍他的屁股，道：“来之前不是专门交代过吗？暂时不许靠近慕老师！”

夏洛尔在旁笑嘻嘻弯眼，“万幸万幸，没有受伤。”

瑶薇不言语，将干脆面君重新扔回毛团堆里，这才盯着夜吾说了句，“看紧他。”

兰斯伫立原地，清亮的眼眸一一扫过众人，从牙缝里挤出两字，“很好。”语气平静舒缓，犹如与人讨论天气般和煦，但随着这两字落下，他柔若水波的褐眸也在瞬间化成了妖艳而幽深的红瞳。

“真讽刺，”蜀雅冷笑，“我见过你两次化出红瞳，而这两次都是因为慕慕。”

空气陡然凝结。

夏洛尔清咳一声，抬高双手转移话题，“呐呐，兰斯你千万不要误会，我们可没有违背你吩咐的意思。来这儿也不是为了收拾半蛇人，我们只是来监考而已。”

监考？慕慕皱眉，什么情况？

白淮点头道：“是这么回事，蜀雅不是在带咱们B班的‘人类社会学’课程吗？这学期他们期末考试的题目就是毁灭所有木偶人。”

兰斯闻言目光微沉，显然没想到蜀雅会打这样的擦边球。倒是另一头，蜀雅率先笑开，睥睨道：“怎么？难不成园长大人连期末考试这样的小事都要插手？”

一席话堵得兰斯哑口无言。

夜吾道：“园长你放心，这种小case根本难不倒我们。我们已经掌握要领，只要斩断这些木偶人的四肢，他们就无法行动了。”

蜀雅冷冷开腔，“有这个废话的时间已经够斩杀几只木偶人了。”

夜吾有力地答了声“是”，立马回头以队长的身份开始部署，得到任务的毛团们立即行动。夜吾走在最后，可没跑出几步却又忽然停下，回头——

“喂，一定要活下来。”话毕，他终追着小伙伴们跑得没了踪影。

慕慕僵着脖子没法回头，只能咬住嘴唇，心底早已五味杂陈。她知道，这句话是对她说的，可以现在的境况看来，她活着未必比死更好。如斯境况，毛团们还是希望她活着，就这样，已经够了。

正念想间，克莱·安蒙已怪笑出声，“呵呵呵，我还以为这么大的阵势能有什么手段，不过如此。你以为斩杀那些木偶人我会心疼吗？还是……你觉得我不能同时操控上百上千个木偶？！”

厉声落下的同时，不远处也传来唧唧的尖叫和人不人鬼不鬼的哀号，慕慕心下一凛，只见白淮、夏洛尔和瑶薇瞬移向毛团们。

攻击一触即发，蜀雅趁势朝慕慕袭去，谁料人刚到半途，却被透明的丝线阻截去路，她双脚猛蹲，又向旁侧了侧身才勉强躲过袭击。人还未站稳，克莱·安蒙已如鬼魅般出现在其面前，呵呵奸笑，“你的对手是我。”

蜀雅静默，一面躲避克莱·安蒙的攻势，一面用余光瞥向兰斯，果然见慕慕正与兰斯缠斗着。在克莱·安蒙的操控下，慕慕速度快得几乎看不清身形，利用娇小的身材上蹿下跳，刀刀致命；反观兰斯这边，却只一味闪躲，并不出手。

“兰斯你——”蜀雅心下着急，正欲出声提醒兰斯，就觉被什么东西拉扯了下，伴随着揪心的疼痛跪倒在地，蜀雅一摸，原来右手五根手指上都被捆上了细细的傀儡线。

“呵呵呵，你最好专心一点。我可没你想的那么好对付，三心二意会死得很惨。或者还是……”克莱·安蒙一边说，一边慢慢凑到蜀雅身旁，声音又涩又沉，“或者还是，你想变成和慕慕一样的木偶人？”

话毕，捆绑在蜀雅手上的傀儡线就渐渐现出形来。墨绿色的线蜿蜒攀爬，慢慢钻进蜀雅的五指。蜀雅咬紧牙关，愣是没发出半点呻吟。深吸口气，蜀雅又从怀里掏出匕首来。

“呵呵呵，没用的。”克莱·安蒙见状捂嘴笑嗔，“我的傀儡线别说是用匕首了，就是用最最坚固的武器也斩不断的。”

蜀雅闻言，抬头对克莱·安蒙轻蔑冷笑，突然就低头斩下自己的五指，挣脱束缚的同时，她霍然起身，而依旧血流不止的手却以肉眼可见的速度愈合着。不过几秒时间，蜀雅的手已恢复如初，她冷着脸活动了下五指，神色阴沉地看向克莱·安蒙。

克莱·安蒙显然被眼前这一幕惊住了，正踌躇着，仍旧连接着傀儡线的断指们却突然朝他袭去。克莱·安蒙急忙往后退让，那断指却不依不饶地缠上他的关节。无奈之下，克莱·安蒙切断了这几根傀儡线与自己之间的联系，它们才缓缓脱离了自己的身体。

克莱·安蒙望向蜀雅，眼眸里多了几分光彩。

“啊，有点意思。我就说，兰斯不可能平白无故留个没用的女人在身边，原来你还有那么两下子。”

蜀雅不语，克莱·安蒙转了转眼珠，接着又道：“我听说，几百年前，人类曾组合优秀基因发明过一种‘超级基因人’。这种‘基因人’不仅拥有超长寿命，战斗力、防御力都高出普通人百倍，而且，最重要的是，他们还能如壁虎般再生大部分器官组织，看来你就是。”

蜀雅面上罩了层冰霜，扑向克莱·安蒙道：“要打就打，哪儿来那么多废话！”

克莱·安蒙像是发现了什么有趣的事情，反倒不再急于攻击，一边利用傀儡线与蜀雅纠缠，一边又道：“我还听说……‘超级基因人’计划最后以失败告终，因为这项发明并未得到A国政府认可，被人揭发后，发明人死在了实验室里，而他的那些作品——‘超级基因少女’们也一一被销毁。

“啊……蜀雅小姐，你说，会不会有那么一两条漏网之鱼，就好像我当初逃出伦敦城一样？”

“闭嘴！”蜀雅用匕首砍击着傀儡线，对方却如逗弄着小猫般不疾不徐地退让着。克莱·安蒙狞笑着，“蜀雅小姐，你的气息乱了，是因为我说中了你的心事吗？”

“我让你闭嘴！！”

“你和我的经历何其相似，你不过是想要个统一天下的强者，和我合作，怎么样？”

克莱·安蒙话刚说完，蜀雅还来不及回应，两人就听唔的一声闷响，紧接着，身后就传来重物倒地的声音。蜀雅敛眉，正怀疑这是不是克莱·安蒙设的陷阱，却见克莱·安蒙面色煞白，嗖的一下窜向自己的身后。蜀雅顺着他的方向回头，在看清身后景象的刹那，心头大震——

身后，兰斯手持长剑盯着地下，清隽秀丽的面庞上寒气逼人。他白色的衬衫上沾满了黏糊糊的血渍，皮鞋更是踩在一摊血污中。慕慕以奇异的姿势侧卧在其脚下，胸口的大窟窿还在不断地冒出鲜血，红艳似火的血像是一个小型喷泉，源源不断地往外喷涌着。

克莱·安蒙赶到他身旁，确定身下的木偶人已没了气息后，他抬头像看怪物似的看了兰斯一眼，眼中竟有几分不明的悲恸。

“兰斯，你当真下得了手。”

Chapter 25

重生

天旋地转。兰斯将长剑刺进慕慕胸口的瞬间，她没由来地想到了这四个字。

心很疼，却又好像不是因利刃而带来的痛楚。麻木感渐渐遍布全身，到底发生了什么，慕慕已成糨糊的脑袋已经想不透彻了，她只记得，自己在和兰斯打斗，她快得像一道光，风驰电掣，周遭都变成了浮动的光影，只有兰斯的双眼还清晰透亮。

风在耳边呼呼呜咽着，兰斯却自始至终都盯着她，眼神坚定而执着。然后，他就将长剑插进了她的胸膛——

低头盯着喷涌而出的鲜血，慕慕有些困惑，她想问兰斯为什么，可发涩的喉口却发不出半点声音。取而代之的，是砰的一声闷响，在慕慕反应过来之前，她的身体已不受控制地倒了下去。

血还在流，几乎是瞬间就在慕慕身体周围摊成一大片。很奇怪，不疼，真的不疼。慕慕几乎感觉不到自己的手脚是如何摆放的，身体轻飘飘的，好像有风刮过，吹得胸口破开的大窟窿空落落的。

随着血不断流失，力气和感官也慢慢离开了身体。诡异的是，头脑和视线却逐渐清晰起来。头顶，那双波光流转的眸子依旧凝视着她，像是有什么最后的话要跟她说，又凌厉又哀伤。

见状，慕慕忽然想笑，却发现自己连勾唇的力气都消失了。

兰斯，你是对的，你做得很好。如果不杀掉我，我就会一直被操控，一直攻击你，拖累你，拖累你们……虽然自诩女汉子、纯爷们儿，可长久以来，自己到底都做过什么呢？没有，什么都没有，除了不断地连累身边人、不断地帮倒忙、被绑架，什么都没有……任毒舌当年因我而沉睡，逐辰因我而消散，这次……绝对不能再有人因为我而离开。所以，解脱了，真的解脱了……

疲倦感陡生。

慕慕重重舒出最后一口气，终疲惫地闭上眼。结束？不，没有结束，就在闭眼的瞬间，她感受到一股冰冷的气息爬上了自己的身体，一点，又一点，慢慢侵占她全身，四周也被漫无止境的黑暗包裹。

躺在黑暗中心的慕慕忍不住笑了，呵，原来，这就是死掉的感觉啊……

"慕慕。"

正自暴自弃，某个魅惑而低沉的男声却在耳边响起。原本躺在地上一动不动的慕慕听了这声音，蓦地坐起，头皮阵阵发麻。

——这声音，不是兰斯又是谁？

可环顾四周，除了黑暗还是黑暗，什么都没有。

"不，不对……"慕慕喃喃自语。黑暗中好像还隐隐闪烁着绿光，那是什么？慕慕疑惑起身，却觉那些绿光随着自己的动作摆动起来，慕慕柳眉轻蹙，下意识抬手，就见五指间竟生着诡异的绿线！

慕慕试着拉了拉线，那头却纹丝不动，根本不知是连向何方。

"怎么回事？"正踌躇着，慕慕却忽然想起兰斯手臂里的墨绿色丝线，难道，这就是傀儡线？

与此同时，兰斯的声音也再次响起，"慕慕，你听着，只要剪断你和克莱·安蒙之间的傀儡线，你就能重获自由。当年我能做到，现在你也能做到，下面你记着……"

这不是兰斯教自己咒语时说的话吗？怎么会出现在这儿？难道人死后真的会重复回忆以前发生过的事情？

这一头，兰斯的声音还有条不紊地述说着，“下面你记着，一条傀儡线就代表着你的一个弱点：嫉妒、质疑、自卑、沮丧、恐惧……内心强大的人是不会为情绪所控的，更不会被克莱·安蒙所控制。所以，你必须战胜自己的内心才可能摆脱这些傀儡线。慕慕，你不能输。”

再听兰斯这话，慕慕依旧懵懵懂懂，正纠结间，她忽觉指尖一阵刺痛。慕慕咬牙低头，就见刚才拉扯过的那根傀儡线自行旋转舞动着，因它的摆动，小指尖已血流不止。

与此同时，慕慕的眼眸也一点点睁大——

黑幕下，如3D全息投影般地出现了一幅场景：光秃秃的山上，一个长着牛头的怪物正抱着一个四五岁的小姑娘，小姑娘好似受了伤，胸口早已被血污染红。而另一边，身着长衫、头戴玉簪的任之行正持剑与对方僵持着。

一时间，恐惧、惊慌、无助通通涌上心头，慕慕痛苦地跪倒在地，身体已忍不住微微战栗起来。原本……原本她以为已过了几百年，这些记忆自己早已忘却，可没有！她的脑子、她的心一直都记着那种感觉，记得当时自己害怕又痛苦的心情。

这就是所谓的弱点？也就是说，如果要想摆脱傀儡线，就必须重新经历一次所有痛苦难堪的事情吗？

刹那间，慕慕的眼泪已如断了线的珠子般掉落下来，不，不……她不要，绝对不要再重新回忆一次失去逐辰的痛苦，没有看顾好太后连累她锒铛入狱的愧疚，失去双腿的无措，绝不，绝不！

“慕慕，你必须活下去。”

正神情恍惚，兰斯的声音却又闯了进来，明明知道这不是真实的，明明知道这不过是记忆再现，慕慕却像抓住救命稻草般叫起来，“兰斯我做不到，我做不到——”

兰斯的声音依旧古井无波地回响着，全然不受慕慕哭号的半点影响，“记住不要被回忆迷惑，不要被当时的情绪带动，这些都已经过去了，只要挺过去，一切都会好起来。”

“我会一直陪着你。”

听了这话，慕慕微微愣怔，脑子里没由来地闪过夜吾临行前的模样。明明不过是个三四岁的正太，神情却老成得不像话，他停在走廊中央，又酷又帅，回头冷冷地说道：“喂，一定要活下来。”

念及此，慕慕扑的一下笑出声，忽觉指间痒痒的，低头一看，小指尖上的傀儡线已从身体里脱落。慕慕埋下头，数了数身上的傀儡线，不多不少，刚好22根，也不知道当年，兰斯的傀儡线有没有自己身上的多呢？

慕慕自嘲地咧了咧嘴，一咬牙，伸手扯动了第二根傀儡线……

与此同时，人类世界。

兰斯刚扔掉带血的长剑，擦拭干净手，他抬眸冷冷扫了眼对面的人，道：“蜀雅退下。”

因为兰斯在最关键时刻做出了最正确的抉择，此刻，蜀雅脸上亦散发着舒心的微笑。她一改往日的御姐风范，低头如温顺的小绵羊，“是。”

克莱·安蒙见状呵地笑了下，挑眉，“怎么？兰斯大人要亲手、一个人——解决我吗？为了给慕慕报仇？呵呵呵，你不要搞错了，她可是你亲手杀死的。”

兰斯仍旧面无表情，他目不转睛地凝视着克莱·安蒙，答非所问道：“我真是纵容你太久了，我们俩之间的账也该好好算算了。”

“对，”克莱·安蒙微微眯眼，语气阴森，“你说得对，我们俩之间的账早该好好算算了。只是不知道兰斯大人这几百年时间，伤口养好没有。”

兰斯对于克莱·安蒙的挑衅还是无动于衷，只道：“念在相识一场，在你临死前，我告诉你一件事。”

克莱·安蒙勾唇，“哦？”

“你被卡尔蒙蔽了，知道当年怂恿人偶师侵入妖魔界，又反目打压你们的真正组织者是谁吗？是卡尔。”

克莱·安蒙嘿嘿怪笑，“你以为我会相信你这么无聊的反间计？”

“信与不信全在你，”兰斯慢慢说道，“当年，卡尔需要一把利刃替他奔波劳碌，新兴的人偶师既可以躲在暗处打探消息，又可以操控木偶人冲锋陷阵，简直是再好不过的武器，所以，他相中了你这把快刀。

“但是，你可以成为他的快刀，别的木偶师也可以成为敌人的匕首，所以为免祸患，他发动了战争杀死所有人偶师，直至只剩下你一个。”

克莱·安蒙闻言怔住，就在他分析兰斯话可信度时，对方却猛地袭了过来，克莱·安蒙急忙闪身，但手臂还是被划出一道口子来。

他用舌头舔了舔伤口，咻咻诡笑，“看来这几百年徒弟你没用功啊，战斗力还是老样子……”

兰斯不语，冲上前去再次与之纠缠，一时间，两人难分上下，直斗了个天昏地暗。

蜀雅在旁看得拧紧了眉，手心亦攥出汗来，兰斯的战斗力和身体状况她再清楚不过，实际上，兰斯单挑克莱·安蒙不是没有胜算，但如此必定造成损伤。卡尔不可能没有后招，如果到时候他再派人来岂不是……

兰斯不是逞能的人，为什么要在这种时候单挑克莱·安蒙？为什么不集众人之力一鼓作气？

蜀雅托腮，又情不自禁地瞥了眼不远处的慕慕的尸体。以兰斯的性子，他真的会杀死慕慕？

正念想，蜀雅就见慕慕忽然动了动。她难以置信地眨了眨眼，屏住呼吸盯着慕慕。不可能！她是看着慕慕断气的，身为人类怎可能再重生？还是……克莱·安蒙想操纵这具尸体继续对付兰斯？

蜀雅惊呆的同时，慕慕已慢慢坐了起来，睁眼道：“兰斯，我回来了。”

“兰斯，我回来了。”话音落下，空气蓦地凝结。缠斗的两人不约而同地停下，齐齐看向这边。兰斯抬眸瞥了眼慕慕，轻勾唇角没有言语，倒是克莱·安蒙怪叫出声，“假死？”

“不是假死。”慕慕慢慢站起来，掷地有声，“是去了趟地狱，又回来了。”

见慕慕没事人似的站起来，蜀雅心里猛地一凛，还来不及将“怎么会”三个字说出口，慕慕已如道光般冲了出去。几乎是同一秒钟，兰斯也动作起来，阻住克莱·安蒙的退路。

两人一攻一守，竟然配合得天衣无缝。慕慕在前面负责扰乱克莱·安蒙的视线，而兰斯则从后摧毁其手中的傀儡线。一时间，只见光影穿梭，一黑一红两道身影将克莱·安蒙困在当中，使其动弹不得。几个回合下来，克莱·安蒙已有些招架不住，他操控傀儡线召来几个精英木偶人，对方还没近两人身，慕慕和兰斯已异口同声道：“蜀雅，牵制住它们！”

蜀雅闻言猛地一怔，拳头已暗暗捏紧。虽有千万个不甘愿，但迫在情势紧急，还是上前拉开小怪。与此同时，毛团那边也已结束战斗，小萝莉小正太们被老师下了禁令不许靠近战场，只得蹲在远处眼巴巴地看着。

眼见慕慕勇斗人偶师，千乘第一个惊呆，骂了声“靠”，抱头懊恼道：“一定是我刚才和木偶人打架时受重伤了，居然出现幻觉了。夜吾你看，我头上还有个包……”

夜吾一针见血，“要不是你刚才去摸木偶美女的屁股，头也不会被打到。该！不过……这到底是怎么回事？女人的爆发力这么恐怖？”

卿卿抬下巴傲娇道：“哼，这么凶残，以后铁定没人娶。”

另一边，卡卡夫和夫卡卡见园长和慕老师打得畅快，早已按捺不住，激动不已地嗷嗷乱叫，将小漓围在中间，学着两人的样子勾拳踢腿。

白淮端详着双胞胎如出一辙的动作，又看了眼慕慕和兰斯，皱眉道：“你们发现没，他们的招式和动作一模一样！”

“不，”瑶薇紧盯着前方，红唇轻启，“不是招式一致这么简单，是想法……兰斯能够洞悉慕慕在想什么，慕慕也一样！”

听了这话，夏洛尔微微瞪大眼，正欲开口，瑶薇已丢下一句“看好孩子”就急冲过去清小怪。反射弧超长的白淮也终于反应过来，喊了句“等等我”跟着去了。

霎时，原地只剩下夏洛尔和不明真相的方草。

方草向来心直口快，见夏洛尔抄着手让女人去战斗，不免有几分鄙视，朝旁边啐了口唾沫就嘀嘀咕咕起来，“什么玩意儿，让娘儿们救自己。吃软饭，丢人不丢人？”

夏洛尔仍旧抱胸抄手，娃娃脸上笑眯眯的，没有半点恼怒的意思，“没事没事，这不是还有个被孩子救出来的吗？”

方草闻言一噎，顿时恼得面红耳赤，偏偏又找不到半点理由回击。夏洛尔拍了拍其肩膀，说道：“兄弟，咱们俩都是奶妈职业，战斗的事情就交给打手们去解决吧。而且，这场战斗已没什么悬念了。”

“没什么悬念了？”方草背脊一僵，“已胜券在握？”

夏洛尔淡淡嗯了声，视线仍旧不离慕慕和兰斯，“慕慕置之死地而后生，怕是已和兰斯当年一样，挣断了傀儡线。他们俩现在心有灵犀，默契十足，别说是一个克莱·安蒙了，只怕地上这些木偶全都站起来也不是他们俩的对手。”话至此，夏洛尔略顿了顿，这才摩挲着下巴接着道：“我家薇薇之所以那么急着去帮忙，也是不想他们两人分心而已。速战速决——这场战斗绝对不能超过半小时。”

方草越听越糊涂，摸着光头道：“为啥慕女娃挣断了傀儡线就和你们园长心有灵犀了？还有，为啥战斗不能超过半小时？”

“因为……”夏洛尔话说到一半忽然又停了下来，哼哼两声应付过去，拍着方草的肩膀笑道：“先不说这个。所谓医者不能自医，兄弟你手断了，我这就帮你接上。”话毕，也不管方草同不同意，就拎着他的手臂往反方向一掰——

霎时，大厅内就响起了杀猪般的惨叫声。

夏洛尔：“嗯哼，叫你骂我是吃软饭的。”

另一边，克莱·安蒙已是精疲力竭。精英木偶一个个倒下，自己亦逃脱不了兰斯和慕慕的禁锢。

战斗间隙，他气喘吁吁地抚了抚胸口，看着慕慕咬牙切齿，“怎么会……你怎么能站起来？”竟然还配合着兰斯袭击自己！

慕慕黑眸沉沉，比之前更多了份镇静和稳重。她面色平静地说道：“为什么不能？你都能操控着我站起来，我自己为什么不能操控？”

听了这话，克莱·安蒙呼吸骤停，他像是明白了什么，但这猜测中又带着几分疑惑。

兰斯启齿，“克莱，大概连你自己都没想到吧，你创造的木偶人一旦挣脱桎梏重生，就能自行操控体内的傀儡线。不仅如此，只要自己愿意，他甚至能连接其他重生的木偶人。”

克莱·安蒙瞠目，“什么？”

慕慕眼眸深邃，与兰斯同一时间举起手来，用同样的神情、同样的语调一字一句道：“看不见吗？我们将彼此体内的傀儡线连接在一起了。克莱，我知道你所有弱点，即使你侥幸逃脱一次，也逃脱不了第二次。”

低沉的男声和甜美的女声混合在一起的诡异语调让克莱·安蒙情不自禁地颤了颤。是畏惧。没错，他清清楚楚地知道，自己在畏惧。

兰斯说得没错，他了解自己的所有秘密和弱点，即使偶尔的小花招得逞，也不可能再骗过他第二次。所以，他没有胜算——面对两个“兰斯”，他没有半点胜算！

他们俩能从正反两面看穿自己，能合力袭击他每个地方。抓住自己后，兰斯会做什么？逼他说出卡尔的下落，还是像许多年前一样，再一截截砍掉他的蛇尾和手臂？

克莱·安蒙有些惊恐地往后退了一步，却听兰斯幽幽地说道：“克莱·安蒙，一切都结束了。”

慕慕亦道：“我要将我在地狱所受的全部苦痛都讨回来。”

手起刀落，两人一左一右地跃上半空。在极度恐惧下，克莱·安蒙竟傻呆呆地抱住了头，哪一边才是陷阱？哪一边才能安全逃脱？该往左避还是右退，他——

思绪未完，蓄力魔法球已击中克莱·安蒙，刹那间，只听砰的一声巨响，地动山摇后，地面上只留下一具烧焦的尸体。而最后剩下的两具精英木偶人也如断了线的木偶，纷纷倒地。

远处的毛团们沉默半晌，忽然爆发出震耳欲聋的尖叫声。

"园长好帅，园长男神娶我，我很快就长大啦。"

"喂，小狐狸精你嫁园长，我侄女儿怎么办？还有，夜吾怎么办？"

"胡说什么？咳……那个，第一次见园长真正出手，果然干净利落，这么快就把BOSS消灭了。"

"我怎么觉得打得很不爽呢？是BOSS太弱还是兰斯太强？兰斯连个大招都没放，对方就死了啊！"

卡卡夫最为顽皮捣蛋，眼见战斗胜利，蹦蹦跳跳就要过去。可人还没走两步就被拎了起来，夏洛尔狠狠敲了敲卡卡夫的头，难得地拉下脸来，"谁也不许靠近，都给我在原地待着！"

众毛团闻言一时噤声。

这边，兰斯和慕慕亦小心翼翼地挡在克莱·安蒙身前，见兰斯欲上前，蜀雅冷不丁道："兰斯！"

兰斯脚步稍顿，回过头来，蜀雅这才接着说："他是木偶人，体内肯定遍布傀儡线。既然你们都能操控体内的傀儡线，保不准他也……而且死得那么快，还是谨慎些好。"

兰斯颔首，"好。"说罢，转身就捡起地上的铁杖朝克莱·安蒙的头猛砸去。慕慕还没来得及皱眉，兰斯已道："转过去。"

慕慕一愣，就见兰斯垂着眉眼又道："你和夏洛尔先送孩子们回去，至于违抗命令的账……回去再找你们算。"

听了这话，白淮、瑶薇、夏洛尔等人个个肃穆，全然没了往日的吊儿郎当。慕慕默然，没想到兰斯发起威来，这群人还会害怕。

蜀雅扬眉，"这里交给我和兰斯就好，你们先回去吧。"

"不是你，"兰斯手上的动作不停，古井无波地道："慕慕留下，蜀雅你离开。"

话一出口，不仅蜀雅和慕慕，就连旁边白淮等人亦集体僵住。毛团们瞎起哄地嘀嘀咕咕起来。

卿卿："哼哼，这么快就爬到园长最亲近的位置，不要脸，臭女人！"

"卿卿你……"夜吾认真解释，"园长是担心人偶师诈死，傀儡线再缠上其他人吧？他和慕慕已经切断了傀儡线，就相当于长过天花不会再长了，因为这样，他才让慕慕留下的吧？”

“也对哦，”卿卿一听这话立马眉开眼笑，“一般真心喜欢一个人肯定会担心她的安危嘛，怎么可能让她留下来？哈哈！”

千乘道：“喂，你的关注点错了！”

慕慕尴尬地听着，这群小浑蛋还真是一刻不八卦就浑身痒痒啊。等回去，她和他们的账也该好好算算了。

正念想着，慕慕忽然觉得什么东西在自己面前闪了下。愣怔半秒，慕慕情不自禁地睁大眼睛，神思反应过来之前已大叫出声，“快让开！”

喊完这句话，慕慕就退让开，脑子里却不断闪现出刚才看到的画面：

克莱·安蒙已被砸烂的脑子里隐隐闪着绿光，虽然只是一闪而过，但慕慕却清晰地断定那是她在地狱看到的“傀儡之光”。每根傀儡线上都会闪烁出这种幽暗的荧光，只有被拔掉、已死去的傀儡线才会失去这种光泽，而刚才她看到克莱·安蒙脑子里的绿光闪动，也就是说……

紧抿唇瓣，慕慕看向兰斯。已退出半尺的兰斯朝她微微点头，慕慕顿时心领神会——克莱·安蒙是木偶人，或许他死后和他们一样，会下到“地狱”，那个黑黢黢、满布傀儡线的边缘地带。一旦他再回来，后果不堪设想！不过万幸，他们还有时间，只要在克莱·安蒙归来之前转移所有毛团，或许还有转机。

念及此，慕慕和兰斯齐齐看向毛团们，白淮和夏洛尔已组织着孩子们往外走。慕慕正欲舒口气，兰斯就嗖的一下冲了出去，茫然间，慕慕的脚也开始摆动，追随着兰斯的身影狂奔而去。

兰斯竟然擅自操控了她的身体！

慕慕正惊讶，定眼一看顿悟——

毛团们身后，不知何时已生出错综复杂的绿线来，它们如有生命般张牙舞爪地摆动着，眼见着就要挨到卿卿身上。

“小心！”

慕慕惊叫着，但为时已晚，小狐狸精来不及闪躲，一根绿线已钻进其耳中。与此同时，另一些年幼的毛团也陆续中招。白淮、瑶薇等人帮着阻拦傀儡线攻击，但亦是力不从心。

夏洛尔咬牙道："我先用黑雾草延迟傀儡线的行动，你们屏住……""呼吸"两个字还没说出口，夏洛尔就忽地瞪大了眼睛，缓缓转身，难以置信地看了眼背后，终倒地不起。

身后，方草拎着斧子怒号一声，又冲向下一个目标。

"大叔！！"慕慕看在眼里急在心里，正踌躇间，一个沉闷的笑声却响了起来。

——是克莱·安蒙！

慕慕心下一凛，拳头下意识地攥紧，是他，绝对没错！

"哈哈哈，哈哈哈，我的爱徒啊~"那声音带着奇怪的回音，又沉又寒，"你没想到吧？没想到我还能死而复生……嗯，其实准确点说，这不叫死而复生……哦，对对，瞧我这记性！我怎么忘了，我还有一件事没来得及告诉你……

"看见了吧？这些地上的木偶人，他们其实都是我的'衣服'……这个陈怡也是……至于我的本体，呵呵呵，呵呵呵，我的本体就是这些傀儡线啊！"

"什么？！"慕慕闻言，忍不住瞪大了杏眼，呆呆地凝望着空中扭曲的绿线：这些玩意儿才是克莱·安蒙的本体？

"说到这个，还得感谢小兰斯你……你应该还记得吧，当初，你毁掉了我的蛇尾，将只剩下半个身子的我做成了木偶人。啧啧，不得不说，那样的确太难以行动了，即使被卡尔收留后，依旧无时无刻没有人用怪异的目光打量我、奚落我。就是这样，我才狠下心来再钻研，终于……连上半身都毁掉，让自己和傀儡线合二为一了，哈哈哈！"

白淮暗骂了句，"变态！"

无视白淮的话，绿线们纠结成绳，如蛇般缓缓荡到了兰斯跟前。

"兰斯！"蜀雅正欲动作，兰斯已摆手制止她。

"怎么样，吾之爱徒？"克莱·安蒙道，"你能让慕慕置之死地而后生，那现在呢？你觉得这些孩子、这些下属……能像慕慕一样从地狱回来吗？或者……还是你再用匕首杀他们一次？唔，如果这些孩子死了，他们的父母不但不会再保护你，还会找你复仇吧？嗯？哈哈哈！

“哦，对，差点忘了提醒你，即使杀死他们，我也不会死……哎呀呀，真是苦恼啊，傀儡线无坚不摧你也是知道的。现在，我可爱的小徒弟到底该怎么办呢？呵呵、呵呵呵——”

一席话，早说得众人咬牙切齿。兰斯面不改色心不跳地抬眸，与那对扭曲的绿线平视道：“你到底想怎么样？”

与此同时，慕慕脑海里也响起了兰斯的声音：慕慕。

慕慕眨了眨眼，假装全神贯注地凝视着兰斯和克莱·安蒙，心道：你有什么打算？

对方略微沉默一番：克莱·安蒙的目标是我，我待会儿会将他的傀儡线全引过来，你趁这个时候带大家离开。

慕慕一怔：你要怎么脱身？

不要废话！兰斯语气略微急躁起来：再耽搁，傀儡线一旦深入心脏，他们就被彻底控制了！孩子们太小，根本不可能像你我一样摆脱傀儡线，这是唯一的机会。告诉老白他们——这是命令，任何人都不得违抗！

可是……

不等慕慕说完，兰斯就忽然动作，一把拽住了跟前的傀儡线。骤时地动山摇，慕慕只见兰斯和傀儡线之间闪现出耀眼的光芒。随着光芒渐盛，无数的傀儡线也不断往那里集中。

奇怪的是，傀儡线们没有挣扎，全都顺从如绵羊般被对方吸附着。

克莱·安蒙瘆人的笑声再次响起，“呵呵，没用的。你想用吸附术困住我，给他们逃脱的时间？小兰斯啊小兰斯，什么时候开始，你变得这么大义凛然了？好，我就成全你一次，让你做一次英雄——我们彻彻底底地融为一体，以后，你就是我的眼、我的耳……啊，放心放心，我不会像对陈怡那样对你，我会留着你的脑子，让你清清楚楚地看到——日后，我是怎么利用你这身皮囊折磨他们的。”

听了这话，兰斯眼里终究有了一丝颤动。他一一扫视过瑶薇、白淮、毛团们，最终落在慕慕身上，蓦地莞尔，“还不走，要我白白牺牲吗？”

话毕，四周寂静无声。

过了几秒，也或许过了一个世纪那么长，瑶薇率先扶起夏洛尔，咬牙道：“走！”

白淮面色铁青，眼眸布满血丝地看了眼兰斯，也大声地驱赶着孩子们，“都给我跟上了！”

这头，慕慕只觉心不断地往下坠，不知何时，眼泪早已浸湿了眼眶。她知道现在不是哭的时候，可身体根本不受控制，她还有好多话要跟兰斯说，还有好多账没跟他算清，而且在地狱时她——

正僵立原地不知所措，不远处却传来轻轻一声叹息。

“兰斯，你终究还是让我失望了。”蜀雅缓缓从角落走了出来，她的身上还缠着几根傀儡线。但奇怪的是，这些丝线都是紫色的！慕慕微微咂舌，为什么蜀雅身上的傀儡线没被兰斯吸附过去？还变色了？而她被控制后又怎么能自由行动?

兰斯皱眉，“你们俩都给我走！这是命令！”

蜀雅抬高下巴，既傲慢又冷漠，“命令？呵，可笑，我早说过了，我不受你的命令驱使。学生们是我带来的，我自然会安然无恙地送他们回去，不用任何人替我牺牲。”

慕慕预感不好，正踌躇蜀雅要干什么，就见本已被兰斯吸附的傀儡线们慢慢转向蜀雅。她身上的紫色丝线越来越密集，它们如长龙般盘旋于蜀雅头顶，慢慢裹成一团，吞噬、拉扯着绿色的傀儡线。

慕慕心里骤然一惊，这头克莱·安蒙也喝出声道：“怎么回事？这是什么？蜀雅你对我做了什么……快停下！”

蜀雅嗤笑，“克莱·安蒙你说得对，我是超级基因人。但你知道超级基因人的计划为什么会被政府摧毁吗？因为人类惧怕我们的力量——我们的基因能够分析模仿许多物质结构。在接触某种物质后，能迅速将其结构解析繁衍，刚才轻敌的人是你不是我——我是故意让你击中的，你的傀儡线进入我身体的那一刻开始，我就在研究你的这些丝线……”

说话间，大部分傀儡线都已转到蜀雅身上，不同于兰斯的是，这些丝线钻入蜀雅体内后就再看不出任何端倪。慕慕只能看到剩余的小部分绿线在空中不断挣扎扭曲着，试图摆脱紫色丝线的禁锢。

“蜀雅，你何必……”这边，兰斯已是面色煞白。

蜀雅朝他抬了抬下巴，露出标准的傲慢笑容，“何必？这句话反问你才对吧？把所有傀儡线吸附到体内又有什么用？克莱·安蒙不会死，反倒是你，会变成一具行尸走肉。真可悲，最终你还是感情用事了。你真想看到自己以后亲手杀死莱尔斯幼稚园的所有学生吗？”

兰斯沉默不语，用难以言说的眼神看着蜀雅。

蜀雅又道：“我就不同了，我已经解析傀儡线的物质结构，我知道它的弱点和缺陷，你们离开吧，我会……摧毁掉克莱·安蒙和这些线。”

此时此刻，克莱·安蒙的声音终于变得颤抖，“你、你要做什么？”

蜀雅扬眉，盯着慕慕和兰斯厉声道：“还不走？”话毕，又忽然换了一副面孔，朝着两人盈盈一笑，柔声道：“要我白白牺牲吗？”

慕慕闻言，心中动容，她刚朝蜀雅走了半步，却被兰斯拉住。他朝蜀雅看了最后一眼，咬牙道：“蜀雅，我对你的承诺不会变，永远。”

蜀雅没答，待两人的身影再看不见，这才闭眼自言自语道：“有你这句话就够了。兰斯，永别了。”

体内，克莱·安蒙还在胡乱冲撞着，见完全没办法脱离，他改变策略道：“原来你对兰斯……蜀雅，其实，我有办法让兰斯爱上你，你相信我……他了解我，同样，我也了解他……”

不等克莱·安蒙说完，蜀雅就呵地一下笑出声，她半是哀叹半是自嘲地说出最后一句话，“真可悲，最终，你还是感情用事了。”

……

Chapter 26

无题

天寒彻骨。

冬至将过，锦都市就已进入冻手冻脚的隆冬，大有要下雪的架势。慕慕坐在窗边，一边望着外面薄薄的雾气，一边和太后打电话。因为克莱·安蒙身死，他种在太后等木偶人身上的傀儡线也自动断开，从此不再受任何人操控。而克莱·安蒙“翘辫子”当晚，特殊刑侦科的人也寻上门来，经双方协商，只能委屈陈怡背了黑锅——将其作为“大妈事件”的罪魁祸首推了出去，翌日清晨，太后等人被无罪释放。

太后沉冤得雪，又平安回家，慕慕虽然松下一口气来，但还是不敢回家。一来，是怕太后看见自己“半身不遂”的样子；二来，她还需要接受方草的治疗，如果回家的话，爸妈不仅接受不了“江湖郎中”的救治，恐怕还会把她送进医院吧？到时候才真叫麻烦大了……

慕慕胡思乱想间，太后还在絮絮叨叨地说着，“哎呀，真像一场梦。我以前也常做这种稀奇古怪的梦，没想到这次居然真进牢房了。不过闺女，你说那个凶手到底是怎么打晕我，又怎么把那个小偷杀了的？我总觉得这些事都还迷迷糊糊的，问警察他们又不肯说，只说结案了。”

慕慕敷衍道：“这是机密，当然不能随便告诉你们这些小老百姓。”

太后一听怒了，“老娘是‘小老百姓’吗？老娘是当事人！受害者！白白坐了那么多天牢，你爸愁得老了好几岁，头发也掉了大半，这都快秃顶了还不给我们个解释！现在的人真是——”

慕慕咳嗽一声打断太后，“妈，快别说了，哎呀，你管那么多干吗？多一事不如少一事，只要咱们平安出来就行了。再说那个凶手那么变态残忍，说不定警察叔叔不告诉你也是担心你接受不了重口。他们那个位置很多事都身不由己，我爸那么多年也是这么过来的，你就多体谅体谅啦。”

一席话，倒是把太后的怒火压下去不少，嘀咕了句“也对”，稍顿，太后又突然提高声调咦了声，“小慕同志，老娘发现你现在本事见长啊，都学会一大段一大段话地反驳我了，啧啧，不错呀，这都跟谁学的呢？”

慕慕觍着脸拍马屁，“哪敢哪敢，这不都是为了哄您老开心嘛。”

“少废话！你到底什么时候回家？”

慕慕一听这话立马蔫了，正踌躇该怎么搪塞，就听那边传来低低的一声叹息。慕慕心头陡酸，急忙道：“妈，真不是我不想回，是最近要期末考了，实在太忙。大家都在加班呢，我一个新人怎么好意思走？等忙完这阵一定回家，回了家我就……”

“是因为腿还没好齐全吧？”

慕慕一噎，后面的话统统卡在喉口里说不出口了。老慕同志忒不地道，不是说好不告诉太后，让她安安心心养几天身体吗？怎么这么快就露馅儿了？

像是知道慕慕在想什么似的，太后道：“不是你爸说的。”

慕慕噘嘴，“不是他还能是谁。”除了老慕同志，也没人知道自己“残”了呀，难道是院子里的碎嘴太婆们？慕慕正回忆那天回家有没有撞见哪个熟，就听太后自然应答道：“小兰呀！”

“谁？！”慕慕一听差点把手机摔了，倒是这头太后不慌不忙的，幽幽舒了口气，竟难得地柔下声来，“我说你这孩子也是，瞒我能瞒多久？我和你爸那么多年，他一个眼神我就知道他想干什么，你让他这个从不撒谎的人帮你

‘纸包火’，你也不怕把整个房子都点燃了？

“还是人家小兰懂事，拎着大包小包的礼品上门，给我赔礼道歉，说是没把你照顾好，出去时把脚摔了，现在请私人医生和护士看护着，你怕我担心，所以不肯回来，是这样吧？”

慕慕闻言，只觉手机真拿不住了，手心上满是冷汗，舌头也大有转不动的架势。

“妈，我……那个……”

“得了得了，”太后不耐烦地打断慕慕，“半天吐不出句整话来……这次我就算了。他可是答应我了，过年前，你必须健健康康、完完整整地给我回来，如果到时候还有什么差池，看老娘怎么收拾他，哼！”

听了这话，慕慕又是感动又是好笑，揉了揉已酸酸的鼻子，撒娇地喊了声“妈”。太后嘱咐了些有的没的，临挂电话前又冷不丁道：“小兰这孩子虽然和咱们有文化差异，但情商高、长得端正，经济条件也还不错，你好好把握，争取明年把证扯了，千万别让其他小狐狸叼跑咯。”

慕慕大为窘迫，被小狐狸叼跑了……兰斯是肥肉啊还是鸡啊？

“妈你别瞎说，我们只是——”

不等慕慕说完，太后已悄声道：“你老实告诉妈妈，和他有没有那啥？”

妈，你的想象力敢再丰富点吗？

“妈，我挂了！”话毕，不等太后再说话，慕慕果断中止了对话。开玩笑，再这么聊下去，估计她妈能扯到孩子上幼稚园吧？

幻想着太后眉开眼笑地说“咱这女婿找绝了，孩子上幼稚园就在自己园里上，哎呀，多棒”，慕慕就觉一个头两个大，她纠结地抓了抓脑袋，眼前却没来由地闪过某些画面——

在“地狱”扯断傀儡线时，她经历了所有能想象的不堪往事，但有一幕却是她无论如何都料想不到的。彼时画面中，兰斯与蜀雅并肩站在香樟树下，一字一句地对她说：“慕慕，回到人类世界去吧。”

那样冷漠，那样疏离，就好像他们从来不曾认识一般。而更让她难受的是，兰斯和蜀雅那样并肩站着，竟是那样登对和耀眼，就好像从画里走出来的一对璧人，耀眼得……让人心底刺痛。

重见这幕、重新感受当时的心情时，慕慕才赫然发现，原来那心酸和难过中竟还带着一点点嫉妒。是的，她嫉妒，她嫉妒兰斯和别的女人站在一起，那种心尖上如被蚂蚁咬了般的疼侵入骨肉，虽不是剧痛，却叫你夜夜不得安宁。

那般的不甘，那般的苦涩。

原来她一直不肯承认喜欢兰斯，内心却早已接受这个人。念及此，慕慕微微心慌，她不知道该怎么告诉兰斯自己的心意，该怎么做才能让对方知道她已经愿意了。还是等腿好吧，等再站起来时，再亲口告诉他。

想到以后的事情，慕慕略微羞赧地甩了甩头，转动着轮椅径直去了隔壁。

隔壁，任之行还直挺挺地躺着。与人偶慕慕一役，他虽没有生命危险但也凶险非常，奶妈鱼诊断说，任之行是过于虚弱才会导致昏睡，只要休息上几日，气血足了自然会醒。可这已过了十来天，慕慕膝盖上的伤都结疤了，他还是没有半点动静。所以慕慕每天都会过来瞅瞅，没事就帮他擦擦汗、喂喂药什么的。

这天慕慕忙活完一切后，百无聊赖地趴在床头，只见任之行长长的睫毛垂着，如墨般的黑发随意四散着，露出干净而饱满的额头，面容清隽，睡颜宁静，竟是个标标准准的睡美男。

慕慕一见乐了，轻轻拍了拍任之行的粉面道："哥，你快点醒！醒了给我娶个嫂子吧，这样的男色资源不提供给广大女同胞简直就是暴殄天物嘛！"

任之行躺在床上没反应，倒是地上的傲雪嗷呜了声以示回应。慕慕转头对傲雪道："蠢狗，你也这么认为？唔，难得我们有意见一致的时候，不过等我哥生了宝宝你就彻底失宠咯，到时候你别哭哦！"

傲雪闻言哼唧一声扭过头去，又用屁股对着慕慕表示抗议。慕慕捧腹大笑，笑罢，朝窗外看了眼，蓦地说了句，"以前的事……我都想起来了。"

寂静、寂静，还是寂静。

一时间，好像就连傲雪的呼吸都屏住了。慕慕声音沉沉，"是因为这个原因才不愿意醒来吧？因为怕我问你为什么当年对我痛下杀手，为什么连亲妹妹都不放过，所以才不肯醒过来，对吗？”

话至此，慕慕下意识地看了看自己的手，摇头苦笑，“其实……你说我一点怨言都没有是不可能的。我当时还那么小，什么都不懂，心里唯一信任的人就是你。我当时一直想，哥哥一定会救我的。所以，当苻灵拿着剑向我刺来时，我真的好绝望好痛苦，我想不通为什么会变成这样子，为什么死的那个人非要是我……”

抹干眼角的泪水，慕慕深呼口气，龇牙笑开，“好在，一切都过去了。”

“哥，我能从地狱回来，就说明我已经打开了心结。时隔多年，我长大了，明事理了，我明白你当时那么做也是没办法，就算你不杀我，我也会死，与其等着血一点点流干绝望死去，痛快结果我反而是好事。我真的放下了，真的。

“这都是命吧？你看，要不是这么一折腾，我也不会认识我爸和太后，他们是全世界最最好的父母，比亲生父母还好千倍万倍，我一直都觉得能遇到他们是我上辈子修来的福气……哦对，我还没跟你说过吧，你知道我为什么会被慕家收养吗？原来是方草大叔这只猪！他医治好我之后才发现已经过了好多好多年，根本找不到我的家人了，可是呢，他从来没带过孩子，光是每天听着我哭的魔音就崩溃了，所以，他随便把我扔在别人家门口就不管了。还好那家人是慕家啊，要遇到人贩子怎么办？呼，要是我真被卖到山沟沟里去，估计那才真是一辈子都见不到你了吧。

“所以……所以啊……你快点起来吧，起来帮我揍方草大叔。还有苻灵，你老窝在纸里面干什么？花园里的兰花啊风信子啊忍冬啊全都要死了，你真的忍心让我一个伤者天天去院子里剪花浇水吗？

“你们两个都给我快点起来……再不起，今年就要过完了……”

……

絮絮叨叨一阵，慕慕终于推着轮椅离开了。房门掩上后，屋内光线骤暗，只剩下窗外的光稀稀落落地洒进来。

窗外，终于迎来了今年的第一场雪。

慕慕站起来这天，正好赶上幼稚园举办散学典礼。想到即将到来的假期，小妖魔们都陷入了疯狂之中，大有拆掉莱尔斯的意思：墙边整齐排成一排对日长嚎的，咬住别人尾巴就不放的，挖个地洞团成一团提前进入冬眠期的，将魔法书撕成碎片撒进蔷薇湖的……

外面人声鼎沸，“花不语”内却幽静安宁。东厢房内，只听任之行声音沉沉，“别怕，来，试试——”

见任之行朝自己招手，慕慕咬了咬牙，撑着轮椅扶手慢慢站起来。脚踏实地的瞬间，只觉千万只蚂蚁顺着地面爬上腿来，啃噬腿骨，不过一小会儿工夫，腿就麻得没了知觉。

任之行冷眼看着，没有过来帮忙，只低低地又道：“现在，松开扶手。”

慕慕无助地抬头，黑眸水光莹莹，“不行，脚彻底麻了，哥我……”

不等慕慕说完，任之行就拉下脸来，“快点。”

慕慕吐舌：得！这慈兄的面孔还没装两天呢，就又原形毕露开启“严师模式”了。不过吐槽归吐槽，慕慕还是听话地丢开扶手。原本以为重心全部移到腿上后，麻木感会更甚，可奇怪的是——彻底站立后，麻木感却一点点消散，膝盖上的刺痛也好了大半。

慕慕咂舌，“这是……”

方草见状哈哈大笑，叉腰道：“老子就说这骨头啊肉啊早长齐全了，你还偏不信，非让她多躺了一个星期。来来，小女娃，走两步给爷爷看看。”

慕慕瞥了眼任之行，对方却垂着眼根本不理她。正犹豫不决，一道光突然向她袭来，慕慕下意识地往后连退几步，这才发现那光竟是任之行。来不及言语，对方的拳头已迅速砸来，慕慕又惊又惧，侧身勉强躲过攻击又连蹦两下，借着腿的蹬力跳到对面，这才做出防备的姿势。

谁料她刚进入作战状态，那头任之行却已收了手。

正纳闷儿，方草豪迈的笑声已响起，“这新膝盖还不错吧？老子跟你说，好好用，你的弹跳力绝对是以前的十倍！”

听了这话，慕慕超长的反射弧终于明白过来是怎么回事。她情不自禁地来回踱了两步，确定腿不痛也不痒了，才抬起头，小脸放光道：“哥！”

简简单单一个字，却动人悦耳如清澈小溪流过心田。任之行眼底含笑，正准备说些什么，慕慕的第二句就将其震飞——

“我去找兰斯！”话毕，果真一秒不肯多留地奔出门去。

听见身后传来清脆的关门声，任之行的脸霎时黑如锅底。这些时日，慕慕总是兰斯长兰斯短的，这也就算了，现在康复了，第一个想到去通知的，居然还是兰斯！

见任之行眼神愈来愈犀利，方草拍了拍他的肩，语重心长道：“兄弟，想开点，嫁出去的妹子泼出去的水，迟早的事情哈。”

闻言，任之行的嘴角忽又勾出一抹笑来，负手望向方草，弯眼，“说起来……我突然想起你我之间还有笔账没有算清。”

……

出了屋，慕慕就直奔“花不语”外边儿。可人都已经出四合院了，她又下意识地退了回来。回身，侧目，就见一黑发女子正婀娜多姿地坐在花台前，手里握着把小剪，犹如在自家般怡然自得地修剪着盆景。

慕慕揉了揉眼睛，确定一定以及肯定自己没看花眼后，瞠目结舌地指着对方道：“你、你、你……”

这头女子倒是不慌不忙，懒懒地抬眸看了眼慕慕，轻哼，“哟，都能走了嘛，看来恢复得不错。”话毕，又丢开手上的剪刀，起身缓缓朝慕慕走来。

“来，让我瞧瞧右手长得怎么样了。”

慕慕下意识地往后退了步，轻喝：“你别过来！”一时间，千万思绪纷纷涌进脑子里。慕慕想不通对方是怎么进来的，她好不容易进来了，怎么不去找男神兰斯偏偏又跑到这儿来，而且，傲雪呢？傲雪见生人进“花不语”怎么也不叫一声！

慕慕正思忖喊一嗓子把任之行和方草叫出来，就见女子停下脚步，叉腰哼道：“忘恩负义的家伙，没有我芭比，你的手能好？”

慕慕咂舌，“你说什么？”

芭比抖了抖她傲人的胸脯，抬下巴道：“你的右手被炸得只剩下小指和无名指，你当真以为只靠方草和夏洛尔那两个草包能帮你再变出三根手指来？”

慕慕默然，下意识地看了眼已恢复如初的右手。彼时奶妈鱼跟她解释，说世界上有种肉食类植物名叫拇指花，它只要吃过谁的血肉，就能结出与其基因结构相同的果实来，其果实形状与人类手指无异，因此得名“拇指花”。奶妈鱼用慕慕的血肉喂养了一盆拇指花，又从中挑选了适合的“拇指果实”移植到慕慕手上这才使其康复。

自从进入莱尔斯幼稚园以来，什么克摩尔、嘻嘻草、拇指花，稀奇古怪的事物太多了，慕慕听多了也就见怪不怪了。现在想想，拇指花的特性那么诡谲，又是有攻击性的肉食类植物，或许……并不是随处可见的植物？又或许——

“拇指花只有芭比花园有？”

“还算有点脑子，”芭比捂嘴咯咯轻笑，一双美眸流光溢彩，“你还不好好谢谢我这个恩人？你知不知道这拇指花到底有多珍贵，全天下也只有我手上的三盆，啧啧，为了种出和你那破手匹配的拇指来，它们可是忍着恶心吃了你一个多月的血肉呢。”

慕慕流汗，什么叫“忍着恶心”，什么叫“破手”，她到底有多招人嫌弃啊？慕慕正欲反击，转念一想，又蓦地僵住。以她和芭比的关系，她怎么肯牺牲那么多，又花那么多心思照顾自己？所以……

“是园长叫你来的？”

芭比递给慕慕个“这还用问”的鄙夷表情，慕慕一时无言，正努力回忆“谢谢”两个字到底怎么发音的，就听芭比幽幽地又说道：“唉，没想到兰斯最后竟选了你。”

话音落下的同时，慕慕的汗毛霎时根根竖起，僵化原地动弹不得。一时间，只听芭比哀怨道：“人人都知道，我建立芭比花园就是为了有朝一日兰斯能来求我，可万万没想到，最终我的确成功了，但他竟然是为了另外一个女人来求我！”

话末，芭比已有些忿忿，慕慕唯恐她发飙，悄悄往后退了两步，正盘算着开溜，就听芭比叹息道：“不过算了，总比便宜了蜀雅那贱女人好。”

脚步骤顿，慕慕回头，“你说什么？”

“你还不知道？”芭比扬眉，理了理肩头的长发这才接着道：“蜀雅是兰斯的师姐，两人师承大魔法师罗琳门下。在学院时，他们两人就一直出双入对，有传言说他们早就订下了婚约。后来罗琳离奇死亡，也有传言说，是蜀雅和兰斯联手杀死了恩师……这些我原本都不相信，没想到不久前蜀雅也到了A国……呵！听说她死了？活该！这就是缠着兰斯的下场。”

慕慕再到白色城堡时，心情已没出门时那般雀跃。围着城堡转了一圈，她竟然没看到凯西的身影，无奈之下，只得径直进了屋。在书房门口敲了敲，又敲了敲，里边竟没半点回应，慕慕想了想，推门而入——

“园长？”

兰斯双手抚额，身形憔悴地坐在办公桌前，房间没有开灯，更衬得他的身影萧条寂寞。听见动静后，他仍旧一动不动地定在原地，没有半点抬头的意思。

慕慕咂舌，又唤了一次，“园长，你这是……”

话未毕，兰斯抬头的瞬间，慕慕就觉喉口一紧，剩下的话一股脑儿咽回了肚子里。兰斯双眼布满血丝，神情疲惫，原本一丝不乱的头发也微微蓬乱，如此狼狈而憔悴的兰斯慕慕还是第一次瞅见，一时只觉诧异非常。她正想开口询问，就听对方沉沉道：“慕慕，瑶薇回来了。”

慕慕闻言，心里咯噔一声响，瑶薇一直在外打探蜀雅的消息，现在她回来了也就是说——

“怎么样？找到她了吗？”

兰斯摇了摇头，闭眼沉吟，“她进行了自爆。”

慕慕喃喃，“自爆……”

“对，”兰斯的声音已微微颤抖，“傀儡线无坚不摧，刀枪根本砍不断，但如果爆炸的话……”话说到最后，兰斯猛地顿了顿，终提高了声音，“蜀雅你真狠，到死都不肯给我留具尸体……”

空气微微凝结。慕慕手足无措地盯着兰斯，完全不知道该如何安慰对方，是该说节哀顺变还是你不要太难过？

兰斯深呼口气，缓缓睁眼道："我欠蜀雅的实在太多。"

闻言，慕慕只觉五味杂陈。不知怎的，她突然想起他们离开前，兰斯对蜀雅说的最后一句话。他道："蜀雅，我对你的承诺不会变，永远。"

拳头在不知不觉间悄悄攥紧，那承诺是什么？什么承诺才会永远不变？

"你还不知道？蜀雅是兰斯的师姐，在学院时他们两人就一直出双入对……"

"传言他们早就订下了婚约……"

"这些我原本都不相信，没想到不久前蜀雅也到了A国……"

芭比的话不断钻进脑子里，吵得她无法呼吸。疼！为什么胸口会这么疼？就好像硬生生被人划开了一道口子，又酸又涩。分明知道蜀雅牺牲，兰斯伤心是情理之中的事，可她为什么会觉得这般别扭、这般不舒服？

这头，兰斯还在诉说着什么：蜀雅对他的恩情，蜀雅的刀子嘴豆腐心，蜀雅的内外兼修，蜀雅的过往……蜀雅蜀雅，全是蜀雅！

他和蜀雅到底经历过什么？那些自己错过的时光中，他们又是如何并肩作战、如何惺惺相惜的？

慕慕咬唇想要回应，可心里乱糟糟的，一句话都拼凑不齐。倒是这头兰斯终于察觉出端倪，从头到脚地打量一番慕慕，略微惊讶道："腿好了？"

现在才发现吗？慕慕自嘲勾唇，木讷地点了点头，原本想要说的话通通丢到了爪哇国，取而代之的，她道："因为康复了，所以我可能要回家了。"

兰斯凝视着她，抿唇没有言语。

一秒，又一秒，久到好像过了一个世纪那么长，慕慕还是没能等来兰斯的半句挽留。深呼口气，慕慕终死心道："我是来跟园长告别的。"

兰斯依旧看着她，褐眸古井无波，思索片刻，他颔首道："珍重。"

Chapter 27

抉择

“然后呢？”电脑屏幕里，露露安瞪大杏眼嚷嚷着，“他说完‘珍重’两个字——然后呢？”

慕慕将暖手炉翻了个面，佯装无所谓地撇嘴，“还能有什么然后，然后就game over了啊。我回了家，现在还是无业游民，等过完年就开始找新工作。”

视频那头静默，半晌，露露安才猛地撑起来，大有从屏幕里爬出来的意思，“就这么不了了之？你不打算告诉他你的心思了？”

慕慕垂下眼睑，声音瓮瓮的，“你觉得还有必要吗？”她说回家，别人就请她“珍重”，半句挽留的话都没有，临行时也见不到人影。这大半个月，也再没联系过她。过圣诞节，慕慕发给对方的祝福短信也石沉大海，这不就是“相见不如怀念”，要淡淡相忘的节奏吗？

慕慕无聊地将暖手炉翻了个面，挤出一丝苦笑来，“辛苦你前段时间帮我想了那么久的告白词，可惜都没用上……”话至此，慕慕稍顿，这才叹息道：“第一次告白告出个亲哥哥也就算了，没想到第二次又是这样……或许，像我这样的女汉子天生就不适合告白吧。”

"要不要这么狗血，"露露安无力地倒在转椅上，喃喃，"兰斯大人追了你这么久你都不肯松口，现在好不容易共患难，你对他有了感情却又是这种擦肩而过的无言结局，这不就是标准的言情狗血剧吗？还是那种读者最唾弃最讨厌的剧情，又拖沓又无趣，发展了这么久还只停留在kiss阶段……"

慕慕抚额，无力叹息，"我现在完全没有心思开玩笑。"

露露安托腮思忖一番，依旧自话自说道："呐，按照一般言情小说的惯例，发展成现在这种剧情都是因为误会，所以……你有没有想过，或许事情并不是你想的那样，兰斯大人对那个蜀雅根本就不喜欢，只是一般的红颜知己？"

慕慕深呼口气，道："或许以前可以叫红颜知己，但她死后就不同了。"她永远都记得兰斯那天痛心疾首的模样，那表情那语气都不是伪装的。曾经，或许于兰斯而言，蜀雅也不过是普通的红颜罢了，可等对方真正离开，他才明白自己到底失去了什么，这个女人对他到底有多重要、有多么不可取代。

可笑的是，最能体会这种感受的人就是自己，因为她也是在彻彻底底失去后才明白那种心口被掏空的感觉到底有多疼。

"不对不对，"露露安甩头，"我还是觉得你自己脑补得太厉害。慕慕，你不能这样，振作起来！等兰斯大人伤痛期过了，就去告诉他你的心意，就算给你、给他，给彼此一个机会啊。"

慕慕喉口发紧，给彼此一个机会？她还有机会吗？

视频那头，露露安眼神闪亮，继续鼓励着，"你们有句话叫当局者迷旁观者清，那个蜀雅我不知道，但兰斯大人对你——我是看得真真的。慕慕你想想，如果兰斯大人对你没情，为什么会放下颜面去求那个芭比？为什么要在乎弱小的人类，登门去请求你养母的原谅？为什么要冒险一个人去半蛇人那里救你？这些感情不是小朋友之间你请我喝杯咖啡、我请你看场电影的感情，能说断就断吗？你离开时，他不阻拦你——你不觉得奇怪吗？"

一席话，说得慕慕微微愣怔。

是这样吗？兰斯对她还有感情？那为什么还要摆出副老死不相往来的姿态？信息不回，临行不送，难道兰斯有什么隐情？当时受的伤还没好？

念及此，慕慕正想再说些什么，太后已推门而入。慕慕下意识地掐断视频，这才回头懊恼道：“妈，你怎么又不敲门？”

太后白了她一眼，将手上的袋子往电脑桌上一搁，这才絮叨开，“这房子是老娘的，老娘想进哪间就进哪间，还用谁同意不成？去，把这个拿去。”

“这次又是什么？腊肉还是烤鸭……”慕慕一边说，一边打开袋子往里瞧。年关将近，这些时日慕慕在家待业，太后没少指使她当苦力，不是去大姨家送腊肉，就是去二姑家搬水果。所以见到这么大袋东西，她也见怪不怪了。

太后道：“有点我们自家做的香肠腊肉，还有我之前酿的葡萄酒、做的蜜饯……喂，这保温盒你得小心点拿，里边儿全是我包的水饺，要摔了，里面的饺子也就全变形了。还有这边，有点干货和一双我刚打的毛线手套，你注意点，别沾了水！”

慕慕咂舌，试着拎了拎，这分量没个三十斤也有二十八九吧？这么多东西到底是要往哪儿送啊？

“当然是往小兰家送啊！”太后话一出口，慕慕力气骤失，身子一歪，袋子猛地掉回桌上，惊得太后好一阵骂。

慕慕自动过滤掉太后的训斥，抓头纠结，“送他这些干什么啊，他又不缺。”

“吃的、穿的自然是不缺，”太后一边将大大小小的几个袋子重新归置好，一边道：“可一个人，孤零零的，年没个年味儿，想起来怪可怜的。给他送点东西去，再告诉他一声，过年有空的话就过来坐坐，他叔没人陪着下棋，可想死他了！”

慕慕被太后最后一句话震得起了一身鸡皮疙瘩，心里直犯嘀咕，还叫别人来过年呢……别人连她的短信都懒得回了好吗？

慕慕转了转眼珠，嘿笑道：“太后大人您简直就是菩萨心肠，要是让咱们市镇领导知道你这么关心国外友人，他们都得羞死！不过呢，嘿嘿，实在不巧，人家兰斯回英国了。”

“尽瞎说！”慕慕刚说完，就被太后啐了一脸唾沫星子，“上次小兰来我还特意问过，他爸妈都死了，在英国早没亲戚了，他在A国的户籍我还亲眼看过呢。他能回英国过年？再说呢，英国过的那是圣诞节！蒙老娘不懂呢！”

一时间，慕慕就差跪下大喊“太后威武”了，谎言被拆穿，圆也圆不回来了，慕慕干脆破罐子破摔地坐在床边，耷拉着脑袋不言语，肢体语言翻译过来大意就是：反正我就是打死也不去送，您老看着办吧……

太后挑眉哼哼声，“小样儿，跟老娘这儿耍花招，就一句，送不送？”

慕慕扭头，咬牙切齿道：“不——送——”

闻言，太后拍拍手，拎起袋子就往外走，“得，你不送我送！反正他家的地址电话我都知道。”

慕慕一听这话慌了，一个跳跃就蹦起三尺高，拦住太后抓狂道，“妈你这到底想干什么啊！”

“这话我还想问你呢！”太后分贝骤然提高，“你说说，你这回来多久了，不是躲在屋里不出声，就是坐在阳台上发呆。每次问起你小兰的事，唉，你就支支吾吾的，东一下西一下没个准儿，你这不是要急死我和你爸吗？”

慕慕默然，低垂着脑袋作悔过状。

见状，太后叹了口气，搁下袋子，坐到床边话锋一转，道：“慕慕，妈有没有跟你说过，我和你爸是怎么认识的？”

慕慕如小鸡啄米地点头，“相亲认识的。”

太后哧哧轻笑声，幽幽道：“其实啊，你爸那会儿没相中我。”

听了这话，慕慕的注意力瞬间转移，睁大眼睛凝视着太后道：“啊？还有这事？”

太后脸上有着不符合年龄的羞涩笑容，轻轻点了点头，这才又道：“那会儿啊，我就长得壮，呃，用你们现在的话来说，那就叫微胖！哎呦，你爸一看我又高又壮就不肯答应，可我是谁，老娘看中的东西还能让他跑咯？

“自打相亲之后啊，我就天天往他们警局跑，一会儿送点汤，一会儿送点杂志小说，他出差，我就往他家里跑，帮你奶奶洗衣服、做家务，啧啧，那会儿别提多来劲儿了，反正就是有事没事地缠着他。他先说不喜欢吧，看看，看看，过了这些年，还不是照样被我收拾得服服帖帖？”

慕慕本听得咧嘴，临到头，明白过来太后的意思，又下意识地埋下头，纠结半天终憋出句话来，“我和兰斯……和你们的情况不一样……”

太后拍了拍慕慕的后背，怒其不争道：“谁说你们情况一样了？妈就是想告诉你，人这一辈子啊，眨眼几十年也就没了，所以做什么事都别留下遗憾。就拿我说好了，我有爱我的老伴，有你这个虽然不争气但还算孝顺的闺女，哪怕就是这一秒，突然脑溢血，突然地震，老娘闭了眼，那也没关系！”

听了这话，慕慕打岔道：“妈你胡说什么！”

太后笑笑，捏着慕慕的手道：“妈就是想跟你说，我没有任何遗憾，活得比谁都自在开心。你不知道呀，那会儿我缠着你爸，有多少人笑你妈，什么倒贴啊，什么想嫁疯了呀……你妈也是肉做的，那些话钻进耳朵里怎么可能不难受？可我当时就想好了，我喜欢这小伙子，我必须得追！如果不成，最多也就掉点脸皮，可至少我努力了，以后我老了，想起来就没遗憾了。事实证明，你妈成功了。”

话说到这儿，太后又摸了摸慕慕的头，感叹道：“妈今天也是这么教你。你和小兰的事妈不知道，你们小年轻的感情我也不懂。如果你真不喜欢小兰，今天这些话你就当妈没说过，可如果你真对他有感觉，就拎着这些东西上门去！堵他去！感情哪儿有那么多磨蹭来磨蹭去、矫揉造作的？我慕家的闺女就要大大方方，喜欢就是喜欢，告诉他！追去！妈百分百支持你。

“你记住，不成功也就失点自尊而已，可如果你不去试试，失去的，就可能是个好伴侣好男人。”

闻言，慕慕紧咬住下唇，不发一言。

在太后的鼓励下，慕慕拎着年货就雄赳赳气昂昂地出了门。可临到进入兰斯大道的巷口，慕慕才赫然想起件至关重要的事情来——她根本进不了莱尔斯幼稚园。

兰斯大道口设有结界，没有通行证的话，别说进去了，就连里面的路都找不到。迫于无奈，慕慕只得打电话给任毒舌求救，可一拨，不通；再一拨，还是不通。慕慕咦了声，又将电话打到白准大叔那儿，这次电话倒是很快就通了，可等了又等，始终没人接听。

慕慕正觉纳闷儿，注意力就被眼前吸引——

一只黑猫从她面前优哉游哉地走过，经过她脚下时甚至傲娇地抬头哼唧了一声。可这不是重点，重点是……这猫是从她背后走出来的！慕慕身后，是兰斯大道的入口，可对于没有通行证的凡人而言，那里有的不过是一堵爬满绿藤的破墙，墙顶扎满了玻璃碎碴和铁网，即使是蜘蛛侠也不可能跃墙而过。

那这黑猫是怎么过来的？穿墙而过？还是直接飞过来的？慕慕一面想，一面转身就往巷子里冲，待走到尽头她脚步突然止住，刹那间已被眼前的景象震得说不出话来——

原本隐于暗处的兰斯大道一览无遗：宽阔的青石板路、精致别样的欧式小屋、整齐排开的花架……唯一不同以往的是，向来热闹非凡的兰斯大道上今天没有半个人影：商铺紧闭着大门，摆放货物的木架小摊也被搁置在了街角。偶尔一阵风吹过，还能听到空旷的街道传来呜呜的风吟。

慕慕止住胡思乱想，放缓脚步朝幼稚园的方向走去。兰斯大道上的商铺表面上兜售些类似玩偶、文具的孩童用品，实则是个小型的宠物黑市，大到克摩尔，小到地缚灵，这里都有货，每周一、三晚上开市，而能进入这里选购的客人更是需要通过层层关卡检查。所以……可能因为今天不是周一周三，老板们都集体闭店出去喝酒了？或者是兰斯收的租金实在太贵，大家都去别的地儿做生意了？

总之，绝对不会是她想的那样，绝对不会——

慕慕一面絮叨，一面继续前行，不多会儿就到了莱尔斯幼稚园门前。隔着大门朝里静静扫了眼，慕慕眼眸微眯，不对，真的不太对。

城堡还是以前的冰淇淋城堡，大门也还是以前的土豪金大门，克摩尔仍旧耀武扬威地站在幼稚园大门两侧，没有漏气没有暴怒，一切都看起来再正常不过，可慕慕就是觉得哪里不太对劲。

到底是哪里让她觉得如此不安？又到底是哪里出了问题致使兰斯大道暴露在外？慕慕歪头沉思，手机恰好响了，她低头一看，是白淮。

看见刚才自己的去电所以回过来了吗？慕慕挑眉接起，还没来得及出声，那头嘟的一声又挂了电话。闻声，慕慕心里咯噔一声响，不好的预感愈来愈强烈。对方不是白淮大叔，大叔从不会挂人电话，更不会像这样一声不吭就挂掉电话。

离开！

这两个字蓦地闯进慕慕脑海，有个声音在耳边不断地惊喊着：有危险，快离开！

莫名的寒意一点点爬上背脊，慕慕难受地用手捂住耳朵，想要阻止那又尖又细的声音再次闯进脑子里。就在这时，她又听哗啦啦一阵响，手上重量骤轻——装年货的袋子破了个洞，里边的东西纷纷掉落出来，散了一地。

慕慕紧抿唇瓣，拧紧眉毛盯着布袋上的大洞，洞口痕迹参差不齐，就像……就像被什么咬过似的。

是什么？老鼠？猫？那么大的洞，不可能是在家里就有的，不然她不可能走那么远还察觉不到，那么……就在刚才自己走神的那么一瞬，发生了什么？慕慕警觉地扫视了眼四周，没有，还是什么都没有，就连刚才脑子里奇怪的警告声也消失了。难道是奶妈鱼他们在和自己开玩笑？

念及此，慕慕眨了眨眼，正盘算着下一步该怎么办时，她就觉察到了什么。翻开布袋，慕慕伸手一看，就见一片粉嫩的花瓣正摊在手心里。

花瓣？

“对，是花！”慕慕顿悟地叫出声。与此同时，她瞪大杏眼望向幼稚园，只见城堡内开满了鲜艳欲滴的花朵：海棠、牡丹、风信子……这个季节根本不可能有这么多花开放！

——不对劲的地方就是这些花！！

这个念头刚刚闯进脑子，慕慕就觉一阵彻骨的凉意从背后悄然升起……

莱尔斯幼稚园门前，慕慕正迅速地左右躲闪着。不过一小会儿工夫，原本辽阔的草坪上已冒出无数小花来，红白黄绿青蓝紫，放眼望去，品种比花卉市场还齐全。可与普通花朵不同的是，此时此刻，这些花正随心所欲地移动着。

眼见一朵芍药已到自己右侧，慕慕瞅准时机，几乎是在芍药破土而出的同时腾空而起。电光石火间，只见慕慕在空中转了个圈，再翻身——手中的水果刀已直刺那只头长芍药花的褐色小怪。

手起刀落。

再落下地面时，褐色小怪头顶的芍药已被斩断，人花分离的小怪在地上扑腾挣扎两下就化作花根不再动弹。见此情景，慕慕完全不敢放松警惕，来不及调整呼吸，另一朵菊花又已张着血盆大口朝她袭来。

不能再这么下去了。

一边应付着不断攻上来的花怪，慕慕一边又望了眼远处。比起刚才，草坪上花的数量又增加了——因为外面的骚动，幼稚园里的花也慢慢移动出来“凑热闹”。照她现在这样的打法，就算不累死也保不齐被花怪们围攻，到时候后果就真的不堪设想了。

念及此，慕慕默了默，斩断身旁的百合，转身就往反方向跑。花怪们见状反倒兴奋起来，在土里发出哼哼唧唧的奇怪闷响，也紧随猎物狂奔起来。

围着原地转了三大圈，眼见花怪们已挤成一团，慕慕才停了下来，趁着众怪还没回过神，她默念口诀，大喝一声“去”，眨眼工夫，只听土里哀号一片。炽烈的火焰灼烧着草坪，向远处不断蔓延伸展，花怪们则尖叫着蹿出地面。

等的就是这个时候！

慕慕咧嘴嘿笑，趁势掏出符咒，急念口诀后便将符咒抛向空中，刹那间，只见符咒化作万把锋利小刀，直朝花怪们刺去。一时间，花怪们破土而出也不是、钻地逃窜亦不能，如婴儿般的啼哭尖叫声响成一片，不过一小会儿工夫，它们已被消灭大半。

“Yes！”慕慕在旁双手握拳，就差开心得蹦起来了。学这种群攻技能时她没少挨任毒舌和逐辰的骂，习得后这也是第一次在战场用，本来她心里也没谱，没想到现在轻轻松松就成功了，自然激动非常。

正微微得意，慕慕就听前面传来嘶哑而奇怪的低鸣，来不及反应，脚下已是一阵地动山摇。好不容易稳住身体，慕慕猛地抬头，顿时背脊僵硬——

百米开外，一个头顶食人花的褐色花怪正奋力从地底爬出，泥土从它身上慢慢脱落，渐渐露出精壮的胸膛来。其强壮的手臂、脖颈间布满错综复杂的根茎，跟刚才的小怪们完全是两码事！不过是爬出小半个身子，对方已超过校门的高度，如果目测没有错的话，等它真正爬出来，至少也有四五米高……

慕慕嘴角抽搐地凝视着对方，这、这、这就进入BOSS战了？可是啊喂……小怪还没打完呢，按照游戏程序不是应该等小怪清完，她升级成功才会进入下一个环节吗？而且说好的回蓝回红呢？此时此刻的慕慕早已精疲力竭，刚才放群技也已经把体内的真气全用完了，现在还怎么打？

跑！现在不跑更待何时？

念及此，慕慕转身就往兰斯大道的方向狂奔，可还没跑出几步她又突然停住了脚。因地震而扬起的大片尘土遮住了慕慕的视线，但尽管如此她还是看清了，尘土飞扬中，有些不明物体正朝这边靠近——一双双绿油油的眼睛隔着浓浓的黄尘正恶狠狠地盯着这边。

慕慕下意识地往后退了几步，正思忖该怎么办，就听那头传来嗷呜一声清啸。

“这是……”慕慕闻声眼眸陡亮，待那群不明生物从尘土中缓缓走出，慕慕终喊出声来，“傲雪！”

傲雪站在慕慕跟前，依旧保持着高度戒备，嘴里甚至还发出呜呜的警告声。其身后的噬魂犬们也一个个龇牙咧嘴，随时准备战斗。是友不是敌，慕慕情不自禁地舒出口气来，她退到傲雪身旁与其并肩站定，这才紧盯着已彻底爬出地底的花怪王道：“傲雪，待会儿我先用火攻它，然后你和你的小伙伴们……呜！”

话还没说完，慕慕就突然呻吟出声，肩膀吃痛，慕慕一个踉跄跪下，这才惊恐万分地侧头看向正死命咬着自己不放的傲雪道：“你——”

“嗷呜！”

“嗷呜呜呜！”

后面的话来不及出口，就已被淹没在此起彼伏的狼嚎声中，在首领傲雪的召唤下，愈来愈多的噬魂犬扑了上来。

云迷雾罩。

莱尔斯幼稚园前，慕慕背靠在香樟树下气喘吁吁。她的肩膀、手臂、腰际都已被咬伤，但噬魂犬们还虎视眈眈地围着她，大有不达目的誓不罢休的架势，而冲在最前的，正是傲雪。

慕慕抬眸，只见傲雪眼冒绿光，亦正冷冷地凝视着她。它脚下的幽蓝鬼火荧荧舞动着，映得其胸口透出一点蓝来。慕慕见状绝望地咬牙，没错，这真的是傲雪。傲雪全身雪白，这才得了这个名字，但是鲜有人知道，其实傲雪胸前还有一小撮宝蓝色的短毛，往日它都细心地将那撮毛藏在白毛下面，可此刻被鬼火一照，自然显出形来。

没有假冒，没有山寨，的确是傲雪本尊，那它为什么要带领同伴袭击自己？慕慕默默扫了眼面前面目狰狞的噬魂犬们，心底愈发狐疑。噬魂犬以魂魄为食，对活物根本不感兴趣，更不会随意攻击人类，那它们现在这么做到底是为什么？

身后，亦不断传来花怪的惨叫声。在傲雪的指挥下，噬魂犬们训练有素地分成两队，一队围攻花怪和食人花王，一队则对付自己。

背倚着大树，慕慕还在做最后的挣扎，“傲雪，你不认识我了吗？是我啊，我是慕慕。”

没有反应，亦没有转机，傲雪仍旧死死地瞪着慕慕，这期间，又有两三条噬魂犬趁势扑了上来，慕慕用力挥舞匕首，虽然暂时挥退了袭击者，但腿已有些站不住了，身周布下的符咒结界也开始摇摇欲坠。

慕慕有些无力地坐下，突然顿悟——傲雪在消耗自己的体力！

在“花不语”同吃同住大半年，它每天都看着任毒舌训练自己，比任何人都清楚自己的弱点。对于速战，慕慕或许还能以一挑百，但一旦打持久战，她的体能根本比不上这些妖物。傲雪是想利用噬魂犬消耗掉她所有的体力，然后……

然后它想干什么？

“傲雪你疯了吗？你到底在干什么？！我哥呢？”慕慕声嘶力竭地喊完这句话后率先愣住，身体情不自禁地战栗起来。对……她怎么没有想到……噬魂犬不会随意攻击人，除非是主人命令，难道、难道……

“傲雪你——”话未毕，身后突如其来的嘶吼声就打断了慕慕的话。伴随着地动山摇的震动，慕慕感觉有什么东西正缓缓朝这边来。慕慕深呼口气，回过头，只见十来只噬魂犬正朝这头死命狂奔，而后面紧追不舍的，正是食人花王。

与刚才相比，食人花王已掉了不少血：胳膊和腿各丢了一只，肚子上也破了个大窟窿，头顶的食人花花茎也摇摇欲坠，眼见着就要折断。

见此情景，慕慕有些不解地皱眉，这些花怪的致命要害就在头顶，只要咬断食人花王的花茎它就会死掉，为什么噬魂犬们不一鼓作气战到最后，反而吊着它最后一口气？

“嗷呜——”正念想着，傲雪忽然嚎叫起来。慕慕唯恐它有下一步动作，连忙回身做出防范的姿势，可原本围攻她的噬魂犬们却如潮水般一点点退开，转身，缓缓朝远方跑去。

“这是……”慕慕咂舌，只见傲雪又冷冷瞥了她一眼，也紧随同伴们的步伐离开。见状，慕慕脑袋轰的一声炸响，瞬间明白过来了。原来，之所以傲雪会命令噬魂犬们不断地消耗她的体力，之所以会留着食人花王最后一点血是因为……

“吼吼吼——”

天塌地陷。刹那间，食人花王已近到眼前，而慕慕早已没有力气再逃开。刚才还包围着她的噬魂犬们早消失得无影无踪，慕慕绝望地闭上眼，一切，都完了。

然而，等待中的重击却迟迟没有到来，慕慕只听耳边不断传来食人花王的怒嚎，却始终不见它出招。呃……难道这货是个光打雷不下雨的家伙？慕慕咦了声，睁眼、抬头，看清眼前景象的瞬间忍不住张大了嘴巴——

不知何时，食人花王已倒在地上，其头顶站着个男人，正用水果刀怡然自得地割着其头顶的花茎。食人花王痛得哇哇乱叫，偏偏又不敢挣扎乱动，唯恐惹怒了头顶的男人，否则，他会一刀结果了自己。

慕慕眨了眨眼，确定自己没看错后这才叫出了声，“园长！”

话毕，慕慕又有些不确定地歪歪头，向来出场都闪亮潇洒的兰斯今天只穿了件衬衫，其袖口和领口都沾着莫名的污渍，西裤也破了个洞，褐色的短发乱糟糟的。

“园长你怎么了？”慕慕结舌，又回头环顾四周，“这是怎么回事？我哥呢？还有白淮大叔他——”

“离开！”不等慕慕说完，兰斯就果断地截住她的话，硬邦邦又道：“现在就离开，立刻！”

慕慕站着没动弹，踌躇道：“刚才在我脑子里说话的人是你？幼稚园到底怎么了啊？刚才我被噬魂犬攻击了，还有这些花怪……”

“趴下！”话未毕，兰斯忽然清喝出声，与此同时，一阵低鸣蓦地从远处传来。慕慕来不及反应，人已被瞬移过来的兰斯按头趴下，待两人再起身，食人花王只剩下一具空骨架，而其头顶盘旋着的密密麻麻的鸟群显然就是罪魁祸首。

慕慕瞠目结舌地仰望天空，如果刚才兰斯没有瞬移，那么现在……不，它们从一开始的目标就是兰斯！

兰斯眼眸深邃，幽幽地说道：“看过《疯狂原始人》吗？”

“什么？”慕慕丈二和尚摸不着头脑，这都什么时候了，兰斯还惦记着电影？！

可这头兰斯仍旧不疾不徐道：“人类都说《疯狂原始人》里的食人鸟是虚构的，其实不然。它叫艾英鸟，食肉动物，最喜欢群体作战，能瞬间将猎物啃噬得只剩下骨架。不过有一点大概是人类没有想到的，艾英鸟其实是由食人鱼进化而来的。当年夏洛尔为了追瑶薇，说服她进行这场‘跨物种的恋爱’，送了她十万只艾英鸟做定情信物。”

艾英鸟？定情信物？瑶薇？

慕慕微微拧眉，将兰斯说的话一件加一件地串起来，不觉心中一凛：这么说，这些艾英鸟是瑶薇放出来的？

“说够了吗？”慕慕启齿正想说什么，前方已传来清冷悦耳的女声。这声音……没有错，是瑶薇！

慕慕难以置信地抬头，看清眼前人时，背脊忍不住又是一僵，顿时惊得发不出半点声来。两人跟前站着的，除了瑶薇，还有白淮大叔，而两人身后的白色身影，不是任之行又是谁？

慕慕缓缓起身，惊呆道："你们这是在干什么？"

背叛、暴动、互斗……一时间，许许多多的词汇纷纷涌进慕慕脑子里，但她还是不肯相信——还是不肯相信这些曾经以兰斯马首是瞻的人会举刀相向。还有任毒舌……就算他和兰斯反目成仇，为什么要让噬魂犬来攻击自己——利用她引出兰斯？是这样吗？如果真是这样……那她在任毒舌心里到底是什么？棋子？累赘？就像几百年前一样可以随意处置掉的包袱？

慕慕倒吸了口气，微微向前踏了一步，"为什么莱尔斯会变成这样？是你们干的？"

闻言，瑶薇和白淮对视一眼，最后又齐齐看向站在最后面的任之行。任之行托腮思忖一番，终走上前，朝慕慕伸出手掌，"过来。"

慕慕瞪大眼睛，声音已有些颤抖，"刚才是你命令噬魂犬攻击我的？"

任之行沉默，黑眸起起伏伏，过了许久才神色肃冷道："待会儿再和你解释，现在——过来。"

身后，兰斯亦缓缓站起来，声音温柔如水，"慕慕，我和你哥有些事要解决，现在你先走吧。"话毕，他又瞥了眼地上七零八落的年货，噙笑道："还有……替我谢谢伯母。"

"有什么话自己去对她说！"慕慕猛地吼出声，扭头看了眼兰斯，摸出腰间的匕首又道："我没有义务帮你带话。所以，如果要谢谢她，你就和我一起回去，自己去谢！"

空气骤然凝结。

"慕慕，"任之行目光深沉地盯着将匕首指向自己的妹妹，"你在干什么？我说的话你听不见吗？"

慕慕回眸，清澈的目光静静滑过任之行的脸庞，反诘道："我说的话你听不见吗？我说——太后要我带这个人回去，我必须完成任务！"

"小慕慕你这真是……"白淮大叔抓了抓头，话说到一半，作势就要过来拽人。慕慕快一步地往后退，与此同时，腰已被人轻轻揽住。

"兰斯……"

"走！"兰斯厉喝出声，甩出件什么东西后就将慕慕横抱起来。刹那间，风驰电掣，慕慕只觉身旁的风呼啸而过，再回头，身后哪儿还有几人的身影。

Chapter 28

你好，女朋友

兰斯再睁眼时，率先清醒过来的竟是嗅觉。

浓郁的香气裹挟着一丝甜味从门外飘进来，兰斯有些茫然地坐起，揉了揉发涨的额头。他的记忆还停留在与慕慕一块儿逃离兰斯大道，为了躲避任之行等人的追击，他将慕慕带进了一条偏僻小巷隐匿，然后——

然后发生了什么？

兰斯正敛眉思索，门外忽然探出个小脑袋来，“咦，醒啦？”

慕慕端着餐盘进来，将还冒着热气的鸡汤搁在床头柜前这才又道：“饿不饿？我熬了汤，你先喝点。晚上吃粥。”

兰斯环视四周一圈，发现这是间普通的民宅后，英挺的眉皱得更紧了。

“这是哪儿？”

“我家啊，”慕慕一边用勺子舀着鸡汤散热，一边神色自若道：“这边是我家的老房子，一直都租给别人在用。上个月租客回老家定居不租了，现在过年又不好再找新租客，所以就空出来了。唔，我们在巷子时你突然晕了，我想来想去，带你去酒店还是太招摇了，所以就把你扛到这儿来了……”

兰斯闻言，紧抿唇瓣没有言语，慕慕见状忙打哈哈道："你别看这儿旧了点，但床啊被子啊锅碗瓢盆什么的都是现成的，你忍忍吧。还有，我不敢请大夫，只用绷带帮你临时包扎了下，你自己联系得到奶妈鱼吗？"

说罢，不等兰斯开口，慕慕率先愣住，霎时恨不能扇自己两巴掌。这才真叫哪壶不开提哪壶啊，虽然之前在莱尔斯幼稚园时没有看到奶妈鱼，但以夏洛尔和瑶薇的关系，说不定他也已经倒戈相向了。又或者夏洛尔并没有背叛兰斯，可他迟迟没有现身，会不会已经……

慕慕甩了甩头，喃喃，"园长我……"

兰斯星眸幽幽，犹如山间的小溪清澈透亮，直视慕慕半晌，他起身道："我先走了。"

慕慕愣怔，"去哪儿？"

兰斯不答，只自顾自地往身上套衣裳，慕慕见状终于急了，"你现在这样怎么走？你体内还有三足金蟾的舌头，那玩意儿再不取出来，就要长到你肉里了！"

闻言，兰斯背脊一僵，神情颇为复杂地看向慕慕。

慕慕讪讪，垂下眼睑道："在盾山时，任毒舌也被三足金蟾伤过，所以我一看你的伤口就知道了。如果……真联系不上奶妈鱼，你就只能忍着点疼，我帮你取出来。"

兰斯没动，仍旧定在原地盯着慕慕，过了片刻才翕动唇瓣想要说什么。慕慕倒吸了口凉气，摇头道："你什么都不用说，我……大概能猜到是怎么回事。"在盾山时，慕慕手握三足金蟾的第四条腿，可与任毒舌在山洞过了一夜，那条蟾腿就不见了。彼时，任毒舌跟众人说已将第四条腿销毁，可现在看来，应该是他趁自己不注意时拿走了第四条腿。

然后，他利用这条腿使三足金蟾再次复活，再加上白淮大叔和瑶薇的里应外合打败了兰斯。兰斯因此躲藏起来，最终却为了救自己再次现身。与之恰好相反的是，任之行以自己为饵逼迫兰斯现身。

念及此，慕慕忍不住咬住下唇，不断提醒自己不要再往下想。她不敢想象如果兰斯不出现的话，任之行是不是真要亲眼看着她被食人花王撕成碎片。到底是他对兰斯太有信心，还是根本就不在乎自己这个妹妹的性命？如果任之行真的冷血到能拿亲生妹妹做棋子，那么之前他对自己表现出的那些怜惜、呵护又算什么？演戏吗？

兰斯喟叹道：“慕慕，不论我和你哥怎么样，至少有一件事上我们的意见是一致的，我们都希望你幸福。”

听了这话，慕慕蓦地笑出声，抱胸挑眉，“所以呢？为了不连累我，不让我在你和我哥之间难做，你决定去浪迹天涯吗？”

兰斯身形一滞，僵在原地缄默不语。

慕慕静静凝视着他，神情中自带着三分凄然，“幸福……呵，亏你说得出口。兰斯·莱尔斯，我告诉你，谁都有资格对我说这两个字，就你没有！你知道什么叫幸福吗？原本……我是很幸福，可是是谁……是谁耍阴谋诡计把我骗进幼稚园？是谁让我知道那些不堪的往事和身世？是谁误导我爱上自己的亲哥哥？又是谁害我卷入一次又一次的事件？

“……现在倒好，你以为一句‘希望你幸福’，我就要对你感恩戴德了吗？你以为这么简简单单一句话，我就可以回归原来的生活了吗？那些在莱尔斯经历的事情、遇到的人，你要我怎么不去想？看见你受伤怎么撒手不管？还有我哥……”

话至此，慕慕深呼了口气，强忍住眼底的水雾，咬牙又道：“我不管你们之间到底出了什么问题，但是我答应了太后要带你回家过年就必须做到，所以你哪儿也别想去。”

“慕慕……”

“你闭嘴！”截住兰斯的话，慕慕一把将兰斯推过来坐下，抽了抽气又道：“反正我就一句话，你给我记清楚了！当初是你说喜欢我、要追我的，是你先招惹的我，凭什么现在你想走就走？我没同意你就不许动！”

兰斯原本一直微微垂着头，听见慕慕最后一句话猛地抬起头来，俊朗的面容上写满惊诧。

“你说什么？”

见状，慕慕反倒不好意思起来，一改刚才的彪悍，别过头羞赧道：“什么什么意思，你听不懂话吗？就是字面上的意思啊……唉，哥哥和男朋友立场不同我就没办法选了吗？我还就不信了……”

兰斯自动忽略掉慕慕的吐槽，只抓住关键点一字一句道：“你刚才说——男、朋、友？”

慕慕闻言一噎，终于绷不住地红透了脸。咬了咬牙，慕慕拿出女流氓的范儿，叉腰哼哼，“怎么样？难道你敢不从？”

兰斯愣怔，显然从没想过有一天还会被慕慕霸王硬上弓。默了默，兰斯认真道：“慕慕，你有没有想过，我或许……并没有你想象中那么好。”

慕慕哈了声，将兰斯从头到脚地打量一番，夸张道：“拜托，你自我感觉不要那么良好好吗？你怎么知道你在我想象中很好？你又贪财又抠门，对员工苛刻，背景关系复杂，奸诈、狡猾、腹黑、得理不饶人，最讨厌的是还长了一张拈花惹草的脸……”

慕慕每数落一项，兰斯的脸色就黑上一分，直到话末梢，慕慕才话锋一转，踌躇道：“可是……可是有句话叫‘王八看绿豆——对上眼儿了’，喜欢就是喜欢了，没有什么好不好的。我只知道当你跟我说‘珍重’的时候我的心真的很疼，还有你被我哥他们围攻时，我从没想过是非对错，我只知道当时脑子里只有一个念头，就是一定要把你救出来，所以我……”

话未毕，兰斯的吻就忽然袭了上来。热情而狂烈，黏稠而胶着，将慕慕后面的话通通淹没在了这个吻里。两人明明已不是第一次接吻，慕慕却觉心跳如鼓，好像下一秒心脏就要蹦出来似的，她能感觉到兰斯也激动得难以自已。他的身体莫名战栗着，慕慕贴着他的胸膛都能听到扑通、扑通的心跳声。

慕慕觉得彼此的呼吸都越来越急促，她的身体里好像有一团火，被兰斯这个吻哗啦一下点着了，噌噌两下就蹿上了头顶，直烧得她四肢瘫软，脑袋也迷迷糊糊起来。

过了许久，兰斯才放开她，用鼻子蹭了蹭她的鼻子，半是宠溺半是不舍道：“你好，女朋友。”

闻言，慕慕只觉心里骤然涌出一股暖流，甜甜的，却又莫名带着点酸。

慕慕眨了眨眼，正绞尽脑汁想该说些什么回应兰斯，就听身后传来轻轻一声咳。听见这声，慕慕浑身的汗毛骤然竖起，兜转间就听外边传来敲门声，有人强忍着笑，一本正经道："咳咳，首先声明，我绝对绝对没有打扰两位亲热的意思，不过兰斯，你觉得是不是先把你身上的金蟾舌头处理了再亲热，再过一会儿舌头就要钻进骨头里去啦！"

一时间，慕慕顶着张囧字脸已风中凌乱，千言万语都化作乱码涂了墙。我的个亲娘啊啊啊啊，奶妈鱼这浑蛋到底是什么时候进她家的啊？！她刚才逼迫兰斯的那些话他又到底听了多少啊，还有……不知道现在钻地缝还来不来得及……

果然，推倒美男的女汉子不是人人都能当的。

被夏洛尔听到自己强推兰斯的全过程，慕慕以为，这绝对是她这辈子最最最丢脸的事了。可出了卧室她才发现——原来这个世界上根本就没有"最丢脸"，只有"更丢脸"。

客厅里，任之行、白淮、瑶薇、夏洛尔、凯西憋笑的憋笑，装傻的装傻，将本来就不大的空间挤了个满满当当。一时间，慕慕的脸烫得几乎能煎荷包蛋，什么汗颜、羞愧根本没办法形容她此刻的心情。

这群家伙不是已经和兰斯反目了吗？到这儿来应该是为了斩草除根吧？那还不动手？等听完墙根再群起而攻之？掀桌！还有比这更不靠谱的反派吗？

慕慕又惊讶又窘迫，懊恼得恨不能立马钻衣柜。兰斯见了众人倒是一副淡定自如的样子。

"你们还真！会！挑！时！间！"

"这哪儿怪我们？"夏洛尔笑嘻嘻眨眼，"我们这不是担心园长大人您吗？唯恐你饿着冻着疼着，伤口发炎胸闷气短喉咙肿痛……这才逼不得已进来的嘛！来来，在做某些羞羞的事情之前，先让我看看伤口怎么样了。"夏洛尔说干就干，将兰斯按在沙发上就翻出药箱开始检查。

凯西呆呆道："兰斯大人，我们真的不是有意的。甩掉那些小鬼后，我们就去会合地等您，可是左等右等一个下午都不见您，后来好不容易找到这儿又见您一直不出来，我们实在担心，所以才闯进来的。”

面瘫瑶薇瞅了眼两人，居然也认真调侃起来，“恭喜。”想了想，又道：“不过你身上有伤，最好还是悠着点儿。”

至于某位恨嫁大叔——已自行蹲墙角画圈圈哭泣去了。

慕慕嘴角抽搐，脸色青蓝红白紫转了一圈，简直比调色盘还好看。喂，你们都是什么意思？什么叫“见您一直不出来”，什么又叫“身上有伤最好悠着点儿”，求你们别说得那么隐晦隐秘加隐约好吗？很容易让人误会的好不好！还有，凯西小姐你那一脸撞破别人好事超级担心你家园长的愧疚表情是怎么回事？瑶薇你那一副过来人的口吻又是怎么回事？还有白淮大叔你又在干什么？快放开我家沙发，别咬！我们刚才在里面真的什么都没做啊！

咦，等等！好像有什么地方不对劲——

吐槽完毕，慕慕超长的反射弧才陡然反应过来，她好像……抓错了重点。

她朝任之行眨了眨眼，“哥”字还没发出音，任之行已摇头叹气道：“还好主人不在，不然看到现在这个样子，一定会气晕吧。”

——是苻灵。

啊，这是怎么回事？

慕慕瞪圆眼睛盯着苻灵，霎时头顶冒出N个问号。任毒舌往日虽然和白淮夏洛尔等人称兄道弟，但一直都将式神藏着掖着，又耳提面命要自己不许泄露了苻灵的事情，那为什么现在……

如果站在自己跟前的是苻灵，那之前在莱尔斯幼稚园遇到的又是谁？任毒舌本尊还是苻灵？苻灵打扮成任毒舌的模样又是在干什么？

茫然之际，身侧恰好传来一声闷哼，慕慕扭头就见兰斯一张俊颜雪白，偏偏额头根根青筋暴露，眼底亦写满隐忍。夏洛尔正站在其背后忙碌着，凯西则侧立一旁打着下手。慕慕见过一次任毒舌拔舌，自然明白个中痛楚，迈腿想要过去瞧个究竟却又狠不下心。

这边夏洛尔倒是满脸轻松，“哟呵，这条小舌头还蛮顽皮，兰斯，你忍着点哦。”

兰斯敛眉没有回应，一双凝视着慕慕的黑眸星光璀璨，许久才轻声道：

“你就站在那儿，别动。”

既然男朋友都这么吩咐了，慕慕乖乖停下脚，站在原地可怜巴巴地盯着他。

兰斯又道：“本来这些事是不想你知道的，我和你哥也达成过协议，在大事未了之前不会再找你，可现在……”话说到一半，兰斯的眉头就皱得更紧了。慕慕以为他吃痛，着急道：“你先别说了！”

兰斯静默摇头，他不是因为疼而讲不出话来，而是极度不满被一屋子人围观！奈何不论他怎么阴沉摆脸，众人都装看不见。兰斯叹息一声，只能作罢，“这里的事我待会儿再慢慢告诉你，现在先把你们的情况都说一下。”

一听这话，众人立马收起嬉皮笑脸，白淮大叔也从角落爬起来，率先道：“刚和之行联系过了，他已经到达淮市，今晚准备妥当就进山。”

瑶薇道：“伦敦那边传来消息，最近莱尔斯家里人进人出，昨晚首脑们更是聚齐了，看来卡尔已经顾不得这是不是陷阱了。如果猜得没错的话，他这次会亲自来A国。”

凯西抬了抬眼镜框，“幼稚园方面，还是到处都是花怪，除了花怪，好像又多了一批树兵，他们应该都在搜索园长的下落呢！”

兰斯微微沉吟，又看向苻灵。苻灵本神游千里，见状恍悟道：“我们进屋前，我已经放了和你一模一样的纸人出去，假装成你已离开慕家，暂时没有异常。”

“很好……”兰斯黑曜石般的眸子一一扫过众人，“一切按计划行事吧。”话毕，只听噗的一声，刚好夏洛尔也拔出舌来。

用钳子夹着依旧挣扎不休的金蟾舌，夏洛尔呼出口气，“时间刚刚好。你自己注意别发炎，以你彪悍的体魄，大概三到五天伤口就能自动愈合。”

兰斯横了夏洛尔一眼，对方全当没看见，整理好药箱，拍手道：“那么，会议结束？”

兰斯颔首。瑶薇道：“那我们先走了。你自己保重。”

“活着回来。”兰斯负手，语气里听不出半点沉重，“幼稚园没有丧葬费发给你们。”

众人你看看我，我看看你，不禁笑开。夏洛尔领头走在最前面，开门道："知道啦！像你这么抠门，要是我们死了，你明年也招不到新老师开学了。"

"那么，再会。"

"再会。"

"再会。"

"园长大人保重。"

……

随着众人离开，小屋再次陷入寂静。两人一时无话，兰斯望着门口呆立良久这才回过头来，只见慕慕纠结抓头道："呃，鸡汤都凉了……"

等重新热好鸡汤，兰斯再喝下，太阳已沉沉落下。余晖映照大地，从窗口透进来，打在兰斯褐色的短发上，泛起一圈圈光晕，再配上他那副无懈可击的面容，当真美得像一幅画。

慕慕一时看呆，直到兰斯在她额头上弹了弹，这才哎哟一下叫出声。兰斯挑眉，"我就这么好看？"

慕慕噘嘴否认，"谁看你了！我只是在发呆而已，我觉得吧……有句话怎么说来着？世事难料。几天前，我还在想过年要怎么摆脱亲戚们让我去相亲的事情，可现在莫名其妙就多了个男朋友。"

"莫名其妙？"兰斯用力捏了捏慕慕的脸蛋，疼得对方呜呼连天。慕慕夸张地假叫完，才眨巴着清澈的星眸凝视对方，"所以，你会陪我回家过年吗？"

兰斯抿唇，没有言语。

慕慕掰着手指又道："我家亲戚都很麻烦，特别是小姑，又八卦又爱攀比，如果你陪我回去，她一定会把你家打探个清清楚楚，鉴于你的真实身份，唔，要不咱们先对对词？"

兰斯还是沉默。

慕慕拍了拍兰斯的肩，"不过你也别太害怕，太后对外厉害得很，如果他们敢难为你，不用我出面，太后就发飙了。你都不知道我妈有多喜欢你，哎，说起来我又想起来了，可惜了太后大人给你辛辛苦苦包的那盒饺子……全被花怪糟蹋了！”

兰斯放开慕慕的手，终道：“慕慕，这件事我没办法向你保证。”过年，谁又知道那天他会在哪里，又会发生什么事？

慕慕眨了眨眼，“所以呢？整件事到底是怎么回事？”

兰斯沉默片刻，“还记得卡恩给你的那个盒子吗？”

慕慕颔首，那个盒子里装着卡恩·莱尔斯，也就是兰斯父亲的记忆。当时，还是她亲手将它交给兰斯的。

兰斯嗯了声，“当年卡恩在A国的失踪其实并非偶然，他来A国是为了寻找一样东西，而为了这件东西，他甚至和盾山的道士们起了冲突，不过最后，他还是获胜拿到了这件东西。”

听了这话，慕慕微怔，“和盾山道士起了冲突？”难道，所谓的冲突就是盾山当年的那一役？也就是在这一役中，无嗔真人没了，她也被杀死，任毒舌沉睡，子虚道观没落……

兰斯颔首，“是的。当年的确是卡恩带着妖魔杀上了子虚道观，因为那件东西就在无嗔真人手上。但怪就怪在，卡恩拿到这件东西后，就和它一起失踪了。”

“因为他是在莱尔斯幼稚园附近失踪的，所以后来我才会修建兰斯大道和幼稚园，又上盾山唤醒你哥，一同寻觅卡恩和那件东西的下落。至于后来的事情，你都知道了。”

慕慕拧眉，“卡恩失踪是因为变成了宅灵，可那件东西呢？”

兰斯微眯眼睛，“对，这就是关键点。卡恩找到了，东西却不知所踪，而唯一能解开所有谜团的，就是卡恩最后的记忆。”

慕慕闻言，忍不住睁大眼睛，就听兰斯又道：“这件东西是当年卡尔委托我父亲寻觅的，虽然当年任务失败了，但他一直记挂着这件事，所以，卡尔才会派克莱·安蒙来抢卡恩最后的记忆。”

慕慕转了转眼珠，联系前因后果道：“然后，为了防止记忆被盗走，你和小伙伴们就设了一个局？”

“没错。”兰斯点头，“我们设计之行和老白他们背叛我，夺走记忆，然后去取那件东西，以此来吸引卡尔的注意力。你看幼稚园现在的花怪，就是卡尔派来的监视者。其实，你哥早在一周前就已经上路——前往真正的目的地了。”

调虎离山计。

慕慕沉吟，一边引开对方的注意，一边派人前往，到底是什么东西这么重要，甚至值得兰斯放出三足金蟾，故意演这么一出苦肉计？

“那我们现在该做什么？”

“什么也不做，”兰斯负手眺望窗外，“苻灵和瑶薇会去和你哥会合，一块儿取那件东西；至于夏洛尔和老白他们，则会引开敌人。而我们能做的——就只有等。”

慕慕静默，还想要说什么，兰斯的大手已抚上她的头，声音温柔似水，“对不起，最终……还是把你牵连进来了。那些噬魂犬都是你哥留下的，为了把戏演得更逼真，临走前他故意交代噬魂犬攻击所有外来者和我，噬魂犬只听命于主人，所以才会出那样的事。慕慕，我和你哥都从没想过拿你做棋子。”

这么说，傲雪也是逼不得已了？唔，因为自己的忽然闯入，打乱了兰斯他们所有的计划，所以他们只能将计就计，在花怪面前演了一场好戏。这么一想，压在慕慕心底的大石顿时落地，太好了太好了，这么说，大家还是相亲相爱的好朋友。

慕慕咧嘴正欲笑开，却又想到另一个问题。

“既然你和我哥是假意闹翻，那为什么他以前神神秘秘不许我告诉别人苻灵的存在啊？”

“啊，这个啊，”闻言，兰斯眼中厉光乍现，唇角微微扬起，“其实这件事我也是不久前才知道的，原来你哥经常利用苻灵假冒他，自己则翘班出去玩……”

慕慕闻言心底咯噔一声，果然，片刻之后就听兰斯阴恻恻道：“这笔账，等他回来了再慢慢算。”

慕慕抚额，无言以对。果然，真相永远都这么残忍。

兰斯就此住下。为方便照顾男朋友的伤，慕慕也干脆悄悄搬了过来，对太后则谎称和兰斯出门旅行。太后虽然不满女儿刚交了男朋友就不在家过年，但还是乐呵呵将其送出门，临行前又顺道在女儿兜里塞了几盒安全装备，囧得慕慕面红耳赤。

这头，经过慕慕这段时间的悉心照料，兰斯的伤势也已经好了大半。望着已经开始结痂的伤口，慕慕一面感叹妖魔的复原能力当真不是盖的，一面纠结今晚吃什么。

自从两人共度“二人世界”以来，慕慕每天想得最多的就是“今天吃什么”。买菜做饭、洗衣拖地，每晚还要帮兰斯擦背换药，俨然一副老妈子的模样。至于像普通情侣那样去看看电影、吃吃西餐，末了再牵牵小手什么的，那是完全不敢想。

两人一个天天围着灶台转，一个还大爷似的挑三拣四，怎么看怎么都不像热恋期的情侣，反倒更像已结婚多年的平淡小夫妻。一想到自己已经从“初恋女友”直接升级为“黄脸婆”，慕慕就大为光火，恨不能今晚就是跨年前一晚。

一个月前，网络就开始传言，说今年陪你跨年的人将与你共度一生一世。对于这个说法，慕慕一直都嗤之以鼻，什么一生一世，幼稚！

可真等到自己恋爱，慕慕对于这些虚架子又有些小期待了。唔，她和兰斯圣诞节没赶上，一块儿过新年总可以吧？虽然新年晚会一年比一年难看，但两人坐在一块儿，一面嗑瓜子一面吐槽吐槽，最后再共同倒数跨年应该也不错吧。

至少，让那货明白正常人类的正常恋爱方式！

所以，抱着小小的浪漫期许，慕慕开始掰着指头盼那天，可真到了这一天，谁也没料到，事情却彻底脱离了想象——

当晚八点，慕慕洗完碗准时戳开电视，一边啃零食一边无聊地看节目。可没一小会儿，慕慕就发现不对劲了：某人一动不动地窝在沙发上，身体僵硬，英眉紧拧，正抱胸一动不动地盯着电视，表情阴鸷骇人。

慕慕呆呆眨了眨眼，扭头看了眼电视，电视上正播着小品，台下时不时爆出笑声，可兰斯的眼神却愈来愈凌厉，面上也渐渐罩起一层冰霜。慕慕咂舌，现在的新年晚会……已经难看到人神共愤的地步了吗？

慕慕纳闷儿，“你怎么了？伤口又疼了？”

见慕慕贴上来，兰斯面上的寒冰乍破，又莫名添了层粉粉的胭脂红。

“没什么，空调开得太大，有点热。”兰斯拳头抵在嘴边咳嗽一声，扭头避开慕慕的视线。

“哦，”慕慕皱眉茫然，“热得耳朵都红了？”

兰斯不答，反倒横慕慕一眼，话锋一转道：“你想不想出去放鞭炮？”

咦？转性了？知道哄自己开心了？慕慕咧嘴正要点头，忽然想起兰斯现在还在避难中，忙将头摇成了拨浪鼓，“喊，那是熊孩子才玩的好不好？吵吵闹闹的有什么意思？”

“那去吃大排档？”

“拜托，大过年哪儿去找大排档？门口的烧烤摊都关了。”

“那逛街？今晚说不定商城有折扣，你昨天不还在说想要件羽绒服吗？”

……慕慕原本想说自己已经网购了，但话到嘴边又默默咽了回去，只用湿漉漉的眸子凝视住兰斯，无事献殷勤，非奸即盗。而且这货为啥一直怂恿着她出去？

被慕慕盯了一小会儿，兰斯的面颊比刚才又红了几分。他歪了歪头，莞尔一笑，“和你在一起后，我们好像还没好好约会过，所以想至少今天补偿你一下。”

哦哦，连卖萌必杀技都拿出来了，没诈她她就把名字倒过来念！

慕慕转了转眼珠，一语中的，“好是好，可是……你有钱吗？”

话毕，室内气氛骤然凝重。

实然，慕慕说得也没错，兰斯被“背叛”得突然，逃出来时只穿了件衬衫，衣衫都不整就更别说带钱了。是以这些时日，家里吃的用的都是慕慕掏的钱，就连兰斯身上的新衣服也是慕慕花钱买的，而园长大人活脱脱就一标准小白脸。

所以说嘛，约会什么的听着好听，到最后还不是她自己掏钱！

慕慕叉腰，无视兰斯的黑脸道："兰斯我告诉你，你这招对我没用。姐又不是因为你这张脸才喜欢你的，装什么温柔体贴？抠门爱财无耻腹黑不要脸那套才是你的真面目好吧？有话说话，别绕来绕去的！"

兰斯不语，双手交叉抵在嘴前顿了顿，这才悠悠道："我想你今晚回慕家睡。"

慕慕目光一闪，兜转间心已提到嗓子眼，让她回家睡，是不是……兰斯察觉到了什么？那个卡尔发现这里了？还是花怪已围攻过来？慕慕思量，正欲开口，电视机里的小品也已演完了，随着震耳欲聋的鼓掌结束，主持人笑盈盈地出来串词，而就在这刹那，慕慕亦愣在原地动弹不得，脸也红得快滴下血来。

慕慕嘴角抽搐，一时间连手脚都不知道该怎么放了。

……不用问为什么了，她已经彻彻底底明白兰斯为什么死乞白赖地想要出去了。不是因为体贴她过年无法与家人团聚，也不是因为危险逼近卡尔将至，更不是因为兰斯真的想和自己约会，而是因为……隔壁正发出一些不和谐的声音……

慕慕瞅了眼依旧僵坐在沙发上的兰斯，终于回过神来，佯装无异地大笑道："哈哈哈，约会啊，好啊……我们这就走哈哈哈，你、你、你等我一下，我去换个衣服就出门哈哈哈，很快哈哈哈……"

打断慕慕的傻笑，兰斯抚额叹息，"刚才还能一起走，现在不行了。"

"嗯？为——"还没说出口，慕慕一低头就见兰斯某处已撑起个小帐篷。室内再次陷入寂静，一切尽在不言中……

慕慕尴尬地移开目光，眼前却仍旧晃来晃去，根本摆脱不了刚才看到的画面。慕慕正纠结怎么打破僵局，兰斯已缓缓开口道："你出去逛一会儿再回来，嗯？"

"哈哈哈，好！"豪气冲天地喊完，慕慕转身就开溜，可不知是不是太过紧张，脚一甩，慕慕只听砰的一声，茶几下的铁盒子被她踢了出来，里面的东西散落一地。

慕慕看清那个铁盒子，心里咯噔一声响，想要遮掩可惜为时已晚，兰斯已俯下身捡起其中一个东西，细看一番，漂亮的眉已渐渐皱起。目光一转，又看向慕慕。

慕慕百口莫辩，"园长你听我解释，整件事不是你想的……"

慕慕咬牙哽咽，心里第一千零一遍哀号：太后你这是把我往火坑里推啊啊啊！

原来，那铁盒子里放着的东西不是别的，正是慕慕出门前太后塞给她的安全装备。彼时慕慕出了门就想扔掉这玩意儿，但想了想又觉得太浪费，反正以后……唔，迟早会用的嘛，妈妈从小就教我们要节约，所以慕慕东藏西放，干脆都装进了糖盒子里，可好死不死，又在这么尴尬的时候被一脚踢翻……

兰斯会不会误会自己很开放，真把他当小白脸了啊？每天鸡啊鱼的给他大补，其实就是想把他养白，伤一好就抹干净吃掉。念及此，慕慕流泪，低头就开始翻衣柜。

一直沉默的兰斯出声，"干什么？"

"找绳子。"

"找绳子做什么？"

"没脸见人了，自挂东南枝死了算了！"

话毕，慕慕正想转身，一个暖烘烘的身体就从后面抱住了自己。慕慕背脊一僵，人下意识地挺直了腰。兰斯弯腰搂住小家伙，耐心而温柔地在其耳边吹气，声音低哑而诱惑，"慕慕，隔壁好吵。"

"嗯，"慕慕语无伦次，"园长你听我说，这东西真不是我买的，是我……呜！"

趁着慕慕不备，兰斯衔住了对方的耳垂，霎时，慕慕只觉哗的一下，血通通涌上脑子，心里那把火也不断燃烧再燃烧，渐渐烧得全身都发起烫来。

兰斯一面亲吻耳垂，一面已将手缓缓伸进慕慕的睡衣，轻蹭蹭她，低声噙笑，“隔壁实在太扰民，要不然……我们报复回来？”

窗外，绚丽的烟火已在空中升起又落下，点缀着零零散散的星光，煞是好看。此起彼伏的歌声、笑声断断续续地飘进屋里。

跨年约会计划，彻底完败。

今夜，还长着呐。

“年初五，送穷神”，一起来就将屋子里里外外都擦了个遍，直到房间闪闪发亮才又转战地面，拿着扫帚往外扫灰。其实，自从两人住进来后，慕慕差不多每天都会打扫，家里根本就没什么灰，之所以这么兴师动众全是因为“赶五穷”的风俗。

打扫完毕，又摆好供茶供果，慕慕这才敞开大门迎接财神。做完这一切，慕慕终于呼出口气，一回头就见兰斯倚在门边正抱胸幽幽地凝视着自己。

慕慕挑眉，哟呵，她就说怎么总觉得有什么事情没做完，瞧瞧瞧瞧，这最大的“穷神”还蹲在家里蹭吃蹭喝蹭睡呢，她怎么可能富得起来？！

慕慕摘下围裙，道：“你醒了正好，过来把茶几上的条子签一下。还有，今儿中午吃饺子。”

兰斯站在原地没动，“今早这么大的阵势是为了撵穷神？”

听了这话，原本往厨房走的慕慕脚步一滞，歪头咦了声，“连你这个洋鬼子都知道穷神？”

话毕，不等兰斯回答，慕慕又是一噎，微微僵住。兰斯不仅是洋鬼子，还是个洋鬼子妖魔，既然连他都知道“赶五穷”的风俗，难不成——穷神真的存在？

兰斯紧抿唇瓣，“有没有穷神我不知道，不过，《海山经》里的妖魔倒是大多都真实存在，因为本来就是妖魔写的，虽然……很多描述得不太靠谱。”

“嗯？”名扬四海的《海山经》居然是妖魔写的？！还有这样的事？

兰斯在沙发上坐下，怡然自得地喝了口女朋友泡的红茶，这才缓缓道：“《海山经》是白泽所著，所以在这本书里，白泽成了祥瑞四方、无言不通、无所不知的神兽。至于他的死对头，呵，你看《海山经》里哪些妖魔被说成无恶不作的凶兽就大概知道了。”

慕慕咂舌，敢情“成王败寇”这个词是从这儿来的。不过，向来有起床气的兰斯怎么忽然有兴致跟她说这个？不发少爷脾气怪她吵醒自己吗？

果然，慕慕正狐疑，就听兰斯又道：“卡尔派我父亲来A国，找的就是《海山经》里的一个妖魔。”

慕慕闻言讶然瞪眼，兜转间心里已转过千百个念头。之前，兰斯一直都说他父亲来A国也好，卡尔追寻而来也罢，都是为了寻觅一件东西，怎么现在又变成了寻觅妖魔？

像是知道慕慕心中所思一般，兰斯黑眸沉沉地直视慕慕，缓缓道：“说她是妖魔，不如说是怪物，因为她非神非妖，非人非兽，不属于任何一个种族。”

什么怪物这么神秘？慕慕拧眉，脑子里快速地过着《海山经》里见过的妖魔，奈何她以前对神啊怪的不感兴趣，对《海山经》也是一知半解，一时间根本找不到答案。

“是女丑。”兰斯闲闲道，“《海山经》海外西经记载：‘女丑之尸，生而十日炙杀之。在丈夫北，以右手障其面。十日居上，女丑居山之上。’”

听了这话，慕慕一副恍然大悟的样子，仰天默然，终涨红脸垂首，喃喃道：“这是……什么意思？”

兰斯嫌弃地瞥了眼自家女朋友，鄙夷之情溢于言表：你一个生在A国、长在A国的A国人居然要我这个洋鬼子给你翻译，你好意思吗？

慕慕掀桌，去你的！姐读的不是语言系好吗？再翻白眼信不信我今天晚上毒死你？！

迫于家庭暴力的淫威，兰斯一字一句翻译道：“女丑原本是一名巫女，她生前被十个太阳炙烤而亡，死在了丈夫山的北面。死之前，因为难以招架太阳的炙烤，所以，她的尸体仍旧保持着用右手遮住面部的姿势。”

“原来是这样，”慕慕懵懵懂懂地颔首，“可是……这个女丑不都死了吗？你们费尽心机跑到A国来找一具尸体干什么？”

“如果真这么简单，子虚道观又何须搭上百弟子的性命守护女丑的秘密？”兰斯眨眼道，“我刚才说了，《海山经》的许多记载并不尽然。关于女丑的事，有许多都未提及。”

“嗯？”慕慕的兴趣被大大激发，她跳到沙发上挨着兰斯坐下，戳对方道：“快跟我说说。”

兰斯拽住小家伙不让她乱动，“女丑其实是某位上神的女儿。当年东方领域内，神魔两族争夺天下，女丑也参加了大战。最后神族统一三界，魔界则被赶尽杀绝，但不幸的是，这位上神的女儿却因为沾染了蚩尤的血而染了魔气，成为不幸之神。”

“不幸……之神。”慕慕一字一字地琢磨，脑海里没来由地就想起了霉神。这个不幸之神会不会和传说中的霉神一样，带来灾难和不幸？

兰斯颔首，“还不只这些。蚩尤死前曾设下诅咒，沾染了魔气的女丑走到哪里，就会给哪里带去死亡。而且魔气还会如瘟疫般四散开来，不断感染更多的地方和生物。众神用尽法子也没能解开诅咒，所以最后他们决定牺牲女丑。”

慕慕闻言心底一凛，已大致猜到故事结局。

兰斯道：“后来女丑被骗到丈夫山，十个太阳将其炙烤而死。为防女丑复活，十个太阳每天仍旧烘烤着女丑之尸……”

“不对啊，”听到这儿，慕慕忍不住截断兰斯的话，“不是还有个故事叫‘后羿射日’吗？那十个太阳被射死了九个，后来哪儿来的十个太阳？”

“嗯，总算没笨到家，”兰斯揉乱慕慕头发，接着说：“被后羿搅局后，上神们很无奈，将女丑封印进了一幅画中，这幅画历经千百年辗转，最后落到了无嗔真人手上。”

话至此，慕慕蓦地张大嘴，联系之前了解的种种，后面的事她已知晓得十之八九了。

卡尔为找到女丑，派卡恩·莱尔斯上盾山子虚道观抢画，道观为守画死伤无数，但最终仍旧被卡恩抢到了东西。再接着，卡恩就带着画到了现在莱尔斯幼稚园的地方，然后失踪……

慕慕抿唇，“那你在卡恩的记忆里看见了什么？知道那幅画的下落了吗？”

兰斯听见父亲的名字，脸色陡然阴沉下来，沉默半晌这才终道：“卡恩·莱尔斯是被女丑杀死的。”

“什么？！”慕慕震惊地叫出声，因为信息量太大，脑子一时间竟有些转不过来。

这么说……女丑已经解开封印了？而且听兰斯平时言语，他爹的武力值不应该差才对，怎么会如此轻易被杀死？

兰斯抚额，似乎也不太愿意提及这件事，“他最后的记忆很混乱，我们能得到的消息基本上就是这样：女丑袭击了他，他在临死前，眼见着女丑往西边去了。我们查过最近百年来西边的情况，淮市的不青山那儿，刚好在卡恩死的那处山头突然变得寸草不生，又经常出现人员失踪的事情，所以我们怀疑，女丑就在那里。”

慕慕咬牙，“所以我哥才去淮市调查了？兰斯，你和我哥……你们花这么大工夫想要寻找女丑，到底是为什么？”

兰斯清澈的眸子看着慕慕一动不动，过了许久才清了清嗓子，说了四个字：“为了销毁。”

“销毁？”

“嗯，”兰斯点头，抬首朝慕慕灿烂一笑，“我好像还没跟你说过卡尔这个人吧？他是我父亲的挚友，真身是一棵龙血树[①]，说到年龄……唔，大概可以追溯到你们东方的洪荒时代了。卡尔这一族，原本无欲无求，一直生活在原始森林里不问世事。不过自人类进入工业革命开始，精灵族就死的死，伤的伤，卡尔曾经生活的原始森林也被人类染指，就是从那个时候开始，他发誓要杀光所有人类。”

慕慕倒吸口凉气，杀光所有人类？没想到终极大BOSS居然有个这么老掉

①又名不死树，因其茎干颜色灰青，斑驳栉比状如龙鳞，而且又可分泌出鲜红的汁液而得名。

牙的梦想。不过这么说来——

“他寻觅女丑就是为了消灭我们？”

兰斯嗯了声，“如果女丑彻底苏醒，她的魔气确实能毁灭整个人类世界。事实上，她的魔气已经开始蔓延了。”

“在哪儿？”

兰斯指了指窗外，“忘记今年最热门的话题了吗？雾霾。”

闻言，慕慕惊到说不出话，她咂吧咂吧嘴，正欲再说什么，就见兰斯眺望窗外道：“现在，她因为体力还没有完全恢复，只是和咱们小打小闹一番，可一旦等她真正恢复过来，后果不堪设想！所以，必须在那之前销毁女丑。”

慕慕咬住下唇，愣怔间竟不知该如何回应他。任毒舌要销毁女丑不为过，毕竟他们是人类，可兰斯呢？身为妖魔为什么要帮他们？当年兰斯老爸抢女丑画也是想要毁灭整个人类世界吧？

为了人类，他居然背叛了整个家族……

像是看透了慕慕的心思，兰斯咧嘴道：“毋庸置疑，人类就是病毒，繁衍快、破坏强、还自以为是，但不得不承认，人类很聪明，只花了区区几百年时间就已研发出许多魔法做不到的科技产品，现在甚至开始构思移植外太空。所以，我从来都不赞同卡尔这样的激进派，且不说女丑的魔气会不会也伤害妖魔，就算杀死所有人类，这个地球也未必能苟延残喘。”

一席话，说得慕慕瞠目结舌，对兰斯的敬仰之情简直犹如滔滔江水连绵不绝，你们说说，一个人他怎么能——不要脸到这个地步！撒起谎来简直就是一套一套的，连眼皮都不眨一下。

不过事实证明，一物降一物，兰斯这些慷慨大义的话骗骗别人还行，骗慕慕——那是绝对不可能的。

慕慕叉着腰，冷哼道：“以上这些理由，我都相信，但绝对不是最重要的原因吧？”开玩笑，他家园长大人怎么可能这么充满爱心想学超人拯救世界？要有这时间，他早多想两条奸计坑钱了好吗？

慕慕掏了掏耳朵，撇嘴，“说吧，最重要的理由是什么？”

兰斯默了默，终讪讪承认，“我百分之四十的资金都投在股票和债券里，还有一些在房地产业和矿业。”

言下之意，人类世界要是毁灭了，我就彻底玩儿完了。

看吧看吧，慕慕摊手，她就知道是这样。不过——

“怎么突然想起跟我说这些了？”之前许多次，每次提及兰斯等人来A国的原因、卡恩寻找的东西，他都讳莫如深，现在突然和盘托出，反而让人有点不安。

兰斯摸了摸慕慕的头，眼神难能可贵地柔了下来，“你是我老婆，这些事迟早要告诉你的。”

听见“老婆”这个称谓，慕慕脸突然红了，别过头害羞道：“谁是你老婆啊，别乱喊！”

兰斯弯眼，故意盯着小家伙看，“嗯？不是吗？那昨晚是谁在床上喊我老——”

“闭嘴！”眼见着兰斯要将昨晚的事说出口，慕慕跳脚道：“你故事讲完了吧？讲完我做饭去了！”

话毕，就一溜烟儿钻进了厨房。

兰斯见小家伙面红耳赤的模样只觉赏心悦目，嘴角微微勾起，这才看向茶几上的纸条。刚才……小家伙说让他把什么签了来着？念及此，兰斯拾起茶几上的纸条一看，顿时脸黑黑要杀人。只见纸条上赫然写着——

兹有兰斯·莱尔斯因困境暂住慕慕家中，现特向慕慕赊账20346.25元。赊账明细如下（单位：元）：

住宿费：2000

水电气费：600

餐饮费：1000

男士西装一套：300

……

兰斯越往下看越青筋暴露，前一秒小家伙还娇羞如水，可下一秒居然就开出单子和他明算账！而且当时他不是指明了要某大牌的纯手工西装吗？这三百的破衣服到底是从哪儿淘来的？！

“慕慕！！！！”

客厅里传来震天吼，慕慕却一边擀面一边佯装听不见地甩了甩耳朵，嗯哼~凶个啥！自己会诈钱，不也是跟着兰斯你学的嘛。

Chapter 29

组队打BOSS

因为“被算账”，兰斯一整天都处于低气压中，晚上早早就躺下睡了。这头慕慕只当看不见，该洗澡洗澡，该玩电脑玩电脑，一直折腾到晚上十一点，才磨磨蹭蹭地上床。

谁料刚掀了个被角，本来背对自己的人就是一翻，转过身来定定凝视着她。一双褐眸在光线不明的卧室里闪闪发亮，颇有要吃人的架势。

慕慕权当没注意，躺下就闭好眼。那头见慕慕把自己当空气，终忍不住道：“签赊账单是怎么回事？”

问个话还这么拽!

慕慕翻了个身，心里直哼哼：废话！你在别人家白吃白喝不给钱啊！虽然两万多的账单是有点坑，但慕慕手上的积蓄的确已经花得差不多了。一边想着，突然，一道紫光倏地晃了过来。

慕慕眨了眨眼，这才看清原来是串项链。链子末端坠着块紫水晶，正兀自在黑夜里散发着温润的幽光。水晶边缘则镶嵌着一小圈钻石，款式简洁大方，更衬得紫水晶清亮夺目。

慕慕咦了声，将水晶握在手里摩挲一番，眉眼徐徐展开。虽然不太懂水晶，但既然是从兰斯手里出来的，那铁定价值不菲。

"给我的？"

"嗯，"兰斯从后面环住慕慕，声音柔得几乎化出水来，"喜欢吗？"

慕慕哼哼一声算作应答，转了转眼珠又道："你的意思是，拿这个抵债？啊喂，这个东西如果当出去能值多少钱？"

话毕，身后陡然没了声响。

感觉到背后传来一阵接一阵的寒气，慕慕扭头就见兰斯面罩冰霜，噌噌磨牙道："这是我母亲留给我唯一的遗物！"

慕慕手一抖，差点把未来婆婆的唯一遗物扔出去。她心心念念都还沉浸在小心思中，谁知道兰斯会突然把这么重要的东西拿出来嘛！慕慕委屈，正盘算着怎么挽回，旁边兰斯又舒出口气，摸了摸慕慕的头，轻道："算了……项链你好好拿着，不许卖掉！"

见兰斯厉眼扫过来，慕慕撇嘴，屁话！她又不是白痴，就是卖血也不可能把兰斯亡母留下的遗物轻易拿出去卖掉啊。不过怎么这货忽然就想到把如此珍贵的东西给她了？

想到这儿，慕慕抬头正欲开口，兰斯的身体就已压了过来，一面解慕慕的扣子一面道："至于赊的账，以后一定还你。现在……先给你点利息。"

"浑蛋……"

一室旖旎。

待到月上树梢，屋内才渐渐停止打斗声。听见慕慕的呼吸慢慢变得平缓，兰斯这才依依不舍地在小家伙的额头印上轻轻一吻。起身、穿衣、出卧室——

虽然早已下定决心，但临到门口时兰斯还是忍不住脚步一滞，咬了咬牙，这才狠下心来没回头。掩门的瞬间，听见锁扣轻轻的咔嗒一声响，兰斯顿觉胸口阵阵抽痛，心里好似破了洞，风不断地往里灌。空落落的，又酸又涩。

兰斯深呼口气，极目远眺：不该贪心的，这些时日本就是他偷来的，现在……一切都是时候结束了。

他又朝卧室看了一眼，抿唇翻出茶几底下的纸笔，刷刷写下自己在各大银行的账号和密码，以及其他不动产、动产的具体情况。写罢，兰斯笔头一顿，正思忖要给慕慕留些什么话，只听啪的一声，灯光大亮。

面对突如其来的亮光，兰斯下意识地以手掩面，星眸一转，就见慕慕披着件外衣已悠悠踱步出来，想要藏起手上的纸已来不及。慕慕过来一把就扯过他手上的纸，瞅了瞅，面无表情。

“想一走了之？”

兰斯抿唇，没有言语。

慕慕在他面前晃了晃那张纸，“这是给我的报酬？”

兰斯拧眉，“胡说什——”

啪的一声，不等兰斯说罢，慕慕就将那张纸重重拍在桌上，青筋暴露地道：“老娘就只值这点钱吗？”

兰斯一噎，顿时不知该如何言语。小家伙，你真的清楚这些资产加起来的数量吗？而且你的关注点完全错了好吗……一般这种时候，女人该纠结的点都不在钱上好吗？

谁料慕慕转身，摆出泼妇的架势，指着兰斯的鼻子就道：“我告诉你，兰斯·莱尔斯，这些钱不够！远远不够！就算真要补偿我，你也至少得再努力赚上八十年，等我死了，你爱去哪儿就去哪儿！”

兰斯愣怔，刹那间，心口又开始阵阵抽痛。

“慕慕……”

慕慕摇头，默默截住兰斯的话。其实，真的不用再说什么，一天之内，又是告诉她女丑的来龙去脉又是送母亲遗物，就是再白痴的人也看出不对劲了好吗？

再者，其实慕慕从一开始就怀疑兰斯了。大战在即，小伙伴们去找女丑的找女丑，做饵引诱敌人的引诱敌人，作为首领，兰斯怎么可能真的坐在家里等？唯一的可能性就是他在备战。

“你的对手是卡尔，我猜对了吗？”

兰斯眼眸深邃，盯着慕慕还是不言语。

慕慕道：“兰斯，我对你就一个要求——不许丢下我。你去哪儿我就跟去哪儿。”

兰斯目光沉沉，看不出什么表情。慕慕咬唇，将下午已经编好的话又在肚子里酝酿了一遍，掰着手指头道：“呐，你看，现在我已经今非昔比，不仅可以和你连接傀儡线，还可以用法术攻击敌人，绝对绝对不是‘猪一样的队友’。而且我还装了义膝，现在的速度虽说比不上你，但闪躲避退敌人是绰绰有余的。还有还有……你就真的放心我一个人在家？霉神事件、木偶人事件你都忘了吗？事实证明，每次你和我哥越是不想我卷入事端，我就越是容易卷进去，这样一来……还是把我带在身边更安全吧？”

前面的话，兰斯还一直气定神闲地听着，直到最后一句，兰斯瞳孔骤缩，显然是被动摇了。

哦哦哦，等的就是这个时候！

慕慕见状乘胜追击，耍赖道：“反正你自己选，要么我跟着你，要么你走了我自己去！”

雾霾笼罩。

偏僻的狭隘小巷里，慕慕与兰斯并肩行着。来的路上，兰斯已向她和盘托出：卡尔生性多疑，他们那点调虎离山的小伎俩未必能骗到他，加之兰斯与卡尔之间的恩恩怨怨，兰斯揣测，卡尔到A国后不会立马前往寻找女丑，反倒会来寻觅自己。之前符灵帮忙放出的假兰斯或许骗骗花怪们还行，但卡尔——绝对不行。

慕慕一面观察着地形，一面轻声问：“你确定卡尔在这儿？”

兰斯用鼻音嗯了声，微微眯眼，“我的替身就在这附近，我能感觉到。不过很奇怪，我们刚才进来时，入口处还有很多花怪守护，这里却——”话未毕，兰斯脚下就猛地一顿，慕慕本跟在他身后，一个反应不过来，砰地撞在了他的背上。

“哎哟”叫出声，慕慕摸着鼻子正要开骂，就见兰斯浑身紧绷，背亦挺得笔直。见此情景，慕慕心骤然一凛，微微侧目，果然见两人前方站了个人——

黑西装、黑发、黑皮靴、金丝框眼镜和白手套，出乎意料的，卡尔竟是个异常俊美的儒雅男子，身材高挑，五官俊美，即使慕慕这样对外貌不感冒的人一时竟也看呆了眼。

什么第一美男兰斯，在他面前完全就是个渣渣好吗？

看外表，卡尔四十出头，自有一番成熟男人的稳重和内敛，这样漂亮而自带装备出场的温柔大叔，直击少女心什么的简直一射一个准。霎时，慕慕的小心脏扑通扑通直跳，就差拍照了。

某人见状，颇为不满地轻咳一声，慕慕这才拉回神思来——低头悔过。真的不怪她好吗？爱美之心人皆有之，再说，她一直以为大BOSS是浑身长满蛆虫、凶神恶煞那种，现在见到这样的"糖衣炮弹"……小小惊讶下也不为过吧？

这头，"糖衣炮弹"见到兰斯和慕慕亦没有半点讶然，反倒勾了勾唇，优雅地朝慕慕鞠了躬，"初次见面，久仰大名。"

慕慕愣然，这是什么情况？

兰斯将慕慕往自己身后拉了拉，沉声道："卡尔，你要找的人是我，对手也是我。"

卡尔闻言微微歪头，笑容清爽，"哦？我说过会对慕慕小姐动手吗？你大概误会了。"卡尔稍向前进一步，"慕慕小姐日后将成为莱尔斯家族的第一夫人，我怎么会舍得对她动手？请您一定不要误会，我只是想向您表达最真挚的敬意，以及——恕我冒昧地问一句，慕慕小姐是否已经成功受孕？"

慕慕望天再望天，确定自己真的真的没听错后，忍不住再次开启吐槽模式：这个卡尔到底是什么脑回体，哪个大BOSS在开打前会询问敌人是否成功受孕？还有，他是怎么知道的，难道这些天他一直都在偷窥自己和兰斯……

想到最后，慕慕满脸充血，已说不出半个字来。

见慕慕羞得耳朵都红了，卡尔彬彬有礼道："请不要进行奇怪的脑补，之所以这样问，并没有半点亵渎的意思。全都是因为挚友卡恩只有兰斯这么一个孩子，如果在他死前不能留下血脉的话，只怕我死后无颜再去找卡恩喝酒！"

卡尔语气轻松自然，但慕慕听得却是一阵阵心惊，他这话的意思是——

兰斯冷冷地说道："谁死还未可知。"

“呵，卡恩你在天上好好看着，我是如何替你收拾这个背叛家族、背叛你的不孝子的！”

战事一触即发，两人各峙一方，刹那间周遭的空气亦微微凝结。慕慕立于一旁，连大气都不敢出，只直直瞪眼盯着两人。正思忖谁会先动手，慕慕就听刺的一声响，眨了眨眼，再眨了眨眼，呆在原地彻底风中凌乱了。

这头，兰斯显然也始料未及，脸色铁青地直视前方，而卡尔站立的地方早已空空如也。

所谓的终极大BOSS居然在开打前，脚底抹油溜了……

卡尔这么一逃，两人皆愕然不知所措。顿了顿，兰斯才如箭般射了出去，慕慕恍悟，亦紧随其后。

可是，对方早有备而来，又杀了两人措手不及，现在追出去哪儿还有半点踪影？两人沿着狭窄的巷子迅速追出去，却连卡尔的衣角都没摸到半分。阴沉沉的寒夜，残月犹抱琵琶半遮面地映照着巷子，在地上、墙面留下或明或暗的影子，使得原本就沉寂的小巷又添了三分诡谲。

慕慕与兰斯背对着背，正思忖提醒他谨慎，就听远处传来一阵急促的脚步声。慕慕咬牙，握紧手上的匕首，全神贯注地盯着声音来源处，只听那脚步声又杂又乱，也不知对方是强是弱。

慕慕一面踌躇，一面神经紧绷，可谁料待那人走到他们跟前，慕慕却是一愣，神经嘣的一下——断开了。

“奶妈鱼？”慕慕怪叫。这头，兰斯亦略微疑惑地盯着夏洛尔。

夏洛尔不管两人的诧异，抚胸喘匀气息便道：“兰斯，之行、薇薇他们失踪了！”

“什么？”慕慕惊呼，来不及细问，目光如炬的白淮就叼着个人过来了。将那人狠狠摔在地上，白淮朝他龇了龇牙，又将厚重的爪子拍在其身上。

那人神情恍惚，骇得噤若寒蝉，一张漂亮脸蛋更是哭得梨花带雨，不是卡尔又是谁？慕慕彻底无语了，这到底算哪门子BOSS啊？之前还跩兮兮地说要弄死兰斯，结果掉头就跑，简直就是BOSS界的一大奇葩！

兰斯面色如雪，“这不是卡尔。”

白淮恢复人身，点头道：“嗯，是卡尔常年养在身边的替身。也怪这小子运气不好，出巷口刚好被我和夏洛尔逮了个正着。”

兰斯拧眉，抬眸盯着夏洛尔道：“你刚才说失踪是怎么回事？”

夏洛尔摇了摇头，“我也不知道……我们忽然就断了联系。最后一次联系时，他们已经进山。”

兰斯默了默，神色阴厉到已无法用“难看”来形容，褐眸一转，他便看向身下的卡尔替身。替身见状，下意识地抖了抖，连哭都忘了，缩着脑袋道：“我、我什么都不知道，真的！卡尔大人只是叫我在这里等你，见到你就跑……我、我真的只知道这么多。求你们别杀我，我、我、我就一小妖，根本就没有威胁，卡尔大人一直留着我，也是因为我的模仿能力强。求你们了，呜呜呜……”

“闭嘴！”慕慕听见断断续续的哭声直喊头疼，正盘算着要不要给对方嘴里塞条毛巾，兰斯就幽幽道：“调虎离山。”

“什么？”

慕慕转了转眼珠，思索道：“你是说……卡尔根本就没有中你们的计？看穿你们的计谋后，反倒将计就计假装被骗而拖延时间？那他现在在——”

话至此，慕慕噤声。局势已明明白白，还有什么好说的？

兰斯极目眺望，默了默，终咬牙道：“我们现在就去淮市，要快！”

当夜，一行四人就前往淮市。到达目的地后，他们随便找了家小饭馆稍事休息就又马不停蹄地赶往不青山。一见他们打听不青山，饭馆老板娘立马警惕起来，支吾一番，这才八卦开，什么山上有吃人的雪女啊，附近经常发生失踪案啊，山上常年下雪不见天日啦……反正怎么玄乎怎么说，又死活拉着慕慕劝慰，让他们别上山，还说上山就算能回来的人，也没有好下场。

对于老板娘苦口婆心的劝解，慕慕无言以对，只能朝她感激地傻笑。

不青山，顾名思义乃不毛之山，据当地人讲，这座小山原本青葱翠绿，可从几百年前开始就突然变得诡异起来——山上的花草树木在一夜之间通通死光，幸免于难的动物们也纷纷逃下山来。没几天，没啥海拔的小山坡又纷纷扬扬地下起雪来，将这座已秃了顶的小山盖成了座雪山。自此之后，这里就一直白雪皑皑，即使炎炎夏日也从不曾见山上的雪化半分。

山下老百姓无不称奇，将这座没名儿的山唤作“不青”，慢慢的，“不青山”的名字就传开了。也有大胆的人上山探寻，可无一例外，进山的人要么从此销声匿迹，要么回来后变得疯疯癫癫。当地人见状怕了，只当山上住着雪女不能侵犯，干脆闭口不提山上的事。后来，当地政府也以“山上时常雪崩”为由封了山。

因为封山，众人只得从小道绕上山。一到山脚，慕慕就觉寒气逼人，雪风呼啸，直从脚底往身上灌。加之周遭也没棵树木或土坎能借借力，众人行走起来异常艰难。

爬了一个多小时，走在最前面的白淮忽然停下。慕慕以为白淮大叔是因为自己才停下来的，喘了口气道：“怎么不走了？我没事，继续继续。你们停下来，待会儿我反倒更不想走了。”

“不是因为你，”兰斯拉住慕慕，示意她往前看，“没路了。”

慕慕抬头，果然见前方茫茫一片，雪雾弥漫，别说路了，就连方向都无法辨别。夏洛尔本来就因为瑶薇失踪着急，现在见此情景恼得直跳脚，“怎么会这样？！”

兰斯紧抿唇瓣，顿了顿，微眯眼眸道：“是女丑。”

慕慕讶然，“你是说，这些雪啊雾的不是卡尔搞的鬼，是女丑？”

兰斯淡淡嗯了声，像是想起什么一般眉头一敛，“如果我猜得没错的话，卡尔虽然识破了我们的计谋，跟着之行他们找到了这里，但还没有找到女丑。我们还有时间！”

话毕，兰斯转头又道：“老白，你和夏洛尔往左，我和慕慕往右，时间紧迫，一旦找到女丑就立马动手！”

闻言，白淮和夏洛尔异口同声道好，刹那间，四人便往左右两个方向奔去。

雪舞雾朦。

慕慕跟着兰斯走上一小会儿就已气喘吁吁，浑身上下似乎挂满了消极状态：疲惫、虚弱、减速……被兰斯牵着的手也渐渐失去了知觉，双脚更如灌铅般沉重，每走一步都异常艰难。

身体上的劳累还是好的，最让慕慕难受的是，四周除了白茫茫还是白茫茫。人行走其中，看不到前路，望不了归途，就连身边的人都看不清，心里的恐慌和无助一点点蔓延，只觉越走越头皮发麻。

可这些，慕慕一个字都没说。

咬着牙，慕慕不断鼓励自己：慕慕，坚持！再坚持！是她自己死乞白赖要跟着来的，如果现在还喊苦叫累，那就真的是猪一样的队友了。更何况，她哥、苻灵和瑶薇还生死未卜，如果现在还停下来休息，指不定下一秒会发生什么。

慕慕正胡思乱想，兰斯的声音就从头顶传来，“冷不冷？”

慕慕下意识抬头，却只见晶莹的雪花纷纷落下来，除此之外还是什么都看不见。

该死！这种感觉实在是太该死了！

慕慕咬咬牙，有些赌气道：“都说我没事了！继续走！”

兰斯没动，半晌才沉沉道：“你需要休息。”

听了这话，慕慕只觉一团火噌地冲上头顶，有个声音不断在耳边回响，“慕慕你怎么敢这么没用！怎么敢这么弱！”

胸口一阵苦涩，慕慕说不出到底是生兰斯的气还是生自己的气，甩开他的手就往前跑，“你不走我走！”

“慕慕——”不等兰斯追来，慕慕就身形一矮，突然直直摔了下去。原来，他们所站之地竟是一片斜坡，慕慕这么一摔，连滚了十来圈才在一块平地上停下来。她翻身爬起，脑子阵阵发蒙，一阵晕眩过后才觉有什么湿湿的东西滑过脸庞。

慕慕伸手一摸，是血，刚才脸被划破了。

“慕慕！”

不远处，传来兰斯焦急的呼唤。慕慕闻声顿时后悔，不该对他发脾气的，于是清了清嗓子道："园长，我在这儿。"

"待着别动，等我过来！"

"好。"几乎是落下音的瞬间，一只纤细白皙的手就从雪雾里伸了进来。见状，刚才还因雾气看不见兰斯而焦躁不安的慕慕瞬间镇定下来，乖巧地牵住对方的手，起身就道："园长，刚才对不起，我——"

话说到一半，慕慕就兀自噤了声。

不对劲！起身后的自己竟挨到了兰斯的肩头，可明明……自己的个头只到兰斯的胸口。而且，隔着浓浓白雾，慕慕能隐隐约约地看到对方穿着浅灰色的羊绒大衣，但兰斯今天明明穿的是白色的羽绒服！

"你……"

慕慕情不自禁地往后退步，可那人却先一步凑了过来，于是，慕慕就见一张俊美若神的面容缓缓穿越雾气出现在自己跟前。

没有金丝眼镜，可毋庸置疑这就是之前她见过的——

"卡尔！"

听见这名字，男人轻薄的嘴唇漾出丝笑来，可那笑容却比这雪还要冷。慕慕忍不住颤了颤，就听对方一字一句道："品位真不是一般差。"

"品位真不是一般差。"听到这话，慕慕稍顿片刻，才反应过来卡尔是在骂自己。

"你——"还没说完，腰间一沉，慕慕就被及时赶来的兰斯横抱到了一旁。卡尔见状，半点追过来的意思都没有，反倒一本正经道："模样差、脾气差、战斗力差，这些都不要紧，可面对长辈竟还出言不敬，兰斯，这已经不是审美品位重口不重口的问题了——是嗜好变态。"

闻言，慕慕愣了愣，这才嚎出声，"你在说谁？说谁！兰斯你快放开我！"慕慕一面踹打兰斯，一面眼冒火光地盯着声音来源处，理智早被狗啃了个精光。

这谁啊？凭什么一副恶婆婆嘴脸地评价她？还有，你才嗜好变态！你全家都嗜好变态！

这头，卡尔像是根本没听见慕慕的反抗，叹息一声，总结，“这样的雌性动物根本不配入莱尔斯家族。”

好嘛，现在她连人都算不上了，雌性动物……你咋不说单细胞生物呢？慕慕恨不能一口唾沫直喷对方脸上，啊呸！谁想入你们莱尔斯家族？别自作多情了好吗？

慕慕气运丹田，正准备反诘，就听旁边兰斯幽幽道：“她当然不会入莱尔斯家族，那个地方和我没有半点关系。”

闻言，慕慕心情瞬间好了一大半，眨眼正想再说什么，就觉一股寒气直逼过来。

“小心！”话音落下的同时，慕慕已被推开。她浑浑噩噩地再爬起来，就听前方传来奇怪的声响，叮叮咚咚，听不出到底是什么。奈何视线受阻，她望了半天连两人的身影都找不到。

可听这声，是已经打起来了吗？

慕慕屏住呼吸，想要呼唤兰斯又怕他分心，可如果不出声又担心对方。正左右为难，慕慕就听唔的一声闷响，心骤然拎紧，听这声——像是兰斯！

慕慕猛地站起来，想要上前察看，却连兰斯在哪个方向都辨不清。

此刻，卡尔低沉的男声反倒率先响起，依旧冰若寒霜，拒人于千里之外。

“没用的，即使是你父亲在世，也不是我的对手。你虽然基础不错，但终究没有半分胜算，再加上你还受了伤。这么斗下去，是想将几百年的修为都搭在这里吗？”

听见这话，慕慕胸口咯噔一声，一颗心不断往下陷落。卡尔和兰斯都是英国人，可此时此刻，卡尔却故意操着浓浓的外国腔用本国语言和兰斯交流。为什么？这话是故意说给她听的吗？

兰斯没有搭腔，卡尔不紧不慢又道：“一百年，我纵容了你一百年，还不够？你还要胡闹到什么时候？现在，我再给你最后一次机会——”

兰斯呵呵笑，“卡尔，你要我说多少次才明白……我不是赌气，也不是一时冲动，在我逃出伦敦之时，就已经清楚自己在做什么。我所做的决定没有包含任何个人情绪。人类不能被毁灭，虽然他们的确破坏了环境，但不可否认，他们的科技和智慧在我们之上，只有借助人类的技术才能……”

“闭嘴！”不等兰斯说罢，慕慕就听砰的一声，紧接着又传来一声兰斯的闷哼。

“园长！”慕慕闻声急得直跳脚，偏偏一点忙都帮不上。正如热锅上的蚂蚁急得团团转，慕慕灵光一闪，黑眸忽然亮了起来。

这头，卡尔已被层层寒气笼罩，浑身上下都散发着骇人的戾气。他一步步逼近兰斯，望着那张熟悉到不能再熟悉的面孔，痛心疾首，“兰斯，即使你有一千个、一万个理由也不该背叛妖魔，背叛你父亲！你让卡恩蒙羞，让整个莱尔斯家族蒙羞。”

兰斯啐了口血，捂胸笑开，“对，就是这个样子。你的本来面目就是自私又冷血，偏执到从不肯听别人半句劝慰，既然如此……你又何必惺惺作态？纵容我一百年，呵，你派人刺杀我的次数还少吗？现在迟迟不下手也是因为还没找到女丑，想让我帮忙吧？”

话毕，四周忽然陷入了难耐的寂静。风呼呼啸着，刮在脸上犹如刀割般疼。兰斯微微眯眼，万分警惕地环视四周，揣测着卡尔可能从哪个方向攻进来，而与此同时，他假意抚胸的手掌里也已蓄满灵力，只待猎物上钩一击即中——

轰轰轰！

兰斯正念想，左方就忽然窜出三个火球来，火球犹如长龙般连成一串，在空中飞舞盘旋，霎时四周雪雾消散，兰斯定睛一看，只见卡尔恰好站在自己正前方几米远的地方，表情微微错愕，显然这些火球并非他所为。

不是卡尔，也不是自己，难道——

“天地乾坤，万物有灵，上为君火；中为臣火；下为民火，不离不定，不定不离，去！”兰斯顿悟之前，一个清灵的声音蓦地闯了进来，伴随着那声咒令，三个火球猛然冲向卡尔。卡尔站在原地一动不动，但面上已难看到了极致。兰斯见状，心猛地被拎起，说时迟那时快，不等兰斯爬起来，三个火球已怒吼着扑向卡尔，但意外的是，三昧真火只击散了些白雾，而刚才还站在那儿的卡尔却没了身影。

兰斯大震，翻身起来就见身前的云雾一点点如烟般散开，现出后面的境况来——

雪白一片中，卡尔正神色冷漠地掐着慕慕脖子，小家伙因无法呼吸而涨得满面通红，双手亦死死扒着卡尔的手臂。见兰斯看清这边的状况，卡尔眼神又冷下三分，晦暗的声音犹如刚从修罗地狱归来。

“不自量力，区区人类竟想挑战我？”话是说给慕慕听的，但他却一直盯着兰斯——一动不动。

说话间，他掐在慕慕脖子上的力度又加重了些，这次慕慕没有挣扎咳嗽，双臂反倒无力地垂了下来。

“放开她！”兰斯声音战栗，面色如雪。他从来不知道，原来自己还有这么害怕的一刻，这种恐惧，即便在慕慕被克莱·安蒙拐去时也不曾有过。因为他知道，克莱·安蒙拐走慕慕是为了威胁自己，他不会轻易杀死她，可卡尔不同……他从不为任何人、任何情感所动，掐死慕慕就犹如碾死一只蚂蚁般轻松自然。

所以现在，他是真的想要慕慕的命！散开云雾不过是想让自己看着他杀人！

“你在发抖。”卡尔缓缓回过头来，但手上的力道却仍旧在一点点加重，“多么可笑，卡恩的儿子竟然为了一个人类女人在发抖。兰斯，你辜负了你的父亲。”

兰斯原本已急到发疯，可听了这话却又蓦地笑开，冷冷望向卡尔，昂头，“我辜负了他？不……卡尔你永远不会明白，真正辜负他心意的人——是你。”

卡尔愣怔，“我？荒谬！我怎会辜负你的父亲！我们一直都在为同一个目标奋斗。”

“是吗？”兰斯抬眸，这种时候反倒慢慢镇定下来，“卡尔，你确定你们一直都在为同一个目标奋斗吗？”

卡尔眼眸微眯，声音恻恻，“你想说什么？”

兰斯抿了抿唇，终道："卡尔，你不是一直都不明白我为什么要背叛你帮助人类吗？我现在就明明白白地告诉你，除了我刚才跟你说的那些原因，其实还有个更重要的因素——"

说到这儿，兰斯故意停下，霎时只听风雪如泣，兰斯默了默，这才一字一句道："是卡恩。"

卡尔双唇微动，没有言语。

"是卡恩·莱尔斯，我的父亲要求我这么做的。"

"你胡说！"话一出口，卡尔的情绪就激动起来。

兰斯将双手插进裤兜，接着道："这种时候你觉得我还有必要胡说吗？早在几百年前，你发誓要毁灭所有人类时，卡恩就已决定与你分道扬镳。"

"不……不可能……"兜转间，卡尔的眼眸已化作妖艳的红色，手臂上也已现出蜿蜒攀爬的枝条——这是他动怒的前兆。兰斯面不改色地看着这一幕，这样的卡尔，在一百年前他也见过。那时，卡尔发现他竟私下帮助人类，想方设法地破坏自己的计划，盛怒之下使其重伤。

自己不过是那人的孩子，因其背叛他都能激动如斯，现在……明白所有真相，卡尔又将如何愤怒？

兰斯微微咧了咧嘴，娓娓道："卡恩比谁都清楚你的秉性，他知道，劝你放弃摧毁人类的计划根本没有用。表面上和你吵翻说不定只会加速你的疯狂，所以他才暗中行动，让我和他里应外合……

"卡尔，背叛你的人从来都不是我，是你的挚友——卡恩。"

团团迷雾在刹那间便被黑色戾气所替代，卡尔扔开慕慕，一步一步地靠近兰斯。

"告诉我，你在骗我……"

"不，骗你的人是我父亲。"

"你个骗子……"

"还不信吗？"兰斯挑眉，摊开手掌幻化出一个五光十色的魔法球来，"你不是一直都想要卡恩最后的记忆吗？你自己拿去好好看看，最后他到底是怎么死的。"

卡尔见状，脚步骤顿，定在半途不再前进。兰斯知道他疑有诈，默念咒语使那魔法球开始缓缓蕴化。水光四散，一些绚丽夺目的画面出现在半空中。见卡尔注意力被转移，兰斯这才又道："你自己看看，他死前想要销毁女丑画，正是因此才遭到了女丑的袭击。"

卡尔望着画面里卡恩死前的模样，久久无法平静，胸口剧烈起伏着，喃喃自语道："卡恩，为什么……为什么！为什么连你都要背叛我……"

正言说间，站在卡尔身侧的人却是猛地一跃，卡尔眨了眨眼，回眸看向身后——兰斯和慕慕都已没了踪影。

卡尔叹息一声，疲惫闭眼，"卡恩……"

Chapter 30

决战

两人也不知跑了多久，直到精疲力竭才停了下来。

因为之前被卡尔掐过，一停下来慕慕就狂咳不止，好不容易喘匀气，才幽幽地看向兰斯。兰斯帮着慕慕拍背，见其欲言又止的模样拍了拍对方的头，莞尔，“不用太担心，这一路上我设了很多假线索，他不会太快追来。”

“不是这个，”慕慕喃喃，“刚才你说卡恩……”

闻言，兰斯拍背的手一顿，垂下眼眸淡淡嗯了声，娓娓道：“是真的。”

简简单单三个字，惊得慕慕说不出话来。原本她还一直困惑，就算兰斯再喜欢钱，也没必要付出背叛家族这么大的代价吧？现在她才明白，原来内有乾坤。

兰斯道：“其实当年卡尔提出要毁灭人类时，妖魔界本就分为支持派和反对派两派，只可惜卡尔一意孤行，甚至利用人偶师对反对派赶尽杀绝。”

“你是说，当年卡尔怂恿人偶师攻击妖魔，其实是想借刀杀人？”慕慕微微愣怔，少时又像想起什么地叫了起来，“那就更不对了啊……既然他是借机铲除敌人，那你和你家人又怎么也会被人偶师盯上？卡尔和你父亲不是挚友吗？”

兰斯静默半晌，“因为那会儿，卡恩是反对派的人。”

话毕，兰斯勾唇，“这就是卡尔冷血的地方，为了达到目的，甚至可以不择手段。再说，变成傀儡人的又不是卡恩，对他而言也没什么损害。就是因为这样，卡恩才明白无论如何也阻止不了卡尔，只能假意顺从他，暗中进行计划。

“因为卡恩一直留在卡尔身边，不方便行动，所以很多事情都是我和夏洛尔在执行。卡恩失踪后没多久，我的行迹也暴露了，作为奸细，我被莱尔斯家族除名。也就是从那个时候开始，众妖魔开始对我进行追击，就连我的恩师都不肯放过我……”

话至此，兰斯微微眯起眼眸，虽然面上古井无波，但慕慕能够想象他此刻的心情。慕慕牵住兰斯的手，咬唇，“都过去了。”

兰斯朝慕慕眨眨眼，示意自己没事。

“那我们现在该往哪儿走？”慕慕扭头，正想说什么却又蓦地一震。这头，兰斯亦察觉到她的变化，拧眉正要开口就听慕慕大叫：“你看——”

兰斯顺着慕慕手指的方向望了望，除了团团雾气还是雾气，根本什么都没有。

“慕慕你——”

“哥！”不等兰斯说罢，慕慕就已朝前边奔去。

任之行？

兰斯眸色微敛，往前方又看了看，还是什么都没有。思忖间，兰斯心头骤然一凛，不等神思反应，脚已先一步奔了出去。

陷阱！

这两个字瞬间出现在兰斯脑海中，这么大的风雪，加上女丑的煞气，就算真是任之行，慕慕也不可能看得见人影。难道是卡尔？他已经追上来了？

“慕慕！”念及此，兰斯慌忙出声，可不等他出口警示，慕慕已然停了下来。兰斯迅速跑到慕慕跟前，从头到尾将人打量一遍，确定她没事这才长长舒口气。

这边，慕慕却眼眸清亮地凝视着前方，道："哥？是你吗？"

兰斯咬牙，拽紧慕慕的手道："慕慕，回神！这么大的风雪你怎么可能看到之……"

话未毕，前方突然闪烁出一道柔和的光芒，如水墨画般，咫尺间，雪雾便以肉眼可见的速度缓缓散开，白光闪耀处悠悠飘出一个小纸人来。纸片在空中晃了晃，直落到慕慕手上，慕慕定睛一看，面色煞白。

"是苻灵……我能感觉得到，这不是陷阱……兰斯……苻灵的气息我熟悉，不会有错……"

闻言，兰斯亦目光微沉。式神与主人形影不离，除非得主人命令不会单独行动，苻灵是和瑶薇、任之行一同进山的，可现在为什么又会在这儿？

显然，慕慕也想到了同样的问题，颤着唇道："难道我哥——"

话说到一半，小纸人就又摇摇晃晃地飞了起来，在空中转了两圈慢慢飘向远方。见状，兰斯和慕慕对视一眼，咬牙，"跟着它！"

两人跟着苻灵走了大半个小时，苻灵才在一片雪地上停驻。慕慕环视四周，又用三昧真火打散周遭的雪雾，可仍旧没有半点发现。这里和其他地方根本没有区别，都是白茫茫一片，到哪儿去找任之行和瑶薇？

慕慕急得直跺脚，趴在雪地上对小纸人就喊："苻灵，我哥到底在哪儿？都这种时候了，你还玩儿什么神秘，你不是能化人吗？你倒是出来啊！"

小纸人躺在雪地里没有动弹，慕慕又对着他嚷嚷了半天，只觉膝盖已被冻得没了知觉，可苻灵还是没有现身。见状，慕慕的脸一点点失去血色。恰在这时，一阵风刮来，小纸人随风微扬，吹出两三米又缓缓落下。

慕慕难以置信地睁大眼睛，"苻灵……"就连她自己都能听出声音中浓浓的哭腔，可是……不不，不能哭，一定不是自己想的那样。慕慕咬牙，正想再呼唤苻灵，那头兰斯已默默捡起小纸人揣进兜里，拉起慕慕这才沉声道："慕慕，别这样。你已经感觉到了不是吗？这纸上……已经不剩半点灵力了。"

"式，侍也。是以式神亦称侍神矣，乃主人精气而成，以纸为载体……"刹那间，苻灵的脸就浮现在慕慕眼前。想起他一板一眼跟自己解释式神的样子，他羞红脸抗议和逐辰住在一个锦囊里的样子，他默默在“花不语”里打理花草的样子……慕慕的眼底就情不自禁地起了一层雾。

闭上眼睛，慕慕任由温热的液体滴落下来。没道理的，真的没道理，都已经到最后了，怎么可能还有人……不是说好一起组队打终极BOSS的吗？副本都进了怎么可以临阵脱逃！而且最重要的是，他是任之行的本体式神啊，与主人的性命几乎是连为一体的，现在他没了，那任之行——

“不可能的，我不信！”慕慕一面垂泪，一面握拳重重砸在地上，却听雪地里发出砰的一声闷响。这声一出，兰斯和慕慕都猛地怔住，能发出这种闷响声一般都是因为——

“这下面是空的！”

兰斯闻言霍然抬头，果断地说了一个字：“挖！”

两人三下五除二就挖开地面上的雪。原来，雪地下面竟是一个山穴。兰斯点了打火机便与慕慕下去。两人进入洞中，不禁齐齐一怔。

所谓别有洞天，大抵就是这个意思了：大到不像话的洞穴里根本不需要照亮——晶莹剔透的冰壁兀自闪着幽幽蓝光，冰穴头顶是一串悬浮的冰鸟，随着冰鸟入内，穿过蜿蜒狭隘的廊道，两人就到了一块空旷的平地上。晶莹剔透的冰雕随处可见，但所有冰雕都是同一种物体——人！

见状，慕慕心里咯噔一声，下意识寻觅那张熟悉的面容。想要快点看到他，却又害怕真在这些冰人里找到他。可万一真的找到了呢？慕慕咬住下唇正纠结着，就听不远处的兰斯低沉道：“慕慕。”

慕慕回眸，只见兰斯站在空地一角，那里突兀地立着两座冰雕，一高一矮。远远地，慕慕只能大概辨清那是一男一女，他们似乎遭到了什么突然袭击，男人还保持着后退的姿势。

兰斯立在冰雕前沉默，良久，才扭头沉重地凝视她，淡褐色的眸子里满是柔柔水波。慕慕攥了攥手指，这才深呼一口气走过去，直到行至冰雕跟前这才发觉腿软了，浑身亦微微发抖。

修长的眉，如墨的眼，轻薄的唇，透亮的冰层里，任之行的容貌干净俊俏，面上还呈现着微微惊讶的神情。

兰斯握住慕慕的手，安慰道："不用太担心，只要杀死女丑，他们身上的诅咒就能解除。现在谨慎些，说不定女丑就在这个冰穴里。"

慕慕强忍住眼底的泪水，点头，"我听说希腊神话里有个以蛇为发的美杜莎，凡是看过她眼睛的人都会变成石头。会不会……这个女丑也一样，只要见过她的人都会变成冰块？"

兰斯沉吟，"女丑画一直存在子虚道观，如果真有这样的忌讳，之行不可能不知道，再说，卡恩最后也见过女丑，可他并没有被冻成冰块，而是直接被女丑杀死的。"

慕慕咂舌，抬眸又看了眼任之行和瑶薇，像是想起什么似的又瞥了眼其他冰人，惊道："园长，你发现没，我哥和瑶薇只是被冰冻住了，还能看清冰里他们的样子，可其他人是彻彻底底变成了透明的冰人！就像……就像真的冰雕一样。"

闻言，兰斯唇瓣紧抿，一一扫过洞穴里的冰人。

慕慕踌躇，"你不是说女丑已经解开封印，从画里下来了吗？会不会是……她故意把这些人冻成冰块，一点点吸食他们的骨血？骨血殆尽，人就变成彻彻底底的冰块了？"

话音落下，外面就突然传来一阵银铃般的笑声，笑声刚毕，就听一女人娇媚无比道："说得没错，就是这样呢！"

闻言，兰斯和慕慕大惊，还来不及回头，只听砰的一声，又有两个冰人被扔了进来。慕慕定眼一看，那两人正是夏洛尔和白淮！

一切发生得太过突然，慕慕迟钝的大脑还没运转，一女子已翩然进来。

白发、白裙、白眉，甚至连唇也泛着惨惨的白。出乎意料的，传说中的女丑竟出奇的标致。可她的美丽妖艳又与寻常女子不同，从里到外都透着股拒人千里之外的冰霜美。

慕慕一时竟看得呆住，直到兰斯将她小心翼翼地拉到身后才微微回过神来。

女丑眼眸转动，最终定在兰斯脸上，哼笑，"我认得你，怪不得今天山上这么热闹，原来都是你搞的鬼。”说话间，女丑的眸已微微眯起，大有下一秒就要发作的意思。

兰斯镇定地摇头，“你认错人了。你杀死的那位，是我父亲。”

“哦？”女丑饶有兴趣地盯着兰斯，“这么说，你是来报仇的？”

兰斯摇头，诚实地说道：“我杀不了你。”

闻言，慕慕微怔，想了想又静默下来。这头，女丑却掩袖笑开，“还有点自知之明。不过，我这个人最讨厌怯懦的人，即使你现在向我求饶，我也不会放你离开。”

“我说过我要离开吗？”兰斯嘴角滑过一丝浅笑，“我来……是找你谈笔交易。”

大概从没有人和她这样说过话，女丑乌黑的眼瞳瞪得老大，提高音量冷哼，“交易？你有什么资格和我谈交易？”

“我是没有，可折丹[出自《海山经·大荒东经》，原文是“（有神）名曰折丹——东方曰折，来风曰俊——处东极以出入风。”]有。”

一听“折丹”这个名字，女丑脸上的笑容瞬间凝固，咫尺之间已露狰狞之相。兰斯却像看不见似的，神情自若地继续往下说，“当年，你本与姐姐生活在大荒东面，而这位主管东面风起风停的折丹大神正是你的情郎。可因为你身染魔气，他就将你骗到了丈夫国，杀而炙之，为防你反抗，又卸下了你手上的两只大蟹，我说得对吗？”

闻言，慕慕这才注意到女丑的袖下空荡荡的，像是没有手。原来，民间流传的“女丑常以袖遮面出现”并不是因为她仍旧惧怕太阳，而是没了蟹臂。

女丑雪面沉沉，浑身唯一黑色的眸子闪烁着冰冷的光，她咬牙道：“说下去！”

“我曾经想过，既然你已经解开封印，就算要找个地方调养灵力，也不用选这么个偏僻的地方。寻人一打听才发现，原来这里就是古时大荒东经附近……”

慕慕顿悟，这么说，女丑徘徊在附近，是想寻找折丹？

女丑呵了声算作默认，“这和你说的交易又有什么关系？”

兰斯眸色清冷，摆出十足的奸商姿态开始谈判，“上古距离现在时日太长，要找一个人谈何容易。加上你灵力未恢复，走到哪儿都要先坐下来吃几个人补补，与大海捞针无异。可我就不同了，我在人类世界、神魔世界都有资源，熟悉三界，事实上，我也已经打听到一些线索。”

话说到这儿，兰斯故意停了下来，又朝女丑眨了眨眼。刹时，慕慕都替女丑吐血，这种时候你还卖哪门子的萌？有话快说有屁快放啊！

女丑磨牙道：“他在哪儿？”

“在人类世界。”兰斯站定道。

“人类世界？”女丑微诧，“他去人类世界干什么？”

兰斯不言，只默默地摇头。

“什么意思？”女丑着急地往前踏了一步，“你也不知道？”

“不，”兰斯启齿，“在交易达成之前，具体细节我不能说。”

骤时，女丑的眉头已拧紧。气氛结冰，谁也不再言语。慕慕唯恐惹恼对方，连呼吸都变得小心翼翼。过了许久，女丑才阴恻恻道：“你到底想让我做什么？”

鱼儿上钩。

兰斯唇角微扬，正想再说什么，门外忽然传来清冷的男声，“他想让你回到画里。”

慕慕一听这声，浑身汗毛立时倒竖，一抬头，果然见卡尔缓缓走了进来。

像是没看见慕慕和兰斯一般，卡尔踱步到女丑跟前，接着道：“回画里之前，他会一再向你保证绝不封印你，告诉你这么做只不过是方便带你去寻觅折丹。可其实，这世上早没了这个人，你的下场——呵呵，不用我多说你也明白吧？”

女丑上下打量一番卡尔，凤眼眯成一条线，“你凭什么说这世上早没了这个人？”

卡尔不疾不徐地瞅了眼兰斯这头，负手回答：“你死得早，并不清楚上古后来发生的事情。人类，贪婪成性的人类毁了这个世界。他们无限度地繁殖和杀伐，使得三界早已乌烟瘴气。为了避免浊气，你们东方的那些上古神们飞升至了九天之上，断掉所有天路，与三界隔离，此后再无音讯。你又何从寻找？”

女丑顿了顿，这才注意到卡尔，幽幽开口，“你又是谁？我凭什么相信你？”

卡尔嗡笑，“我是谁不重要，你相不相信我也不重要，重要的是，远古众神们早销声匿迹。女丑，与其寻觅一个虚幻的影子，何不干点别的？”

“干点别的？”女丑疑惑。

“是的。”卡尔咧嘴，摊开手放在女丑胸前，“与我共同踏遍五湖四海，摧毁所有的人类，这样……即使那个折丹真的在人类世界，那他和他的后人也必定死在你的魔气之中。至于你还未复原的灵力，毋庸担心，我会分一部分给你。而那个人，你看清楚——他是来摧毁你的。”说到这儿，卡尔扭头看向兰斯，道：“还记得和他长得一模一样的那个人吗？他们是一伙的。”

女丑转了转眼珠，似乎回忆起来，“对……当初就是那个蠢货意图销毁画卷，这才误打误撞解开了封印……”

“女丑，跟我走吧。”卡尔将手又向前伸了几分，微微躬身，“我将与你共同创造一个新的世界。”

兰斯闻言终于忍不住道：“卡尔，你真的疯了。”

卡尔只当听不见，朝女丑歪头示意。女丑默了默，终将袖子轻轻搭在了卡尔手掌上。见状，卡尔的笑容渐渐绽开，却又在瞬间凝滞，痛苦地哼出声。他试图抽回手臂，却发现身体已无法动弹，低头一看，这才发现与女丑相连的地方已结成了冰。

“你——”

兰斯：“卡尔……”

慕慕：“这是怎么回事？”

一时间，三人都目瞪口呆，倒是这头女丑捂嘴仰天大笑，笑罢，她才凝视卡尔娇嗔道：“对不起，我这人不喜欢麻烦别人。要你分一部分灵力给我多麻烦呀，我还是——通通吸走的好！”

“啊啊啊！”

女丑话毕，卡尔就忽然大叫起来，四肢亦痛苦地扭曲着。但不论他怎么动作，连着女丑的手臂都无法拔除。兰斯在旁看得心惊，欲上前帮忙，却觉脚下一滞，蓦地低头，这才赫然发现自己双脚也被冻住了。

与此同时，慕慕亦叫出声，“我的脚！”兰斯回头去看，果然见慕慕的脚上也结了层厚厚的冰。

女丑啧啧出声，闭眼满是陶醉道：“啊～好久没有吸到这么醇厚浓郁的灵气了。哈哈哈，只要有了这灵气，我就能自己去找折丹了。人类世界是吧？没关系……我有的是时间。”

因为被吸取太多灵力，卡尔的脸色已有些难看，他嗫嚅道：“为、什么……”

女丑斜他一眼，满是鄙夷，“你是真不明白还是假不明白？没了人类我根本没办法存活，万物相生相克，虽然人类世界是生产浊气的来源，但亦是生产灵气的地方。一旦他们真的被毁灭，第一个死的——就是你。”

“什么？”闻言，卡尔呆若木鸡。

另一边，慕慕和兰斯亦想着办法脱困。冰，正慢慢爬上身体，凡被冰覆盖的地方都已失去了知觉。兰斯耗尽灵力挣扎仍无济于事，回头再看慕慕，她身上的冰已爬至腰际！

兰斯咬了咬牙，道：“慕慕，你能不能远攻？”

“什么？”

兰斯看了眼卡尔那边，道：“现在必须先让卡尔和女丑分开，只有卡尔脱困，我们才可能有一线生机，但我只会近攻，你的法术球能不能砸中女丑？”

慕慕遥遥瞥了一眼，摇头，“不行，我的火球达不到那么远的距离，我——”话说到一半，慕慕灵机一动道：“苻灵是不是还在你包里？”

兰斯闻言皱眉，“苻灵不是已经……”

“你先别管，”慕慕打断兰斯，“快把苻灵给我！”

兰斯应允摸出小纸人，慕慕接过后立马闭眼掐诀，絮絮叨叨地念完一大串符咒，冰块已到其胸口，眼见着手已无法动弹，慕慕咬牙弹动指尖，将小纸人猛地弹将出去——

"式神，现身！"

随着这声轻喝，纸人白光闪现，眨眼间，就见一个与慕慕一模一样的女孩落到地面，手持匕首如风般冲向卡尔和女丑。

本体式神，她做到了！

慕慕嘴角微弯，还来不及将这个笑绽开，人已彻彻底底被封印在了冰中。

"慕慕！"兰斯声嘶力竭地喊，偏偏自己亦是动弹不得。另一边，只听砰的一声巨响，伴随着女丑的尖叫声，冰雾骤起。

"混账！"女丑厉声惊吼，片刻就见其愤怒的脸庞出现在白雾之后，"你以为这样就能妨碍我？我要杀了你，杀了你！！"

女丑一边说，一边冲向兰斯，可人走至一半却又诧异地停下，低头，垂眸，女丑见袖子下竟连着根青绿色藤条牵绊自己。女丑傻眼，这是什么鬼玩意儿？

这头，本已绝望闭眼的兰斯也目不转睛地盯着绿藤，怔了怔，这才看向女丑身后，欲言又止。

雾散，景现。

手臂已化出枝条原形的卡尔轻声道："女丑，你不是想要我所有的灵力吗？现在……我就通通给你。"

话毕，卡尔就以肉眼可见的速度化出原形，骤时，只见一棵枝繁叶茂的龙血树立于冰穴中。奇异的是，女丑的身体也开始缓缓变化——缠在她袖下的藤条愈长愈大，渐渐发出新的枝桠绿藤来。绿藤们轻轻环绕，将女丑裹成一团就往龙血树的方向拉扯。

这时，女丑终察觉不对劲，厉声急喝："你在干什么？！你这个——"不等女丑说完，龙血树就已将其彻底包裹在树干中。初时，还能见到女丑不断挣扎反抗，慢慢地，就再无声息。

兰斯静静看着这一切，英眉下意识地蹙起。

——吸噬术。

身为精灵之王，龙血树生来就拥有一种特殊技能：在危急时刻能吞噬敌人，直到彻底吸噬完对方的灵气再将尸骨吐出。但这个过程亦凶险非常，吸噬过程中，龙血树会化成原形，既不能移动也不能战斗。如果这时有人攻击其心脏，那么，它和被吸噬者都必死无疑。

不过这不是最重要的，眼下最重要的是，吸噬术时效短则一个月，长则三年五载，而因为这期间女丑还未死，兰斯等人身上的冰咒并不会解除。这么一来，或许在女丑死之前，他们会先变成透明的冰雕。

唯一的办法就是先发制人。

念及此，兰斯抬眸，卡尔就站在自己左侧，虽然他的脚已被冻住，但这个距离要砍杀到卡尔还是可以的。只是，要想找到龙血树的心脏谈何容易，更何况，现在这样算乘人之危吧？

正犹豫不决，龙血树却是一阵战栗，少时，兰斯就见繁茂的枝叶自动分开，露出某根枝桠上的鸟窝来。鸟窝里，一颗似蛋非蛋的物件正闪闪发光。见状，兰斯赫然一惊，这难道就是卡尔的心脏，可为什么……

卡尔闷闷的声音响起，“接下来该怎么做，不用我教你了吧？”

兰斯抿唇，“卡尔，你又何必？”

卡尔冷哼，“何必？如果我不死，死的人恐怕就是你和地上的那些人吧。”

闻言，兰斯默默看了眼身侧的慕慕，闭唇不言。

卡尔喟叹，声音幽幽，“我终究……还是没办法看见卡恩的孩子死在我面前。动手吧，兰斯……”

兰斯咬了咬牙，轻道一声“对不住”，就将剑直直插进了卡尔心脏。刹那间，只见龙血树瑟瑟发抖，树皮一块块落下，露出干枯的枝干，本莹莹发亮的绿叶也以肉眼可见的速度开始枯萎。

随之而来的，还有女丑半是凄厉半是讶然的惊叫声：“这是什么？这是什么！不，不……”

最后一刻，卡尔还怅然念叨着什么：“卡恩，你当初背叛我，是因为知道如果人类死去我也活不了吗……”

音落，冰消，霎时，只听洞穴里传来一声接一声的破冰声。兰斯见冰咒解除，急忙扶住身旁欲往下倒的慕慕。慕慕抚着胸口喘了口气，与兰斯不约而同地扭头，身后，任之行、瑶薇、白淮、夏洛尔亦纷纷从冰里出来。

夏洛尔有些茫然地坐起，挠头，“这是……怎么了？”

慕慕与兰斯相视一笑，齐齐舒出口气。外面，雪雾应该也开始消散了吧。

阳春三月。迎着暖融融的太阳，莱尔斯幼稚园又迎来了新的一学期。

B班，久未谋面的小伙伴们凑到一块儿简直闹翻了天，就连白淮老师什么时候进来的都不知道。白淮敲了敲桌子，这才镇住小家伙们，见大家终于看向自己，白淮清嗓子道：“小子们，这学期我们幼稚园来了位新人类老师，专门教授各位人类社会课程。你们以后要好好尊敬TA，不许欺负TA，不许嘲讽TA，听见没有？”

千乘率先哼哼，“喊，搞啥神秘啊，就是动动脚趾头也能猜到对方是谁好吗？我家侄女她——”

话还没说完，教室门哗的一下被拉开，从外面走进个人来。对方朝白淮点了点头，就极其自然地走上了讲台。

白淮道：“小子们，新老师来了还不鼓掌欢迎？！”

下面鸦雀无声。

“喂，有没有听到我说话！”

还是鸦雀无声。

对方垂着眼皮，面无表情道：“大家好，我是你们的人类老师——任之行。”

顿时，下面炸开了锅。

干脆面君敲桌抗议，“慕老师不见了，她还欠我鸡腿，鸡腿鸡腿鸡腿……”

千乘亦嚷嚷：“这是唱哪出啊？怎么变成我侄女她哥了！我侄女呢？”

夜吾横眼，“噤声，什么侄女长侄女短的，你没听说吗，慕老师其实比园长都大一百多岁……”

卿卿惊诧，“那死女人怎么会不当老师了？怎么会怎么会……难道，她已经准备结婚回家当园长夫人？啊啊啊，不要啊！”

这头，面对毛团们的无厘头，任之行丝毫不为之所动，抱胸道：“先说清楚，我教课很严，上课期间禁止打闹禁止调侃，有违规者关小黑屋。”

千乘叉腰，对旁边的夜吾嘻嘻道：“我还以为有什么了不起，关小黑屋算什么。”

闻言，任之行懒懒抬了抬眸子，扭头就对外面道：“傲雪。”话落，当即从外面进来了四五只凶神恶煞的噬魂犬，见噬魂犬们咬牙切齿地朝自己奔来，千乘终煞白了小脸，“你们要干什么？”

“你不是不怕关小黑屋吗？”任之行道，“傲雪，动手。”

话音落下，不管千乘哇哇乱叫，几只噬魂犬就强行将其拖进了小黑屋。场面之残忍，叫声之凄厉，简直让人无法直视。这么一闹腾，教室内骤然安静下来。见威慑力起效，任之行又一口气说了十来个“禁止”，最后，直到嘴巴微微发干，这才拎起脚下求抱抱的卡卡夫和夫卡卡总结道：“最后，最重要的一点——上课期间禁止卖萌，我最讨厌你们园长这套！”

众毛团：“……”

不卖萌，我们存在还有什么价值啊？！

与此同时，白色城堡内，慕慕亦正拍桌跳脚，“兰斯你个奸商！你个王八蛋！你凭什么不让我通过面试？凭什么不让我回B班？凭什么——”

不等慕慕说完，兰斯就一把将慕慕拉进怀里，挑眉，“真不明白假不明白？”

慕慕气呼呼嘟嘴，“少来这套！我告诉你，我身上的伤早好了，我要回B班！”

兰斯叹息一声，将慕慕搂得更紧些，“看来是真不明白。”

“你到底在说什么，什么明白不明白的？”

兰斯刮了刮慕慕的鼻头，卖萌撒娇道：“哎，一定要我说出来才懂……我想一直守着你、看着你，如果你和孩子们在一块儿，就没更多的时间陪我了啊。”

慕慕闻言小脸一红，心里虽然甜滋滋的，但面上却装作无所谓地哼哼道：“哪儿有你这么黏人的男朋友，呸，不要脸……”

“我就不要脸，还要不要脸一辈子。”兰斯咬着慕慕的耳轻笑，“小馋猫，现在，想不想做一些更不要脸的事？”

……

兰斯卧室内，满溢粉红泡泡，而隔壁会客厅里，奶妈鱼则正帮兰斯擦着屁股——

望着满屋的女老师，夏洛尔道：“各位，园长已经遵守承诺，没让慕慕做人类老师，现在——你们可以回工作岗位了吧？”

领头的女老师叉腰，“这还差不多，我们这就走。”

其中一位女老师喃喃道：“我们这样是不是不太好啊？”

“有什么不好？”领队的女老师挽着她一面往外走一面道，“我们本来就是因为兰斯才来莱尔斯幼稚园的。现在园长名草有主，我们没了戏，想要辞职也不为过吧？现在只是让慕慕不当老师，眼不见心不烦已经是最低的底线了好吗？”

又一个女老师道：“就是。哎，亏我来之前还跟家里打了包票，说要改变我们河马族的优良基因，现在全打水漂了……”

“说你笨你就是笨，你没看见吗？任之行当人类老师了！”

“哦哦哦，就是那个千年面瘫？”

“喊，什么千年面瘫，人家现在叫有爱妹控，嘻嘻嘻，我最喜欢妹控的男人了！”

“对对，任冰山的模样也很好看呢。”

……

眼见姑娘们走远，奶妈鱼在后苦笑抚额：兰斯这招一石二鸟还能更阴险点吗？让任之行当人类老师，这么一来，既解决了女老师们要辞职的事情，又解决了任之行一直在幼稚园内闲着白拿工钱的问题，真是……无奸不商。

夏洛尔叹口气，摇摇头，任之行，你自求多福吧。

（全文完）

甜蜜番外集

【关于求婚1】

兰斯和慕慕在一起大半年后，兰斯开始考虑结婚的事。奈何聪明如兰斯，居然在这种关键点上卡了壳，死活不知该怎么向慕慕开口。

奶妈鱼帮忙出招道：“现在网络不是流行一句话吗，‘待你长发及腰，少女嫁我可好？’呐呐，小慕慕的头发现在不是已经留长了吗？离及腰也就差一点点了吧？你把这句话告诉她，不出一个月就能娶新娘子啦。”

兰斯觉得此计可行，遂用。

这天风和日丽，兰斯和慕慕正坐在花园里一边吃甜点一边晒太阳，兰斯摸了摸慕慕被太阳晒得暖烘烘的长发，终于将酝酿已久的那句话说出了口，可是因为太过紧张，台词出现了一点点偏差。

他道：“待我长发及腰，少女嫁我可好？”

慕慕咬了口布丁，想也没想地点头道：“好啊。”

“……”兰斯看了看自己刚到耳际的褐发，神情骇人。

夏洛尔，卒。

【关于求婚2】

一计不成生二计。

鉴于上次的经验教训，兰斯决定按照人类正常的求婚步骤来进行。根据凯西找来的资料，人类求婚中，鲜花、钻戒、浪漫的烛光晚餐这三样东西必不可少。兰斯一看资料立马皱了眉，鲜花……总让他想起卡尔的花怪，更何况，他对这种植物向来过敏。这条免掉。

烛光晚餐倒是不错，可外面人类的手艺怎么比得上凯西？出去浪漫还不如在白色城堡浪漫，所以这条也免掉。剩下的，就只剩钻戒了。兰斯想了想，挑了块上好的原石请凯西拿去加工，又亲自设计了钻戒样式，戒指拿到手才兴冲冲准备去求婚。

彼时戒指拿到，刚好奶妈鱼也在白色城堡内，见兰斯拿着钻戒要去“花不语”，奶妈鱼大惊，“你准备就这样去？”

兰斯双腿交叠，“有什么不妥？”

夏洛尔抚额，“拜托，你这样一点诚意都没有，浪漫呢？感人呢？小慕慕除了意外还是意外，你要别人怎么答应你？再说，你好像忘了‘花不语’还有位大神，嘿嘿。”

一想到“花不语”里的那位，兰斯骤然停下脚来。琢磨一番，姑且相信奶妈鱼好了。

“那你说该怎么办？”

夏洛尔托腮，“唔，你要是害羞就做份蛋糕给小慕慕好了，把钻戒放进蛋糕里，让小慕慕不小心‘吃’到钻戒，你再算着那个时间给她发条短信，把她约到蔷薇湖边，岂不是又浪漫又惊喜？”

兰斯想象了一下慕慕戴着他的钻戒，在蔷薇湖下满面羞红地说“我愿意”，然后躺在草坪上，雪白的肌肤与翠绿的草坪相互映衬的画面，顿时勾了唇。

“就这么办！”

翌日，凯西小姐就将园长大人的爱心蛋糕送到了慕慕手里，兰斯算着时间给慕慕发去短信，约她在蔷薇湖见面。可左等右等，直等到月上柳梢头依旧不见心上人出现，兰斯终于着急，打电话过去。

一接通，就听那边传来闹哄哄的声音，间或能听到毛团们的嚷嚷声和任毒舌的说话声。兰斯黑脸，自己在这儿喂蚊子他们却在家里开party？

慕慕开口就道：“园长，怎么了？”

你说怎么了？！

兰斯沉下声道：“刚才给你发的短信没看见？”

慕慕咦了声，这才道：“哦，我们玩得太high，小浑蛋们又太吵，刚才没听见短信提示音。”

没听见没听见，他堂堂园长就这么被自家女朋友无视了！

兰斯深呼口气，一再提醒自己忍，这才又道：“那给你的蛋糕吃了吗？”

“吃了啊，”慕慕自然地说道，“对了，谢谢你啊园长，你是不是知道今天干脆面过生日所以才送蛋糕过来？”

听了这话，兰斯瞬间就有种不好的预感，颤唇道：“你的意思是……那个蛋糕你给学生们吃了？”

“当然不是。”

兰斯闻言正准备放下颗心，就听那头慕慕又道：“哈哈哈，园长你是没看见干脆面君的嘴巴有多大，一口塞啊！平时看着它又胆小又怕事，没想到为了一个蛋糕居然都露獠牙要咬人了……咦？人呢？园长？园长！”

……

这之后的一周，始作俑者夏洛尔没事就跟在干脆面君后面……催着他便便，可神奇的是，自那之后，干脆面君没拉出过任何奇怪的东西。

夏洛尔泪眼汪汪地向兰斯报告这件事时忍不住起疑，“你说，小漓该不会把钻戒消化了吧？”

兰斯淡淡嗯了声，夏洛尔正窃喜，是不是以后再不用去那啥里找钻戒了，就听园长大人淡淡地又道：“看在多年的情分，钻戒我只收你原价，钱就从你工资里扣吧。”

夏洛尔，再卒。

【关于红颜知己】

某日，奶妈鱼又和瑶薇吵架了，心情郁闷，拉着慕慕和白淮大叔去喝酒。

酒过三巡，三人微醉。见夏洛尔还郁郁寡欢，白淮大叔猛拍了拍其肩膀，道：“兄弟，你就知足吧。看看哥，没牵没挂地过了这么多年，何其凄凉何其悲催？有人和你吵是好事，你啊，今晚就回去下个矮桩，把这事儿掀过去算了。”

夏洛尔拍桌，“我还不够让她吗？她说不公开恋情我就不公开，现在倒好，又说我不够重视她，不够在乎她。我都快被她搞疯了好吗？”

慕慕咳嗽，“安啦，女人就是这样，嘴上一套心里一套，过了坏情绪周期就好了。”

闻言，白淮大叔和奶妈鱼齐齐看向慕慕，不禁异口同声感叹，“还是小慕慕你幸福啊。”

慕慕闻言眼皮一搭，酒精上头居然作势也要抽泣，“我幸福什么？我心里的苦你们都不知道而已。”

小慕慕居然觉得不幸福？

当晚回到家，兰斯刮了刮慕慕的鼻子，“某人竟然对外抱怨说自己不幸福吗？”

闻言，慕慕推开兰斯，翻身思忖一番，虽然难以启齿，但还是乖乖答曰：“我……你说，你对蜀雅的承诺永远不变……”

兰斯一愣，怎么也没想到慕慕会再提这个名字。

慕慕深呼口气，既然话都说到这个份儿上了，咬牙又道：“我知道不该吃她醋，和一个亡者争这种事情也很搞笑，可是我心里就是不舒服哇！每次想起就胸闷！超级胸闷！将心比心，如果——”

“我向她承诺我会变强。”不等慕慕说完，兰斯就截住话头道。

慕慕一愣，歪头问道："变强？"

"嗯。"兰斯躺下，顺势将慕慕拉进怀里，娓娓道："当年我被卡尔追杀，我的老师罗琳发现了我的踪迹，居然也要把我交出去。当时，是蜀雅杀了罗琳救了我。"

慕慕眼睛瞪圆，原来传言里他们两人合谋杀了恩师是真的！

兰斯又道："老实说，其实那时候我也很疑惑她为什么要救我，她却跟我说，我符合她心目中王者的气质，她愿意追随我，助我杀死卡尔夺回莱尔斯，但前提是，我必须承诺她变强，拯救人类世界。"

"拯救人类世界……"慕慕一个字一个字细细琢磨，忽然又想起当年蜀雅提及人类时不屑的神情，那时她曾说，人类世界必将灭亡，可转头来，却又要了兰斯这样的承诺。

还真是个……口是心非的人啊。

兰斯轻轻抚摸着慕慕的头发，道："蜀雅其实在人类世界受过一些伤害，她的兄弟姐妹都被人类所杀，可最终，她还是选择了帮助人类，偏偏嘴上还要说什么'我并不在乎谁死谁活，我只知道你是强者，所以我要追随这份力量的来源'。"

慕慕咬唇，"那他们说，你们订婚什么来着。"

"哦，那个，"兰斯挑眉，"因为罗琳就只有我们两个学生，我们又不太合群，一般都是我们俩在一块，久而久之，学院里就出现了一些传言。后来我想，既然自己都已经被大众消费了，为何不捞点利息回来？所以干脆就自己放出消息，说我们已经订婚，这样，吓退了一大部分追求者，省了不少事！"

订婚的消息是兰斯自己放出去的？慕慕张嘴想要说什么，但又默默地闭上了，虽然无厘头，但确实……像奸商兰斯做得出来的事情。

最后一个问题，"那……你喜欢过蜀雅吗？"

兰斯微恼地瞪慕慕一眼，佯装生气道："我拒绝回答这个蠢到死的问题。"

见状，慕慕心底瞬间开出朵朵洁白的小花，兰斯的这句话翻译过来大意不就是——

我拒绝回答这个问题，我们在一起这么久了你居然还不信任我？

我拒绝回答这个问题，我要喜欢蜀雅还有到不了手的吗？

我拒绝回答这个问题，我的心里明明满满都装着你啊！

念及此，慕慕勾唇，抱着兰斯笑嘻嘻道：“园长，我爱你。”

本背着她的人翻过身来，头抵住慕慕的头，声音柔柔，“嗯，傻瓜，我也爱你。现在，觉得幸福了吗？”

“超幸福超幸福的！”

“幸福还不够，来，让你再感受感受另一种幸福。”

“流氓，不要！”

【关于极品大舅子】

慕慕和兰斯结婚后，兰斯满以为从此两人就能过上幸福快乐的日子，再也没人半个小时就打个电话，催慕慕回“花不语”。可事实证明，兰斯还是太单纯了，他与大舅子的战争才刚刚开始而已。

某日，风和日丽。兰斯起了个大早，眼见着天气好，正盘算着带自家娇妻出去逛逛，就见慕慕已穿戴整齐准备出去了。

兰斯愣怔，“这么早你去哪儿？”

慕慕道：“哦，我哥今天约了我去钓鱼。”想了想，又有些愧疚道：“还有，他强调了只约我一个人。”

意思再明白不过：这是家庭聚会，某些跟屁虫老公禁止出现。兰斯闻言，脸一黑就要发作，正想再说什么，慕慕已转身出了门，挥手道：“我走了。”

好端端的假期，娇妻就这么被人拐跑了，兰斯一天都处于暴躁中。好不容易熬到天黑，心念着再怎么样老婆也该回来了吧？可左等右等，就是不见慕慕的身影。

兰斯正说打电话，慕慕的短信就来了。兰斯翻开短信一看，当即气个半死。短信上赫然写着：雨好大，我和哥回不来了，已经找了农家乐住下了，老公勿念。

虽然对方是慕慕的亲哥哥，但一想到孤男寡女要在外待上一个晚上，兰斯就不爽到极点。而且两人钓鱼的地方距莱尔斯幼稚园不远，怎么幼稚园这边都没下雨，慕慕那边的滂沱大雨就下得兄妹俩回不来了呢?

兰斯自觉诡异，一找人查探终知晓真相：昨晚，只有慕慕和任毒舌钓鱼的地方下了雨，而两人离开后雨便自动停止。据凯西调查，这雨是某人用符咒求来的。至于罪魁祸首嘛，不言而喻。

兰斯闻言，忽然就想起婚礼当天，任毒舌看自己的眼神，那神情怎么看怎么都像在说：夺妹之仇不可不报!

念及此，兰斯头痛抚额：唔，摊上个极品大舅子，未来的日子似乎一样不好过呢!

有爱采访篇

1. 姓名？

慕慕：慕慕。

兰斯：（跷腿坐在沙发上，朝主持人喵歪头媚笑）我说……我们能问点有技术含量的问题吗？

喵：（擦汗）下一个问题。

2. 一般怎么称呼对方？

慕慕：园长、兰斯、奸商。

兰斯：（托腮盯着慕慕宠溺笑）小家伙，你还忘了一个称呼。

慕慕：（茫然）咦，有吗？

兰斯：（继续笑）昨晚在床上时你明明叫我……

（不等兰斯说完，慕慕就红着脸捂住了对方的嘴）

慕慕：咳咳，下一个问题！

3. 年龄？

慕慕：456。

兰斯：……

慕慕：（疑惑）咦，园长怎么不说话？

喵：唔，说起来兰斯一直没有暴露过自己的年龄哦。呐呐，园长大人我采访一下您呢，关于现在莱尔斯幼稚园内一直盛传你比慕慕还小一百岁的事情您怎么看？

慕慕：（叉腰）哈哈哈，原来是兰斯弟！弟！啊！

兰斯：……下一个问题！

4. 种族？

慕慕：人类。

兰斯：（面无表情）……

喵：唔，说起来兰斯好像不仅没在文里暴露过年龄，就连自己的种族也……

（话说到一半，喵君忽然觉得背脊发凉，扭头一看，果然见兰斯脸黑黑，一副要下雨的样子）

慕慕：园长你这样子吓主持人是不对的哦！

兰斯：（忽然乌云转晴，朝着喵笑嗔）那你想看看我变回原形的样子吗？虽然地方窄了点，不过我也不介意。

喵：（抖）呵呵呵呵，真爱无敌，种族神马的去死，下一个问题！

5. 自己的性格？

慕慕：没心没肺，能吃能睡。

兰斯：沉稳、内敛，有魄力。

慕慕：嘁，明明就是腹黑虚伪敛财抠门鬼。

6. 对方的性格？

慕慕：看上面一题。

兰斯：三个字——女汉子。

7. 对对方哪点不满意？

慕慕：哪儿都不满意。

（听见这话，旁边的兰斯忽然咧嘴笑开了）

喵：咦，兰斯你高兴什么？慕慕在说你不好嗳。

兰斯：没听过一个词叫“口是心非”吗？唔，我就最不满意我家小家伙这点，在外人面前就害羞得要死，明明在床上的时候……

（说到这儿，慕慕已跳起来掀桌）

慕慕：（怒号）兰斯王八蛋，你再这样我不录了！

喵：好了好了，下一个问题！

观众：慕慕果然很害羞啊！

8. 最喜欢对方哪个地方？（注：答案必须是身体的一部分）

慕慕：（满脸黑线盯着喵）你后面那个括弧是什么意思？！你这是被兰斯收买了吗？

兰斯：（认真思索状）手？胸？小腿？唔……怎么办，都很喜欢……不，好像最喜欢的还是头发……

慕慕：（再次跳脚拍桌）我走了！！

喵：（赶紧拉回女主角）好了好了，这次真的真的不问奇奇怪怪的问题了。

9. 最不喜欢对方哪个地方？（注：答案依旧必须是身体的一部分）

慕慕：（怒）这还不算奇奇怪怪的问题？！

兰斯：（认真双手交叉）嘴巴。小家伙总是爱口是心非，让我气得牙痒痒，所以我一生气就惩罚她——咬她的嘴。

慕慕：（吐血）你们真的够了！！

10.两人邂逅的地方？当时在干什么？

慕慕：白色城堡，当时在被面试。

兰斯：白色城堡，当时在面试。

喵：唔，这个话题突然好和谐，怎么感觉反而有点不习惯了呢？

11.当时对对方的印象？

慕慕：这人不论是长相还是设定都绝对开了外挂，可惜我免疫，嗯哼！

兰斯：这女人又蠢又二，应该就是任之行的妹妹了。

慕慕：（第N次掀桌）兰斯你什么意思？

兰斯：（态度好到爆）宝贝，我错了。

12.后来对对方有改观吗？

慕慕：（摇头）完全没有。

兰斯：（笑）有。

喵：哦？后来觉得慕慕怎么样？

兰斯：（继续笑）比我想象中还蠢还二。（扭头看见慕慕眼底冒小火苗，悄悄加了句）可是笨得很可爱，用现在的话说就是——蠢萌蠢萌的。

慕慕：兰斯你别以为这样就算了，看我晚上回去怎么收拾你！

兰斯：（明显想歪）乐意之至！

13.两人现在的关系？

慕慕：已婚。

兰斯：已婚。

喵：（惊讶）咦咦咦，已修成正果了吗？不是说某人不入赘的话就不结婚的吗？

慕慕：嗯，所以某人是上门女婿哦！你说是吧，莱尔斯氏·慕？

莱尔斯氏·慕：（正襟危坐）好了，下一个问题。

14.满意现在两人的进展吗？

慕慕：（害羞）满意。

莱尔斯氏·慕：（阴沉着脸）现在就把我的名字改回来，不然不要怪我——

（不等兰斯说完，喵立马狗腿地改名字ing）

兰斯：不满意。

慕慕：（微怔了怔）你说什么？

兰斯：（宠溺地摸摸老婆的头）是时候要个小宝宝啦。

慕慕：（掩面）……

喵：哦哦，“小家伙”害羞了哦！

慕慕：等等，莱尔斯氏·慕，咱们可说好了哦，第一个宝宝要姓慕，因为你是上门……

兰斯：（极度暴躁中）下一个问题！！

15.第一次约会的时间地点？

慕慕：（怨念）在幼稚园一起喝下午茶算约会吗？

兰斯：如果你想，我们待会儿就去喝咖啡看电影。

慕慕：（叹息）算了，我不想被人当猴子参观……

喵：为啥这话听着好像有故事？

兰斯：有一次试着去人类世界约过一次会，结果一直被人围观侧目就算了，居然看电影时有人来告白。

慕慕：（继续叹息）

16.最满意的约会是哪一次?

慕慕：（怨念升级）就没有约过会……

兰斯：宝贝没关系，我们在床上慢慢约会!

慕慕：（脸红）滚!

17.第一次接吻感觉如何?

慕慕：没感觉啊！当时都是逐辰的错！哼!

兰斯：当时脑袋一片空白，现在想想，那应该就是触电的感觉吧。

喵：看看看看，人家兰斯多诚实，慕慕你就真的不想再说点什么?

慕慕：（怒）快问下一个问题!

18.最想对对方说的一句话?

喵：好了，这是最后一道题了哦，你们俩都好好回答，特别是慕慕，不许敷衍。

慕慕：（认真思索后，盯着兰斯）我们今晚吃什么?

（观众倒地）

喵：晕，你想了那么久就这么个问题啊。

慕慕：（摊手）可这是我的真心话啊。

喵：好吧，换兰斯。

兰斯：吃火锅。

（观众再次倒地）